EL HECHIZO DE CHICHÉN ITZÁ

EL HECHIZO DE CHICHÉN ITZÁ

LUCIE DUFRESNE

Grijalbo

El papel utilizado para la impresión de este libro ha sido fabricado a partir de madera procedente de bosques y plantaciones gestionadas con los más altos estándares ambientales, garantizando una explotación de los recursos sostenible con el medio ambiente y beneficiosa para las personas.

El hechizo de Chichén Itzá

Primera edición: mayo, 2022

penguinlibros.com

ISBN: 978-607-381-439-3

Impreso en México – *Printed in Mexico*

ÍNDICE

Hay una conexión íntima y causal entre amor y libertad.

Octavio Paz

INTRODUCCIÓN

La historia que aquí se narra comienza el 15 de enero del año 890 de nuestra era, en el norte de la península de Yucatán. A esas tierras bajas llegaron algunos inmigrantes que huían de las antiguas ciudades del sur. Allá, los mitos fundacionales se habían derrumbado; los reyes divinos perdieron su vínculo con los dioses. Triunfó la muerte. Los desplazados por las guerras buscaban nuevos territorios donde arraigarse.

Los primeros habitantes de Chichén, como los que llegaron durante los siglos VIII y IX, empleaban tres calendarios complementarios: el lunar y el solar, así como la cuenta larga. Gracias a esa combinación, hoy nos es posible entender sus fechas con nuestro calendario.

Sin embargo, tanto el cálculo del tiempo como otras tradiciones se modificaron con la llegada de extranjeros que se involucraron en las redes comerciales de la península. Así, por ejemplo, la vida de una de las heroínas de la novela, Manik, se modifica drásticamente el 21 de septiembre de 890 —según los calendarios mayas, el 10.3.1.7.7, 1 Manik 5 Kank'in—.[1] Su caso no fue único. De hecho, Chichén y toda la región experimentaron cambios profundos.

A diferencia de lo que sucede hoy en día, a finales del siglo IX y principios del X, el término *maya* no designaba un pueblo. La palabra comenzó a utilizarse con la llegada de los españoles, probablemente debido a una confusión. Se cree que proviene de la voz *ma'yaan,* que significa "no tengo" o "no hay" (por ejemplo: "Ma'yaan kan táak'íin", "No hay oro").

Todos los habitantes del inmenso territorio que con los años se convirtió en las Américas fueron llamados indios. Doble error.[2] Se designó a los de Yucatán como "indios mayas". Práctico, pero reduccionista. Esos "mayas" ya tenían nombres; varios, en realidad. La península estaba dividida en al menos dieciséis cacicazgos o provincias, controlados por diferentes clanes (véase mapa 1). Los cacicazgos eran, así, las tierras de los kupules, los kokomes, los kochuahes, los ekab…

Por tanto, la palabra *maya* no se usará en esta novela, puesto que hace referencia a una realidad colonial y poscolonial. Sin embargo, como los nombres originales son poco usados hoy, el lector puede reemplazarlos para sí por ese término; no me ofenderé. Asimismo, para simplificar la lectura o por pura bondad, me he limitado a nombrar sólo algunos de los dieciséis linajes.

Feliz viaje por tierras mayas, es decir, por territorio kupul, kokom y ekab.

1. PRELIMINARES

El sol se eleva en el horizonte. Inunda la tierra y el océano con su luz rosada. La brisa marina sacude suavemente la selva, con sus ramas desnudas por la estación seca. El joven hechicero admira el azul del cielo entre las hojas de la inmensa ceiba o *ya'axche'* que se levanta en medio de su patio; se trata del árbol preferido de los dioses. Los espíritus cantan. El hombre se alegra; el día pinta bien. Los preparativos están muy avanzados: infusiones, pomadas, filtros, alcohol… Casi no falta nada. Ruidos bruscos llegan desde la cocina. Se trabaja: el cuchillo golpea la tabla, la mano del mortero aporrea vegetales. Son sonidos agradables. El hechicero se acerca. Entre los maderos de la pared ve a un esclavo picar hojas y a otro machacarlas. Los dos operan bajo la mirada grave del padre del hechicero, acostumbrado desde siempre a los rituales. El joven piensa que tiene suerte de poder aprovechar la experiencia de su progenitor; un festival de la luna no puede improvisarse. El viejo mago, a quien la edad ha vuelto venerable, ocupa el puesto de primer orador del santuario en la isla de Kusaamil o "lugar de las golondrinas", muy famoso por haber sido bendecido por los dioses.

El hijo se frota las manos con satisfacción. Al parecer, el festival será muy concurrido. Según la sacerdotisa que dirige el santuario, siete peregrinas han confirmado su visita, ¡cada una con su escolta! Provienen de diferentes lugares de la península, y una de ellas pertenece a la nobleza de Chichén. Son siete damas que necesitan ayuda para tener hijos. Por costumbre, el santuario sólo recibe a dos o tres, de suerte que la próxima luna será una gran celebración.

Contento, el joven sale de casa, su guarida, para dirigirse al santuario. Lleva su pareja de jaguares: los animales necesitan moverse. Quiere asegurarse de la calidad de los preparativos. Tiene confianza en la mujer que administra el lugar. Más aún, la admiró durante mucho tiempo. Cierta complicidad los unía, recuerdos de amores también; pero ahora... ella se está amargando por la enfermedad.

Después de correr toda la mañana, el hechicero llega a la arboleda que rodea el santuario. Hace sonar el caracol allí amarrado para anunciarse. Se abre la puerta. El joven entra en el recinto con sus dos animales sujetos con correas; le gusta hacer alarde de su poder. Atraviesa la amplia plaza donde se yergue una estela. Lo ve todo muy calmado por el momento. Camina hacia los espacios reservados para las sacerdotisas.

A lo lejos ve a la sacerdotisa líder en la explanada de su residencia, dando instrucciones a un grupo de doncellas que ejecutan un baile. La mujer lleva un sombrero de ala ancha sobre un velo que la cubre casi por completo. El hechicero sabe que ese velo protege su delicada piel de los rayos del sol, al tiempo que oculta los efectos de la enfermedad: cabello escaso, lesiones...

La mujer observa al hechicero que camina hacia ella. Al notar los jaguares aprieta los dientes. Ese hombre... ¡Qué arrogancia!

Las bailarinas también ven a los animales. Se agrupan unas con otras. El joven sube a la plataforma, flanqueado por sus felinos. Les ordena que se sienten. Las sacerdotisas retoman el baile. La lideresa cruza los brazos bajo su túnica. La palidez de su rostro resalta lo oscuro de sus ojos; un volcán hierve en ellos.

—¡El mismísimo primer hechicero! Con su escolta… ¿A qué debo semejante honor?

El visitante se inclina.

—Honorable madre de las sacerdotisas, vengo a asegurarme de que todo esté listo. Y a saber cómo estás.

La boca de la mujer se tuerce en una media sonrisa; sabe bien que su salud no le importa mucho a su interlocutor. Sin poder impedirlo, lanza una mirada al pectoral que cuelga del pecho musculoso de éste: un rectángulo de piel de jaguar en el que luce un sol de oro. Como para evitar que los recuerdos la alteren, se concentra en el festival.

—Todo marcha bien; puedes estar tranquilo. Los músicos llegan hoy, así que podremos repetir los bailes y los cantos. Las cocineras vendrán mañana del pueblo. Tenemos víveres e incienso suficientes. Los cuartos para las peregrinas están listos.

—Bien. Todo se organiza también por mi lado. Alcohol, hierbas… Otros dos hechiceros van a ayudarnos y cuatro enanos le han confirmado a mi padre su llegada.

—¡Cuatro! Es la primera vez… Serán cómo los Bakabo'ob que sostienen las esquinas del universo. Tendremos una ceremonia grandiosa.

—Sí. Los dioses están a nuestro favor. Realizaremos milagros.

—Ese es nuestro fuerte, los milagros. La fama del santuario se extenderá aún más.

—Entonces, si todo está bajo control, iré a entrenarme. Debo estar en mi mejor forma. —El joven mira a las bailarinas y ajusta su cinturón, del que pende la vaina de su cuchillo.

De súbito, uno de los jaguares se levanta y salta, empujando a su dueño. El hechicero suelta la correa, sorprendido. Un ratón gordo corre a lo largo de la pared. La mujer grita:

—¡Ch'o'chito!

El jaguar sostiene al roedor entre sus colmillos. Las bailarinas se quedan boquiabiertas frente al sacrilegio. El hechicero emite una orden con fuerza. El jaguar se sienta; inerte, el ratón cuelga de su boca. La mujer vocifera:

—¿No puedes controlar a tus demonios? Yo había domesticado a ese animalito. Venía a verme cada mañana. El ratón, aliado de los gemelos divinos en el *Popol Vuh*. ¿Te acuerdas?

El hechicero carraspea.

—Lo siento... Se escapó.

Se escucha el ruido de los huesos al romperse. En dos bocados, el jaguar se traga a su presa. El hechicero levanta una mano, impotente.

—Un roedor tan gordito... Hay muchos en la isla. Podrás reemplazarlo.

La mujer aprieta los labios. Si estuvieran solos, lo abofetearía.

—Gracias por tu amable sugerencia —murmura—. Por cierto, ¿por qué no vas a entrenarte a la selva? Habría menos desastres. Aquí vamos a trabajar.

Enojada por la pérdida de su animalito, la mujer apenas se inclina antes de dar la media vuelta hacia las bailarinas. No hay nada que esperar de tal seductor. Que vaya a perderse al final de la isla, si se le antoja. Ella tiene muchas tareas; un mundo que debe hacer funcionar: sacerdotisas, músicos, sirvientas... Y reemplazar a Ch'o'chito. Además, debe encontrar un remedio para que dejen de temblarle manos y brazos. ¿Tal vez un tratamiento de arcilla?

Algo avergonzado pero con la cabeza en alto, el hechicero abandona el santuario. No se va a conmover... ¡por la muerte de un ratón! Claro, la gente prefiere no matarlos, pero fue un accidente... Empieza a correr con sus jaguares, su ejercicio favorito. Al acercarse a la playa suelta a los animales, a quienes alegra la libertad. El joven y sus felinos se dirigen a la punta norte de la isla, por senderos que discurren entre pantanos, manglares y bosques, sin pasar por los dos pueblos que bordean el camino principal. Los jaguares corren, nadan y aterrorizan a la fauna local. Su pelaje se confunde con la vegetación. El dueño vuela también, a veces adelante de sus animales; él mismo es un *waay,* espíritu transformado en felino. En el cielo, los zopilotes observan al trío con la esperanza de un festín.

El hechicero termina su impetuoso paseo al final de la tarde, bañado por el sudor y por la luz dorada del sol que baja hacia el inframundo. Llega a casa con las piernas cubiertas de lodo.

Hay tres casas bajo el árbol inmenso, dispuestas a la orilla de su sombra. Se yerguen sobre plataformas; sus fachadas han sido blanqueadas con cal y pintadas con símbolos divinos. Los techos de palma les brindan protección contra el ardiente sol. El conjunto también comprende un pozo, árboles frutales y huertos elevados. La morada de los hechiceros es simple pero cómoda.

El padre está sentado en la cocina. Espera a su hijo; tienen que hablar de algunos detalles.

2. PEREGRINAJE

Sentada en una silla que transportan dos cargadores, Manik piensa en el viaje que emprende mientras se balancea al ritmo de la caminata. Se dirige a Kusaamil, el santuario de la piedra parlante. Es su último intento. Ha estado casada los últimos dos años. Tiene quince y todavía no ha parido; peor aún, no hay ningún niño en camino. Su marido se impacienta. Él tiene treinta; esperaba de su mujer una manada de varones. Manik cruza las manos. "¿Podrá la diosa Luna cumplir mi deseo?", se pregunta. El recuerdo del duro bastón de su esposo la hace estremecer. Se obliga a mirar al frente; trata de olvidarlo.

Su grupo, conformado por una dama de compañía, un guía y los cargadores, se une a una caravana de mercaderes que marchan rumbo al mar. Unos soldados abren el paso mientras otros protegen la retaguardia. Los ataques son frecuentes en la selva; la ciudad de Chichén tiene numerosos enemigos y los ladrones merodean. Los tiempos son difíciles. A paso rápido, la caravana atraviesa la zona sur de la ciudad, reservada a la élite. Los viajeros pasan por la puerta del este. Toman el camino que conduce a la ruta más transitada. Manik se siente angustiada; es la primera vez que se aleja tanto. Con una mano aprieta el collar de perlas de sílex, herencia de su tatarabuelo, antiguo astrónomo de la corte real.*

Además del collar, Manik porta otras dos joyas o reliquias, tal como lo recomendó el chamán que la atiende —según él, éstas tienen la función de incitar a los ancestros a reencarnar—: unos aretes de jade heredados de su madre y un anillo decorado con una equis de jade, símbolo del cosmos, que su tatarabuelo dio a su segunda esposa. Manik besa el anillo. Ancestros, ¡el viaje empieza!

La primera noche la pasan en Sak'i** o "Águila blanca", ciudad que pretende ser la mayor productora de cacao de la región. Su alianza con la gran urbe de Koba se representa con un *sakbeh,* es decir, el camino elevado que las une. La caravana no toma esa dirección, sino que avanza por la selva para llegar directamente al puerto de Polé.*** Después de cinco días de marcha, los viajeros arriban a ese puerto frente a la isla de Kusaamil.

Tras dejar su equipaje con los cargadores, Manik se encamina hacia el océano. Nunca lo ha visto. Su inmensidad la deja boquiabierta. Se siente minúscula, como cuando contempla Wakah Chan, la Vía Láctea. A pesar de todo lo que le contaron, no logra ver la famosa isla enfrente.

El guía de la noble dama organiza la travesía para el día siguiente. Sin embargo, los barqueros de Polé no muestran gran optimismo; los vientos del norte les han impedido navegar desde hace días. Numerosos mercaderes esperan poder salir para

---

* La vida de esos parientes viviendo en Tikal a su apogeo ha sido narrada en *El escriba del imperio maya* (Grijalbo, 2012).

** Valladolid.

*** Xcaret.

Kusaamil. Los viajeros de Chichén deberán aguardar también. Las damas se instalan en una casa de huéspedes.

Por la noche, Manik ve el brillo del fuego en lo alto de unas torres a la orilla del mar. Se agitan unas telas frente a las llamas. Manik distingue, del otro lado del mar, pequeñas luces intermitentes. ¡Intercambian mensajes entre Polé y Kusaamil!

Al amanecer, los barqueros tienen cara de enojados, igual que los vientos. Anuncian que la travesía parece demasiado peligrosa. Los capitanes no saldrán hasta que el norte se haya calmado. Los viajeros se reúnen a la sombra para esperar.

Sentada sobre una piedra al borde del manglar, Manik observa al grupo: la mayoría son mercaderes, acompañados de unas veinte mujeres. Supone que éstas viajan a Kusaamil por la misma razón que ella; de ser así, seguramente también han bebido gran cantidad de cocciones para estimular su fertilidad. Aunque no se conocen, se dedican sonrisas amables. Manik nota que, en su mayor parte, parecen ser esposas de mercaderes o mercaderes ellas mismas. Lucen signos particulares de su región de origen. Las que provienen de ciudades del litoral, como Tsibilchaltun, portan joyas de caracoles irisados. Sin embargo, muchas vienen de poblados de los alrededores, como Ek Balam y Tsibanche', y visten los mejores algodones. Manik es la única de Chichén y la más joven. También es la única con el cráneo cónico, típico de los personajes de alto rango.

Manik piensa que, en estos tiempos, la nobleza no siempre es sinónimo de poder. Ciertos mercaderes poseen más riqueza e influencia que varios nobles juntos.

A pesar de las incertidumbres, Manik se regocija de haber nacido noble por sus dos padres. Su padre es arquitecto y su madre, originaria de Ismal,* trabajaba en los mejores talleres de cerámica de Chichén. Al recordarla, Manik suspira; murió dando a luz a su única hija. "Mi nacimiento la mató." Manik saluda al espíritu de esa valiente mujer. Felizmente, ella heredó su talento para la pintura. Segura de su superioridad, no trata de conversar con las esposas de los mercaderes; aunque está casada con uno, un tolteca, lo que la coloca en un sitio mucho más elevado de la pirámide social, por encima de cualquier comerciante local.

El viento sigue soplando con ímpetu. Para pasar el tiempo, Manik recoge una ramita y empieza a dibujar en la arcilla húmeda a sus pies. Desde que fue capaz de sujetar un palillo, siempre ha pintado o dibujado, tal como le contaron que hacía su madre.

Un chamán quema plantas perfumadas para honrar a los dioses y espantar a los mosquitos. El calor se vuelve intenso. Manik no está segura pero, al parecer, los vientos se están apaciguando. ¿Tal vez gracias a la fuerza del sol?

Hay que decidir: partir o quedarse. Un capitán lanza un silbido agudo; su mano apunta hacia el horizonte.

—El norte se está debilitando, y aunque todavía hay olas… —pone la mano sobre la alta proa pintada de rojo, idéntica a la popa—, ¡nuestras grandes piraguas pueden enfrentarlas!

Los viajeros se animan y se levantan de inmediato. Manik deja caer la rama; su dibujo queda inconcluso. Alrededor de la piedra donde estaba sentada se desarrolla una escena mitológica. Mientras los pasajeros empiezan a embarcarse, los curiosos

* Izamal.

se acercan para observar la obra; reconocen a los gemelos divinos que persiguen a un pájaro de larga cola. Evocan la leyenda: se trata de los héroes fundadores de la cuarta era que, gracias a su audacia, hicieron caer al quetzal, símbolo del dios creador o de su encarnación en la tierra, el rey.

Las cargas se amontonan en las piraguas. Luego suben los viajeros, unos treinta en cada nave. En total, nueve embarcaciones surcan el mar; un número non para alejar la mala suerte. Saasil, la dama de compañía de Manik, se acomoda al lado de su patrona. Tiene quince años más que ella; su experiencia le otorga cierta autoridad. De temperamento alegre, bendice a sus ancestros por darle la posibilidad de realizar semejante viaje.

Guías, capitanes, cargadores y esclavos reman y cantan. Una misma canción es entonada al unísono en las naves que avanzan unas detrás de otras.

Cerca del litoral, el agua se mueve un poco y brilla en tonos de verde y azul transparentes. Sensible a los colores, Manik se maravilla frente a tanta belleza. A lo lejos, el turquesa se torna añil. El viento cambia y se calienta; ahora llega del sureste. El capitán vuelve a silbar. En cada piragua izan una vela de algodón grueso, cubierta de resina. Guardan los remos. Manik mira hacia atrás. La tierra se borra, pero al frente todavía no se distingue la isla. Los viajeros son sacudidos por olas hambrientas. ¿Fue buena idea embarcarse ese día?

La piragua en la que Manik viaja se hunde entre dos murallas de agua que bañan a los viajeros. Las mujeres gritan. Tras extraer el agua de la embarcación, los hombres siguen remando y cantando con más fuerza. Manik se seca la cara; el mar los amenaza, pero ella está acostumbrada al miedo. Viajará hasta Kusaamil con la expectativa de dar a luz algún día, pero, de no ser así... Los maridos no mantienen mucho tiempo a las mujeres estériles. Las expulsan. O las ofrecen en sacrificio.

¡Ah! Manik lamenta tanto su matrimonio con un extranjero. Antes de eso todo iba bien, pero desde hace dos años... Resulta difícil soportar el vacío. Manik ora, encerrada en su miedo de no ser fecunda, aterrorizada ante la posibilidad de que la sacrifiquen.

A su lado, Saasil está maravillada por el mar, la sensación de ser transportada por la fuerza de las olas, como manos que la empujan. Respira a fondo el aire húmedo como el rocío, cargado de sal que pica un poco la nariz. Todo su cuerpo se mueve con el balanceo de la piragua. Se siente tan tranquila como en el vientre de su madre. Toca el hombro de su patrona.

—¡Mira, enfrente!

Desde la cumbre de las olas se aprecia algo. En el horizonte se dibuja a veces una línea verde, muy pálida, entrecortada por niebla traslúcida. ¡Isla a la vista! Manik reflexiona. ¿Cómo podrá convencer a Ixchel de fecundarla, si la diosa no ha escuchado ninguno de sus ruegos hasta la fecha? Baja la cabeza. La dama de compañía siente el paso de una nube negra. Gordita y sonriente, toma la mano de su patrona.

—No te preocupes, querida; Ixchel obra milagros.

—Pero, Saasil, ¿qué puedo hacer que no haya intentado ya?

La dama de compañía se inclina hacia el oído de la joven.

—¡Sorpresas te esperan! —murmura—. Se dice que en Kusaamil se encuentran los más hermosos machos de la creación..., ¡mandados por Ixchel misma!

Se tapa la boca con su rebozo para reírse un poco. Tanta felicidad irrita a Manik en lugar de tranquilizarla. Dice en voz baja, como para sí misma:

—Machos… ¡Pero es un bebé lo que necesito! De lo contrario, mi esposo me mandará al fondo del cenote sagrado.

La idea le produce escalofríos. Si es lo que debe pasar, vaya, que ocurra. Se sentirá mejor con los dioses del inframundo que con su marido furioso.

El agua adquiere nuevamente una tonalidad turquesa, más y más tenue a medida que las embarcaciones se acercan a la playa. Manik tiene la impresión de flotar en el aire, tan transparente es el mar. Sacan los remos, que pegan en el agua. Manik imagina el bastón de su esposo. Saasil está fascinada por las paletas de madera que se hunden en la espuma.

Las piraguas atracan mientras el sol calienta la espalda de los viajeros. El cielo se cubre de rosa y amarillo. Un adivino da gracias a los dioses por la buena travesía; quema bolitas de incienso que difunden olores suaves. A pesar de que el día llega a su fin, todavía hay gente trabajando en el muelle, el principal de Kusaamil. Numerosos soldados mantienen el orden.

Una guía local se ofrece a conducir a la noble dama al santuario de Ixchel. Manik y Saasil están de acuerdo en seguirla. Su propio guía, que viajó con ellas desde Chichén, las esperará en el puerto: no cualquier hombre puede llegar al lugar sagrado. Las otras viajeras se unen a las damas de Chichén.

Las mujeres pasan al lado de un edificio de pisos circulares y en cuyas paredes hay caracoles incrustados que el viento hace cantar. El monumento musical capta la atención de Manik. Su marido le ha hablado de esas construcciones redondas, dedicadas al principal dios de los toltecas, Quetzalcóatl, muchas veces representado por una serpiente o por la espiral de una concha. El sonido de los caracoles es cautivador, pero Manik se niega a rogar a esa divinidad; le recuerda demasiado a su esposo.

Las mujeres llegan a la gran ciudad de la isla; hay un mercado, barrios antiguos y nuevos. Prosiguen su marcha. A sus espaldas, el sol se hunde en el inframundo. Las sombras se alargan y ellas se apresuran. El grupo camina a través de un paisaje oscuro que una luna naciente no logra iluminar.

Encima de una muralla y de las copas de los árboles, desnudos por la estación seca, se ven numerosas construcciones altas. Manik cuenta: son siete, como los niveles del cielo.

La guía anuncia:

—Miren arriba. Arde un fuego frente a T'aantum, la piedra parlante. Hemos llegado.

Sopla con fuerza en un caracol para que abran las puertas.

3. T'AANTUM, EL SANTUARIO DE KUSAAMIL

Los guardias dejan pasar a las peregrinas, cansadas por la larga jornada. Unas sacerdotisas las reciben. Con sus largos vestidos blancos parecen fantasmas; apenas murmuran. La blancura de su piel fascina a las recién llegadas. Intrigada, Manik piensa en los albinos, pero las cabelleras y los ojos de sus anfitrionas son negros. Sin embargo, el interés de la joven se desplaza rápidamente a los alrededores.

Un fuego arde encima de la pirámide, el cerro sagrado. Los escalones que llevan a la cumbre están pintados de rojo claro. Abajo se yergue una estela pesada. Un poco atrás, a la derecha, hay pequeñas casas distribuidas en torno a un amplio patio; es el gineceo, reservado a las mujeres que buscan remedio para su esterilidad. Ahí, a las peregrinas y sus acompañantes se les asignan sendas plataformas amplias y provistas de un colchón y cojines.

Les ofrecen una merienda en la plaza de la estela. Manik nota que la mayoría de las mujeres permanecen en parejas o en pequeños grupos cerrados; por las semejanzas entre ellas, parecen familiares. Fraternizan por afinidades regionales. Manik se queda con su dama. De repente se oyen tintineos agudos detrás de la pirámide, lo que atrae las miradas de las damas curiosas.

Una tropa de bailarines y músicos hace su entrada, las piernas cubiertas por campanillas de cobre. A excepción de Manik, las viajeras nunca han visto metal ni escuchado tales sonidos. En Chichén se utilizan a menudo esas campanillas en las ceremonias. Flautas, silbatos, tamborines y maracas ejecutan una marcha solemne. Los bailarines llevan capas negras y máscaras de murciélago. Los sigue una plataforma iluminada por antorchas y sostenida por esclavos. Jóvenes bailarinas se mueven a los lados. Encima, en un trono de mimbre, una sacerdotisa reza. Su larga falda y su capa dejan ver la piel blanca de su cara, manos y tobillos. Insignias bordadas la relacionan con los dioses del lugar y del extranjero, entre ellos la serpiente, que todos los clanes y pueblos veneran. En vez de turbante, porta una serpiente de cascabel enroscada sobre el cráneo. La cabeza del animal se mueve frente a su rostro.

Manik sabe que, así ataviada, la mujer simboliza a Ixchel, en su personalidad de vieja curandera. Muy arrugada, la encarnación divina se apoya sobre un bastón en forma de reptil.

Las peregrinas quedan boquiabiertas a la vista de tantas maravillas. Bailan alrededor de la curandera mítica, quien las bendice con un cascabel, al tiempo que las salpica de rocío perfumado. Las campanillas que adornan las muñecas de la sacerdotisa acentúan cada uno de sus movimientos. Sus cargadores rodean la plaza, donde están expuestas nueve estatuas que representan las fases de la luna. La mujer diosa las rocía una después de la otra. Incienso, música, cantos, bailes… Manik está hipnotizada por la escena, dominada por Ixchel. La procesión se inmoviliza al pie de la estela.

Con voz grave, la mujer del trono anuncia que ella es la *x-chilam,* la intérprete de las voluntades divinas y la jefa del santuario.

—Me llaman la madre de las sacerdotisas. Durante el festival seré la madre de todas ustedes. Que se acerquen las que solicitan la ayuda de Ixchel.

La dama baja lentamente de su pedestal. Intimidada, Manik obedece y avanza; otras seis mujeres la imitan.

Muy intrigada, Manik levanta la mirada hacia el animal que forma el turbante. Es una serpiente de verdad; su cuerpo es tan ancho como un brazo. Mueve suavemente su lengua bífida. Como las demás, Manik no entiende cómo semejante ejemplar puede permanecer sobre una cabeza sin tratar de escaparse. ¡Magia pura! La encarnación de Ixchel, la vieja curandera, disfruta de su efecto.

Ella pregunta el nombre, la edad y la procedencia de las siete mujeres. Toca sus reliquias.

Al llegar su turno, Manik siente que la mirada de la *x-chilam* la atraviesa; ninguna dulzura emana de ella. Su piel parece naturalmente clara, sin maquillaje; sólo las arrugas están pintadas. Al revelar su nombre de familia, Muwan, Manik precisa que su clan proviene de la antigua ciudad imperial de Mutal.* El detalle interesa a la encarnación divina.

—¿Una noble familia de Mutal, ahora instalada en Chichén?

—Sí…

Al notar que la sacerdotisa admira su anillo, Manik se atreve a agregar:

* Tikal.

—Perteneció a la esposa de mi bisabuelo, astrónomo del rey. Los Muwan cuentan también con un ancestro que vino de Teotihuacan hace siglos.[3] Uno de sus descendientes fue rey de Mutal…

La sacerdotisa interrumpe el recuento genealógico.

—Entonces, como todo el mundo, los Muwan huyeron del reinado.

—No había opción. Los dioses abandonaron a las grandes dinastías. Mi bisabuelo emigró hacia Koba, luego a Chichén.

—Chichén… Cada vez se habla más de esa ciudad. Antes sólo era un rancho de milperos.

—Pues ahora los mercaderes viajan desde muy lejos para llegar allá —susurra Manik y se muerde el labio. Precisamente es a uno de ellos a quien atribuye su desgracia.

Su padre, Asben, le habló mucho de los toltecas del Anáhuac que se instalaron en Chichén. Según él, esos mercaderes hicieron un viaje similar al que hace siglos emprendieron los de Teotihuacan para llegar a Mutal. Manik suspira; ella ha pagado caro el sueño de grandeza de su padre erudito.

La sacerdotisa afirma:

—Los del Anáhuac van a enriquecer a Chichén, tal como ocurrió siglos antes con Mutal. Así, los Muwan podrán volver a vincularse con sus antiguas raíces.

La lucidez de la sacerdotisa sorprende a Manik, quien admite:

—Mmmh… Sí, mi marido es tolteca.

La sacerdotisa asiente ligeramente. Se pone el anillo en el dedo y cierra los ojos. Cuando los abre, Manik ve brillar una chispa. La figura divina le devuelve la joya.

—¡Ah! Los ciclos del tiempo se repiten. El Anáhuac se une a las Bajas Tierras otra vez. Que los ancestros encarnen a través de ti, aquí en Kusaamil.

La sacerdotisa continúa su recorrido. Después de hablar con cada mujer, la *x-chilam* ora a la luna, la cual, dice enfáticamente, estará llena al día siguiente. La palabra *llena* deja a Manik reflexionando. La sacerdotisa habla de rituales que empezarán al alba y se prolongarán hasta la noche. Recomienda a las damas descansar bien. Sube al trono. Los esclavos levantan la plataforma. Desde arriba, la sacerdotisa mueve los brazos hacia el cielo. Sus manos tiemblan; las campanillas de sus muñecas cantan.

—Ixchel, potente y sabia curandera… Tú que sabes abrir el camino para los hijos, escucha nuestras oraciones. Mañana serás la diosa de la fertilidad.

Los cargadores conducen a la encarnación divina hacia el templo, donde desaparece. Las jóvenes sacerdotisas llevan a las viajeras a sus alojamientos.

Manik despierta en su cuarto a oscuras. Escucha armoniosas voces que cantan. Se desliza afuera para ver lo que pasa. En la cima de la pirámide, las sacerdotisas celebran la llegada del sol, símbolo de los varones. Manik también lo saluda; este día será determinante. Lleva a sus labios el anillo y las perlas de sílex del collar, pensando en sus ancestros y principalmente en su madre. Toca sus aretes y recita una súplica para la que murió dando a luz.

—¡Madre heroica! Vuelve para que yo pueda darte vida de nuevo.

Al notar que otras peregrinas salen, ella entra; no quiere que la vean con su ropa de noche arrugada, la cabellera enmarañada.

Algunas sirvientas van de un alojamiento a otro repartiendo jarras de agua fresca. Saasil pone las suyas en el patio de atrás y ayuda a su dueña a prepararse. Después de lavarse, las damas se alisan las cabelleras y las faldas; salen.

Con la cabeza cubierta por un velo y el rostro pintado de rosa claro, las jóvenes sacerdotisas las reciben. En silencio, dirigen a las viajeras hacia la plaza frente a la pirámide. En una esquina, esteras suspendidas de forma horizontal ofrecen sombra; sus diseños calados dibujan círculos y medialunas en el suelo, ilustrando las fases lunares. Las sacerdotisas disponen pequeños bancos en ese lugar; luego llevan jarras de agua perfumada con piña, tazones de atole con amaranto, grandes platos que desbordan tortillas, frutas y huevos de tortuga revueltos y aderezados con salsa de un rojo intenso.

Saasil susurra a su dueña:

—¡Mira este mole! ¡Qué salsa tan untuosa! Deben trabajar mucho con el molcajete aquí. Por el color, yo diría que han molido *kiwis*.

—¡Sí, semillas de achiote, qué delicia! —exclama Manik lamiéndose un dedo en el que se advierte una gota roja.

Las otras viajeras comentan que ese banquete es diferente de lo que acostumbran comer.

Manik explica:

—Seguramente los mercaderes extranjeros trajeron esta receta. Se dice que son muchos en Kusaamil.

—Han tenido la excelente idea de viajar con su molcajete —señala Saasil, abriendo las manos hacia el cielo.

—¿Te das cuenta?… ¡En casa tenemos un achiote grande en su cubeta! Podríamos moler las semillas para hacer una salsa como ésta. ¿Tal vez con jitomate?

—Si con esto pudiera satisfacer a mi esposo… ¡No deja de hablar de "la increíble cocina de Acalán"!

Las dos mujeres intercambian una mirada cómplice.

Terminada la comida, las sacerdotisas invitan a las peregrinas a subir al templo en la cima de la pirámide. La mayoría de ellas se dirige rápidamente a su alojamiento y vuelve con pequeños envoltorios. Manik también va a buscar su ofrenda: un cofrecito lleno de granos de jade y cacao. Saasil toma varias canastas.

—Las mujeres de mi familia nunca podrán viajar hasta aquí —dice—. Por eso me dieron sus regalos, para que yo se los ofrezca a Ixchel, por favores obtenidos. —Levanta sus dos manos llenas y añade—: Cuando los dioses regalan niños, sanaciones…

Las dos mujeres se unen al grupo que empieza a subir. Arriba hay una estela de piedra clara que se levanta frente al templo de tres entradas. Dentro de éste se distingue un altar repleto de estatuas, pero no invitan a nadie a entrar ahí. Apilan las ofrendas al pie de la estela, la famosa piedra parlante. Las sacerdotisas cantan oraciones, además de tocar flautas y tamborines. Con los brazos cruzados sobre el pecho, una mano en cada hombro, las peregrinas oran. El sonido de una caracola pone fin al recogimiento.

Todas bajan hacia la plaza. La *x-chilam* aguarda en la sombra, apoyada en su bastón con cabeza de serpiente. Esta vez lleva un turbante de piel de jaguar, símbolo de su alto rango. Sin maquillaje ni arrugas, su piel se ve muy blanca, casi radiante.

Las sacerdotisas se inclinan frente a ella; las peregrinas también. Manik piensa que la mujer tiene alrededor de treinta años y es capaz de encarnar las diferentes personalidades de la diosa: virgen joven, amante de los dioses y vieja curandera.

La *x-chilam* se dirige a las viajeras:

—Tomen las ramas y las flores que hay en las jarras detrás de mí. Van a decorar la estela al pie de la escalera. Las ramas simbolizan la selva; las flores rojas, la sangre y el corazón, mientras que las blancas son el respiro que nos anima a todos, el respiro que a nuestros cuerpos de maíz dio Itzamnah, el padre creador. La vegetación activará el alma del monumento.

Las mujeres preparan los arreglos de flores. Con ayuda de una escalera, una sacerdotisa los amarra sobre la estela. Las flores blancas yacen en lo alto; las rojas, en el centro. Las mujeres esparcen pétalos alrededor. Queman incienso. El ritual de la fertilidad empieza oficialmente cuando la dama del turbante de jaguar ora para que el árbol cósmico dé abundantes frutos. Promete:

—¡Que los hijos broten del árbol de la vida! Las sacerdotisas mantendrán la estela despierta, alimentándola día y noche durante toda su estadía.

La *x-chilam* divide el grupo: por un lado, las peregrinas; por otro, sus acompañantes. A éstas las invita a pasar el día en el mercado del puerto. Además, podrán asistir a un espectáculo de acróbatas por la noche. Las damas se separan. Saasil abraza a su ama.

—¡Que los dioses realicen tus sueños, mi hijita!

Manik se divierte al verla tan contenta de escapar de las oraciones. Mientras las acompañantes trotan hacia la ciudad y su puerto lleno de actividades, la *x-chilam* pronuncia un largo discurso. Insiste en la importancia de guardar secreto absoluto acerca de los tratamientos que recibirán las peregrinas.

—De no ser así, el fruto de sus entrañas podría secarse, su matriz desvanecerse. ¡No podrían dar a luz nunca e incluso correrían el riesgo de morir repentinamente!

Aterrorizadas, las siete peregrinas prometen nunca revelar nada a nadie.

Unas sirvientas distribuyen cubiletes de *báalche',* bebida sagrada que contiene un poco de alcohol, preparada esa misma mañana. El néctar suele reservarse para los hombres durante las ceremonias, pero este día especial las mujeres pueden probarlo. Todas se desean mutuamente un alma serena: *¡jeets óolal!*

De pronto se escucha un himno. Aparece un grupo de músicos caminando alrededor de un hechicero atlético. Éste porta un esplendoroso colgante solar. Manik duda: ¿será oro? Ha visto una joya similar en Chichén; la del rey. El cuerpo musculoso del hechicero está tatuado con ocelos de felino. Su cara está oculta bajo una máscara de jaguar, símbolo de la noche y del sol que desciende al inframundo. Al compás de una música rítmica, el hombre gira y salta como un dios. Al final, la sacerdotisa se une a él para bailar. Los principios masculino y femenino se juntan para dar unos pasos. La melodía se termina; la luna y el sol nocturno se separan.

Sin decir palabra, el hechicero enmascarado se acerca a las peregrinas. Escucha la sangre de cada una. Toma el pulso de la muñeca y el hombro para conocer sus estados de ánimo; sólo las mujeres sanas pueden someterse al tratamiento. Manik se sobresalta al sentir la mano en su cuello. Una onda de calor la invade. El hombre concluye su examen bendiciéndolas a todas con su voz grave. Manik se siente aliviada: temía ser considerada impura, como lo cree su marido.

El hechicero y los músicos van a orar al templo en lo alto de la pirámide. La *x-chilam* conduce a las siete mujeres a través de un jardín, hacia los baños de vapor. Frente a una construcción de piedra abovedada, dedicada a la purificación, las damas se desvisten.

Después de pasar por el vapor sigue una exfoliación intensa. Las pieles se tornan rojas. Las mujeres vuelven al vapor y luego reciben un masaje con aceites perfumados. Las masajistas insisten en la región abdominal. Las peregrinas beben gran cantidad de infusiones purificadoras. A continuación las peinan y les entregan una túnica de tela muy fina, casi transparente.

Cada vestido es único, bordado y decorado con perlas de nácar. El de Manik es verde azulado, el color del quinto punto cardinal, al centro del universo; ella lo ve como señal de buena suerte. También le ofrecen un par de sandalias cuyas tiras hacen juego con el vestido, así como un grueso rebozo en el cual podrá enrollarse.

Ya vestidas, con flores y plumas en la cabellera, las peregrinas estrenan una nueva piel, como una nueva vida. Se miran unas a otras, maravilladas por el cambio.

En el mismo jardín, las sacerdotisas las hacen practicar un baile que presentarán por la noche a la diosa. Repiten cánticos y oraciones. El sol alcanza el cenit. A pesar de la sombra de los grandes árboles, el calor se vuelve agobiante. Sirven *báalche'* y frutas. Las mujeres ríen. La cabeza les da vueltas. Sienten que flotan en otro mundo.

El astro de luz comienza su descenso. Unos cargadores se acercan con camillas. Manik se deja caer en la suya con delicia. Piensa que le gustaría recibir esos tratamientos durante toda su vida. Ya no recuerda lo que temía del viaje.

4. LUNA LLENA

Mientras las peregrinas dormitan en sus camillas, los cargadores atraviesan con rapidez la isla hacia el otro litoral, al oriente. La procesión comprende varios grupos: músicos, cocineras, sacerdotisas con su traje ritual. Los bailarines los siguen. Al final marchan los esclavos llevando ollas, esteras y otros utensilios.

Se acercan al mar turbulento, donde empieza el cielo. Ahí surgen los astros desde el inframundo, el terrible Xibalba. El viento sopla con tanta fuerza que poca gente vive en esa costa; es el lugar perfecto para realizar ceremonias que deben permanecer en secreto.

Contra todo pronóstico, la procesión encuentra un océano tranquilo. El aire marino despierta a las durmientes, que emergen de sus sueños impregnados de *báalche'*. Hace frío; ellas se tapan con sus rebozos. La gente baja hacia la playa al son de una suave melodía. Al amparo de una pared baja de piedra calcárea, las cocineras encienden el fuego. Instalan quemadores de incienso y antorchas para delimitar un amplio medio círculo frente al mar; las camillas, que tienen patas, están colocadas dentro del arco, unas detrás de otras, formando una pirámide.

Manik se encuentra en la cúspide, con tres compañeras de cada lado.

Sentadas, con un nuevo cubilete de *báalche'* entre las manos, las peregrinas observan a los esclavos y a los sirvientes que se afanan. Manik no piensa siquiera en dibujar sobre la arena; está demasiado interesada en los hombres que arman unas pequeñas tiendas de campaña. Son siete, una para cada dama. Algunas esteras cubren el suelo. Los músicos tocan sin parar y las sacerdotisas entonan himnos, ligeramente vestidas y coronadas de flores. Las cocineras llenan los vasos de *báalche'* mientras que de sus ollas salen exquisitos olores. Manik nota la belleza de toda esa gente que trabaja. Debe reconocer que Saasil está bien informada.

Atrás, el sol cae en el inframundo. La gran estrella, Nohoch Eek', aparece cerca del poniente. El cielo se colorea de nubes rosadas con bordes dorados.

Cerradas por tres de sus lados y alumbradas por quemadores, las tiendas de algodón blanco brillan como faroles. Sólo la fachada frente al mar permanece abierta, lo mismo que el techo, donde cuelgan guirnaldas de flores.

Las cocineras sirven excelentes platillos diseñados para despertar los sentidos. Las tortillas rellenas de pavo y granos crujientes están bañadas por un mole espeso de cacao amargo, perfumado con canela y decorado con pétalos. Todos los que están ahí saborean las delicias. Los cubiletes de *báalche'* circulan entre los músicos y los bailarines. Un poeta anima la cena con versos sobre la belleza de los cuerpos.

Se encienden algunas estrellas. Una luz pálida alumbra el horizonte marino. Flota un canto suave en el que se entremezclan voces y flautas para convidar a la luna a la ceremonia.

De repente, el astro de la noche desgarra el horizonte y dispersa su luz rosada sobre las olas. La música se vuelve más insistente. A coro, las mujeres entonan los cantos que ensayaron durante el día y bailan para honrar a la diosa.

La luna se alza formando un medio círculo. Se percibe su luz por debajo del horizonte; el océano parece traslúcido. Alrededor, el cielo se jaspea de lentejuelas doradas, la cabellera de Ixchel. A medida que la luna se alza de las profundidades, la música cobra fuerza. Se agregan maracas, tambores y —¡oh, sorpresa!—, salida de quién sabe dónde, una marimba de caparazones de tortuga que emite notas moduladas. El paisaje, las voces, las melodías… La escena, de gran belleza, fascina a Manik, quien se siente poseída por la luna. Respira profundamente, desbordando gratitud. "¡Gracias, padre, por haber insistido en que hiciera este viaje!"

Bailarines y sacerdotisas se mueven al ritmo enloquecedor de los tambores.

Se escucha un largo llamado de caracola. La música se calma, la compañía se dispersa. Tres hechiceros llegan por la playa. El del centro, de mayor edad, luce un turbante blanco. El de su derecha lleva una antorcha y un incensario, y el de su izquierda, una concha grande. Estos dos parecen ser los asistentes del anciano del turbante. Éste sujeta una correa cuyo extremo está amarrado al cuello de un felino. ¡Un impresionante jaguar! Las siete mujeres se ponen nerviosas. ¡Son tan peligrosas esas bestias! Manik está lo suficientemente lúcida para extrañarse de que hagan pasear semejante animal como si fuera doméstico. ¿Será que alucina? Sus visiones a veces la engañan.

—¿Ves un jaguar? —murmura al oído de su vecina.

Sin voltearse, la mujer hace señas afirmativas, la boca abierta formando una O, muy inquieta. Da un paso por el costado y toma a Manik de la mano.

Detrás de los tres hombres hay una plataforma con un trono de mimbre. La sacerdotisa de la víspera está sentada en él; esta vez no encarna a la vieja curandera, sino a Ixchel, en su personalidad de mujer joven y fértil. A la altura de su pecho tiene una lámpara de alabastro que ilumina su rostro, casi traslúcido, reluciente como la luna. Vestida de blanco vaporoso y con flores, llena el espacio de su pureza. Subyugadas, todas las peregrinas desean parecerse a ella.

El hombre del felino se coloca frente al grupo y anuncia:

—Me llamo K'ult y soy primer orador de Kusaamil. Estamos aquí para implorar a la diosa madre que les conceda el privilegio de tener hijos.

La sacerdotisa baja del trono y deja la lámpara encendida en su lugar. El hechicero con el incensario camina hacia ella. Su instrumento, de largo mango, termina en una cazuela donde se queman tizones. El de la concha pone sobre las brasas un puñado de copal y hojas, lo que produce abundante humo perfumado. Ixchel la joven está envuelta en una nube aromática. Parece levitar. De reojo, Manik observa al orador con su jaguar atado con la correa. Obediente, el animal se acuesta a sus pies. La diosa luna y los dos hechiceros se dirigen hacia las peregrinas. Las bañan en nubes de copal. Los músicos llaman a los ancestros con sus voces graves.

El orador habla:

—Buscamos curación y perdón por parte de los dioses. El camino para el hijo debe estar abierto, para que Ixchel pueda fecundarlas. Las leyes que prohíben el adulterio no se aplican aquí. Vamos a purificarnos en la luz de la diosa a fin de prepararnos para recibir su esencia.

El astro nocturno se desprende del océano. Sus reflejos irisados corren sobre el agua hasta la espuma que bordea la playa. El orador da la espalda al grupo y entra en el mar. Las sacerdotisas elevan un himno:

> La felicidad la cantamos
> porque vamos a tomar las flores
> de todas las mujeres juntas.
> Redentoras.
> Solamente reír,
> deja a tus ojos reír,
> antes del salto de un látigo del corazón
> para abandonar tu pureza femenina
> al que ama.[4]

Con el agua hasta los muslos y los brazos levantados como para sostener la luna, el orador reza con voz enérgica; luego invita a las peregrinas a unírsele. Ellas cuchichean; el agua presenta tantos peligros que casi nunca se adentran en ella. K'ult las anima. Las bailarinas atan los bellos vestidos a la cintura de las mujeres. Los bailarines las guían. El orador habla de la bondad de la diosa madre que reina en el cielo. Bañarse en su luz atrae buena suerte. Las siete damas entran en el mar con precauciones, todas agarradas de la mano. Cuando el agua les cubre las rodillas, sienten la arena que huye bajo sus pies.

El orador se acerca a la mujer que encabeza la fila. Su asistente le entrega la concha grande y él la llena de agua que vierte sobre la frente de la dama.

—Ixchel, concede tus bondades a esta mujer piadosa que quiere tener hijos.

Repite tres veces el movimiento orando con voz firme. Cada peregrina es bañada de ese modo a la luz de la diosa. Manik siente que Ixchel la contempla con amor. K'ult invita a las mujeres a volver a la playa. Ahí, unas sirvientas las enjuagan con agua dulce y fragante, y luego las secan con telas esponjosas. Las damas se quedan enrolladas en su toalla.

Una bailarina trae un amplio cuenco de mármol blanco con aceite dentro; la sacerdotisa hunde los dedos en él. Al tiempo que murmura un canto, unta la suave mezcla en la frente de la primera mujer, trazando una X, signo del cosmos. Una sirvienta abre la toalla. La sacerdotisa rodea las areolas y los pezones con su aceite; después baja hacia el pubis, donde apoya la mano al momento de terminar su canto. Tras ser untadas con el aceite santificado, las siete mujeres se ponen de nuevo sus túnicas.

La música vibra con pulsaciones intensas. Las sacerdotisas bailan sobre el puente de chispas que lleva a la luna; sus pies apenas tocan la espuma. Unos bailarines se unen al movimiento. Brazos, piernas y troncos ondean, confundiéndose entre sombras y reflejos. La sensualidad de los cuerpos hipnotiza a las peregrinas, que palmotean para marcar el ritmo. La tropa se acerca a ellas para incluirlas en el baile. La luna, la música y el *báalche'* los hechizan a todos.

El frenesí finaliza con un largo llamado a la luna. Jadeantes, las peregrinas son conducidas a sus tiendas. Reciben nuevos cubiletes de *báalche'*. Manik paladea el suyo; tiene un sabor un poco diferente. Se siente algo ebria. Ve doble. Se recuesta en la camilla. Las bailarinas se reparten entre las peregrinas para untar su piel. Acarician hombros, vientres, senos, nalgas. Los finos dedos se inmiscuyen en las delicadas carnes y las amasan. La música fluye en ondas tranquilizadoras. Manik se deja mimar como un bebé en los brazos de su madre, o más bien en los de un amante cariñoso, experiencia que desconoce pero imagina gracias a los cuentos de Saasil.

En el cielo, Manik ve un murciélago con cara humana dando vueltas. ¿Será su bisabuela, la maga con alas? La luna tiene rasgos femeninos. Pestañea.

Tanta suavidad… Sin entender por qué, Manik siente lágrimas escurrir sobre sus mejillas. Una bailarina las seca y la alienta a sumergirse en la perfección del momento. La luz del astro, las melodías, los cantos… Las peregrinas se entregan a una suave euforia.

Parada en el centro del espacio sagrado, la *x-chilam,* de blanco, apunta con el dedo índice hacia algunos músicos y bailarines, a los que manda a las tiendas. Los efebos entran y cierran las cortinas. A la noble de Chichén no le designan a nadie; acostada en su camilla, ella se queda esperando.

Al voltear los ojos hacia el mar, Manik ve una embarcación grande que avanza en su dirección, impulsada por varios remeros y alumbrada por antorchas cuyo humo dibuja un surco negro en el aire nocturno. Un techo se yergue en el centro.

La sacerdotisa blanca camina hacia la peregrina de Chichén y baja su mano para pedirle que se levante. Manik debe esforzarse. La *x-chilam* le susurra al oído:

—El hechicero te eligió para honrar a Ixchel —dice, atando la túnica verde.

Manik piensa en el anciano que llegó con el jaguar. Baja la cabeza con amargura, sin atreverse a protestar. Conoce la costumbre: a menudo ofrecen jóvenes vírgenes a los dioses de edad. La sacerdotisa la toma del brazo y la lleva a la orilla del mar.

La gran piragua se aproxima. Los remeros saltan en el agua para inmovilizarla. Uno de ellos se acerca y se inclina frente a la sacerdotisa. Ella señala con el dedo a la joven a su lado. El hombre se da vuelta hacia la elegida y le alarga una mano. Manik no lo ve. Queda boquiabierta frente a la nave.

Su techo está sostenido por cuatro pilares esculpidos en forma de falo. En cada uno hay un enano desnudo, con el cuerpo pintado de un color distinto, símbolo de los puntos del cielo: rojo para el oriente, negro para el poniente, blanco para el norte y amarillo para el sur. En el quinto punto, el del centro, hay un techo redondo, verde, rodeado por una cortina de perlas que combinan y chocan entre sí.

Al notar que Manik no reacciona, la sacerdotisa toma su mano y la pone sobre la del remero. Con delicadeza, éste alza a la dama en sus brazos y la lleva al barco. Allí, otras dos manos se tienden en su dirección. Manik ve unos dedos finos. Los sigue; su mirada recorre unos brazos tatuados hasta los hombros. Apenas se atreve a levantar la cabeza para observar la cara, maquillada como la de un felino. El hombre lleva un pectoral de jaguar, collares, brazaletes y un penacho de plumas de águila. Su taparrabo está cubierto de bordados.

Al contrario de lo que Manik había imaginado, quien le lanza una mirada intensa es un hombre casi de su misma edad. Cuando pone los pies al borde de la embarcación, la joven toma las manos extendidas. El hechicero la levanta y la deposita en la piragua, la cual se dirige hacia una pequeña bahía.

La madre de las sacerdotisas vuelve con las otras peregrinas; se queda a convencer a Ixchel.

En el barco, que es llevado por la corriente, el hechicero aprieta los hombros de la joven para infundirle fuerza. La mira intensamente. Manik siente un flujo de calor invadiendo su cuerpo. El hombre indica el centro del barco, el centro del mundo. Bajo el techo hay un colchón cubierto por una manta verde y rodeado de cojines del mismo color.

Manik recuerda los consejos del chamán de Chichén; él insistió en que ella debía aceptar los rituales para que el tratamiento tenga éxito. Enrollada en su túnica, la joven se inclina para acostarse en la acogedora cama. Se escucha música: un *tunk'ul* o tambor con hendiduras lanza sonidos mágicos, acompañado de maracas. Las olas, apacibles, imponen el ritmo.

Recostada, Manik admira el interior del techo, ornado por una equis color turquesa. ¡Un diseño igual al de su anillo! El cosmos. Alrededor hay estatuas que representan el sol, la luna, los astros. Contempla la constelación de los jabalís que se aparean, la cual indica el lugar donde surgió el dios del maíz al principio de la cuarta era. Guirnaldas de flores dibujan una franja perfumada. Manik flota entre los niveles del cielo.

Cuando el hechicero desata su penacho, Manik toca sus reliquias.

—Madre o bisabuela, ¡prepárense para salir del Xibalba!

De pie, sujetándose de su respectivo pilar con una mano, los enanos contemplan el centro del mundo, con su sexo ya erguido para el ritual.

El hechicero se inclina para pasar bajo el techo. Se tiende al lado de la elegida. Murmura una oración mientras desliza los dedos entre los pliegues de la túnica. Los perfumes de cortezas y resinas que emanan del hombre embriagan a Manik, quien se funde con esa encarnación del principio masculino.

Él la estrecha al tiempo que pronuncia unas palabras para la ocasión:

—Que Ixchel bendiga nuestra unión y que abra el camino para el hijo que mereces tener, mujercita delicada como la orquídea.

Manik lo escucha en silencio. No conoce la respuesta adecuada; el chamán de Chichén no le dijo nada al respecto. El hombre prosigue, aún más bajo:

—Desde que te vi ayer, llenas mi corazón. Tus ojos de jade, tu belleza... Pensé en ti todo el día.

Sin dejar de sostenerla con firmeza, el hechicero besa su cara, sus orejas, su cuello; acaricia sus hombros y su espalda, y baja hasta las nalgas. Manik disfruta esas manos que la aprietan. ¡Qué experiencia tan inquietante! Se derrite de deseo. Anhela con todo su cuerpo y toda su alma ese contacto carnal. Percibe por doquier el olor de esa piel que roza con los labios, que se atreve a probar con la punta de la lengua.

El hombre pasa su palma entre los muslos de Manik, quien se estremece. De repente, un escalofrío la recorre; revive los ataques de su esposo. Se pone tiesa. Un grito resuena en su cabeza. Al sentir su angustia, el hechicero retira la mano. Besa la boca atormentada con cariño.

—No temas nada conmigo, bella dama. No quiero hacerte daño. Al contrario, estoy aquí para tu placer. Estamos bañados en la luz de Ixchel. Déjate invadir por su suave aliento de vida.

Después de cubrirla de besos, desliza de nuevo, pero más lentamente, su mano hacia el centro del mundo. Sus dedos palpan los labios tiernos, los amasan con delicadeza. Manik olvida sus temores y a su esposo. Se sumerge en la embriaguez del momento.

La música se intensifica; se escucha el canto entrecortado de una caracola. Los enanos sonríen; estimulan su propio sexo sin soltar su pilar. El hechicero acaricia los suaves pliegues que resguardan la entrada del pasaje sagrado. El clítoris se yergue entre sus dedos. Manik se siente acometida por un deseo imperioso. Las olas mansas de la bahía acentúan sus ondulaciones. La joven revienta de felicidad y gime complacida.

El enano del sur la imita; eyacula en el mar, gritando "Ixchel" a plena voz. Debido a la humedad y la excitación, su pintura corporal se mezcla en la fiesta. Gotas amarillas salpican las olas.

El hechicero toma a su compañera de la cadera y la levanta hasta colocarla encima de él. Radiante, Manik sujeta el sólido falo con mano ávida y lo acomoda entre sus labios. El hechicero se mueve un poco; su sexo se abre camino entre los pliegues húmedos. Invadida por un deseo que le parece súbitamente insaciable, Manik separa los muslos y acoge con delicia el miembro lleno de savia. Se balancea con movimientos apresurados, el corazón y la cabeza enteramente dedicados al placer. El hombre jaguar observa los senos firmes que se agitan. Manik levita de éxtasis. Una ola voluptuosa la atraviesa; otra, aún más intensa, hace vibrar cada una de sus fibras. Excitado por tanto gozo, el hechicero da unos golpes vigorosos; exultante de placer, él echa la cabeza hacia atrás. Un potente suspiro surge de su garganta. Al llegar con él al séptimo cielo, los enanos gritan y esparcen su semen en el océano. Gotas rojas y blancas vuelan; las negras no se ven.

El capitán de la piragua sopla en su caracola; el sonido grave atraviesa la noche. ¡Gloria a Ixchel!

Lo esencial se ha cumplido. Manik descansa sobre el pecho del hombre, cual nenúfar en un cenote. La embarcación emprende el regreso hacia el sitio ceremonial, desplazándose a contracorriente. El hechicero no ha terminado; aprovecha el tiempo que queda. Besa a la joven y, sujetándola de las nalgas, la voltea para colocarse encima de ella. Se hunde otra vez en el pasaje caliente y húmedo. Trabaja con esmero. Manik siente el placer subiendo de nuevo. Sigue la cadencia. Entrelaza las piernas en torno a las caderas del jaguar. Éste las agarra y las pone sobre sus hombros. Acaricia el suave bulto de carne entre los muslos. Los enanos se excitan también. Cegada por el orgasmo, Manik mezcla su voz a las suyas; el hechicero gime a su vez. El capitán sopla con fuerza en su caracola. Sonidos similares responden como eco desde la playa: ¡bendita sea Ixchel!

Aturdida, Manik toca sus aretes.

—Madre, por favor, aprovecha la ocasión.

En la playa, dentro de la medialuna de luz, los músicos tocan mientras la piragua atraca. Manik baja de la misma manera como subió. Tiene tiempo de lanzar una sonrisa al hombre jaguar en lo que un remero la lleva hacia la orilla. Impasible, el magnífico hechicero le hace un guiño rápido. Manik navega en el más alto nivel del cielo, el séptimo. La piragua parte hacia el sur.

Todo el grupo regresa al santuario siguiendo el mismo camino, ahora bañado por una luz plateada. El coro canta algo muy suave, una canción aparentemente sin fin, como la marea. Ebrias y colmadas de placer, las mujeres se dejan llevar. En su camilla, Manik no siente el tejido sobre el cual está acostada. Flota, muy liviana. Pone las manos sobre su vientre, debajo del ombligo. "Potente Ixchel, que tu luz guíe a un ancestro hacia mi nido. Haz que se sienta bien ahí y que se desarrolle." Manik intenta concentrarse en imágenes piadosas. Recita los nombres de los ancestros que han dejado reliquias a la familia. Sin embargo, otra idea, contradictoria, surge y se impone. El hombre jaguar… ¡La ceremonia fue tan maravillosa! Sueña que, si no se cura de su infertilidad, podría dejarse cuidar por el hombre jaguar hasta el final de su vida.

5. RESISTENCIA

Acostada en su cama, Manik dormita; siente la cabeza pesada. Tiene un poco de náuseas, los músculos adoloridos, los huesos débiles. Desliza una mano sobre su vientre. ¿Hay alguien ahí? No siente nada; en su mente y en su carne sólo quedan los vivos recuerdos de la víspera.

Una novicia de cara pálida entra y deposita dos cubiletes humeantes al lado de la cama: uno contiene atole blanco y el otro una infusión de olor amargo.

—Para fortalecerte y purificar tu espíritu —murmura.

La joven trae también una jarra de agua y vasijas, que deja cerca de la puerta. Le muestra a Manik un cuenco lleno de una pasta ocre.

—Es una mezcla especial para limpiar la piel. Arcilla sulfurosa de la laguna de Bajakal con raíces de *bucut*[5] y zarzaparrilla.

Manik admira de cerca el rostro y las manos diáfanas de la novicia. Se pregunta si todo el cuerpo es así de blanco. La joven sacerdotisa parte con rapidez para escapar de la mirada inquisitiva. Saasil transporta los recipientes al patio. Todo está listo para arreglarse.

Sin embargo, Manik no tiene deseos de moverse. Le gustaría quedarse sola, soñar con su noche mágica, respirar las fragancias de la pasión. Que la dejen consumirse de deseo por el hombre jaguar. Su corazón está en plena erupción volcánica; por sus venas circula lava fundida. Su sexo late con una emoción que la invade. Manik se siente resplandecer de amor en la oscuridad. Sin embargo, Saasil insiste en que coma, que se lave.

Al ver que su ama no reacciona, la dama de compañía apila los cojines contra la pared para que pueda apoyarse.

—Me explicaron que estarías cansada hoy, después de los rituales. Quédate acostada y, más vale, con las piernas en alto. Recomiendan la hamaca.

Le ofrece el cubilete de atole. Agotada, Manik lo toma. Saasil quiere complacerla y agrega:

—No nos iremos hasta mañana. Tienes todo el día para descansar.

Manik se sobresalta.

—¿Qué? ¡¿Nos vamos?! ¡No me dijeron que la estancia sería tan corta!

—La luna llena sólo dura una noche, corazón; pero estabas lista. Seguro que Ixchel ha abierto el camino para el hijo. Ya verás: él vendrá… con un poco de paciencia.

Saasil se dirige al jardín y emprende su aseo matutino, sentada en un minúsculo banquito de madera. Piensa que la suerte está echada. Desea ardientemente que su ama quede embarazada. Es lamentable, pero una mujer estéril representa una boca de más. Circunstancia trágica. La gentil señora imagina a Manik ofrecida en sacrificio, víctima de un accidente o un ataque de espectros. Hace la señal de la cruz cósmica para conjurar el maleficio. Junta cada pulgar con su meñique; cruza los brazos, poniendo una mano sobre el hombro opuesto; se lleva la mano izquierda a la frente, la derecha al corazón; baja los brazos y termina con las muñecas cruzadas, las palmas abiertas hacia el cielo. Si Manik no da a luz, ella perderá su trabajo. Los tiempos son difíciles. Saasil necesita permanecer en casa de los Muwan; no hay otro lugar como ése. Sólo en Chichén los nobles emplean damas de compañía. La mujer toma una piedra pómez y se frota ansiosamente los pies.

Adentro, Manik lo ve todo negro, exasperada por la idea de dejar Kusaamil. ¡No puede ser! Busca una solución. Se levanta y da vueltas. ¿Podría hablar con la *x-chilam*? Pero antes tiene que arreglarse. Es esencial estar muy limpia para evitar parásitos y demostrar su posición. Una persona de calidad —que además sabe leer y escribir— nunca saldría con las manos sucias, el cuerpo empapado de sudor. Se encamina al jardín.

Con el ceño fruncido, repite los gestos de Saasil. Se frota los pies y los codos, se lima las uñas. Sumerge el rugoso guante de henequén en el agua de la palangana, luego en la arcilla cremosa. Las dos mujeres tallan sus extremidades, el tronco, la cara. Se ayudan mutuamente a untarse la espalda. Mientras esperan a que seque la arcilla, Saasil narra su alegre noche en el puerto.

—Fue maravilloso. ¡Hubieras visto a los acróbatas! Amontonados unos sobre otros en una torre increíblemente alta ¡que daba vueltas! Otros, acostados en el suelo, hacían girar troncos enormes con los pies. Y los contorsionistas... ¡eran para quedarse boquiabierta!

Manik la escucha, pero a medias. Saasil se enjuaga y luego limpia la espalda de su ama. Ve los rasguños en las caderas de la joven.

—¡Ay! Tienes marcas... Al menos no son tan terribles como las que te hace tu esposo.

En ese momento, Saasil piensa que las historias que circulan acerca del santuario no son del todo falsas.

—¿Los chamanes y las sacerdotisas no fueron demasiado duros contigo?

Manik sonríe; conoce muy bien la curiosidad de su interlocutora.

—¡No! Actuaron de manera muy delicada —dice. Enseguida, al notar el enrojecimiento de su piel, exclama—: ¡Oh!... Tengo la piel fina. Creo que me dieron un masaje muy enérgico...

Saasil menea la cabeza con una media sonrisa.

—Sí, es posible. Un masaje...

La palabra puede significar diferentes cosas. Manik se da vuelta para tomar agua de la palangana a fin de enjuagar la espalda de Saasil.

La joven sacerdotisa vuelve con una bandeja de alimentos que deposita sobre una piedra. A Manik le gustaría hablar de su experiencia de la víspera.

—Ayer vi cosas magníficas y emocionantes... ¿Fueron alucinaciones?

Con la mirada fija en las tortillas, Saasil levanta las orejas. La novicia pone el dedo índice sobre sus labios.

—Shhh... ¡No se debe ofender a los espíritus! Sueños y realidades se confunden a veces. Es mejor callar sus recuerdos... Así conservan toda su fuerza.

La novicia cruza los brazos sobre su pecho formando una equis para indicar que se trata de un asunto divino. Manik recuerda su promesa de guardar el secreto; baja la mirada al darse cuenta de su error. Lo peor es que Saasil seguramente exigirá detalles.

—Hay que descansar hoy —dice la sacerdotisa, que se apresura a llevarse las palanganas.

Con el estómago y el corazón revueltos, Manik come poco pero bebe mucho, principalmente agua clara. Su dama, por el contrario, engulle grandes cantidades de delicias. Afortunadamente no hace preguntas... por el momento.

Peina a su ama. Mientras le alisan los cabellos, Manik toma una rama perfumada que cuelga encima de su cabeza. Aparentemente concentrada en las flores, reflexiona sobre lo que ha vivido. Se siente invadida por un deseo imperante: ¡vivir! ¿Por qué dejarse morir al lado de un esposo cruel, cuando la vida en Kusaamil podría ser tan maravillosa? En su cabeza, la figura del hombre jaguar se sobrepone a la del temible marido. Aunque los rituales la cansaron, le permitieron descubrir un mundo insospechado: el placer, la pasión, la dulzura... Además, cosa nueva también, se dio cuenta de que podía complacer a un hombre, y no a cualquiera: un ser fabuloso, destacado en el arte del amor. Las suaves palabras del hechicero todavía resuenan en sus oídos.

Suelta la rama; ha tomado una decisión. Las flores se balancean en el aire. Manik dice:

—No quiero volver a Chichén. Odio a mi esposo. No puedo verlo más. Me quedo aquí, en Kusaamil.

Saasil, anonadada, deja caer los brazos. Mal amarrado, el chongo de Manik se desbarata. La larga cabellera negra se extiende por la espalda de la noble. Con irritación, Saasil recoge el peine. Se imagina atada al cepo por permitir semejante capricho.

—Pero es imposible, mi venadita. Los remeros nos esperan mañana para llevarnos al continente.

Manik niega con la cabeza.

—Que se vayan… ¡Yo me quedo! —Se levanta y añade—: Quiero convertirme en sacerdotisa de Ixchel.

Saasil busca una respuesta adecuada para refutar tan loca idea.

—Causarás mucha tristeza a tu padre.

Al ver que Manik hace una mueca, Saasil agrega:

—Piensa en tus ancestros.

—Lo aprobarían. Una Muwan dedicada a Ixchel, ¡qué honor!

—¡Qué cosas dices!

Manik jala a Saasil del brazo y le murmura al oído:

—Te digo que no volveré a Chichén. ¡Mi horrible esposo quiere arrojarme al cenote! Mi padre seguramente prefiere verme como sacerdotisa que ahogada.

Consternada, Saasil busca una solución. Ata el chongo bien apretado.

—Habría que discutirlo con la *x-chilam*. No conozco las reglas del santuario.

Manik asiente con gravedad. Su compañera parece por fin entender su situación. Sintiendo la emergencia, se viste rápidamente y sale. Saasil corre detrás, amarrando su cinturón deprisa. El patio está vacío. Manik sube la pirámide con la esperanza de encontrar a alguna sacerdotisa. No hay nadie en el pequeño templo. Desde arriba, observa los alrededores. Todo es verde hasta donde alcanza la vista, medio escondido por la humedad marina. Hacia el este está el mar inmenso, por donde salen los astros. Al oeste, allende el mar pequeño, se alcanza a ver el continente. Hileras de barcos parten del muelle cercano.

Música alegre asciende entre las ramas. Manik busca en las inmediaciones para averiguar su origen.

En un patio entre dos residencias de piedra, ve a un grupo de bailarinas que ensayan una coreografía. Sobre la plataforma delante de una de las casas está un músico con un tambor, marcando el ritmo. A su lado, una mujer cubierta de velos, coronada por un sombrero de alas anchas, indica movimientos al grupo. Manik piensa que allí se encuentra aquella a quien busca. Baja y camina a grandes pasos. Saasil trata de seguirla.

Al ver a las dos peregrinas entrar al patio, la primera sacerdotisa contiene con dificultad su impaciencia. Había insistido en que se quedaran todas en sus chozas. Manik se acerca. La *x-chilam* ordena a las bailarinas que continúen su ensayo. Llama a su asistente para que tome su lugar y se dirige a toda prisa hacia un cuarto oscuro. Manik corre detrás de ella, con Saasil pisándole los talones. Después del sol violento del exterior, el lugar parece colmado de tinieblas. Manik aguza la vista. La sacerdotisa está sentada al fondo, en el rincón más oscuro. Apenas se distingue su rostro.

—No las he invitado, pero ya están aquí…

Manik se adelanta para ofrecer sus saludos. La dama levanta una mano fantasmal.

—No se acerquen. Siéntense en el banco.

Las dos mujeres de Chichén retroceden hacia la entrada y se quedan en el banco de piedra que se extiende a lo largo de la pared. Manik no se deja intimidar por la frialdad de la bienvenida. Puesto que la sacerdotisa no recitó las fórmulas de cortesía, las cuales suelen ser interminables, ella las elude también. En cambio, habla de su deslumbramiento de la noche, sin revelar detalles. Luego anuncia:

—Deseo dedicarme a Ixchel aquí en T'aantum.

La declaración no produce ningún efecto. La *x-chilam* permanece estoica; sólo su cabeza se mueve un poco.

—Las veinte novicias que trabajan en el santuario desean servir a Ixchel hasta exhalar su último aliento. Ellas…

Manik la interrumpe:

—Soy pintora de mucha fama en Chichén. Podría realizar murales…

La dama aprieta los labios; prosigue:

—Las sacerdotisas renuncian a los placeres terrenales. Soportan el ascetismo y el ayuno. Su personalidad se borra y es reemplazada por su devoción hacia la diosa. Es una vida intensa, pero breve…

—Si vuelvo a Chichén, mi vida también será corta. Quieren ofrecerme en sacrificio. Prefiero consagrarme a Ixchel.

—Es una decisión delicada. Esperemos un poco. Los rituales podrían tener un resultado favorable.

—Lo dudo…

Los ojos de la dama lanzan rayos.

—¿Dudas de nuestros poderes y de los de Ixchel?

La voz enérgica desconcierta a Manik, que en ese momento advierte su error.

—Eh… ¡No! Es que… intenté tantas cosas antes…

—Pero nada tan potente como lo que viviste ayer.

Manik debe admitirlo.

—Es verdad. Nunca había experimentado nada parecido.

La *x-chilam* se tranquiliza.

—Si ningún espíritu se establece en tu matriz, podríamos probar otro tratamiento, más largo. Dos o tres meses…

Manik sacude la cabeza.

—Me gustaría mucho pero, si vuelvo a casa, no me dejarán regresar aquí. Los demonios al fondo del cenote son los que me van a recibir.

—No hay necesidad de hacer dramas. Puedo mandar un mensaje al chamán de Chichén para comunicarle tu voluntad de dedicarte a Ixchel. Es un sacerdote respetado. Así estarías protegida. Tu familia podría hacer ofrendas al santuario a fin de reservar tu lugar. Si en tres lunas no quedas embarazada, podrás volver.

Manik se molesta; nadie la comprende. Piensa en el espléndido hechicero que le guiñó el ojo desde lo alto del barco. Con él debe hablar. Las decisiones de los hombres siempre prevalecen sobre las de las mujeres, sean dirigentes o no.

—¿Puedo hablar con el hechicero jaguar?

Saasil memoriza el nombre: hechicero jaguar. ¿Será ese hombre la causa de la rebeldía de su ama? Por su parte, Manik, una vez que sus ojos se han acostumbrado a la oscuridad, nota la sonrisa amarga de la sacerdotisa. La dama se arrepiente de haber elegido a esa noble de Chichén para la ceremonia de la luna. La víspera parecía una niña perdida que sólo buscaba complacer y ahora se ha convertido en una princesa arrogante que se imagina elegida por los dioses.

—Si el hechicero desea hablar contigo, te encontrará —dice la dama, golpeteando su brazo con la punta de los dedos.

—¿Y el primer orador?

—No da audiencia.

—Permítame quedarme aquí —insiste Manik—. Los dioses me hablan.

La sacerdotisa inhala lentamente, bajando la cabeza. Sólo se ven su sombrero y su velo. La *x-chilam* mira sus manos; su piel es tan delicada que podría desprenderse con sólo un soplo. Evalúa las ventajas y desventajas de la solicitud, sabiendo de antemano lo que acontecerá. Las novicias se pondrán celosas de la recién llegada, mientras que el hechicero se llenará de orgullo. A él le gustan las conquistas, y esta noble de Chichén constituye una importante presa. Además, hay que reconocer que los dioses han mimado a la joven, con sus ojos de reflejos verdes. El hecho de que haya podido utilizar el barco ceremonial es una señal muy significativa. Desde hace años no ha sido posible usarlo. Al hechicero le disgustan las fuertes sacudidas de las olas. ¡No le permiten trabajar! Y la noche anterior, como por arte de magia, el mar permaneció en calma. Y qué decir de los enanos, tan solicitados que pocos aceptan cruzar hasta Kusaamil. ¡De repente vinieron cuatro! La *x-chilam* juzga inútil luchar contra los dioses. Elige el mal menor y levanta la cabeza despacio.

—De acuerdo, pueden permanecer aquí, pero sólo por unos días.

Manik salta de alegría.

—¡Nos quedamos! —dice encantada.

Molesta, su dama de compañía alisa un pliegue de su falda; imagina la cólera del mercader tolteca con su bastón de *tanka,* madera muy dura. Protesta, pues su guía las espera para volver. La dama no se inmuta.

—El guía puede esperar. Le mandaré avisar... A él y al chamán de Chichén, para que anuncien a los Muwan que decidí retenerlas un poco más por aquí. Pero que quede bien claro que serán sólo unos días. Si se piensa en un tratamiento más largo, tendrán que volver. No puede imponerse así, sin previo aviso y sin la debida preparación.

La sacerdotisa se levanta para indicar el fin de la conversación. No le gusta perder tiempo con niñas caprichosas. Saasil se levanta también, harta; desaprueba la conducta de su ama. Pero, como ella es muy terca, necesitará actuar con cautela para traerla de vuelta a la razón y a casa.

Por la noche, las peregrinas celebran un ritual de despedida sobre la pirámide del santuario. Un último baño de claridad lunar antes de partir. La ceremonia carece de las extravagancias de la víspera, aparte de una nube blanca de copal que arropa el templo y la estela. Parados a ambos lados de la piedra sagrada, dos sacerdotes con los ojos ocultos detrás de máscaras de plumas alimentan los quemadores de incienso. Es tiempo de reflexión. Una flauta toca una suave melodía. Las damas se arrodillan y se santiguan. Varias colocan los brazos formando una cruz sobre el pecho. Todas oran con los ojos cerrados. Con la cabeza baja, Manik mira rápidamente alrededor; siente la presencia del hombre jaguar, pero no lo ve.

—Los dioses han escuchado su plegaria…

Las mujeres levantan la cabeza. Con los ojos bien abiertos, examinan la estela, bañada de incienso. Manik ni siquiera respira. Esa voz grave…

La piedra prosigue:

—Regresen con sus esposos. Repitan las oraciones a Ixchel antes de mezclar sus jugos para concebir al hijo. Una encarnación anidará en su cueva y nacerá durante el próximo año. El camino para el niño ha sido abierto.

Manik tiembla: esa voz… Le gustaría abrazar la piedra. Hace un movimiento para levantarse; Saasil le pone una mano en el hombro y la detiene. Las mujeres, llorando de felicidad, se estrechan entre sí, consoladas de una pena grave. ¡La estela habló! Novicias y peregrinas cantan al unísono para dar las gracias. Ondean ramas floridas hacia la estela y la luna, los principios masculino y femenino reunidos. La música disminuye hasta ser sólo un murmullo. Una nube esconde al astro de la noche, con lo que se clausura el ritual.

Todas bajan hacia la plaza, guiadas por la suave luminosidad de Ixchel.

6. PIEL DE ALABASTRO

Manik despierta con un hambre tremenda. Se dirige a la cocina, donde las señoras comen algo antes de marcharse. Conviven alegres. Se sirve un maíz especial: pequeñas mazorcas que han crecido en pares, pegadas por la base. Manik observa la rareza. Una compañera se regocija:

—¡Ja, ja! ¡Maíz doble! Quieren que tengamos gemelos.

Las mujeres estallan en carcajadas. Manik se come una de las mazorcas sin pensarlo mucho. A pesar de lo maravilloso de los rituales, no la entusiasma mucho el embarazo. Le gusta más la idea de quedar estéril y convertirse en sacerdotisa, la mejor manera de volver a ver al hechicero encantador.

La *x-chilam* entra en la cocina para despedirse. Porta una larga manta y un turbante de algodón enrollado en la cabeza. Ofrece a cada peregrina un envoltorio de hierbas secas.

—Se remoja en agua muy caliente, luego se cuela y se bebe la infusión tibia. Las ayudará a quedar preñadas. Y no olviden recitar todas sus oraciones. Ixchel las asistirá. —Justo antes de salir, se da la vuelta y añade—: Según lo decidió su chamán, la dama de Chichén se quedará algunos días más con nosotras.

Necesita cuidados especiales. Feliz viaje a todas. Que los dioses las favorezcan.

La *x-chilam* se evapora. Un murmullo de sorpresa circula entre las mujeres. ¿Por qué dar semejante privilegio a esa joven? Manik baja los párpados para evitar las miradas de celos. No tiene que justificarse frente a esas desconocidas.

Saasil interviene:

—Es que…, ustedes saben…, el chamán de Chichén es muy quisquilloso. Mi señora teme ofenderlo si no respeta todas sus recomendaciones.

Las mujeres entienden; todas han tenido que someterse a reglas impuestas por las autoridades. La comida termina en un ambiente alegre.

Las peregrinas abandonan el santuario y se dirigen hacia el puerto, llevando consigo la bendición de Ixchel. Desde la terraza, Manik y Saasil les desean un viaje seguro. Mientras el grupo se aleja, las mujeres voltean hacia la pirámide. La *x-chilam* las espera.

Cuando se reúnen con ella, la dama mira a la joven noble y advierte:

—Aquí las sacerdotisas se limitan a obedecer y orar. Como ellas, deberás someterte a un ayuno estricto. Por lo que queda de tu estadía, sólo tendrás derecho a infusiones y atole.

Manik se inclina. La madre de las sacerdotisas continúa:

—Hoy limpiarás los cuartos de las peregrinas. Retira las sábanas y las cubiertas; llévatelas para que las laven. Después sacarás cojines y esteras y los sacudirás al sol.

Manik acepta todo sin inmutarse. Es Saasil quien se escandaliza. No quiere presenciar semejante infamia: ¡su ama convertida en sirvienta! Para colmo, la mantendrán a base de infusiones. Reacciona:

—No pienso comportarme como aprendiz de sacerdotisa —dice.

—Entonces tendrá que irse a otra parte —observa la *x-chilam.*

Manik no quiere que se arruinen sus esfuerzos por quedarse, así que propone rápidamente:

—Mi señora, ¿ella no podría instalarse en una casa de huéspedes del puerto por algunos días?

La sacerdotisa mueve la cabeza, aceptando la sugerencia. Sin decirlo, está de acuerdo con Manik: prefiere que la mujer se vaya para no tener testigos. La idea también complace a Saasil, quien podrá esperar en un lugar agradable a que concluya el tratamiento de fertilidad o que la terquedad pueril de su ama pierda impulso. De camino hacia el puerto, bendice a la *x-chilam* por imponer una vida estricta a su ama: cuanto más dura sea su existencia en el santuario, más fácil será llevarla de vuelta a Chichén.

Tras limpiar los cuartos, Manik debe orar largo rato, de rodillas, en la cima de la pirámide. Se quema bajo el sol. Un pitido ordena su descenso. Después de dar un sorbo a la infusión para el almuerzo, la mandan a barrer los senderos del jardín. Manik piensa que la sacerdotisa quiere deshacerse de ella. Con la escoba empuja hojas secas bajo los arbustos. Poco interesada en la tarea, observa la multitud de plantas, dispuestas según su altura: hierbas, gramíneas, flores de todas formas y colores, árboles con cabelleras de musgo... Deslumbrada, se adentra en las profundidades de aquel jardín divino. Nadie la vigila. Pájaros desconocidos cantan. Susurros cercanos, muy suaves, indican la presencia de espíritus. Supone que son amigos.

Se cuelan murmullos entre la vegetación; al parecer se trata de una conversación. Manik camina en esa dirección. Bajo un gran cedro rojo[6] con olor a resina, divisa a un hombre con turbante blanco, sentado en una banca. Se acerca unos pasos y reconoce al orador divino, aparentemente sin su jaguar. ¿Estará hablando solo? Tiene un códice abierto sobre las rodillas y un pincel en la mano. Manik se adelanta un poco más y nota movimiento a la derecha del orador. De repente ve a un enano a su lado, extendiendo el códice. También usa turbante, pero muy alto, decorado con plumas. Los dos discuten.

Al sentirse observados, levantan la cabeza. El orador reconoce a la joven y sonríe. El enano, por el contrario, hace una mueca de desagrado, tal vez molesto por la intromisión.

El orador alza una mano para dar la bienvenida a Manik.

—¡Dama de Chichén!

—Esta vez, con una escoba —lanza el enano.

Manik duda un momento. ¿Saludará al primero e ignorará al segundo? La atrae la serenidad del viejo. Lo mira y le enseña su escoba.

—Honorable orador… Se pretende iniciarme en la vida del santuario —dice con una sonrisa.

—¡Otra que quiere quedarse aquí! —gruñe el enano.

—Una privilegiada… —observa el orador—. Pocas mujeres han experimentado lo que ella vivió ayer. Me llamo K'ult. Acércate.

Manik enrojece al pensar en el ritual del barco.

—Mmm…

La joven pide disculpas; no desea molestar. El enano baja del banco de un salto. Sus collares tintinean.

—Querido K'ult, debo irme. El rey de Ek Balam tiene una emergencia. Debo leerle los augurios tan pronto como sea posible. Está muy preocupado… —Lanza una mirada sospechosa hacia la noble, pero ésta sólo es una mujer y, para colmo, joven. ¡Son tan idiotas!—. El poder creciente de los extranjeros en Chichén le parece una amenaza grave.

El orador se pone muy serio.

—El rey tiene toda la razón. Él también está perdiendo contacto con los dioses. Las lluvias escasean tanto que la gente muere de hambre. Ek Balam debería hacer la paz con Chichén en lugar de oponérsele.

Al enano le disgusta la propuesta a todas luces.

—No pienso sugerirle eso. Quiero conservar mi cabeza en su lugar, tanto como él su corona. ¿Te gustaría que abdicara en favor de los extranjeros? ¡Imposible! Perdóname, tengo que preparar mi regreso; primero pasaré por mi casa en Akumal y luego iré a Ek Balam.

Manik se inclina, un poco avergonzada de que se considere una amenaza a su ciudad. "Los enanos también son una amenaza —piensa—: ¡están ligados a las potencias del inframundo!" Que este enano viva en Akumal no la sorprende; sabe que ahí hay una comunidad de gente pequeña.

Apoyado en sus piernitas musculosas, el enano desaparece con rapidez entre la vegetación. Parece un *alux,* uno de esos seres traviesos que se esconden en la selva.

—Es buen amigo, un poco gruñón pero tiene buen corazón —murmura el orador.

Con su pincel en la mano, hace una seña a la joven para que se acerque. Manik deja su escoba apoyada en un árbol y toma asiento. K'ult le muestra las páginas decoradas con colores, donde seres divinos se transforman en animales o plantas. El orador habla de las divinidades que pueblan la inmensidad de los cielos.

—Conozco varias leyendas —dice Manik—. En Chichén pinto escenas míticas en cerámica, pero muchos de estos dibujos son nuevos para mí.

—Ilustran mitos que vienen de lugares diferentes. De Mictlán, del Anáhuac…

El orador clava la mirada en la de Manik, como si se hundiera en una laguna. Le pregunta:

—¿Acaso los espíritus te hablan?

—Sí, y a veces también los veo —dice Manik, sintiéndose en confianza.

K'ult asiente y sonríe. Abre el códice en una página en blanco y le da su pincel a la joven.

—¿Podrías hacerme el regalo de pintar una escena? Sólo tengo rojo y negro —dice, mostrándole dos pequeñas conchas llenas de tinta.

A Manik le encanta la petición. Mira la página precedente para elaborar algo con el mismo estilo. Le gusta dibujar quetzales, con su larga cola elegante. Son un símbolo muy antiguo del dios creador o de quien lo reemplaza en la tierra, el rey. Empieza. El pájaro mítico vuela, rodeado de diseños vegetales inspirados en la enredadera que bordea el sendero. Mientras la joven pinta, el orador se afana en las cercanías: recoge hojas, arranca maleza, rompe ramillas secas.

Manik concluye su obra poniendo un punto rojo en la parte superior; representa el este. El sol se acuesta detrás de los árboles.

El orador se acerca y la felicita:

—¡Lindo trabajo! Esa planta que pintaste, la morada con flores blancas, tiene poderes curativos y fortalecedores. Deberías probarla.

Manik suelta el pincel, se levanta y va a arrancar un pedazo, que prueba. El sabor dulce, a menta, la complace. Observa de cerca las florecitas blancas. Arranca unos trozos más y se da vuelta hacia el banco. K'ult ya no está. El códice también ha desaparecido. No queda nada; ni siquiera el pincel.

Manik nota movimiento al final del sendero sombreado. Camina veloz en esa dirección. Llama al orador. Nadie contesta. Empieza a sentirse perdida. Da una vuelta completa para tratar de orientarse. Ni rastro de su escoba. Observa solamente montones de plantas oscuras. Un olor y una sensación extraña la advierten de una presencia. Se queda inmóvil.

Frente a ella, el hechicero jaguar sale suavemente de entre las ramas; lleva un felino atado con una cuerda. Manik se estremece de felicidad y miedo. Retrocede un poco.

Los dos se miran fijamente, esta vez a la luz crepuscular. Manik puede observar mejor al hechicero: no lleva traje ceremonial, máscara ni maquillaje. Sus extremidades y su torso lucen ocelos como los de la piel del jaguar, pero no su cara. Es imponente. Tal vez tiene poco más de veinte años. Su aspecto es felino y su mirada algo fría. En su pectoral de piel de jaguar brilla una pieza de oro. Dos símbolos solares sobrepuestos: el oro para el día y el jaguar para la noche.

El hechicero se inclina levemente, deteniendo el *sáabukan* que lleva al hombro.

—Bella dama de Chichén. Me dijeron que te quedarás en el santuario unos días más, lo que me llena de alegría, aun cuando ya no estaremos en el gran barco ceremonial…

Manik murmura:

—Hombre jaguar… ¿Quién eres?

Él se acerca y pone su mano derecha sobre su corazón.

—Nací en Kusaamil, en un linaje de chamanes. Mi padre se unió con una sacerdotisa de Ixchel. ¿Tú quién eres?

—Noble por mis dos padres —dice Manik, que quiere imponerse un poco—. Mis ancestros trabajaban para el rey de Mutal.

El hechicero cree lo que oye; estoico, encaja el golpe. Esa hermosa mujer pertenece a una clase muy superior a la suya. Intenta evaluar la distancia que los separa:

—Se dice que los nobles saben leer y escribir. ¿Es tu caso?

Manik lo encuentra encantador. Sonríe.

—Sí. Sé pintar, calcular, elaborar calendarios... Pero sólo soy una mujer. También se dice que los hechiceros tienen poderes inmensos...

El hombre sonríe a su vez; sabe escribir, pero sólo cosas simples. Esa belleza parece conocer mucho más que él... Una hija de la élite, ¡pero simpática! Hace señas a Manik para que lo siga. Ella obedece, fascinada por la invitación. El jaguar camina detrás de su amo como una sombra. Casi sin detenerse, el hechicero arranca ramas floridas, que guarda; esparcen un olor a vainilla. A poca distancia atraviesa un cerco de hiedra. Manik lo imita y se encuentra dentro de una cueva. El hechicero suelta al jaguar. Temerosa, Manik retrocede entre las ramas. Ve al animal bajar hacia una depresión; se escucha un clavado. Ella se acerca. Al fondo, a lo largo de la pared de piedra se extiende una laguna. El felino nada de un lado a otro.

Manik mira a su alrededor. Puntas de piedra penden del techo. Cerca de la entrada, algunas llegan hasta el suelo y forman gráciles columnas. En la cueva crecen helechos y huele a tierra húmeda. Un poco de luz se filtra por una grieta en el techo, coloreando el aire de polvo ocre. A lo lejos arden brasas en un quemador de incienso. El perfume de copal, el hechicero, el felino en la caverna… Manik siente que atraviesa el primer nivel del cielo.

El jaguar sube y se sacude. Tras ponerle su collar, el hechicero lo amarra a la punta de una estalagmita. Acaricia la cabeza del animal, que bosteza y mueve las orejas de placer.

Sobre una piedra llana, el hechicero deposita una espesa capa de musgo que semeja un mantel sobre un trono. Ofrece un asiento a Manik y ella lo acepta con gusto.

—¿Puedo? —pregunta él, acercándose.

Manik asiente, divertida. ¡El guapo hechicero sólo para ella! Se siente flotar de felicidad, libre como nunca. No hay dama de compañía, parientes, chamán ni marido cerca para controlarla o decirle lo que debe pensar o hacer. ¡Miles de gracias, Ixchel!

El hombre abre su *sáabukan* y extrae unos tamales que despiden un olor exquisito. El jaguar suspira con fuerza. Manik escucha su estómago gruñir de hambre. El atole y la infusión…

El felino recibe una pata de jabalí que devora con gran apetito. Manik siente respeto por la poderosa mandíbula del animal. El hechicero vacía su bolso, del que salen anones, aguacates, jugo en una calabaza…

—¿Quieres un tamal de pavo?

—Tengo hambre, pero la *x-chilam* me prohibió comer.

El hechicero ríe y le pone un tamal en la mano.

—No te denunciaré. La *x-chilam* es muy severa, pero es a Ixchel a quien se debe obedecer. Y la diosa luna prefiere que las futuras madres se alimenten bien.

Alegre, Manik devora cuanto se le ofrece. Al tener la boca llena, no hace comentarios sobre la posibilidad de convertirse en madre. Le interesa más descubrir cosas acerca del maravilloso ser a su lado.

Terminada la comida, murmura:

—Hechicero jaguar, cómplice de la luna. Nos conocemos apenas… No sé tu nombre.

—Me llamo Tsoltan, el de la palabra ordenada.

—Tsoltan… Es lindo. ¿Trabajas aquí, en Kusaamil?

—A menudo, sí. Pero a veces me traslado a otras ciudades que requieren mis servicios.

—¿En casos de infertilidad?

Tsoltan ríe.

—Para ese… y otros asuntos.

Tsoltan se da la vuelta para sentarse en el suelo frente a Manik.

—Querida noble dama de Muwan y Mutal —dice, tomándola de las manos—, *x-tsíib,* pintora-escritora… Tienes autorización para hacer una última pregunta.

Manik se muerde el labio. ¿Habrá hablado demasiado? Duda y luego lanza:

—¿Haces magia… blanca o negra?

Tsoltan clava la mirada en la suya, al tiempo que besa sus finas manos.

—Principalmente blanca. Me gusta ayudar a la gente, pero también puedo actuar contra los espíritus malos.

Se acerca. Sus labios suben lentamente a lo largo del brazo de Manik, quien se estremece. Apenas audible, él recita un poema:

> Te quiero, magnífica dama.
> Así serás amada,

tal como lo son
la luna y las flores.
Danos la felicidad,
aquí en el fruto partido...

Manik se deja llevar por el ritmo de esa voz caliente y áspera. Emite un breve suspiro; apenas se mueve por temor de romper el encanto. El hechicero hunde la cara en los perfumes de su cuello. Al mismo tiempo desata su falda con suavidad. Retira la prenda. Manik se siente ebria de deseo. Su sexo palpita. Todo en ella grita: "Sí, otra vez, ¡como ayer!"

El hechicero se tiende sobre el musgo, en el suelo. Con un dedo la atrae hacia él. Sin poder evitarlo, Manik se deja caer encima del amplio torso. El hombre la acaricia con las ramas de flores. El olor a vainilla se difunde sobre la piel, en la espalda, las nalgas. Se aman con delicia. Manik está enteramente consumida por una intensa pasión; nunca pensó que el amor podía ser tan exquisito.

El jaguar observa a los humanos con sus ojos fríos.

Una vez sosegada la emoción, los dos bajan a la laguna para refrescarse.

Saciada, agotada, Manik se queda dormida con la cabeza apoyada en el pecho de quien llama "mi amante". Él la cubre con su capa. Ixchel alumbra a la pareja que descansa a la entrada de la cueva, resguardada por un jaguar impresionante.

Todavía está oscuro cuando el hechicero despierta a la joven para que vuelva a su alojamiento. Le dice que la esperará en el mismo lugar la próxima noche: la cueva al final de la senda, después de la bifurcación del gran cedro rojo. Manik acaricia el brazo musculoso.

—Puedo soportar la oscuridad para verte pero... ¿y si me cruzo con un jaguar?

Tsoltan sonríe y desliza su dedo índice alrededor de los labios rosados.

—Sólo hay dos en la isla: los míos. Un macho y una hembra que me obedecen ciegamente.

—Se dice que es imposible domesticar jaguares.

—¡Ja! Los magos de Kusaamil pueden realizar muchas cosas imposibles.

—Como hacer que las mujeres estériles den a luz —contesta Manik.

Su réplica le vale un beso largo.

—Tienes que irte. La luna alumbrará tu camino. Mantente en el sendero principal. Está bordeado por hileras de piedras blancas. Vete antes de que se levanten las novicias.

Manik se apresura. Venciendo su miedo a la oscuridad, atraviesa el jardín. Vuela; sus pies apenas rozan el suelo y su cabellera flota hacia la cumbre de los árboles.

Ya en su choza, duerme escasamente. Habrá de soportar frustraciones durante todo el día, soñando con las delicias que le traerá la noche. Se siente poseída por la imagen y el perfume del hechicero, por el sonido de su voz. Mientras se somete a duras pruebas, sólo piensa en él, en volver a tenerlo cerca para deleitarse con su ternura. Desea repetir el mismo ritual amoroso, tan intenso como en el barco ceremonial. Tiene ganas furiosas de vivir gozando.

Una vez en la cueva, por la noche, Manik habla a Tsoltan de su intención de quedarse en Kusaamil. El amante esboza una mueca.

—Si no quedas embarazada, podrás volver aquí. El santuario recibe numerosas mujeres a las que expulsan de sus clanes por ser estériles.

La respuesta decepciona a Manik; es más o menos lo que le dijo la sacerdotisa. Ella esperaba que el hechicero le suplicara que se quedara. Al parecer nadie la quiere en la isla. Su felicidad se desvanece. Baja la cabeza.

Tsoltan levanta su barbilla y la besa con pasión en la boca.

—Alégrate. Estamos juntos... hasta mañana.

Señala un rincón cerca de la entrada y susurra palabras que hacen estremecer a Manik.

—He pensado en ti —dice—. Instalé algo.

Curiosa, Manik va a ver. El hombre la sigue de cerca. Entre una piedra que sobresale y una estalagmita hay una hamaca del color de las llamas. Manik la mueve: brilla el rojo mezclado con el amarillo. El hechicero abraza a la bella dama por la espalda. Sus manos la aprietan. Manik se da vuelta. Con un solo movimiento, él la estrecha en sus brazos, toma impulso y se deja caer entre las redes. De nuevo el amor; se devoran de manera tan intensa como cuando los enanos llamaban a Ixchel. La música resuena en su cabeza. La hamaca oscila y los enreda uno sobre el otro. Los astros avanzan lentamente en el cielo. La Vía Láctea se yergue, palpitante; luego se detiene en el horizonte antes de desvanecerse en el inframundo.

Al alba, Manik despierta llena de dulce euforia. El hechicero ha sido más tierno que nunca. Vuelve a su cuarto corriendo, impregnada de un suave olor a almizcle. Se derrumba en su cama y se hunde en un sueño breve.

Un pájaro pía; la *x-chilam* silba para despertar a las novicias, que se apresuran a reunirse en el patio. Manik las alcanza con cierto retraso. Se gana una mirada asesina que la obliga a bajar la cabeza; tiene la impresión de que la *x-chilam* lo sabe todo. Se reparten órdenes con aspereza. Manik sigue a las jóvenes sacerdotisas; en grupo compacto se dirigen hacia la parte posterior de la cocina.

Ahí, dos sirvientas transportan un amplio cuenco que depositan en el suelo; está lleno de una sustancia cremosa. Las novicias se desvisten. Manik nota que sus cuerpos están mucho más pálidos que el suyo. Lucen más bellos, blancos como el algodón recién cosechado o como la luna redonda. Desnudas, las mujeres llenan su cubilete de crema lechosa. Untan su cuerpo con ella, hasta en los más mínimos escondrijos: sobre los párpados, en las orejas, entre los dedos. Tallan bien para que penetre la crema. Se ayudan unas a otras a ponérsela en la espalda, las nalgas. Manik supone que la mezcla tiene algo que ver con su palidez. Nadie se la ofrece. Se acerca al cuenco.

Con una mano en alto, la jefa detiene su movimiento.

—El tratamiento está reservado a las sacerdotisas —advierte. Señalando con el dedo índice la terraza al pie de la pirámide, ordena—: Tú vas a barrer. Ayer me trajeron la escoba que olvidaste en el jardín. ¡Intenta no perderla esta vez! Y retira las plantas secas de la estela.

Manik se siente decepcionada; le habría gustado tornarse tan blanca como el alabastro. Cuando sale, las novicias permanecen de pie, inmóviles, los ojos cerrados, las piernas y los brazos alejados del cuerpo. Reina el silencio; sólo se oyen pájaros e insectos.

Mientras Manik barre, escucha de repente a las sacerdotisas que cantan algo muy triste, como un largo llanto. Curiosa, intenta verlas. Se detiene frente a las dos puertas de la casa, que están una frente a la otra. Observa la expresión de dolor en las caras. La silueta de la *x-chilam* se dibuja en el umbral.

—¿Qué esperas para sacar las flores viejas de la estela? ¿Quieres que vaya a ponerte la escala?

Manik sube a toda prisa hasta la cima del monumento y deshace los apretados nudos de sisal. Las ramas secas caen al suelo. Manik las recoge y las lleva a la cocina, con el pretexto de que pueden servir para la fogata.

En el patio, las novicias se enjaguan rápidamente con agua. Algunas lloran. La piedra donde se lavan es tan blanca y lisa como sus cuerpos. Se untan una savia viscosa y clara, probablemente pulpa de agave, remedio reconocido para las quemaduras. Al mirar con atención, Manik nota que sólo la planta de los pies conserva su color de corteza. La piel de las sacerdotisas presenta fisuras, pequeñas ronchas rojas. Unos sirvientes las refrescan moviendo largos abanicos trenzados.

Manik empieza a entender lo que la *x-chilam* quiso decir cuando habló de ascetismo. Las novicias recitan oraciones mientras la savia se seca y forma una costra lustrosa. Después vuelven a vestirse, beben varios vasos de infusión y regresan al trabajo. Hay que preparar el santuario para la próxima luna. Manik recibe un cepillo; le ordenan fregar los escalones de la pirámide.

Para ella siguen cuatro días de faenas domésticas y las mismas noches de euforia celeste.

La *x-chilam* finge ignorar las excursiones nocturnas de la dama de Chichén. Conoce bien al hechicero. Piensa que, al encubrir a la noble, aumentan las posibilidades de que quede embarazada. Y si una noble de Chichén está en deuda con Ixchel, el santuario puede recibir donaciones generosas. Sin embargo, la madre de las sacerdotisas no le hace la vida fácil a Manik. Si esa ingenua se quedara a vivir en el santuario, tendría que inclinarse ante el yugo de la virtud.

Después de las emociones del amor, Manik apoya la cabeza en el pecho atlético de su compañero. Se siente protegida por el más bello hombre de la isla y de toda la creación.

—Quisiera vivir así hasta el final de mis días —murmura—. Guárdame contigo.

Tsoltan suspira.

—¡Ja! Bien sabes que es imposible. Perteneces a un hombre poderoso. Además, es posible que tenga que viajar.

—Tú también… ¡te vas! ¿A Acalán o a las salinas?

—En dirección opuesta. Hacia el sur.

Manik piensa en su bisabuela, que trabajaba para los viajeros, embajadores o comerciantes.

—¿No necesitas una cocinera para tu viaje?

Tsoltan ríe.

—¿Tú, cocinar? ¿No eres *x-tsíib*?

—Soy muy ingeniosa. Sé moler maíz y cocerlo.

—Yo te veo más bien dando órdenes a esclavos…

Manik está a punto de replicar, pero Tsoltan cierra sus labios con un beso ardiente.

—Tienes que dormir ahora. Mañana partirás antes del alba.

7. MAESTRA DAMA

Saasil contempla el sol que se hunde detrás del continente, frente a ella. Disfruta de la vida en el puerto de Kusaamil desde hace ya cuatro días. Ha visto pasar grandes cantidades de gente y mercancías. Lo observó todo; hizo preguntas sin parar. Aprendió a reconocer a los hombres por su procedencia: los chontales de Acalán y Xicalango, buenos navegadores; los putunes de Chakán Putun, con sus conchas y añil; los famosos toltecas del Anáhuac, ricos por su obsidiana, tan socorrida para hacer armas y herramientas. ¡Para no hablar de sus hachas de cobre! Cuántas historias podría narrar. Cada objeto… Se imagina al lado de la fogata, en casa de los Muwan, por la noche, frente a las sirvientas asombradas.

—¡Verdaderas caravanas toltecas desfilaron frente a mí en Kusaamil! —les relataría—. De esos guerreros mercaderes, fuertemente armados, la mitad del cuerpo pintada de negro, la cara escondida bajo el sombrero. ¡Terroríficos! Tenemos suerte de que sean nuestros aliados… ¡Y todo lo que transportan con los chontales! Piraguas llenas de alabastro, al parecer del valle del Ulua. ¡Eso queda a más de una luna de navegación desde Kusaamil!

Las sirvientas darían gritos de sorpresa. Saasil seguiría su historia:

—Hasta pude tocar hojas de oro y plata que trasladan unos que se dicen mixtecos. Se cuenta que llevan polvo de oro en las plumas de sus peinados. Son muy refinados y elegantes. Están aliados con los toltecas. Yo no los conocía. Parece que vienen de las montañas por el mar del ocaso. De Huaxyácac* o algo similar. Se necesita un traductor para hablar con ellos; de otro modo ¡no se entiende ni una palabra!

Las sirvientas la mirarían con azoro.

—También vi vasijas de gran belleza, como no tenemos por aquí. Y telas con diseños y colores increíbles. Me habría encantado adquirir una sola pieza, pero no tenía nada que ofrecer a cambio. Sólo tengo recuerdos.

Seguramente las sirvientas se decepcionarían al oír eso. Saasil piensa que deberá mejorar su narración. ¿Tal vez podría hablar de las creencias de los chontales? Siempre imaginándose en la cocina de los Muwan, Saasil retoma su historia frente a una asistencia imaginaria, de nuevo cautivada:

—Esos mercaderes adoran a Ek Chuak, su dios del comercio. Tiene la cara negra y la nariz muy larga y fea. Los nuestros oran al dios cabeza de búho, pero todos los viajeros honran a Chamán Eek', la estrella del norte que los guía por la noche.

La oscuridad se impone. Saasil emerge de su sueño frente al mar pequeño. Podría pasar meses cosechando historias, mirando y escuchando a los comerciantes, pescadores y peregrinas que entran y salen del puerto. Sin embargo, a pesar de su

* Oaxaca.

entusiasmo, se siente culpable; mientras ella se divierte, su ama está bajo las órdenes de una *x-chilam* exigente y tal vez también de un hechicero extraño. "¡Soy responsable de esa niña! Si le pasa algo...", se dice. Agobiada por el remordimiento, decide volver al santuario por la mañana.

Aún está oscuro cuando Saasil emprende el camino hacia T'aantum, acompañada de cuatro cargadores que podrían llevarla a ella y a su ama de vuelta al puerto.

Al llegar al gineceo, encuentra a Manik durmiendo, vestida, encima de su cama.

—¡Y yo que estaba preocupada por ti! ¡Te imaginaba maltratada como una esclava!

Manik levanta la cabeza con cara adormilada.

—¿La *x-chilam* ha silbado?

—No. No hay nadie en la plaza..., aparte de la guardia que me abrió. —Saasil observa a su ama y dice—: Has adelgazado, mi faisán. Pero estás bellísima. ¿Es Ixchel quien te llena de felicidad?

Manik advierte que casi no ha pensado en Ixchel durante los últimos días, salvo para agradecerle de vez en cuando. No quiere confesar a Saasil que vive una pasión amorosa. El hechicero acapara su mente, cada parcela de su cuerpo, todo el tiempo.

—Oré para que los ancestros encarnen... —dice poco convencida.

Saasil ríe. Ve a su ama tan lánguida...

—Oye, mi faisancita, ¿no recogiste la flor?

Manik enrojece, lo que divierte a Saasil.

—No te avergüences. El gozo sexual… es para hacer bebés, ¿no?

Manik esconde la cara en un cojín. Ha cosechado la flor, sí, incluso ramos enteros, pero no quiere hablar de ello. Saasil se lo contaría a todo el mundo.

—¿Y qué te hace creer…?

—¡Pues todo! Tus ojos cansados pero brillantes, tu felicidad evidente. Estás a gusto aquí.

—Sí, el lugar es agradable, pero no las tareas.

Manik se levanta y toma su peine para arreglar su cabellera. De repente siente como si una larga aguja le atravesara el seno derecho. Grita de dolor y se lleva las manos al pecho.

Saasil se emociona.

—¿Qué te pasa, mariposa?

—¡Mi seno! Me duele…

La dama de compañía frunce el ceño y palpa la zona adolorida. El seno presenta una textura firme, el pezón duro. Al principio la mujer se muestra discreta, pero luego estalla su risa. Manik se enoja.

—Me duele… ¿¡y tú te ríes!?

—Es una señal… ¡La diosa acaba de cumplir tu deseo!

Manik se queda perpleja.

—¿Piensas que Ixchel me ha aceptado como sacerdotisa?

—No, al contrario —contesta Saasil, abrazando a la joven con alegría—. Ixchel nos dice que volvamos a casa. ¡Este lugar ya no es para ti!

Manik abre grandes la boca y los ojos. Sus manos suben y bajan entre sus pechos y su vientre.

—¿Tú crees?

—Eso parece, mi hijita. ¡Felicidades! Tenemos que regresar tan pronto como sea posible. Debes tener relaciones con tu marido.

La boca de Manik se tuerce. ¡Su asqueroso marido en lugar del maravilloso hechicero! ¡Qué horror! ¡Un bastón en vez de flores! La joven sabía que su estancia sería breve, pero que termine ahora... Esconde sus lágrimas. Nadie intentó retenerla. Baja la cabeza y se muerde el labio.

—Piensa en tu padre, en tus ancestros —la anima Saasil—. No olvides que eres la mayor de los Muwan. Las leyes son muy duras para las mujeres casadas. Tu marido te espera...

Manik siente que su corazón se quiebra; no hay otra solución. Quiere, sin embargo, despedirse de su amante antes de partir. Pide disculpas a Saasil y sale corriendo. Saasil le grita que vuelva pronto. Contraviniendo todas las leyes, Manik atraviesa el jardín a plena luz del día.

La dama de compañía sabe lo que debe hacer. Con todos los agradecimientos de rigor, entrega un bolso lleno de jades a la madre de las sacerdotisas, quien lo acepta inclinando la cabeza. Las dos mujeres intercambian miradas respetuosas y se saludan.

Manik encuentra al hechicero cerca de la caverna; está recogiendo los pequeños frutos de un arbusto. Con voz quebrada, la joven anuncia su partida. El hombre asiente suavemente y pone una mano en el vientre de la joven.

—Sentí la descarga de la luna. Creo que vas a tener un hijo.

Manik se aferra a su potente mano.

—Tal vez —dice—. Sin embargo, lo que más me importa es verte de nuevo.

—Es posible; el rey de Chichén solicita mis servicios a veces.

—Ah… ¡Pero es tan lejos, tan poco! Quiero quedarme contigo.

—El destino puede arreglar las cosas. Hay que saber esperar el momento oportuno.

Manik se acerca y le da un largo beso, lleno del amor que tanto quisiera vivir con él. El hechicero la abraza. La joven debe luchar consigo misma para alejarse de ese cuerpo cálido.

—Gracias por todo, Tsoltan —murmura—. Te amaré hasta el final de los tiempos.

Él le acaricia las manos.

—El tiempo es un ciclo que vuelve sobre sí mismo —explica—. Nos encontraremos de nuevo.

Manik se arranca de esa presencia cautivadora y corre a lo largo del sendero repleto de vegetación, derramando lágrimas.

La dama de compañía ha empacado los efectos de su ama en varios bultos. Aguarda con los cuatro cargadores, contenta por haber prevenido al guía, quien ya debe estar listo para embarcar. Manik aparece por fin, los ojos hinchados. A una seña de Saasil, la dama ocupa su asiento y a continuación se apilan los paquetes sobre sus rodillas. Saasil no tiene silbato, pero sí una voz potente; hace correr a los cargadores hasta el puerto, donde espera tomar la primera caravana que parta con rumbo al continente. Y lo logra. Un poco antes del cenit, ella y su ama se embarcan para atravesar el mar pequeño.

El sol resplandece con toda su fuerza. No hay un solo remanso de sombra, salvo debajo del techo de la piragua, donde ya se refugian algunos ancianos. Manik se cubre la cara con su rebozo. Silenciosas, las lágrimas escurren por sus mejillas. Con el corazón en llamas, se debate entre dos hombres. A sus espaldas se borra la isla del enigmático hechicero; delante se dibuja la tierra donde la espera su *yuum,* su señor y dueño. No cree que Ixchel haya cumplido su deseo. Es una trampa: Saasil la engañó para llevarla de vuelta a Chichén. Las lágrimas forman un río.

Conmovida por tanta tristeza, Saasil pasa su brazo alrededor de los hombros de su ama y la atrae hacia sí.

—No llores, mariposa. Tu vida apenas empieza…

Manik no se deja abrazar mucho tiempo. Se endereza. Ya no confía en nadie. Su sueño se muere.

Se siente desgarrada entre sus responsabilidades con los Muwan y su pasión por el hombre jaguar, tan atractivo y misterioso… Las mujeres deben inculcar en su familia el respeto por las tradiciones. Pero las que no tienen hijos… ¿por qué no harían otras cosas? Desde joven, Manik se dedicó a pintar, mas luego, con su marido… Debería atender a una familia que no llega. Con la boca torcida, piensa que debió de haber huido para no casarse con ese tolteca. Esconderse en casa de sus amigas, las hadas de Tunkas. Nunca habría sido descubierta. Vuelven a su memoria las interminables negociaciones que culminaron con su sacrificio.

Su padre, Asben, patriarca de la familia Muwan, dudó largo tiempo. La idea de ceder a su única hija a un mercader tolteca lo atraía y lo desalentaba en la misma medida. Por un lado, la reiteración de sucesos históricos le parecía buen presagio. Hacía alrededor de quinientos años solares, en Mutal, el clan Muwan se unió a un oficial proveniente de la lejana Teotihuacan, imperio del Anáhuac. Como los ciclos del tiempo se repiten, tras la caída de Teotihuacan los comerciantes se dirigían a las tierras bajas desde Tula, ciudad cercana a la antigua capital.

Por otro lado, el patriarca estaba preocupado: a pesar de compartir el lugar de procedencia, los toltecas parecían unos bárbaros en comparación con lo que se contaba acerca de la gente refinada de Teotihuacan. Le repugnaba entregar a su hija a semejantes personajes.

Sin embargo, la riqueza y el poder vuelven soportables los defectos, principalmente para los Muwan, que enfrentaban dificultades. Otrora, su posición social les había asegurado una vida confortable en Mutal. Miembro de la élite, el jefe de familia, que era astrónomo, llegó a ser embajador. Los Muwan eran privilegiados en el seno del reino más poderoso, donde abundaban frutas y verduras gracias a los cultivos de las ciénagas. Sin embargo, a causa de sequías y varias guerras que hubo después, la familia debió huir hacia el norte. Ahora establecida en Chichén, intentaba arduamente recobrar la abundancia de antaño. Había que encontrar una solución.

El pretendiente tolteca, llamado Pilotl, representaba una buena oportunidad. Era un mercader dedicado al comercio de larga distancia, con reputación de guerrero temible. Sus cicatrices daban cuenta de la violencia de los combates que había librado. El rey de Chichén, K'ak'upakal, lo recibía a veces. El mercader lo abastecía de obsidiana del Anáhuac, la verde, tan buscada. A cambio, el rey le ofrecía los productos de la región: cacao, sal, algodón en hilo y manta, miel, plumas y esclavos.

Para vencer la resistencia del patriarca Muwan, el pretendiente mejoraba su oferta con cada nueva visita que hacía a la familia, obsesionado por el objeto de su deseo: una chica de trece años, educada y, además, guapa. Pilotl confiaba en que los dioses del lugar favorecerían su llegada a la ciudad. Albergaba grandes ambiciones.

Amén de regalos suntuosos, el tolteca prometió al padre la construcción de una residencia próxima al centro, oferta difícil de rechazar para un arquitecto importante. Edificar una vivienda con el estilo del Anáhuac, ¡el colmo de la elegancia! Asben valoraba mucho esas grandes casas rodeadas por una galería, con amplio patio interior hundido y paredes exteriores decoradas con frisos. El patriarca finalmente cedió y la unión se celebró.

La recién casada fue violada el mismo día de su boda. Y azotada, para aumentar el placer del marido. El tolteca tenía prisa por hundir sus raíces en tierra ajena.

Manik aprieta los puños. Las piraguas se acercan al continente, sacudidas por las olas que golpean los arrecifes, como el látigo en sus nalgas desde hace dos años. Los barqueros se esfuerzan para atravesar la estrecha entrada de la cala. Al fondo se perfilan los muelles.

—Estamos en Xalha, señora —anuncia el guía de Chichén—. Se puede admirar la belleza de la laguna interior.

Manik levanta la cara; sólo ve su desgracia. Se arrepiente de no haberse quedado en Kusaamil. Era su única salvación.

Las piraguas se adentran en la laguna, que se extiende entre muros calcáreos. Los muelles de piedra se yerguen en el agua poco profunda por un costado. Los hombres amarran las naves y descargan las mercancías. Manik y Saasil suben las escaleras que conducen a tierra firme.

Manik observa resignada a esclavos y sirvientes, originarios de las provincias Kupul o Kochuah; es fácil reconocerlos por su taparrabo de algodón claro, sus sandalias de cuerda, sus tatuajes y joyas baratas. Los hombres de estratos más elevados llevan turbantes, aretes, collares de piedra, nácar o plumas, y a veces narigueras de ámbar. Su frente está aplastada hacia atrás y su cabellera amarrada encima del cráneo. Casi no hablan; dan órdenes con los dedos o los labios. Su discreción contrasta con la arrogancia de los extranjeros, cuyo torso está cubierto de telas y joyas de muchos colores; es un grupo poco numeroso pero estridente. Manik entiende ciertas frases; son comerciantes del golfo, a los que llaman chontales. Consulta a su dama de compañía:

—Aparte del idioma, ¿puedes notar la diferencia entre un chontal y un tolteca?

—Es difícil. Sin embargo, cuando estuve en el puerto de Kusaamil, vi toltecas. Mira, allá hay tres.

Manik estira el cuello y ve hombres musculosos, de amplios hombros, las caras pintadas de negro y algo escondidas bajo sombreros. Están armados con lanzas, cuchillos, dardos.

—No parecen muy amables —susurra Manik.

Saasil asiente en silencio. Las mujeres observan con disimulo a los toltecas, que discuten con su guía gracias a la ayuda de un intérprete.

—Apuesto a que vamos a seguir el viaje con esos hombres. Hablan náhuatl. ¿Tú entiendes algo de ese idioma? —murmura Saasil.

—No. Se dice que uno de mis ancestros que trabajaba para el rey de Mutal lo hablaba.

—Lo mismo ocurre en Chichén; en la corte se escuchan varias lenguas.

Mirando de reojo a los toltecas, Manik piensa que hay algo extraño. Son diferentes de su esposo. No es sólo por el maquillaje o la vestimenta. Es la forma de la cabeza, los ojos redondos más que alargados, el caminar pesado... Una duda la asalta: ¿Pilotl es verdaderamente tolteca? Se parece más bien a los mestizos chontales, esa gente del litoral, a medio camino entre los de la península y los del Anáhuac. ¿Su esposo habría mentido para darse más valor frente al patriarca de los Muwan?

El guía vuelve y confirma la sospecha de Saasil.

—Vamos a viajar con esos mercaderes —explica—. Se dirigen a Chichén, pasando por Koba. —Y agrega, entusiasmado—: ¡Tomaremos el gran camino blanco!

La declaración no causa ninguna reacción en Manik. ¿Qué importancia tiene la ruta? Todas llevan al mismo punto: su esposo. Desconfiada, la joven mira a los comerciantes toltecas que arrastran esclavos atados los unos a los otros. Son hombres enclenques a los que hacen avanzar a punta de latigazos. Manik voltea la cabeza; tiene miedo de reconocer a alguien.

Saasil la jala. Deben encontrar una casa de huéspedes para la noche. El puerto de Xalha cuenta con algunas. Al buscar en el pueblo, Manik nota las fachadas con murales dedicados a la serpiente emplumada. También hay serpientes de piedra que bordean los senderos. ¡Otra ciudad dominada por extranjeros! Manik siente el cerco de su esposo a su alrededor. Piensa en Tsoltan y lamenta no haber hablado de los toltecas con él. El hechicero practica ritos antiguos, pero vive en el puerto de Kusaamil, el cual está controlado por forasteros. ¿Hace magia para ellos… o contra ellos?

8. FIN DE LUNACIÓN

La luna se empequeñece sobre Kusaamil, cansada de haber regalado tantas esperanzas. No queda una sola peregrina; el santuario también descansa. Sólo novicias y sirvientas se atarean: reparan y cosen vestidos, confeccionan ornamentos para el próximo festival.

En su casa ubicada en la punta norte de la isla, un poco alejada, Tsoltan se recupera. Ninguna peregrina ha entrado en ese espacio. Ninguna sacerdotisa tampoco. Tal vez su madre, pero hace mucho tiempo. La gente de Kusaamil y de los pueblos vecinos respeta a los hechiceros; tienen el don de la magia blanca, pero también el de la negra. Podrían salvar a un moribundo y, al mismo tiempo, derrotar a un guerrero. En consecuencia, los habitantes evitan el lugar, que saben protegido por jaguares, bestias o fantasmas, así como por manadas de *aluxes* en busca de víctimas.

Los hechiceros alimentan ese miedo. K'ult enseñó a su hijo a crear un aura de misterio. "Para hacer magia, hay que cultivar el secreto", suele repetir.

Así, para alejar a los curiosos, tanto locales como extranjeros, padre e hijo multiplican las advertencias alrededor de su morada: osamentas suspendidas, paquetes hediondos, obstáculos repletos de espinas. Pero sin duda el mejor medio de disuasión son los jaguares.

Recostado en una hamaca, al fondo de la cocina, Tsoltan está agotado. La reciente oleada de devotas lo dejó exangüe. Los afrodisiacos que toma para realizar sus hazañas son eficaces, pero cortan el apetito. Y de tanto entregarse... Siente mucho cansancio, pero también gran satisfacción. Sus párpados se cierran mientras admira el pelaje ocelado de los felinos que duermen en la sombra.

El viejo orador cuida la casa y la cocina. En otro tiempo fue hechicero; conoce bien el agotamiento después de los rituales.

Entre dos sueños, Tsoltan abre un ojo y ve a su padre agitarse. Ricos olores anuncian un festín. K'ult añade agua al caldo de maíz que hierve en una olla suspendida encima del fuego, mientras vigila el fondo del patio. Ha preparado un *píib,* horno bajo la tierra donde ha puesto a asar un buen pedazo de carne. No debe haber humo; de lo contrario, el plato podría carbonizarse.

De repente el cocinero gruñe; cree haber visto emanaciones donde no debe haberlas. ¿Estará siendo engañado por espíritus? O tal vez puso demasiada leña en las piedras del *píib.* Llama a un esclavo y le ordena colocar otra capa de tierra sobre el horno, a fin de ahogar la más mínima señal de una llama. El esclavo echa puñados de arcilla roja donde se le indicó. Satisfecho, K'ult vuelve a su olla. El hijo levanta la cabeza desde la hamaca.

—¿Todo está bien?

—Sí. Estoy cocinando el venado que me trajo un campesino ayer. Salvé a su mujer hace poco. Casi me regaló el animal entero.

—¡Está muy enamorado!

—¡Ah! Es su vida... Compartí la carne.

—¿Con tus amigos, los enanos de Akumal?

El orador asiente.

—¿Todavía están aquí? —pregunta Tsoltan.

—No; ya se fueron. Cada uno con un paquete de carne salada.

—¿También le regalaste algo a la sacerdotisa?

K'ult asiente de nuevo. Tsoltan aprueba desde su hamaca.

—Perfecto. Mmm... ¡Huele rico! Tengo hambre.

—Hice brochetas de hígado y atole para empezar.

El orador voltea los trozos de carne encima del fuego y llena un cubilete de atole. Lleva las delicias a donde está su hijo.

—¡Primer servicio! El resto estará listo dentro de poco.

Tsoltan saborea un jugoso bocado. K'ult se sienta a su lado.

—Qué lindo oficio es el nuestro, ¿no? —dice—. Hechicero... ¡Domador de jaguares! Y no en cualquier lugar: en el santuario de la fertilidad... Me fue muy provechoso cuando fui joven. Igual que mi padre.

—Ixchel es muy generosa con nosotros —añade Tsoltan para evitar vanagloriarse demasiado frente a los dioses.

—Debes recuperar rápidamente tus fuerzas. Ixchel volverá pronto, y tú...

—Y yo... ¡seré el canal por el cual viaja la fuerza de la luna!

—Tú y algunos otros...

—Sí, gloria a Itzamnah, creador del universo.

El orador aprueba.

—Somos los fieles instrumentos de la diosa madre y de sus aliados divinos —declara, antes de deleitarse con el hígado asado.

Tsoltan devora; su mente está llena de recuerdos de sus últimas noches de amor bajo los rayos de la luna. Despojadas de su carne, las brochetas se apilan en el suelo. Tsoltan cierra los ojos y se deja en la hamaca. Gracias, Ixchel, por todas tus bondades.

Mientras su hijo dormita, K'ult aprovecha para descansar también. Con las piernas estiradas al sol y la espalda apoyada contra la viga de la puerta, fuma tabaco maduro en una pipa. Saborea cada inhalación hasta el fondo de sus pulmones; escucha el canto de los pájaros y el rumor de las ramas al ser sacudidas por la brisa marina.

Una chara[7] lanza un grito agudo. El orador se sobresalta y abre los ojos. Observa la posición del sol entre las ramas de la ceiba y voltea a ver el horno de tierra.

—¡Creo que el venado está listo!

Se dirige hacia el *píib.* Tsoltan lo alcanza; no quiere que su padre haga la difícil tarea de desenterrar el horno. Así, comienza por alejar las palmas calientes que cubren el hueco. Con ayuda de unos largos palos de madera verde, él y un esclavo retiran de las brasas la robusta olla con su tapa de gruesa cerámica roja, sin ornamentos. Se esparce un olor exquisito. Los dos transportan el tesoro y lo depositan en el suelo de la cocina. El esclavo se retira. Padre e hijo se sientan en unos pequeños bancos, la olla entre los dos. El padre llena su jícara con un buen trozo de carne.

—Gracias al cazador que mató a este animal.

Tsoltan lo imita; prueba el caldo.

—¡Uf!… ¡Es delicioso! Gracias al cocinero por la comida espléndida.

Con la boca llena, K'ult le guiña un ojo.

—Perfumado con albahaca… —señala.

—¿Y orégano?

—Casi… Con epazote, que es parecido al orégano —precisa el sabio luego de tragar un bocado—. La última lunación nos fue benéfica. El santuario recibió muchas donaciones generosas. ¡Ojalá que los deseos de las peregrinas sean concedidos!

—Yo lo creo —afirma Tsoltan—. La mayoría de ellas son mujeres desatendidas. Reciben pocos cuidados…

—Como esa noble de Chichén… ¿Su esposo tendrá demasiadas mujeres?

—No lo sé, pero ella merece ser mimada.

—Dibuja bien. Sangre de bruja circula por sus venas.

—Sí, siente las presencias. Pero para interpretar los sentimientos…

—Seguramente es ingenua… ¡A su edad!

—Una cosa es cierta. El sexo con ella…, ¡qué placer! —exclama Tsoltan, los ojos puestos en el cielo y la cara extática.

K'ult levanta la cabeza de su plato.

—¿Acaso te estás enamorando?

Tsoltan suspira levemente.

—Mmm… La bella está casada con un rico comerciante tolteca. ¡Una bestia!

—Siempre podemos deshacernos de un esposo molesto.

—Es arriesgado. El chamán de Chichén me mandó un mensaje para avisarme con antelación: el marido de esa mujer es poderoso. Es uno de los toltecas más influyentes.

—¡Ah! ¡Esos toltecas! Cuando se instalan en algún lado... Chichén es una ciudad demasiado joven, nunca tuvo una dinastía fuerte. Hace años, cuando sólo era un pueblito, sus jefes aceptaron que se establecieran ahí mercaderes toltecas y chontales. Esos extranjeros se aprovecharon de la situación. Se enriquecieron con rapidez... ¡Ahora hasta tienen un rey que es mitad chontal! Se han vuelto tan poderosos que constituyen una amenaza para todos nosotros. Chichén podría atacar los reinos vecinos y acaparar los recursos. Sin embargo, el rey de Ek Balam quiere conservar el control de la sal y el de Koba no dejará nunca su dominio del cacao.

—¿Pero cómo podremos resistir? La sequía nos debilita desde hace varios ciclos. Toltecas y chontales se valen de nuestras dificultades para inmiscuirse en la región, siempre tratando de extender su dominio.

—¡Un verdadero tumor que crece! Nuestro mundo es extraño: reyes débiles y mercaderes chontales que imponen su ley y sus creencias.

—El nuevo orden que se establece en Kusaamil, como en Chichén. —Tsoltan suspira, pensando que la situación representa una amenaza para su propia posición, puesto que se dedica a honrar a los dioses antiguos.

—Pero el destino podría dar un giro. No está grabado en piedra que los extranjeros dominen aquí. Si las provincias se unen, los toltecas y sus amigos chontales tendrían que respetarnos.

Tsoltan, que está en contacto cotidiano con extranjeros, duda.

—No sé —dice—. Esos comerciantes son guerreros temibles y muy buenos navegantes. Están mejor armados y organizados.

Establecen puestos en cada puerto. Peor aún, nuestra gente los admira y quiere parecerse a ellos.

El viejo orador suspira y añade:

—Hay que reconocerlo: son poderosos... Eso me preocupa; ¿a ti no?

—Sí, un poco; pero debo admitir que sirven a nuestros intereses. No olvides que hace poco en Kusaamil sólo había pescadores... y pescados. Desde que las grandes caravanas se detienen aquí, tenemos acceso a muchos productos raros. La obsidiana del Anáhuac, el añil de Campeche, el oro y el mármol de Ulua, el cinabrio de Oxwitik...*

—¡Ah! Hablando de cinabrio..., ya casi no nos queda nada.

—Sí, lo sé. El comerciante que nos lo trae no ha venido hace algunas lunas. Extrañamente, nadie lo ha reemplazado.

—¿Ves? Es exactamente lo que me molesta de esos grandes navegantes. Estamos perdiendo nuestra independencia. Antes, Kusaamil producía lo que necesitaba, como la cerámica. Ahora todo viene de fuera y hay que esperar a que alguien se digne a traérnoslo.

—Sí, pero vivimos mejor —nota Tsoltan—. Lo importante es conservar el control sobre los extranjeros.

El orador golpea un puño contra su palma abierta.

—Sospecho que son invasores. La ironía es que debemos embarazar a sus mujeres para que ellos puedan tener derechos sobre nuestro territorio. Si ése es el nuevo orden...

Tsoltan ríe.

—¡Hablas como si estuvieras celoso!

* Copán, Honduras.

K'ult siente que su hijo se mofa de él. Su cólera termina tan pronto como empezó. Sonríe, burlón.

—¿Yo, celoso? Entiendo que, de manera totalmente desinteresada, tú quieres mantener relación con Chichén, y en especial con cierta noble.

Tsoltan no piensa reconocer su interés por la guapa Manik.

—Si esa mujer y su esposo tolteca quedan en deuda con Ixchel por su descendencia, tendremos un importante vínculo con Chichén. Podré entrar allí con facilidad... Debemos procurar que esa ciudad quede bajo el mando del rey K'ak'upakal, y que éste sea fiel a nuestros ancestros. Nosotros, ekab, kokom y kupul, no podemos perder el control de una ciudad tan principal en nuestro territorio.

K'ult extiende su nudoso dedo índice hacia su hijo.

—Tienes razón... Pero no me engañas con tus grandes frases. Hablas del rey para ocultar el hecho de que has sido embrujado por esa noble.

Tsoltan levanta los hombros.

—¡No exageres! Sin embargo, una fuerza emana de ella.

—¿No tienes otra que te espera en Ismal? ¿Y una más en Tsibanche'?

—Bueno, sí, hay mucha demanda... En Ismal, Tsibanche'...

—¡Y agregas Chichén a tu lista! —K'ult ríe—. Tú... A ti te gustan los problemas. ¡Como a mí en mi juventud! No obstante, debes saber que, así como la magia puede ser temible, los toltecas también. Ten mucho cuidado, hijo mío.

—No estoy solo. Chamanes, cabezas de clanes y pueblos vigilan a los forasteros.

—Pero la perfidia y el miedo pueden cambiar a un aliado en traidor.

—Sí, con sus riquezas, los toltecas pueden comprar a quien sea.

—Incluso a nuestras más bellas mujeres, nacidas en los mejores linajes. Ésos no deberían tener siquiera el derecho de tocarlas. Ellas deberían estar reservadas a los hombres de maíz, los que hablan el idioma de nuestros ancestros y oran a los dioses verdaderos de esta tierra, Chaak, Ixchel e Itzamnah.

El viejo orador escupe una maldición.

9. REGRESO

En Xalha, antes de que el sol despliegue su cabellera de fuego sobre el horizonte, se escucha el sonido de un silbato. Casi todos los que la víspera cruzaron el mar pequeño se integran a la caravana, toltecas incluidos. Se dirigen a Koba.

Con el corazón endurecido, Manik toma asiento en una silla que transportan unos cargadores. Se prepara para lo peor. Podrá fingir que está embarazada durante dos o tres meses, y luego...

La esterilidad no la preocupó al principio de su matrimonio; se sentía más bien dichosa al poder perfeccionar su arte y acercarse a pintores con experiencia para hablar de sus técnicas: texturas, colores, diseños. Mientras sus amigas se agotaban formando familias en expansión, siempre embarazadas o amamantando, ella pintaba. Dar a luz no le parecía asunto urgente, considerando que había riesgo de morir en el acto. Sin embargo, frente a la presión creciente de su esposo, secundado por sus amigos, había tenido que buscar un remedio. Sin ningún bebé en camino después de dos años de matrimonio, el problema no se resolvería solo...

Manik recuerda con amargura la risa burlona de una vecina a quien le habló de su peregrinaje al santuario de la diosa de la fertilidad. La mujer estalló en carcajadas: "¡Ah! Pues a tu edad ¡yo casi era abuela!"

Trata de entender qué hizo para merecer semejante castigo. ¿Quizá fue porque causó la muerte de su madre al nacer? Pero ¿y si la esterilidad no es culpa suya? Piensa en los testículos de su esposo. Por lo general, los hombres poseen dos iguales, pero Pilotl tiene uno de tamaño normal y otro más chico, como pegado al cuerpo. ¿Y si él es el estéril? Manik imagina el duro rostro de Pilotl, sin herederos en tierra kupul. Sin duda la atará, la pisará y la arrojará al cenote con rabia. Sofocada, la joven se hunde en el agua negra de sus pensamientos.

Cuando la caravana se detiene, Saasil le ofrece un cuenco con agua.

—¡No pongas esa cara! Bebe un poco. Alégrate, vamos a llegar a casa, ¡que es tan agradable como la del rey!

La mirada de Manik continúa apagada. Saasil insiste:

—No te preocupes. Tu esposo saldrá de viaje… y te dejará en paz. Podrás volver al taller. Todos los nobles piden tus piezas. Para ser mujer… tienes mucha suerte.

La joven sonríe al fin. Saasil conoce bien a su ama: sus cerámicas la llenan de orgullo.

Manik respira profundamente y piensa en la abuela lejana que le regaló sus ojos claros, una rareza. Era hechicera famosa; las leyendas narran sus hazañas. Bailó en el templo, en el centro de Mutal, cuando el reino estaba en su apogeo. Manik sabe que sus ojos no son tan verdes como los de aquella mujer excepcional a quien le gustaría parecerse. Sin embargo, la mala suerte la acosa: huérfana de madre, está casada con un hombre violento, con quien no puede tener hijos. Su mirada de jade y su talento como pintora no lograrán salvarla del sacrificio.

Al cabo de tres días, la caravana llega a Koba. Los mercaderes ofrecen sus productos a la entrada de la ciudad y aprovechan la parada para comprar reservas de cacao. Pero no se quedan mucho tiempo. Prosiguen su viaje por el camino del que habló el guía. Construido por los reyes de Koba, éste lleva a la ciudad de Ketelak.* Manik abre la boca de asombro al ver obra tan monumental: cubierta de tierra blanca compacta y nivelada diez pasos a lo ancho, la ruta se extiende hasta donde alcanza la vista. ¡Una gigantesca línea recta, trazada a través de la selva! Manik imagina espectaculares procesiones a lo largo del increíble *sakbeh.*

El pedante guía explica:

—El camino mide cien mil pasos de principio a fin. Algo nunca visto en ningún otro lado. Koba lo construyó para bloquear la expansión de Chichén. Se pretendía unir las dos capitales, Koba y Oxmal,** del este al oeste. —El guía levanta el dedo índice y afirma—: Koba era el reino más poderoso de las tierras bajas, pero Chichén ha crecido mucho. ¿Será suficiente este camino para detener su avance?

Un mercader se da vuelta hacia el guía y, burlón, señala:

—Para eso, Koba necesitaría poner soldados en cada paso hasta Ketelak.

El grupo ríe. Todos reconocen la grandeza de la obra, pero nadie cree que otorgue a Koba el control de la península.

---

* Yaxuna.
** Uxmal.

Manik entra en Chichén, inconsolable por la pérdida de su maravilloso hechicero. Al llegar a casa encuentra a Pilotl, quien la recibe con mala cara, la misma que tenía cuando partió. A Manik le parece muy feo con sus cicatrices. Con mirada acusadora, el hombre pide cuentas. Saasil se apresura a inundarlo con información acerca de los gastos, sin lograr ocultar el hecho de que el viaje fue más largo y costoso de lo previsto. La mujer insiste en las devociones que su ama llevó a cabo en T'aantum.

Pilotl piensa que hizo mal negocio al casarse con Manik, dama noble pero, para su desgracia, estéril y caprichosa. Le gustaría corregirla, la mano le quema, pero hay muchos familiares presentes. Advierte que, si ella no da a luz pronto, la repudiará y pedirá compensación a la familia Muwan, entre otras cosas, por los gastos de ese maldito peregrinaje. Medita su venganza. Podría hacer una ofrenda a Chaak, el dios de la lluvia venerado en Chichén. Imagina una ceremonia grandiosa; él, junto al rey, avanzando al frente de una procesión con rumbo al cenote sagrado. Música solemne. La víctima, tendida en una camilla florida, vuela al vacío. Pilotl sonríe. Le gusta esa manera de complacer a los nobles del lugar.

Recuerda su primer viaje a Chichén, hace varios años. La ciudad, poblada por kupules —hambrientos en su mayoría—, era pequeña. Una élite reducida ocupaba el centro, muy decorado, pero el resto daba pena. Pilotl comprendió que podría sacar provecho de esa situación. Los suyos ya habían intentado establecerse en otros lugares cercanos, pero habían sido rechazados. Quien no arriesga… Apoyado por algunos mercaderes, fue a hablar con los kupules y obtuvo el derecho de quedarse en Chichén. Al principio fueron discretos; su meta consistía en tener acceso a la zona productora de sal. También estaba la ruta del litoral, que conducía al cacao, al jade, al alabastro, a los metales… Chichén estaba y aún está enclavada en medio de tres reinos: Ek Balam, Koba y Oxmal. Pilotl está seguro de que Chichén podrá dominarlos y controlar todo el territorio. Sueña con las increíbles redes comerciales que Teotihuacan estableció alguna vez en la región. Paciencia. Si esa hembrita se comportara como debe…

Manik va a dejar sus reliquias en el altar de los ancestros. El anillo con la equis de jade vuelve a su estuche de concha. Mira el collar de piedras de sílex, dispuestas en forma de 9: cuatro círculos sobre una barra. Nueve sílex, el nombre de su tatarabuelo en el calendario lunar. Deposita la joya a un lado del pectoral que perteneció al mismo ancestro. Con su lechuza y sus dardos, el pectoral simboliza la alianza de los Muwan con Teotihuacan, el reino más poderoso de todos los tiempos. Manik suspira. "¿Será que esos hombres de Teotihuacan fueron invasores, como lo son los toltecas?", se pregunta.

Mira el altar en espera de una respuesta, pero nadie contesta. Triste, se da la vuelta, guardándose los aretes de su madre. Para reanudar las relaciones con la familia, se dirige a la cocina y se arrodilla frente al metate, la primera entrada en el mejor sitio, lejos del humo. El utensilio de granito es de excelente calidad, hecho en Lamanai. Con la mano, también de granito, Manik muele maíz y escucha a las mujeres conversar. Algunas le preguntan sobre su peregrinaje; Manik contesta de manera muy general: habla del clima, la comida… Saasil se muere por describir su estancia en el puerto, pero no puede hacerlo sin revelar que dejó a su ama sola durante varios días.

En la noche, a pesar del desprecio de su esposo, Manik se le acerca de manera algo provocadora. Le asegura que Ixchel ha prometido cumplir su deseo. Debe tener confianza. Cuando lo mima tiene la impresión de acariciar un cactus. Pilotl termina por ablandarse. Esa mujercita… bonita, de piel suave, con sus nalgas redondas. La aprieta entre sus brazos. Intenta olvidar los gastos del viaje y creer en Ixchel por una noche.

Cuando Saasil oye a su señor jadear de placer a través de la cortina de su cuarto, agradece a los cielos. Canturreando, decora el altar familiar con flores.

10. ESCASEZ

Después de varios días de descanso, Tsoltan recobra algo de fuerza, aunque no la suficiente para ir a correr con sus felinos. Por el momento le es imposible transformarse en *waay* y volar de una punta a otra de la isla. Mientras tanto, los esclavos pasean a los jaguares a lo largo de la playa, lejos de las miradas. Tsoltan siente que pronto podrá encargarse de ellos. K'ult conoce potentes mezclas para reanimar a cualquiera.

Antes de irse a dormir, sentados en la cocina, padre e hijo observan las últimas llamas que bailan sobre las brasas rojas. K'ult suspira.

—Todo va bien en T'aantum, salvo por un problema: el cinabrio. Nos hace falta para pintar los templos y sobre todo para producir azogue.

Tsoltan asiente, concentrado en el fuego.

—Pienso en eso desde hace varios días… Me pregunto si los toltecas o los chontales intentan controlar el suministro.

—Pero si tienen su propia mina en el Anáhuac —protesta K'ult. Y levantándose de repente, enojado, añade—: Sin embargo, realmente serían capaces de tomar el control sólo para debilitarnos al impedirnos hacer ofrendas a los dioses. ¡Qué humillación! Privarnos del cinabrio. ¡Si lo hemos trabajado por generaciones!

—El cinabrio sí, pero el azogue no. Acuérdate...

Cuando Tsoltan tenía diez años, emprendió un viaje por el sur con su padre. K'ult, quien aún ostentaba el título de hombre jaguar, estaba muy contento; iba a realizar un buen negocio en Ninikil, famoso puerto ubicado en la desembocadura del río Maatan.* Un cargamento de jade lo esperaba allá. En una piragua, Tsoltan se aburría de estar sentado durante tantos días. Habían hecho una parada en una ciudad muy bella, luego habían dormido en casas de coral en diferentes islas. En Ninikil había mucha gente y barcos. En compañía de su hijo, K'ult se reunía con mercaderes en almacenes llenos de maíz, cobre y jade. Un día, el padre llegó muy molesto. Gritaba que lo habían robado y que pensaba vengarse. Realizó una ceremonia sólo para ellos dos; padre e hijo se transformaron en coatíes: animales silenciosos, veloces en tierra y en los árboles.

Los recuerdos que Tsoltan conserva de ese viaje son confusos, con excepción del incidente del *waay,* que se grabó con nitidez en su memoria.

Los dos hechiceros transformados siguieron a unos mercaderes hasta un claro en la selva. Treparon a lo alto de una gran caoba,[8] desde donde observaron al grupo durante mucho tiempo. Los hombres trituraron piedras rojas que luego cocieron en

* Ninikil es hoy Livingston, en Guatemala, y el río Maatan se llama Dulce.

ollas cerradas que movían sin parar. Cuando el fuego se apagó, levantaron las tapas. De las ollas extrajeron un líquido: azogue. Lo pusieron en pequeños frascos que enseguida sellaron. Tras presenciar el ritual, padre e hijo huyeron y, una vez en su campamento, recobraron la forma humana.

Después de esa primera transformación, Tsoltan estuvo muy enfermo, por lo que conserva pocos recuerdos del viaje. Sabe que el negocio de su padre no salió bien y que regresaron a Kusaamil menos ricos que a su salida, pero con un valioso aprendizaje.

Pequeñas llamas bailan sobre las brasas. Tsoltan susurra:

—Lo que aprendimos aquel día… terminó haciendo nuestra fortuna.

K'ult carraspea y dice:

—Los toltecas… no exageras su importancia. Habríamos descubierto el truco de cualquier manera. No olvides que tú advertiste el efecto del azogue sobre la piel.

—Sí, pero fue por accidente. Un esclavo se hizo un vendaje con una gasa que sirvió para filtrar el azogue.

—Tal vez, pero es nuestro secreto… Mientras los toltecas no lo descubran, T'aantum será el único santuario con sacerdotisas de piel blanca. ¡La razón de su fama! Y para conservar nuestra reputación necesitamos cinabrio. ¿Por qué no mandamos un espía para que estudie la situación en la mina cerca de Oxwitik?*

* Copán.

Tsoltan echa pedazos de corteza a las brasas.

—Estoy pensando… ir yo mismo. Por suerte, Oxwitik no queda muy lejos. Y puede que encuentre cinabrio antes de llegar allá. En el peor de los casos, tendré que ir hasta Nako'ob.*

K'ult abre los ojos, sorprendido.

—¿Navegar hasta Nako'ob?

—Si es necesario… No hay opción.

—Pareces decidido. Debes tener mucho cuidado: los chontales son muy celosos de sus redes comerciales.

Tsoltan asiente.

—Viajaré con discreción.

El padre suspira, reflexionando sobre lo que supone el viaje de su hijo.

—Nos harás falta durante varias lunas.

—Sí, eso temo. ¿Tú cuidarás a los jaguares?

—Me ocuparé de ellos. Los sirvientes me ayudarán.

—También tendrás que buscar sustitutos.

K'ult menea la cabeza. Aparta las ramas del fuego para que las llamas se apaguen y las brasas se mantengan vivas hasta la mañana siguiente.

—Tengo dos candidatos. Son muy jóvenes, pero están llenos de buena voluntad.

—¿Están tatuados?

—Uno lo está en cantidad suficiente; podrá ocupar tu puesto.

—No tengas duda: nadie notará la diferencia.

—Aparte de las sacerdotisas…

* Naco, Honduras.

Tuvieron que pasar más de quince días para que Tsoltan pudiera viajar.

Se acercó a un grupo de comerciantes que decían venir de Chakán Putun y que hacían parada en Kusaamil. Se dirigían al puerto de Nako'ob, lo que convenía a Tsoltan, aunque también le parecía extraño: por lo general, los viajeros que recorrían largas distancias eran chontales de Acalán o de Xicalango. Se encogió de hombros: si los putunes de Chakán Putum incursionaban en el comercio de larga distancia, sin duda era porque habían aprendido a navegar como los chontales. A Tsoltan le gustó la idea; los putunes eran menos violentos que los de Acalán. Ofreció al capitán un collar de garras de jaguar; al hombre le gustó el regalo. Los mercaderes aceptaron llevar consigo a ese hombre generoso y de aspecto modesto.

El hechicero navega hacia el sur, como si fuera un comerciante de Kusaamil. Sin pinturas ceremoniales, oculta sus tatuajes bajo las joyas, una túnica y una capa de viajero. Hunde su pectoral bajo la tela. Sus canastas están llenas de bellas conchas, principalmente caracolas con el interior de nácar rosado.

Gracias a la contracorriente es fácil navegar hacia el sur a lo largo del litoral; hacerlo en sentido inverso, por el contrario, resulta problemático. Sólo los más temerarios se arriesgan a salir de la barrera de coral para aprovechar la vigorosa corriente que sube hacia el norte. Otros, precavidos, vuelven a Acalán bajando por los grandes ríos del sur, como el Usumacintla y sus afluentes, lo que supone pasar por Seibail. La elección del itinerario depende de la estación y de los productos que se pretende intercambiar.

La caravana de Chakán Putum avanza hacia el sur. En una de las piraguas, Tsoltan rema; podría quedarse bajo el techo de palmas con los ancianos, pero prefiere la acción. Le gusta experimentar la potencia del mar, participar del movimiento del barco y de los hombres. El remo se convierte en una prolongación de sus brazos. Impulsa la embarcación todo el día, hasta que sus hombros se sienten tan duros como la madera. Canta con los marinos.

En Zama,* primera escala importante, los mercaderes exponen sus bloques de obsidiana en la playa. A Tsoltan le sorprende que esos hombres posean tales piedras. ¿Habrán atacado una caravana de chontales? Es difícil creerlo; nadie derrota a los chontales, perfectamente armados y preparados. ¿Se habrán aprovechado de un naufragio? Los mercaderes hablan poco. Tsoltan no puede satisfacer su curiosidad, ya que quiere evitar que le hagan preguntas. Así pues, a semejanza de sus acompañantes, guarda silencio y observa. Hace lo mismo que los demás: exhibe su mercancía, aun cuando las caracolas no causan tanto interés como la obsidiana. Las piedras afiladas se intercambian por los mejores productos locales: conchas talladas, mantas y esclavos.

El viaje continúa. Los guías se alternan en las escalas; cada uno dirige las caravanas durante un tramo de la ruta.

Por lo que queda de la lunación, Manik observa religiosamente las recomendaciones del santuario. Infusiones, cremas, incienso, oraciones… Esos rituales irritan a su esposo, para quien todo eso son creencias de hembras supersticiosas. No conoce

* Tulum.

ni desea aprender las letanías que se recitan a una diosa que él no venera. Esa Ixchel… Nadie en su familia le ha pedido favor ninguno. Las mujeres de su entorno se dirigen más bien a la temible diosa de las serpientes, que dispensa vida y muerte. También oran a Quetzalcóatl, dios de la fertilidad.

Pilotl ya no soporta los interminables rituales. Adelanta su salida, pretextando que necesita partir urgentemente a las salinas, donde al parecer hay conflictos. Quiere hacer valer sus derechos sobre una porción del río de sal, luego de pasar por Acalán, donde lo espera su otra familia; eso significa una ausencia de varios meses. Manik siente alivio.

Antes de salir para encabezar su caravana, Pilotl lanza una pesada mirada a su esposa.

—He gastado mucho en ti. A mi regreso, ojalá que estés redonda como la luna que veneras…

Manik inclina la cabeza, fingiendo sumisión. Piensa que estará instalada en Kusaamil antes del retorno de su señor. Pronto, ese hombre ya no podrá acercársele. Una caracola resuena. La hilera de cargadores se pone en marcha.

Tan pronto como el esposo traspasa los límites de la ciudad, Manik va a consultar a su chamán. Un adivino. Austero, tiene la piel pegada a los huesos como cuero seco. Su fina cabellera está atada encima del cráneo. Tiene amuletos colgados del cuello, taparrabo y sandalias de cuerda. Sus ojos redondos, algo exorbitados, están acostumbrados a la oscuridad; pasa la mayor parte de su vida en una caverna. Lo llaman Xooch', el chamán búho.

Cuando la gente visita la ciudad, lo consulta. El adivino recibe al lado del templo del que se hace cargo, en un cuarto oscuro impregnado con olor a resina. Sólo hay un banco de piedra. La desnudez del lugar contrasta con el templo, ornamentado con una amplia cornisa esculpida con figuras divinas de muchos colores. La noble Muwan se inclina al entrar.

Deposita tres jades en la mano extendida del chamán, quien dice haber recibido noticias del santuario de Kusaamil. Se ha enterado de que la dama quiere consagrarse a la diosa luna, cosa que lo complace. Las mujeres estériles cargan con una maldición; lo mejor es deshacerse de ellas. Amenazan el orden. Y sobre todo esa joven noble, de quien se sabe que es persona difícil. No debe quedar a la cabeza de una familia importante. ¿Quién necesita una pintora sin hijos? El santuario de T'aantum representa una buena solución. Las sacerdotisas que se dedican a Ixchel no viven mucho tiempo: se agotan en sus devociones. Propone a la dama presentar sus dones a su templo y al de Kusaamil. Manik promete hacer todo lo posible.

Al salir del templo, la joven se encamina al taller en el que trabajaba su madre y donde ella estuvo hasta antes de su matrimonio —y también después de él, durante las ausencias de Pilotl—. Con gran alegría contempla la larga choza de adobe y palmas; ahí se almacenan las arcillas y los minerales de varios colores y procedencias. Reconoce las cavidades para los hornos en el suelo, los lugares donde se moldean, amasan y secan las piezas.

El jefe del taller la recibe con placer evidente. Es un hombre corpulento, fortachón, con la barbilla y las orejas erizadas con agujas de plata.

—¡Mi pintora preferida! —exclama, abriendo los brazos—. Estoy muy contento de verte. Justamente tengo un trabajo para ti.

Manik sonríe. Ve su sitio lleno de frascos, pinceles, espátulas. No se ha movido nada desde su última visita.

—¿Se recibió algún pedido?

—Sí. Ven a ver lo que estamos preparando —dice, al tiempo que la jala hacia un lado del almacén.

Bajo los toldos colgados del techo hay una decena de jarras grandes, secándose, cada una montada en una base redonda. Las paredes rectas, ligeramente inclinadas. Sobre las tapas, dispuestas en el suelo, un lagarto de arcilla sirve de asa.

El jefe explica:

—Un noble nos pidió que hiciéramos réplicas de la jarra dibujada en la casa del escriba, aquí en Chichén. En el modelo original, que imitamos, había una salamandra; falta pintarla.

Manik comprende que nadie la ha reemplazado todavía. Observa las piezas; sabe todo el trabajo que representan. Los alfareros debieron tamizar la arcilla innumerables veces hasta obtener un polvo muy fino.

—¡Es muy lindo! —dice con admiración.

—Llegas en el momento oportuno para terminar las tapas y aplicar el barniz antes de hornear.

Manik se seca las manos en la falda. El día se anuncia muy ocupado.

—¿Para quién es?

—Un patriarca kupul, hombre de tradiciones… que casará a su hija con un extranjero, un chontal.

Manik suspira, levantando los ojos al cielo. ¡Otro que incorpora a un chontal a su familia! Sin comentar el hecho, el jefe del taller prosigue:

—El patriarca necesita jarras para la ocasión. Quiere diseños acuáticos.

Que pidan escenas de agua no sorprende a Manik. Los antiguos no recuerdan una sequía tan grave. ¡Desde hace unos treinta años solares, las cosechas se queman bajo el sol! Pueblos enteros han perdido sus productos y hasta sus semillas.

La joven camina hacia su estera, en un rincón sombreado. La levanta, la sacude, y a continuación toma unos pinceles y una pequeña espátula. Herramientas en mano, se sienta cerca de las piezas frescas. Son frágiles; es mejor no moverlas mucho.

Manik pide a un esclavo que muela y mezcle pigmentos. Para complacer al hombre que encargó las jarras, decide combinar diseños tradicionales y extranjeros. A las volutas habituales agrega un borde de formas sinuosas que representan serpientes. Para la gente de la región, simbolizarán un dios de las profundidades; para los chontales, a Quetzalcóatl, su dios de la fertilidad.

Aunque Manik pinta serpientes, en su corazón reina el jaguar nocturno. Concentrada en aplicar colores y el barniz transparente que tanto le gusta porque resalta los matices del fondo, se olvida de su entorno. La oscuridad la sorprende. A su pesar, debe volver a casa.

Rodeada de su familia, la joven se refugia entre sus ancestros, frente a las reliquias. Con los ojos cerrados revive cada momento al lado del hechicero. Conversa poco con los demás familiares e ignora las preguntas que siempre le hacen acerca de su peregrinaje.

Los días transcurren entre el trabajo y las oraciones. Las noches de Manik son agitadas; en ellas se alternan sueños y pesadillas. Unos enanos la golpean y le gritan injurias; riéndose, una sacerdotisa le lanza bolas de incienso en llamas. Cabalga en un jaguar que se sumerge en un pantano y desaparece, mientras ella se hunde en el agua negra y fría.

Saasil se preocupa al ver que Manik se sume en la tristeza. Teme que ningún ancestro quiera alojarse en esa matriz. Hay que liberarse de la mala suerte. Propone ir a orar al cenote sagrado.

—Hablaremos directamente con los espíritus, en lugar de quejarnos frente al altar. Es en el Xibalba, en el fondo del agua, donde moran los difuntos.

Manik no está convencida; tiene miedo de ese cenote que puede ser su tumba.

—¡Es la boca del inframundo!

Saasil insiste.

—Tu vida está en peligro si no haces nada. Después de todo lo que se hizo en Kusaamil… Hay que seguir luchando. ¡Vamos!

Manik se deja persuadir. Saasil sugiere preparar una ofrenda muy significativa. La joven baja los ojos. Su mirada se posa en un costal de henequén abierto, lleno de granos de cacao que, al ser alumbrados por un rayo de luz, brillan como si tuvieran vida. Concibe una idea.

En el taller, Manik amasa arcilla. Para que la ofrenda esté vinculada con ella, se hace una herida en el codo y deja que la sangre gotee sobre la pasta húmeda. También escupe; la saliva es un fluido propio de cada persona. En el mito de la creación, un dios fecunda a una princesa escupiendo en su palma. Entre las manos de Manik, la masa mezclada con sangre y saliva se convierte en semillas: de maíz, cacao, calabaza, guanábana, aguacate, zapote. Por la noche esparce los granos alrededor de la fogata de la cocina para que se sequen.

En la mañana, después de lavarse minuciosamente, Manik viste una capa nueva, blanca, bordada con hojas verdes, símbolo de renacimiento. Lleva sus granos de arcilla en un bolso amarrado a la cintura. Saasil la acompaña, provista de una sombrilla.

Tomadas del brazo, las dos mujeres caminan hacia el cenote. Llegan al alto arco de palmas que marca el inicio del sendero sagrado. Ahí, diversos grupos ofrecen sus servicios: cantantes, bailarines, músicos, plañideras… Saasil elige a un tamborilero y a un flautista; les paga con granos de cacao. Seguidas por una suave melodía, las damas caminan hacia la boca del infierno.

Cada vez que se acerca a ese hueco inmenso y profundo, Manik siente escalofríos. La frescura del abismo sube hacia ella. Su corazón late veloz. Avanza lentamente, apretando el brazo de Saasil, que canta con fuerza; su voz resuena contra las paredes de piedra y circula en una letanía imperativa. Al borde del precipicio, Manik ora a los dioses del inframundo. Lanza sus semillas de arcilla como si las plantara en el suelo, con el deseo de que brote un alma. ¿Algún ancestro estará escuchando?

11. SOL NOCTURNO

Después de pasar nueve días en el mar, la caravana de Tsoltan llega a la punta de Xkalak. Gira hacia la derecha para adentrarse en el canal que da acceso a la gran bahía de Chakte'naab,* con sus tranquilas aguas color verde lechoso. Al dejar atrás la bahía, la caravana vuelve al mar, pero protegida por una barrera de coral. Los viejos mercaderes hablan de visitar una ciudad rica, Aktun Ha,** que ya no queda lejos. Sentado bajo el tejo de palmas, un venerable viajero cuenta:

—Hace mucho, el imperio de Teotihuacan estableció en aquel lugar un regimiento para controlar la circulación de jade y cacao. —Levantando una mano débil, añade—. Nada más fácil… Todas las caravanas deben navegar dentro de la barrera de coral. ¡Mejor pagar el derecho de pasaje que arriesgarse en altamar! Después de la destrucción de Teotihuacan, la élite de Aktun Ha siguió controlando el pasaje y exigiendo derecho de paso. Obligó a los pueblos vecinos a proporcionarles alimentos. No crece nada en Aktun Ha.

---

* Chetumal.
** Altun Ha, Belice.

Protegidos por el techo de palma, los viejos se acuerdan de todo el jade que pudieron intercambiar ahí por obsidiana.

Esas historias despiertan el interés de Tsoltan. ¡Aktun Ha! Recuerda haber ido a esa ciudad con su padre, cuando hicieron aquel viaje tan provechoso, diez años atrás. Aktun Ha fue la primera gran ciudad que vio; le pareció muy rica.

Sin embargo, la idea de hacer una parada en Aktun Ha no complace a todos los tripulantes de las piraguas. Los jóvenes afirman que esa ciudad ha perdido su esplendor. Uno explica que incluso fue destruida por la confederación de tribus vecinas. Hubo una rebelión. Otro agrega que los mercaderes toltecas pudieron haber participado en la caída de Aktun Ha, porque exigía derechos de paso demasiado elevados.

Tsoltan se desanima. Si la ciudad fue saqueada... Pero sólo son rumores. Nadie parece estar seguro. El hechicero rema con la esperanza de que el destino le sea favorable. Encontrar cinabrio en Aktun Ha sería una bendición de los dioses.

Bajo la pálida luz de la luna llena, medio escondida entre jirones de nubes, Manik y Saasil caminan hacia el templo para honrar a Ixchel. El astro de las mujeres es venerado en Chichén, pero con rituales mucho más modestos que en Kusaamil. Chichén valora la guerra más que la fertilidad. Sólo hay dos reclinatorios frente al altar. Saasil alimenta un quemador de incienso con bolitas de copal. Mira a su ama de reojo y cuchichea:

—Si no me equivoco, tu sangre no ha bajado desde que volvimos de Kusaamil, ¿no es así? Hace ya una luna...

El comentario saca a Manik de su ensueño. El hombre jaguar se acercaba. Al oír la voz de Saasil, la visión se esfumó. Irritada, Manik debe admitir que su dama tiene razón.

—Nunca ha sido regular —contesta—; pero, al contrario de lo que tú crees, no tengo ningún síntoma.

Con su tono seguro, Manik trata de ahuyentar la confusión que la acosa. Se siente extraña, unas veces con un poco de náuseas; otras, con ganas irreprimibles de dormir. Un raro sentimiento de felicidad la invade, pero no quiere aceptar que Saasil está en lo cierto. Piensa más bien que ha sido hechizada; el *waay* de Tsoltan anidó en su mente.

Saasil no piensa contradecir a su ama. A pesar de todo, sigue esperando que el peregrinaje rinda frutos, aun cuando de momento nada le permita confirmarlo. Cruza los brazos sobre el pecho y empieza a orar:

—Ixchel, nuestra madre en el séptimo cielo... —Enseguida, para divertirse, modifica la fórmula—: Compañera del sol nocturno, jaguar amado, cuídanos, pobres miserables...

Manik sonríe. Con los ojos cerrados, piensa: "¡Sí! Sol nocturno, ayúdame. Llévame de vuelta a Kusaamil". Saasil completa su señal de cruz, con las palmas vueltas hacia el cielo.

Manik permanece con los brazos cruzados. Le gustaría tanto acurrucarse junto al cálido cuerpo de su amante. Al mismo tiempo, desea tener un hijo para asegurar la paz en su familia, o arrojarse al cenote antes de que vuelva su esposo, morir para que él no tenga el placer de sacrificarla. Esconde su confusión repitiendo una piadosa letanía.

Con sus oraciones terminadas, las damas cruzan el centro de la ciudad por caminos que alumbra la luna. Todo está muy tranquilo; sólo se agitan los murciélagos, en silencio.

Al llegar a su cuarto, Saasil retoma su bordado mientras Manik se esfuerza por conservar el encanto del hombre jaguar; se arropa en el humo del copal pensando en él. El felino la acaricia con sus volutas. Ella se acuesta, algo intranquila. Saasil cierra la puerta trenzada y ata la cortina. Apaga la antorcha. Sólo se ven las brasas en el quemador de incienso. Saasil se tiende también en la plataforma.

—Buenas noches, mi faisán. Que tus sueños te traigan lo que deseas.

En la oscuridad, Manik se traga sus lágrimas, con el corazón entristecido. Su felicidad se ha perdido para siempre. Saasil escucha el sollozo reprimido.

—Estabas tan feliz en el santuario… ¿Qué era lo que te complacía tanto ahí?

Lentamente, Manik revela su secreto. Habla de su pasión por el hombre jaguar, las incertidumbres que pesan sobre su destino. Saasil se conmueve frente a tanta pena, pero advierte a su ama:

—Muñeca… ¡Enamorarte de un hechicero! ¡Son gente peligrosa! Pueden transformarse en espíritus o en animales salvajes.

—Yo también podría. Estudiando, es posible hacerlo. Mi lejana abuela Muwan se tornaba en murciélago. Tengo sus ojos…

Saasil suspira.

—Pero convertirse en hechicero requiere largo trabajo. Tú, gracias a tu madre…

—¡Ella no pudo enseñarme nada!

—Tú estabas en su vientre cuando ella pintaba. Los talentos pasan de madre a hija gracias a la sangre. Tienes un don.

Las divinidades se encarnan en tus obras. ¡Es extraordinario! Olvídate de transformarte en espíritu.

—¿Y cómo hago entonces para verlo?

Saasil busca la manera de tranquilizar a la joven.

—Tú… debes esperar. Chichén y Kusaamil son aliados. La gente viaja…

—Pero pueden pasar meses… ¡Y Pilotl va a volver!

—Considera la situación con calma. Si tu marido se enterara de lo que pasó en Kusaamil…

—¡Ni siquiera tú lo sabes!

—Desconozco los detalles, pero sé que pasaste varios días…

—Algunas noches…

—De acuerdo. Algunas maravillosas noches con el hombre jaguar. Eso es lo que puede causar problemas. Si tu esposo se entera, querrá matar al hechicero. Pero es imposible quitarle la vida a un ser tan poderoso. Es más bien lo contrario lo que podría ocurrir…

Manik no contesta, impresionada por la idea. No lo había pensado. ¡Ah!… ¡Tsoltan haciendo desaparecer a su esposo! Una chispa negra atraviesa sus ojos. ¡Pilotl sin vida! Quedaría vengada por los golpes, las humillaciones. Un suspiro de alivio escapa de su pecho.

Saasil sonríe; ha dicho lo que se necesitaba por el momento. Sin embargo, preocupada por haber atraído a los demonios con sólo mencionar un asesinato, hace un signo de cruz. Luego, las palmas vueltas hacia el cielo, murmura:

—Que los dioses nos ayuden.

Apaciguada, Manik se deja llevar por el sueño. Aunque las pesadillas vuelven a atormentarla, huye de los peligros cabalgando sobre un brioso jaguar con collar de oro.

La caravana sigue su ruta hacia el sur. Desde hace tres días, en las piraguas se discute acerca de las ventajas e inconvenientes de parar en Aktun Ha. Finalmente, los viejos mercaderes acordaron al menos detenerse en el puerto* para evaluar la situación.

Los remos se hunden sin descanso en las olas. El guía, a la cabeza de la caravana, levanta una mano. Hay un mástil con un emblema casi descolorido, plantado al borde de un canal estrecho entre dos bancos de arena: una entrada nada espectacular. Los barcos se desvían. Del otro lado se abre una amplia laguna de aguas inmóviles, llenas de vida: tortugas, peces... Escondidos entre los árboles, unos animales emiten ruidos de alerta. Monos, pájaros... No hay muelles; se desembarca sobre el suelo esponjoso. Un lugar entre mar y tierra. Un hombre se adelanta para dar la bienvenida a los viajeros. Los mercaderes le hacen preguntas acerca de Aktun Ha. Lacónico, el hombre explica que se necesita caminar un poco para llegar a la ciudad.

—Es en línea recta. Pueden estar allá antes del cenit. Mis señores, es mejor que lo vean por ustedes mismos. Puedo guiarlos.

Los mercaderes se quedan reflexionando, pero se sienten tentados. El nombre de Aktun Ha... suena a riquezas. Deciden emprender el viaje. Se ponen en marcha con toda la mercancía. Al camino le falta mantenimiento, lo que preocupa a algunos.

Llegan a Aktun Ha por la puerta este que desemboca en la plaza donde debería haber un mercado. No hay nadie. Tsoltan

* Marlowe Cay, Belice.

aprieta los labios. Frente a los templos abandonados, sus recuerdos, olvidados desde hace muchos años, afloran.

Cuando su padre lo llevó a ese lugar, la plaza estaba llena de gente. En los puestos, los templos... Ahora sólo hay monos que se mueven en la cima de los árboles; caricaturas de humanos en una ciudad prácticamente desierta. Ni un soldado a la vista.

En aquella ocasión, él y K'ult admiraron la amplia plaza, rodeada de templos magníficos, con numerosos guardias en las entradas. Les permitieron ingresar en la segunda plaza, inaccesible para la mayoría de la población. Tsoltan recuerda que su padre se entrevistó con el primer adivino, amigo suyo, un venerable anciano. El rey asistió a la reunión. Lucía un pectoral espléndido: ¡un enorme colmillo de jaguar cubierto de oro!

¡Cuántas veces soñó Tsoltan con ese diente dorado! Le gustaría encontrarse con el adivino, pero es casi imposible que todavía esté vivo. ¿Tendría la suerte de conocer a su sucesor?

Los mercaderes se quejan de la ausencia de clientes con el guía. Éste silba para avisar a los habitantes de la llegada de una caravana. Algunas mujeres pobres se acercan, cargando canastas casi vacías; tienen muy poco que ofrecer para hacer intercambios.

Tsoltan entra en un templo. No queda ninguna huella de las antiguas riquezas. Han desaparecido los ídolos cubiertos de hojas de oro, con incrustaciones de nácar y piedras... Sube a lo más alto del edificio. Su cima plana está decorada con un altar redondo para las ofrendas, pero no hay una sola flor. Al mirar hacia el este, el hechicero divisa el mar. Hacia el oeste se extiende una planicie tapizada de hierba; a lo lejos sobresale un islote de árboles. Observa la segunda plaza a sus pies, tan vacía como la primera. Desciende a pasos rápidos.

Una piedra suelta rueda bajo su pie; su pierna se eleva…, y Tsoltan cae de sentón. Se raspa un codo. Se levanta de inmediato y echa un vistazo a su alrededor; nadie se percató de su caída. Sacude su capa y arregla su vestimenta. "¡Por el Xibalba! —piensa—. ¿Los *aluxes* me habrán tendido una trampa?" Observa las piedras para detectar al culpable; nada, nadie. Está furioso consigo mismo, con los espíritus de mal genio y con las autoridades que no dan mantenimiento a sus edificios sagrados. Baja hacia la segunda plaza.

Subsisten los vestigios de los palacios que flanqueaban la plaza, varios de ellos de madera, con sus cimientos de piedra invadidos por la vegetación. Tsoltan deambula entre las ruinas, convencido de que las residencias han sido desmanteladas para utilizar los materiales en otra parte. En una fachada de piedra ve tres aberturas en forma de T, símbolo del aire. Reflexiona. ¡Una ciudad habitada por el viento! Nota grandes manchas oscuras en el piso. ¿Sangre? No ve ningún rastro de batallas: puntas de flecha, pedazos de lámina o huesos. Si hubo guerra, se limpió todo con cuidado.

Tsoltan trepa a la base de la antigua palizada que obstruía el paso entre las dos plazas. La magnitud de la destrucción lo asombra.

A sus pies, el guía se acerca y se inclina. Da un rápido vistazo a su pecho y sus pantorrillas.

—Perdóname, noble viajero… ¿Acaso eres hechicero?

Tsoltan frunce el ceño y se lleva la mano al pecho. Su pectoral de sol nocturno se asoma por encima de su túnica. "¡Malditos *aluxes*!" Además, supone que desde el piso pueden verse los tatuajes de sus piernas. Enojado, esconde la joya bajo la tela y desciende.

—¿Tú eres hechicero?

El guía inclina de nuevo el torso.

—Casi... Soy aprendiz de hechicero. ¿De dónde vienes?

—De Kusaamil, pero prefiero no revelar mi identidad.

—No diré nada. Por cierto, mi maestro vive en Lamanai; es él quien me mandó aquí para encontrarte.

—¡Conque me esperabas!

—Algo así... Cuando el primer hechicero de Kusaamil sale de su isla, la noticia se difunde con rapidez. Tu reputación se extiende mucho más allá de la isla.

Tsoltan piensa que su padre seguramente mandó mensajeros para prevenir a sus colegas. El guía prosigue:

—¿Buscas algo en particular?

—Me habría gustado entrevistarme con el primer adivino de Aktun Ha. Lo conocí hace mucho.

—Él ya emprendió el camino de la Vía Láctea. No soportó los cambios. El orden antiguo ha sido abolido. A Aktun Ha le pasó lo mismo que a los reinos del sur... Los dioses abandonaron las grandes ciudades y a sus élites. Aquí, los nobles se encerraron en sus palacios para resistir, pero el ataque nunca sucedió. Hubo algunos enfrentamientos, mas no muchos. Los campesinos dejaron de traer alimentos. Y sin nadie que acarreara el agua... Los señores sufrieron, pero habían sido muy crueles con la población. Lo peor para ellos fue cuando el agua de la fuente se volvió salada por la sequía. El mar entró en el pozo seco. Los nobles tuvieron que marcharse ¡cargando ellos mismos sus pertenencias! La gente de los alrededores les arrojaba piedras para que se fueran lo más pronto posible. Mi maestro y yo intervinimos para que no los mataran, aun cuando estábamos a favor de los campesinos.

Tsoltan no sabe con certeza si aprueba o condena la rebelión. Que los campesinos protestaran contra los abusos le parece comprensible; sin embargo, al mismo tiempo lamenta la aniquilación de una ciudad otrora tan bella.

—Y los nobles, ¿adónde se fueron?

—Hacia Lamanai, Chau Hiix…

—¿Chau Hiix? No había escuchado ese nombre.

—Es el siguiente pueblo hacia el oeste. A menos de un día de caminata. Podría llevarte.

Tsoltan recuerda el islote de árboles a lo lejos.

—Es verdaderamente un pueblo chico.

—Sí, la ciudad importante aquí es Lamanai.

—Lamanai… ¡Pero queda todavía más lejos!

—Sólo a un día de Chau Hiix. Las tres ciudades, Aktun Ha, Chau Hiix y Lamanai, están en línea recta. Podrías encontrar a quien reemplazó al primer adivino que conociste. Mi maestro… A él le gustaría mucho conversar contigo.

—Pero yo viajo con mercaderes.

—Ellos podrían encontrar mercancías y clientes en Lamanai.

Tsoltan ha escuchado hablar de esa ciudad, de su próspero mercado y de las montañas cercanas que producen sílex. ¿Podrá hallar ahí lo que está buscando? Le agrada la idea de entrevistarse con un nuevo hechicero. ¡Un admirador! Sin embargo, no puede abandonar la caravana, en caso de que necesite continuar avanzando.

—No sé si los mercaderes querrán seguirme. ¿Es peligroso el camino?

—No. Desde la caída de Aktun Ha… vivimos en paz. Ahora Lamanai domina la región. Su rey recibe a todos los viajeros, sin importar su procedencia o creencias. Chau Hiix también es pueblo pacífico. Dentro de poco habrá allá una gran fiesta para celebrar la liberación.

Mientras Tsoltan y el guía conversan, los mercaderes, disgustados, se agrupan bajo la sombra de un gran árbol. Hay quejas. Falta de todo en ese lugar…, ¡hasta agua! Tsoltan habla con ellos para tratar de calmarlos. Anuncia la fiesta en Chau Hiix, lo que los deja indiferentes. En cambio, cuando menciona el cercano mercado de Lamanai, los hombres prestan más atención. Tsoltan los invita a caminar hasta allá. Un viejo comerciante se opone:

—Pero los nobles huyeron del lugar. ¡No vamos a caminar dos días para tratar con la chusma! Los campesinos no pueden comprar obsidiana.

El guía replica:

—¿Pero por qué buscar nobles de origen divino? ¡Están desapareciendo! Hoy en día, los mercaderes son quienes tienen la riqueza, como ustedes.

Una parte del grupo se divierte; los jóvenes principalmente. El guía continúa:

—Algunos dignitarios de Aktun Ha se establecieron en Mopankah* —dice, estirando una mano hacia el interior de las tierras—. Otros obtuvieron permiso para quedarse en Lamanai; ahora se dedican al comercio. Han perdido ciertos privilegios, pero viven bien…

Los mercaderes jóvenes se alegran. Uno de ellos pregunta:

—¿Cómo seremos recibidos en Lamanai?

—¡Muy bien! No se van a arrepentir —afirma el aprendiz de hechicero que funge como guía.

---

* Xunantunich, Belice.

El grupo sostiene una discusión intensa. ¿Arriesgar cuatro días de caminata? El guía explica que desde Lamanai se puede navegar sobre dos ríos para llegar al mar por el sur. La propuesta parece dudosa, pues el hombre no da detalles respecto de la distancia a pie entre los dos cuerpos de agua. Tsoltan trata de poner fin a la incertidumbre:

—Sería mejor regresar por el mismo camino, Chau Hiix y Aktun Ha…

Sigue hablando acerca de las riquezas de Lamanai. Los jóvenes aceptan viajar con él. Los demás deciden volver sobre sus pasos; esperarán a los intrépidos en la próxima escala, en lugar de quedarse en el pobre muelle de Aktun Ha, donde no se puede poner un pie en el suelo sin que se hunda en el lodo. Los que se van prometen dejar allá una piragua. Hay que dividir las mercancías. La mayoría emprende el camino de vuelta con las manos vacías, mientras los jóvenes se preparan a salir para Chau Hiix con algunos esclavos muy cargados.

De día, Manik siente que unos ojos la observan. A veces son verdes y benévolos: los de la abuela murciélago, quien la envuelve con sus alas protectoras desde su altar. Otras veces la mirada es terrible, como la del dios tolteca Ek Chuak, guerrero violento, listo para lanzar sus puntas de obsidiana o golpear con su duro bastón. Sin embargo, cuando la joven logra concentrarse en una flor, se siente bañada de perfume, acariciada, amada. Escucha suspiros. En el sueño, recoge la flor. Pero está sola.

La soledad la pone ansiosa. Va a consultar a Xooch', el chamán búho. Éste no ha recibido más noticias de Kusaamil.

Recomienda paciencia. Repite a la mujer que debe orar y hacer ofrendas en los dos santuarios. Amargada, sintiéndose de nuevo abandonada, huérfana, Manik vuelve a casa. No logra explicarse cómo una pasión tan intensa pudo esfumarse tan rápidamente. El hombre jaguar sólo se interesó en ella mientras duró el ritual. Seca una lágrima. Se consuela; al menos tiene recuerdos. Los mejores de su vida.

12. BÚSQUEDA

A pasos decididos, Tsoltan y los mercaderes avanzan hacia Chau Hiix. Suben por una ladera de piedras y cruzan un bosque de pinos. A continuación descienden y caminan entre altas hierbas, sobre senderos que rodean pantanos. A veces atraviesan áreas de cultivo sobre lodo. El paisaje es plano; la llanura sólo se ve interrumpida por riachuelos, ahora casi secos, sobre los cuales se tienden puentes toscos. Tsoltan se siente como hormiga perdida en la sabana.

Pese a no abrigar grandes esperanzas, la llegada a Chau Hiix lo decepciona. Se trata de un pueblo con sencillas casas de palma y bajareque, además de una sola plataforma de piedra donde se concentran los principales edificios. No hay ninguna residencia de estuco o techo abovedado, lo que sorprende a Tsoltan.

—¿No hay casas ancestrales?

—Las había, pero fueron desmanteladas —dice el guía—. Eran demasiado estrechas y sólo convenían para grupos pequeños, así que se emplearon techos y paredes para rellenar terrazas sobre las cuales se construyeron viviendas de madera y adobe. Artesanos y campesinos pudieron instalarse en el centro. Es más práctico para trabajar y vender madera, piedra, cestería, tejidos…

Tsoltan comprende que las residencias que había eran de los nobles, quienes ya no están. ¿Habrán sido expulsados o asesinados? El nuevo orden se establece ante sus ojos, como si se hubiera eliminado a dos grupos: la alta nobleza y su multitud de esclavos. Los templos… ¿habrán sido destruidos también? Por el momento parece que no; todo el mundo sigue orando a los dioses. Con la diferencia de que ahora los comerciantes son quienes imponen su ley, recorren el territorio y concentran la riqueza en ciertos puntos, como puertos o ciudades grandes, pero principalmente en Chichén.

Para Tsoltan, la situación de Chau Hiix se asemeja un poco a la de Kusaamil: un sitio intermediario sin rey ni corte, dominado por mercaderes, quienes hacen trabajar a artesanos y campesinos, ayudados por algunos esclavos. Le parece que el nuevo orden disminuye la importancia de escribas y astrónomos. No conoció a los grupos de escribas y eruditos de la gran época, pero no lo lamenta. Esos hombres lo habrían tratado como a un ser inferior. Lo mejor es que, en este nuevo orden, los hechiceros conservan su importancia, como si hubieran reemplazado a los reyes para comunicarse con las divinidades y los espíritus. Esos reyes, tan ensimismados y además algo inútiles, puesto que no saben nada de magia. Tsoltan levanta la cara al cielo para agradecer a los dioses. El nuevo orden lo favorece; sólo le falta encontrar cinabrio.

El guía va a saludar al cacique del pueblo; le presenta a los mercaderes que lo acompañan. Impresionado por la calidad de los visitantes, el cacique los instala en una de las casas nuevas, cerca del centro. Tsoltan aprecia el amplio lugar con su alto techo de palmas trenzado sobre troncos y sostenido por enormes pilares de zapote,[9] madera tan dura que ninguna termita puede atacarla. Hace fresco adentro. Hay pequeñas fogatas en las esquinas para cocinar. Los mercaderes cuelgan sus hamacas.

La gente se aproxima para mostrar sus productos. Tsoltan obtiene tres pescados gordos y un bolso de maíz a cambio de una de sus caracolas. Sus compañeros de viaje también adquieren alimentos: granos, nueces, hojas, camotes, ranas vivas amarradas en paquetes, caracoles... Dos mujeres se ofrecen para preparar la comida. El cacique hace llegar a los viajeros una jarra llena de *báalche'*. Muchas personas acuden a saludar al aprendiz de hechicero, a quien ya conocen; éste, complacido, les presenta a los mercaderes.

La comida se vuelve un acontecimiento. A los del pueblo les gusta tocar música, cantar, narrar cuentos. El cacique insiste en que los viajeros vuelvan de Lamanai en tres días para asistir a la gran fiesta del pueblo. Agradecidos por el caluroso recibimiento, ellos prometen hacer todo lo posible para regresar a tiempo.

Temprano, la caravana sale para Lamanai. Atraviesan numerosas áreas elevadas destinadas al cultivo. Hay árboles frutales y toda clase de verduras. El lugar luce muy verde y florido a pesar de la falta de lluvias. El guía explica que eso se debe a que Chau Hiix y sus alrededores se localizan en una zona de pantanos que permanece húmeda todo el año. Los mercaderes llegan a Lamanai al final de la tarde. La ciudad se extiende frente a un lago alargado; en realidad se trata de una ampliación del río Chíil,* el de los manatíes. Hay que cruzarlo, así que unos

* Río Nuevo, Belice.

remeros transportan a la comitiva de un lado a otro. Luego deben subir hacia el centro. Durante el trayecto, Tsoltan advierte que en Lamanai también se están derribando las residencias de la élite. Le gustaría saber lo que piensan los nobles del nuevo orden. Al parecer, el cambio se opera sin dificultades; la ciudad parece próspera. Tal vez los nobles se hicieron comerciantes, lo que sería una decisión sensata.

El guía lleva al grupo con su maestro, el primer hechicero de la ciudad. El dignatario se encuentra en plena ceremonia de clausura de un edificio cuyo techo y altas paredes han sido removidos. El hombre lleva una piel de cocodrilo a la espalda, con la cabeza del animal amarrada a la suya, el hocico a modo de visera. Saluda breve pero calurosamente a su colega de Kusaamil.

Tsoltan nota que el traje del primer hechicero ilustra el nombre de la ciudad, Lamanai o "cocodrilo sumergido". Lo observa detenidamente llevar a cabo el ritual. El hechicero deposita cerámica y objetos rituales dentro de la casa medio destruida. Los objetos han sido perforados para que su alma escape. El hombre cocodrilo prende fuego a los vestigios al tiempo que pronuncia oraciones para apaciguar los espíritus de los ancianos. Tsoltan se impregna del ambiente; algún día podría tocarle en suerte celebrar la desacralización de un edificio... Ahora sabe cómo hacerlo. Las llamas duran poco. Unos cargadores vacían canastas llenas de tierra y piedras sobre las piezas deshechas.

Una vez terminado el ritual, el hechicero de Lamanai se inclina frente a un hombre imponente que dirige a los cargadores. Calza sandalias atadas bajo las rodillas, collares, un tocado brillante y un taparrabo decorado con plumas raras.

—Honorable arquitecto —dice el hombre cocodrilo—, tenemos visitantes de Kusaamil.

—Y de Acalán, señor —agrega a su espalda el mayor de los mercaderes, con una mano sobre el corazón.

Tsoltan mira de reojo a sus compañeros de viaje. "¡Son de Acalán! —piensa—. ¡Y yo que creía estar bien disfrazado!... ¡Éstos lo están mejor que yo! Fingieron ser putunes de Chakán Putun, una de las provincias de la península, y en realidad son chontales, de esos navegantes de Acalán, pero hablan perfectamente bien el idioma de la península." Tsoltan se reprende a sí mismo por no haber adivinado su verdadera identidad. Esta vez no puede culpar a los *aluxes*. Aprieta los dientes; se burlaron de él como de un niño.

El arquitecto de los collares sonríe, sin dejar de dirigir a los cargadores.

—Como gobernador de Lamanai, les doy la bienvenida.

¡Otra revelación! A pesar de su sorpresa, Tsoltan se esfuerza por mantenerse estoico; demostrar sus emociones es señal de debilidad. Junta la información: se encuentra frente a uno de esos nuevos gobernantes, rey sin cetro ni cortesanos, cuya ciudad está abierta a todos los mercaderes.

El nuevo orden trae desconcierto; pueblos y clases se confunden.

A la pregunta del gobernador, que quiere saber dónde se alojarán los visitantes, el hechicero cocodrilo contesta que él se ocupará de instalarlos. Quiere mantener cerca al hombre de Kusaamil. Tal como en Chau Hiix, se establecen en una casa nueva de madera y adobe, amplia y ventilada. Se quema incienso y tabaco para alejar a los zancudos que se multiplican a la orilla del río.

El hechicero cocodrilo ha cambiado su traje ceremonial por un simple taparrabo y un colgante: el cráneo de un pequeño cocodrilo con conchas. Se las arregla para entrevistarse a solas con su colega de Kusaamil, cuyas manos estrecha con efusividad.

—Me siento muy honrado por tu presencia. Pedí a los dioses que te trajeran por aquí.

Tsoltan hace una reverencia.

—Te escucharon… Para mí también es un placer. Se habla mucho de Lamanai.

—Pues aquí de lo que se habla es del famoso santuario T'aantum. Recibe bastante gente, ¿no?

—Sí, muchos mercaderes hacen escala en la isla. Y el santuario es frecuentado por peregrinas.

—Te envidio. En Lamanai no tenemos esos rituales de fertilidad. Se dice que los de T'aantum son fabulosos. Algunas mujeres de la región han llegado hasta allá. Si se enteraran de que estás aquí…

Tsoltan hace una negativa con la mano. El hombre cocodrilo inclina la cabeza.

—Respeto tu voluntad, pero me gustaría aprender algo de sus ceremonias. Tenemos mujeres estériles que no pueden viajar hasta Kusaamil.

—Entiendo el problema. Podría enseñarte el arte de preparar a las mujeres para el ritual, algunas oraciones, danzas…

El hechicero de Lamanai abre grandes los ojos y las manos de felicidad. Tsoltan se divierte al verlo tan entusiasmado. Nada estoico… Le parece ingenuo; pero, como él también necesita algo, hace a un lado la crítica.

—Entre colegas hay que ayudarnos. Yo, por mi parte, estoy buscando cinabrio.

La cara del hombre cocodrilo se entristece.

—¡Ah! Se ha vuelto sumamente escaso. Yo viajé hasta Oxwitik y de allí intenté llegar a la mina, pero no me fue posible. Gente agresiva bloqueaba los caminos.

—¿Toltecas, chontales?

—Tal vez… Con gente del lugar. Son lencas, creo.

—Obedecen a alguien más…

—Probablemente… Alguien que los trata bien o los aterroriza.

—Me inclino hacia la segunda posibilidad. Así que los toltecas tomaron el control de la mina…

—Son muy codiciosos… con el cinabrio. ¿Querrán llevarlo al Anáhuac?

—No; no tiene sentido. Tienen una mina por allá. Temo más bien que quieran reservar para sí el cinabrio local. Podrían esconderlo en algún punto de la región.

—Pero yo lo necesito. Nuestra gente acude cada vez más a las grutas para pedir lluvias y depositar a sus muertos. El polvo rojo me ayudaría mucho. Sin él, ¡el olor de los cadáveres se vuelve insoportable!

Tsoltan asiente, aliviado; el hombre cocodrilo no habla del azogue.

Los dos se quedan reflexionando. Uno imagina caravanas de piedras rojas caminando rumbo al Anáhuac; el otro, almacenes secretos donde se apila el mineral. Decepcionado, Tsoltan comprende que no encontrará lo que busca en Lamanai. Si tan sólo pudiera reemplazar el azogue… Sin embargo, ninguna planta o resina tiene un efecto similar. Suspira.

—Entonces seguiré mi viaje hacia el sur.

El hechicero de Lamanai mueve la cabeza.

—Créeme, he buscado mucho. No tuve suerte, pero sé que se puede hallar en Ninikil. Una amiga hechicera logró conseguir algo por ahí. Me ofreció un poco de su tesoro.

Tsoltan medita las distancias que debe recorrer.

—Ninikil… El lugar de los derrumbes. Donde empieza el istmo de los volcanes.*

—La tierra tiembla mucho por esos rumbos.

—Podría hacer escala en Ninikil; está más cerca que Na-ko'ob y el río Ulua, donde seguramente hay cinabrio.

—Me gustaría mucho acompañarte, pero debo efectuar ceremonias de clausura a cada rato. Se teme mucho a los espíritus de los muertos enterrados bajo las casas derruidas. Si encuentras esas preciosas piedras…, ¡no te olvides de mí! Necesito al menos diez canastas grandes.

Tsoltan se sorprende.

—¿Y por qué tanto?

El hechicero piensa un poco y luego confiesa, en voz baja:

—Mmm… Es que el gobernador es fanático del azogue…, el alma de los dioses. Ese líquido sagrado forma parte de los rituales del Anáhuac que hemos adoptado aquí. ¡Pero se necesita mucho cinabrio para producir un solo frasquito de azogue!

La respuesta preocupa a Tsoltan. Otros aparte de él buscan esa sustancia tan rara. Tal vez su secreto para blanquear la piel se ha difundido hasta Lamanai. Inquieto, conversa con el hombre cocodrilo hasta altas horas de la noche; cada uno se sincera un poco ante el otro. Tsoltan describe vagamente ciertos rituales de la luna llena. Descubre que su colega ignora cómo transformar el cinabrio en azogue. Sin embargo, el gobernador

* América Central.

lo pide, de modo que hay alguien en Lamanai que sabe producirlo o lo lleva al pueblo. ¿Un hechicero tolteca? Tsoltan concluye también que el hombre cocodrilo desconoce los efectos del azogue en la piel. No dice ni una palabra al respecto.

Por la mañana, el hechicero de Lamanai se esmera mostrando la ciudad a sus visitantes. Insiste en subir a la pirámide más alta. El grupo lo sigue. ¡La vista es magnífica desde arriba! El río se extiende hasta donde alcanza la vista, tanto hacia arriba como hacia abajo. Enfrente se despliega un mosaico de áreas cultivadas, surcadas por una compleja red de canales. Con el brazo apuntando hacia el sur, el hechicero explica que unos inmigrantes se instalaron recientemente en la orilla del lago.

—La nobleza huye… de la guerra, el hambre o las epidemias, y a veces de las tres cosas. Cuando los toltecas toman el control de una región… Los nobles llegan de Waxaktun, Mutal, Aktun Ha…

El relato interesa a los mercaderes. Atraídos por las riquezas de la antigua nobleza, se empeñan en bajar al nuevo barrio. Llaman a sus cargadores y con sus silbatos convocan a la clientela. Cerca del río abren los bultos y exhiben las afiladas piedras. La gente se amontona para cambiar sus tesoros de otra época por objetos más prácticos, como esas famosas láminas de obsidiana y hachas de cobre.

Tsoltan expone sus caracolas sin gran esperanza. El mercader a su lado coloca una tabla sobre dos canastas y la cubre con una pieza de algodón rojo. El color de la tela intensifica el brillo de las cuchillas traslúcidas. De reojo, Tsoltan las admira.

Son un poco más largas que su mano, resistentes y gruesas de un lado, muy finas y afiladas del otro.

A su vez, el vecino de Tsoltan examina las caracolas rosadas.

—Si me permites, me gustaría intentar algo. Me llamo Amay.

Tsoltan abre los brazos, invitando a Amay a actuar. Éste elige una caracola que deposita en el centro de su tabla. Inserta una cuchilla en la hendidura de nácar; queda de costado, con el filo para arriba. Amay grita:

—¡Cuchillas con su soporte! ¡Cuchillas y nácar!

Único en su tipo, su puesto atrae a la clientela. La gente intenta colocar diferentes láminas en las caracolas. Tsoltan entrega varias a cambio de piedras verdes o granos de cacao. Piensa que los chontales no sólo saben navegar; también son excelentes comerciantes.

Una mujer mira con interés las láminas de Amay. Su túnica debió ser muy hermosa en otro tiempo, pero ahora sólo queda el recuerdo; el tejido luce dañado en muchas partes. Sus manos aprietan un paquetito. Cuando levanta los dedos, se distingue una tela arrugada. La abre para que el mercader vea su contenido: un magnífico collar de jade de un verde intenso. Tiene trece bellas piedras. En voz baja, la mujer explica:

—Es jade de Azacuan.*

—¿De dónde sacaste ese tesoro, amable dama? —pregunta Amay.

—Me lo regaló mi esposo. Era general en Oxwitik. Fue fiel a la familia real, lo que le costó la vida. Con mis hijos hui de Oxwitik por la noche, antes de que estallara otra rebelión entre

---

* Lago Izabal.

facciones de escribas. Ahora... estamos a gusto en esta ciudad. Y necesito cuchillas... Te ofrezco cuatro jades por diez cuchillas.

—Te doy treinta de mis mejores piezas por el collar entero.

Tsoltan escucha la negociación sin ningún disimulo. La mujer protesta; el collar vale mucho más que las piedras. Amay escoge una linda caracola de la canasta de su vecino.

—Te entregaré esta linda caracola, además de las treinta cuchillas. Es el soporte perfecto para ellas, hermosa dama.

La noble empobrecida cede al fin. El collar cambia de manos. Amay envuelve las treinta cuchillas en una tela. La caracola termina en el fondo del bolso de la mujer, que se aleja feliz. Tsoltan felicita al comerciante. Amay le contesta:

—Elige algo a cambio de tu caracola. —Y, levantando el dedo índice, advierte—: Pero no olvides que yo hice que se llevaran tu mercancía.

Tsoltan agradece y toma dos gruesas cuchillas.

—Amay, mi amigo, ¿esto te parece justo? —pregunta.

—Muy bien, ¡trato hecho!

Conforme transcurre el día, los mercaderes empacan todo. Se muestran sus hallazgos unos a otros: jade, cuarzos, sílex, huesos de manatíes esculpidos. Uno exhibe una bella pieza, una vasija redonda con su tapadera, ambas ornadas con complejos diseños de variados colores, como se hacían antaño en los talleres reales. Pero, como los reyes y sus talleres han desaparecido, la cerámica pintada se ha vuelto muy codiciada. El hombre envuelve su pieza con cuidado y dice:

—Ya no hacen cerámica tan hermosa. Ahora sólo le aplican barniz blanco.

Los demás asienten y lamentan la pérdida de las viejas técnicas. Antes de irse a dormir, los mercaderes acuerdan viajar temprano por la mañana; todos están encantados por su visita a Lamanai, a diferencia del hechicero de Kusaamil.

Vuelven a Chau Hiix a tiempo para la fiesta. Una ruidosa muchedumbre ocupa la plaza principal. Las nuevas familias de inmigrantes son presentadas a la población. Uno por uno, los jefes de esas familias agradecen a la gente de Chau Hiix por su hospitalidad y prometen trabajar por el bienestar de la comunidad. Algunos relatan historias de horror ocurridas cuando se dirigían a ese pueblo acogedor. Todos han traído platos típicos para compartir.

El cacique del pueblo describe la buena vida de Chau Hiix y afirma que nadie tendrá que pagar tributos excesivos como los que exigía Aktun Ha. También habla de la seguridad del lugar.

—Nuestro pueblo está tan abajo entre pantanos que ningún enemigo puede detectarlo.

Al referirse a los recursos locales, explica que la cría de caracolas en los pantanos y canales de los alrededores constituye una importante fuente de alimento. Abre los brazos y concluye:

—Antiguos y nuevos residentes, visitantes, sean bienvenidos a esta fiesta de la amistad. No se van a arrepentir de haber venido a Chau Hiix. ¡Nunca tendrán hambre!

Todos aplauden. Empieza el banquete. Amplios cuencos circulan entre los grupos: frijoles con tinamú[10] o con agutí, galletas de camote, pescado, salsas de jitomate con chile, más o menos picantes. También hay maíz en atole, sopas y tortillas de diferentes tamaños, con distintos rellenos. Las familias de Chau Hiix sirven sus especialidades, platillos con caracoles.

Los músicos tocan piezas alegres. Algunos cantan. Todos disfrutan.

Terminada la comida se hace un ritual de clausura para marcar el fin del antiguo orden y el principio del nuevo. Cada invitado lanza un plato de cerámica a un gran hueco cavado especialmente para la ocasión. Cuando el plato se rompe, su alma se escapa. Los invitados toman uno de los pedazos, que será incorporado a otra pieza de cerámica tras haber sido triturado. Así, como la semilla que se siembra en la tierra, los fragmentos hechos polvo mantienen vivos los lazos entre el pasado y el presente. El nuevo orden lleva en su interior el poder de los ancianos.

A la luz de las antorchas se desarrolla un espectáculo con números más o menos improvisados. Contagiado por el ambiente alegre y animado por varios tragos de *báalche'*, Tsoltan se integra al baile de los espíritus que ejecutan los jóvenes del pueblo. Enmascarados, los bailarines efectúan una serie de pasos conocidos por todos. Tsoltan se permite dar algunos saltos y vueltas que dejan boquiabierta a la concurrencia. Los mercaderes chontales entonan una canción de su país, muy apreciada, y Amay destaca con su voz aflautada. Todos se divierten hasta altas horas de la noche.

Después de dormir un poco, Tsoltan y los mercaderes retoman el camino antes del alba. Deben alcanzar a sus compañeros.

Pasan a un lado de Aktun Ha sin detenerse; se dirigen al puerto, o a lo que sirve como tal, por la laguna de orillas lodosas. Una gran piragua los espera; los remos están escondidos bajo un montón de piedras.

Los mercaderes viajan a lo largo del litoral hacia al sur, protegidos por la barrera de coral que frena olas y corrientes. Incluso pueden navegar de noche, cuando la luna, ese sol adormecido, alumbra el paisaje. La silueta de la costa se adivina por las fogatas que resplandecen sobre torres o pirámides en los pueblos costeros, generalmente localizados en lugares estratégicos donde es posible refugiarse en caso de tempestades súbitas. Los viajeros aprovechan el tiempo suave para avanzar con rapidez. A fin de ahorrar tiempo, duermen en las islas de la barrera de coral.

Las paradas no duran mucho. Los habitantes de la zona se acercan a veces para ofrecer la sal que producen hirviendo el agua de mar. Es tan onerosa la operación que casi no quedan árboles en la costa.

Los jóvenes mercaderes reman con fuerza. En cuatro días logran alcanzar a la caravana, que acampa al final de una península estrecha, cual cinta en el mar.* Muy orgullosos, exhiben sus hallazgos de Lamanai. El collar de jade deja a muchos pasmados. Los que no quisieron arriesgarse se arrepienten.

Los viejos chontales, a gusto en su campamento, conceden un día de descanso a los recién llegados. Después retornan al mar, todos juntos.

El viaje prosigue en aguas tranquilas, gracias a los arrecifes. De noche acampan en islas para partir temprano por la

* Placencia, Belice.

mañana; deben apresurarse: las reservas de agua se agotan. El continente se levanta enfrente, impresionante, como una muralla. Hay que dar la vuelta hacia el este, para luego entrar en la bahía Amaatik,* "donde los hombres reciben regalos de los dioses". Otra tierra generosa. Tsoltan se alegra; hilos de humo se elevan hacia el cielo. Ninikil está cerca.

* Bahía de Amatique, golfo de Honduras.

13. ROJO

La caravana atraviesa rápidamente la bahía, protegida por una sólida península de cerros. Entra en la desembocadura del río Maatan, donde abundan peces, caracoles, pájaros y juncos. Los viajeros reman contra la corriente la corta distancia que los separa del puerto. Desembarcan con felicidad en territorio aliado. Ninikil se especializa en el comercio de jade, la riqueza suprema. Esas piedras preciosas se consiguen cerca, por el lago Azacuan y a lo largo del río Motagua. El cacao crece en la región, la cual produce además plumas de colores brillantes. Un amplio mercado está instalado en la ribera. El puerto, muy próspero, cuenta con numerosos almacenes y, para deleite de los viajeros, un barrio chontal, también a la vera del río. Reciben calurosamente a los recién llegados; todos tienen familiares y conocidos con los cuales alojarse por unos días. Se siente la emoción; huele a buenos negocios.

Los chontales de Ninikil hablan mucho de una gran noticia: con ayuda de las familias más ricas del puerto, se construye una ciudad magnífica al borde del lago Azacuan. Se dice que sus fachadas, incrustadas con jade y nácar, se reflejan en el agua. Algunos mercaderes curiosos proponen navegar río arriba hasta el lago, recorrido que puede hacerse en un día. Podrían ver la ciudad de ensueño y luego ir a los cerros de las minas que quedan cerca. Curioso también, Tsoltan piensa en acompañarlos, pero luego cambia de idea: no está en Ninikil por el jade ni por el paseo.

Deja a los chontales y busca una casa de huéspedes discreta entre el centro y el río. Quiere estudiar el lugar detenidamente.

A la orilla del río Maatan cargan y descargan gran cantidad de bultos, canastas, animales, pieles… Tsoltan observa la agitación sin localizar lo que está buscando. Uno, dos días… Nadie ofrece cinabrio, lo que le parece imposible. Camina entre los puestos mirándolo todo. Es su segunda visita a Ninikil; la ciudad le parece bastante más grande que cuando vino con su padre. K'ult conocía mucha gente en el lugar, pero después de tantos años…

Prácticamente frente a cada casa se exponen productos, por lo general en el suelo: maderas, cestería, cerámica, herramientas, piedras… Estas últimas interesan a Tsoltan, quien se acerca para examinar algunas: sílex, cuarzo, livianas rocas volcánicas, serpentina, jade, pero nada de cinabrio. Las vendedoras responden más o menos lo mismo a sus preguntas:

—Antes nos mandaban mucho, pero ahora… quién sabe. Tal vez llegue algo el próximo mes.

Una joven insolente aconseja al hechicero ir a Nako'ob. Tsoltan se impacienta.

—Queda lejos.

—Cuando se quiere algo… Además, por allí hay mármol, oro, cobre…

—¡Gracias por la lista! Sólo te faltó la ceniza volcánica.

Tsoltan se da la vuelta, disgustado. Está en Ninikil desde hace tres días y no ha encontrado nada. No le queda mucho tiempo; los de la caravana partirán dentro de poco.

La cuarta mañana, sombrío, Tsoltan se aleja del puerto caminando por la orilla del río. Tal vez en las afueras de la ciudad, menos pobladas, podría ver algo diferente. Pasa frente al barrio rico de los chontales. Da toda la razón a su padre, para quien los chontales son una especie invasiva. No sólo ocupan la costa norte de la península hasta Kusaamil, sino que además se han propagado por todo el litoral del este. Y cuando están en un lugar... ¡desaparece el cinabrio! El hechicero se pregunta si habrá un lugar sin chontales. Se siente a la vez enojado e impotente.

De una casa al borde del agua sale un mercader de la caravana, quien lo llama:

—Oye, colega de Kusaamil, te informo: mañana salimos.

Tsoltan le agradece con un movimiento de la mano y sigue su camino, más amargado; el viaje a Nako'ob parece inevitable. A pesar del poco tiempo que le queda, continúa buscando. No olvida que el hombre cocodrilo de Lamanai le dijo que una amiga suya consiguió cinabrio en Ninikil.

El río Maatan extiende entre las riberas sus amplios manteles azul verdoso, los cuales se evaporan en nubes traslúcidas bajo el sol intenso. El calor es agobiante. Tsoltan maldice. *"¡Kal numya!"* ¡No puede ser! ¿Nadie resiste a los chontales?

De vez en cuando patea una piedra al río. Una de ellas hace saltar a un pez gordo de ojo inquieto que huye dejando una larga huella en el lodo. La súbita aparición distrae a Tsoltan de su enojo; mira con interés la línea que indica la orilla. Se da vuelta por ese lado. Se ven casas. Al fondo, entre árboles, una bandera vertical anuncia productos para curar diferentes males. Los glifos están pintados con un rojo brillante. Su color atrae a Tsoltan.

Avanza. Bajo la bandera y junto a su puerta, una anciana está sentada, inmóvil, con las piernas extendidas al lado de una mesa minúscula. Lleva un sombrero de alas anchas, similar al de los mercaderes; su cara y ojos están ocultos por la sombra. Parece dormida, pero Tsoltan adivina que lo observa de reojo. Se inclina hacia la pequeña mesa, donde sólo hay piedras: cuarzos transparentes, hermosos jades... Por puro placer, toma uno. Suave al tacto. Nota una piedra oscura y granulosa con vetas verdes.

—¿Es cobre?

La anciana asiente moviendo el sombrero, sin decir palabra. Apunta con el dedo hacia una canasta a su lado. Está llena de piedras similares.

—Tu puesto es discreto, pero muy bien surtido —afirma Tsoltan, saludándola—. ¿Tú eres la curandera?

La anciana ladea la cabeza, levantando la barbilla. Alza la mano derecha, la voltea y la deja con la palma hacia arriba. No dice nada, pero el hechicero adivina la pregunta: "¿Qué quieres?" Tsoltan deposita el jade en su sitio.

—Busco cinabrio.

Una exclamación áspera sale de la boca rodeada de arrugas.

—¡Ah!... ¿De dónde vienes? —pregunta la voz rasposa.

Al escucharla, Tsoltan adivina que la mujer fuma mucho; el mejor de los tabacos se cultiva cerca.

—De Kusaamil...

Los labios de la mujer se abren un poco. Tsoltan alcanza a ver parte de sus dientes negros, tallados en punta. La mujer se apoya en la pared y se levanta; luego hace una seña a su cliente para que la siga adentro. Se balancea sobre sus piernas arqueadas. Tsoltan cruza el umbral y se interna en la penumbra. Hace frío. Varias osamentas cuelgan del techo, principalmente cráneos. El hechicero siente muchas presencias, pero ninguna amenazante. Los dos atraviesan un cuarto y se encuentran frente al patio. De inmediato, Tsoltan ve una caja en medio del espacio soleado: en la arena crecen pequeños cactus que reconoce. *¡Peyotl!* Recuerda que su padre tenía unos idénticos, pero se secaron. Piensa que la anciana tiene el talento de mantenerlos vivos. En un rincón sombreado descubre una colonia de hongos. Casualmente, ambas plantas prometen intensos viajes al más allá. Siente crecer su respeto por la curandera. A lo largo de la pared se alinean numerosas canastas cerradas. La vieja se detiene frente a una y la señala con el dedo.

—Mira.

Tsoltan se inclina, quita la tapa y toma una piedra. La levanta hacia el sol. Su corazón da un brinco. ¡Por fin! Una piedra con lindas vetas púrpura. El hechicero de Lamanai tenía razón. La anciana deja escapar un sonido parecido a la risa.

—Es lo que buscas, ¿no?

Tsoltan observa la canasta para calcular la cantidad. Hay poco, pero si ella sabe dónde conseguirlo... Intenta disimular su emoción. No quiere hacer subir el valor.

—Sí, es lo que busco —dice, poniendo la piedra entre él y la curandera.

La mira directamente a los ojos; ella le sostiene la mirada y hasta sonríe.

A pesar de su apariencia modesta, la mujer es muy especial. Posee cinabrio y tal vez es la única en el país que puede vanagloriarse de tener algo tan raro. También están los cráneos, los hongos, el *peyotl*... Tsoltan coloca las manos alrededor de la piedra roja y recita una oración en el idioma de los ancestros que sólo conocen los chamanes. Los sonidos salen sin que mueva los labios.

Gracias a la tierra por ofrecernos su sangre.
Yo recibo este regalo de los dioses...

La vieja ora con él en un murmullo apenas audible. Tsoltan cierra los ojos para sentir mejor el alma de esa maga que se abre ante él.

Terminada la oración, la dama se deja caer en un banco minúsculo y recarga su espalda en una viga de madera, con los ojos cerrados. Parece conmovida. Tsoltan se sienta a su lado. Pone su mano encima de la suya. La mujer coloca su otra mano sobre la de Tsoltan. Se sella el vínculo. Se quedan así en comunión, respirando tranquilamente el aliento del otro.

La anciana se anima y da palmaditas en el hombro de su visitante.

—Dime, joven, ¿para qué necesitas cinabrio?

—Para el santuario T'aantum de Kusaamil. Mi padre es el primer orador.

La mujer mueve la cabeza y levanta los ojos al cielo, como agradecida.

—Es lo que pensaba. ¡K'ult! Te pareces a él... Creí estar soñando cuando te vi acercarte a la casa. La misma silueta, la misma forma de caminar...

Tsoltan da un salto.

—¡Conoces a mi padre! Yo vine con él hace mucho. Tenía diez años. ¿Nos habremos conocido entonces?

La mujer alza los hombros, lo que Tsoltan traduce como un "tal vez". Su mente se acelera.

—¿Sabes si tengo hermanastros en Ninikil?

—No conmigo, te lo puedo asegurar; a mí la luna no me engaña. En otras partes sí, quizá… Y a todo esto, ¿cuántos años tiene tu padre ahora?

—Dice que ha visto al sol dar ochenta vueltas alrededor de la tierra.

La vieja estalla en carcajadas.

—¡Ah! K'ult… Más bien ha de tener cincuenta y cinco o sesenta años, como yo. —La risa se apaga—. Conque les hace falta cinabrio en T'aantum.

—Sí; necesito unas veinte o treinta canastas. No hay en ninguna otra parte y no puedo venir cada mes.

—Entiendo. Pues… los chontales lo acaparan todo.

—¿Por qué?

—Emplean el cinabrio y el azogue en sus ceremonias. Los ancestros chontales vivieron mucho tiempo en Teotihuacan. Después de la caída de la ciudad, se instalaron en la costa del golfo. Cambiaron de residencia, pero no de dioses. Siguieron honrando a los que tenían allá. Y Quetzalcóatl está ávido de sangre. El rojo…

—Sí, el cinabrio. ¿Pero el azogue?

—Es el alma de Quetzalcóatl contenida en la sangre de la piedra.

Tsoltan recuerda que el hechicero de Lamanai se refirió al azogue como alma de los dioses; sólo olvidó mencionar de cuáles dioses se trataba. Piensa en los temblores y convulsiones que aquejan a quienes usan esa sustancia. Quetzalcóatl toma posesión de su ser. Es un dios verdaderamente poderoso. Protegía la ciudad imperial de Teotihuacan y ahora cuida a toltecas y chontales. ¡Ésos bien pueden navegar de victoria en victoria! Tsoltan evoca las discusiones con su padre.

—K'ult rehúsa orar a ese dios de los extranjeros.

—Se equivoca. Por orgulloso. Los mercaderes del Anáhuac son temibles. Es difícil resistirse a su avance. Se imponen por las armas o por el comercio. Más vale negociar con ellos y aceptar a Quetzalcóatl.

—¿Tú crees en él?

—¡Oh!… ¡Sí! Y también en la potencia terrorífica del azogue —dice la anciana, haciendo un signo de cruz—. Que la voluntad de los dioses sea respetada. —Se levanta, sacude su falda y anuncia—: Si quieres cinabrio, vuelve en veinte días.

—Pero no puedo esperar tanto tiempo; mi caravana sale mañana.

—Tú decides. Dijiste que querías cinabrio…

—¿Puedes garantizar que lo traerás?

—No; no prometo nada. Nunca se sabe. Los caciques de esos pueblos cambian a menudo. Pero, si quieres esperar, los dioses podrían mostrarse generosos.

Tsoltan acepta el riesgo. Se inclina.

—Gracias por la oferta. ¿Cómo te llamas, mensajera de los dioses?

—Soy Aklin, la fuente, *x-chilam* de Ninikil.

Tsoltan la saluda calurosamente y vuelve al centro de Ninikil. Su alma, aliviada, se prepara para el día siguiente.

A la luz del alba, con la cara pálida y adolorida, Tsoltan se hace transportar en una silla hasta el puerto, siempre con su vestimenta de mercader. Dice a sus compañeros que se siente muy mal, que no puede partir. Los chontales aprueban su decisión. A nadie le gusta viajar con un enfermo; el espíritu maligno que lo habita puede atacar a los demás. Con un débil ademán, Tsoltan despide al grupo con el que viajó desde Kusaamil y que navegará hacia el este rumbo a Nako'ob, a algunos días de distancia. Tsoltan asegura que los alcanzará pronto o que, de lo contrario, los esperará a su regreso. Los chontales se alejan sin conocer la verdadera identidad de ese curioso comerciante. El enfermo pide que lo lleven a casa de la *x-chilam*.

Una vez ahí, la anciana ofrece a Tsoltan una infusión y una purificación con incienso y tabaco. Casi al instante, el hechicero recobra su energía y aplomo. Se levanta de la silla. Aklin lo mira, riéndose.

—Eres buen enfermo: ¡sanas rápido!

—Gracias a tus poderes... Ahora sólo me queda esperar a que hagas otro milagro.

La anciana mueve la cabeza, divertida. Tsoltan no comparte su alegría. Se siente un poco como la víctima de un chiste.

—¿Qué haré durante todos estos días? ¿Pescar tarpones?

Aklin hace una mueca.

—¡Puf!... ¡Los tarpones! Harás algo mucho más interesante. Visitarás a un amigo mío. Un herbolario de la selva. Voy a escribirle un mensaje; te recibirá en su casa. Hasta podrás celebrar el equinoccio con él. El ritual suele ser inolvidable. Varios chamanes se reúnen y preparan recetas delirantes.

—¿No quieres venir conmigo?

—He rebasado la edad para volverme cometa y volar entre los niveles del cielo. Ahora, un buen tabaco me basta. Es fácil encontrar a mi amigo. Está cerca, en los Siete Altares. Son lagunas de agua dulce que desembocan en una larga cascada. Caminas a lo largo del río y subes hasta el último lago… Llévale esto de mi parte —dice, señalando con un dedo autoritario una gruesa caja de madera.

Después de pasar veinte días a la orilla de la séptima laguna para iniciarse en las plantas locales, coleccionar plumas y experimentar con mezclas a base de hongos, Tsoltan vuelve al puerto con algo de neblina en la cabeza, a causa de las celebraciones del equinoccio.

En casa de la *x-chilam* cuenta veinticinco canastas, con sus tapas firmemente amarradas. Aklin pide a un sirviente que las abra; cada una está repleta de cinabrio. Tsoltan se queda boquiabierto.

—¿Cómo es posible?

La vieja ríe.

—Necesitarás muchos esclavos… ¡para transportar todo esto!

—Es fácil encontrar cargadores, pero no estas piedras rojas.

—Sí, son escasas. Pero siempre se consiguen por Oxwitik. —La anciana hace un signo de cruz y deja las muñecas cruzadas, con las palmas hacia el cielo—. Oxwitik… Ese reino agoniza; ¡tiene más reyes que cortesanos! De tanto pelear entre sí, la élite ha perdido el control del jade y el cinabrio. Otros lo tomaron. Siempre hay gente interesada. Ahora más que antes. Con todos esos chontales...

—¿Y es a ti a quien lo traen?

La mirada de la *x-chilam* se endurece.

—Sí... Aquí soy yo quien celebra el culto a Quetzalcóatl. Los chontales necesitaban alguien de Ninikil para dirigir las ceremonias.

Tsoltan, estupefacto, se inclina frente a la mujer. Creer en Quetzalcóatl es una cosa, pero ser responsable de las ceremonias en su honor es otra. Se requiere estar muy cerca de los chontales. Incluso unirse a ellos. De repente Tsoltan siente desconfianza hacia esa anciana que juega en ambos bandos. Se endereza, algo tieso, pero su reacción deferente complace a la *x-chilam*.

—Ese dios es ahora parte de nuestras divinidades. Nuestro viejo Chaak está agotado. Las lluvias no caen como deberían desde hace muchos ciclos. La serpiente emplumada lo ayuda. Desde que le dedicamos nuestras plegarias, la situación ha mejorado... un poco. Gracias a las ofrendas, Quetzalcóatl se está acostumbrando a nosotros y nosotros a él.

—¿El cambio se hace fácilmente?

—Un hechicero tradicional y su gente quisieron oponerse al nuevo culto. Los mercaderes locales y la población se rebelaron contra ellos. Casi a todo Ninikil le gustaría que los chontales se establecieran aquí.

—¿El hechicero terminó aceptándolo?

—¡Oh, no! Pero su fin llegó rápido. Un accidente... Cayó en un hoyo lleno de escorpiones, víboras y tarántulas. Todos entraron en pánico. Su alma se escapó antes de que pudiera decir una palabra. Las bestias huyeron y el hoyo se tapó. La gente del hombre se dispersó. Para agradecerme, los chontales me traen cinabrio.

—¿Y tú me lo ofreces a mí?

—Tengo una vieja deuda con tu padre. Mi vida está llegando a su término. Estoy muy feliz de devolverle lo que le corresponde. ¡Son los dioses los que te mandan, joven!

Tsoltan piensa que los dioses tomaron la forma de un tarpón para conducirlo hacia Aklin. Ésta mencionó una deuda. Tsoltan se acuerda de la cólera de su padre durante su primera estancia en Ninikil. Decía que le habían robado una fortuna. Estaba tan enojado que efectuó una transformación que fue casi fatal para su hijo, demasiado joven y mal preparado para una operación tan delicada.

—¿De qué deuda hablas?

—Oh... —Una nube azulada sale de la boca arrugada—. De forma inesperada tuve que salvar mi pellejo. Favorecí a unos mercaderes y no a tu padre. Él te contará. —Inhala lentamente el humo de su pipa. Prosigue—: Yo te proporciono el cinabrio, pero no puedo regalártelo. Por estas veinticinco medidas, déjame la misma cantidad de cacao. Hay mucho en el mercado.

—¿No preferirías unas hermosas caracolas de nácar rosado?

La vieja se estira el lóbulo de una oreja.

—Depende. Si son bellas... Una canasta de caracolas por una de cinabrio. Si no tienes las veinticinco..., el resto me lo pagas con cacao. Oferta de amiga.

La desconfianza de Tsoltan se esfuma.

—De acuerdo; eres muy generosa conmigo. Me encargaré del cacao y de los cargadores; luego volveré rápidamente a Kusaamil.

—Tendrás que ser prudente. Deberías esconder las piedras bajo una capa de granos.

—Sería mejor usar ceniza volcánica, que no pesa nada, pero no tengo…

—No te preocupes… Mi vecina es alfarera. ¡La ceniza abunda por aquí! Le pediré que cubra las piedras.

—Te lo agradezco mucho —murmura Tsoltan, inclinándose.

—Deberías volver por los ríos y no por el mar.

—Pero es más largo…

—Sí, pero también más seguro. Es preferible evitar los puestos de vigilancia. Los guardias te preguntarán qué transportas para fijar el derecho de paso. Te conseguiré un buen guía para que no te pierdas en el laberinto de los ríos. Deberás actuar con discreción; no quiero peleas con los chontales.

—¿Podrían amenazarte?

—¡Oh! A lo sumo quejarse un poco. Me temen más que a su dios de la muerte.

—Para mí, eres la Providencia.

14. UN LARGO CAMINO

Antes de emprender su viaje, Tsoltan pasa por el barrio chontal de Ninikil. En una de las grandes casas a la orilla del río, entrega su última caracola a la encargada para que se la dé a Amay. Ella asegura conocerlo. Tsoltan le explica que no puede aguardar el regreso del mercader: debe partir enseguida con otra caravana. La dama promete entregar el regalo a Amay. Le desea buen viaje.

Cerca de la casa de Aklin, los piragüeros esperan al nuevo patrón en sus embarcaciones, duplicados por sus reflejos en el agua. Tsoltan reservó cinco naves sin popa ni proa, suficientes para transportar sus cosas, a los cargadores y el cinabrio. Quiere subir por el río Maatan, cruzar el lago Azacuan y bajar por el río Chíil hasta Lamanai, donde hará escala para saludar al hechicero cocodrilo.

Los piragüeros evalúan el cargamento con irritación. Se quejan. El guía elegido por Aklin los escucha y declara:

—La carga es demasiado pesada. Los barcos se hunden hasta la borda. A la menor ola… Hay que dejar bultos aquí o tomar más piraguas.

Las opciones no son del agrado de Tsoltan. Es imposible deshacerse de una sola canasta y tampoco quiere una caravana aparatosa. Suspira.

—Que pongan parte de la mercancía en mi embarcación. Así se reducirá la carga de las suyas.

Los hombres aceptan la disposición y trasladan varios bultos a la piragua del patrón, que estaba casi vacía. El arreglo conviene a todos menos a Tsoltan, quien debe conformarse exactamente con lo que deseaba evitar: viajar rodeado de cinabrio. Tendrá que recitar oraciones durante todo el viaje para alejar a los malos espíritus. Pide a Aklin que celebre una ceremonia de purificación antes de su partida. La *x-chilam* lo complace poniendo todo su corazón en el ritual.

Precavido, Tsoltan ordena que cubran las canastas con largas telas: muchas personas viajan por esas rutas, todas al acecho, a menudo con envidia. Cada cargamento es evaluado por ojos expertos.

Aklin aprueba los últimos preparativos. Sopla sobre un palito cubierto de copal humeante en dirección a su visitante.

—¡Feliz viaje, hijo del orador! No olvides saludar a K'ult de mi parte. Que los dioses te acompañen —murmura, al tiempo que extrae de su bolso una pieza de madera esculpida, un poco más grande que una mano.

La figura es una serpiente emplumada de un rojo brillante, con ojos incrustados de nácar; las puntas de su lengua bífida están enrolladas. Tomando las manos de Tsoltan con las suyas, la anciana le da el ídolo luego de presionarlo con firmeza entre sus palmas.

—Sé que no confías en este dios. Sin embargo, podría traerte grandes beneficios. En la región lo llamamos Kukulkán, nombre que suena más familiar que Quetzalcóatl. —Aklin acorrala al joven, quien no puede rechazar el regalo. La anciana asegura—: Kukulkán tiene doble visión. Lo ve todo al mismo tiempo. La realidad en la tierra, así como la de los infiernos y los cielos.

Medio convencido, Tsoltan guarda la estatua en su *sáabukan*. "¡Kukulkán! —piensa—. Ayúdame, no me muerdas."

En Chichén, la familia Muwan festeja. Después de tres meses lunares, la matrona confirma que la hija mayor del clan ha sido fecundada gracias a Ixchel. Manik sonríe. El hechizo fue real, pero no con quien pensaba; un nuevo ser ha anidado en su caverna. Se siente aliviada: ya no teme por su vida; sólo ha de llevar a término el embarazo.

El patriarca y los parientes felicitan a la futura madre. Su reacción contrasta con la de toltecas y chontales, quienes se limitan a mover la cabeza apretando los labios. Antes de festejar, esperan ver al hijo vivo. Saben por experiencia que las mujeres caprichosas abortan con frecuencia.

Aunque Saasil sabía lo del embarazo desde hace mucho, al escuchar la confirmación se echa a reír y susurra a su ama:

—¡Ojalá que no nazca ocelado como el bello jaguar!

Manik hace una mueca y cierra los ojos. Se arrepiente de haber confesado todo a Saasil aquella noche que se sintió abandonada. ¡Qué falta de tacto, hablar de un niño ocelado! Furiosa, la joven lanza una sombría mirada a su dama de compañía, quien baja la cabeza. Para disculparse por su error, Saasil ofrece un ramo de flores a los ancestros.

Saasil insiste para que su ama consulte de nuevo al chamán. Éste recibe la noticia del embarazo sin mucho entusiasmo, pero sin sorpresa tampoco. Los dioses le habían avisado.

—Entonces queda olvidada la vida de sacerdotisa en Kusaamil.

Saasil reprime una sonrisa. El chamán levanta un dedo índice, solemne.

—Tienes que agradecer a Ixchel por su generosidad. —Fija su mirada en la de Manik y añade—: Ahora vives un periodo muy delicado. Hay que implantar un alma en ese bebé. Luego, orar para que esa alma se acostumbre; de lo contrario puede perderse…

Las dos mujeres perciben cierta amenaza. Saasil desprende una bolsita de su cinturón para dársela al chamán. Al ver los jades, el sacerdote asiente con la cabeza. Muy serio, emprende el ritual. Manik piensa mucho en su madre; la escucha cantarle una canción de cuna.

De vuelta en casa, la joven se arrodilla frente al altar familiar. Se esfuerza por expulsar al hombre jaguar de sus recuerdos y concentrarse sólo en el niño que lleva dentro. Con ambas manos sobre el vientre apenas hinchado, mira el quemador de incienso que pintó su madre, quien murió dando a luz… Manik aprieta los dientes. Los ciclos del tiempo se repiten. ¿Morirá ella también?

Habla con su bebé:

—Pequeñito —le dice—, no sólo corres el riesgo de perder a tu madre; también llegas en una época difícil. No en Chichén, pero sí en los alrededores. El hambre, las enfermedades, la rivalidad entre ciudades… La estación seca es tan caliente que la tierra se agrieta y vuela como polvo.

Sin embargo, intenta tranquilizarlo:

—Aquí al menos tenemos agua, gracias a las obras de riego que mandó hacer tu abuelo. Hay que agradecer a nuestro ancestro Maax de Mutal, quien se instaló en un lugar de abundancia. Las numerosas y amplias rejolladas de la región proporcionan gran cantidad de alimentos, frutos y granos. ¡Hasta cacao!

Unas sirvientas atraviesan el patio para ir a la cocina, cada una con dos cántaros llenos de agua suspendidos a ambos extremos de una rama equilibrada sobre sus hombros. Hay que extraer agua todos los días. Manik se levanta. El embarazo no es excusa para la flojera. Es preciso moler maíz. ¡A trabajar!

Al cabo de trece días de navegación y caminatas, Tsoltan arriba a Lamanai. Se dirige a la casa del hechicero cocodrilo, quien se maravilla al ver la media canasta de cinabrio proveniente de Ninikil. Le da una cálida bienvenida al colega de Kusaamil, ahora su amigo.

—¡No sabes hasta qué punto me salvas la vida! El gobernador empezaba a dudar de mis poderes. Dentro de poco inaugurará el primer juego de pelota en Lamanai. Quiere ofrecer azogue para marcar el evento. Piensa pedirlo a los toltecas.

La idea de que los nobles de Lamanai dependan de los toltecas molesta a Tsoltan.

—Dile a tu rey…

—Es gobernador.

—No tiene cetro pero es como un rey, tu gobernador.

El hechicero cocodrilo sonríe. Tsoltan continúa:

—Dile que se olvide de los toltecas. Nosotros lo abasteceremos del fluido de los dioses.

El hechicero de Lamanai comprende que su colega le propone fabricar azogue para el gobernador. Cae de rodillas y besa los pies de su salvador.

—Estaré en deuda contigo por siempre.

Tsoltan lo levanta.

—No dejes que los toltecas te dominen. Sé más fuerte que ellos. Para hacer la transmutación, necesitaremos un condenado a muerte. Pídeselo…

—Sí, al gobernador. Él reconocerá tu valor. En su nombre, te invito a asistir a las festividades de la inauguración. Tu presencia será un honor para él y para nosotros. Gente de todas partes vendrá, hasta de Chichén y Mopankah… Nos faltaba un representante de Kusaamil.

Tsoltan se inclina. Quiere saber lo que harán con el azogue. Sin embargo, su cargamento le preocupa. ¿Estará seguro en Lamanai? Finge transportar obsidiana y ceniza volcánica, lo que podría constituir un lindo botín. El hechicero cocodrilo tiene una solución para todo; abre un almacén para su invitado. El guía de Ninikil se ofrece para cuidarlo. Tsoltan confía en el hombre; acepta quedarse.

Un ambiente festivo reina en Lamanai. La fiebre del juego contagia a toda la población.

Se enfrentarán varios equipos, entre ellos los dos mejores de la península: los rojos de Chichén y los verdes de Koba. La competencia deportiva se torna ideológica; según el punto de vista, se habla de la gente de Chichén como de visionarios o intrusos, y de los de Koba, como guardianes de la tradición o tercos.

La ciudad se divide en grupos que rivalizan con banderas y con música. El entusiasmo divierte a Tsoltan. Sin embargo, no tiene tiempo para fiestas. Debe fabricar azogue; se lo prometió al hechicero cocodrilo, quien a su vez lo prometió… ¡al rey! Se trata de una tarea delicada. Prepara lo necesario. Toma cinabrio de su reserva; es difícil obtener azogue con sólo media canasta. Los dos hechiceros van a buscar al prisionero ofrecido por el gobernador.

El hombre que sacan a golpes de un hueco asqueroso tiene una cara horrible. Su cuerpo está lleno de cicatrices y llagas purulentas. Cojea, tiene las manos atadas a la espalda y los pies amarrados. La luz del día lo ciega. Enseguida, Tsoltan le explica el trato:

—Escúchame bien, muerto viviente. Si me obedeces y haces lo que yo te diga, estarás libre dentro de poco, aunque nunca podrás regresar a Lamanai. ¿Quieres volver a tu hueco… o venir conmigo?

De la boca deforme salen algunos sonidos. Con la barbilla, el prisionero indica el camino.

Los dos hechiceros, seguidos de su muerto viviente y unos cargadores, se instalan a las afueras de Lamanai. Es un lugar discreto en un pequeño claro, donde hay dos techos de palma. Tsoltan despide a los cargadores, dándoles la orden de volver en cinco días. Nadie debe enterarse del método para extraer el alma de los dioses.

Antes de empezar a quemar la piedra, Tsoltan atiende al prisionero. Lo limpia; luego aplica árnica y resinas desinfectantes sobre sus heridas. Una vez nutrido, el hombre recobra un aspecto parecido al de un ser humano. Podrá trabajar.

El hechicero prepara al prisionero para que pueda manipular el cinabrio: lo purifica con incienso, lo hace repetir oraciones y por último le explica lo que se espera de él. La tarea parece simple: moler piedra hasta casi pulverizarla, quemarla en una olla con tapa, removiéndola a menudo, y a continuación recoger el líquido. El muerto viviente no entiende cómo podrá salir líquido de unas piedras molidas, pero nadie pide su opinión; sólo debe obedecer. Emite un gruñido para asentir.

Tsoltan le advierte:

—Tienes cinco días para terminar la tarea. No pienses en huir —dice, enseñándole un pequeño frasco—. Si logras llenarlo a tiempo con el líquido sagrado, serás libre.

Los dos hechiceros se encargan de todo: fuego, comida, oraciones y sacrificios. Se turnan para vigilar al condenado que trabaja.

Trompetas, caracolas y grandes tambores convocan a la gente a la inauguración del terreno del *pok-a-tok* o juego de pelota. Los invitados se visten de gala. En medio de la multitud, dos elegantes visitantes de Chichén se mofan discretamente.

—Es lindo el terreno… pero muy chico.

—¡Los pobres! Y sólo tienen éste. En Chichén hay cuatro grandes. Vamos a aplastar a los oponentes.

—Y no sólo en el juego…

La concurrencia se aglomera en las plataformas que hay encima y alrededor del terreno. Desde el punto más elevado, el gobernador agita la bandera de Lamanai. La ceremonia empieza. Bailarines emplumados personifican a los gemelos heroicos que enfrentaron a las potencias del Xibalba. Los héroes logran burlar a sus enemigos, pero deben arrojarse a una gran fogata, simulada con papeles y plumas; salen victoriosos de la prueba. Los demonios son efectivamente asesinados durante un baile macabro que culmina con el entierro de las potencias maléficas. Los héroes divinos asisten al renacimiento de su padre, el dios del maíz.

Terminado el ritual, el gobernador presenta con gran ceremonia la ofrenda dedicada a los dioses. Los nobles desfilan para admirar la maravilla: en un ancho cuenco con una tela al fondo hay pequeños objetos dispuestos sobre un lago de azogue. Los dioses deberían mostrarse muy clementes con Lamanai después de semejante regalo. Se sella la tapa de cerámica con una mezcla de arcilla y resina. Acompañado de bailarines, el gobernador deposita el cuenco en un hoyo al centro del juego de pelota.

La muchedumbre ve descender el plato de cerámica. Detrás del dignatario, los hechiceros jaguar y cocodrilo intercambian una mirada de alivio; saben todo el trabajo que significa la ofrenda. Tsoltan piensa en el condenado que huyó hacia la selva inmediatamente después de entregar el frasco lleno; sus piernas temblaban, lo mismo que sus dedos y ojos. Trabajó durante días entre el humo del cinabrio... El alma de Quetzalcóatl lo controlaba y lo hacía delirar. Sus palabras eran incomprensibles. Tsoltan duda que sobreviva mucho tiempo en la selva; los animales que devoren su cuerpo morirán también.

Se cubre la ofrenda con tierra compacta. Los oficiales vuelven a subir a las plataformas. Las trompetas resuenan. Los jugadores entran corriendo en el terreno; la muchedumbre grita de alegría. Agitan con frenesí banderitas rojas o verdes y cantan a todo pulmón los himnos de las ciudades contrincantes.

En el silencio de su alcoba, Manik registra con paciencia en su códice los días que pasan. Un año lunar cuenta 260 días, o sea, más o menos lo que dura un embarazo. El suyo tiene poco más de tres meses lunares cumplidos. ¡El bebé se quedó en su nido! Manik, inspirada, escribe un poema sobre la belleza del jaguar; utiliza glifos de doble sentido para que nadie entienda su verdadero significado, en caso de que ojos indiscretos vean sus anotaciones.

Una matrona de buena reputación la visita a menudo. Manik entabla una amistad con esa mujer experimentada que le da masajes divinos y la anima. Todos los días hace los ejercicios recomendados: flexiones, torsiones, estiramientos. Saasil también colabora. Ella y la matrona reemplazan a la madre desaparecida. Cuidan a Manik para que mantenga un espíritu positivo, puesto que sus pensamientos se reflejarán en su hijo.

La joven suele conversar con el pequeño bulto en su vientre. Le canta mientras camina. Visita a las abuelas del barrio para aprender canciones de cuna. Cada anciana le enseña con orgullo la composición más antigua que conoce. Los niños de la casa también acuden con frecuencia a cantar para reforzar su voz débil. Se oyen entonces coplas sumamente dulces, entonadas por voces muy puras. Manik se siente rodeada de espíritus benévolos; se maravilla de la fuerza de su felicidad.

Su trabajo en el taller no deja de apasionarla. Tras terminar el pedido de las grandes jarras con tapa, pinta quemadores de incienso, recipientes sobre un pie redondo, con puntas en las paredes exteriores, modelo que viene de Oxmal. Manik no tiene noticias de su marido, pero no se queja por ello. Ocasionalmente acude al templo para orar a Ixchel; por lo general, el chamán no está. Cada vez que observa la luna levantarse por encima de los árboles, saluda a la diosa de la fertilidad. Frente al astro de la noche, no puede evitar soñar con el hechicero jaguar. Bajo la luz difusa, los recuerdos la arrullan: bailes, olores, piel ocelada, tatuajes, esa voz grave, las manos fuertes…

Después de las festividades en Lamanai, Tsoltan retoma el camino hacia el norte con su cargamento de cinabrio y su vigilancia, siempre necesaria. El guía recomendado por Aklin, los remeros y sus piraguas retornaron a Ninikil. El hechicero cocodrilo encontró otro capitán para su incondicional amigo de Kusaamil.

Tsoltan rema pensando en la estatuilla que lleva consigo. Tal vez Aklin está en lo cierto… Hasta ahora, Kukulkán parece protegerlo, el viaje ha salido bien. Poder producir esa cantidad de azogue a tiempo para la inauguración en Lamanai fue una verdadera hazaña.

La caravana del hechicero avanza sobre el río Chíil, cuyas riberas están cubiertas de una densa vegetación. Los manatíes abundan; sus amplios lomos pálidos emergen a veces, cual islas flotantes. Un remero muy hábil logra mandar su flecha al cráneo de uno. El animal es desmenuzado enseguida. Sus largos huesos se atesoran; serán grabados y pintados. La tripulación festeja. Los hombres se atiborran de carne tierna.

El viaje continúa hasta la desembocadura del río Chíil en la bahía de Chakte'naab. Se hace escala en Muultun,* ciudad situada a la orilla de la bahía; fue abandonada pero se renovó hace poco para satisfacer las necesidades de los mercaderes chontales.

Tsoltan debe determinar el resto del itinerario. Duda. Podría viajar por mar hasta Kusaamil. Sin embargo, en ese camino tan concurrido el cargamento corre el riesgo de provocar envidia o curiosidad. Ningún soldado lo defendería. Por si fuera poco, habría que remar cerca de diez días contra la corriente, lo que infunde poco entusiasmo.

Piensa que no hay urgencia de volver a Kusaamil. Bien puede perderse otro festival; sus reemplazos seguramente disfrutarán su ausencia. Sueña con dar una vuelta por Tsibanche', que se encuentra a sólo dos días de caminata hacia el oeste. Tendría ocasión de saludar a una querida amiga, la maga de las abejas. Es el lugar perfecto para descansar antes de retornar al santuario. Además, toltecas y chontales no suelen andar por esos rumbos alejados del mar y de los grandes ríos.

Después de pensarlo bien bajo la luz amarilla del poniente, y ayudado por la suave brisa, decide encaminarse hacia el oeste.

Cuando observa al hechicero que llega a su casa, la radiante maga de las abejas abre los brazos.

—¡Qué casualidad! Ayer mismo escuché rumores acerca de un hechicero que obró un milagro en Lamanai. Pensé que tal vez se trataba de ti... ¿Es verdad esa historia del azogue?

* Cerros, bahía de Chetumal, Quintana Roo.

Desconcertado al ver su secreto tan fácilmente descubierto, Tsoltan abre los brazos también.

—¡Las noticias viajan rápido! Pero siempre hay algo de exageración...

—Poco importa. Es un placer verte aquí.

Tsoltan estrecha en sus brazos a esa deliciosa mujer, tan delicada como un pétalo. Pequeñas abejas sin aguijón liban las flores que adornan su cabellera. Tsoltan siente crecer su aguijón; quiere libar, sorber el néctar de ese cáliz hasta la saciedad.

La hechicera de Tsibanche', suave y hábil a la vez, mantiene a su visitante en una dulce euforia. Con ayuda de sus aguas perfumadas, logra serenar los espíritus más agitados. Tsoltan se siente tan bien que casi olvida el paso de los días.

La maga vive al lado de un riachuelo que se extiende sobre un pantano lleno de vida. Cultiva plantas peculiares, como esos árboles que se cubren de pequeñas flores verdes que dan una miel muy perfumada, y otros varios para que sus obreras produzcan esas mieles tan buscadas. Su casa está rodeada de troncos vacíos, los cuales, suspendidos, sirven de colmenas. Algunas abejas, minúsculas moscas, elaboran una miel tan fina que sirve para curar infecciones oculares. Tsoltan ayuda al hada a cosechar la cera, el polen, la jalea...

Como Tsibanche' se localiza en el territorio de Uaymil, aliado de Ekab y de otros del norte, Tsoltan puede abandonar su disfraz de mercader y retomar con gusto su identidad de hechicero. Se siente como pez en el agua en medio de toda esa gente que comparte sus creencias, su idioma. El placer es mutuo; se acercan a pedirle consejos.

Su estadía en Tsibanche' no pasa inadvertida. Tsoltan y su anfitriona son invitados por la realeza al palacio, conjunto residencial que se asemeja al paraíso. En un amplio patio rectangular, sombreado y perfumado por árboles florecidos, eruditos se reúnen para recitar poemas y cantos, así como para hablar mientras beben *báalche'*. Alrededor están repartidas las piezas contiguas, separadas por paredes de piedra. Pueden descansar y refrescarse a gusto. ¡Qué vida tan agradable, a la sombra de la enorme pirámide doble!

15. KIMI, LA MUERTE

En Chichén no se regocijan; lloran. La población experimenta una tremenda aflicción: el divino rey K'ak'upakal acaba de morir, después de días de agonía.

La noticia alcanza a Pilotl, que está en las salinas. Se apresura a volver a Chichén, haciendo que sus cargadores corran día y noche a fin de llegar a tiempo para los ritos funerarios.

En un ambiente dramático, las élites y el pueblo se reúnen frente al templo rojo para honrar la memoria del amado rey que dedicó su vida al servicio de la ciudad y su población.

Todos los músicos y cantores de la ciudad participan en la ceremonia. Los nobles, quienes visten largas capas oscuras, sin plumas ni joyas, circulan alrededor del alto edificio pronunciando oraciones. Cada uno sostiene un pequeño quemador de incienso para que el humo perfumado lleve las voces al cielo. Al ritmo de un himno fúnebre, dan trece vueltas en un sentido y otras trece en sentido contrario. Luego se quedan inmóviles frente a la fachada. Las esposas, entre las cuales se encuentra Manik, los siguen. Todos saben que el ritual marca el fin de una época.

Aun cuando fue motivo frecuente de reproche, las élites de Chichén se olvidan de que K'ak'upakal era noble sólo por su madre, Dama K'ayam K'uk, quien provenía de un auténtico linaje kochuah. En cambio, su padre fue un mercader que acumuló una fortuna impresionante pero cuyo nombre no aparece en los monumentos para evitar ofender a quienes valoran la nobleza de sangre. Sin embargo, todo el mundo lo sabe: ¡el padre del rey era chontal! K'ak'upakal escondió su árbol genealógico bajo su pasión por las antiguas monarquías, aun cuando Chichén no cuenta con ninguna dinastía, ya que las familias más viejas llegaron hace unos ciento cincuenta años.

Parado en el centro de la terraza del templo, su hermano K'inilkopol lamenta la muerte del soberano. Alaba sus hazañas.

—K'ak'upakal supo imponerse. Él creó nuestra identidad combinando lo tradicional con lo nuevo. De los antiguos conservó la escritura, el cálculo del tiempo, la arquitectura. En otras partes, los conocimientos acumulados por los ancestros desaparecen, pero no en Chichén ni en Seibail. A causa de las guerras y las hambrunas, los reinos ya no pueden mantener las escuelas de escribas y astrónomos. A menudo los eruditos mueren sin dejar aprendices. K'ak'upakal logró rescatar a varios de ellos para que vinieran a trabajar a Chichén. Esos sabios han podido incluir nuestra historia en la cuarta era. Los edificios construidos durante su reinado llevan las fechas de cinco cifras, igual que en Seibail, donde el gobernador chontal conservó la cuenta larga. Pero K'ak'upakal no sólo miró hacia el pasado; también se adaptó al presente y recibió mercaderes de todas procedencias. Estimuló el comercio y los descubrimientos, con lo cual forjó el carácter único de la ciudad, uniendo nuestras diferentes poblaciones. Integró a los recién llegados y al mismo tiempo supo orientarlos. ¡Que viva el espíritu de K'ak'upakal entre nosotros!

Al unísono, kupules, kochuahes, kokomes, toltecas y chontales entonan un canto en su honor. El templo rojo vibra de emociones, rodeado de música, incienso y oraciones.

En medio de las aclamaciones, K'inilkopol recibe el cetro real que perteneció a su hermano, quien preparó su sucesión enseñándole todos los secretos para administrar la ciudad. Nadie pone en duda la legitimidad de K'inilkopol, cuyo nombre aparece ya grabado en las piedras de los monumentos.

El nuevo rey se dirige a la muchedumbre:

—K'ak'upakal fue coronado aquí mismo hace veintiún años. Él mandó construir este templo que siempre será el más magnífico de Chichén, y también nos dio varios otros, todos espléndidos. Estamos orgullosos de su herencia y vamos a seguir su camino. Acepto este bastón de mando que me dejó mi hermano.

Levanta el cetro por encima de su cabeza. Los hombres de adelante gritan:

—¡Viva K'inilkopol, el dios sol! ¡Viva el rey!

La multitud los imita; los gritos retumban hasta los cielos y los infiernos. K'inilkopol admira esa unidad, pero sabe que deberá trabajar mucho para conservarla.

Desciende a la plaza. La gente se aparta para dejarlo pasar; él camina hacia la estela instalada hace poco frente al templo. Un pregonero lee en voz alta la fecha del fallecimiento grabada en la piedra: 10.3.1.0.0 en la cuenta larga, 12 Manik en el calendario lunar, 5 Sak en el solar.*

El nuevo rey, estoico, se hace un corte en el brazo izquierdo. La sangre fluye en un cuenco con cinabrio molido en su

* 27 de abril de 890.

interior. El rey moja la mano derecha en la mezcla y la aplica sobre la estela. Los nobles lo imitan y pasan uno tras otro frente al monumento para honrar a K'ak'upakal con su sangre. Las manos rojas brillan en la piedra.

Los patriarcas de las viejas familias están satisfechos. La estela simboliza al rey divino, el intermediario entre las potencias de los cielos y los infiernos. Es un recordatorio de la grandeza de las dinastías que reinaron en la región durante milenios. Los ancianos desean que Chichén mantenga las verdaderas creencias y que las otras se mantengan como lo que son, es decir, credos extranjeros... e inferiores.

Mercaderes y guerreros recientemente establecidos en Chichén, así como jóvenes kupules, kokomes y de otros clanes, ven las cosas de otra forma. Aun frente a la estela, murmuran; es tiempo de eliminar esa ruin tradición de los reyes que de todos modos han perdido el contacto con los dioses. Así lo demuestra la sequía que nadie ha logrado erradicar de manera definitiva.

El ritual termina. La población vuelve a casa, en su mayoría contenta de que un soberano reemplace al difunto sin derramamiento de sangre. Por el momento, la presencia de K'inilkopol conviene a todos, puesto que evita los conflictos entre facciones y aspirantes al trono.

En medio del movimiento de las masas, la familia Muwan abandona la plaza siguiendo al mercader tolteca. Manik se apoya en el brazo de su padre. En su camino, los Muwan se cruzan con las esposas del nuevo rey y las del antiguo. Las damas los felicitan por el embarazo de Manik. En voz baja y con miradas de entendimiento, alaban la calidad de los tratamientos de Kusaamil. La joven Muwan sólo contesta con parpadeos. Las mujeres hablan más fuerte para felicitar a Pilotl. Éste se da vuelta y pone su mano sobre el vientre de su esposa con una sonrisa triunfante.

—Hubo que esforzarse un poco…

Las princesas sonríen y se esfuman. Manik reprime sus réplicas; piensa en el hechicero jaguar. Ignora al mercader y voltea a ver a su padre.

—El rey tiene razón. El templo rojo es el más bello de la ciudad —dice—. Me gusta mucho la abundancia de ornamentos, como los que hay en el palacio.

—Puro estilo Puuk, hija mía —afirma Asben—. Es el más exquisito, con piedra en forma de rejilla, máscaras de Chaak con su nariz alargada.

Pilotl los mira, haciendo una mueca.

—¿Chaak? A mí me dijeron que esas caras son de Itzamnah, el dios de las montañas… ¿Alguien aquí sabrá lo que significa la palabra *montaña*? En este lugar todo es tan plano…

Asben sonríe frente a tanta presunción e ignorancia.

—Los dioses cambian de nombre y de personalidad; las montañas pueden construirse, pero es complicado. Importa poco…

La cara de Pilotl se tuerce aún más.

—Estas fachadas repletas de formas… ¡parecen vestidos de mujer! Nuestro estilo es más viril, directo. Cuando se termine de ampliar la nueva plaza, veremos edificios mucho más grandiosos alrededor.

Manik lo mira de reojo.

—Más grandes, tal vez…, ¿pero tan bellos? Las serpientes, los guerreros… ¿No es un poco tosco?

—¿Tosco? ¡Oh, la pintora de jarrones pretende conocer lo bello!

Asben, que es arquitecto, podría dar discursos sobre el valor del estilo Puuk, que lamentablemente está siendo reemplazado por edificios con columnas, más fáciles de erigir, pero endebles y austeros. Sin embargo, puesto que no puede hacer enojar a su yerno, se abstiene de intervenir y deja que sus ojos se pierdan a lo lejos. Pilotl lanza una mirada de desprecio a su mujer.

—Los guerreros hacen nuestra riqueza; sin ellos no habría ningún edificio. Chichén debe glorificar a sus soldados. Si hicieras otra cosa que colorear ollas..., quizá podrías entenderlo.

Tras gozar de la buena vida durante trece días, tantos como los niveles del cielo, Tsoltan decide que es tiempo de partir. Siente verdadero cariño por la maga, pero no puede imaginarse viviendo con ella. Tsibanche' está un poco apartado de los lugares importantes y sus abejas son demasiado perfectas. Las fuerzas del inframundo hacen falta al hechicero, quien está ansioso por utilizar su cinabrio. Además, su padre lo espera. Debe viajar antes de que empiecen las lluvias; al menos es lo que todos desean.

Muy a su pesar, la maga le presenta a un hombre fuerte para que sea su guía. Tsoltan le pregunta por las rutas posibles hacia el norte. El hombre levanta las manos.

—Hay varias. Todo depende...

—Me gusta la discreción.

—En ese caso, si hay suficiente agua, se puede navegar por un pequeño río hasta la bahía de Chakte'naab, luego subir con la corriente hasta la laguna de los milagros y llegar a la laguna de Bajakal.* De otro modo, hay que caminar hasta allá. ¿Mi señor conoce Bajakal?

Tsoltan niega con la cabeza. Su interlocutor levanta una mano con orgullo.

—¡Mi señor descubrirá maravillas! En ningún otro lugar se encuentran colores tan espléndidos. Matices de azul y verde hasta el infinito.

—Déjame adivinar. Tú eres de Bajakal, ¿no?

El hombre se da palmaditas en la barriga.

—¡Desde hace generaciones! Conozco cada meandro por su nombre. De Bajakal se puede andar hasta Muyil, luego embarcarse en la laguna de Chunyaxché para llegar al mar. De aquí a Chunyaxché se necesitan… —el guía cuenta con los dedos— once días o un poco más porque… Yo no sé lo que transporta mi señor, pero el cargamento es impresionante. ¿Hasta dónde…?

Con las manos abiertas en abanico, el guía espera una respuesta que no llega. Tsoltan no quiere revelar su destino final. Le agrada la idea de pasar por Muyil. Pequeños ríos, pocas caminatas… Además, no hay toltecas ni chontales en ese puerto controlado por Koba. El hechicero desea llegar a Kusaamil por la punta sur, para evitar el puerto principal; una manera más discreta de llegar a casa.

—Está bien, vámonos por Muyil pasando por Bajakal.

El guía se inclina.

—Mi señor no se arrepentirá. ¿Salimos pronto?

—Mañana.

* Bacalar.

Con una carga adicional de miel, cera, jalea y polen, Tsoltan se despide de Tsibanche' y de su maga, prometiendo volver dentro de poco.

El viaje se desarrolla según lo previsto. El guía no mintió: los paisajes de Bajakal deslumbran al hechicero. El hombre insiste en que su cliente se lleve algunas canastas de arcilla sulfurosa que hay a la orilla de un canal que lleva a la laguna, frente al pueblo.

—Deja la piel muy suave. ¡A sus mujeres les encantará!

Tsoltan piensa en la frágil piel de las sacerdotisas. Sin saberlo, el guía tiene tanta razón que Tsoltan no puede ignorar su consejo. Con el azogue que desea producir, las sacerdotisas querrán aliviar la quemazón. Acepta los nuevos bultos.

En Muyil, el guía regresa trayendo consigo un grupo de mercaderes que se dirigen a Tsibanche'. Tsoltan contrata remeros del pueblo para cruzar el pequeño mar hasta su isla.

Al final del día pone pie en Kusaamil. Han pasado tres meses solares desde que salió de viaje... para volver con el más precioso de los cargamentos. Él y los remeros duermen en el pueblito de la punta sur. Allí, la gente lo reconoce. A los curiosos que le preguntan por lo que transporta, el hechicero les dice que se trata de obsidiana y miel, sin mostrarles nada.

Al alba, Tsoltan busca a sus cargadores; elige a los menos despiertos. Todos marchan en fila siguiendo senderos a lo largo de la playa. Tsoltan calcula que haciendo sólo una o dos paradas breves podrá llegar a casa antes de que oscurezca.

El grupo camina todo el día. Cuando el sol se está poniendo, pasan frente a una pequeña bahía. El hechicero recuerda que ahí celebró su último ritual de la luna llena. Afloran recuerdos: los enanos se pintan el cuerpo, se decora la gran piragua con flores, lo maquillan, se pone el penacho, bebe pócimas para el amor... Piensa con cariño en la joven de Chichén. Su sensibilidad, su mirada tan intensa... Se emociona hasta el punto de olvidar las delicias de Tsibanche'.

Levanta la mano para anunciar la segunda parada. Enciende una fogata con las brasas de hongos secos que transporta en una cajita de cerámica. Prepara una papilla en la que espolvorea gránulos mágicos, al tiempo que pronuncia una oración. Vaciada la olla, los hombres reemprenden el camino. Tsoltan mira hacia la izquierda y adivina la cima de la pirámide de T'aantum entre los árboles. Al día siguiente irá a ver lo que ocurre por ahí. Con suerte, la guapa de Chichén ya habrá regresado y... ¿lo estará esperando? Sueña con abrazos apasionados.

> Te amo, magnífica dama.
> Démonos la felicidad,
> aquí, en la hendidura del fruto...

En su mente, un fruto de cáscara rosada como la pitahaya y de carne suave como el mamey se abre y libera un perfume embriagador. Tsoltan toma una larga bocanada de aire. Se alivia del peso en su espalda.

La oscuridad se extiende. El hechicero recita oraciones para guiar a los cargadores; sus almas se han extraviado. La voz de Tsoltan los apacigua. Con ayuda de las brasas enciende una antorcha. Lo alegra que hayan llegado de noche, así los hombres no reconocerán tan fácilmente el lugar. Prudente, da unas vueltas extra.

Ordena que dejen los bultos al pie de un árbol grande. Sabe que hay una depresión próxima, entre su casa y el santuario.

Quiere esconder el cinabrio cerca, pero no tanto. Una vez que los cargadores acomodan el cargamento, los conduce hasta un claro al borde de la muralla de T'aantum. Busca un poco antes de encontrar el objeto que necesita: un caracol que descansa entre un tronco y una rama baja. Sopla tres veces para avisar a las sacerdotisas de la llegada de visitantes.

Se escucha una voz en la penumbra; le pregunta qué es lo que desea. Tsoltan contesta con voz fuerte:

—Soy el hechicero jaguar; me acompañan veintisiete cargadores que pasarán la noche aquí. Necesitan bebida, comida y dónde dormir.

No esperan mucho. Cubiertas de negro, casi invisibles, las sacerdotisas salen para depositar al pie de la muralla alimentos, jarras de agua y hamacas. Tsoltan distribuye los bienes y se prepara para irse. Agradece a los hombres dándoles una generosa compensación; luego se esfuma entre los árboles. Esa gente de Kusaamil encontrará su camino al día siguiente. Tsoltan arrastra las canastas a la orilla de la rejollada y se encamina hacia su casa sólo con su *sáabukan*.

Encuentra a su padre meditando en la cocina frente a las últimas llamas. K'ult se levanta y abre los brazos al ver a su hijo. Los dos se abrazan felices. Tsoltan le muestra a su padre algunas de las maravillas que trajo: plumas largas y de colores, granos de cacao, vainas de vainilla, semillas exóticas, jalea real, arcilla.

—Todo esto nos va a servir —dice el padre—. Pero... ¿conseguiste lo que nos hacía falta?

Tsoltan enciende dos antorchas; entrega una a K'ult.

—Ven a verlo... Podrás juzgar por ti mismo.

Antes de salir, K'ult despierta a los esclavos para que preparen una buena comida. Tsoltan toma una escalerita de madera.

Ambos hombres llegan rápidamente al sumidero donde se halla el precioso cargamento. Tsoltan encarga su antorcha a K'ult, desata las cuerdas que sujetan la tapa de una canasta, la cual abre. Retira la capa de cenizas con la mano. A la luz de las llamas se ve brillar el cinabrio.

K'ult, incrédulo, quiere tocar la piedra con sus propias manos para examinarla. Devuelve la antorcha a Tsoltan. Los ojos del orador se mueven del mineral a la canasta.

—¡Una medida completa de cinabrio!

—No es una, sino veinticuatro. Tenía veinticinco al salir de Ninikil. No perdí ninguna; hice algunos regalos.

—¡Nunca he visto semejante cantidad!

Tsoltan observa a su padre y sonríe. Piensa que él mismo tuvo exactamente la misma reacción en Ninikil.

—Tuve suerte… y ayuda.

K'ult espera los detalles. Tsoltan le da la antorcha, coloca la escalera al fondo del hueco y la apoya contra el borde.

—¿Te acuerdas de una curandera llamada Aklin, de Ninikil?

Con sólo escuchar el nombre, K'ult frunce el ceño. Sus puños y las antorchas tiemblan.

—¡Esa ladrona! ¿Todavía vive?

Tsoltan conserva la compostura. Empieza a bajar las canastas.

—Sí, me crucé con ella. Me pareció entender que… Hubo algo entre ustedes, ¿no?

K'ult exhala con fuerza y escupe en el suelo.

—¡Algo!… Sí hubo… ¡Una estafa! Me timó.

—Una mujer te hizo una jugada… Extraño. ¡Debió ser muy bella!

—¡Una maldición de todos los infiernos! Yo le había adelantado veinte medidas de jade. Una fortuna, ¿te das cuenta? Ella a cambio debía entregarme el doble en cinabrio, oro y plata; pero se esfumó... Sin una palabra ni un agradecimiento. Nunca volví a verla. Pero ¿cuál es la relación entre tu cinabrio y esa maldita Aklin?

Tsoltan sale del hueco, sonriendo.

—Es ella quien me lo dio... por la mitad de su valor. Me dijo que tenía una deuda contigo. Ahora es la *x-chilam* de Ninikil, responsable del culto de Quetzalcóatl.

K'ult abre la boca tan redonda como los ojos. Sus manos se ablandan, las antorchas se inclinan. Tsoltan baja otra canasta.

—Te manda saludos —dice, divertido.

Un banquete espera a los dos hombres a su vuelta. Antes de comer, Tsoltan se lava muy bien para eliminar cualquier resto de cinabrio. Ese polvo rojo se incrusta en la piel. Se frota vigorosamente con un estropajo. "¡Quetzalcóatl, no te vas a apoderar de mi alma!", piensa.

Con la piel lustrosa, se sienta al lado de su padre. En su mente agradece a Kukulkán por su protección durante esos días.

—El viaje fue muy provechoso. Aklin no sólo nos abasteció de cinabrio; también me indicó un itinerario para volver a Kusaamil: de Ninikil a Bajakal por los ríos del interior. Llegamos sin llamar la atención, evitando los puestos de chontales y toltecas. Volviendo a Ninikil cada dos años, creo que tendremos suficiente cinabrio para nosotros y nuestros aliados.

—Perfecto. Problema resuelto. Dejaré de maldecir a esa mujer todas las noches...

Tsoltan devora sus tamales de pavo.

—Mañana llevaré un poco de cinabrio al santuario. Tal vez la jefa me regale una sonrisa…

K'ult hace una mueca.

—Mmm… Llegas un poco tarde. Lo siento; ella falleció a causa de su enfermedad. Su cuerpo ya fue ofrecido a la luna en altamar, como es costumbre.

Tsoltan lanza una mirada inquisitiva a su padre. Una duda lo asalta. A K'ult no le gustaba esa mujer tan autoritaria. ¿Él habrá favorecido su salida hacia el mundo de los espíritus? K'ult mantiene la mirada al frente. Tsoltan siente que sus inquietudes se desvanecen. Hace un signo de cruz.

—Que sus ancestros la ayuden a recorrer los nueve niveles del inframundo.

—No es la única que descendió al Xibalba. El rey de Chichén también.

Tsoltan se santigua de nuevo.

—¿Quién reina ahora?

—Su hermano lo reemplazó en el trono. Y en T'aantum, la asistente se ocupa del lugar. Ninguna jefa ha sido nombrada. Yo esperaba tu regreso, pero tardaste mucho…

Los ojos de Tsoltan brillan de repente.

—¿La noble de Chichén volvió? Deseaba tanto vivir aquí… Sería excelente dirigiendo el santuario.

—No la he visto. Después del entierro de la jefa sólo he regresado a T'aantum por las ceremonias de la luna llena. Pero ¿por qué hablamos tanto de mujeres? Mejor cuéntame de tu viaje. ¿Qué te pareció Aktun Ha?

Al alba, Tsoltan se encamina hacia el santuario, lleno de esperanza. De lejos ve el claro donde durmieron los cargadores. No queda nada ni nadie. Fiel al protocolo, se anuncia soplando en el caracol; las guardias lo dejan entrar. La asistente lo recibe en el cuarto de la difunta jefa. Tsoltan comprende que ella pretende asumir la autoridad principal del santuario de manera permanente. Aun cuando todo en esa mujer palpita de deseo, Tsoltan encuentra su cara algo aburrida. Su piel es de una blancura casi perfecta, pero su mirada luce apagada, su trato es grosero. El hechicero pide noticias de la joven de Chichén. La asistente parpadea; su boca se tuerce de disgusto.

—Aquélla… Al parecer está embarazada, lo que la excluye del sacerdocio.

Tsoltan encaja la noticia, decepcionado de no poder estrechar a la bella entre sus brazos. Aunque, pensándolo bien, tener un hijo en camino en Chichén constituye una buena noticia. Una mujer lo espera en esa ciudad cuya potencia crece con rapidez.

—La luna mengua ahora —susurra la asistente, interrumpiendo la reflexión del hechicero—. Quiero hacer varias mejoras para el próximo festival. ¿Tendremos el placer de celebrarlo juntos?

La mujer irrita a Tsoltan, quien piensa en el hijo por nacer; calcula que éste ya debe haber recorrido la mitad del camino. Distraído, contesta vagamente a la asistente y se marcha casi sin despedirse.

—¿El próximo festival? Quizá, no sé… Lo veremos luego.

16. LA QUINTA LUNA

Tsoltan habla con su padre del nuevo viaje que desea emprender. La palabra *viaje* impacienta al orador. Cuando además escucha que su hijo pretende ir a Chichén, se pone casi furioso. Se queja de todas las tareas que ha debido hacer desde que Tsoltan partió, hace cuatro meses.

—Tres —rectifica el joven.

—¡Los que te reemplazaron son dos flojos que no hacen ni la mitad del trabajo! He hablado con ellos muchas veces... pero sólo piensan en pavonearse. Hay que cortar madera, recolectar hojas y raíces, secarlas, prepararlas. También se debe retocar la pintura de la pirámide. Y en cuanto a cocinar cinabrio... Sólo tú puedes hacerlo. A menos que quieras compartir el secreto con otros...

Tsoltan sacude la cabeza. Comprende que no puede partir enseguida, principalmente porque su padre se ve cansado. En su mente manda un beso a la bella de Chichén y se alista para trabajar. Primero debe agradecer a los dioses por su bondad. Se inclina frente a la gran ceiba al centro del terreno. En una cavidad en forma de caverna entre las altas raíces esconde el ídolo de Kukulkán para que su alma se confunda con las de los ancestros. Se concentra en orar hasta que su espíritu se incorpora a las venas del árbol y sube hasta los cielos.

El sol continúa su camino. La luna lo sigue, siempre cambiante. La pirámide ha sido pintada nuevamente de rojo brillante. Las sacerdotisas recobran su piel de alabastro; los festivales atraen bandadas de mujeres que buscan la bendición de Ixchel.

En Chichén, poco antes del solsticio de verano, el rey K'inilkopol lleva a cabo la ceremonia del fuego nuevo, tal como hacía su hermano. La fiesta se celebra anticipadamente ese año. Se murmura que es por el retraso de las lluvias. La situación de los campesinos se deteriora. El mes que precede al solsticio es el más cruel de todos. No hay cosechas y las reservas se agotan; el hambre causa estragos. El rey debe convencer a los dioses para que demuestren su generosidad lo más pronto posible. La ceremonia del fuego nuevo es el momento perfecto para que el soberano haga gala de su poder.

El cielo se colorea de tonos rosados. En la ciudad se apagan todos los fuegos: antorchas, braseros, fogatas, quemadores. La gente camina hacia la plaza central antes de que oscurezca por completo. Se reúnen en torno al templo rojo, en la penumbra.

Sobre la terraza del templo, unos hombres trabajan para producir el fuego nuevo. Frotan palos de madera dura a gran velocidad, lo que genera suficiente calor para que escape un poco de humo del musgo seco. Las tinieblas cubren la ciudad. No se distingue nada. La muchedumbre empieza a inquietarse. De repente surge una llama. ¡El fuego nuevo! La gente grita de felicidad. Se acercan numerosas antorchas a las flamas. Se distribuyen, encendidas, alrededor de la plaza; luego los portadores del fuego circulan por toda la ciudad. Arden braseros en la cumbre de los cerros sagrados. Chichén se ilumina.

Tropas de músicos y bailarines animan la plaza. Se sacrifican prisioneros y esclavos al ritmo de himnos cantados con mucha fuerza para agradecer a los dioses.

La ceremonia se asemeja a las que dirigía el difunto rey, aunque K'inilkopol no hace grabar fechas ni nombres en la piedra. Muy poca gente sabe leer los glifos; ni los inmigrantes, ni los nobles kupules y kokomes, ni otros nativos de la región.

Un poco apartado de la muchedumbre, Pilotl discute con otro mercader.

—Me conviene que ya no se escriba nada —dice.

Su compañero asiente.

—Sí, es mejor así. Nunca se sabe lo que esos malditos dibujos pueden significar.

—Los kupules y sus aliados podrían conspirar contra nosotros. Lo expliqué bien al rey durante la última reunión en la casa del consejo, al que ellos llaman Popol Náah.

—Sí, te escuché ese día. K'inilkopol te respeta.

—Mejor para su salud. No sólo decidió abolir los grabados de nombres y fechas en monumentos públicos; también admitió que la ciudad no puede mantener una casta de escribas. Necesitamos soldados. Que las escuelas formen guerreros, ¡no poetas!

—El rey no tiene escapatoria. Debe cumplir con lo que nosotros, los mercaderes, pedimos. Somos nosotros los que lo proveemos de armas.

Pilotl y su colega levantan las palmas hacia el cielo para confirmar la evidencia. Disimulan apenas sus risas de satisfacción mientras se termina de desmembrar a los últimos sacrificados. El fuego nuevo brilla en toda la ciudad.

Pilotl siente ganas incontenibles de moverse; le urge viajar. Ha permanecido en Chichén durante dos meses solares. Ha asistido a los ritos funerarios, a las sesiones del consejo y al ritual del fuego nuevo. Ya no soporta estar encerrado entre los muros de la ciudad y, peor aún, dentro de una casa donde se siente juzgado siempre. A Pilotl le gustan los retos: enfrentar el mar, estimular la envidia y el odio entre clanes para ofrecer armas a todos. Debe volver a Puerto Caimán,* a la entrada de las salinas. Cuando tuvo que marcharse a toda prisa a causa de la muerte de K'ak'upakal, dejó un importante cargamento de sal que debe entregar en Acalán.

También echa de menos a su familia chontal, y sobre todo a sus mujeres. Afortunadamente, las lluvias moderadas no impiden los viajes.

Un llamado de caracol anuncia la salida de la caravana. Pilotl parte con armas y cargamento. Después de Puerto Caimán y Acalán, sueña con viajar hasta Seibail, rico mercado tolteca en la ribera del río tributario del gran Usumacintla.

Liberada del yugo de su esposo, Manik se alegra de poder volver pronto al taller de cerámica. Sin embargo, su vientre, cada día más grande, hace que le resulte difícil caminar y trabajar. La alegría de las primeras lunaciones palidece, tal vez a causa del peso que carga, el fuego en la espalda, los intestinos

* Isla Cerritos, Yucatán.

de piedra, la vejiga que se desborda… Saasil intenta darle ánimos, pero la tarea es ardua.

Como cada mañana, Manik se inclina frente al altar familiar. Quiere arrodillarse pero, al considerar las dificultades de volver a levantarse, permanece de pie. Entre las reliquias hay un espejo de pirita. Manik lo toma e interroga al espíritu que lo habita. Una mirada grave la contempla a través del mosaico de piedras pulidas; su doble parece preocupada. Manik observa su enorme vientre ondular en la superficie irregular; se deprime. Pregunta a los ancestros:

—¿Realmente estoy así de fea?

Bajo el vientre convertido en cerro, palpa su vulva discretamente. ¡Una hendidura tan estrecha! ¿Cómo es que semejante bulto podrá salir por ahí? Una ola de miedo la recorre. Imagina la muerte de su madre. Manik se siente muy débil de repente.

Saasil llega en el momento justo para tomar el espejo y devolverlo al altar.

—No estés triste, mi venadita.

—¡No quiero morir y abandonar a mi bebé!

—No hay razones para que te inquietes tanto. La matrona dice que todo marcha bien. No tengas miedo. Pensar en lo peor es invocar el desastre. Vamos al mercado; dicen que una caravana acaba de llegar.

Obediente, Manik se deja llevar. En la plaza, los mercaderes exhiben su mercancía. Debido a la escasez de alimentos, por el momento se valoran más el maíz y los frijoles que el jade o las plumas. Algunos vendedores ofrecen sin embargo productos raros: campanitas de cobre, objetos de oro, bellos como lágrimas de sol. Manik admira los brillos; su mirada se posa en las campanitas. Agita una; el sonido le recuerda la música y los bailes de Kusaamil. El mercader le habla de su procedencia:

—Hay granos de cobre en las playas y a la orilla de los ríos en el istmo de los volcanes, lugar poblado por tribus más o menos amistosas.

Un joven que lo acompaña agrega:

—Está lejos. No obstante, con buenos remeros... se puede llegar en dos meses de navegación.

A su lado, un comerciante de Chichén se mofa:

—No creas lo que cuenta, gentil dama. Son unos presumidos. ¡Alcanzar el istmo en dos meses!... ¡Con suerte se llega a Ninikil o Nako'ob! Ahí es donde la gente del sur va a intercambiar sus metales.

Manik sonríe. Dejando a los mercaderes entregados a su discusión, Saasil jala a su ama hacia los huacales de granos. Si bien la situación de los Muwan no es desesperada, el jefe de la casa no aprecia los objetos superfluos; la campanita podría ponerlo de mal humor a su regreso.

Aun cuando faltan tres lunaciones para que concluya su embarazo, Manik se queja de calambres y dolores, como si el parto ya hubiera empezado. Con todo y el peso de los años, la matrona acude corriendo, como cada vez que la noble siente angustia. Pone sus manos a ambos lados del enorme vientre y lo palpa, los ojos cerrados. Cuando los abre, luego de una eternidad, clava su mirada en la de la mujer joven, llena de sudor.

—Me parece que... llevas dos bebés —dice con voz grave—. Toco cuatro piernas.

Manik recuerda las mazorcas dobles que comió en el santuario. Recibe la noticia como una condena a muerte. Traga saliva y se seca la frente.

—¡Ojalá que te equivoques!

La matrona sigue palpando el cerro. Hace una señal negativa.

—Quién sabe. No estoy segura… Sólo siento una cabeza.

Cuatro patas, una cabeza…, ¡como un jaguar! Manik está a punto de desmayarse.

—No entres en pánico. Ten confianza en Ixchel —murmura la matrona al ver la angustia de la noble—. Tu hijito tendrá vigor. Se mueve mucho.

La mujer unta el vientre de Manik con aceite y lo masajea con energía. La joven la deja trabajar. Termina por aflojar la mandíbula y los puños. Pronto acaban las contracciones.

Para marcar el paso de la quinta luna, la matrona decide llevar a la noble al templo. El chamán búho no está; dicen que fue a meditar a su gruta de Balankanche'. La noticia no altera a la matrona, quien pone un plato de agua frente a Manik para que pueda conversar con el reflejo de la luna y pedirle un hijo sano. La mujer no vuelve a hablar de los dos bebés; la futura madre se siente aliviada.

A pesar de las oraciones y los rituales, Manik padece el fin de su embarazo. Todo le resulta difícil. Tiene calor, frío, sed, ganas de orinar todo el tiempo. La matrona y Saasil se las ingenian para distraerla. Bordado, cestería, cocina… Al acercarse el alumbramiento y con el fin de facilitarlo, se construye un baño de vapor en el patio de la residencia Muwan. Su padre visita a la joven a menudo; le habla del progreso de los trabajos de riego a su cargo y de otras noticias.

—Los chontales de la casa dicen que tu esposo ya está en Acalán, la capital de esta provincia.

Con cara de cansancio, Manik se masajea los riñones.

—¿Tú conoces esa ciudad? —pregunta.

—No, nunca fui; pero parece que es el país del agua. Mares y ríos dominan el territorio, todo lo contrario de Chichén. Mucha gente circula por allá.

—Con razón… Los chontales saben navegar muy bien… y pelearse —señala Manik con voz un poco pesada.

No necesita recordarle a su padre que la casó con un bruto.

Sentado en su pequeña piragua frente a la desembocadura del río, con una mano a modo de visera, un joven observa el mar. Aun cuando el agua se extiende hasta donde alcanza la vista, algunos sostienen que sólo se trata de una laguna. Según los mercaderes de largas distancias, hay tres tipos de agua salada: la laguna, el golfo y el océano, donde empieza el cielo. Por su parte, Jaak' piensa que se encuentra ante el mar, o al menos parte de él, Oka'am.* Ha surcado sus riberas desde que nació. Hasta donde puede recordar, siempre ha trabajado en una piragua, ya sea pescando o transportando mercancía. Puede orientarse en cualquier pantano.

* Laguna de Términos, Campeche.

Ha navegado todos los ríos de la región. Remontó el más grande, el Usumacintla, hasta los rápidos que bloquean el paso hacia el sur. De allá siempre hay que volver a Oka'am o el golfo. Es fácil bajar por esos caminos de agua; sólo se necesita paciencia para sortear todos los meandros, uno después de otro. Los días se deslizan con la corriente.

Al día siguiente, por primera vez, cruzará la laguna para llegar a la isla que cierra Oka'am. Se cuenta que al otro lado dominan las olas y los vientos. Comenzará, entonces, un largo viaje que lo llevará alrededor de la inmensa península. Con la piel curtida por el sol y la sal, Jaak' se siente listo.

Sin embargo, teme un poco dejar su mundo para ir más allá de la península. No le preocupan los largos días remando en una embarcación; quiere descubrir el litoral, pero le da miedo que se rían de él allá. No habla la lengua de ese país. Los mercaderes se las arreglan donde sea; dominan alguno de los tres idiomas principales: el cholan de la península, el chontal del golfo y el náhuatl del Anáhuac. Pero Jaak' sólo conoce gente de Acalán; todos se comunican en chontal. Aun cuando su lengua se parece a la de las provincias vecinas, Jaak' sabe que le será difícil expresarse, principalmente porque tartamudea. Sin poder controlarlos, los sonidos que produce salen demasiado rápido y se repiten, lo que le provoca mucha vergüenza. Y mientras más vergüenza siente, más trastabilla. Y si le resulta complicado comunicarse en su idioma materno...

Ha aprendido algunas palabras, como *beyo* —"sí"— y *ma'* —"no"—; pero, en su boca, el *ma* se convierte en un risible "ma, ma, ma..." Prefiere negar con la cabeza. Jaak' trata de calmarse; la mayor parte del tiempo logra pedir lo que necesita con sonidos y gestos. Aun así, si hubiera podido quedarse en su región...

Pero el reclutador de un tío lejano, próspero mercader de largas distancias, insistió en que fuera a trabajar para ese pariente.

Jaak' quiso rechazar la oferta, pero su madre se opuso. Tiene muchas bocas que alimentar. Según ella, el comercio de larga distancia constituye la mejor oportunidad para un joven. Por ser la viuda de un pescador, quiso que su hijo aprovechara la propuesta del mercader, necesitado de gente para sus negocios. Se decía que a ese tío, medio hermano del difunto padre de Jaak', le iba muy bien en Chichén. A menudo solicitaba hombres de Acalán para que lo ayudaran. Y como Jaak' es fuerte y sabe navegar, el reclutador prometió una generosa compensación a su madre a cambio de sus servicios; también habló de posibles y muy buenas ganancias a su regreso..., aunque no definió ninguno de esos beneficios.

Jaak' y otros como él aceptaron embarcarse para navegar hasta el puerto de Chichén, situado a veinte días de Acalán y llamado Puerto Caimán, isla que, se dice, está enteramente rodeada de muelles. Según el reclutador, de ahí tendrán que caminar tres días para llegar a Chichén. Al oír la aclaración, Jaak' torció la boca, lo que le ganó una mirada sombría.

—Tres días... ¡Ni siquiera tendrás tiempo de quejarte! —se mofó el reclutador.

Jaak' bajó la cabeza; era inútil replicar. Sin embargo, no entendía por qué mercaderes sanos de espíritu iban a vivir a una ciudad tan alejada del mar. Por lo general, los marineros se quedan en la costa. En Chichén sólo hay pozos, ninguno navegable... Es el infierno para Jaak', quien siempre ha vivido con los pies en un río, una laguna, un meandro... Aprendió a remar antes que a caminar. Le resulta difícil imaginar un lugar con aguas encerradas bajo tierra. Sin cañaverales, camarones ni pescados.

Jaak' sueña con que su tío lo mande a uno de esos lejanos puertos, como Ninikil o Nako'ob.

Se frota las manos. Acaban de avisarle que la salida será al día siguiente. Al parecer, el mercader rico ya volvió a Acalán. Jaak' no lo conoce, pero lo imagina en uno de esos palacios de la capital, residencias de ladrillos de adobe con fachadas cubiertas de bajorrelieves. Sólo estuvo ahí una vez, pero se acuerda de todo.

Da vuelta hacia el mar; rema para mover su canoa a través del meandro. Distingue el techo de su casa sobre pilotes, por encima de las cañas y juncos del pantano.

Sintiendo un peso en el corazón, Jaak' se acerca por última vez. Como regalo de despedida, trae una decena de pescados gordos. Su madre tendrá con qué alimentar a los niños durante varios días. Después, ella y el hermano menor de Jaak' deberán arreglárselas solos. Jaak' suspira. Todo sería más fácil si su padre no se hubiera extraviado en el mar.

Se presentará al alba en la desembocadura del río Acalán, en el mar interior. Sólo puede llevar un bulto y un *sáabukan*. Un escalofrío recorre su espalda; el miedo y la emoción lo invaden.

Al llegar a la casa, siempre en su canoa, se desliza entre los pilotes. Consciente de que está pronunciando sus últimas oraciones, saca un ídolo de madera debajo de una viga de soporte. Él mismo esculpió esa cabeza de serpiente emplumada. Con su cuchillo corta un trozo de la parte de atrás, grueso como su palma. Pide perdón al ídolo por haberle hecho una herida y vuelve a colocarlo en su escondite. Le pone un caracol erosionado en el pie, convertido en espiral de nácar. Suplica al dios que cuide a su familia.

Amarra el pequeño barco al pie de la escalera y sube con sus mojarras ensartadas en una rama. Su madre levanta los brazos para agradecer al cielo y a su hijo por su generosidad. Empieza enseguida a preparar el pescado para ahumarlo.

Jaak' desdobla el pedazo de tela que su madre le obsequió para el viaje. Apila encima sus pertenencias: una capa usada, un taparrabo amarillento, un pañuelo algo deshilachado; piezas que su madre consiguió en casas de mercaderes donde trabaja a veces. Incluso se hizo de una vieja hamaca que remendó lo mejor que pudo. Para desearle buena suerte, la mujer regala a su hijo una bolsita de sal que podrá intercambiar en caso de necesidad. Su hermano menor le da una cuchilla de sílex que él mismo afiló.

La noche se enseñorea del pantano. Con los pies en el agua, sentado en el último escalón, Jaak' toca suavemente su flauta, como cada noche, para que sus hermanos y hermanas, acostados en el suelo, duerman bien. Para él, cada sonido suena como un adiós.

Lucha por quedarse despierto, por miedo de no salir a tiempo. Imaginándose en una gran piragua que atraca en un puerto lleno de gente, esculpe el pedazo de madera que extrajo de la espalda de su ídolo. Termina su trabajo haciendo un hueco para pasar un cordón. Feliz con el resultado, contempla su obra: un círculo rodeado de puntas y, en su centro, la serpiente emplumada. A punto de dormirse, el joven se sacude, recoge su bulto y su *sáabukan*. Después de contemplar con emoción a su familia, una confusión de cuerpos en el suelo, sale.

En la frescura del alba, los viajeros se reúnen a la orilla del río. La mayoría ya conoce el camino alrededor de la península.

Murmuran los nombres de las grandes ciudades: Ti'Ho,* Oxmal... Algunos mercaderes hablan de llegar a Ninikil o hasta Nako'ob, lo que representa unas tres lunas de viaje, si las condiciones son favorables. Jaak' sabe que no irá tan lejos. Él y su tío se quedarán a la mitad, en Puerto Caimán.

Bultos, cajas y canastas se apilan en los barcos. El famoso tío aparece; todo el mundo se inclina frente a ese hombre fuerte de cara grave, marcada por cicatrices. Lleva un bastón en la mano. Dedica un breve saludo a los remeros y se da vuelta hacia los mercaderes que se acercan, ávidos de escuchar las últimas noticias. El destacado viajero narra que asistió a la coronación de un primo en una lejana ciudad a la orilla de un afluente del Usumacintla.

—¿No fue en Seibail? —pregunta un mercader.

El tío lo confirma. Lo felicitan por tener semejantes relaciones. Pilotl no lo dice, pero Seibail le pareció muy disminuida por las guerras; se prometió no volver nunca a aquel lugar. Todo lo contrario de Chichén. Desde que se casó con una hija de la nobleza, en la ciudad más prometedora de oriente, su situación sigue mejorando. Ha obtenido los mismos derechos que los nobles del lugar: poseer una casa, tierras; hablar en las reuniones del consejo; presentar denuncias; defenderse... Todo ello lo favorece frente a sus competidores chontales o toltecas.

Un colega se acerca y le pone una mano en el hombro.

—¿Y para cuándo el coronamiento de un verdadero chontal en Chichén?

—¡Ah! Para eso... tal vez no falta tanto. Un nuevo rey ha subido al trono, justo antes de que yo partiera. Como su

* Mérida.

hermano, es mitad chontal; pero la otra mitad…, kochuah. Esa gente desconoce el arte de navegar. No tiene visión. ¡Son campesinos que sólo piensan en sembrar maíz!

Se ríe mientras se embarca, imaginando una dinastía chontal que reinaría sobre toda la península. Se asigna un lugar al jovencito: al fondo de una de las últimas piraguas. El tío, que no lo ha mirado siquiera, viaja al frente de la caravana.

Se necesita un día para cruzar Oka'am, el mar interior, y llegar a la punta oeste de la isla que obstruye la entrada. Se preparan para la noche. Jaak' observa el océano por primera vez. A la luz de las estrellas, encuentra ese mar muy similar al del interior, que conoce tan bien. Quizá hay un poco más de viento…

En este extremo de la isla, la corriente jala los barcos hacia altamar. En la otra punta, al este, el movimiento se invierte: el agua entra en la laguna.

El litoral se ilumina poco antes de que se levante el sol. Al escucharse el silbato del capitán, las piraguas se lanzan a la corriente. Una manada de delfines los sigue y les gana la delantera. A su espalda, Jaak' ve una franja de arena clara donde las olas tejen cintas de algas. La última visión de un mundo que abandona. El corazón le duele.

17. LA LUZ

Una gota de un rojo intenso cae sobre el papel. Manik deposita su cuchilla en el altar y deja que su codo sangre. Ora. Promete a los espíritus inculcar a su hijo el respeto de las tradiciones. Sabrá leer, escribir, nombrar astros y constelaciones, elaborar calendarios a semejanza de su ancestro el astrónomo, construir pirámides como su abuelo... Cuando la herida se seca, Manik deja caer el papel en el quemador y agrega copal, que se consume de inmediato. El incienso se esparce. Manik saluda a los espíritus de la familia y se da la vuelta limpiándose el codo. ¿Los ancestros la entendieron?

Suspira. Los días le parecen muy largos; apenas puede caminar. ¡Se ha vuelto más ancha que alta! Tuvo que renunciar a trabajar en el taller, aun yendo en silla con cargadores. Y todavía le quedan dos lunas con ese vientre que se hincha sin parar. Manik siente al bebé moverse. Un bulto se agita... ¿Es un pie, una mano... o una pata de jaguar? La joven imagina que una garra perfora su piel. Empuja el bulto y trata de convencerse de que lleva en su interior un hombre fuerte. Canta suavemente para acostumbrarlo a la dulzura.

Como ya dejó de pintar cerámica, se dedica a la poesía. Plasma sus ideas y dibujos en un códice que guarda bajo sus cojines. Pasa mucho tiempo a solas en su alcoba.

Canto
Flor
La suave,
la magnífica luna
se levanta sobre el horizonte.
En el cielo
suspende su brillo
sobre la tierra y toda la selva.
La muerte de la luna llega
encima de la verde selva.

Jaak' siente los rayos del sol poniente en su espalda. La caravana atraca en la isla Jaina, escala muy apreciada por el patrón. La noche anterior, al lado del fuego, Pilotl habló del poder de ese lugar sagrado. Jaina es una necrópolis donde están enterrados miles de señores, reyes, escribas y oficiales que vivieron en las ciudades vecinas de la sierra Puuk.* Pilotl tiene allí un puesto muy beneficioso.

Dejando las piraguas bien amarradas, los remeros se dirigen hacia los refugios, techos sobre cuatro vigas donde pasarán la noche. De repente se escuchan unas trompetas. Jaak' corre para averiguar de dónde sale la música; todos lo siguen. Un

* Sierra Puuc.

cortejo camina sobre la pasarela que une la isla al continente. Banderas, músicos... Hombres ataviados de forma opulenta y con joyas avanzan cantando.

—Esa gente viene de Oxmal —declara Pilotl, reconociendo los emblemas—. Esa ciudad era aliada de Koba, pero los xius la conquistaron con ayuda de Chichén.

—Sí, jefe, hace ocho años de eso —dice un soldado detrás de Pilotl—. Yo participé en esa guerra. Los xius tienen algo de toltecas, como nosotros. Oxmal no resistió mucho tiempo, pero ahí dejé tres dedos. —Levanta la mano izquierda, donde sólo quedan el pulgar y el dedo índice—. Valió la pena. ¡La cantidad de esclavos que tomamos! Pero la ciudad podría rebelarse otra vez; es mejor vigilarla.

Pilotl sonríe moviendo la cabeza.

—Pues no vamos a pelear mientras paguen tributo a Chichén. De otra manera... —Su mirada retorna a la pasarela y agrega—: Dicen que hay hermosas ciudades entre los cerros Puuk, cerca de aquí. Me gustaría visitarlas algún día... Cuando también paguen tributo. Quizá tendremos que insistir un poco.

Los mercaderes y guerreros que lo rodean aprueban y juran unirse a las tropas cuando llegue el tiempo del ataque.

Jaak' se aleja del grupo y se aproxima a la procesión. No había visto tal despliegue de riquezas ni escuchado tantos músicos. Los cantos fúnebres lo hipnotizan. Camina al lado de los nobles, como si el difunto fuera uno de sus parientes. Los del cortejo miran con desagrado a ese chontal indiscreto, pero como no está armado y como la guerra no ha sido declarada entre Acalán y sus vecinos de la península, nadie lo molesta. Jaak' observa al maestro del tiempo colocar una perla de jade en la boca del difunto, y sobre su pecho una estatuilla que representa a un escriba, personaje importante. En cuclillas, rodea el cuerpo con una larga tela roja y luego lo deposita en un hueco bajo la tierra. Después de recitar oraciones a la luz de las antorchas, los nobles regresan al continente por la pasarela. Se pierden en la noche.

Jaak' retorna al refugio. Al caminar por el sendero observa los últimos puestos que se están desmontando. Entre los artículos que se ofrecen para los rituales fúnebres, el joven descubre estatuillas de cerámica, casi todas de un azul brillante. Impresionado, señala la más bella, al tiempo que muestra la bolsita de sal que le regaló su madre. La vendedora la toma y la palpa.

—¿Sal?

Jaak' asiente. La mujer estalla en carcajadas.

—Esto, muchacho, vale mucho más. Son amuletos para proteger a los difuntos en el inframundo. Además, este azul es único. Índigo mezclado con arcilla de Sacalum. Un color muy buscado, que resiste al tiempo. Por tu bolsita de sal... Mira esto, es el dios de las generaciones. —Le enseña la efigie de un viejo que sale de un cáliz blanco—. Mi señor lo sabe seguramente... Los hijos crecen como los frutos en los árboles.

Jaak' menea la cabeza; el objeto carece de interés para él. Apunta de nuevo hacia las figuras azules. La vendedora se niega a deshacerse de su antiguo icono y lo pone a un lado.

—Por el valor de tu sal, puedes tomar una de las pequeñas —dice, mostrándole unas estatuillas no más altas que un pulgar.

Decepcionado, Jaak' vuelve a guardar la bolsita de sal en su *sáabukan*. La mujer detiene su brazo.

—Eres mi último cliente del día. De acuerdo..., puedes elegir entre las medianas. Si quieres una mujer, puedes tomar una aún más grande. No son muy demandadas. Es raro que se entierren mujeres aquí.

Jaak' asiente e indica una estatua del tamaño de su mano: una dama sonriente, con los brazos en alto, que le recuerda a su madre. Entrega su bolsita. La vendedora enrolla el amuleto en una corteza blanda. Jaak' vuelve al refugio. Las hamacas cuelgan por todos lados. Al ser el último en llegar, debe atar la suya cerca del suelo, por debajo de las otras. Se duerme con el pequeño envoltorio entre las manos, sintiéndose protegido.

Después de navegar unos días, la caravana hace una parada para ir a Tsibilchaltun, ciudad que alguna vez fue próspera, cerca del litoral. Allí, Pilotl intercambia parte de sus bloques de obsidiana por huacales y cuerdas de henequén. Los alfareros del lugar insisten en que les deje la ceniza volcánica en la que transporta sus piedras. Pilotl se hace rogar y primero dice que no, pero termina por entregar cinco canastas de ceniza a cambio de bella cerámica de pasta fina color amarillo rojizo.

La caravana retoma su camino de agua a lo largo del litoral norte de la península y no se detiene durante unos días. Los remeros duermen por turnos. Una mañana, el capitán anuncia:

—Último día... Tendremos que remar con fuerza para alcanzar Puerto Caimán antes de la noche.

Los hombres deben aumentar la cadencia y mantenerla todo el día. El horizonte se oscurece; una pequeña luz se enciende a lo lejos. Pilotl reconoce el puerto. Levantándose para calcular mejor la distancia, maldice.

—¡Qué vergüenza! Vamos a llegar de noche. Pero ya no haremos escalas. Sigamos. ¡Adelante, hombres, hay que esforzarse!

La orden circula de una piragua a otra. A pesar del cansancio, los remeros redoblan el esfuerzo. Los fuegos de Puerto Caimán se acercan, pero la oscuridad los rodea.

Jaak' rema, siempre en la penúltima barca. Como los demás, trabaja duro.

Un día antes del equinoccio que anuncia el fin de las lluvias, Manik despierta con terribles calambres. Gime de dolor. Manda buscar a la matrona. Ésta llega corriendo a la casa y enseguida comprende que el trabajo de parto se ha iniciado. Intenta aliviarlo con infusiones relajantes, pañuelos calientes, oraciones; todo en vano. Las contracciones siguen y se agudizan.

La matrona había previsto el nacimiento después de la novena luna, pero ya empezó el parto, casi con una luna de anticipación. Lo peor que podía pasar: ¡un bebé prematuro! Nacerá demasiado pequeño; de por sí los sanos apenas sobreviven. Tiembla de repente al pensar que son gemelos. Palpó lo que le parecieron dos pares de piernas, pero sólo pudo tocar una cabeza. Se seca la frente. ¿Será que la diosa Ixchel nos está mandando un monstruo? ¿Debería preparar a la madre para morir?

Resignada a un nacimiento prematuro y seguramente difícil, trata de imaginar las complicaciones posibles. Tiene su cuchillo, cuerdas...

La familia está ansiosa. La matrona recomienda a todos orar; los demonios se acercan. Pide que se amontone leña y que se prenda el fuego para el baño de vapor. También hay que disponer el cuarto para el alumbramiento: limpiarlo a conciencia, purificarlo con incienso y orar para expulsar cualquier mal espíritu. La matrona solicita telas y paños nuevos, jarras de agua virgen, de esa que gotea de las piedras en las cavernas. Por suerte, el padre de Manik tiene una reserva, pero, precavido, manda a una esclava a buscar más a casa de los vecinos. Los preocupados familiares se atarean.

La parte chontal de la familia, apartada en su lado de la casa, observa la agitación. Murmuran:

—Sabíamos que iba a acabar mal.

—Una hembra tan caprichosa…

—No puede parir como todas las demás.

En un pequeño patio aislado, la matrona obliga a Manik a caminar pese a los dolores intensos. Masajea sus riñones con una mano mientras la sostiene con la otra. La parturienta apenas puede caminar. Los gemidos se cuelan entre sus dientes apretados.

La casa está atenta a los sufrimientos de Manik durante todo el día.

Por la noche, la agotada mujer se deja caer en su cama. Ni siquiera intenta retirar los cabellos húmedos que se han pegado a su cara. La matrona aprovecha el momento para palpar la entrada de la vagina. Todo está bien apretado todavía; la noche se anuncia larga.

—¡Ánimo, hija!

Tras hacerla beber una infusión para aligerar el trabajo, jala a la futura madre hacia el baño de vapor. Afuera, las dos se cruzan con el grupo de parientes preocupados. La matrona trata de tranquilizarlos.

—Es normal que sea largo... Es el primogénito.

A su espalda, una prima susurra:

—La pobre Manik tiene las caderas muy estrechas. ¿Cómo podrá salir un bebé de ahí?

La matrona se da vuelta y le lanza una mirada de reproche. La joven baja la cabeza y cruza los brazos sobre el pecho.

Dentro del baño estrecho, en una nube caliente, la matrona acuesta a Manik sobre una banca. Empuja los huesos de sus caderas para separarlos. ¡Es verdad que son estrechas! Para abrirlas también hace rotaciones con los muslos. Bañada de sudor, recita conjuros mientras masajea el vientre hacia abajo con aceite.

A lo largo de la noche, las dos mujeres vuelven de vez en cuando al baño; allí Manik descansa un poco. Los esclavos se ocupan del fuego; arrojan piedras ardientes al depósito de agua para que eche vapor.

El trabajo de parto se intensifica. Manik entra en la casa aún más cansada y adolorida. Le llevan cubiletes de atole con chocolate y miel para que recobre sus fuerzas. Las contracciones se vuelven más dolorosas. Ella aprieta los dientes para ahogar sus gritos. No es necesario despertar a toda la ciudad. Hay tantos espíritus malos que buscan sangre noble...

Silbidos agudos e insistentes llaman a los centinelas del puerto. Pilotl y su convoy, que llegan en plena oscuridad, necesitan ayuda. Unos guardias con altas antorchas van a encontrarse con ellos en el mar para guiarlos hasta la entrada. Los centinelas se apartan para que las piraguas puedan ingresar en la zona de los muelles. Pilotl es un mercader muy respetado en el puerto. Conoce a todos los oficiales y paga el derecho de pasaje, más una buena recompensa para aquéllos.

Tan pronto como las piraguas son amarradas y el cargamento resguardado en los almacenes, los remeros, agotados, forman una fila para que llenen su cuenco de atole, por desgracia insípido, tibio y grumoso. Es todo lo que reciben. Pilotl promete una buena comida para el día siguiente.

Aún sin lavarse, Jaak' se envuelve en su capa. Como de costumbre, acomoda su bulto y su *sáabukan* entre sus piernas. Exhausto, se duerme enseguida. Explorará la isla al otro día.

Al cabo de una noche de labores dolorosas, el cielo empieza a aclararse. La matrona anuncia:

—Tu alivio se acerca. El niño está a punto de salir. Ya baja por el túnel. Es mejor que permanezcas de pie. Sostente de las cuerdas que cuelgan de la viga.

Ayuda a Manik a estirar los brazos en alto; luego amarra las cuerdas a su espalda para que pueda apoyarse. Por las historias de Saasil, Manik sabe que algunas mujeres dan a luz con ayuda de su esposo, quien aguarda detrás de ellas. Imagina a Pilotl con su bastón. Son preferibles las cuerdas, piensa, empapada de sudor. La matrona se arrodilla frente a ella.

—¡Vamos! ¡Puja!

La joven puja hasta sentir que sus venas se revientan; tiene la impresión de que todo en ella está bloqueado.

—Suelta —aconseja la matrona—. Respira lentamente, hondo. Ahora, ¡puja! ¡Con fuerza!

Manik hace lo mejor que puede, sorprendida de tener fuerzas todavía.

—Casi le toco la cabeza —dice la matrona—. ¡Puja más fuerte! La cabeza ya viene… Suavemente, ahora… Aquí está.

Una pelotita se adelanta hacia la salida. Una cosita húmeda y lustrosa cae entre las manos de la matrona. Se le oprime el corazón al ver un ser tan minúsculo; le habría gustado tanto que la joven tuviera suerte… Rápidamente pasa su dedo meñique por la boca del bebé y lo observa. Rojo como las semillas del achiote, con manchas que se tornan moradas. No respira. La mujer lo pone boca abajo sobre su mano y le da palmaditas en la espalda. El bebé deja escapar un grito como de ratón. La matrona se alegra.

—¡Respira! —Hace un recuento veloz: diez dedos en las manos, diez en los pies. Pronuncia su primer veredicto—: ¡Veinte! Un ser completo. Además, varón. El trabajo valió la pena… Aun cuando es muy pequeño.

La observación irrita a Manik. Es normal que los niños sean pequeñitos al nacer. La matrona le entrega al recién nacido. Manik suelta las cuerdas para tomarlo. ¡Casi podría sostenerlo con una sola mano! Después de tantos dolores, pensaba que daría a luz a un gigante. A pesar de su sorpresa, contempla al bebé con admiración infinita.

La matrona palpa el vientre deforme de la madre. No se equivocó. Por el momento, Manik no parece tener más contracciones. Pide algo de beber. Mientras se relaja, la matrona toma al niño. La joven protesta:

—¿Por qué me lo quitas?

—Podrás acariciarlo dentro de poco —promete, secando al bebé con un paño húmedo.

Con manos expertas, la mujer corta el cordón y anuda el final cerca del pequeño vientre abultado. Envuelve al bebé en telas.

—Hay que cuidar que no pase frío.

Manik extiende las manos para cargarlo. La matrona se opone.

—No; por ahora sujeta las cuerdas, debes pujar de nuevo.

—Pero si el bebé ya salió…

—Tu vientre está lleno todavía. Te lo dije: son dos bebés. El otro debe nacer también.

Atravesada de repente por un fuerte dolor, Manik gime. Siempre rehusó creer en ese cuento de los gemelos; estaba segura de que la matrona se equivocaba. Se toca el vientre. Hay una piedra ahí; una grande. La matrona llama a Saasil y le da al recién nacido. Un grito brota de la garganta de Manik.

Sin hacer ningún esfuerzo, un bulto blando surge entre sus muslos. La matrona lo espera con un cuenco en el lugar preciso. Lo observa a la luz del día.

—El compañero de tu bebe está entero; no habrá complicaciones. Todo parece normal —explica.

A continuación sale y se dirige a las mujeres reunidas en el patio, varias de las cuales dormitan.

—Nació un primer hijo. Es muy pequeño… El segundo viene también.

Tías y primas despiertan y queman incienso. Alegres, entonan un canto. La matrona regresa adentro. Manik sujeta las cuerdas.

—Tengo sed.

La matrona le lleva un cubilete de agua dulce. Manik bebe con avidez. Súbitamente, una contracción intensa la recorre.

Deja caer el cubilete, que se rompe en el suelo. El corazón quiere salirse de su pecho. Sin querer, bajo el efecto del dolor intenso, emite un ruido semejante a un bramido. Siente vergüenza por chillar como un animal; no logró ahogar ese grito.

—¡Vamos! Hay que pujar de nuevo —ordena la matrona.

En un esfuerzo supremo, Manik puja. El segundo bebé aparece. La matrona pasa los dedos alrededor de la pequeña cabeza, logra tocar un hombro y jala suavemente la pelota de pelusa hacia la vida. Deja escapar un suspiro de alivio.

—¡Ya lo tengo!

Manik se deja caer sobre el banco que se encuentra detrás de las cuerdas. La matrona levanta al niño. Lo ve respirar. Cuenta: veinte dedos…, ¡otro ser completo! El bebé grita. La mujer lo sopesa en su mano y se emociona:

—¡Un segundo varón! Tan bello como el primero, pero dos veces más fuerte. ¡Pesa bastante, el pilluelo!

Roza una oreja con la punta de sus labios. "¡Que los dioses te protejan, hijito!"

18. 1 MANIK 5 KANK'IN

La matrona acomoda al bebé sobre el pecho de la madre, echada en su banco.

—¡Felicidades! ¡Qué valiente! Sabía que lo lograrías. —Alzando su cuchillo de obsidiana con orgullo, afirma—: Con éste he cortado muchos cordones. Decenas… Aquí va mi número cincuenta y cinco —dice, al tiempo que corta el cordón umbilical—. Bienvenido a la tierra, ancestro venerado.

Manik sonríe un poco.

—Número impar… Es de buen augurio. Además, el día del equinoccio.

La matrona seca su cuchilla con un paño limpio. Le gusta atender clientes de calidad. Y ésta es una erudita. ¡Sabe del equinoccio!

Saasil se acerca a ver la maravilla. La matrona seca al bebé, lo arropa y vuelve a dárselo a la madre.

—Los dos están vivos, pero el segundo tiene muchas más fuerzas. Si sólo uno sobrevive, será él.

—¿Y por qué el primero no sobreviviría? —murmura Manik, preocupada.

La matrona suspira.

—Pues apenas respira. Es como si lo hubiera aplastado el de arriba. Enano o jorobado, el rey lo tomará a su servicio.

Manik se acuerda de los cuatro enanos de la gran piragua; no le gusta la idea de tener un hijo así. La matrona levanta una mano.

—Los dioses lo decidirán —concluye—. Pero alégrate, tendrás al segundo... normal. En estos tiempos... ya es algo. Hay madres que no logran salvar uno de tres.

Manik piensa que Ixchel le ha regalado dos hijos; está decidida a conservarlos a ambos. La matrona señala el fondo del cuarto.

—Puedes ir a descansar ahora. Preparé una buena cama.

Toma al bebé y se lo da a Saasil; luego ayuda a la madre a ponerse de pie. Ésta ve el lecho a lo lejos. Camina a pasos lentos, apoyada en la matrona. Un jugo caliente y espeso se escurre a lo largo de sus piernas. Siente que está a punto de desmayarse. La matrona la levanta y la voltea con rapidez para que caiga en su cama y no en el suelo. Desliza un paño grueso bajo las nalgas de la joven, que se acuesta. Manik tiene la sensación de que cada uno de sus huesos forcejea para adaptarse a los otros. Deja escapar un largo suspiro; palpa su vientre algo desinflado, aún aquejado por espasmos.

—Es tu matriz que se achica —explica la matrona—. Duele... un poco. Deja tus rodillas flexionadas. El segundo compañero va a salir.

Apila cojines bajo su espalda y hace señas a Saasil para que se acerque. La dama de compañía entrega a Manik sus trofeos con una inclinación.

—¡Tus gemelos son bellos como príncipes! Tanto trabajo... para una doble recompensa. Los dioses te escucharon.

Saasil vierte agua fresca sobre los labios resecos de la madre, lava su cara con un bálsamo perfumado. Con un solo brazo, Manik mantiene a los dos niños apretados entre sus senos hinchados; se esfuerza por comprender que son dos y no uno, como creyó durante el embarazo.

La joven se sobresalta cuando un bulto baja por sus entrañas. La matrona lo recibe en un segundo recipiente. Vuelca su contenido en el platón donde se encuentra el primer compañero; estudia los dos con cuidado.

—Los compañeros parecen sanos. Son iguales a tus gemelos. Uno grande y otro pequeño. No veo nada malo. Nada quedó adentro.

Manik sonríe. Siente a los bebés moverse; dos ratoncitos rosados, los ojos cerrados. Su cabeza guarnecida con pelusa negra. De repente tiene una idea. Con cuidado, se quita la ropa que la cubre. La matrona le lanza una mirada de reprobación. Manik pone a los niños contra su piel, entre sus senos; luego los tapa de nuevo.

—Quiero que estén juntos como cuando se hallaban en mi matriz —explica.

La matrona levanta los hombros.

—Que cada quien haga lo que se le dé la gana. Hay tantas maneras de hacer las cosas...

Recoge los paños; una sirvienta se los lleva. Tras limpiarse manos y brazos con agua pura, se sienta al borde de la cama.

—Puedes intentar amamantarlos. Ellos también están agotados.

La matrona la destapa y frota los labios del bebé más grande contra un pezón. El chiquito abre y cierra la boca, volteando la cabeza hacia un lado. Se ve su lengua rosada. Intenta chupar.

La matrona admira la hazaña. Para ayudarlo, aprieta el seno. Manik grita. Gotas de ámbar líquido brillan en la punta.

—No es leche —murmura la madre.

—No; en los primeros días produces un néctar muy rico. Es lo que salva a los pequeños. La leche vendrá después.

El bebé empieza a succionar. Manik siente gran felicidad, a pesar del dolor del seno tan hinchado, de su piel tan sensible. Intenta hacer lo mismo con el otro niño, pero éste se queda inerte, sin mover los labios secos y azulados.

La matrona lo mira con el ceño fruncido y gruñe. A continuación cambia a los niños de seno. Pone el pezón en la boca del menor y hace salir perlas de néctar para humedecerlo. El bebé emite un sonido apenas audible. La matrona aprovecha para hundir aún más el pezón en su boquita. Aprieta de nuevo el seno. El niño cierra los labios en torno a la preciosa carne y empieza a succionar débilmente.

—¡Ja! Mi mosquito, hay que saber cómo hacer contigo —se alegra la mujer.

El segundo bebé protesta; ha perdido su fuente vital. Manik lo acomoda en su brazo y le ofrece el otro seno; la criatura mama enseguida. Un suave silencio envuelve ese momento de paz. Las damas miran a los gemelos, quienes saborean sus primeras gotas acariciándose mutuamente los pies. Manik resplandece de felicidad. La matrona se inclina como si estuviera frente a una reina.

—Que los trece niveles del cielo les sean favorables.

Manik sonríe. Se necesitó tanto esfuerzo y suerte para que semejante milagro se produjera. La matrona le enseña los cordones a manera de trofeos.

—Le avisé a tu padre —dice—; yo sentía que algo excepcional iba a pasar. Él contrató a un astrónomo para elaborar la carta del cielo de los niños y decidir sus nombres.

Manik asiente y añade:

—Conforme a la tradición, se llamarán según el día de su nacimiento en el *tsolk'in,* el calendario lunar. Estamos en el primer día del mes Manik. ¡Mi propio nombre!

La matrona la mira, sorprendida.

—¿Conoces las fechas de cada día... hasta cuando das a luz?

—Es una costumbre. Debo pintar las fechas en las cerámicas que me encargan.

La matrona comprende y asiente. Saasil protesta:

—¡Pero no se van a llamar los dos 1 Manik! Ése es tu nombre. ¡Nos volveremos locos en casa!

—El astrónomo lo decidirá —contesta Manik.

—Para evitar confusiones, até un hilo al tobillo del segundo niño —dice la matrona.

—Pero es imposible confundirlos.

—Los bebés cambian muy rápido. Deberías hacerlos tatuar en la mano o el pie. Un punto para el primero, dos para el gordito.

—Son demasiado pequeños —protesta Manik.

Cierra los ojos, cansada. La matrona teme que el niño raquítico no sobreviva; llama al padre de Manik. Necesita un testigo para que nadie la acuse de negligencia.

Asben, emocionado, felicita a su hija:

—Querida, gracias a ti, los dioses nos honran. Toda la familia ora por ti y por tus hijos. La noticia de los gemelos ya corre por la ciudad. El rey se alegró de su nacimiento.

Manik se destapa para que conozca a los bebés. Preocupado al verlos tan pequeños, el padre aprieta las manos sobre su corazón. Recita una oración para disimular su consternación. Manik observa las lágrimas que se acumulan en sus ojos. Él murmura:

—Acuérdate bien de este día milagroso en el que has podido sostener con un solo brazo gemelos mandados por los dioses.

Manik asiente; de sus ojos brotan lágrimas de felicidad. La matrona pone una pila de paños blancos sobre la plataforma. Asben comprende; se inclina y se retira.

La visita no lo tranquilizó. Al contrario. Asben ruega a sus parientes que multipliquen los rituales para alejar los malos espíritus. Se dirige a la cocina para pedir que se hagan dos pequeños personajes con masa de maíz y se les cubra con polvo de *kiwi,* semillas cuyo color rojo simboliza la sangre. Esculpir figurillas es la especialidad de una de las tías, quien se pone a trabajar y promete que los personajes estarán listos por la mañana para ofrecerlos a los dioses.

La matrona notó la inquietud en los ojos del patriarca. Dice con voz suave:

—Me parecen que los gemelos son bastante frágiles... Creo que será mejor que me quede aquí por algún tiempo.

Manik asiente. No tiene madre que la ayude y las mujeres de la casa hablan todo el tiempo de todo y nada a la vez. La matrona sabrá ponerlas a raya.

—Buena idea —dice ésta—. ¡Ja! Pero, aun si me quedo, es posible que tus gemelos no sobrevivan. Debes prepararte para esa eventualidad. —Empieza a limpiar el cuarto. Prosigue—: Además, en caso de que se mueran..., la familia y la ciudad entera van a culparme. Sin embargo, no te des por vencida. Lucha; yo voy a luchar contigo. Hasta que vuelva tu esposo… ¡Se va a llevar una sorpresa!

Manik hace una mueca. "¡Ojalá que no vuelva nunca!", piensa. Imagina el mar inmenso. Un tiburón ballena surge entre las olas. Su amplia cola da un golpe a una piragua, que naufraga. Pilotl se aferra a la aleta dorsal del animal, que lo jala hacia altamar.

La matrona coloca sendos cojines bajo los brazos de la joven.

—Así te cansarás menos. Cerca de tus senos, los gemelos podrán beber cuando se les antoje.

—¿Y si me duermo?

—Guapa, cuando tienes bebés… dejas de ser una persona. Eres madre. Responsable de dos vidas. Dormirás al mismo tiempo que ellos. Y despertarás en cuanto ellos sientan hambre.

Manik no contesta; su propia madre le habría dicho lo mismo. Sosteniendo a los niños acurrucados contra su corazón, dice adiós a su vida de hija única y querida. Sabe leer y escribir como sus ancestros y los nobles actuales. Pinta cerámicas para la élite más sofisticada. Tiene una vida de ensueño con un título prestigioso, *x-tsíib,* pintora-escritora. Sin embargo, todo eso no tiene importancia ya. Lo esencial se concentra en esos dos camaroncitos tibios, por los cuales podría dar la vida. Se derrite de felicidad.

Una vez que el cuarto queda ordenado, la madre perfumada con flores silvestres, la matrona se recuesta en un rincón de la plataforma, no sin haber mirado previamente a los recién nacidos. Los dos duermen, cada uno con la boca cerca de un pezón.

—Descansa, mamita. Dentro de poco tendrás que satisfacer a dos tiranos.

Manik, agotada, cierra los ojos. Por su mente desfilan sueños poblados por sombras. Sobrevuela una nube de incienso encima de una muchedumbre. Enfrente, gemelos atléticos, ataviados como jugadores de pelota, se quedan parados ante una gran fogata. Lucen penachos de águila erguidos sobre la cabeza, collares de jade en el cuello. Como por un acuerdo tácito, saltan juntos. Las llamas los engullen. Manik se siente caer en un abismo interminable. Despierta sobresaltada.

—Shh… Todo está bien —dice la matrona tomándola de la mano.

—¡Mis gemelos! ¡Acabo de verlos inmolarse en el fuego!

La matrona enjuga su frente con un paño húmedo.

—Confundes a tus hijos con los héroes divinos.

—¡No! Eran mis hijos. Deberán sacrificarse algún día. El rey se alegró por su nacimiento… ¿Qué piensa hacer con ellos?

—Cálmate, vas a despertar a las criaturas. Tuviste una pesadilla, nada más. Los gemelos divinos se inmolaron, pero en un mito.

Manik respira profundamente.

—Era al principio de la cuarta era… Hace casi cuatro mil años.

—¿Ves? Tus hijos forman parte de otra historia. Los gemelos son un fenómeno raro, pero no tanto. No es una enfermedad ni un maleficio. Una prima mía tuvo gemelos también. Ya tienen cuarenta y cinco años… ¡y son unos ancianos insoportables!

La mujer le ofrece un cubilete de infusión calmante que Manik bebe enseguida. Frágiles, sus pajaritos respiran. Huelen a miel. Manik siente sus párpados muy pesados. Los gemelos no se mueven.

Después de un día muy largo, Jaak' cuelga su hamaca de nuevo, esta vez en un claro de la selva. De mal humor, masajea sus pies adoloridos. Ha caminado sin parar desde el alba, con un bulto pesado en la espalda. Tiene la frente marcada por la correa.

Pilotl asegura que al día siguiente harán escala en Xuenkal, última etapa antes de Chichén. Exhausto, Jaak' piensa en su madre; la imagina recibiendo una buena recompensa a cambio de su pena.

19. WAKAH CHAN, EL GRAN ÁRBOL CELESTE

Clarea ya cuando Manik despierta. Se sobresalta al ver sus brazos vacíos. Apenas se endereza, encuentra la mirada de la matrona. Muy serena, ésta mece a los recién nacidos, arropados como gusanos en su capullo. Adivina los pensamientos de Manik.

—Los dos respiran. Te están esperando.

Acomoda a los pequeñitos para que puedan mamar y los observa con objeto de asegurarse de que lo hacen bien. El menor tiene dificultades, pero al final, con un poco de ayuda, lo logra.

—Me siento muy feliz y angustiada a la vez —dice Manik.

—Sólo tuviste una pesadilla.

—A veces mis sueños se cumplen.

—Ser madre es preocuparse todo el tiempo —explica la matrona, levantando los hombros.

Manik deja caer la cabeza sobre los cojines.

—Me siento muy débil… —dice.

—Has perdido mucha sangre. Y sigues sangrando. —Consciente de que Manik piensa en su madre muerta a causa de una hemorragia, la matrona añade para impedir que el miedo de la joven se haga más grande—: Es normal: la herida todavía está fresca; debes evitar cualquier esfuerzo y quedarte acostada hasta que cicatrice. Luego irás al baño de vapor nueve veces, para purificarte bien e impedir que un espíritu malo anide en tu matriz. Hay que pensar en los próximos hijos. Mientras tanto, debes recuperar fuerzas. Te están preparando una buena comida. Termina de amamantar, después podrás comer.

Jaak' traga su atole en tres sorbos. Toma su bulto y reemprende el camino detrás de los cargadores. Sueña con Puerto Caimán, lleno de muelles, gente, actividad... ¡Una verdadera colmena! Con centinelas que recorren la zona a pie y en canoas. Le habría gustado quedarse ahí. Sin embargo, debe seguir andando todo el día. Cuando el sol desciende hacia el oeste, el convoy atraviesa las empalizadas de Xuenkal. Soldados armados vigilan las entradas. Pilotl, que sabe cómo actuar en esas situaciones, recompensa al capitán.

A pesar de llevar la cabeza agachada por el peso, Jaak' observa la ciudad, que le parece extraña. Su antiguo barrio está casi destruido; sobre amplias plataformas, algunas familias trabajan con tanto afán que nadie levanta la cara para mirar a los viajeros.

Cerca del mercado, los hombres se quitan la carga de encima y se sientan en el suelo, en espera de la comida. Siempre con su bastón de cacique, Pilotl va a visitar almacenes y talleres. En Xuenkal se tallan caracoles y se tejen telas finas para las élites de Chichén, las cuales, para gran placer de Pilotl, no dejan de crecer. El mercader se reúne con los jefes del pueblo;

les propone intercambiar bloques de obsidiana por pilas de mantas y bolsos de conchas talladas en forma de peines, perlas, botones, ganchos, pequeñas cuchillas.

Jaak' escucha a los hombres que negocian a lo lejos. Los de Xuenkal hablan un idioma parecido al suyo. Entiende parte de la discusión, llena de palabras muy cortas, de una o dos sílabas, que podría pronunciar sin tanto tartamudeo.

Pilotl vuelve a su grupo, contento por los negocios que acaba de realizar. Además de los objetos de nácar y las mantas, ha adquirido buena cantidad de cacao y plantas raras que crecen en las rejolladas del pueblo. Ordena distribuir una ración adicional de atole a todos sus cargadores. La decisión es bien recibida.

Manik devora la comida que le prepararon: huevos, atole, tortillas y, para colmo de felicidad, un gran vaso de chocolate espumoso, perfumado con vainilla. ¡Su preferido!

Saciada y deslumbrada por el hecho de tener dos hijos vivos, piensa en los símbolos cósmicos relacionados con los gemelos divinos.

—Nohoch Eek', la estrella grande, y el sol... Uno anuncia la llegada del otro. O, según sus fases, Nohoch Eek' puede acompañar al sol cuando se hunde en el inframundo. Esos dos están juntos hasta el final de los tiempos.

La matrona calma su entusiasmo.

—A menos que los dioses dispongan otra cosa.

Manik no la escucha.

—También dicen que los gemelos son el sol y la luna —agrega.

La matrona gruñe mientras apila los platos vacíos.

—Hay tantas creencias ahora. Esos nuevos dioses... Como la serpiente emplumada... ¿De dónde salió? Y el clima que cambia al azar. —Sacude y dobla el paño que usaron de mantel. Prosigue—: Es como yo digo: que cada uno se las arregle lo mejor que pueda.

Manik recuerda el cielo durante el festival de Kusaamil. Nohoch Eek' y el sol descendieron juntos hacia el oeste, mientras la luna se elevaba sobre el mar. El astro luminoso se transforma en la cara del hechicero jaguar. ¡Tan potente que hizo nacer dos varones! Sus ojos de fuego. Manik siente que su aliento caliente la arropa. Se hunde en una visión encantadora.

Una silueta se dibuja en la entrada. Es un noble de larga capa. La matrona camina deprisa en su dirección, con las manos levantadas para impedirle el paso. Murmura:

—¡No, no! Solamente el padre...

Manik observa la escena, preocupada. Esconde sus criaturas bajo una manta. No quiere que les echen el mal de ojo. Los bebés se mueven como si quisieran destaparse.

La matrona discute con el intruso. Aferrando la manta con una mano, Manik intenta descubrir quién es ese hombre. Unos ojos felinos se clavan en los suyos. Un escalofrío la invade. ¡El jaguar! Vestido como un noble importante. ¿Qué hace ahí? La matrona no logra detenerlo. El recién llegado avanza.

Un maremoto sumerge a Manik; su rostro enrojece, su corazón late con fuerza, de felicidad, de orgullo, pero también de vergüenza por estar tan mal preparada para recibirlo.

El hechicero se detiene a un paso de la plataforma. A Manik le gustaría desaparecer entre los cojines, pero al mismo tiempo desea que esas manos, esos brazos la estrechen como en el barco ceremonial. Tsoltan se inclina lentamente.

—Me dijeron que Ixchel cumplió tu deseo por partida doble.

Esa voz grave y cariñosa... Manik debe esforzarse para recobrar al menos algo de aplomo.

—La diosa seguramente valoró nuestra dedicación.

—Todos los ritos han sido debidamente respetados —contesta el hombre, aparentemente estoico pero con una chispa en los ojos.

Manik desliza la manta para mostrar a los bebés. El hechicero los observa. La madre esperaba una reacción alegre, pero sólo lee tristeza en la cara del visitante. La misma expresión que tuvo su padre. Tsoltan inclina la cabeza y busca en el *sáabukan* que cuelga de su hombro. Extrae dos pequeñas mazorcas de maíz que deposita en la mano de cada uno de los gemelos. Cierra los ojos y ora en voz baja. Terminada la plegaria, toma las mazorcas y las quema con incienso.

—Que los dioses nos concedan su protección.

Se da vuelta hacia la matrona.

—¿La madre pierde sangre? ¿Tiene calentura?

—Sí, ha perdido mucha sangre; pero nada fatal: no tiene fiebre. Está muy débil.

—Hay que alimentarla con carne de la selva.

—Yo pensaba darle maíz para que los niños desarrollen la verdadera carne.

—Tienes razón, los dioses nos hicieron con masa de maíz; pero esos niños vienen también del sol nocturno, el jaguar. Su madre debe comer carne para que puedan enfrentar su destino.

El hechicero domina a la mujer desde su altura. Aun cuando ella ha asistido a cincuenta y cinco alumbramientos, no puede oponerse. En el reparto de tareas y funciones, la mujer nunca puede igualarse al hombre. Matronas y sacerdotisas son indispensables, pero siempre inferiores a hechiceros y sacerdotes. La matrona se inclina.

—Podemos pedir carne al patriarca.

El hechicero extrae de su *sáabukan* un paquete envuelto en tela y se lo da.

—Hay diferentes plantas... Para combatir infecciones, fortalecer el cuerpo, estimular la producción de leche. Seguramente las conoces.

La matrona abre la tela y descubre gran cantidad de flores, hojas, cortezas de árboles, cada una delicadamente atada. El hechicero le explica cómo utilizarlas y prepararlas. Al final, la mujer sonríe; sabe reconocer las cosas buenas cuando pasan.

—Que los dioses recompensen tu generosidad algún día.

Sin pedir permiso a nadie, el hechicero toma cuatro cuencos en los que echa brasas para quemar copal con ramas resinosas. Pone un cuenco en cada una de las cuatro direcciones del cielo; a continuación deposita tres pequeñas piedras rojas en un nicho encima de la plataforma donde están acostados Manik y los gemelos. Es un ritual antiguo: el tres, la cifra de las casas, corresponde asimismo a la madre con hijos; el rojo, símbolo del sacrificio, es también, tal como lo aprendió Tsoltan hace poco, el alma de Kukulkán. El hechicero dice:

—Esas piedras provienen de un dios potente que los protegerá. Hay que mantener activos los quemadores de incienso: el humo espanta a los malos espíritus y aleja los zancudos. Hay que intentar todo para salvarlos a los tres.

La matrona aprieta los labios. Entre querer y poder... Teme que el niño más pequeño muera dentro de poco.

—El más fuerte podría desarrollarse...

—Los dos deben sobrevivir —declara el hechicero levantando el dedo índice—. Nadie puede entrar en el cuarto sin haberse purificado completamente. Sábanas y mantas deben estar inmaculadas, al igual que la ropa y los paños. Tú misma habrás de purificarte cada día, además de bañar a la madre y a los niños con agua virgen.

La matrona queda boquiabierta. ¡Tantas recomendaciones! ¿Y cómo? Es muy difícil encontrar agua virgen. Quiere protestar, pero… ¿y si las exigencias del visitante permiten salvar a las criaturas? Se atreve a contestar:

—Tendríamos que hablar de todo eso con el jefe de la familia —dice pensando en Asben, ya que el esposo de Manik está ausente.

—Bien, platicaremos con él. En cuanto al agua, puedo hacer que se la traigan todos los días. El chamán búho me aseguró que había suficiente en su gruta de Balankanche', donde las piedras lloran siempre. Y en la rejollada en la que me alojo en Chichén hay una pequeña caverna donde también gotean las piedras.

—¡Los dioses nos cuidan! —exclama la matrona.

—Sí, pues son ellos quienes mandaron a los gemelos.

La matrona y el hechicero salen juntos, dejando a Manik a solas con los bebés. La joven piensa en los gemelos, símbolos de la cuarta era, quienes aparecieron en plena sequía, cuando los extranjeros llegan a menudo. Su pesadilla vuelve: los muchachos saltan a las llamas. Realmente se trata de una advertencia. Se siente muy débil. Está agradecida por la ayuda del hechicero, pero también le da miedo. ¿Ese hombre quiere auxiliar a los gemelos o beneficiarse con ellos?

No hay respuesta; se siente rodeada de misterios. ¿Cómo pudo presentarse el hechicero en su cuarto un día después del alumbramiento? No es posible que visite a cada una de las mujeres que fueron bendecidas por Ixchel. ¿Y cómo puede tener acceso a una de las rejolladas de Chichén? Esos lugares están reservados para la más noble de las élites, o sea, la familia real. Sólo en ellos se cultivan árboles de cacao, gracias a la humedad. ¿Y Tsoltan tendría el derecho de permanecer en uno de esos sitios?

Los niños se mueven. Un pie asoma bajo la manta. Una mano diminuta. Manik lame los finos deditos. El bebé más pequeño chilla. Sus ojos parecen incrustados. Manik le pone un pezón en la boca. La otra criatura voltea la cabeza, buscando la fuente de vida. Tan pronto como su madre le acerca el seno, succiona con energía. El menor no lo logra; se queda inmóvil, los párpados cerrados. Manik hace rodar unas gotas sobre su boquita.

Intenta imaginar un torrente, una jarra de miel que se derrama. Una ola de ternura fluye de su corazón hacia su seno.

—Cierra tu boquita y chupa, jaguarcito.

Antes que oscurezca, el patriarca de los Muwan, seguido de parientes, cantantes y músicos, se dirige hacia una gruta en las cercanías de la casa. Conforme a la tradición, lleva sobre la cabeza un amplio platón con los dos compañeros de los recién nacidos. Asben camina lleno de orgullo y felicidad.

La mujer a la que adoraba no sobrevivió a su primer alumbramiento; no iba a casarse de nuevo para que otra falleciera en sus brazos. En consecuencia, sólo tuvo una hija, la luz de su vida, a la que mimó cuanto pudo. Una niña delicada, con tantos talentos…, ¡casada con una bestia! “No me lo voy a perdonar nunca.” Pero, en medio de la desgracia, los dioses les mandaron gemelos. "Si sobreviven —piensa Asben—, la nobleza nos ayudará." El mercader tolteca deberá comportarse con decencia, puesto que los niños están vinculados con las divinidades ancestrales. Sin embargo, los fanáticos que honran a Quetzalcóatl se imponen cada día más. Se valora la violencia, los abusos…, lo que conviene a Pilotl. Sin otra solución que la esperanza, Asben saca a ese despreciable hombre de sus pensamientos y se concentra en el ritual de los gemelos. ¡Ésa es la señal de los dioses!

Baja a la caverna mientras la comitiva lo espera afuera, cantando. El abuelo vacía el contenido del platón en un hueco. Ora a los ancianos que viven en el inframundo; les pide que usen su poder para proteger a sus nietos. Lanza granos de jade, de maíz y de cacao en el hueco.

—Espíritus de la familia, hagan que sobrevivan nuestros hijos.

Cubre la ofrenda con tierra y rueda una piedra encima. Sale para reunirse con los demás familiares y el coro. Al son de una música alegre, el cortejo camina hacia la plaza frente al templo rojo, donde crece una ceiba muchas veces centenaria.

Como es costumbre, se disponen a colgar los cordones umbilicales de los varones en un árbol, de preferencia una ceiba, símbolo de la Vía Láctea o Wakah Chan, erguida en el cielo. Un muchacho vestido de blanco sube a la cima del árbol. Ata los cordones para que luzcan bien. El grupo lo aplaude.

—¡Larga vida a los gemelos y al clan Muwan!

Aislados al fondo de su cuarto oscuro y silencioso, impregnado de olor a resina, Manik y los bebés descansan.

20. COOPERACIÓN

Se oyen murmullos. Manik abre los ojos; hay gente moviéndose cerca de la puerta. Toca a los niños; están tibios los dos. Vivos. Mira de nuevo hacia la puerta, donde la matrona da órdenes a diferentes personas. Hace colocar una plataforma de madera, de una mano de alto, dentro del cuarto, próxima a la entrada. Unas esclavas acomodan esteras encima y alrededor. Con el dedo índice apuntando hacia la novedad, la matrona se da vuelta para dirigirse a Manik:

—Aquí podrás bañarte.

Una mujer de brazos impresionantes, vestida de blanco, carga un cuenco muy amplio de barro que deposita en medio de la plataforma y en el que luego vacía jarras de agua humeante. Saasil, también vestida de blanco, llega con una canasta de frutas: papaya, piña, aguacates y tomates. La acomoda al borde de la cama. Tantas novedades dejan estupefacta a Manik.

—¿Qué está pasando esta mañana?

—Son regalos —dice Saasil, quien corta la papaya y le ofrece un trozo rosado.

Manik saborea el jugoso bocado. ¡Qué perfume! Apenas tiene tiempo de tragarlo cuando la matrona la llama:

—Puedes venir a bañarte ahora. Me ocuparé de los niños.

—Toma a los bebés y canturrea mientras los mece.

Manik se siente lo suficientemente fuerte para caminar sola hasta la plataforma. Desnuda, se queda parada en el cuenco, mientras la mujer fuerte, a quien no conoce, la baña con abundantes chorros de agua.

Tras pasarle varios artículos de aseo, Saasil sacude un vestido nuevo. Manik frota su piel con arcilla mezclada con hojas aromáticas y saponaria.

—¿Alguien puede explicarme lo que está pasando? —insiste la joven.

La matrona levanta la cabeza con orgullo y se acerca.

—Ayer, el hechicero y yo fuimos a hablar con tu padre, que haría cualquier cosa por salvar a sus nietos. Luego acudimos a una reunión en el Popol Náah, con los patriarcas de las grandes familias: kupules, kochuahes, chontales... ¡Incluso había un representante del rey! Todos escucharon mi narración de tu alumbramiento. El hechicero de Kusaamil habló de Ixchel. Dijo que fueron los dioses quienes mandaron a los gemelos, para recordarnos nuestros orígenes y creencias. Mantenerlos vivos es, por tanto, honrar la herencia de los ancestros. Los comerciantes del golfo y del Anáhuac que se establecen aquí traen sus propios dioses. Podemos reconocer sus virtudes, pero debemos conservar los nuestros y agradecerles por habernos enviado a los gemelos. Ellos deben sobrevivir... De otra manera, será una señal de lo que nos espera a nosotros, descendientes de los grandes reinos.

—Lindo discurso —dice Manik enjuagándose el cabello—, pero no explica el baño, las frutas, las telas nuevas...

—Los patriarcas convinieron apoyar a la familia Muwan. Algunos proporcionarán esclavos; otros, leña y carne... Ya encargaron dos estatuas a los mejores escultores de la región. Afuera, al pie de nuestra muralla, la gente ha instalado un oratorio. ¡Ya hay ofrendas! —La matrona hace un signo de cruz.

Manik sonríe y se seca con una tela nueva, muy suave. El agua de la vasija está roja de sangre, lo que no conmueve a la mujer fuerte. Le da a Manik un taparrabo grueso; ella se lo ata a las caderas antes de volver a acostarse, ahora en una cama recién tendida con sábanas limpias, lo cual resulta muy agradable. La matrona se sienta a su lado.

—Voy a quedarme el tiempo necesario —afirma—. Sólo otras dos personas podrán entrar aquí: tu dama de compañía y esta mujer que va a ayudarme. ¡Es muy fuerte! Ella cargará las jarras de agua… Tendremos agua pura para bañarte al menos dos veces por día. Recibiremos el maíz más fino, las mejores carnes, frutas y verduras frescas cosechadas en las rejolladas de la ciudad. Usarás los algodones más suaves, de los que suelen reservarse para la realeza.

¡Tantos regalos! Manik trata de imaginar la cantidad de trabajo que todo eso representa: los chamanes que recogen el agua, los campesinos que escogen el algodón, las mujeres que hilan telas, transparentes de tan delicadas. Todo eso a cambio de la presencia de los gemelos. ¿Tan preciosos son? Manik siente que pierde el poco control que tenía sobre su vida.

La matrona toma una mano de la joven entre las suyas y la mira directo a los ojos. Le da unas palmaditas y respira profundamente.

—Dime para que yo entienda mejor... ¿Qué tiene que ver ese hechicero con los gemelos? —pregunta.

Jaak' levanta su carga; sueña con los peces gordos de la laguna Oka'am. El convoy deja el último pueblo para dirigirse a Chichén. Tuvieron que caminar cuatro días para llegar a la ciudad de su tío. Los cargadores llevan bultos tan pesados que avanzan con lentitud. A medida que la caravana se acerca, nuevos bultos se agregan, pues el jefe acepta todo lo que los campesinos le ofrecen: alimentos, cerámica, cestería, animales... Promete compensarlos a todos a su regreso, dentro de poco... Conserva su último cargamento de obsidiana. ¡Chichén necesita armas!

Excepto por las fogatas que arden en la cumbre de los cerros sagrados, está oscuro cuando el convoy, con Pilotl a la cabeza, se aproxima a la famosa ciudad. Él y sus cargadores cruzan sin dificultades las empalizadas que protegen a Chichén. El mercader está contento de volver después de más de tres meses de ausencia. La ciudad ha crecido y las construcciones se multiplican en el centro. Esos cambios lo complacen y le provocan una risa de satisfacción.

—¡Que crezca Chichén... y mi clientela!

La gente sale a ver el paso del convoy. Muchos reconocen al rico mercader; lo siguen con la esperanza de poner mano en las mejores piezas.

De lejos, Pilotl observa la muralla alrededor de su casa. Descubre algo extraño: plantada al lado de la entrada e iluminada por antorchas, hay una choza cercada por una reja. Suben nubes de incienso. Curioso, el mercader se acerca. Cuenta al menos seis hombres adentro. Cuatro de ellos están sentados en el suelo, dando golpecitos sobre dos troncos de cedro; tienen la piel ennegrecida por el carbón, como señal de penitencia. Los otros dos cantan y tocan tamborines. Al lado hay una larga mesa cubierta de flores, velas y cuencos con comida. Una sirvienta sale de la casa para entregar un montón de tortillas a los que están en la choza. Regresa sin notar la presencia del mercader. Pilotl hace sonar la caracola y se apresura a entrar; de pronto lo invade el temor de que alguien importante haya muerto. Un rayo de alegría ilumina su mente: ¿será que su esposa falleció dando a luz?

Su comitiva entra en la casa con él. Los cargadores tienen prisa por liberarse de los bultos, sentarse, beber y comer algo. Al igual que sus compañeros, Jaak' hace una torsión del tronco para depositar su carga en el suelo. Aunque no pudo observarla bien, Chichén le pareció una ciudad imponente. ¡Más poblada aún que Acalán! Majestuosa. A la luz de las antorchas, admira el amplio patio de la residencia. Al fondo, entre columnas, distingue a un hombre con una larga capa frente a un altar repleto de ídolos; Jaak' no alcanza a ver su cara, pues el sujeto se esfuma detrás de una pared. Alrededor del patio se abren las puertas de cuartos contiguos de donde salen parientes afanados. Los chontales son los primeros en alegrarse del regreso del señor; lo saludan con respeto. Enseguida le informan que nadie murió. Por el contrario, lo felicitan por su doble paternidad, aunque le advierten que debe verificarla por sí mismo. Pocos han visto a los supuestos gemelos.

Tendida en su cama, Manik, somnolienta, escucha voces y ruidos. ¿Más regalos? Interroga a Saasil con la mirada. La dama sale y vuelve de inmediato, con mala cara.

—El señor Pilotl acaba de llegar.

Manik cierra los ojos.

Pilotl dispone que dejen abiertas las puertas para que la gente interesada en su mercancía pueda entrar a verla. Muestra sus más bonitos hallazgos. El patio se llena de curiosos.

Algunos intercambios se llevan a cabo en el momento, pero Pilotl finge estar cansado. Pide a todos que vuelvan al día siguiente. Quiere que la noticia de su llegada se propague por la ciudad y que, por la mañana, los clientes lleguen corriendo, ansiosos de conseguir algo, lo que le permitirá elevar el valor de sus productos.

Mientras se cierran las puertas, el comerciante camina hacia el cuarto de su esposa. Cuando entra, Manik está de pie, con la cabeza agachada, cubierta por un largo vestido blanco. Encuentra a su marido aún más feo que la última vez. Sin saludarla, Pilotl se dirige hacia los recién nacidos y pone una mano en el pecho de ambos para asegurarse de que están vivos.

—¡Parecen cachorros!

Las dos bolitas rosadas se encogen al contacto de la pesada mano. Pilotl mira las diminutas caras; están demasiado hinchadas para saber a quién se asemejan. Importa poco… ¡Están ahí! Contento a pesar de todo, abraza a su mujer.

—¡Qué lindo regalo de bienvenida! También tengo algo para ti. —Solemne, extrae un objeto de su cinturón. Un collar. Una fina placa de nácar cincelado, rodeada de filigranas de oro y realzada con perlas de jade y coral rojo. Lo pasa por encima de la cabeza de Manik—. ¡Una joya digna de una reina! —afirma con orgullo—. No estaba seguro de que lo merecieras. Ahora lo sé: tienes derecho a lucirlo por partida doble.

Manik le agradece lo mejor que puede. De repente, la mirada de Pilotl es atraída por el rojo de las tres piedritas en el nicho.

—¿Desde cuándo tienes cinabrio? —pregunta con voz irritada.

—Es para proteger a los niños —contesta la matrona.

Pilotl, intrigado, lanza una mirada de disgusto hacia la descarada que se atreve a contestar. Manik siente que un chorro de sangre escapa entre sus muslos. Manchas rojas se extienden por la falda blanca. Frente a sus ojos bailan estrellas negras. Se deja caer al borde de la plataforma. La matrona se acerca para darle de beber. Pilotl retrocede.

—Me voy. No sé nada de esos asuntos de mujeres. Me instalaré con los míos, al otro lado de la casa. Volveré…

Detrás de él, Saasil pone tizones y copal en un cuenco, y a continuación pasea por el cuarto murmurando oraciones. Manik se queda tirada, inmóvil.

Por la mañana, la joven despierta bañada en su sangre; hay que cambiar todas las sábanas, sacar el colchón. La matrona teme por la vida de su patrona. Hace un llamado de emergencia; el patriarca revive la muerte de su esposa en una situación similar. Ordena a los cazadores que traigan lo más pronto posible el hígado de un animal. El ritual de los baños de vapor queda suspendido. Manik, pálida, insiste en amamantar a sus hijos.

Las parientes se reúnen de nuevo para orar en el patio, lo que molesta a Pilotl; no puede recibir a sus clientes como esperaba. Traslada sus cosas a casa de un vecino chontal. Le preocupan sus negocios, no su mujer. Aunque ella y sus retoños mueran, habrá demostrado su virilidad a los ojos de la ciudad.

Una pesada calma reina en casa de los Muwan. La matrona pregunta si hay alguna madre en la familia que pudiera servir como nodriza en caso de que…

—Todo iba bien antes del regreso del señor —gruñe Saasil.

Ella y la matrona intercambian miradas; están convencidas de que Pilotl trajo el mal de ojo. Una idea nace en las dos cabezas al mismo tiempo. Se dibuja una silueta. Una iluminación las une. Saasil toma una bolsita de granos de cacao.

—Voy al templo del chamán búho… A orar… Quizá pueda encontrar ayuda.

Mientras Saasil sale deprisa, la matrona toma el collar regalo de Pilotl y lo mete al fondo de una cavidad en la pared. Le pone encima unos frutos de toloache, esas bolitas espinosas llenas de semillas negras que tienen el poder de devolver el mal de ojo a quien lo trajo.

El canto de los grillos arrulla la noche. Manik no duerme. Contempla angustiada el vacío. Sus niños tan pequeñitos oscilan entre la vida y la muerte. Y ella misma está muy débil también… ¿Para qué vivir, si con ello contribuye al poderío de un hombre cruel? En alguna casa vecina ladran los perros. Es extraño… Suelen ser silenciosos. Manik se seca una lágrima.

De pronto, una mano le tapa la boca, acariciándola. Manik se estremece pero no se mueve. La mano se desliza; unos labios tocan suavemente los suyos. La joven llena sus pulmones de un olor a selva que reconoce. La boca baja hacia la base de su cuello. Manos fuertes sujetan sus hombros, unos brazos recorren su espalda y levantan su torso. Manik se apoya en el pecho perfumado y hunde su nariz en el cuello, también aromático. El hechicero besa su frente. Los dos se estrechan con pasión. La matrona y la dama de compañía duermen en un rincón de la plataforma, sin mover una pestaña, casi sin respirar. Manik murmura al oído de Tsoltan:

—Llévame contigo. Vámonos con los niños a Kusaamil.

—Están muy frágiles… Nos encontrarían muy rápido. Mi bella orquídea, tienes que ser fuerte. Voy a protegerte. Te cuidaré a ti y a tus niños. No me verás, pero me quedaré a tu lado. Como tu doble, tu sombra. Nuestros espíritus pueden comunicarse. ¡Ten confianza!

En silencio, con ternura, el hechicero cubre de besos a la joven, desde los cabellos hasta los dedos del pie. Manik se deja acariciar. Un bienestar sublime la calma.

La mañana la sorprende; en su mente se mecía aún en los brazos del hombre jaguar. Saasil y la matrona no hacen ningún comentario; al parecer no vieron ni escucharon nada. Ambas notan que la enferma tiene mejor cara. La colman de delicias: brochetas de hígado, sopa de chachalaca, frijol con jabalí, tortillas de huevos duros con crema de nuez, ¡esos papadzules que tanto le gustan!

Los diminutos bebés beben ricas gotas después de cada platillo.

Cuatro días después del alumbramiento, el patriarca de los Muwan presenta al astrónomo elegido por la familia. Lo esperan en el patio. Desde la entrada de su cuarto, Manik asiste a la ceremonia, recostada en una camilla y flanqueada por Saasil y la matrona, cada una con un bebé en los brazos. Desde el otro lado de la casa, chontales y toltecas también presencian el acto.

El astrónomo expone su mapa del cielo con las constelaciones. Explica que durante el último equinoccio reinaba el primer señor de la noche; a continuación describe los astros que influirán en el destino de los recién nacidos. Duda cuando debe hablar de sus talentos y oficios. ¿Debería complacer al extranjero tolteca, el padre oficial, y anunciar que los gemelos se volverán comerciantes guerreros, o, por el contrario, favorecer a la familia Muwan y predecirles una vida como arquitectos, a semejanza de su abuelo Asben? Prudente, evalúa a sus clientes. Conoce el rumor que circula entre iniciados, según el cual los niños fueron concebidos gracias a la intervención de Ixchel y del hechicero de T'aantum Kusaamil. De acuerdo con ello, los gemelos habrían sido enviados por los dioses y no tendrían nada que ver con el arrogante tolteca, el cual no sería más que un chontal, rico, pero chontal a fin de cuentas.

Mientras el astrónomo reflexiona, dos de sus colegas se presentan en la casa, mandados por el rey. Llevan su interpretación del cielo para la noche del equinoccio. Todo el mundo reconoce al principal, el famoso Bolon Kawiil, el oráculo del observatorio, quien llegó a Chichén hace cuatro años. La calidad del visitante permite comprender la importancia que el rey otorga al nacimiento de los gemelos.

Los tres maestros del tiempo dialogan. La familia Muwan los observa con respeto. Al otro lado de la casa, los parientes y amigos que rodean a Pilotl se impacientan. La gente del golfo y del Anáhuac no utiliza la cuenta larga, que es exótica y carece de interés para ellos. ¿Por qué contar los milenarios? Se conforman con la suma de los calendarios solares y lunares que se mueven para formar los siglos de 52 años. ¡Más aún cuando tres astrónomos no parecen siquiera capaces de llegar a un acuerdo!

—Estamos perdiendo el tiempo —declara Pilotl.

Para manifestar su indiferencia, chontales y toltecas empiezan sus propios ritos. Recitan oraciones y hacen ofrendas a Quetzalcóatl, la serpiente emplumada. Esto inquieta al patriarca de los Muwan; para él es importante que la ceremonia sea un éxito. Se acerca a los astrónomos y les susurra:

—¿No sería el momento oportuno para concluir?

Sus gestos nerviosos revelan la existencia de un problema. Los maestros del tiempo levantan la cabeza. Desde el otro extremo de la casa, Pilotl les lanza una mirada de desprecio. En ese momento, los eruditos comprenden la situación. El gran Bolon Kawiil se ofende. Proclama sin más discusión:

—Los muchachos se llamarán Hun-Ahaw y Yax-Balam, como los gemelos divinos. Su nacimiento en Chichén es una señal de los dioses. Vivimos un periodo difícil. Los demonios del Xibalba se han esparcido en nuestro territorio. —Dirige los ojos hacia la sección extranjera de la casa y continúa—: Los grandes reinos del sur mueren. Chichén los reemplazará. La llegada de los gemelos es prueba de nuestro renacimiento. Que sepan leer, escribir, calcular, construir. Que se vuelvan campeones de *pok-a-tok,* tal como lo fueron los héroes divinos.

A Manik no le gusta lo que escucha. Considera de mal augurio los nombres elegidos; conoce el desenlace del mito e imagina a sus hijos arrojados a una hoguera. Tendrá que luchar contra la disposición del astrónomo. Entonces, ¿cómo llamará a sus pequeños a diario? Para el chiquito, que llegó primero, el nombre de Hun resulta adecuado. Kiwi también, piensa Manik, observando la cara enrojecida de su primogénito, en brazos de Saasil. ¿Y para el segundo? Balam, jaguar, no es conveniente; se parece demasiado al hechicero. Manik busca evitar problemas, no provocarlos.

El anuncio también desagrada a chontales y toltecas. Necesitan guerreros jóvenes para que los ayuden en sus viajes. Pilotl ya se imaginaba navegando con sus hijos hacia Acalán. Escupe en dirección al patio. No le interesan las quimeras absurdas de la nobleza local.

Huyendo del enfrentamiento, los astrónomos reales se retiran enseguida, con la cabeza en alto. El elegido por el patriarca también sale, con su honor profesional ofendido.

Manik pide que se cierre la puerta de su cuarto. No quiere ver a nadie, excepto a las tres mujeres que la cuidan. Su presencia y la de los niños le bastan por el momento. También se complace con el espíritu de Tsoltan, su amante, con quien mantiene un diálogo interior intenso; su consuelo por no tenerlo de verdad frente a ella.

En cuanto el hechicero vio entrar al mercader con sus cargadores en la casa de los Muwan, se esfumó. Estaba por salir de Chichén cuando se cruzó con Saasil en el templo. La dama de compañía le pidió que retrasara un poco su partida. Se regocija de haberla escuchado; fue una buena decisión. Ahora camina a grandes pasos, solo en la noche, sin más equipaje que un *sáabukan* y una jícara. Aprecia la soledad nocturna, el silencio o, más bien, los ruidos discretos y los olores fugaces que llegan como olas.

Un problema ocupa su espíritu: la supervivencia de los gemelos. ¡Son tan frágiles! Tsoltan aprieta los dientes y trata de conservar algo de esperanza. Hay aliados valiosos que los cuidan: la matrona, el chamán búho, el patriarca e incluso el rey, a quien pudo encontrar y convencer.

Al alba recorre la ciudad de Sak'i, pleno territorio kupul. Se detiene en casa de un colega para contarle la noticia, a la vez buena y triste: la llegada de gemelos de origen divino, pero de precaria salud. El hechicero de Sak'i entiende la relevancia del fenómeno; los kupules son gente muy orgullosa, respetuosa de las tradiciones. Promete difundir la nueva a sus colegas para que estén al tanto.

Tras una comida y una breve siesta, Tsoltan retoma el camino, ansioso de regresar cuanto antes a Kusaamil. Por lo general se requieren siete días para llegar ahí; él quiere completar el trayecto en cuatro o cinco jornadas. Prometió a su padre que no se demoraría. El hechicero insistió en la importancia de ofrecer cinabrio al chamán búho de Chichén, pero K'ult no se dejó engañar. Aunque no dijo palabra, sabía que su hijo iba principalmente para ver a la joven noble.

Tsoltan sonríe al recordar cómo se iluminó la cara grave del búho cuando vio la canasta llena de piedras rojas. También obtuvo su recompensa con el abrazo apasionado de Manik, la madre de los jaguares. Y... ¡con los gemelos!

Piensa que ha terminado la época en que dependía del chamán búho para solicitar audiencia al rey. Ahora es a él, Tsoltan de Kusaamil, a quien K'inilkopol acude en busca de consejo. Entre iniciados se le atribuye el milagro de los gemelos; el rey lo entendió bien. Mientras camina en la oscuridad pone sus ideas en orden e intenta prever el futuro.

La llegada providencial de los gemelos podría ayudar a los clanes kokom, kupul o ekab a reafirmarse frente a los chontales toltecas. El interés por las creencias ancestrales en Chichén, tal como lo confirmaron los astrónomos, podría limitar el ascenso del fanatismo religioso entre los adoradores de Quetzalcóatl. Tsoltan reflexiona; quizá algún día deberá renunciar a su función de primer hechicero del santuario. Chichén es mucho más poderosa que Kusaamil, y si bien éste es un puerto primordial para el comercio de larga distancia, nunca será una capital del nivel de Chichén.

Después de caminar una larga noche, el jaguar cuelga su hamaca al fondo de un claro; aprovecha para descansar un poco mientras el sol alcanza el cenit. Tan pronto como baje el calor, volverá a ponerse en marcha.

Una nueva rutina se establece en casa de los Muwan. Se congrega la familia en torno a Manik y los recién nacidos, como si Pilotl y los suyos no estuvieran. Gracias a los constantes cuidados, madre e hijos recobran algo de fuerza. Como buen estratega, el patriarca de los Muwan intenta un gesto diplomático y va a conversar con Pilotl. Lo alienta a comprar otra esposa.

—Eres tan rico... Puedes permitirte actuar como un verdadero rey.

Asben pretende aliviar su conciencia y la vida de su hija. Todos los días se arrepiente de haber autorizado esa unión.

La idea de una segunda esposa agrada a Pilotl, y si es su suegro quien la recomienda... Además, sus negocios marchan muy bien. Toda su mercancía se vendió en pocos días y el rey le concedió al fin lo que tanto esperaba desde su enlace con la familia Muwan: ¡un lugar en el Popol Náah, el consejo real! El nacimiento de sus hijos, asimismo, representa una verdadera bendición de los dioses locales, hasta el punto de que los chontales de Chichén lo envidian.

Al cabo de un mes en la ciudad, Pilotl se prepara para viajar a las salinas, pese a que aún no ha tenido el privilegio de asistir a una sesión del consejo. Le avisaron que la situación se estaba poniendo tensa en el río de sal; el reino de Ek Balam se enfrenta a menudo con los mercaderes de Acalán. Pilotl quiere ir a apoyar a su gente, además de que le disgusta el ambiente en casa de los Muwan. Casi no puede ver a su mujer, resguardada por hordas de arpías. Le parece que no reconocen su valor, ¡aun cuando es él quien mantiene a toda esa parentela!

Antes de partir llama a ese lejano sobrino al que un reclutador enlistó en Acalán. Si bien no ha conversado con él, sí pudo observarlo. El joven se muestra serio y silencioso, lo que agrada a Pilotl. Al comerciante le gusta la gente que sabe escuchar. Cuando le informa a Jaak' que dejará Chichén al día siguiente, la cara del muchacho se ilumina de felicidad; ¡volver al mar por fin! Sin embargo, el tío no lo invita a viajar con él, sino a quedarse en Chichén para vigilar a su esposa Muwan mientras él se encuentra fuera. Pilotl golpea el suelo con su bastón para insistir: no tiene confianza en ella. A pesar de su decepción, Jaak' no dice palabra.

—¡Una bruja! Informaré al viejo Asben de mi decisión —decreta el mercader.

Jaak' se inclina, pero su señor, que ya se ha dado la vuelta y camina hacia el patriarca, no lo ve.

21. LA SOMBRA

Saasil llega con la última noticia: antes de irse, Pilotl compró otra esposa, una chontal que obtuvo a cambio de un costal de sal. Manik suspira.

—¡Pobre de ella!… Pero ojalá que Pilotl consiga tantas como se le dé la gana y me deje tranquila.

La joven se siente bien. Pilotl no se le ha acercado desde el alumbramiento. Los pequeños han sobrevivido a su primer ciclo de veinte días; además, ella dejó de sangrar y completó los nueve baños rituales. Mece a sus hijitos. "¡Estamos vivos!", piensa. La ayuda de todos los clanes de Chichén fue esencial.

Un mes después del milagroso nacimiento, las familias fundadoras inauguran el oratorio con esculturas en honor de los gemelos. Cantan himnos y ofrecen flores. Las estatuas, exhibidas al pie de la muralla, en el exterior, fueron instaladas sobre un altar en forma de tortuga, con sus cuatro patas y cabeza. La coraza simboliza la tierra, y de un hueco en su centro sale una planta de maíz. Así, los gemelos divinos, de puro cedro, vigilan el renacimiento de su padre, a quien parecen regar.

Manik ora a menudo frente a las estatuas; pide a los héroes divinos que cuiden a sus hijos. La gente del barrio también acude a honrarlas; es una manera de complacer a los ancestros, cuando los dioses extranjeros se multiplican por la ciudad.

A Asben no le interesan tanto las estatuas como sus nietos. Los ama: con sus ojos alargados como corte de cuchillo, muñecas, tobillos y dedos delicados, labios poco carnosos y pómulos altos... Ningún parecido con los toltecas. Está conforme con los apelativos que eligió su hija: Hun se le quedó al más chiquito, mientras que al segundo lo llaman Yalam. Es un nombre semejante a Balam, el jaguar, y hace referencia a las manchas del pelaje de los felinos y de ciertas aves. Mejor no provocar susceptibilidades...

Conforme a las tradiciones, el patriarca dispone que se moldeen las frentes de los muchachos para que se asemejen al dios del maíz, según lo hacen las élites kochuah y kupul. La matrona, quien sigue en la casa para cuidar a los gemelos, aprueba la decisión; de hecho, la esperaba.

La mujer deposita al pequeño Hun en una camita de madera y amarra una tabla sobre su cabeza. El niño llora. La matrona saca otra cama, idéntica, para el gordo Yalam. Debe atar al niño, pues intenta librarse del aparato. Manik está sorprendida.

—¡Tenías dos cunas listas! ¿Estabas segura de que serían gemelos?

La matrona sonríe, levantando los hombros.

Jaak' sufre. ¿Cómo podrá obedecer al patrón y espiar a su primera esposa? ¡No puede quedarse parado frente a la puerta de una noble a la que no conoce! Mientras busca una razón para justificar su presencia al lado de Manik, efectúa pequeños trabajos para los chontales, de preferencia en el patio principal, para ver lo que pasa en el cuarto de la dama. Pero ¿será suficiente?

El patriarca de los Muwan observa a ese joven impuesto por Pilotl. El pobre es tan tímido que siempre mira al suelo. Nada inquietante. Tal vez es un poco tonto. Con la idea de satisfacer al mercader, Asben se acerca al delgado muchacho que barre hojas secas en el patio.

—Pilotl me avisó que cuidarás a mi hija, su esposa. Fue una sabia decisión. Por el momento, ella se queda en su casa, así que tú la esperarás afuera. Si sale, la acompañarás. Te escuché tocar la flauta. Estoy seguro de que a ella le gustaría oírte. —Lo empuja amigablemente por la espalda—. ¡Anda!

Encantado por haber hallado una solución tan fácilmente, Jaak' camina hacia el cuarto de la dama, flauta en mano. Trina como el *x k'ook'*, el ruiseñor,[11] para anunciarse.

En su guarida ubicada en la punta de Kusaamil, Tsoltan vigila a un esclavo que cuece una medida de piedras rojas pulverizadas. Obtuvo al hombre, esquelético y cojo, por casi nada. El hechicero está atento a que mueva sin parar la olla, que debe permanecer firmemente cerrada encima del fuego. El condenado la mantiene en movimiento mediante cuerdas y ramas verdes dispuestas en las asas. Tsoltan mira sus pequeños frascos barnizados; espera llenar al menos tres.

Al final del día, el esclavo retira algunas piedritas de un lago de azogue. Tsoltan lo observa maravillado a lo lejos, como siempre. Hay que vaciar cuidadosamente el líquido plateado dentro de los frascos. Se llenan tres hasta el borde e incluso queda algo que se vierte en un cuarto frasco. Tsoltan verifica que todas las tapas estén bien selladas con resinas y caucho. No se perderá una sola gota.

Con su padre prepara la pócima cremosa que servirá para blanquear la piel de las sacerdotisas, justo a tiempo para el próximo festival. Arcilla, savia, azogue…

Mientras revuelve la mezcla, K'ult piensa en voz alta:

—El nacimiento de los gemelos en Chichén nos favorece, a nosotros y a todos los clanes de la península. Esos niños que brillan con luz divina nos ayudarán a imponer nuestras creencias a esos bárbaros toltecas y chontales. Si quieren asentarse en nuestras tierras, habrán de adaptarse. Debemos aprovechar nuestra posición de hechiceros para influir en el destino.

Tsoltan machaca hojas de cactus cuya savia suavizará la mezcla. Le gusta lo que acaba de escuchar.

—Es lo que deseo —dice—. Chontales y toltecas son buenos para navegar, luchar y suministrar obsidiana, pero no sirven para ninguna otra cosa…

Piensa en el esposo de Manik, cuyas crueldades le describió la joven noble. Sabe, por haberlo visto en varias ocasiones, que los chontales y los toltecas pueden actuar de manera despiadada cuando quieren demostrar su poder. Padre e hijo juzgan a los extranjeros de manera similar. Tan sólo de pensarlo, K'ult se enoja.

—¡Pura chusma! Son incapaces de escribir, leer o calcular más allá de una milla. No tienen sutileza alguna. No deberían controlar nuestras tierras jamás. Gracias a los gemelos podremos unificar las provincias.

—Sí, pero eso solamente si sobreviven —dice Tsoltan—. Esperemos a que estén un poco más fuertes antes de difundir la noticia.

En la víspera del festival y para clausurar el día, Tsoltan va a orar frente a la estatua de la ceiba. Sus ojos se pierden entre las raíces. Luego sube la mirada a lo largo del tronco hasta voltear la cara hacia el cielo. Habla con los dioses. "Potencias ancestrales, reciban a Kukulkán para que se una a los hombres de maíz, aquí en la península." Quiere seguir orando, mas no logra concentrarse. Una sensación extraña lo invade. Todo está demasiado silencioso, inmóvil. Ese tiempo tan pesado... Preocupado, se levanta y camina hacia el mar.

A lo lejos, por el sureste, se amontonan gigantescas nubes negras. Un esclavo llega sin aliento para avisarle que, desde lo alto de la pirámide, vieron la amenaza. Las nubes alrededor de la masa negra corren a una velocidad sorprendente. Se acumulan las señales de la catástrofe: el mar se aleja, ningún pájaro canta. ¡Un huracán se acerca! Es imposible huir hacia el continente; la tempestad llega con demasiada rapidez.

Tsoltan vuelve a su casa a grandes pasos. Su padre también se enteró de la terrible noticia. Se apresura a guardar las cosas maldiciendo a los vientos. Amarra una pesada tapa sobre la olla con la preciosa crema y la sella con resinas.

—¡Nuestra crema de luna estaba lista! Desde que padecemos la sequía, casi no ha habido huracanes. Era lo único bueno de este periodo difícil: Chaak estaba tan agotado que no podía mandárnoslos.

—¡Ah! Pero acaba de despertar y está muy enojado. Creo que sufriremos su cólera esta misma noche.

Tsoltan se dirige a la rejollada para asegurar sus canastas de cinabrio. Al regresar a casa coloca las jaulas de los jaguares sobre montículos para que no se inunden. Debe esforzarse mucho para convencer a los nerviosos animales de entrar ahí de nuevo. Luego, como hacen otros, se enrolla una cuerda alrededor de la cintura por si necesita amarrarse a un árbol para que no lo lleve el viento. En la ciudad, las reservas de alimentos se amontonan en las altas casas de piedra. Temen las inundaciones provocadas por las fuertes lluvias y el aumento de la marea.

Desde las pirámides de Kusaamil se mandan mensajes de fuego hacia Xamanha* y Zama** para comunicar a peregrinas y mercaderes que permanezcan en el continente. El huracán se avecina y el festival de la luna llena se cancela. A su vez, Xamanha y Zama alertan a las ciudades aledañas. Los mensajes corren de un lugar a otro.

En el continente, la gente también se prepara, aun cuando en el interior los huracanes suelen ser menos destructivos que en la costa. Cosechan lo que se puede a toda prisa. Los alimentos se guardan en lugares seguros, de ser posible en casas altas con techos abovedados.

La lluvia comienza a caer con fuerza a la medianoche; el viento aúlla. Es imposible dormir. Manik bendice su sólido techo de estuco. Saasil se queja:

* Playa del Carmen.
** Tulum.

—¡Prácticamente no cayó una gota durante toda la estación y ahora los cielos se caen!

Torrentes golpean la ciudad durante tres días. Chichén se transforma en un lago del que emergen las casas sobre sus plataformas, unidas entre sí por los caminos elevados. El patio hundido de los Muwan se llena de agua. Manik admira la novedad: la casa se refleja en un gran espejo.

Al cuarto día, la tierra logra absorber parte de la inundación. Por orden del rey, todos deben participar en una gran faena para limpiar la plaza central y otros lugares públicos. Los músicos tocan melodías alegres para alentar a los ciudadanos.

Si bien el huracán no causó grandes daños, la inquietud subsiste. La temporada de lluvias ha sido desastrosa. Varias milpas se secaron y lo poco que había lo destrozó la tempestad. Lo único que produce alimentos son las huertas alrededor de las casas, regadas y protegidas, y los cultivos dentro de las rejolladas. Se valora cada grano.

Puerto Caimán, la isla más expuesta, presenta muchos daños. El viento arrancó las altas torres de la entrada, destruyó varios muelles y sepultó a muchos bajo el lodo. Hay que reparar todo. La cosecha de sal está detenida y el comercio perturbado. Incapaz de trabajar, Pilotl decide volver a la cuidad por algunos días. Sin avisar a nadie, llega a Chichén después de su breve ausencia.

Aun antes de abrir sus bultos se dirige al cuarto de su primera esposa para asegurarse de que todavía tiene hijos. Al lado de la puerta tropieza con su sobrino, quien toca la flauta como un tonto.

—Pero ¿qué haces aquí? ¿Te crees músico?

Quiere golpearlo, insultarlo, pero se contiene al escuchar unos llantos. Desde la entrada ve que algunas mujeres conversan adentro. En un ambiente relajado, tejen o bordan sin inmutarse por los gemidos. Pilotl entra.

—Quiero ver a mis hijos —dice con voz fuerte.

Cae el silencio. Manik se queda inmóvil; las mujeres se apartan.

Pilotl descubre a sus hijos atados sobre cunas de madera, con el cráneo aplastado por una tabla. Explota de rabia.

—¡Qué horror! ¿Qué han hecho, malditas brujas? Libérenlos. ¡Inmediatamente! —El bastón de *tanka* da un giro; los golpes caen por doquier. Pilotl grita—: Mis hijos nunca serán llamados "cabeza plana". Serán guerreros, navegantes. No como esos cortesanos afeminados.

Manik recibe varios bastonazos; Saasil también. La matrona se apresura a liberar a los niños, que mueven las piernas de felicidad. Los llantos se calman. Manik se alegra, a pesar del dolor. Después de un mes con la tabla bien apretada, los cráneos de los gemelos han adoptado una forma alargada. El marido gruñe al ver las frentes enrojecidas; los muchachos se asemejan demasiado a los nobles de la península. No nota ningún rasgo chontal, como si fuera evidente que lo han engañado. Eso le molesta mucho. Apunta su bastón hacia Manik.

—¡Qué suerte que no se te ocurrió hacer que su mirada sea bizca! Te habría apaleado hasta matarte.

Le da otro golpe, muy duro, en las piernas. Manik cae. El bastón se eleva de nuevo. Gritando, las damas se amontonan alrededor de su ama. El bastón pega contra una viga; el cuarto tiembla. Pilotl toma las dos cunas y las arroja al fuego, lo que apena mucho a las mujeres: varias habrían querido usarlas para sus propios hijos. Todas están consternadas. El mercader brama:

—No somos animales en la profundidad de la selva. Yo... Yo vivo en un país que se extiende de norte a sur, de la tierra de las turquesas a la de las esmeraldas. Desde el amanecer del océano hasta el ocaso. ¡Aquí va un regalo por tu ignorancia!

Manik recibe otro bastonazo. Se muerde los labios para no gritar injurias, las cuales le traerían más violencia. ¡Su pretencioso esposo imagina que él inventó el comercio y los barcos! Pilotl sigue gritando:

—Tú, mujer, vives en tu pequeña casa, con la cabeza encerrada entre muros, pero mis hijos... Ellos van a ver el mundo, ¡te guste o no!

Saasil grita al ver que el bastón de Pilotl se levanta otra vez. Alertado por el ruido, el patriarca entra en el cuarto. Tan pronto como entiende lo que está pasando, se precipita hacia Pilotl para detenerlo. Asben sabe que hay que ganar tiempo con ese hombre brutal; no puede olvidar que, gracias a él, los Muwan viven bien. Toma a su yerno por los hombros.

—Pilotl, tienes toda la razón de estar molesto...

—¡Sí! ¡Mi mujer tortura a mis hijos aplanándoles el cráneo!

—Soy yo quien le pidió que la cabeza de los gemelos tuviera la misma forma que la del dios del maíz. Sangre kupul circula por sus venas... pero también son toltecas. Se volverán grandes navegantes como tú, no lo dudes.

Pilotl, rabioso, se libera de las manos del viejo. Hierve de enojo, pero no se atreve a empujar al patriarca para poder golpear a las mujeres. Todos miran las pequeñas cunas que se queman mientras el mercader sale del cuarto.

Afuera se cruza con el idiota del pescador que debía vigilar a su mujer. ¡Imbécil! Su furia se concentra sobre Jaak'. Impotentes, las damas oyen al pobre que recibe una lluvia de golpes. Afortunadamente se presenta un cliente rico pidiendo ver al patrón, lo que obliga a Pilotl a abandonar a su víctima. Su bastón está intacto, pero no la flauta ni el brazo de Jaak'. El mercader cruza el patio, enfurecido y contento a la vez por haber vuelto a tiempo para poner orden. Piensa llevar a los muchachos a Acalán para que sean educados allá, puesto que en casa de los Muwan sólo aprenderán banalidades como la cuenta larga y quizá el bordado.

En el cuarto de Manik, una prima retira las cunas del fuego con una rama verde. Otra les echa agua. Todas miran los restos humeantes. Saasil declara que con una buena piedra pómez podría borrarse la huella de las llamas. Un mismo pensamiento circula entre las mujeres: que se vaya al infierno ese sinvergüenza que desprecia las tradiciones.

Enroscado en el suelo y con el cuerpo cubierto de hematomas, Jaak' no se mueve. Sus lágrimas fluyen mientras aprieta en sus manos los restos de su flauta. Discretamente, las damas lo llevan adentro. Una tía le unta árnica en las heridas. Las dificultades unen a las mujeres entre sí y con Jaak'.

Pasan varios días antes de que el muchacho sea capaz de levantarse. El solsticio de la larga noche se acerca, pero él no puede participar en ninguno de los preparativos para la celebración.

Lleva el brazo atado cerca del pecho y cojea todavía cuando Pilotl, sin arrepentimiento alguno, lo manda buscar.

—Tendrás que mejorar mucho... De no ser así, ¡tendré que regresarte a tu pantano! Cuando te digo que debes vigilar a mi mujer, no te pido que vayas a tocarle la flauta y esperarla afuera de su cuarto. ¡Piensa un poquito! No puedes dejarla hacer tonterías, como aplanar la cabeza de los muchachos. Debes entrar en su habitación y tenerla todo el tiempo bajo tu supervisión. Para castigarla por su última estupidez, le prohibí salir. No puede ir al taller de cerámica ni al mercado ni a ninguna parte.

—¿Ni-ni a-al te-templo?

Pilotl gruñe.

—Sólo en la casa. ¡El lugar de la mujer está en la cama o en la cocina!

Jaak' se inclina.

—Bi-bien —murmura.

—De todos modos, ya no voy a alejarme tanto: cuando me ausento, los Muwan creen que todo está permitido.

Los astrónomos decretan la llegada del solsticio en cinco días. La noche larga marca el principio del periodo claro, los meses con sol. Los moradores de Chichén se preparan para la ceremonia ayunando y haciendo sacrificios. Alimentan a los ídolos, pero ellos consumen sólo agua y atole. Manik quiere alistarse como los demás, pese a que las madres lactantes están exentas de esas reglas y a que Saasil intenta disuadirla.

—Estás amamantando, ¡no puedes dejar de comer! —protesta la dama.

—Estoy más gorda que un tiburón ballena, con todos esos alimentos que me traen desde el parto. Necesito moverme y salir.

—Tu esposo está en casa…

Manik mira sus piernas con varias marcas violáceas.

—Sí, ¡se nota!

Acomoda a los bebés entre cojines y los observa un momento. Hun todavía está muy frágil y llorón; en su piel seca se advierten manchas rojas. Rechoncho, Yalam es la encarnación de la felicidad. Manik se levanta. No quiere permanecer encerrada cuando se prepara un evento tan importante. Las sirvientas cuchichean que el día estará dedicado a los gemelos. La joven madre ata sus largos cabellos.

—Hun y Yalam ya comieron. Voy al mercado; necesito un par de sandalias nuevas.

Antes de que Saasil pueda oponerse, Manik ha cruzado el umbral y camina con pasos decididos hacia la puerta principal. Saasil quiere salir corriendo a detenerla; sin embargo, al ver que Jaak' se acerca a toda prisa, se contiene. El muchacho, con la cara aún hinchada, se planta entre la dama y la puerta. Intenta adoptar un tono autoritario.

—No-no puede sa-salir. Pi-Pi-Pilotl lo pro-prohíbe.

Manik levanta una mano.

—Eso está por verse.

Dejando a Jaak' solo, se apresura a llegar al lado chontal de la casa. Su marido conversa con unos hombres que ríen. Al ver que la joven se acerca, todos callan. Manik se dirige al grupo a dos pasos de distancia.

—Si me disculpan, tengo que ir al palacio. Una esposa del rey me espera para preparar la celebración. Luego iré al mercado con Jaak'.

—Maldita mujer… —suspira Pilotl entre dientes. Duda en pegarle enfrente de las visitas—. No te demores.

Manik inclina un poco la cabeza, le da la espalda y se reúne con Jaak'. Sale sin detenerse. El muchacho se apresta a agarrar canastas y bolsas y corre para alcanzarla. Ella le susurra al oído:

—Si me quedo más tiempo entre esas paredes, me volveré loca. Quiero ver la ciudad. ¿Está tan bella como antes?

Los ojos de Jaak' brillan. Abre los brazos.

—¡Sí-sí! In-in-inmensa…

—¡Excelente! ¡Démonos prisa!

Toma una gran bocanada de aire cuando sus pies tocan la avenida que lleva al centro. En su camino admira las fachadas cargadas de decoraciones. Había olvidado su belleza. Los nuevos edificios que se construyen más allá del centro son impresionantes, pero su estilo es austero. A los extranjeros sólo les interesa la guerra. Pintan guerreros con sus armas. Manik piensa que, con sus fachadas de otra época, su barrio es el más hermoso de la ciudad. Allí se vive en el ambiente fabuloso de los reinos antiguos. Al menos ella lo cree así.

Jaak' la mira de reojo.

—¿Ha-hay pe-pescados en-en el pozo X-Xto-Xtolok?

—Sí, pero muy pequeños. En el mercado se pueden encontrar peces grandes, salados o ahumados.

—¿De-de dónde vi-vienen?

—¿Los pescados? ¡Del mar!

Jaak', ofendido, levanta los ojos al cielo. Manik hace un esfuerzo.

—Creo que los traen principalmente de la provincia de Ekab. Podemos preguntar a quienes los venden.

Jaak' asiente, visiblemente entusiasmado por la idea de acercarse a los pescadores.

Llegan a la plaza del mercado, donde se construye un gran edificio que protegerá a los vendedores y sus mercancías del sol. Se dice que el nuevo mercado estará terminado el próximo año. Con techos muy altos, también servirá para las procesiones. Una muchedumbre circula entre los puestos. Después de meses de encierro, Manik se emociona en medio de la agitación. Encuentra a varias conocidas, entre ellas una de las esposas del rey, con quien habla muy feliz; su esposo no podrá decir que mintió.

Apoyada contra una pared, una joven vendedora exhibe diversos objetos de mimbre, entre ellos flautas. Sus bolsillos están llenos. Manik insiste en que Jaak' las pruebe. Con todo y su brazo herido, el muchacho logra tocar algo. Una de las flautas, decorada con flores, produce sonidos armoniosos. Manik ofrece por ella una caracola a la vendedora, a quien complace el acuerdo. Jaak' lanza unas notas para agradecerles; la mujer y la chica sonríen. Manik se acostumbra a la presencia de ese ser simple y silencioso que no se queja nunca.

—Me gusta que seas mi guardián.

Notas alegres contestan.

Pasan frente a una pequeña mesa llena de pescados. Para complacer a Jaak', Manik pregunta por su procedencia. El vendedor menciona los pueblos de pescadores de la provincia de Ekab. Jaak' lo escucha con atención; se atreve a inquirir:

—¿Es-está le-le-lejos?

Al oír el acento foráneo y la pronunciación insegura, el hombre mira al joven con sospecha. Sin embargo, el aire amable de la mujer que lo acompaña lo anima a responder:

—El señor no es de por aquí… ¿Que si está lejos? Depende. Saliendo de Puerto Caimán, tomas el río de sal y remas siempre hacia el este. Después de isla Holbox llegas a Ekab… tal vez en cuatro o cinco días. Pero si caminas hasta el pueblo de Tolokjil,* según tus pies, pueden ser seis días a buen paso. No hay mucha gente por allá, pero, eso sí, ¡verás pescados y langostas por montones! Los extranjeros se detienen por esos rumbos a veces. Puede ser que encuentres amigos y no sólo pescados…

El vendedor estalla en carcajadas. Manik señala un paquete de mojarras ahumadas y ofrece granos de cacao a cambio. El vendedor se inclina. Manik se voltea hacia Jaak':

—¡Listo! Ahora, las sandalias.

Camina con rapidez entre los puestos para adentrarse en el mercado; Jaak' la sigue como su sombra.

* El Meco, Quintana Roo.

22. EL SOLSTICIO DE LA LARGA NOCHE

El rey inaugura las ceremonias del solsticio. Se rumora que quiere aprovechar la ocasión para agradecer a los dioses por la llegada de los gemelos, cuya presencia es prueba de la importancia de Chichén. K'inilkopol insistió en que las celebraciones fueran grandiosas; desea impresionar a las ciudades vecinas. La población se dirige hacia la nueva plaza, con capacidad para miles de personas. Acompañado de flautas y tamborines, el cortejo de los nobles camina primero hacia la residencia de los Muwan. Pilotl los recibe, vestido cual príncipe, con una piel de jaguar sobre los hombros y su esposa detrás de él, luciendo un magnífico collar de nácar y oro.

Manik se ve muy elegante con el cabello amarrado en un chongo decorado con nudos y plumas de colores vivos. Su largo vestido tiene una abertura enfrente, la cual sube hasta las rodillas, bordada con una cinta rojo oscuro, al igual que las mangas, largas y amplias. El corpiño ajustado hace resaltar su generoso pecho de lactante; es de color turquesa,[12] lo que agrada a Manik porque combina con sus ojos claros. Sus sandalias están anudadas hasta la parte superior de sus pantorrillas con unas cintas a juego.

La acompañan Saasil y la matrona, cada una con un bebé en los brazos. Los pequeñitos, con tres meses solares cumplidos, parecen lo suficientemente fuertes para mostrarlos en público. Asben se empeñó en ponerles pequeños turbantes rojo y blanco, símbolo de poder.

Las estatuas de los gemelos descansan sobre plataformas floreadas. Guiarán el cortejo hasta la plaza central. K'inilkopol quiere que la noticia de su nacimiento se difunda por doquier: los dioses privilegian a Chichén.

Muy dignas en su papel de portadoras, Saasil y la matrona siguen a su ama, con su padre y su marido, los cuales fueron invitados a desfilar con la familia real para la ocasión. Unos esclavos sostienen grandes sombrillas encima de sus cabezas.

Detrás de las divinas estatuas, la procesión avanza a lo largo de un camino decorado con banderas y flores. La muchedumbre aplaude a los ídolos y a los nobles. Entre éstos hay varios personajes importantes: el rey de Ek Balam, fortaleza vecina; el señor Yajawal, representante de los kokomes, y también el señor de Halakal. En total son trece jefes, escoltados por generales que ostentan el título de *sahales*. Todos portan penachos, capas y collares, joyas en cuello, muñecas y tobillos, además de numerosas armas.

La procesión arriba a la nueva plaza central. Las estatuas y los nobles suben por la escalera que conduce a la terraza del templo, mientras la muchedumbre llena la explanada abajo. Todos admiran la construcción, recientemente pintada de rojo brillante. La pirámide cuenta con una escalera decorada con grabados de serpientes entrelazadas. Arriba, en pleno centro para que se vea desde todos lados, hay un altar de piedra de inspiración tolteca: un jugador de *pok-a-tok* con su casco, boca arriba, listo para recibir la pelota e impedir que toque el suelo. En lugar de pelotas, la escultura espera los sacrificios.

Al verlo, Manik piensa que toltecas y chontales realizarán ahí su ritual preferido: el sacrificio humano. ¡Hacen tantos! Sus dioses son insaciables. En la península, la gente privilegia el autosacrificio. Excepto por los prisioneros de guerra. Llevada por su reflexión, Manik se detiene. Detrás, las nobles exigen que se suba un poco más.

Las esposas se encuentran a ambos lados de la escalera. Rivalizan en elegancia; muchas lucen vestidos largos, a menudo transparentes, sobre túnicas ajustadas.

Transportadas por cargadores, entre cantos, las estatuas se colocan a ambos costados de la puerta central del templo. Desde la terraza, los nobles observan los coloridos grupos de bailarines, cantantes y músicos que circulan alrededor de la plaza.

Los encargados de las caracolas y las trompetas producen un gran llamado al unísono.

Los coros callan, la multitud se inmoviliza. Uno después de otro, los caciques de las ciudades aliadas suben con su escolta hasta la cima, mientras las trompetas y los grandes tambores entonan el himno propio de cada grupo. Una vez arriba, los caciques gritan el nombre de su respectiva ciudad y mueven su estandarte para confirmar su alianza con Chichén. A continuación se colocan detrás del soberano.

Para K'inilkopol, las promesas tienen leve sabor a recelo. Es consciente de la envidia que devora a esos señores, guerreros o mercaderes; todos sueñan con ocupar el trono. K'inilkopol les teme lo suficiente para rodearse de una guardia de fieles soldados, familiares suyos. Piensa que, a pesar de las intrigas y dificultades con los reinos vecinos, Chichén sigue creciendo.

Sabe que las riquezas aportadas por cada cacique para honrar el tributo se acumulan en el palacio. Además, gracias a los esclavos que extraen agua sin parar, la ciudad logra regar los cultivos y así alimentar a la población. El soberano se siente en una posición poderosa. Sus recientes victorias sobre las ciudades de Ismal y Motul confirman su potencia, y las alianzas con las lejanas Ixlu y Seibail aseguran las vías de transporte en el sur. La coalición de Chichén con chontales y toltecas es verdaderamente provechosa.

Durante la fiesta de agradecimiento a los dioses, los Muwan tienen derecho a todos los honores. Por un costado de la terraza, detrás de las reinas, Manik y sus acompañantes presencian la ceremonia, deslumbradas por olores, colores y sonidos.

En la primera fila, Pilotl disfruta de su situación. Tiene una paternidad triunfante frente a las élites de Chichén. Gracias a sus gemelos y a su labor en el Popol Náah, se ha vuelto un personaje decisivo; se pavonea. Los nobles lo saludan con respeto. Sin decirlo, sigue soñando con establecer una dinastía chontal en Chichén, según el modelo que se implementó en Seibail. Según él, la nobleza se define por la capacidad de organizar ejércitos. Desprecia a los presumidos señores de las ciudades vecinas; provienen de linajes antiguos, pero no logran mantener un número suficiente de guerreros.

De vez en cuando lanza miradas sombrías hacia el rey de Ek Balam, parado como él delante de la terraza. Pilotl desea hacerlo tragar sus dientes, sus joyas y su penacho. El muy idiota rehúsa admitir que Chichén es el más pujante de todos los reinos. Y, para colmo, pretende controlar las salinas, cuando sólo dispone de un puñado de soldados hambrientos por la sequía. A Chichén no le hace falta nada: ni esclavos ni guerreros fuertes y temibles. “Diviértete mucho, insignificante rey de Ek Balam, jaguar de papel. ¡Tu tiempo se acaba!”, piensa el mercader.

Por su parte, el rey vecino es paciente. No tenía muchas ganas de venir a Chichén, puesto que no aprecia a sus nuevos ricos. Sin embargo, debe estar presente para imponerse frente a los chontales y toltecas, cada vez más agresivos. Los intrusos deben aprender lo que significa la nobleza.

Después de las promesas de fidelidad y para gran sorpresa de todos, el rey presenta a los hechiceros y sacerdotisas del santuario T'aantum de Kusaamil, quienes acudieron especialmente para la ocasión. ¿Acaso Chichén no les debe el milagro de los gemelos?

El corazón de Manik comienza a latir muy fuerte.

Músicos y coros entonan un himno alegre mientras las escoltas militares bajan de la terraza, donde sólo quedan los caciques con sus estandartes. Aplauden la entrada de las sacerdotisas, cuya piel blanca produce asombro y muchos comentarios. Ellas bailan frente a las dos estatuas para honrar a Ixchel y pedirle que proteja a los gemelos. Al verlas agitarse, Manik se sumerge en sus recuerdos de Kusaamil.

El baile no provoca pensamientos agradables a Pilotl, quien voltea furioso hacia el rey. ¿Era verdaderamente esencial traer a esas mujeres a Chichén? Le recuerdan demasiado sus dificultades matrimoniales.

Las damas cuchichean. Creen que incluso el primer hechicero de Kusaamil estará presente. ¡Un verdadero felino! La música explota con ritmo acelerado; el jaguar salta de repente frente a ellas, da vueltas... ¡Qué vértigo! Manik se pone de puntillas para tratar de verlo mejor. Se estremece al reconocer la joya de oro en el cuello del bailarín enmascarado. ¡Seguramente es

Tsoltan bajo ese disfraz! Los recuerdos fluyen: besos, caricias y la flor... Intenta disimular su emoción.

Después de los bailes, los prisioneros cruzan la plaza con sus cuerpos pintados de azul. Son nobles capturados en batallas que van a ser sacrificados; sus corazones alimentarán al ídolo de piedra. Manik nota que todos son originarios de provincias cercanas; no hay ningún chontal. La muchedumbre entusiasta los toca, les canta himnos de despedida y admiración. Suben sin quejarse. También se ofrendan animales. A continuación, los caciques se acercan uno por uno y cortan su piel; su sangre impregna bolitas de paja que se arrojan con incienso en los quemadores. Los últimos en acercarse, el rey de Chichén y el hechicero de Kusaamil, vierten juntos su sangre, que se une sobre las brasas. K'inilkopol agrega gotas de azogue: el alma de los dioses se mezcla con las ofrendas y se eleva hacia los cielos.

Tsoltan mide su nuevo poder, regocijándose de haber dado al rey nueve canastas de cinabrio y un frasquito de azogue. Admira el rojo de la pirámide y se dice a sí mismo que contribuyó a aquella maravilla sin que K'inilkopol tuviera que explicar a nadie el origen de esos tesoros. El soberano estará por siempre agradecido con el hechicero jaguar, sobre todo si sigue suministrándole esos preciados productos... Ya no dependerá de los mercaderes extranjeros para obtenerlos.

Frente al templo, el humo se espesa. En las volutas perfumadas aparecen los dioses, quienes confirman su voluntad de apoyar a Chichén. Poseído por los espíritus, el rey baila; un canto áspero sale de su garganta. Los nobles lo acompañan, unidos por su devoción. El humo sagrado sube a los cielos llevando las voces graves de los hombres extáticos.

Una vez concluido el ritual, la muchedumbre empieza a retirarse. Las élites se acercan para admirar y tocar a esos gemelos que, dicen, son de origen divino. Todos felicitan al tolteca por su descendencia. Manik siente su lengua arder. "¿Padre y tolteca, él?" A pesar de todo, sonríe.

Transportan al rey hacia el palacio en una camilla cerrada. El hechicero bebe un gran trago de *báalche'*. Se quita el disfraz y se pone una capa larga. Aunque todavía anda por los cielos debido a los numerosos hongos que ingirió, va a encontrarse con los señores. Lo rodean. Él camina veloz entre los grupos para acercarse a los Muwan. No ha visto a Manik desde el parto. ¡Estaba tan pálida y los niños tan débiles! El hechicero saluda al patriarca, quien se alegra al reconocerlo. Enseguida pregunta por la salud de los gemelos. Saasil y la matrona le muestran con gusto a los muchachos: uno, gordito; el otro, siempre delicado pero despierto. Tsoltan felicita a toda la familia.

Él y Pilotl se miran agresivamente. Detrás de su señor, Jaak' también observa al hechicero; ve que es atlético. El mercader piensa que ése es el ladrón que le robó una fortuna con un falso peregrinaje. Sin embargo, hay que tratarlo con prudencia: ese hombre frecuenta las potencias de los infiernos. Tsoltan, por su parte, siente que el chontal abriga una ambición insaciable. Le lanza una mirada molesta, confiado en su propia presencia. Se lleva la mano derecha al corazón y clama:

—Que Balam, el sol nocturno, ilumine tu alma.

Asben, al oírlo, frunce el ceño. Además de que la frase no tiene mucho sentido, con ella el hechicero se burla de Pilotl al decirle que su alma es más negra que la noche. Pilotl no entiende los detalles, pero sí el tono. Contesta como si le diera un golpe con el puño:

—Que Quetzalcóatl abra tu corazón.

"¿Con un cuchillo?", piensa Tsoltan. Hay mucha desconfianza entre los dos; ambos se dan la vuelta. Pilotl ordena a las portadoras que muestren los gemelos a otros grupos. Tsoltan se inclina hacia Asben y, sin ninguna vergüenza, le anuncia:

—Mañana iré a saludarlos.

Saasil y la matrona asienten al escuchar la noticia. Manik hace lo mismo, con la cabeza agachada. De espaldas, Pilotl lo oye también. Se vuelve hacia Tsoltan, haciendo una mueca. Antes de que pueda responder que está demasiado ocupado para atenderlo, Asben declara:

—Será un honor para nosotros recibir al famoso hechicero de Kusaamil.

Tsoltan se lleva la mano derecha al corazón y se aleja hacia otros grupos. Sin levantar la cabeza, Manik siente que Pilotl le dirige una mirada asesina. No le gusta nada que ese lobo esté rondando a su mujer. La gente chismorrea con cualquier pretexto… Manik no levantó los ojos ni una sola vez para mirar a Tsoltan. No la acusarán tan fácilmente. El olor a selva la embriaga; saborea cada instante de su felicidad, el corazón y la piel ardientes.

Pilotl desearía quedarse en casa para recibir al hechicero a su manera, pero debe salir. Los chontales le pidieron que asistiera a una importante reunión. Tras dudar un poco, decide llevar a Jaak'; él sabe escuchar.

Al llegar, el mercader se da cuenta de que sus colegas están furiosos. Se quejan mucho; están perdiendo el control del cinabrio a lo largo de la costa. El rey de Chichén rechazó sus productos, a pesar de que usó cinabrio de manera ostentosa durante las ceremonias de la víspera. Si los chontales no lo abastecieron... ¿quién fue? ¿Quién sabe transmutar el cinabrio en azogue? Los mercaderes se acusan unos a otros. Y Pilotl, que se pavoneó con el rey, es sospechoso. Un chontal influyente trata de restablecer la calma.

—De nada sirve pelear. Mejor estudiemos el problema. No sólo en Chichén se nos está escapando el control; en Lamanai también. Me contaron que el gobernador consiguió azogue sin ayuda de los nuestros. Ofreció gran cantidad para la inauguración de su juego de pelota. Si ya perdimos dos ciudades importantes...

Pilotl levanta la mano e interviene:

—Hay que espiar al rey para descubrir la procedencia del azogue.

—Es difícil... K'inilkopol sólo tolera kupules, kochuahes o kokomes en su entorno —contesta un chontal—. Como que ya no se acuerda de quién fue su padre...

Pilotl no se desanima. Necesita que los mercaderes se mantengan unidos.

—Podríamos buscar inconformes entre los cortesanos. Un esposo humillado, un noble endeudado... Hay que encontrar uno que no esté satisfecho y hacerle una oferta interesante para que observe los movimientos alrededor del rey.

Un mercader se adelanta. La espiral de Quetzalcóatl cuelga en su pecho. Pilotl lo conoce; trabaja con él desde hace mucho tiempo. Se hace llamar Luque'.[13]

—Conozco uno... —afirma el mercader—. Un cortesano kochuah arruinado. Primo de K'inilkopol... Le presté bastante.

Tuvo que pagar un tributo muy grande y desde entonces clama que fue víctima de una injusticia. Espera un arreglo… que no llegará.

—¿Estás seguro de que ese kochuah está cerca del rey? —grita un comerciante molesto.

—Sí —asegura Luque'—. Siempre está al lado del trono. Él y otros dos.

Pilotl, que confía en su amigo, sonríe.

—Bien. Vamos a ofrecerle jades para que mire bien quién se acerca al rey y nos cuente lo que vio.

Desata una bolsita de su cinturón y la vacía sobre su palma abierta. Pilotl no quiere ser sospechoso. Exhibe una veintena de jades para que todos la observen. Los otros, impresionados, extraen algunas de sus piedras preciosas. Una vez que Pilotl pasa frente a cada uno, su bolsita queda llena hasta el tope. Entrega el tesoro a Luque'.

—Con esto… vamos a descubrir lo que está pasando.

Los mercaderes se marchan, contentos de haberse mantenido unidos. Pilotl no dijo nada, pero sospecha de ese hechicero que vino de Kusaamil. Piensa en las tres piedritas de cinabrio sobre la cama de su mujer. Sabe que un noble muy importante estuvo en su casa un día después del alumbramiento. ¡Y ese mismo hombre ha vuelto! Se le ve cada vez con más frecuencia en la corte y se dice que es capaz de realizar transmutaciones. Si el espía lo señala como culpable, los mercaderes podrían eliminarlo. Pilotl se complace de haber invertido algunos jades en ese negocio que le interesa doblemente.

En casa de los Muwan, el patriarca espera a su distinguido invitado. Los hechiceros tienen fama de ser gente peligrosa, pero Asben quiere agradecer a Tsoltan, a quien deben un milagro.

Ansiosa, Manik se prepara. Ropa limpia, cabellos recogidos en un chongo, sandalias nuevas. Se pregunta si debe usar el collar que le regaló Pilotl. Le gustaría dejarlo en su cuarto, pero teme la reacción de su marido. Finalmente se lo pone.

La matrona charla mientras ata taparrabos forrados de algodón a los niños.

—¡Qué fiesta la de ayer, con las sacerdotisas de Kusaamil! Su piel es blanca como la misma luna. ¿Son personas comunes y corrientes o diosas encarnadas en la tierra? Toda la ciudad habla de ellas. Una amiga mía les llevó agua por la mañana. Las sacerdotisas se lavaron, pero ningún maquillaje corrió por su piel, que siguió blanca. Y, como está prohibido hablarles…, el secreto no se sabrá nunca.

El hechicero llega poco antes del cenit. El patriarca lo recibe cálidamente y le ofrece hidromiel. Mientras saborean el néctar, Asben pide que llamen a su hija. Una sirvienta se inclina frente a la puerta de la dama.

Manik toma a los niños y camina deprisa hacia el patio. Ve a su padre con Tsoltan; los dos discuten en la sombra. Al descubrir que Pilotl no está, se llena de alegría. Bendice a Jaak', quien sin duda se estará ocupando del mercader.

La joven se acerca. El hechicero se conmueve al ver a esa madre radiante, con ojos brillantes, mejillas rosadas y paso liviano a pesar de cargar con dos niños. ¡Una belleza con semejante tesoro! Con un nudo en la garganta, Tsoltan se levanta y pone una mano sobre ambas cabecitas. Agradece a los dioses y en especial a Ixchel, diosa de ojos claros como los de esta mujer. Con palabras suaves, hace que el momento de gracia perdure:

pureza divina, dulzura celeste, abundancia generosa... Desde su séptimo cielo estrellado, Ixchel misma enrojece, y aquella a quien realmente se dirigen esos elogios levita de felicidad.

Cuando la oración concluye, Manik se sienta un poco atrás. Asben y su invitado retoman la conversación y la bebida: discuten sobre educación. El patriarca considera que no se insiste lo suficiente en la escritura. El hechicero habla del respeto por las tradiciones, pero también destaca la importancia de las innovaciones extranjeras, como las grandes piraguas que permiten navegar en altamar. El viejo arquitecto menea la cabeza, descontento.

—Los barcos... De acuerdo, pero ¡hay límites! Los chontales y los toltecas imponen sus creencias y desprecian las nuestras. Hay que recordar que venimos de los poderosos reinos del sur que poblaban el Tlilan Tlapatlan o país de la tinta roja y negra, como nos llamaban antes.

—Sí, los escribas eran tan importantes como los reyes —dice Tsoltan, contento de poder apoyar al padre de Manik. En voz baja, agrega—: Ahora, aquí ya no hay escribas... y los forasteros siembran cizaña. Para tomar el control de las salinas establecen alianzas con la gente del litoral, lo que debilita a Ek Balam. Además, desean que Chichén declare la guerra a ese reino. ¡Pero ambas son ciudades pobladas por kupules!

—¡Un enfrentamiento entre hermanos! Me da vergüenza —dice el patriarca.

Yalam comienza a llorar. Saasil se acerca para tomar a Hun y liberar un brazo de su ama. Tan pronto como Manik levanta la punta de su capa, el niño se prende al seno con muchas ganas; el más pequeñito se queja a su vez. Su madre le regala una mirada tierna.

—Por supuesto, ¡no ibas a esperar! Si uno tiene algo, el otro quiere lo mismo inmediatamente.

Manik desliza la capa por su espalda. Saasil le entrega a Hun. El abundante pecho luce como una doble luna llena resplandeciente. Hun se lanza hambriento, la boca abierta hacia el pezón. Hunde sus deditos en la carne tierna. El hechicero, a pesar de haber visto a menudo mujeres amamantando, se conmueve: en una casa elegante, silenciosa y perfumada, una bella dama de senos redondos a los cuales se aferran dos niños cachetones. Manik lo mira con gran dulzura. En ese preciso momento, a Tsoltan le gustaría arrojarse a los pies de esa diosa y abrazar sus piernas con amor. Poner la cabeza sobre sus rodillas y recitarle el más exquisito de los poemas. Deja de soñar. Estaría infringiendo todas las leyes, arruinaría su reputación y su trabajo. Permanece estoico; se contenta con gozar del espectáculo. Se aclara la garganta y se permite una sonrisa.

El patriarca percibe la intensa comunicación entre su hija y el hechicero, quienes se hablan con los ojos. Murmura:

—Nuestros gemelos ya tienen tres meses. Estamos muy orgullosos de ellos.

Con cara luminosa, Manik explica:

—Levantan la cabeza y alzan el torso apoyándose en sus bracitos. Yalam se voltea sobre su espalda. Pronto, Hun lo hará también. ¡Los dos se copian todo el tiempo!

—A veces los dioses obran milagros —susurra el hechicero con voz cargada de emociones.

Manik lo mira con orgullo.

—Damos las gracias a Ixchel. Que siga regalándonos sus bondades —se atreve a decir, ruborizándose. Baja la cabeza, en vano, para esconder su incomodidad.

23. CRECIMIENTO

Los gemelos gatean a los ocho meses de edad. ¡Y lo hacen rápido! A veces Yalam se yergue sobre sus cortas piernas. Cuando logra mantener el equilibrio, levanta los brazos y lanza gritos de triunfo. El patriarca decide que es tiempo de celebrar el *hetsmek,* ceremonia que no puede aplazarse más. Si bien Hun sigue siendo pequeñito, hay que actuar antes de que los niños cumplan su primer año.

El *hetsmek* marca un cambio. Los bebés ya no serán llevados en el rebozo ni amarrados a la espalda; los cargarán sobre la cadera. Hay que elegir dos padrinos, asunto delicado. Asben y Pilotl se enfrentan, felizmente sin violencia, y llegan a un acuerdo: uno de los padrinos será chontal y el otro kupul. Pilotl designa a uno de sus colegas para Yalam, mientras que el patriarca elige al chamán búho para el más chico. Con esto se asegura de que a los gemelos se les inculcarán las creencias verdaderas, puesto que el padrino chontal, como todos los mercaderes de largas distancias, deberá ausentarse a menudo.

La ceremonia tiene lugar en casa de los Muwan: familiares, amigos y vecinos son invitados, e incluso se presentan unas esposas reales. Manik ata una cinta verde en torno a las dos cabecitas y piensa en Tsoltan. Le habría gustado que él asistiera al ritual, pero partió a su lejana isla. Cada padrino carga a su protegido apoyándolo en su cadera. Al ritmo de una música alegre, dan trece vueltas alrededor de la casa, primero en el sentido del sol y luego en sentido contrario. Los niños, encantados, reciben una golosina en cada vuelta: pasta de maíz endulzada con miel y perfumada con vainilla.

Ofrecen comida a los invitados. El padrino chontal llevó carnes y panes, y el chamán regaló una gran jarra de *báalche'* que preparó especialmente para la ocasión, con ingredientes que infunden el buen humor. La primera esposa real felicita a Manik y le propone incorporar a los gemelos a la escuela del palacio en cuanto cumplan cuatro años. Manik le agradece con calidez.

—Quiero que aprendan a leer, escribir y calcular tal como lo hacían nuestros ancestros.

La reina sonríe.

—¡Ay! Con el tiempo terminarán aprendiendo mucho más. Astronomía, arquitectura, pintura… Chichén consiguió a los mejores eruditos de Oxwitik, Mutal y Lakamha.*

Maravillada por esas palabras, la madre canturrea de felicidad, mientras la hermosa dama prosigue:

—Se iniciarán también en el arte del combate. Tus hijos se volverán guerreros y atletas de calidad. Podrían participar en el equipo real de *pok-a-tok*.

Manik se pone tiesa. Su visión regresa: vestidos como jugadores, los gemelos saltan a la hoguera. Al notar la súbita expresión de tristeza de su anfitriona, la reina cambia de tema.

* Copán, Tikal y Palenque.

—Pero todo eso está muy lejos. Aprovechemos el lindo día y atrevámonos a probar ese apetitoso *báalche'*.

Tras la celebración, el chamán búho vuelve a su caverna, feliz de lo que ha visto: niños saludables, rodeados por la comunidad. Hun, su ahijado, sigue siendo frágil… Se promete insistir en que lo alimenten bien. Antes de internarse en la oscuridad, manda un mensaje al hechicero de Kusaamil; se siente muy contento al poder involucrarse en la vida de ese hombre que, lo presiente, conocerá un destino fuera de lo común, al igual que los gemelos.

En el santuario de Kusaamil, Tsoltan celebra el equinoccio recordando a los gemelos, quienes cumplen su primer año en Chichén. El hechicero jaguar agradece a Ixchel y a todos los dioses. Se alegró al enterarse de que festejaron su *hetsmek* y que están bien. Por fin, la noticia que él y su padre esperaban.

Recorre a pasos rápidos los senderos que llevan a su casa, reflexionando. Ha decidido dejar de participar por un tiempo en los festivales de la luna llena y encomendar la tarea a los jóvenes. Desde el nacimiento de los gemelos, los dioses le hablan. Tsoltan siente que su destino ya no se encuentra en la isla. Debe apuntar más alto y mirar allende el mar pequeño. Por su bien y el de los pequeños jaguares a los que quiere proteger. "Esos dos valen más que cualquier otra cosa en el mundo —piensa el hechicero—. Los cielos nos hicieron un gran regalo al enviárnoslos. Su llegada fortalece nuestras creencias, lo que me beneficia a mí, al santuario, al rey, a los clanes de la península…"

Se regocija. Sin embargo, debe admitir que la lista de beneficiarios incluye también a Pilotl. Su boca se tuerce. Ese hombre cruel, convencido de que sus ideas son superiores a todas las demás, tiene la arrogancia de los conquistadores y su desfachatez. Con sólo pensar en él… Tsoltan se llena de cólera. Siente la urgencia de volver a Chichén y quedarse allí. Quiere que lo vean, que lo reconozcan, que lo teman. Supone que K'ult no se opondrá, puesto que a menudo alude a un movimiento de unión entre provincias basado en el mito de los gemelos divinos. Decidido a hablar francamente con su padre, llega a la casa. K'ult camina debajo de la gran ceiba. ¡Él también reflexiona! Tsoltan le comunica rápidamente las últimas noticias y su intención de aprovechar la situación. El viejo orador reacciona con entusiasmo:

—Si todos los clanes aceptan unirse bajo el estandarte de los gemelos heroicos, será posible controlar a chontales y toltecas. Trataré de convencer a mis conocidos en todo el territorio.

Tsoltan lo aprueba.

—Sí —dice—, hay que advertir a los chamanes, adivinos y hechiceros de las provincias vecinas para que valoren a los gemelos y nos ayuden a conservarlos en la población local, impidiendo que los toltecas traten de hacer de ellos mercaderes guerreros al servicio de su fe.

K'ult asiente y, levantando un dedo índice hacia el cielo, añade:

—Y para comunicarse con tanta gente diseminada en un amplio territorio vamos a necesitar…

Tsoltan se queda boquiabierto; ha bajado de los niveles celestes. ¿De qué habla su padre?

—¡Necesitamos papeles! —exclama K'ult—. ¡No vamos a mandar señales de humo!

Tsoltan se ríe al verlo tan entusiasmado.

Padre e hijo empiezan a elaborar un códice como los de antaño, cuando la escritura era respetada. No intentan curtir pieles de venado, pues demorarían demasiado. Pero fabricar papel con cortezas y fibras exige mucho esfuerzo, de modo que asignan varios esclavos a la tarea. Con una piedra de moler preparan una pasta que extienden en largas tiras, las cuales se ponen a secar al sol sobre esteras. Cuando están listas, Tsoltan las enrolla y las lleva al santuario. Las sacerdotisas y su jefa colaboran con gusto. También están a favor de que se reconozca a los gemelos como mensajeros divinos. Cortan, pliegan las tiras, las recubren con laca blanca. Agregan tapas rígidas de madera muy fina que las sacerdotisas pintan con ocelos de jaguar color ocre y marrón. Decenas de códices vírgenes están listos para recibir la escritura.

Padre e hijo redactan un mensaje aparentemente inofensivo para los no iniciados. En apariencia se trata de una oración que comienza con algunas consideraciones astronómicas respecto al equinoccio del 1 Manik 5 Kank'in, fecha de nacimiento de los gemelos, la cual, después de ciclos de infortunio en la península, anuncia la intervención de los dioses en favor de las familias provenientes de las grandes ciudades. Chaak, Itzamnah e Ixchel recomiendan la unión en torno de los gemelos y de K'inilkopol, guardián supremo de las creencias. Mediante la suma de fuerzas de todas las provincias, Chichén reemplazará a Oxwitik, Mutal y Lakamha, reinos ahora moribundos.

Mandan mensajeros a muchos caciques de la península. Incluso Aklin, la *x-chilam* de Ninikil, así como la maga de Tsibanche', reciben uno de los preciosos ejemplares.

Tsoltan cree que el prestigio de K'ult influirá en esos jefes, los cuales, aislados, no tienen recursos para actuar, pero unidos en una sola voz… Las grandes familias podrían reconfortar a los ancestros que se debilitan ante la invasión de los extranjeros, lo que resulta en sequías, hambrunas, enfermedades… En ese mundo trastornado, Tsoltan busca crear un sitio para los gemelos. Honrar a los dioses que los enviaron a la tierra, al igual que a Kukulkán. Por eso siempre dirige sus plegarias al icono alojado al pie de la ceiba, sin dejar de procurar a los dioses milenarios cuyos símbolos ha grabado en la corteza: el quetzal que representa a Itzamnah, el creador; la máscara de nariz larga de Chaak, y la máscara invertida de Ixchel. Los seres de su altar tienen existencia propia entre los niveles del cielo y el inframundo.

Tsoltan deberá viajar por los principales pueblos de las provincias para comunicar su mensaje a todos los que podrían unirse a la causa de los gemelos divinos.

Luego de la desgracia de las frentes aplanadas, Pilotl se aleja poco de la casa. Sólo hace breves visitas a las salinas, Puerto Caimán y Chichén, lo que no supone más de quince días. Desconfía de los Muwan, pero también de la realeza. Al ser miembro de la cofradía de los mercaderes de larga distancia, grupo que controla las rutas marítimas, y con su derecho de palabra en el Popol Náah, siente el deber de intervenir en la vida pública.

Pilotl no tiene tiempo para educar a los gemelos, puesto que está ocupado con sus abundantes negocios. Piensa que se encargará de su instrucción cuando tengan uso de razón.

Poco después de su primer aniversario, Yalam empieza a caminar. Temerario, trepa por todos lados. El pequeño Hun intenta seguirlo, pero a gatas… A menudo lloriquea de impaciencia. Yalam lo levanta en ocasiones para que pueda caminar, mientras él hace todo lo posible por avanzar. Al cabo de varios días intentándolo, los dos terminan parados sobre sus piernas.

Manik siempre los sigue de cerca; los niños procuran estar cerca de la fuente de leche. A la madre le gusta sentarse a bordar con Saasil en el patio de atrás, donde el jardín está rodeado de albarradas. Hay más sombra que en el patio delantero, donde todo está estucado. Las damas pueden vigilar a los pequeños que se pasean entre los árboles frutales.

—Tus muchachos tienen caras idénticas —comenta Saasil tras observar a los pequeños por unos momentos.

—Sí, pero Hun es más delicado. Nunca podrá ser un gran guerrero. Escriba tal vez.

—Yalam tiene la estatura de su padre —susurra Saasil.

Manik prefiere ignorar la alusión: aun en sus sueños, se prohíbe pensar en aquello. Es demasiado peligroso. Cambia el tema.

—Estos pilluelos aún no hablan. A su edad ya deberían decir algunas palabras.

—Balbucean entre sí. No serán mudos ni idiotas —afirma Saasil.

—Pero los sonidos que intercambian no tienen ningún sentido. ¡Sólo son ruidos!

—Para nuestros oídos, sí, pero ellos... se entienden. Ve cómo ríen juntos.

Los gemelos ocupan la cabeza de Tsoltan cuando camina de un pueblo a otro para convencer a caciques y chamanes. En muchas partes lo reciben con respeto. Sin embargo, sus ideas no cuentan con un apoyo unánime, tal como lo esperaba. Aunque la gente venera a los dioses antiguos y cree en el mito de los héroes divinos, fundadores de la cuarta era, también está muy impresionada por la potencia de los extranjeros. El hechicero debe reconocer el valor de Kukulkán, pero insiste en la primacía de los legendarios gemelos. En las localidades del interior tiene más éxito. Por el litoral, los mercaderes chontales están firmemente asentados. Sus ídolos cohabitan con los dioses ancestrales y a veces los superan en número y visibilidad.

En Polé, por la costa, Tsoltan intenta convencer a un joven chamán. Éste le contesta con brusquedad:

—Los tiempos cambian, hechicero. La presencia de los chontales nos favorece. Nuestro interés es honrar a sus dioses tanto como a los nuestros.

Tsoltan asiente; es inútil confrontar a ese hombre que luce vistosos collares.

—Tienes razón, chamán; Kukulkán se ha convertido en protector de la península. Las divinidades extranjeras han extendido su poder hasta nuestras tierras, pero las nuestras son tan fuertes y aún más, pues viven aquí hace milenios. Descuidarlas es ofenderlas.

—Para que lo sepas, hechicero, como responsable de esta comunidad, son los chontales a quienes no deseo ofender. Porque si se enojan… pueden mostrarse violentos, o bien irse a otra parte. Hay numerosos puertos cerca. La gente de Polé me lapidaría y seguiría a los mercaderes. Así que tu códice… puedes guardártelo.

Tsoltan toma su libro y desea buena suerte al chamán. Piensa que el hombre está cegado por la novedad. Podría sacrificarlo todo con tal de conseguir algo de riqueza.

El hechicero abandona Polé y vuelve al interior de la península. Mientras él intenta favorecer la unidad entre clanes, otros se esfuerzan para lograr lo contrario.

Pilotl ha reunido a todos sus seguidores para una sesión del consejo de Chichén en la que participarán el rey e importantes patriarcas. Luciendo su capa más bella y pesados collares, habla frente a la asamblea. Exhorta a los nobles a declarar la guerra contra Ek Balam.

—Esa ciudad entorpece el comercio y no respeta las alianzas. Hay que aniquilarla… No tenemos opción. Deberíamos actuar ahora, aprovechando la estación seca.

Al rey no le gusta la idea de atacar una ciudad kupul, aliada desde siempre.

—Estimado mercader, como sabemos, Chichén ha servido a Ek Balam. Le hemos pagado tributo durante siglos, pero desde hace veinte años ya no necesitamos que nos proteja. Lo hacemos nosotros mismos y mantenemos relaciones… complicadas con ese reino, debo reconocerlo. Pero son hermanos kupules. Atacar a esa dinastía y su magnífica ciudad sería provocar la ira de los dioses.

Pilotl no comparte la idea, pero es difícil oponerse a un soberano de origen divino, apoyado por todos los patriarcas de la ciudad.

Por el momento, K'inilkopol prefiere enfrentarse a los mercaderes chontales que a los guerreros de Ek Balam. Manda con regularidad a sus embajadores a negociar acuerdos que nunca duran mucho. Sus tentativas de alianza no se limitan a Ek Balam: se extienden a toda la península. Sin embargo, las élites de las otras ciudades no confían en Chichén, aun cuando su rey proviene de una antigua familia kochuah. Saben que Oxmal debe pagar demasiado tributo. Además, temen que los extranjeros tomen el control de Chichén algún día para luego dominar toda la región.

K'inilkopol conoce los sentimientos que despiertan chontales y toltecas: miedo revestido de admiración. Se cree que esos hombres están protegidos por dioses muy poderosos que les permiten navegar en altamar más lejos, más rápido y con más mercancías que cualquiera. Son guerreros temibles, mejor equipados y organizados que los ejércitos locales. Su fuerza y la de sus dioses sólo hacen más evidente el agotamiento de las divinidades peninsulares. La gente está dividida. K'inilkopol juzga que, en caso de conflicto, los habitantes de Chichén se aliarían con los extranjeros, mientras que los otros clanes apoyarían a Ek Balam. Presiente una masacre.

Suspira. La guerra forma parte de la historia. Es una actividad sagrada, con reglas aceptadas por todos. Permite capturar nobles para los sacrificios. Los grandes reinos del sur han peleado entre sí durante siglos. Las élites siempre quieren más cosas: privilegios, esclavos…, hasta agotar selvas, lluvias, tierras y dioses. Suspira otra vez. La guerra es inevitable. Teme que su posición y la de los kochuah se vea debilitada, aun en caso de victoria; los chontales y toltecas podrían atribuirse ésta a sí mismos únicamente.

Las reservas del rey y los patriarcas no frenan a la comunidad de los mercaderes chontales, que hacen llegar más y más mercenarios, y acumulan más armas.

Utilizan la estrategia del asedio, lo que el soberano tolera. Primero toman el control de los caminos. Sin organizar ataques, se imponen poco a poco mediante sus productos. Los habitantes no pueden resistirse. Una vez que los chontales han logrado establecerse en un pueblo, se oponen a los nobles locales, que deben elegir entre exiliarse o enlistarse. Y por lo general se enlistan. Las antiguas casas de piedra son demolidas para crear amplias plataformas donde se erigen viviendas de adobe. En ellas amontonan familias que trabajarán para los nuevos dueños.

Al regresar de uno de esos pueblos remodelados por los chontales, Pilotl camina pensando en la guerra. Está convencido de que Chichén deberá someter tarde o temprano a Ek Balam y Koba, competidores y, hay que reconocerlo, adversarios. La supervivencia de Chichén depende de ello. Mientras espera la llegada de ese gran día, hace que su mujer pinte estandartes con la efigie de la serpiente emplumada, Quetzalcóatl, dios de los toltecas en la lejana Tula. Manik sabe lo que significa: ¡la guerra! Se consuela al considerar que sus niños son demasiado jóvenes para pelear.

De hecho, no entiende muy bien el enfrentamiento que tanto desea su esposo. Pilotl nombra reinos, señores y clanes que la dejan confundida. Desde que nacieron los gemelos, ella vive en el seno de su familia, mimada por la nobleza. Se dedica a desarrollar el espíritu y el cuerpo de los pequeños, a inculcarles buenos modales. Una vida tranquila pero monótona, animada por las proezas de los chicos. Por fortuna hay un montón de niños en la casa, así que se divierten juntos. Un alegre remolino que se apacigua por las noches.

Los muchachos cumplieron dos años en el último equinoccio, hace un mes. Manik los desteta. Aunque Yalam protesta y Hun quiere quedarse pegado a su madre, nada logra que ésta cambie de idea. Es momento de seguir adelante. La joven noble tenía vida propia antes de que nacieran los gemelos, pero sobre todo antes de casarse. Necesita aire. Precisa días de libertad, como los que vivió en el santuario. Tal vez podrá tener un poco de tranquilidad mientras Pilotl no exija un nuevo hijo. Debe actuar rápido.

Entre las parientes de la casa elige una niñera para cada muchacho. Les regala un bejuco flexible para corregir a los diablillos en caso de ser necesario. A veces se retira a su cuarto para pintar o escribir, dejando todo el espacio a las mujeres de experiencia.

Un día, al dirigirse a su refugio, ve a Yalam trepando el tronco de una palmera. La tía lo sujeta del taparrabo y lo baja, regañándolo en un tono que más bien suena a felicitación. Manik cierra su puerta. Pase lo que pase, la familia se encargará de domar a esos jaguarcitos.

Yalam habla poco pero destaca por sus proezas físicas. En cambio, Hun, quien no puede igualar a su hermano, balbucea sin parar; es de una curiosidad insaciable y abruma a su madre con innumerables preguntas. Una mañana, después de apurar su atole, el pequeño se pasea entre los árboles del jardín y descubre una bolita blanca debajo de una hoja.

—¿Qué es eso? ¿Qué es...?

Yalam acude corriendo para averiguar de qué se trata. Mientras Manik les explica lo que es un capullo, Hun captura un escarabajo.

—¡Mira, se mueve! ¿Qué es?

Hay que contestarles pronto, con pocas palabras; presentarles plantas y animales, e insistir en los peligros, que abundan.

Con esa idea en mente, Manik elabora un pequeño códice con imágenes muy claras para que sus hijos reconozcan las especies agresivas o venenosas. Olvidándose de su madre, Hun observa las viñetas con entusiasmo. Se detiene frente al dibujo de una araña semejante a un cangrejo velludo; se pone a gritar:

—¡Norme tantula!

Corre hacia su hermano, arrastrando el códice desplegado por el suelo. Yalam está trepado en una albarrada cuando Hun le enseña el animal, repitiendo:

—¡Norme tantula! Cuidado..., ¡muy mal!

Desde arriba, Yalam asiente, muy serio. Salta en cuatro patas, igual que un felino. Hun le enseña otro pliego.

—Mira, corpión. Pica, pica...

Yalam imita al animal. Aún a gatas, pasa un brazo por encima de su cabeza como para atacar a su gemelo. Hun ríe y se escapa; luego se sienta sobre una piedra para seguir mirando los dibujos. Yalam lo alcanza y se instala a su lado. De pie entre las plantas, Manik contempla las dos pequeñas cabezas inclinadas sobre el códice.

De pronto, agitando el puño, Hun exclama:

—Sh-sh-sh-sh-sh-shhh... Shhhhh... Cuidado, ¡sherpiente cascabela!

Saca la lengua y la mueve como si fuera una víbora. Yalam lo imita. Los dos se acercan hasta tocarse con la punta de sus lenguas. Hun estalla en risas.

—¡Beso sherpiente!

La experiencia dura poco. Los gemelos se levantan al mismo tiempo y se ponen a recoger ramitas, dejando el códice sobre la piedra. Corren a lo largo de la albarrada golpeando las piedras y gritando:

—¡Váyate, sherpiente! Huye...

Al observarlos, Manik nota que son zurdos y se muerde el labio. No podrán ser buenos escribas: los signos se trazan de izquierda a derecha, y con lo que la tinta tarda en secar...

A pesar de sus sueños de libertad, Manik debe soportar a su esposo, quien a menudo busca divertirse. Él piensa que, por fuerza, ¡alguien terminará saliendo de ese hueco! Por la noche, de nueva cuenta, el hombre trabaja con empeño. Manik se mueve un poco para agilizar la conclusión; Pilotl goza. Ella deja escapar un suspiro de alivio: por fin termina el día. De pronto, el esposo la sujeta por un hombro, que aprieta al punto de casi romperle un hueso. Murmura a su oído:

—Quedas embarazada... ¡o te mueres!

—No soy yo quien decide, sino los dioses. Y me defenderán —gruñe Manik.

—¡Ja!… Si quieres ver a los gemelos crecer, ¡ten un hijo!

Afloja la mano. Manik rueda hasta el otro extremo de la plataforma y se queda acostada, reflexionando con los ojos abiertos. La segunda esposa, la chontal, tampoco está preñada. ¿Pilotl sabe que es infértil? Probablemente; de lo contrario habría tomado otras esposas. La ira invade a Manik. "¿¡Y soy yo quien debe demostrar su virilidad!?" Para calmarse, piensa en el jaguar que la conduce en el ritual de la luna llena. Pero ¿soñar con recoger la flor será suficiente para quedar embarazada?

Pilotl observa a los gemelos, ya destetados, firmes sobre sus piernas. Son hombres pequeñitos… Es tiempo de domarlos. Tienen mucho que aprender; la vida de los mercaderes es difícil, llena de trampas. Hay que dominar el arte de navegar, pelear, evaluar cada producto, cuyo valor varía siempre. También es esencial saber calcular, así que decide empezar por ahí. Por las noches hace que los muchachos llenen diferentes canastas de piedras, granos, bolsos, piezas de algodón; luego deben contar lo que ponen dentro. Por cada error, los niños reciben un varazo. Aprenden con rapidez. Pilotl se muestra menos severo con Yalam que con Hun. Valora la fuerza de aquél, quien podría volverse buen mercader. En cambio, Hun lo irrita: es nervioso y se parece demasiado a Manik. Por esa razón lo azota a menudo, aunque en muchas ocasiones Yalam lo defiende.

A veces Manik se escapa para pasear por la ciudad. Le gustaría volver a su taller de cerámica e incluso visitar a sus amigas de Tunkas, pero la situación se lo impide; además, después del destete las menstruaciones volvieron con fuerza y la dejan extenuada. Masajea su vientre adolorido. Al pasar por su cuarto, Pilotl descubre un trapo lleno de sangre en el suelo. Lanza una mirada feroz a su mujer.

—¡Todavía sangras! —exclama—. Tu matriz está vacía. Ya te dije…

—Pero utilizo todos los remedios que me recomendaron en Kusaamil. Y dedico muchas oraciones a Ixchel.

—¡No quiero saber nada de ella ni del santuario! No pienso gastar un grano más para que te dignes a parir. Mejor ponte a orar a Quetzalcóatl, el verdadero dios de la fertilidad, o a Tláloc, el de la lluvia. Son más eficaces que las divinidades de por aquí.

Percibiendo una amenaza en el tono agresivo, Manik intenta salir del cuarto, donde está a solas con su marido. Con cara de enojo, Pilotl le bloquea el paso y le pone la mano sobre el vientre.

—Te advertí que no salieras de la casa y esta misma mañana te vi franquear la puerta pensando que nadie te veía. Otra escapada y… ¡Mi paciencia tiene límites!

Desliza su mano por la cintura de Manik y pellizca su piel por debajo del ombligo, como queriendo arrancársela. Cuando ella intenta liberarse, Pilotl suelta las carnes tiernas y la coge por los brazos, sacudiéndola.

—Una hembra está hecha para parir. ¿Qué estás esperando, jarra rota?

—Ya di a luz gemelos. ¡Eso te ganó el derecho de palabra en el Popol Náah!

—Sí, ¡pero necesitaste meses, años de monerías!

—¡Yo ya probé que soy fértil! —grita Manik—. Pero tú... Tu esposa chontal tampoco está panzona. Las dos deberíamos ir al santu...

Manik no termina la frase; una violenta bofetada la derriba. Los labios sangran. Pilotl está enfurecido: la muy perra se atreve a afirmar que él es estéril. Antes de que la joven pueda levantarse, él toma un leño grueso cerca del fuego y la azota repetidas veces con fuerza.

—¡Maldita perra, te voy a enseñar lo que es el respeto! El señor soy yo, ¿cuándo vas a entenderlo?

Llueven los golpes. Manik grita y rueda por el suelo intentando evitar el leño que vuela por encima de su cabeza.

Desde el umbral, Jaak' observa la lucha desigual. Aunque se horroriza, no puede oponerse a su patrón; hace señas a las cocineras, quienes escuchan los gritos y se precipitan hacia la habitación. La enérgica mujer que carga el agua atrapa el leño, lo que aumenta la rabia del mercader: ¡pretenden impedirle que corrija a su esposa! Con gesto violento, Pilotl empuja el leño contra el estómago de la mujer, que cae, la respiración cortada. Llevado por su furia, el hombre alcanza de nuevo a Manik para darle un gran golpe en la cadera. Replegada en el suelo, la joven siente que sus huesos se rompen. Gime.

—¡Pilotl! ¡Tengo que hablar contigo!

La voz del patriarca suena como una orden. Asben está de pie en la entrada, con cara severa; los hombres del clan se encuentran detrás de él. Al ver la escena, el padre de la joven se arrepiente amargamente de haber autorizado ese matrimonio.

Sin aliento por la lucha, Pilotl señala con un dedo amenazante a Manik para comunicarle que no ha terminado con ella. Se arregla la ropa y sale a encontrarse con su suegro.

La corpulenta mujer maltratada recobra la respiración y se pone en pie. Con ayuda de una cocinera logra levantar a Manik y llevarla a su cama. Poco después Saasil le lleva una infusión calmante a su ama. Ebria de dolor, Manik sueña que el hechicero jaguar avanza hacia ella en su barco de fuego. En su delirio extiende los brazos en su dirección; él se acerca, pero ella cae en un precipicio sin fondo.

Rodeado por los suyos, el patriarca enfrenta al mercader, que está solo. Unos chontales llegan corriendo para apoyarlo. Los dos grupos se miden. Los Muwan son más numerosos. Asben clama:

—¡Te prohíbo que vuelvas a pegarle a mi hija! De lo contrario voy a demandarte en el consejo real. Los extranjeros tienen poca protección ahí.

—¡Pero ustedes los Muwan me estafaron con esa maldita mujer!

—Si te gusta golpear mujeres, ¡compra esclavas!

—En mi país, las hembras obedecen y paren. Ésta sólo sangra…

—¡Ya tienes gemelos! ¿De qué te quejas?

—¡Quiero más! De no ser así, pido el divorcio y que me devuelvan lo que gasté.

—Eso lo vamos a ver —contesta el patriarca, que juzga prudente retirarse en vez de seguir debatiendo.

Asben espera que el conflicto no empeore, pero tal vez el divorcio sea inevitable. Aun cuando signifique empobrecer a toda la familia.

Con pasos furiosos, Pilotl va a refugiarse en el área chontal de la casa. Da vueltas, colérico. Quiere conservar su posición en Chichén, así que debe aguantar al clan Muwan, incluyendo a esa sinvergüenza. Lo que lo inquieta es que su segunda esposa tampoco produce. Es una situación preocupante. En Acalán, los hijos brotan numerosos de sus mujeres… pero el mercader se ausenta a menudo. ¿Estarán burlándose de él ahí? No puede ser. Más bien son los dioses de Chichén, que no lo favorecen. Pilotl sabe que, a pesar de los gemelos, la gente murmura en su contra. Tiene que salvar su honor, por lo que decide intentar un experimento.

Unos días después, en secreto, compra una muchacha virgen, una kokom de once años a la que sus padres ya no pueden alimentar. "¡Los dioses de aquí me estarán agradecidos por salvar a esa mujercita!", piensa Pilotl. La encierra en un cuarto aislado, con una sola puerta. Tiene prohibido salir so pena de muerte. Su segunda esposa se encarga de la prisionera y un guardia permanece afuera para que nadie más que la mujer chontal o el amo se acerquen a la esclava. Cada día, Pilotl pasa a visitarla con el fin de fecundarla. La situación le conviene, más que nada porque aquella sinvergüenza quedó inservible, con los huesos rotos. ¡Algún día terminará por entender quién es el jefe!

A veces el guardia descansa y pide a Jaak' que lo reemplace por las noches.

24. LA BRECHA

Terminadas las cosechas, llega la estación seca. Tsoltan desea asistir a las próximas celebraciones del solsticio en Chichén, ya que no ha visto a los gemelos desde hace varias lunas. Faltan dos meses, lo que le deja tiempo para volver a Ninikil a fin de buscar otro cargamento de cinabrio; luego de dos años de su encuentro con Aklin, sólo le quedan unas canastas en Kusaamil. Y como aprovechará su estancia en Chichén para ir a saludar al rey, no puede presentarse con las manos vacías. Manda un mensajero para avisar a Aklin de su llegada, con objeto de que la *x-chilam* pueda preparar la mercancía. Espera hacer un viaje rápido, sin las largas paradas de la última vez. Vuelve a ponerse la vestimenta de mercader.

Cuando está listo para partir, Tsoltan se despide de su padre, quien, apoyado en su bastón, le desea una travesía provechosa. Al verlo así, el hechicero se da cuenta de su fragilidad. Entristecido, piensa que en cualquier momento querrán cambiar de orador en el santuario, ya que la voz de su padre no es lo que era. Ha perdido su tono imponente. Cuando era joven, Tsoltan soñaba con reemplazarlo algún día y convertirse en el primer orador de T'aantum; sin embargo, ahora no quiere heredar el cargo. Aun cuando Kusaamil es una isla grande, le parece pequeña en comparación con Chichén.

Kusaamil siempre será un lugar secundario, mientras que Chichén se eleva a la categoría de capital. Hay espacio para nuevos chamanes, además de que el rey K'inilkopol lo consulta a veces. Sueña con instalarse ahí con su padre, si es que éste acepta abandonar su casa y su isla. Tsoltan lo duda. Mientras que la vida de K'ult está arraigada en Kusaamil, el hechicero piensa que la suya se desarrollará en otra parte.

Se cuelga el *sáabukan* al hombro y camina hacia el puerto, sin saber cuándo podrá volver; piensa que, en su próximo viaje a la isla grande, llevará a sus jaguares. Sin embargo, teme que la jefa de T'aantum no quiera soltarlos. Quizá podría viajar con la hembra preñada para que tenga sus crías en Chichén... Allá los jaguares domados también causarían fuerte impresión.

Aklin esperaba la llegada del hechicero con impaciencia; le da gusto ver a ese joven guapo que tanto le recuerda su juventud. En su honor se limpió los dientes; sobresalen unas puntas blancas sobre su labio oscuro. Orgullosa, lo hace entrar en su casa, que ha arreglado bien. Aklin se esmeró hasta con las plantas, que tienen más flores. Tsoltan la nota envejecida; se apoya en su bastón al igual que su padre. La *x-chilam* le muestra veinte canastas llenas de precioso cinabrio, las cuales le ofrece a cambio de jades y cacao, esta vez al valor del mercado. El regalo, motivado por la amistad, depende de la disponibilidad del cinabrio, que de otra manera estaría reservado a chontales y toltecas. Aklin y Tsoltan recitan largas oraciones juntando las manos.

Tras unos días de descanso, incluido uno en el que fue a saludar al chamán del séptimo lago, Tsoltan emprende viaje hacia el norte utilizando los servicios del mismo guía de la última vez y pasando por los mismos ríos pequeños.

Cruza la bahía de Chakte'naab, luego sube hacia la laguna de los milagros y a las de Bajakal, sin pasar por Tsibanche' y marchando directamente rumbo a Chichén con sus cargadores. El grupo se las arregla para llegar de noche por un sendero poco transitado. En lugar de caminar hacia la ciudad, lo que despertaría la curiosidad de la gente, se dirige a Balankanche'. Como en este lugar han visto a menudo al hechicero jaguar con el famoso Xooch', el chamán búho, nadie hace preguntas. Satisfecho, Tsoltan se detiene al pie de un pequeño oratorio frente a la entrada de la gruta. El viaje sólo duró cuarenta y cuatro días; está a tiempo para el solsticio de la larga noche.

En la mañana, después de dormir en el sitio, el hechicero se despide de los cargadores; a continuación se encarga él mismo de introducir sus preciosas piedras en la gruta para esconderlas en las numerosas cavidades oscuras. Como muy poca gente tiene derecho de entrar en ese lugar sagrado, el cinabrio estará seguro. Tsoltan sólo guarda una canasta, el peso que un hombre puede cargar. Una vez terminada la tarea, se adentra un poco en el sótano sin luz y llama:

—Xoooooch'... Xoooooch'...

Nadie contesta. El chamán no aparece.

Tsoltan deja una gran piedra roja al pie de una estatua cerca de la salida. El viejo búho entenderá.

En la penumbra del ocaso, Tsoltan vuelve a su refugio en la rejollada, con una canasta. Llevará allá las demás, pero más tarde, en secreto. Llega sin provocar silbidos ni ladridos de alarma. La gente no se acerca al lugar, conocido por albergar seres mágicos, entre ellos *aluxes*. El hechicero baja hasta su casita, donde todo es muy agradable: el aire perfumado, el silencio, la frescura, la tierra profunda... Lo mejor es que encontró el espacio perfecto para cultivar *peyotl:* un afloramiento de la pared rocosa, orientado hacia el sur. Se siente seguro como si se hallara en una gruta, pero con árboles a manera de techo.

A excepción de algunos iniciados, nadie sabe que un poderoso hechicero vive ahí.

Tsoltan compensa al rey por permitirle alojarse en la rejollada dándole esas bellas piedras con vetas de un rojo intenso y recibiéndolo a veces, con sus consejeros cercanos. El jaguar es conocido por la calidad de sus preparaciones, adaptadas para cada persona. Los nobles se dejan guiar por el mundo de los espíritus y alaban la calidad de los viajes místicos que hacen con el hechicero.

El chamán búho desciende a la rejollada cuando puede; lleva las últimas noticias. Tsoltan desea saberlo todo acerca de los Muwan, de la madre, pero principalmente de los gemelos. Está convencido de que los muchachos protegerán el trono, si es que no lo ocupan algún día. Perpetuarán el culto a los ancestros, tan importante para la supervivencia de todos. El hechicero está impaciente; tiene muchas ganas de ver a los tres durante la celebración del solsticio al día siguiente.

Al principio de la ceremonia, Tsoltan desfila con los hombres de confianza del rey, sin ver a Manik, mientras Pilotl se pavonea con los gemelos. Cuando las esposas reales le piden noticias de su amiga, el mercader explica que la ausencia de su mujer se debe a una debilidad habitual en las hembras. Nadie le cree. Tsoltan, que lo escucha, aprieta los puños.

En su cuarto, Manik vuelve a caminar poco a poco. Es joven; sus huesos empiezan a soldar. Saasil le cuenta que vio al hechicero jaguar en la fiesta del solsticio.

—¡Siempre tan guapo!

Manik suspira. Le gustaría mucho verlo… Pero es imposible: su esposo se encuentra en Chichén. Por eso no tiene apuro para curarse; Pilotl la deja tranquila mientras sigue enferma. Un curandero le da masajes todos los días. Los moretones palidecen. Por lo que toca a los gemelos, con su madre en cama, se acostumbran a quedarse con sus niñeras.

Por su parte, Jaak' siente que se seca con el encierro. Le falta la brisa marina, recluido en una casa y en una ciudad del centro donde hace mucho calor. Dicen que Chichén está rodeada por fuentes de agua, entre las cuales hay trece grandes cenotes. No obstante, el pescador, que nació junto a la gran laguna, no los ve; se ahoga de calor, como en pleno desierto. Debe intentar algo. Se arma de valor para explicar a su tío que el pescado escasea en la ciudad. Pilotl asiente y lo observa, aguardando. En pocas palabras, Jaak' propone viajar a Ekab para traer un cargamento de pescado. La idea complace a Pilotl; puede ser buen negocio.

—Es verdad que falta por aquí. Ir a Ekab… La gente de esa provincia es acogedora… con nosotros. Hijo de mi hermanastro, estás conmigo hace tres años, ¿no?

Jaak' se apresura a asentir. El mercader da unos golpecitos con su bastón sobre un tronco que suena hueco. El joven percibe los sonidos como música de buen augurio.

—Está bien —dice Pilotl—. Te voy a dar una oportunidad; te proporcionaré esclavos y alimentos para un mes.

Jaak' cae de rodillas y besa las manos de su tío. Pilotl libera una y apunta el dedo índice hacia el joven.

—Debes estar de vuelta en menos de un mes con un cargamento que valga la pena...

El joven asiente, levantándose. Pilotl continúa:

—Yo también preciso viajar y no me gusta esperar. Toma diez cargadores y vete por Ekab a ver qué puedes encontrar. —Acariciándose la barriga se ríe y añade—: No es necesario que sigas acechando a mi mujer: ¡ya no sale de su cuarto!

Jaak' se inclina.

Digno de confianza, el joven reaparece en Chichén veinticinco días después, encantado, la piel curtida por el sol y la sal. Trae consigo gran cantidad de pescados y lindos caracoles. Pilotl casi se conmueve; lo felicita y le promete que podrá volver cuando la situación lo permita.

Manda los caracoles a los talleres de Xuenkal para que los labren. Ofrece los pescados grandes en el mercado; los pequeños terminan en las ollas de los Muwan para mejorar la sopa.

Pilotl, que se ocupa de su esclava kokom desde hace tres lunas, juzga que ya se esforzó lo suficiente. De todas maneras, sus negocios lo llaman lejos. Por haber querido ejercer una fuerza moral sobre el rey y domar a sus esposas, descuidó sus rutas de comercio. Le avisaron que unos canallas se han apropiado de sus espacios en Jaina. Debe irse pronto.

Insiste en que Jaak' vigile a su primera esposa durante su ausencia.

—Está caminando de nuevo, así que prohibidas las salidas y la mala conducta.

Frente a la cárcel de la esclava kokom, también le ordena velar por que la chica permanezca encerrada durante su viaje. La niña llora, suplica a su dueño que la libere, pero Pilotl quiere estar seguro de que es el único varón que se le acerca. No cede.

El alba apenas diluye la noche cuando los cargadores se reúnen frente a la residencia.

Como cada vez que Pilotl sale de la ciudad, Manik se queda al lado de la puerta para ver desfilar al grupo. Se sostiene con ayuda de una muleta. Su esposo habló de navegar hasta Acalán, lo que supone un viaje de cinco a seis meses. La retaguardia se pierde de vista a la vuelta del sendero. Una melodía de alivio ronda la cabeza de la joven madre: el día se anuncia maravilloso.

Quiere ir a pintar al taller, huir del cuarto que le parece una cárcel. Le rompieron los huesos hace tres lunas, pero ahora puede caminar. Se asea lentamente y a conciencia para marcar el inicio de su felicidad. Esa agua dulce…

—¿Siempre nos traen agua virgen de la rejollada? —pregunta, volteando hacia Saasil.

—Sí, mi paloma. Hay algunos que nunca olvidan…

—¿Tú sabes dónde se encuentra esa rejollada?

Saasil asiente con la cabeza, los ojos brillantes. Manik sonríe. Las dos imaginan la misma silueta atlética. La joven sueña con unas manos fuertes que la acarician. Saasil pone los brazos en jarras.

—Puedes pensar en la rejollada si te da la gana, pero… ¡no puedes ir ahí! —exclama.

—Me gustaría tanto verlo. Me hace falta…

—Es un problema, mi venadita. No puedes salir. Recuerda que Jaak' recibió órdenes estrictas.

—Jaak' es tierno. Me obedece.

—¡Ja! Pero si la parentela chontal te ve salir… Pilotl los golpeará a los dos hasta la muerte a su regreso. Apenas te estás recuperando.

Manik agacha la cabeza; luego levanta la frente, con aire desafiante.

—¡Soy *x-tsíib,* pintora-escritora, igual que mi madre! No voy a permitir que me encierren toda la vida para complacer a ese bruto chontal… ¡Falso tolteca!

—Por favor, ¡baja la voz!

Manik se da vuelta para examinar su celda: un cuarto grande, pero con una sola puerta que da al patio principal. Sus ojos se demoran en la parte del fondo, donde hay un muro de ramas entrelazadas para que salga el humo. Lo señala con el dedo índice.

—¡Por allá! Voy a deshacer las ramas y pasar por aquel lado.

—Para encontrarte en otro patio interior…

—Sí, ¡pero con salida a la calle!

Saasil echa una mirada a la rejilla. Tal vez…

Las mujeres de la familia, cuya complicidad ha crecido con las últimas agresiones de Pilotl, se consultan entre sí. Manik toma la ropa de una sirvienta —turbante, capa y taparrabo gris—, así como sus viejas sandalias. Saca sus joyas. Una prima, viva como un mono, trepa encima de las vigas del tejado y jala las ramas verticales hacia el techo. Sólo falta apartar las ramas horizontales para abrir camino.

Manik manda llamar a Jaak'. Le agrada ese hombre dulce.

—Quiero ir al taller. Mi esposo me lo prohibió, pero ya que se fue…

Jaak' la mira con ojos agrandados por el miedo.

—Nooo, no-no-no… No-no s-se… pue-e-e-de. ¡Mmmu-muy pe-pe-peli-ligroso!

A manera de explicación, muestra su brazo deforme. Manik toca la pobre extremidad rota, que se recuperó, pero con una curva anormal.

—Sí, lo sé; él pega muy fuerte. Pero necesito salir de todos modos. Ninguna Muwan dirá una palabra. Todas odian a Pilotl.

—Lo-los chon-chon-chontales me-me es-espían.

Manik apunta con un dedo hacia la pared medio deshecha.

—Vamos a escaparnos por allá. Disfrazados de sirvientes, nadie nos reconocerá. Una de mis primas sabe tocar la flauta. Déjale la tuya; pensarán que tú estás tocando. La puerta de mi cuarto quedará cerrada.

Jaak' comprende la artimaña. Por fin, sonríe. La pequeña flauta de mimbre emite un sonido ligero; luego pasa a manos de la prima, quien repite las notas. Ríen.

Una esclava entrega a Jaak' una vieja capa deshilada. Manik abandona su muleta para que no sea tan fácil identificarla. Saasil le pone una mano sobre el hombro y le murmura al oído:

—Si puedes, pregúntale al chamán búho. Ese hombre conoce las idas y venidas de cada uno.

—Bien, lo intentaré —susurra Manik, quien se siente muy nerviosa.

La vía está libre.

Apoyándose en su guardián, la joven noble huye de la residencia. Se estremece de felicidad al ver la gran casa de adobe que sirve de almacén para las arcillas, los pigmentos y las piezas terminadas. ¡Al fin! Refiriéndose a un hombre corpulento que se acerca, dice:

—Es el jefe del taller.

Adornado como de costumbre con agujas de plata en las orejas y la barbilla, el alfarero se detiene frente a Manik y se lleva la mano al corazón: el disfraz no consiguió engañarlo.

—Mi alma se llena de alegría al verte.

Manik y Jaak' hacen una inclinación. El maestro alfarero mira al extranjero con recelo. Manik sabe que la situación es delicada, de modo que se apresura a explicar que Jaak' es su protector y la ayudará sin pedir nada a cambio. El jefe juega un momento con sus alfileres de plata, reflexionando. Supone que, si quiere seguir beneficiándose del talento de la pintora, debe aceptar al tal Jaak'. Duda. No le gusta que un chontal espíe sus métodos de fabricación, y mucho menos la técnica de cocción en hornos profundos, secreto del que se ufana. Sin embargo, el trabajo de Manik es impecable; los nobles más refinados prefieren sus piezas a cualesquiera otras. Dicen que traen buena suerte. Además, el esposo tolteca los provee de piedras raras, como turquesas o jades, así como ceniza volcánica, la cual, combinada con arcilla, sirve para desengrasar las piezas más finas. Es mejor conservar la relación. Finalmente, alza los hombros y dice:

—Está bien, pero sólo si él trabaja también. No quiero dormilones por aquí.

Jaak' y Manik se inclinan de nuevo para agradecer el favor. Con el dedo índice, el jefe señala un grupo de hombres sentados que amasan arcilla.

—Empezaron a moldear trípodes —aclara.

—¿Los de forma alargada?

—Sí, pero no tienen ninguna decoración. Si pudieras agregar algo de brillo...

Manik acepta con una sonrisa y se encamina a su sitio, orgullosa de su victoria. Explica el trabajo a su cómplice:

—Aquí se producen piezas únicas para la élite religiosa y la nobleza: platos para las comidas oficiales o los rituales; cuencos y quemadores para los sacrificios... Los embajadores de Chichén los ofrecen a menudo a los reyes que vienen de visita. Las piezas de uso corriente se hacen en otras partes.

Jaak' lo mira todo; se queda inmóvil, boquiabierto.

—¿Qué fabrican los alfareros en Acalán? —pregunta Manik.

—Cu-cuencos de-de u-u-uso co-co-corriente...

—Ah... Bueno, empieza por sacar agua —dice la joven, indicando una gran jarra redonda de tres asas—. La tercera asa, más pequeñita, sirve para volcar la jarra al fondo del pozo.

Mientras Jaak' se afana en el pozo, Manik va a hablar con los alfareros, quienes le muestran las piezas por terminar. Sabe que uno de ellos, hombre de experiencia, fabrica instrumentos musicales. Le hace un pedido y vuelve a su sitio.

Sudando, Jaak' deposita la jarra colmada de líquido. Manik llena un cuenco para diluir la arcilla. Le enseña a Jaak' varios molcajetes repletos de piedritas.

—Hay que moler todo esto. Es hematita. Utilizo mucho negro. Cuando el polvo sea muy fino, deberás cernirlo con un algodón. Luego me encargaré de lo negro.

Jaak' talla con energía; espera que el trabajo no sea muy tardado, pues debe reemplazar al guardián de la celda de la esclava kokom. Pobre mujercita…

Los alfareros llevan las piezas que moldearon, todavía húmedas, a la pintora. Manik traza glifos negros en lo alto de los trípodes. Graba tres líneas finas abajo para enmarcar la escritura. Absorta en la tarea, no nota que el sol se inclina; por el contrario, Jaak' se preocupa.

Sólo cuando el sol se acerca al horizonte, Manik suspende su trabajo. Insiste en pasar al templo antes de regresar a casa, a pesar de las protestas de Jaak'. Éste aguarda ansioso al pie de la escalera. La joven sube, lamentando no haber tomado un bastón; la cadera le duele. El chamán búho la recibe en su guarida extendiendo una mano en la cual Manik deposita tres granos de cacao. Ella advierte una pequeña piedra roja colgada en medio del huesudo cuello.

—La señora no participó en los rituales del solsticio —dice el hombre con tono amargo.

—Estaba enferma.

—Vi a los gemelos en la ceremonia. Parecen sanos. Mi ahijado se fortalece.

—Sí, están saludables los dos; cada uno con su niñera. Yo volví a trabajar al taller… El problema es que mi esposo se impacienta. Quiere más niños. Ixchel debe ayudarme, pero Pilotl me prohíbe volver al santuario de Kusaamil.

El chamán levanta los ojos y las manos al cielo. Ora. Los espíritus lo rodean. Una voz ronca sale de su pecho.

—El santuario puede llegar hasta ti. En tiempos como éstos, los jaguares se mueven entre Kusaamil y la rejollada de los *aluxes*… ¿Podrías ir allá?

Conmovida, Manik se santigua y se queda con las muñecas cruzadas, las manos abiertas.

—Que los dioses hagan su voluntad en la tierra…

—Como en los cielos y los infiernos —recita el chamán—. Vuelve aquí antes del amanecer de la próxima luna llena. Podré guiarte hasta la rejollada.

Manik se inclina. Con la cabeza llena de imágenes eróticas, baja hacia la plaza. Pequeñas nubes se deshilachan frente a la luna… La joroba creciente. ¡Estará llena en tres días! Su corazón late con fuerza ante la idea de acercarse de nuevo al hechicero y gozar de su presencia.

Jaak' la espera abajo con impaciencia. La lleva casi corriendo hasta la casa. Manik cojea sin quejarse. Por fortuna, nadie parece haber notado su prolongada ausencia, lo que confirma la prima al devolverle su flauta a Jaak'. A pesar del dolor de huesos, Manik canturrea, encantada por su día. ¡Puede pintar de nuevo y soñar con acercarse a Tsoltan pronto! Las sirvientas entrelazan las ramas para volver a cerrar la abertura; no se nota nada.

Por mucho que se apresura, Jaak' llega con retraso a la celda. De mal humor, el guardián se despide, maldiciéndolo. Al quedarse solo, Jaak' saca su flauta de mimbre y empieza a tocar para alegrar a la pobre prisionera kokom. Desde un cuarto contiguo, una voz ronca grita:

—¡Ya escuchamos demasiado tu flauta! ¡Te callas o hago que te la tragues!

Después del desayuno, Manik, encantada con su libertad, se prepara para escaparse de nuevo. Saasil la toma del brazo y le habla al oído:

—¿Hablaste con el chamán?

—Sí, dice que el jaguar se encuentra en la rejollada de los *aluxes*. Me va a guiar hasta allá.

Saasil sacude la cabeza y susurra:

—Mi paloma, si te embarazas ahora, cuando Pilotl no te ha tocado desde que te rompió los huesos, ¡te van a acusar de adulterio!

Manik se muerde el labio; no había pensado en eso. Saasil le pone una mano alentadora en el hombro.

—Espera un poco, al menos hasta la próxima luna, para que tu vientre no esté redondo cuando Pilotl vuelva. No es nada, un mes…

—¿Pero si el hechicero se va de Chichén?

—Regresará. No te preocupes; voy a hablarlo con el chamán. Vete a pintar, mi faisán; haznos maravillas, las necesitamos mucho. Yo me marcho al templo… — dice, empujando a Manik hacia la brecha en el muro de ramas.

Listo también para cruzar, Jaak' le da su flauta a la prima Muwan. Le hace señas para que toque pero no demasiado.

En el taller, Manik dibuja sin cansarse glifos y escenas mitológicas sobre trípodes. Jaak' se deja llevar y trabaja también con esmero: tritura piedras, extrae agua y cierne pigmentos. Adoptan una rutina: la salida por la brecha, al alba; el taller; luego, el regreso a casa cuando el sol toca la cima de los árboles.

El viejo alfarero entrega a Manik el pedido que hizo unos días antes: una flauta de cerámica cruda. Pintado con rapidez, el instrumento se mete al horno subterráneo con otras piezas sin que Jaak' lo note.

A la mañana siguiente, Manik y Jaak' admiran sus piezas cocidas. Muy satisfecho por el resultado, el jefe del taller incluso le da a Jaak' una palmada en la espalda. Entre los trípodes, Manik toma la flauta decorada con peces y se la entrega a Jaak', quien la observa maravillado. La prueba enseguida y toca una melodía alegre bailando alrededor de la joven para agradecerle.

Saasil tenía razón: con tanto que hacer, el mes pasa rápido. La ciudad se prepara para festejar el equinoccio de la estación clara.

25. LOS JAGUARES

Aprovechando los días sin lluvia, Tsoltan saca las canastas de su escondite en la gruta de Balankanche' y las lleva, una por una, a su rejollada. Ahí entierra el cinabrio en las hendiduras del acantilado, detrás de su casa. Llegó el tiempo de producir azogue: en dos meses se celebrará el solsticio y el rey seguramente lo necesitará para sus rituales. Sin embargo, no puede llevar a cabo la transmutación en la rejollada; hay demasiada gente alrededor. Podrían descubrir su secreto. Se le ocurre la idea de esconderse para trabajar en casa de las hadas de Tunkas; viven a un día de Chichén, en medio de una selva tupida.

Antes de salir pide audiencia al rey. Honrado de tener un papel, aunque sea secundario, en la transmutación, K'inilkopol concede al hechicero los dos prisioneros que pide, después de asegurarse de que los matones no sobrevivirán mucho tiempo. Tsoltan promete:

—Cuando terminen el trabajo, los demonios se apoderarán de sus cuerpos y almas. Los condenados van a temblar y a morir.

A la cabeza de un pequeño grupo de cargadores, Tsoltan se adentra en la selva. El lugar, repleto de árboles frutales, palmeras y maderas preciosas, se asemeja más a una huerta que a la selva. De vez en cuando, el hechicero de Kusaamil silba para que las hadas sepan que se acerca. Sus amigas se adelantan y lo reciben con cariño. La primera noche lo miman. Después del placer, Tsoltan se dirige a un claro situado a corta distancia. De ahí, manda a los cargadores a casa de las hadas. Se queda a solas con los condenados, aún atados; ellos realizarán tareas tan peligrosas que nadie puede encontrarse cerca. En pocos días, los prisioneros trituran todo el cinabrio y obtienen el polvo rojo del que se extrae el alma líquida de los dioses. Satisfecho, Tsoltan sella tres frasquitos llenos. Tal como lo esperaba, los condenados tiemblan, pero todavía pueden caminar e incluso hablar sin gran confusión, lo que lo deja perplejo. Esos hombres son demasiado vigorosos. El rey afirmó claramente que ambos merecían la muerte. Tsoltan saca su cuchillo y los degüella antes de que puedan reaccionar. No debe dejar testigos. Entierra los cuerpos y va a saludar a las hadas.

Como regalo, les deja el códice que el adivino de Polé no quiso aceptar. Sus amigas se extasían frente a la belleza de la obra: la reluciente cubierta con ocelos de jaguar, el papel fino... En cuanto al contenido, Tsoltan habla del mito de los gemelos divinos y de la importancia del rey, su protector.

—En estos tiempos necesitamos unirnos bajo el estandarte de K'inilkopol.

Concluye diciendo que él y su padre confeccionaron veintenas de códices similares y los mandaron a todos los caciques de la península. Las damas aprueban su trabajo y determinación; prometen ayudarlo tanto como sea posible.

Tsoltan se despide y reemprende su camino, esta vez hacia Chichén, con el azogue escondido en una canasta que carga un esclavo. En menos de un mes, el rey podrá celebrar dignamente el solsticio. Sin embargo, antes de esa fiesta, otra lo espera.

La luna alumbra el sendero. Estará llena al día siguiente. Ixchel... En su mente, Tsoltan saluda al chamán búho, quien le anunció la visita de la bella Manik de Muwan. Agradece a los dioses por sus bondades.

Manik se pone más nerviosa; la luna está a punto de salir del inframundo. Tiembla de emoción: ¡encontrarse con Tsoltan! Los espíritus bailan a su alrededor. ¿Realmente estará el hechicero frente a ella, de carne y hueso, o sólo verá un *waay,* una estatua o un felino? Paciencia. Pronto lo descubrirá. Cautelosa, ha prevenido debidamente a los dos lados de la familia: dedicará la noche a Ixchel y la pasará en el templo. Asben aprobó la salida; nadie se opuso. Manik toma una bolsita de cacao para el chamán. Con el fin de no fomentar rumores ni celos, propone que Jaak' la acompañe portando una bandera de Quetzalcóatl, la del espiral de puntas. Saasil abre camino, provista de una antorcha.

Los tres suben al templo. En la terraza, dos mujeres queman incienso. Con una mirada y un gesto, Manik indica a Jaak' un rincón oscuro afuera. El muchacho comprende; debe dejar la bandera allá. ¡No quieren ofender al chamán poniéndole un dios extranjero bajo las narices! Entran en la celda, donde el aire está siempre cargado de olor a resina. En la penumbra, el viejo búho murmura con voz de ultratumba:

—En la gruta de Balankanche' hay un monumento inmenso: una ceiba eterna de piedra. Ningún mortal podrá admirarla jamás. Ahí, los espíritus me hablan. De Ixchel fluye la generosidad…, si se ora como se debe.

Manik deposita el cacao en la mano del chamán. Ella y Saasil prometen honrar piadosamente a la diosa. El búho dice a Jaak' que espere en la celda mientras las señoras pronuncian sus oraciones. La propuesta encanta al joven, quien se instala sobre la estera del banco. Las damas siguen al santo hombre. En la terraza ahora desierta, recitan algunas plegarias; a continuación, el chamán se lleva a Manik. Deben apresurarse. Saasil tiene una misión: crear una distracción con fuegos y cantos para que nadie se dé cuenta de la ausencia de su ama.

La rejollada de los *aluxes* se encuentra fuera del centro de la ciudad, hacia el sureste. Acostumbrado a la penumbra, el chamán puede ver en la noche y guía a Manik jalándola de la mano. Después de cruzar un barrio poco poblado, se detienen frente a un gran hueco oscuro, cubierto por un grupo compacto de árboles. La luna alumbra el enorme ramillete con sus rayos plateados. Es necesario bajar.

El chamán camina por la orilla buscando algo. Descubre la escalera en medio de un arbusto tupido y emite el llamado de la pequeña lechuza marrón, la *xt'ojka' xnuuk.*[14] Manik reconoce el sonido agudo y repetitivo; según dicen, anuncia la muerte. Sabe que los hechiceros aprovechan el miedo de la gente para comunicarse entre ellos. El hombre desaparece en el follaje. Manik lo sigue. Se hunde en la oscuridad.

Descienden cinco escalones y se encuentran en una pendiente rocosa. El chamán la sostiene; las piedras ruedan bajo sus pies. Él la cuida. Gracias a los rumores se enteró del porqué de su ausencia en el solsticio. Con gran precaución llegan al fondo y caminan entre árboles frutales.

Manik tiene una impresión parecida a la que le produjo su entrada en el jardín del santuario: estar en un lugar celeste donde crecen todas las maravillas que la tierra puede ofrecer. Sus pies se hunden en el suelo esponjoso, como una alfombra de algodón. El aire está cargado de aromas dulces. Blancas corolas invertidas indican el camino a manera de faroles. Manik reconoce la planta: es la hierba del diablo, ¡el toloache! Nunca la ha probado, pero sabe que sirve para elaborar pócimas mágicas, entre ellas las pociones del amor. A su paso arranca una flor y se la lleva.

El chamán búho se detiene y eleva la mano de Manik. De repente, frente a ella se yergue una sombra humana, con la cabeza oculta entre las hojas. El búho deposita la mano pequeña sobre la otra, extendida hacia ellos. Se esfuma. La palma desconocida se desliza bajo el brazo de la joven. Ese perfume... Ella se estremece.

—¿Tsoltan?

Dos manos aprietan sus hombros y la jalan suavemente.

—"Magnífica dama, te amo./ Y serás amada/ tal como lo son/ la luna y las flores."

Manik se derrite de felicidad. Es él... y nadie más. ¡Solos por fin! La joven muestra la flor blanca a Tsoltan, quien aspira el dulce olor a tierra.

—¿Quieres volverme loco?

—¡Sí, loco de amor!

Con los dientes arranca parte de la corola para acariciar los labios de Tsoltan. Los dos comen un trozo de toloache mirándose a los ojos. Se besan, saboreando sus bocas llenas de un perfume que los hace perder la razón.

Manik abraza el torso impregnado de esencias de la selva. Lágrimas de alegría llenan sus ojos. Tsoltan cubre su cara de besos. Lame sus lágrimas. Como en sus sueños, Manik puede apretar los hombros musculosos, acariciar la espalda, tocar las caderas, las nalgas turgentes, los muslos firmes. Se siente en la cumbre del éxtasis.

Tsoltan levanta a su princesa y se la lleva. Manik hunde la nariz en aquel cuello que huele tan rico. Unos pasos después alza la cara y ve una pequeña casa debajo de los árboles, resguardada por un gran jaguar cuya faz le resulta conocida. Entran en el cuarto minúsculo, iluminado por una lámpara que brilla en una esquina.

Tsoltan recuesta a la bella en una cama cubierta por un colchón relleno de diminutas plumas. Sandalias, ropa, capa..., todo vuela. Manik murmura:

—"Entreguémonos la felicidad,/ aquí, en mi fruto hendido..." —A continuación, hundiendo dientes y uñas en la piel fragante para asegurarse de que no está soñando, pide—: Acaríciame con fuerza, bésame como en el barco.

Tsoltan obedece con entusiasmo. Manik siente el aliento caliente sobre su vientre, la lengua entre sus labios palpitantes. Consumiéndose de deseo, atrae al hermoso hombre hacia sí y lo voltea. Enseguida se sube en él y hala su sólido falo en su cueva; se mueve con ávido apetito. Tsoltan deja escapar un grito de sorpresa; tan rápido fue el gesto. Su asombro se vuelve placer. ¡Por fin, la felicidad de estar unidos! Sujeta las caderas que bailan encima de él.

—Despacio —dice Manik, que todavía siente el dolor de la fractura.

Los dos se balancean, totalmente absortos en su delicia, en la voluptuosidad del momento.

En la lámpara, la pequeña llama enrojece y colorea las pieles húmedas de sudor. Brilla firme ante el tiempo y la pasión, pero termina por declinar con los gritos de éxtasis. Se apaga sin que nadie intente encenderla de nuevo.

En lo alto, el ulular de la pequeña lechuza marrón indica el final de la fiesta. Es hora de vestirse. Tsoltan lleva a Manik hasta la escalera, al término de la cual la espera el chamán búho. Antes de que suba, el hechicero le besa la nuca y el cuello. Manik levita de felicidad. Tsoltan susurra:

—Adiós, mensajera celeste. Vuelve tan pronto como sea posible. Podríamos celebrar las nueve fases de la luna…

Manik cuenta con la ausencia de su esposo para volver a menudo a la rejollada. Sin prestar atención al camino, se encuentra de repente frente a Saasil, que dormita al pie de un quemador en la terraza. En su banco, Jaak' duerme también. Los tres vuelven a casa sin hacer ruido, con la espiral de Quetzalcóatl como escudo contra los chismes.

Aun cuando se celebró el solsticio de las lluvias, la sequía persiste. Hace tanto calor que se han quemado todas las hojas de los árboles. Ya no queda sombra protectora. El suelo se agrieta. Pilotl llega a Chichén. Atraviesa la ciudad como un conquistador, con un bloque de obsidiana colgando de su mano izquierda y el estandarte de los soldados de Quetzalcóatl en la derecha. Una tropa de temibles guerreros lo sigue. Las caracolas difunden la noticia de su llegada. Pilotl demuestra su poder dando un espectáculo. La gente sale a la calle para saludarlo. El mercader narra parte de su viaje, que duró cinco meses, a los conocidos que se acercan. En el río de sal tuvo que luchar contra los hombres de Ek Balam, quienes lo agredieron repetidas veces con violencia. A menudo recibía flechazos envenenados que parecían salir de la nada.

A pesar de las dificultades, Pilotl está satisfecho. En Jaina logró expulsar a los ladrones que quisieron aprovechar su ausencia para reemplazarlo. Luego, en Acalán todo salió bien: pudo despachar rápidamente su cargamento de sal y esclavos, que sustituyó con otro de obsidiana. Aunque no lo cuenta, se encontró con sus tres esposas y sus hijos; todos bien, gracias a los dioses.

Por fin entra en el patio de la residencia, donde la familia se reúne deprisa, habiendo escuchado la noticia de su llegada. Él y Manik se lanzan miradas sombrías. Sin dirigir una palabra a la perra estéril, el mercader se encamina al lado chontal de la casa, ingresa en el cuarto del fondo y retira la manta que cubre a la esclava dormida.

—¡Levántate!

La joven kokom salta temerosa sobre sus pies. En medio de su enorme vientre destaca un ombligo puntiagudo. Pilotl le sacude la barriga como si fuera una calabaza.

—Sólo falta un mes —susurra la muchacha.

Pilotl tiene al fin la confirmación que esperaba: ¡es fértil, incluso en Chichén! Tras pellizcar una nalga a la esclava, abre la puerta.

—Fuera, panzona; vete con los demás esclavos.

La mujercita se envuelve en la manta y huye.

En la noche, Manik debe luchar contra sí misma para desempeñar el papel de esposa, tal como lo hizo a su regreso del santuario. Pese al desprecio de su esposo, logra acostarse con él. ¡Era el momento! La joven no ha perdido sangre desde hace dos meses; un espíritu anidó en su caverna. Ahora tranquila, piensa en su madre, cuyos aretes acaricia; le describe sus maravillosas escapadas a la rejollada de los *aluxes*.

La luna cuela sus rayos entre las nubes. En la choza de los esclavos, la joven kokom da a luz sin un grito. Alguien la descubre por la mañana, con su bebé en los brazos, todavía unidos por el cordón. El niño será esclavo como su madre, a menos que un pariente le devuelva la libertad, lo que parece difícil. Pilotl acaba de hacerse con un par de brazos. Se promete volver a fecundar pronto ese vientre. Mientras tanto, tiene dos esposas para divertirse: la chontal y la Muwan, ambas embarazadas, lo que no es ningún impedimento para el mercader. Éste ríe ante su buena fortuna. Se siente totalmente aceptado en Chichén: ¡por los dioses, el rey y las mujeres!

Pilotl tiene que luchar un poco con la Muwan para que lo obedezca, pero a él le gustan esas peleas que siempre gana. Bajar a esa pretenciosa de las alturas para ponerla en cuatro patas… Sacudirla bien fuerte para que se arañe las rodillas. ¡Qué buen olfato tuvo cuando vino a instalarse en Chichén! Requirió osadía. Encontró obstáculos al principio, pero ahora… El negocio marcha muy bien y seguirá mejorando. El rey empieza a flaquear; ya no se opone con tanta firmeza a la guerra contra Ek Balam. Su posición se debilita a medida que crece el número de chontales, mezclados con los toltecas. Todos prósperos gracias a los intercambios de obsidiana por productos locales: sal, cacao, algodón, plumas, miel. Ahora, en Chichén se han asignado el título de "itzás", es decir, "artesanos de gran valor". Pilotl se lo aplica a sí mismo con orgullo: se dice itzá, muy contento de que los comerciantes estén unidos por una designación favorable.

Sueña. Después de la guerra contra Ek Balam será necesario dominar Koba. Esas dos ciudades terminarán por imitar a Oxmal y pagarles tributo. Pilotl goza pensando en las tres urbes vencidas y el inmenso territorio en poder de los chontales, ¡gloriosamente llamados itzás!

Cuando la esposa chontal da a luz, también tiene un varón, pero más fuerte que los gemelos al nacer. Pilotl se siente tan contento con su nuevo descendiente que va al cuarto de Manik y le ordena devolverle el collar de nácar y oro. Saasil se lo da sin protestar. El mercader lo pone en el cuello de su segunda esposa.

—¡Que lo use quien lo merece!

Las lluvias llegan a su fin, casi sin dejar nada; Chaak, agotado, sólo soltó un poco de su preciosa agua. Mirando al cielo luminoso, Manik suspira y retoma su bordado, sentada frente a su puerta. A su lado, Jaak' talla un pedazo de madera. De pronto ven a la joven esclava kokom que cruza el patio para ir a sacar agua de un *chultun* o depósito subterráneo. Su recién nacido está atado a su espalda. Manik se voltea hacia Jaak'.

—¿Es tu flauta la que hizo ese milagro?

Jaak' se hace el tonto y se concentra en su trabajo. Manik le murmura al oído:

—Es tu bebé, ¿no?

Jaak' se pone rojo como semilla de achiote. Se cubre la cara con su sombrero.

—No-no-no-no sé-é-é...

Manik ríe y susurra:

—Con tu generosidad... salvaste a esa joven.

Jaak' deja el cuchillo y la madera. Toma un costal de granos y camina deprisa a la cocina, disimulando su malestar. Si Manik descubrió su secreto, el tío también podría hacerlo.

El vientre de Manik crece sin que su esposo muestre indulgencia hacia ella. Sigue prohibiéndole ir a pintar. Sin embargo, para hacer alarde de su prosperidad, le autoriza una salida al mercado una o dos veces al mes. Manik aprovecha para volar al templo, donde ora con el viejo búho y a veces, ¡qué felicidad!, con Tsoltan.

Los niños se desarrollan como es debido, aparentemente ignorantes de la violencia de su padre. Su vocabulario cuenta varias palabras. Pueden nombrar a toda la gente de la casa, donde viven no menos de treinta adultos y una docena de niños. Asocian al famoso ancestro Maax de Muwan con el collar 9 Silex que Manik guarda en el altar. En realidad, para ellos la joya se llama Maax. A la pequeña estatua de murciélago que descansa a su lado le dicen "abuela". A menudo Hun la observa, despliega sus brazos como alas y se va corriendo.

—Zuuumm... ¡Abu-vuela!

El chamán búho manda buscar a Manik y a los gemelos para marcar su tercer cumpleaños. La joven noble acude al templo con Saasil. Malhumorados, los niños son transportados en una silla de cargadores. Visitar el templo no les provoca entusiasmo. Después de las oraciones, el viejo adivino los conduce al discreto patio detrás de la pirámide. ¡Tsoltan los espera ahí! Su jaguar duerme en un rincón sombreado. Al ser el oficial que facilitó su nacimiento, quiere ofrecer un regalo a Hun y Yalam. Con gesto solemne les enseña una gran caja envuelta en esteras. Los gemelos se apresuran a desatar las cuerdas. Como los nudos resisten, los chicos se impacientan y tienen que ayudarlos. Dentro de la caja hay dos pequeños jaguares, con las patas y los hocicos amarrados. Entusiasmados, los niños extienden los brazos para tocar las pieles oceladas.

Contento con su reacción, Tsoltan anuncia:

—Son gemelos, como ustedes. Tienen dos meses. Pueden elegir el que les guste.

Saasil estira el cuello para ver el contenido de la caja.

—¡Son felinos! ¿Los tendremos en casa? —pregunta inquieta.

El hechicero la tranquiliza:

—No te preocupes. Los bebés se quedarán con su madre, la cual vive conmigo en la rejollada, o aquí, en el templo del búho.

Manik no está del todo convencida.

—Pero los chicos hablarán de sus animales todo el tiempo. Querrán jugar con ellos, mas no tienen tu fuerza… ¡Son niñitos!

—Todo va a salir bien. Lo ideal es que se acostumbren unos a otros lo más pronto posible. Son animales difíciles de domar, pero con paciencia…

Manik piensa en los vecinos que viven alrededor de la rejollada; deben tener terror al jaguar. Tsoltan clava su mirada en la suya, leyendo sus pensamientos.

—Casi nadie en Chichén sabe que hay un jaguar viviendo conmigo. No hay olores ni huellas. En Kusaamil respetan a mis animales, pero aquí... Temo a los cazadores. ¡Vamos, chicos, elijan!

—Yo quiero el más grande —dice Yalam.

Hun ya estableció comunicación con el otro; está acariciándole el hocico.

—Quiero éste. ¡Tiene puntitos en las mejillas!

El hechicero ata a cada felino un collar con una correa cuyo extremo amarra a la muñeca de sus nuevos amos. Libera las patas de los pequeños jaguares, que enseguida jalan las cuerdas para escaparse. La madre jaguar levanta la cabeza para ver dónde andan sus crías. Hun y Yalam intentan correr detrás de ellos; de pronto, Hun cae y se raspa la rodilla. Tsoltan lo levanta mientras el niño intenta no llorar. El hechicero acaricia las cabezas de Hun y del jaguar, murmurando:

—Los jaguares son muy poderosos. Vas a aprender a correr tan rápido como ellos.

Sorprendido, el niño dirige a Tsoltan una mirada muy seria para asegurarse de que éste dice la verdad. Al encontrarlo digno de confianza, se seca la nariz y sale corriendo detrás de su jaguar, con Saasil pisándole los talones: la fiel dama quiere evitar que los niños sean arañados o mordidos. Manik ha escuchado la última frase de Tsoltan.

—¿Pretendes que Hun se vuelva hechicero?

Tsoltan se endereza. Saca el pecho.

—Fueron concebidos gracias a la magia. ¿No te acuerdas? La sangre que fluye en sus venas proviene de Ixchel... y del sol nocturno. Esos niños se convertirán en hechiceros famosos. Los jaguares aumentarán su prestigio.

Manik pone los brazos en jarras.

—¿Y cómo es que el gran domador piensa llevar a cabo su sublime ambición? Tendría que ver a los niños todos los días. A semejanza de los felinos... ¡también hay que entrenarlos!

—Como mi señora sabe, tengo acceso a la rejollada de los *aluxes,* donde puedo cultivar las plantas que necesito. Importantes nobles me han pedido que me instale en Chichén. Acaban de nombrarme orador. No el primero, pero...

La soberbia de Manik se desmorona; baja los brazos. Abre los ojos redondos.

—¡Orador! ¿Aquí?

—Sí, querida princesa, en el templo de Chaak.

—¿El que están construyendo al oeste del pozo Xtolok, cerca de la antigua plaza?

Tsoltan asiente. Manik está incrédula. La noticia recorre su espíritu: Tsoltan, ¡convertido en orador a doscientos pasos de su casa! Gozando de su efecto, el hechicero continúa:

—No es un templo muy grande, pero sí muy bello. Tu padre es el encargado. Mandó traer un escultor de Oxmal.

Manik recobra el uso de la palabra.

—Asben me habla a menudo de ese templo... Lo recuerdo bien; tendrá máscaras de Chaak y grabados de serpientes.

—Sí, Chaak estará aliado con Quetzalcóatl, convertido en Kukulkán, lo que nos favorece.

—Mi padre nunca me dijo que tú serías el orador.

—No lo sabe. Quise que te enteraras antes que todos. Los gemelos podrán visitarme a diario. Tendré un patio pequeño para recibirlos con sus jaguares; éstos vivirán principalmente aquí, con el chamán búho, donde hay más espacio. Deseo que nuestro..., eh..., su tercer hijo venga a verme también.

Tanto Saasil, que se acerca, como Manik escucharon muy bien el “nuestro”; ambas se tapan la boca para sonreír.

Tsoltan resplandece de felicidad. Alegre, enseña a Hun y Yalam a dar pedazos de carne a los cachorros. Yalam ríe mucho cuando su jaguar lo persigue para lamerle los dedos.

—¡Ah! Se me olvidaba decirte... —dice Tsoltan, levantando la cara hacia Manik—. Como voy a dirigir rituales, necesitaré varios recipientes ceremoniales. Me recomendaron mucho los tuyos.

—Pero me prohíben trabajar —dice Manik con amargura.

—¿Aun cuando es el rey quien insiste en tener tus piezas?

La cara de Manik se ilumina. Tsoltan se acerca y besa su mano. Intercambian una mirada intensa. Saasil se aclara la garganta; ¡no vayan a olvidarse de su presencia! Reconoce que el hechicero ha aparecido como una bendición para proteger a su ama; sin embargo, sigue desconfiando de los habladores, a veces charlatanes, y aún más cuando esos hombres tienen el don de la magia desde hace generaciones. Es peligroso... Sin soltar la mano de Manik, Tsoltan hace una inclinación frente a la dama de compañía.

Saasil comprende el gesto y anuncia que es tiempo de partir, a pesar de las protestas de los pequeños. Hun desea quedarse y Yalam pretende llevar consigo su jaguar, pero Saasil no se deja ablandar. Devuelve los animales a su caja y toma a los gemelos de la mano.

—Ya basta.

Se despiden del orador. Hun y Yalam hacen una reverencia con el brazo derecho replegado hacia el hombro izquierdo, como nobles. Manik y Tsoltan se acercan el uno al otro para mirarlos salir. Tsoltan susurra al oído de la joven:

—Mi orquídea… ¿Les contarás algún día cómo fueron concebidos?

—Quizá después; ahora no… No quiero que Pilotl lo sepa.

—Podrías decirles que fueron creados por la luna.

—Eso es lo que les cuenta la élite kochuah —dice Manik y suspira—. A los chicos se les está subiendo a la cabeza. No son tan excepcionales como creen. Podrían caer en cualquier trampa…

—Los gemelos están bien protegidos. Nacidos de los dioses… Nadie puede inquietarlos. Estoy vigilando…

La respuesta irrita a Manik.

—No tengo tu aplomo. Conozco el desenlace del mito… Además, en la historia de la creación del mundo hay versiones contradictorias acerca de los gemelos divinos. La parte de la cerbatana me parece la más significativa. El primer gemelo apuntó al pájaro celeste porque fingía ser un dios. Le rompió los dientes, le reventó los ojos y lo quitó del trono. La lección es que el pueblo puede derrotar al rey cuando éste se envanece. Es lo que quieres, ¿no? ¿Que mis hijos ataquen a los toltecas, que se creen tan poderosos como los dioses?

Sorprendido por la vehemencia de la madre, Tsoltan busca una respuesta. Manik no le da tiempo:

—Es exactamente lo que me da miedo. En realidad deseas que los gemelos actúen cual seres divinos y que repitan el mito de la creación. ¡Con los toltecas a tus pies al final!

—Sólo quiero que estén a la altura de nuestras tradiciones, de nuestros ancestros…

—Y de nuestros hechiceros —añade Manik.

—Y de nuestras pintoras-escritoras…

Después de pasear la mirada por el patio, rodeado de un seto tupido, Tsoltan besa a la dama con fuerza, la mejor manera de calmar la inquietud que tuerce esa deliciosa boca. La estrecha entre sus brazos. Colmada, Manik no replica. Siente cómo se alza el maravilloso falo del hombre jaguar contra su vientre redondo. Tsoltan desliza la mano entre los pliegues de la falda. Sus dedos se aventuran entre los labios ya húmedos de placer. Acaricia el suave sexo, pincha la carne erguida y la sacude suavemente, mientras su dedo medio bordea el túnel sagrado. Entra. Esa magia… Traspasada por un goce fulminante, Manik siente sus rodillas flaquear. Se sostiene de los hombros musculosos. Un gemido intenso escapa de su garganta. Tsoltan tiembla contra ella. El jaguar gruñe.

En la calle se oyen las risas de los gemelos, a los que Saasil entretiene en lo que espera a Manik. Rápido, que hay que reunirse con ellos.

26. LILIKKI

Los jaguares se desarrollan más rápidamente que los gemelos. Para el solsticio de la larga noche, pocos meses después, se han vuelto felinos respetables. Todos los días, Hun y Yalam los visitan para alimentarlos, muy orgullosos de su responsabilidad. Mediante plantas con propiedades somníferas, Tsoltan procura que los animales estén ligeramente adormilados, con garras y dientes limados.

A fin de facilitar la vida de los gemelos y la suya, amplió el patio detrás de la pirámide del búho para que los tres felinos puedan vivir ahí de manera permanente. Una sólida verja de madera rematada por un domo trenzado les impide escapar, y el seto tupido, de dos pasos de altura, los protege de las miradas. Los vecinos que quieren complacer al sol nocturno ofrecen pequeños animales vivos al chamán búho: liebres, agutíes, tejones, monos, tortugas, jabalíes, zarigüeyas... Gracias a ello, la madre jaguar puede enseñar a sus crías a cazar. Hun y Yalam a veces les dan de comer; observan a los animales que, tras intentar huir en vano, terminan entre los colmillos de los felinos.

Con esa tarea cotidiana, los gemelos se acercan un poco a Tsoltan. Su presencia tiene para ellos un efecto alentador, ya que la transformación de su madre les preocupa mucho. Esa barriga que crece... No entienden bien lo que sucede ni, entre otras cosas, por qué Manik se ausenta con frecuencia. La joven tiene mucho trabajo en el taller desde que Pilotl tuvo que obedecer al rey y permitirle ir a pintar.

Manik saborea su libertad, aunque sea limitada. Tal vez debido a la experiencia, su abultado vientre no le molesta tanto y el peso no le parece tan insoportable.

En su camino suele encontrarse con campesinos que van a desmontar parcelas en la selva. Quemarán la madera, sembrarán la tierra. Los más ricos ostentan hachas de cobre cuya cabeza está amarrada al mango por sólidas correas de hule. Manik bendice a esos hombres y su trabajo; logran alimentar a la ciudad a pesar de la sequía, ahora casi permanente.

Puesto que salió de madrugada para ir al taller, pudo terminar temprano el lustrado de los quemadores que pusieron frente a su estera por la mañana. Deja el taller cuando el sol apenas empieza a declinar; los cargadores no han venido todavía a buscarla. Con todo y su vientre hinchado, decide regresar a pie, escoltada por Jaak'. Su sombra siempre la sigue. Toman el camino más corto, que pasa por detrás de las casas. Manik piensa que se conoce más por las callejuelas que por los grandes *sakbeh* con sus opulentas fachadas.

A lo lejos un paquete vuela por encima de una pared. Curiosa, Manik se acerca. El objeto cae en un rincón sucio, un basurero donde se amontonan desechos, restos de comida, fragmentos de cerámica. La joven echa un vistazo: se trata de un rollo de color claro, con apariencia de papel. De inmediato se agacha y lo recoge. Sacude la suciedad y lo estira. Reconoce el papel amate, espeso, amarillento, hecho a base de algodón de ceiba y *kopo* o corteza de ficus. ¡Un verdadero tesoro! En casa, su esposo prohíbe gastar un solo grano para adquirir esos artículos. Del otro lado de la pared lanzan cáscaras y huesos que caen sobre la cabeza de Manik. Jaak' protesta:

—Co-con cu-cuidado…

Un sirviente se desliza entre las dos paredes paralelas de la entrada, con cara de enojo.

—¿Qué están haciendo aquí?

Atrapada con las manos en la masa, Manik retrocede.

—Soy pintora. Vi este papel en el suelo… ¿No lo usan?

Al mirar el vientre redondo de la señora, el sirviente se ablanda un poco.

—Ya no se escribe en esta casa. Los señores dicen que se ha vuelto inútil.

—Pero si con la escritura se conservan los nombres de los ancestros…

—Está bien… ¡No tiene que dar discursos! Quédese con el papel.

—Si hay más…, me interesaría.

La joven muestra el cuenco que usa para beber y que guarda en su bolso. Atraído por los colores vivos, el hombre duda.

—Tal vez…

Se va y regresa enseguida con otro rollo, que cambia rápidamente por el cuenco; luego desaparece. Manik y Jaak' siguen su camino, cada uno con un paquete. Manik está encantada. ¡Qué suerte que los cargadores no fueron a buscarla! Sueña con los códices que podrá realizar… Uno por rollo. Piensa en su padre, Asben, a quien le encanta leer. Primero habrá que cortar rectas las tiras de papel, pegarlas y doblarlas; luego se pone una capa de cal muy blanca, por ambos lados. De repente imagina la cara de su esposo. Él no entiende nada de glifos; sólo las cifras le gustan. Manik teme que algún día le prohíba escribir. ¿Debería acaso esconder sus papeles y libros para que no terminen en un basurero?

Aferradas al sólido papel, sus manos le dicen que tenga confianza. Entra en la casa, decidida a elaborar primero un libro para los gemelos. De ser necesario se enfrentará a su esposo, pero los muchachos aprenderán a leer. Empezará por dibujar un animal, con su glifo al lado. Hun y Yalam ya tienen edad para entender los signos. Se acostumbrarán a reconocer los glifos. Luego agregará afijos alrededor del glifo principal: posesivo, masculino, femenino…

Cuando Manik concluye todos sus quehaceres domésticos, se pone a trabajar en el códice, principalmente de noche.

El abuelo quisiera ocuparse de los gemelos, pero no tiene mucho tiempo; sus responsabilidades lo obligan a alejarse con frecuencia de la casa. Las tareas se multiplican, mientras que sus fuerzas declinan. Sin embargo, su labor como arquitecto es estimulante. ¡Hay tantas construcciones en Chichén! Piensa en la nueva plaza, que supera en extensión a todas las que existen o han existido. Un cuarto piso se pone encima de los otros, cada capa más amplia que la anterior. En el centro se yergue una pirámide, cerro sagrado coronado por un templo de techo abovedado. ¡Y eso sin hablar del templo del orador! Aun cuando esa construcción no sobrepasa la altura de los árboles, es su orgullo como arquitecto.

—¡Mi obra maestra!

Evoca las cuatro caras, cada una con su escalera; las paredes cubiertas de decoraciones. El artista que mandó traer de Oxmal se dedica ahora a juntar las treinta y cuatro piezas que componen cada máscara de Chaak: una nariz protuberante cual falo, grandes ojos redondos, aretes cuadrados, colmillos puntiagudos. Habrá dieciséis en total, cuatro superpuestas formando columnas en cada esquina del templo. Asben se regocija; logró introducir el más puro estilo Puuk en pleno Chichén. Grabadores del Anáhuac cortan en la piedra diseños de serpientes, mazorcas y hojas que ornarán paredes y barandillas. ¡Qué oportunidad para un arquitecto combinar así los estilos en una ciudad en plena expansión, donde confluye gente de diversos horizontes!

A veces, el patriarca se permite quedarse un poco en casa para jugar con sus nietos por las mañanas. Los tres tienen un proyecto en común: fabricar casitas. Al principio eran unas pocas, pero ahora se va formando un pueblo. Las hay de madera y adobe con techo de palma, y de piedra, con techos abovedados. Asben recoge materiales de las obras en construcción. Los niños lo ayudan como pueden. Los tres montan estructuras, mezclan estuco, mortero. Manik los observa y piensa que Asben se comporta como el padre de Hun y Yalam, mientras que el hechicero... Aunque dice ser orador de Chichén, no se le ve mucho en la ciudad. Desapareció hace algunos días, dejando a los esclavos al cuidado de los jaguares. Es imposible confiar en él en relación con los niños. El padre oficial también se ausentó. En su caso, Manik no siente arrepentimiento alguno.

El abuelo termina una nueva construcción para el pequeño pueblo. Hun y Yalam saltan de alegría: ¡una pirámide con un templo encima! Asben insiste en la importancia de orientarla en función del sol. Los gemelos dan vueltas con los brazos extendidos, buscando por dónde sale la sombra. Asben levanta su pequeña obra como si fuera a coronarse con ella. Sueña:

—Algún día se construirá esta pirámide, pero inmensa, en la plaza central.

—Mientras tanto… ésta me parece muy bonita —nota Manik—. ¿Cómo la hiciste?

—¡Con tu papel! Corté varios cuadrados. De diferentes tamaños para cada nivel. Luego les puse pegamento, y encima, estuco. Jaak' talló las máscaras de Chaak en madera liviana. Al final pinté los grabados a los lados.

En su mente, Manik dice adiós al segundo códice que pensaba elaborar. A menos que hayan quedado algunos pliegos… Felicita a su padre.

—Realmente es muy hermoso. Se parece a ese templo que construyes ahora, ¿no?

—Sí, ¡exactamente! Es una réplica del templo del orador.

Tiende la maqueta a su hija y saca un cuchillo de su bolso para cavar en el suelo. Lanza granos de hematita negra dentro del hueco. Mira a los gemelos.

—Ésta es la gruta. La hendidura por la cual salen los dioses del inframundo. La pirámide va encima —dice, poniendo delicadamente su obra sobre el hoyo oscuro—. Temibles espíritus vivirán dentro de este cerro sagrado y protegerán a toda la gente a su alrededor.

Con los ojos bien abiertos, los gemelos asienten: empiezan a entender cómo funciona el universo.

—Tsoltan nos enseñó a hablar con las potencias del Xibalba —dice Hun.

Sin esperar, los gemelos cantan una oración en la cual combinan los nombres de varios dioses. Sorprendidos, Asben y Manik los escuchan. La madre piensa que tal vez ha juzgado al hechicero con demasiada severidad.

Se despliega el pequeño pueblo en un rincón del patio. Asben agrega caminos, árboles y cenotes. Invitan a la familia al juego. Las cocineras moldean personajes con harina: nobles, guerreros, familias completas… Todos reciben variados accesorios hechos a medida: canastas, hamacas, banderas, metates. Manik fabrica jarritas de cerámica y Saasil cose jaguares con pieles bordadas. A los muchachos les gusta mucho jugar en su mundo imaginario.

Como Asben se duerme temprano, por las noches Jaak' lo reemplaza y entretiene a los chiquitos. El muchacho creó unos títeres con extremidades móviles que se controlan por medio de unas cuerdas: diablos picaflores, hadas mariposas o tortugas, *aluxes* con dardos… Los adultos manipulan los muñecos y traen a la vida a esos seres fantásticos. Narran historias que pueden durar días. Los gemelos y todos los niños del clan están fascinados. Jaak' les enseña a tocar flauta u ocarina para animar momentos clave de los cuentos. Entre pitidos, los niños ríen de las travesuras de los títeres.

Manik observa a Jaak' dirigir el coro infantil. El tímido pescador ha cambiado mucho desde que llegó. Se ha vuelto más fuerte, más seguro de sí mismo. Sigue hablando muy poco, pero se comunica de otra manera. Todo su cuerpo habla. ¿Será que Jaak' también está asumiendo el papel de padre? Después de Asben, Tsoltan y Pilotl… Manik lo mira moverse y silbar cual búho; piensa que Jaak' actúa más bien como hermano mayor.

Cuando los gemelos son capaces de reconocer los glifos dibujados por Manik, ésta emprende la tarea de enseñarles a escribir. En los escasos pliegos de papel que alcanzó a salvar, traza líneas horizontales y verticales que forman cuadros. En cada uno de ellos se puede delinear un glifo. Con su pincel, Hun se concentra en dibujar curvas que complazcan a su madre. Más rebelde, Yalam sólo esboza unas líneas, varias manchas y se levanta. Manik insiste en que siga. El niño refunfuña pero vuelve a trabajar.

Al mirarlos con sus pinceles, la joven madre advierte que ella también intenta orientarlos hacia sus propios intereses: pintar para crear objetos con poderes divinos. Actúa como los demás: Asben les enseña algo de arquitectura; Pilotl, de comercio, e incluso Tsoltan les explica cómo hablar con dioses y animales. ¿Qué camino tomarán Hun y Yalam? Por el momento prueban uno y otro, gozando de su estatuto de seres casi divinos. Manik no sabe qué harán, pero adivina que lo harán juntos.

Tsoltan está satisfecho con el crecimiento y aprendizaje de los gemelos. Llegarán a ser buenos hechiceros al servicio del rey y tal vez hasta garantizarán la estabilidad de la monarquía. Pero, antes de que los muchachos lo reemplacen, Tsoltan piensa que es momento de hacerse notar entre los nobles más importantes. Con el azogue producido en Tunkas y el cinabrio oculto en la rejollada, podría organizar una ceremonia íntima para el rey, quien ya debe estar preparándose para el solsticio de la larga noche.

La propuesta del hechicero complace a K'inilkopol, quien visita la rejollada con tres de sus cortesanos preferidos. Los cuatro hombres han ayunado todo el día. La noche es magnífica. Sujetando con firmeza la correa de su jaguar, Tsoltan camina alrededor de los invitados, quienes permanecen inmóviles mientras el animal los olfatea uno por uno, con calma. El señor de la noche acepta su presencia; la ceremonia puede empezar. Tsoltan amarra al felino a un árbol cercano; luego coloca esteras formando una cruz en el suelo, para que los hombres puedan sentarse. A continuación va a su casa para buscar un incensario de mango largo, repleto de carbón ardiente, en el cual deposita trozos de copal con objeto de sahumar a cada participante e implorar a los dioses que los reciban en sus cielos.

El hechicero deja el quemador en el suelo y regresa a la casa; reaparece poco después con una bandeja en la que descansa un trípode con una mezcla espesa en su interior, cuatro cubiletes, una cuchara pequeña y varios cigarros. Pone la bandeja en medio del grupo y se sienta entre dos nobles. Llena el primer cubilete. De una bolsita amarrada a su cinturón extrae dos pizcas de un polvo áspero que esparce en el vaso del rey, acostumbrado a los viajes místicos. Mezcla bien la bebida con la cuchara antes de dársela a K'inilkopol, quien la apura de un trago. En los otros cubiletes pone sólo una pizca de polvo: los cortesanos a veces son delicados. El primero de ellos toma su vaso y bebe. Él y el rey cierran los ojos y oran en voz baja. Tsoltan prepara un tercer cubilete para ofrecerlo al hombre a su derecha. Mientras se encarga del último vaso, el segundo cortesano simula beber. Tsoltan se da vuelta a la izquierda para entregar el cubilete al cuarto hombre. Nadie nota el líquido que se escapa a través de la estera del cortesano de la derecha. Al llegar su turno, el hechicero bebe directamente del trípode, pero poco, a fin de guiar a sus nobles huéspedes hacia otros mundos. El rey y los cortesanos oran juntos mientras el *peyotl,* hongos y otras sustancias toman posesión de su alma.

Tsoltan los acompaña golpeando un pequeño tambor y recitando encantamientos. Luego abandona el tamborín y camina hacia su casa cantando oraciones; regresa con un plato alargado que mantiene bien nivelado. Se arrodilla cerca del rey; éste abre los ojos y se sorprende al verse reflejado en el lago de azogue al fondo del plato. Tsoltan mueve éste lentamente a fin de hacer que la cara del rey ondule entre reflejos metálicos. Con voz grave, murmura:

—Deja que tu espíritu se eleve para mezclarse con las almas divinas… Itzamnah, Chaak y Kukulkán te reciben… Que florezca tu esencia mística… Déjate guiar…

El rey está hipnotizado con la visión de su espíritu protector. Los otros tres se miran a su vez en el lago de azogue. Tsoltan deposita el plato encima del trípode y luego, con los tizones del quemador, enciende un primer cigarro que él mismo lio. Se lo entrega al rey, quien toma una profunda bocanada. Tsoltan enciende tres cigarros más. Mientras los hombres fuman, él regresa a la casa llevando consigo el plato de azogue; lo vacía en un frasquito que sella de inmediato.

Al volver con los nobles trae piedras rojas; pone una frente a cada participante. El segundo cortesano, atento, observa cada uno de los movimientos del hechicero. Tiene grandes deudas con un mercader chontal, entre ellas una bolsa de jades que debe pagar con información. Le parece que el hombre jaguar y su ceremonia pueden tener mucho valor.

Tsoltan invita a los presentes a tomar su piedra y levantarse. Los nobles arrojan sus colillas dentro del incensario. De pie, cantan la gloria de los dioses. K'inilkopol vomita, al igual que dos de sus cortesanos; Tsoltan lo interpreta como un buen augurio. El otro hombre sólo parece tener náuseas.

La noche llega a su punto más álgido. El hechicero retoma su tamborín; los hombres cantan y bailan, haciendo rodar su respectiva piedra entre las palmas. Sus manos enrojecen. Todos se sientan para beber. Tsoltan les ofrece un *báalche'* que preparó esa misma mañana. Enciende nuevos cigarros y echa las piedras de cinabrio sobre las brasas. Al aire libre, el azogue no aparece, pero unas emanaciones espesas suben hacia el cielo. Los participantes se dejan caer de espaldas en sus esteras, aparentemente inmóviles.

El rey y los cortesanos se adentran en mundos ocultos donde sólo los dioses pueden comprenderlos. Así pasan la noche, viajando por los niveles celestes. Cuando clarea se despiden, agotados por su peregrinaje nocturno. Tsoltan regala al rey un frasquito de azogue para que lo use en el próximo solsticio; los cortesanos lo felicitan por su generosidad.

De nuevo solo, Tsoltan bebe mucha agua y va a acostarse. Aunque todo marchó bien durante la noche, no está contento. Sospecha que uno de los cortesanos, cuya mirada lucía demasiado viva, simuló las alucinaciones. A Tsoltan le habría gustado matar al traidor en el momento, pero no se atrevió a atacar a un primo del rey. Jura que ese hombre no volverá a pisar su rejollada y que, si surge la oportunidad, lo mandará directo al inframundo.

El solsticio de la larga noche se celebra debidamente con sacrificios a los dioses. Algunos días después, el mercader Luque', siempre adornado con su espiral, refiere a Pilotl que el hechicero jaguar ofreció azogue y cinabrio al rey. Pilotl hace una mueca de disgusto. Se arrepiente de haber invertido tantos jades para terminar enterándose de algo que ya sabía.

—¿El primo kochuah no ha dicho de dónde provenía el cinabrio?

Luque' niega con la cabeza. Pilotl se impacienta.

—Con lo que le dimos... ¡Ojalá que lo encuentre rápido!

El mercader pasea su dedo dentro de la espiral que cuelga de su cuello.

—Ya que lo sabemos, sólo tenemos que eliminar a ese hechicero —dice.

—Sí... Pero no tan pronto. Ese sinvergüenza sólo es un escalón en la pirámide de Chichén. Lo que necesitamos... es desbaratar toda la vieja organización. El hechicero desaparecerá al mismo tiempo que el resto. Pronto...

Once días después del solsticio, Manik da a luz, esta vez sin problema alguno. Los dolores empiezan a la medianoche y terminan al alba. Una muñeca aparece a la salida del túnel. No llora. Enseguida se pone a chupar el néctar que le ofrece su madre.

Pilotl se detiene a la entrada del cuarto. Manik deja de respirar y Saasil se queda de pie, rígida, a su lado. El hombre permanece en el umbral, mirando de lejos a la nueva criatura. Con desdén, escupe en el suelo.

—¡Una pulga o, como ustedes dicen, *ch'ik*! ¡Después de tanto tiempo, das a luz y todo lo que puedes ofrecer es una *ch'ik*! Tú sólo generas problemas.

Manik piensa que su esposo olvida con rapidez, pero no se atreve a responder. Supone que a él le encantaría arrojar a la bebé al pozo y empezar de nuevo para tener un varón. Pilotl gruñe y dice que algún día no necesitará al clan Muwan para asegurar su posición de señor. Cuando los itzás sean dueños de la península...

Sale sin decir más. Las mujeres, aliviadas, recuperan la respiración. Al menos no hubo injurias ni golpes. La bebé maúlla. Su madre le da el seno de inmediato; frente a ella, los gemelos observan la escena con cierto disgusto. Nadie se ocupa de ellos. Enojado, Yalam le mete el pie a su hermano, quien se le echa encima y le jala el cabello. Aunque Saasil intenta separarlos, Manik se ve obligada a intervenir y regañarlos. Se tranquiliza al ver sus caras tristes y les explica lo que tienen delante de los ojos.

—Esta bebé es un ancestro que encarnó en la tierra. Hay que darle la bienvenida. Tal vez sea mi madre...

Yalam la mira con mala cara.

—¿Cómo lo sabes? —pregunta.

—Porque esta niña es muy especial. No lloró al nacer.

—Nosotros somos más especiales que ella —replica Hun.

—Somos dos —afirman los gemelos al unísono, tomándose de los hombros.

—Sí, son muy especiales, ¡pero ella también! Quizá tenga alma de hechicera.

—Nosotros sabemos de magia. Tsoltan nos enseña —declara Yalam.

—Muy bien… Esta chiquita podrá aprender también cuando crezca, como Tsoltan o su bisabuela…

Hun, escéptico, levanta su pequeño dedo índice hacia el cielo.

—¿Como Abu murciélago? ¿Va a colgar los pies del techo para dormir?

—No. El murciélago es el doble de tu hermana, su espíritu protector. Todos tenemos uno. El de ustedes es el jaguar; el de ella tal vez es el murciélago.

Yalam se acerca y jala bruscamente el minúsculo brazo del bebé.

—¡No tiene alas! —exclama.

La pequeñita se pone tiesa, enrojece y emite un llanto agudo.

—¡Basta! —dice Manik, enojada—. Vayan a jugar afuera; su hermanita y yo descansaremos.

Los gemelos protestan. Los expulsan por culpa de una llorona que no habla pero requiere toda la atención de su madre.

De pronto escuchan el pitido enérgico de una flauta. Jaak' entra.

—Mu-mucha-achos… Lo-los ja-ja-jaguares ti-ti-tienen hambre. Grrrr...

—Que se pongan las sandalias antes de salir —ordena Manik, contenta por la ayuda providencial.

Lanza una mirada de agradecimiento a Jaak', quien le contesta haciendo un breve saludo con la cabeza.

Mediante una buena suma de jades, el astrónomo se deja convencer de volver a casa de los Muwan para elaborar la carta del cielo de la niña. Calcula que nació el 10.3.34.13.9 o 7 Muluk en el *tsolk'in,* calendario sagrado de la luna, y el 7 Pop del año vago, el *ha'ab.*[15] Bajo el dominio del octavo señor de la noche. Prudente, el sabio habla de los eruditos de la familia materna. Como no conoce a la parentela del padre, alude a su riqueza. Concluye que la niña será artista.

—A manera de juguetes le daremos pinceles y tintas. Sus obras, como las de su madre, servirán a los dioses.

El clan Muwan recibe la noticia con agrado. Pilotl está ausente y los pocos chontales que asisten a la ceremonia suspiran. ¡Otra mujer que hablará con los espíritus! La niña promete ser tan complicada como la madre. ¿Qué pasa con las mujeres de la familia Muwan? ¿Por qué no se conforman sólo con moler maíz como las demás?

A Manik no le gusta el nombre 7 Muluk. Declara:

—Mi hija nació muy rápido. Su apodo será Lilikki. —Y, dirigiéndose a los chontales, explica—: En nuestro idioma, ese nombre significa "la que llega corriendo sobre la punta de los pies".

No hay ninguna reacción por parte de la otra mitad de la familia. Los chontales se dispersan, riéndose. "La chica que corre… ¡La alcanzaremos!"

Con frecuencia Tsoltan siente que alguien lo observa, cosa que lo molesta sobremanera. Él acostumbra vivir rodeado de misterio. En apariencia de forma azarosa, se cruza a menudo con el hipócrita que fingió el éxtasis, al que odia un poco más con cada nuevo encuentro. El primo del rey lo espía; representa un peligro, aun cuando el hechicero ignora para quién trabaja. Necesita deshacerse del tipo lo más pronto posible. Su muerte debe parecer un accidente. Quizá lo envenene con *alcotán,* hiedra que crece en casa de las hadas de Tunkas y que produce un veneno potente. En su casita de la rejollada, adonde el primo del rey nunca se atrevería a acercarse, Tsoltan saca un *atlatl* o lanzadardos de su bolso, obsequio de un tolteca al que curó en Kusaamil. Sabía que lo necesitaría algún día. A fuerza de practicar mucho, el hechicero logra recobrar la precisión que tenía hace tiempo. Los últimos veinte dardos que lanza se clavan todos en el centro del blanco.

Sintiéndose listo, sale para Tunkas a paso lento; no quiere perder a su perseguidor. El espía se convierte en espiado, sin saberlo. El hechicero hace sonar su silbato de vez en cuando; el sonido hace eco a través de la selva. Tan pronto como las hadas reconocen la melodía, se adelantan al encuentro del visitante; reciben con gusto a su querido amigo.

El espía ve salir a tres mujeres de la nada y desaparecer en medio de la selva con el hechicero. Quiso seguirlos pero no pudo. No encontró ninguna entrada en el seto donde los cuatro se metieron. Perdido e incapaz de adentrarse o rodear el obstáculo, el sujeto trepa a un árbol cercano para pasar la noche. Cansado por su largo día, debe soportar la incomodidad de la rama, pero al menos tiene la sensación de haber hecho un progreso. Los chontales de Chichén seguramente escucharán con gusto que el hechicero frecuenta un refugio escondido en la selva, donde podrían descubrir secretos como la ubicación de un depósito de cinabrio. La deuda del hombre quedaría al fin saldada y lo dejarían en paz. Desea con todo su corazón que el hechicero salga del mismo lugar por el que desapareció.

Tsoltan pasa una noche muy agradable con las hadas, mientras macera el rizoma ya seco del *alcotán*. Las hadas siempre tienen reservas. Se dedican a la magia blanca, pero pueden usar la negra si las circunstancias —en este caso un amigo que necesita ayuda— lo exigen. El orador no tiene secretos para ellas.

Por la mañana Tsoltan se despide y emprende el camino de vuelta, descansado y colmado de delicias. Adolorido, el primo del rey lo sigue. Cuando el sol llega a su punto más alto, el hechicero hace una parada en un claro y aprovecha para amarrar el *atlatl* a su muñeca derecha. Al final de la tarde, poco antes de llegar a Chichén, empieza a cojear y a avanzar muy despacio; su perseguidor, que no tiene dónde esconderse, se acerca poco a poco. No hay nadie en los alrededores. Disimuladamente, Tsoltan desliza un dardo en su *atlatl*. Con un movimiento rápido se da vuelta y gira el brazo. Termina apuntando hacia el sorprendido espía, en cuyo cuello se clava el dardo. Un segundo proyectil penetra al lado del primero. El hombre, estupefacto, se lleva las manos al cuello y arranca los dardos, tropezándose. Tsoltan se adelanta lentamente en su dirección. Se inclina hacia su víctima, ahora tendida en el suelo.

—¿Por órdenes de quién me estás espiando?

Inmóvil, boquiabierto, con la lengua de fuera, el hombre trata de respirar, las manos aún en el cuello. Se escucha un estertor agónico.

—Ah... Mercader... Espiral...

Su boca está abierta, pero el aire no entra en ella. Tsoltan sabe que los pulmones y el corazón están paralizándose. Sin embargo, las palabras que oyó le bastan. El enemigo es quien él pensaba: uno o varios mercaderes chontales... ¡La espiral! No cabe la menor duda. Tsoltan recoge sus dardos y nota que la herida sangra un poco. Limpia las manchas del cuello y los dedos del espía moribundo. La herida parecerá una mordida de serpiente. Tsoltan se levanta y alza la mano.

—¡Adiós, traidor! ¡Que los demonios te persigan hasta el final de los tiempos!

Los pies del hombre tiemblan. Tsoltan se da vuelta y camina hacia la ciudad pensando en la espiral, ese símbolo de Quetzalcóatl que llevan los guerreros fanáticos y algunos mercaderes chontales. El problema del espía está resuelto..., pero quedan varios otros.

El hechicero reflexiona acerca de los itzás, cuya presencia crece cada vez más, y no sólo en Chichén sino a lo largo de toda la costa. Maldice a los hipócritas que se alían con los chontales en contra de sus hermanos de sangre. Se siente abrumado por un sentimiento de impotencia que incluso lo hace dudar de su capacidad para controlar la situación. Se acuerda de su padre en Kusaamil. ¿Cómo se las arregla para trabajar a pesar de los fanáticos de Quetzalcóatl? ¿Serán ellos tan numerosos allá como en Chichén? Desea con fervor que, con ayuda de las sacerdotisas, K'ult logre conservar el estatus de santuario para T'aantum. Se anima pensando en el códice que seguramente hizo nacer muchas esperanzas.

En casa de los Muwan, la exasperación de los chontales contra la recién nacida resulta ser infundada. La niña goza de buena salud y se desarrolla con normalidad. Su actividad principal consiste en llamar la atención de sus hermanos, quienes son absolutamente divinos para ella.

Cuando cumple seis meses, en el solsticio de las lluvias, se celebra su *hetsmek* con una ceremonia rápida, puesto que se prepara otra, más importante: el equinoccio verá a los gemelos cumplir cuatro años.

En la familia Muwan, como en el resto de la ciudad, sólo miran a los gemelos, quienes encarnan criaturas míticas y esplendores del pasado. Las élites kupules, kokomes y kochuahes de Chichén los hacen participar en todos los eventos oficiales. Hun y Yalam desfilan con vestimentas típicas según las circunstancias: fiesta de las flores o de las cosechas, el primer día del año, procesiones militares…

El día que cumplen cuatro años, Hun y Yalam hacen su entrada oficial en la escuela real. Como todavía son muy jóvenes y gozan de un estatus particular, se les permite volver a casa todos los días, a diferencia de los otros alumnos, que viven en la escuela y no saldrán de ella hasta que les llegue el momento de casarse, a los trece o catorce años.

Yalam está muy entusiasmado con su nueva vida. Provisto de una espada de madera y un escudo, puede enfrentarse a los muchachos de su edad. ¡Los golpes caen sin tregua! Los estudiantes se familiarizan también con otras armas: arcos y flechas, hondas, *atlatl*. Aprenden algo de lucha. Yalam guerrea mientras su gemelo trata de esconderse. Hun brilla ahí donde falla su hermano; sus profesores se maravillan al ver que este niño ya puede leer y escribir.

Con sus hermanos fuera de casa, Lilikki desarrolla una obsesión: el pequeño pueblo que los gemelos construyeron con su abuelo. Y como tiene prohibido entrar ahí..., ¡la atracción es aún mayor! Constantemente gatea en esa dirección y siempre hay que llevarla a otra parte, porque con sus manos poco hábiles destroza todo. Para salvar las casitas de la destrucción, Asben las cercó con una reja. Pero la niña no se da por vencida. Muy pronto se sostiene sobre sus dos piernitas. A los nueve meses ya camina, pero sólo su madre y Saasil se maravillan ante la proeza de la que llega corriendo sobre la punta de los pies. Lilikki consigue trotar aún más rápido hacia el rincón prohibido, pero el cerco resiste sus ataques.

Un día, al regresar de una obra en construcción, Asben siente que lo invade una ola de cansancio. Tiene demasiado trabajo y responsabilidades. La red de agua de la ciudad se está volviendo cada vez más complicada de manejar. A pesar de su agotamiento, el patriarca se dispone a afianzar la protección alrededor del pueblito de ensueño. De repente se da cuenta de que ésa podría ser su última creación. ¡Un caserío imaginario! Sonríe. La pirámide que soñaba erigir en la plaza central no ha pasado de ser una maqueta, lo mismo que el templo del orador. ¡La obra maestra! Se regocija estirándose en su hamaca a la sombra; al menos logró que el hechicero jaguar sea el responsable. Se siente tan cansado que le duelen los huesos.

Lilikki camina hacia él y sujeta los flecos que cuelgan a los lados de la hamaca. Canturrea para llamar la atención de su abuelo, quien no le contesta. La niña sigue hablándole, llevándole juguetes; no consigue provocar ninguna reacción. Insiste, empujando la hamaca para mecer a su abuelo y cantándole canciones de cuna. Súbitamente la invade una gran tristeza y se pone a llorar. Solloza, sacudiendo los hilos de la hamaca. A Manik, que en ese momento atraviesa el patio, le parece extraño que su padre no atienda a la niña. Se acerca y observa lo inevitable: su padre yace con los ojos muy abiertos y fijos, boquiabierto. Sus manos están frías. Su alma ya se escapó.

La noticia de la muerte de Asben da la vuelta a la ciudad en poco tiempo. De todos los sitios donde hay construcciones acuden para honrar al distinguido patriarca que murió a la venerable edad de cincuenta y cinco años. Excavan su sepultura en el patio principal de la casa, al lado del caserío que creó para los gemelos. Lo entierran con sus joyas y herramientas: cuerdas, tablas de medición, de peso... Tal como se hace con los nobles, cubren su cara con un plato de cerámica, su preferido. Con su cuerpo descansando en el patio de la casa, su espíritu podrá encontrar fácilmente su camino desde el inframundo.

Tras el fallecimiento del patriarca, el control del clan pasa a manos del esposo de Manik. ¡Un extranjero dirigiendo a los Muwan! Los parientes de la joven noble se sienten irremediablemente relegados a una posición inferior respecto a los chontales que se creen itzás en su casa. Ahora ellos mandan y acaparan más espacio cada día. Sin embargo, Manik conserva su sitio a la entrada de la cocina; ni siquiera la segunda esposa de Pilotl se atrevería a usurpar su lugar. Y cuando el esposo se ausenta, lo que es frecuente, Manik administra la casa. Apoyada por los Muwan, mantiene la cabeza alta ante la arrogancia chontal.

El primer cumpleaños de Lilikki pasa casi inadvertido, puesto que Chichén invierte muchos esfuerzos en la guerra durante la estación seca. Los capitanes chontales y toltecas atacan las ciudades vecinas con ayuda de tropas de campesinos. Luego, cuando se acercan las lluvias, los soldados dejan las armas para dedicarse a sus cultivos. Los alimentos arrebatados al enemigo les permiten sobrevivir hasta la siguiente cosecha.

Habiendo cumplido cinco años, los gemelos entran en la escuela de manera permanente, aunque se les permite salir para cuidar a sus jaguares. Dejan la casa sin pesar; prefieren la compañía de sus profesores y amigos a la de su hermana, demasiado fastidiosa. Los combates con espadas, las exploraciones en la selva y la observación de las estrellas les interesan mucho más. En la escuela participan a menudo en las danzas y procesiones que animan los festivales. Yalam juega a ser el hombre fuerte y camina con niños parados sobre sus hombros. Hun atrae la atención mediante saltos y piruetas. Con su disfraz de plumas baila cual pájaro divino en la cumbre de la pirámide celeste.

A pesar de estar juntos casi siempre, los gemelos se desarrollan de modo diferente, cada uno con sus talentos. Hun destaca en las tareas intelectuales y a menudo ayuda a su hermano a escribir. Por su parte, Yalam sobresale en las actividades físicas; muchas veces defiende al enclenque Hun y recibe los golpes destinados a él. Los dos comparten una verdadera pasión por el juego de *pok-a-tok* y muestran buena coordinación en el terreno de los pequeños. Yalam es capaz de mandar la pelota de un lado a otro, burlando a los jugadores más grandes que él, mientras que Hun se mete donde nadie lo espera. En el último momento, cuando todo parece perdido, él puede lanzarse bajo la pelota para impedir que toque el suelo y marcar un punto. Los dos logran jugadas tan rápidas que dejan a los otros con la boca abierta de admiración o rabia, según el caso.

A Lilikki también le gustaría jugar, pero su madre le explica que el *pok-a-tok* es sólo para los niños. Para entretenerla le dan una muñeca que la niña arroja al aire enseguida, como si fuera una pelota.

Los miembros de la familia —tanto los Muwan como los chontales y toltecas— no se pierden ningún partido de sus queridos héroes. A todos los pueblos del Anáhuac, de la costa o el interior, les encanta el *pok-a-tok*. Hasta Tsoltan acude a veces a los encuentros. Se aplauden las proezas de Hun y Yalam. Los muchachos logran así su mayor hazaña: unificar a una familia que por lo regular está dividida.

27. INTERMEDIO

Manik se siente muy feliz con su hija. Lilikki recibe todo el afecto que en otra situación habría podido ser para los gemelos o para un marido cariñoso. La niña ha cumplido su segundo año; es hora de imponer el destete, pero la madre aplaza la tarea en virtud de que, tan pronto como lo haga, Pilotl la perseguirá para tener otro hijo. Es mejor ganar tiempo, ya que amamantar de noche es un placer. Lilikki es agradable, risueña, curiosa, y, tal como lo predijo el astrónomo, muestra interés por el dibujo y los colores. Aunque Manik todavía no sabe cuál de sus ancestros reencarnó en ella, debe reconocer que, al haber nacido gracias a la intervención de Tsoltan, tiene predisposición a desarrollar la doble visión: ver los espíritus, el futuro... Fue Lilikki quien avisó a la familia de la muerte del patriarca. ¡No será la primera bruja entre los Muwan!

En tanto Manik se ocupa de su hija y de la casa, olas de migrantes siguen llegando desde el sur. La familia Muwan recibe a algunos de esos desesperados, lejanos parientes que vienen de Mutal. Agotados, narran historias de ciudades envenenadas, llenas de cadáveres, caminos controlados por ladrones y matones. Durante su largo recorrido, las familias perdieron varios niños y ningún anciano sobrevivió. Según lo que se escucha, el glorioso reino de Mutal está casi abandonado. Sólo quedan unos grupos en el centro, aferrados a los estanques del palacio.

Alrededor de Chichén y de la península es momento de quemar las parcelas derribadas en la selva en la época del solsticio de la larga noche, unos cinco meses atrás. Los árboles talados se han secado. ¡Con este sol! El humo de varios fuegos ennegrece el cielo. Los milperos tratan de no equivocarse: la quema debe hacerse poco antes de las lluvias para evitar que las malezas invadan la tierra desnuda antes de que broten los cultivos.

Las familias campesinas consumen sus últimas reservas mientras se realizan rituales para pedir lluvias. Adivinos, chamanes y curanderos recorren las milpas con el fin de celebrar la ceremonia del Cha'a Chaak. "¡Chaak, dios de la lluvia, escucha nuestras súplicas!" Firmes en sus creencias, chontales y toltecas oran a su propio señor de la lluvia, Tláloc, pero sin mayor éxito.

El dios sol triunfa en los cielos cada día. La estación seca se alarga, siempre cruel. El viento arranca la tierra y la ceniza de las parcelas quemadas hace más de un mes.

Las lluvias caen por fin, pero lo hacen tan tarde que la hambruna sigue amenazando a las poblaciones. Nadie se sorprende; es algo inevitable. Hay que esperar hasta el solsticio del día largo para que Chaak suelte sus aguas. Los campesinos, atentos, sembraron sus milpas recientemente. A pesar de las dificultades, la tierra empieza a cubrirse de pequeñas hojas; las primeras cosechas madurarán poco antes del equinoccio: primero las calabazas, luego el maíz y los frijoles. La gente riega las huertas que rodean las casas, las cuales dan frutos, verduras, hierbas y palmas. El equinoccio pasa sin traer huracanes. Se murmura que Chaak está agonizando.

En la escuela se festeja el sexto ciclo solar de los gemelos. Sus padres, su hermana y sus padrinos son invitados a una pequeña ceremonia. Xooch', el chamán búho, se presenta, pero no el otro padrino ni el padre chontal, ya que ambos están fuera de la ciudad. Los alumnos demuestran su habilidad con la espada; Yalam triunfa en medio del grupo. Un coro de niños canta un himno a los gemelos heroicos. Hay música y danzas. Manik busca a Hun con los ojos, sin encontrarlo. Sólo cuando sirven jugos y bocados lo descubre, al final del patio, postrado en un banco de mimbre, con la cabeza apoyada sobre el hombro. El chamán búho lo ve al mismo tiempo que ella. Los dos se levantan y caminan aprisa hacia el muchacho; los alcanza el jefe de la escuela, que se acerca veloz.

—Justamente quería hablarles de Hun. Temo que su situación no está mejorando.

Manik le lanza una mirada furiosa.

—¿Por qué no me avisó antes?

—Pensé que iba a recuperarse. Nuestro curandero lo cuida muy bien. Él me aseguró…

—¡Ah! ¡El pésimo sanador que trabaja aquí hace años! Con él, incluso un hombre fuerte podría enfermarse —gruñe el viejo búho.

Manik toma la mano de Hun. Está muy caliente, al igual que su frente. El niño tiene los ojos hundidos, los labios resecos. Respira tan rápido como un pajarito y tose. La joven madre levanta un brazo hacia los cargadores.

—Lo llevaremos a casa enseguida.

El jefe de la escuela se inclina, resignado al fin abrupto de la fiesta. Los cargadores llegan corriendo. Con ayuda de unas esteras, transforman el banco en camilla. Se llevan a Hun de inmediato. Yalam los sigue, con la mano de su hermano en la suya. No va a abandonarlo. El búho Xooch' escupe insultos en la cara del responsable; lo amenaza con los peores suplicios en caso de que su ahijado no sane.

Tan pronto como entran en la casa, el chamán pide que se prepare una infusión calmante. Ante todo quiere bajar la fiebre e hidratar al niño. Vierte agua virgen entre sus labios. Pone paños húmedos sobre su cara, masajea sus extremidades, la espalda, el vientre. Con lágrimas en los ojos, Yalam cuenta que en la escuela Hun suele recibir golpes durante los combates.

—Como es pequeño, los otros se ríen de él; le dicen que, si es divino, que se defienda. Yo trataba de protegerlo, pero varios alumnos se unían para maltratarlo. Quizá tiene costillas rotas.

—¿Los profesores no los detenían? —exclama Manik.

—No; les gusta cuando hay sangre. Nos obligan a hacer penitencia todo el tiempo.

Manik y el búho intercambian miradas.

—Este muchacho necesita ser atendido y descansar —declara el chamán—. Su alma y su cuerpo están dañados, pero yo no puedo quedarme a su lado durante días.

Manik busca una solución. Se le ocurre algo:

—Tengo unas amigas... Las hadas de Tunkas...

—Las conozco. Buena idea; viven a un solo día de caminata. Podrán sanarlo. Hun resistirá el viaje.

Mirando a su madre, Yalam pregunta:

—Si nos vamos, ¿quién cuidará a los jaguares?

A Manik se le había escapado ese detalle. Se da la vuelta hacia el chamán y dice:

—¿Está Tsoltan en Chichén?

El búho sacude la cabeza y levanta una mano.

—Creo que se fue... Tal vez... a Kusaamil.

—Bueno, mandaré a un primo para que se ocupe de los animales.

El chamán aprueba la propuesta. Le susurra al oído:

—Si las hadas son tus amigas, sabes que necesitas un silbato para anunciarte.

—Sí, tengo uno.

—Eres una cierva muy valiente —dice el búho, casi con afecto, al despedirse.

Manik organiza el viaje. Jaak' y Saasil la acompañarán: el primero, por ser su guardián; la segunda..., porque no podría salir sin ella. ¡Tendrán que encargarse de tres niños! La joven precisa cargadores, soldados y víveres. Se sorprende al ver que ningún chontal se opone al viaje. Supone que la segunda esposa de Pilotl y la esclava kokom están embarazadas de nuevo; su marido ya no la necesita para demostrar su virilidad. Sin embargo, hace prometer a uno de los chontales que informará a Pilotl cuando vuelva a Chichén.

Los Muwan preparan lo esencial en una noche. La tos de Hun los obliga a actuar con celeridad. Los viajeros están listos en la madrugada. Se abren las puertas. Manik sale en su silla, con Lilikki en las rodillas; las sigue Hun, recostado en una camilla. Yalam insiste en sostener una sombrilla sobre la cabeza de su hermano; es su manera de permanecer a su lado.

El grupo se dirige a Tunkas evitando los grandes *sakbeh*. A un lado del sendero, Manik descubre una pequeña estela con una inscripción. Un primo del rey encontró la muerte en ese lugar hace poco. Como los cargadores no se detienen, la joven no alcanza a leer el mensaje completo, pero distingue el último glifo: una serpiente de cascabel. De repente se siente asustada y mira con miedo la selva que los rodea.

Los viajeros no se cruzan con mucha gente. Los pájaros llenan el aire; sus cantos se repiten como ecos de un lugar a otro. Manik sopla a veces su silbato con forma de guajolote ocelado, el cual imita los ruidos cortos y agudos de esa especie de faisán. Tiene la impresión de que un pájaro similar le responde. Aliviada por la tranquilidad del entorno, se alegra ante la posibilidad de encontrarse pronto con sus amigas poetas, expertas en el arte de la curación y la comunicación con los espíritus. No las ha visto desde hace años; desde que se casó, en realidad.

Mientras para Manik el trayecto es una caminata hacia la libertad, a Yalam le parece un viaje interminable. No se atreve a quejarse, pero la sombrilla pesa demasiado entre sus manos; apenas logra arrastrar los pies debido al cansancio. Manik hace señas a Jaak', quien insiste en reemplazar a Yalam al lado del enfermo. Ella instala al muchacho en su silla, encomendándole a su hermanita. Sigue el viaje a pie, mientras Lilikki brilla de felicidad en brazos de su hermano. El cambio se lleva a cabo sin que el grupo se detenga. Hun dormita entre ataques de tos.

De repente, Manik reconoce con emoción la estrecha desviación antes del pueblo de Tunkas. Un ramillete de flores cuelga de una rama.

—¡Miren! ¡Estamos llegando! —dice conmovida.

Los niños sólo ven follaje. Manik descubre el acantilado blanco, por encima de los árboles, un techo de palmas apenas visible en la cumbre de una ceiba muy alta. Su corazón late de felicidad. Quizá habría podido vivir con esas mujeres tan especiales, si no la hubieran obligado a casarse. Leves sonidos llaman su atención.

—¿Escuchan esos ruiditos?

Yalam y Lilikki prestan atención.

—Uuuuuu... Uuuuu —murmura la pequeña.

Manik sonríe. Yalam mira para todos lados.

—Percibo algo parecido al sonido de un caracol... ¿O son maracas? *¿Aluxes?*

—Mis amigas saben de música y de magia. Pueden transformarse en animales, espíritus...

Lilikki exclama:

—¿Podré jugar con ellas?

Manik no contesta; sopla en su silbato y contempla el refugio a lo lejos, todavía más bello que en sus recuerdos. Los viajeros cruzan una verja entreabierta, donde cuelga una hiedra de hojas anchas. Manik conoce esa planta, pero no se acuerda de su nombre ni su uso. Tendrá que preguntar... El grupo se detiene frente a una casa en un árbol, o más bien un árbol que sirve de casa. Se acercan. La gran ceiba se eleva al borde del acantilado. Sus raíces entrelazadas descienden a lo largo de la pared rocosa para hundirse en el agua del cenote, donde se reflejan las grandes ramas. Es difícil notar la diferencia entre la vegetación y la construcción, aparte de que el abultado tronco tiene algunas aberturas que dejan ver el cielo.

Un verdadero nido, invisible para quien no lo conoce. Sin embargo, los perfumes del copal y de las flores indican una presencia... Además, objetos extraños decoran el lugar: espantapájaros, arcos trenzados, huesos suspendidos en el aire. Desorientados, los niños dan vueltas. Lilikki apunta con el dedo y grita:

—¡Mira, mama, arriba!

Manik levanta la mirada. Encima de ellos se balancea una gran escultura hecha de ramas de madera, fibras, conchas y plumas. Las diferentes piezas se mueven, chocan de repente y producen sonidos variados.

Una silueta sale por detrás de unos arbustos y alza una mano. Manik conduce a su grupo en esa dirección.

La silueta resulta ser un anciano que pide que lo sigan. Los viajeros rodean el árbol inmenso y luego franquean un portal. Con un gesto, el anciano indica a los cargadores y soldados que se instalen en una gran choza al pie del árbol. Al lado, Manik observa una jaula impresionante, muy grande, semejante a la que hay detrás del templo del búho. En ésta también podrían vivir jaguares. Enseguida piensa en Tsoltan. "El lugar le convendría perfectamente."

El anciano se inclina cerca del umbral para dejarlos pasar. Jaak' toma al enfermo en sus brazos. Seguido por Manik, los niños y Saasil, se adentra en el tronco. Yalam y Lilikki tuercen el cuello para ver la cima. Notan unas escaleras que suben a lo largo de la pared curva, con aberturas en diversas alturas. ¡Todo les parece tan extraño! Dejan escapar exclamaciones de sorpresa. Manik sabe que los niños tienen mucho más por descubrir. Hay otros dos troncos de madera y estuco que conservan su fachada de árbol; están dispuestos en triángulo, encima del acantilado. Las hiedras cubren las ramas secas y dan un aspecto vivo al conjunto. El anciano se escabulle.

Yalam, emocionado, se olvida de su hermano enfermo y pone un pie sobre el primer escalón; con el otro ya apoyado en el segundo, pregunta:

—¿Puedo subir?

Hun mira a su gemelo con ojos febriles; tiene muchas ganas de trepar también.

—Espera —aconseja la madre—. Primero vamos a saludar a mis amigas.

Se adelanta. Por una hendidura en el tronco se ve el agua color de jade del cenote, que brilla como si tuviera luz en su interior. Manik recuerda que se hicieron brechas en la roca para iluminar el fondo. Lilikki está tan impresionada que toma a Yalam de la mano para acercarse. Los reflejos la cautivan. Yalam sueña.

—Un salto… ¿de siete, ocho pasos?

Manik le pone una mano en el hombro.

—Ni lo pienses.

Se escuchan risas algo disimuladas que vienen de arriba. Los viajeros levantan la cabeza. Una nube de pétalos blancos y rojos desciende del piso más alto. Las corrientes de aire los hacen bailar. Lilikki da saltos con las manos en alto para atrapar algunos. Yalam se hace el desinteresado, pero termina extendiendo las manos, al igual que Hun. Arriba, tres caras se dibujan en la abertura del centro del último piso. Una voz cantarina resuena:

—¡Pequeña hada! ¡Qué gusto verte de nuevo! Bienvenida, te esperábamos.

Manik ríe.

—¡Increíble! Después de tantos años… ¡reconocieron el sonido de mi silbato!

Las tres damas se divierten.

—¿Y quiénes son esos lindos niños?

—Son míos —lanza Manik—. Aquí está Yalam; Hun, su gemelo, y Lilikki…

Los tres pequeños mueven las manos hacia la cumbre. Manik concluye las presentaciones:

—Saasil, mi querida dama de compañía, y Jaak', nuestro protector. ¡Qué bienvenida…, una lluvia de pétalos!

—Vamos a bajar —dicen las hadas.

El reencuentro es muy alegre. Tres mujeres con atuendos excéntricos abrazan a Manik como a una hermana, y a sus hijos como si fueran los suyos. La mayor lleva una corona de flores; su túnica está pintada de corolas y sus collares huelen a verbena. La segunda luce adornos en forma de estrella, y la más joven, de pájaros: esta última tiene plumas en el cabello y en los aretes. Emocionada de hablar con sus viejas amigas, Manik les hace muchas preguntas acerca de su salud y su vida; escucha con gusto el breve relato de su felicidad:

—Vivimos rodeadas de plantas y animales —dice la joven de las plumas.

—Y hasta de humanos —agrega la de las estrellas.

—Recibimos huéspedes a menudo —afirma la mayor—. Reyes, enfermos… Buscan consejo o cura. Los campesinos de Tunkas nos traen comida. También se acercan a orar y meditar. Mantenemos vivo el contacto con los espíritus. La tercera casa siempre está dedicada al silencio y el sueño… místico, por cierto.

Una tos ronca interrumpe la conversación. Las cabezas se dan vuelta hacia Hun, todavía en brazos de Jaak'. Con una mirada, las hadas comprenden la gravedad de la situación.

—Podemos subir al primer piso; estaremos más cómodos —dice el hada mayor.

Yalam aprovecha la invitación para trepar la escalera que parece suspendida en el vacío. La experiencia es tan novedosa que olvida el cansancio del viaje. Manik, para quien el ascenso representa cierto peligro, toma a su hija en brazos; Jaak' la sigue con Hun en los suyos. Saasil cierra la procesión y sube pegada a la pared. Todos llegan a un piso y pasan por una abertura para encontrarse en un cuarto de madera, con amplias ventanas que dan hacia la selva.

El hada de las estrellas extiende un cobertor sobre una estera. Jaak' acuesta ahí a Hun, quien parece dormir. Sin pedir explicaciones, las hadas se arrodillan a su alrededor y ponen las manos sobre el cuerpo huesudo. La dama de las flores habla con voz grave:

—Espíritus que atormentan a esta alma pura, regresen al Xibalba.

Las tres cantan una oración pasando las manos por encima de Hun. Le dan un collar perfumado, un brazalete con pequeñas estrellas y otro con plumas.

La más joven de las hadas vierte agua de fruta en unos cubiletes que distribuye a todos. Ayuda a Hun a beber unos sorbos. La maga de las estrellas sale del cuarto. Vuelve poco después con una taza humeante. Se la da a Hun sin que éste se queje; el sabor a miel oculta la amargura de las plantas. El hada trajo asimismo paños calientes impregnados de arcilla y resina que extiende sobre el pecho de la criatura. La respiración de Hun se vuelve más lenta y profunda.

El hada mayor pasa un brazo alrededor de los hombros de Manik.

—Ahora vas a contarnos todo lo que pasó desde que dejamos de vernos…, hace largo rato.

Después de tomar agua, Manik resume su vida de mujer casada. Con sólo mencionar el peregrinaje a Kusaamil, sus amigas lo entienden todo. Ellas conocen esos rituales, ya que proveen de varias plantas al santuario. Manik agrega detalles de los gemelos, y en especial sobre Hun. Mientras habla, las hadas observan al enfermo. Se comunican entre sí con señas rápidas. El relato de Manik termina con la fiesta en la escuela. Calla.

Con cara de inteligencia, Yalam dice:

—Con nuestro abuelo construimos un pueblo, pero en él no hay ninguna casa que se parezca a la suya. ¿Cómo es que se mantiene derecha?

La más joven de las hadas le acaricia la cabeza y explica:

—Este cuarto se apoya en una rama grande de la ceiba y está suspendido por cuerdas atadas a las ramas de arriba.

—Algo así como una hamaca… —nota el hada mayor.

—Cuando soplan vientos fuertes, todo se mueve —afirma el hada de las estrellas.

Yalam hace una mueca.

—¡Pero no es nada sólido!

—Al contrario —contesta la dama—. Ningún huracán ha podido arrancarla de su sitio. Los *aluxes* cuidan las cuerdas para que no se aflojen. Trabajan de noche, cuando brilla la luna.

Luego de una comida abundante, todos se echan en hamacas para pasar la noche. Lilikki duerme con su madre. Hasta Hun, bien arropado en cobertores, descansa; su respiración se asemeja a un silbato, pero es regular. Manik lo escucha por un tiempo, convencida de que sus amigas lograrán sanarlo. Se hunde en un sueño en el que se transforma en murciélago, espíritu de las tinieblas, y vuela para encontrarse con el jaguar, señor de la noche.

28. PREPARATIVOS

En la mañana, después de beber generosos cubiletes de atole y comer montañas de frutas, el hada de las plumas mira a Yalam.

—¿Quieres subir a lo más alto de la casa? —le pregunta—. Desde ahí se puede ver muy lejos por encima de la selva. ¡Por la noche se ven incluso los fuegos de Chichén!

El niño, entusiasmado, pega de brincos. Él y el hada salen y suben a toda prisa la escalera.

Lilikki parlotea y mira por la ventana. Descubre, escondidas en un rincón, dos muñecas de algodón dentro de una canastita. Grita de alegría:

—¡Bebé! ¡Bebé!

—¡Ah! Gemelas —nota el hada de las flores—. Son tuyas. ¿Sabes que pueden cantar?

La pequeña niega con la cabeza mientras la dama toma las muñecas y las pone frente a su boca. Entona alegres rimas infantiles. Lilikki escucha fascinada. Festeja el final con aplausos. La dama repite la canción; Lilikki trata de cantar con ella.

Yalam regresa de las alturas muy emocionado.

—¡Miren lo que encontré!

Les muestra una piragua de madera, de tres pies de largo, con dos remos y una cuerda en cada extremo.

—¡La dama dice que flota en el agua! Los *aluxes* la construyeron… para pasear en el cenote.

Pone el juguete bajo la nariz de su hermano para que éste pueda admirarlo. Todavía débil, Hun sonríe un poco. El hada de las plumas susurra:

—Tu gemelo podrá jugar contigo pronto, en unos días… Mientras tanto yo bajaré contigo al cenote.

Yalam se despide con pesar de su hermano y sale en compañía de su amiga, con Jaak' siguiéndolos. El hada de las estrellas se levanta.

—Espérenme… ¡Voy con ustedes!

Escuchan pasos cada vez más lejanos en la escalera. Manik mira a Saasil, que juega con Lilikki y las muñecas. Sonríe.

—Me siento muy contenta de estar aquí.

—¡Con tres pilluelos! Tu vida parece muy próspera —señala el hada de las flores.

—Sí, estoy feliz con los niños. Me gusta pintar, pero mi esposo me atormenta por ello… Es un bruto. Un chontal que se dice tolteca… ¡y ahora itzá! Por suerte hay consuelos.

Un suave recuerdo invade a Manik. Se acerca a su amiga y, como se siente en confianza, decide hablar con el corazón.

—Amo a otro. En Kusaamil, en el templo de Ixchel, conocí a un hechicero. No lograba tener hijos…

—¿A causa de tu esposo violento?

—Él es estéril, pero hace como si el problema no existiera. Se las arregla para esconderlo. Gracias al hechicero tuve a los gemelos. Luego a mi hija… Debo mucho a ese hombre. Con él, los problemas se resuelven solos.

El hada sonríe. Lilikki trepa a las rodillas de su madre, quien le da un beso a ella y a las muñecas, antes de mirar a su amiga a los ojos.

—¿Será que el hechicero de Kusaamil viene por estos rumbos?

El hada duda un poco. Trata de pensar en lo que puede contar y lo que debe callar.

—Sí, a veces nos visita para descansar y… reflexionar.

Manik lo había adivinado, por la jaula. Se estremece. El hada lleva la conversación hacia temas menos complicados.

—La última vez que estuvo por aquí, nos dejó un códice. ¿Lo viste?

Manik niega, intrigada. El hada explica:

—Todas aquí lo leímos. Luego lo prestamos al pueblo de Tunkas.

—¿De qué se trata?

—En los primeros pliegos hay oraciones antiguas. A continuación se narra la leyenda de los gemelos divinos, pero de tal manera que parece actual. El códice termina con consideraciones sobre la monarquía, principalmente la de Chichén. Se presenta al rey K'inilkopol como protector de los gemelos heroicos.

—Linda historia… Sin embargo, la leyenda incluye el martirio de los héroes divinos.

—Y su renacimiento…

—¡En astros! Eso me horroriza… Aun así, me gustaría leer ese códice. Tal vez la próxima vez que venga, si es que puedo volver… Cuando el hechicero regrese por aquí…, ¿podrían avisarme? Si él lo desea, claro. Porque para mí es sumamente difícil encontrarlo en Chichén. Todo se sabe muy rápido… ¡Y con mi esposo tan colérico!

—Sí, al menor disgusto mandan sacrificar a las mujeres o las lapidan. —El hada mayor suspira.

—Es lo que temo… desde que me casé. Y más ahora con los gemelos. Su nacimiento incrementó el poder de mi esposo en Chichén. Por suerte viaja mucho; no obstante, cuando está en la ciudad conspira…

—Percibo tu amargura y tu miedo.

—Sólo soy una presa en su telaraña.

—Puedes regresar aquí en cualquier momento. Nos ocupamos de las almas y los cuerpos, lo sabes. En caso de que tus hijos necesiten ayuda, te daré tres silbatos; dos son idénticos y otro tiene un timbre agudo, para la niña. Que los hagan sonar al principio del camino, para anunciarse. Siempre hay gente en la selva. Recolectores y cazadores del pueblo que nos conocen. Los guiarán hasta aquí. En cuanto al hechicero…, si se presenta una oportunidad…

Las dos mujeres se sonríen, se entienden.

Escuchan ruido de agua y gritos de alegría abajo. ¡Jaak' saltó al cenote! Yalam está a punto de imitarlo.

Lilikki insiste en que su madre les dé leche a sus bebés.

—Sed…

Con las muñecas pegadas a un seno y Lilikki al otro, Manik sigue conversando. El hada se asombra.

—Es una niña bien desarrollada… ¿Todavía no la destetas?

Lilikki dirige una mirada inquieta a la dama. Mantiene la boca apretada sobre el pezón: siente una amenaza. Manik agacha la cabeza, como si estuviera haciendo algo mal.

—No es reproche… —asegura el hada.

—Es mi manera de manejar la situación. Amamantar aplaza los embarazos. Como aún le doy el seno a Lilikki, el honor de mi esposo se encuentra a salvo y yo estoy tranquila... por un tiempo.

—¡Siempre podrás destetarla antes de su boda! —dice el hada, riendo.

Se requirieron diez días para curar a Hun. Las hadas hablaron de un mal en los pulmones, por donde los espíritus malvados se habrían colado; una o varias costillas lastimadas por golpes de palos, puños o pies, y llagas purulentas, quizá por cuchillas de sacrificio sucias.

Una vez restablecido, Hun recupera el apetito y algo de fuerza. Lo vigilan Saasil, a quien le falta el aliento, y Jaak', más atlético. Los gemelos y su hermana corren de arriba abajo entre los tres árboles, gritando de alegría. Manik piensa que, afortunadamente, por el momento no hay nadie en la casa dedicada al silencio. Siente que es tiempo de irse; agradece lo mejor que puede a sus maravillosas amigas.

La última noche, las hadas instalan una carpa para los gemelos; tiene piso de mimbre y techo de palmas, y está rodeada por una malla. Semeja un hongo colgado de una rama gruesa. Hun y Yalam se adelantan a gatas sobre el puentecito que lleva al refugio. El hada de las plumas les hace prometer que no saldrán hasta que ella vaya a buscarlos por la mañana.

—Tal vez se acerquen los *aluxes*... Si los ven, sean discretos —dice, con el dedo índice sobre los labios.

Encantados por la experiencia, los muchachos juran espiar a los *aluxes* toda la noche. Manik se acuesta en su hamaca en el cuarto contiguo, con Lilikki a su lado. Siente gran tranquilidad. Los niños sueñan. *Aluxes* con ojos de búho trepan hasta el árbol-casa, atándolo firmemente con cuerdas y nudos. Una nube de luciérnagas curiosas rodea la carpa, la cual se mueve ligeramente en la frescura de la noche. Las ranas croan su himno a la vida.

La madre y su grupo regresan de su estadía en Tunkas como si despertaran de un sueño, con la cabeza llena de historias: las hadas, los árboles-casas, el cenote, los *aluxes* que brillan en la noche... Manik recomienda a sus hijos, a Saasil y a Jaak' no hablar de su viaje; también explica a los chicos que deben cuidar su silbato.

—Lo mejor es llevarlo al cuello siempre. Así, en caso de necesitarlo...

Para dar el ejemplo, usa el suyo a manera de colgante; es su amuleto.

Al llegar a casa la joven descubre con felicidad que Pilotl no ha vuelto todavía. Con un poco de suerte éste no se enterará de la enfermedad de Hun ni del viaje a Tunkas.

Pilotl no tarda. Dos días después entra furioso en Chichén. En el río de sal perdió varios hombres a resultas de un enfrentamiento con bandidos de Ek Balam que volcaron unas de sus preciosas piraguas. Tuvo que mandar unos muchachos para recobrar al menos parte del cargamento del fondo del río. Tan pronto como le es posible toma la palabra en el Popol Náah para exigir venganza.

—Divino rey, honorables itzás, kochuahes, kokomes y kupules de Chichén, no podemos seguir tolerando humillaciones. Es momento de ejercer nuestro poder. Que Ek Balam pruebe el fruto de nuestra ira. Hay que declarar la guerra. ¡Ahora!

K'inilkopol lanza una aburrida mirada a ese mercader que se atreve a hablar nuevamente de la guerra.

—Ek Balam es una fortaleza inexpugnable. Además, es de temer que las provincias de la península se alíen con ella en contra de Chichén.

—Muy excelente rey, entiendo la dificultad; la fortaleza no deja de ser impresionante. Sin embargo, no podemos ignorar que Ek Balam nos perjudica. Sus soldados nos han agredido en Puerto Caimán, a pesar de todas sus promesas de amistad. Ek Balam todavía nos considera tributarios, aun cuando Chichén ha crecido mucho. ¡La única manera de darnos a respetar es aniquilar a esos traidores! Podemos atacar, pero ha de ser tan rápido que nadie pueda oponerse.

K'inilkopol suspira; levanta la mano como si estuviera muy pesada. ¡Ay! Esos extranjeros...

—Seguramente el noble itzá sabe que la estación de lluvias está acabando y que, a pesar de las debilidades de Chaak, los campesinos logran cosechar granos en sus milpas. Ninguno abandonará su parcela. ¡Sería ofender a los dioses!

Pilotl hace una inclinación y dice:

—Muy bien, soberano celestial. Entonces, que se declare la guerra un poco después, con el solsticio de la larga noche.

Un murmullo de aprobación circula entre los hombres del consejo. Un itzá rico se adelanta.

—Apoyo al señor Pilotl. Soy de Xuenkal y puedo proporcionar mil hombres armados. Mis campesinos me seguirán en la guerra. Necesitan tierras y selvas para sus milpas, dado que, a causa de la sequía, deben incrementar las superficies cultivadas para alimentar a sus familias. El botín podría resultar interesante... para todos nosotros.

Los mercaderes presentes también prometen muchos soldados. El rey no puede retroceder. Con una mueca de disgusto, concede su permiso. Pilotl toma asiento con la cabeza en alto. Lo felicitan. Según está previsto, el próximo solsticio tendrá lugar en poco más de dos lunas: tiempo suficiente para un último viaje, perfecto para reunir alimentos.

Pilotl se frota las manos con satisfacción; los negocios se anuncian muy beneficiosos.

Piensa dirigirse al sur en vez de ir a Acalán o el Anáhuac, como es costumbre. No necesita obsidiana; sus almacenes desbordan de ella. El istmo de los volcanes lo atrae; ahí, según dicen, la sequía no es tan grave como en la península. Incluso hay cosechas en abundancia. Alrededor de Chichén, el valor de los granos sigue subiendo debido a la escasez; los nobles intercambian jades por bolsas de maíz o frijol. Eso sin contar que, durante la guerra que se aproxima, los señores deberán alimentar a sus soldados.

Además, hay otra razón que atrae a Pilotl hacia el sur; tiene un asunto pendiente por ahí.

El espía que recibió la bolsa de jades murió sin revelar el origen del cinabrio. Pero eso importa poco porque Pilotl tiene otra pista: un mercader habló del azogue que se exhibió en Lamanai. Quiere ir a indagar en esa ciudad que nunca ha visitado. Podría descubrir cosas interesantes.

Sin embargo, antes de viajar hay que arreglar algunos detalles. Primero, el mercader mejora el armamento. Cambia mucha obsidiana; el rumor de la guerra hace que los bolsos se abran. Pone a trabajar a canteros y armeros: necesita puntas para flechas, dardos, lanzas medianas y grandes, cuchillas para navajas, espadas… Pilotl se alegra, consciente de que el sueño que lo trajo a Chichén está a punto de hacerse realidad. Cuando los itzás hayan conducido a la ciudad a la victoria, extendiendo así su dominio, podrán tomar el control de Chichén.

Hará el pequeño viaje con rapidez, para volver a organizar el ataque. Sin embargo, antes de partir le queda un asunto por resolver. Pilotl considera que sus hijos pierden el tiempo en la escuela. Tienen demasiados juegos, danzas y esa escritura complicada… La monarquía pretende convertirlos en príncipes divinos, cuando él necesita brazos que lo ayuden. ¡Los chicos ya cumplieron seis años! A esa edad, él ya había navegado los grandes ríos. Los gemelos deben aprender algo útil.

Decide sacarlos de la escuela para que se inicien en el mar. Debe negociar con las autoridades, que desaprueban su propósito. El mercader insiste; por una vez, Manik no lo enfrenta e incluso critica a la escuela tanto como él.

Al final, Pilotl consigue que los gemelos se ausenten dos meses. No piensa llevarlos a su viaje; requiere hombres experimentados para avanzar rápidamente. Confía a Jaak' la tarea de enseñarles a navegar. Ya no necesitan al muchacho en casa, en vista de que las mujeres están ocupadas: la Muwan está amamantando, la chontal debería parir pronto y la kokom acaba de dar a luz.

Jaak' llora de alegría en su interior. ¡Por fin volverá al mar! Hace cuatro años que hizo su último y único viaje al territorio de Ekab.

Cuando Manik se entera del plan de su esposo, no se alarma mucho. Al menos sus hijos no irán a Acalán. Ekab queda cerca, así que estarán de vuelta pronto. Para mayor seguridad, corre al templo del chamán búho. Tiene suerte: lo encuentra en su alcoba, poco después de su regreso de Balankanche'. Manik pone granos de cacao en la palma reseca del chamán y le pide que le mande un mensaje a Tsoltan: los gemelos viajarán en breve a Ekab. Ella desea que Tsoltan pueda ir allá, aprovechando que la isla de Kusaamil se encuentra a corta distancia. El anciano hace rodar los granos en su palma y le asegura que transmitirá sus palabras. Concluye:

—Si los gemelos se van y Tsoltan está en Kusaamil, ¿tú te ocuparás de los jaguares?

Manik hace una mueca. ¡Una tarea más!

—Eh… Pues no sé. —Resignada, añade—: Bueno… Si no hay opción…

El chamán le regala una discreta sonrisa.

—Los esclavos del templo te ayudarán. No te preocupes. Todo saldrá bien.

Una vez que todo queda arreglado, Pilotl considera que puede viajar. Decide tomar el camino más corto para llegar cuanto antes al mar de oriente. Desde ahí, él irá a Lamanai y Jaak' navegará en dirección opuesta, hacia el norte. Todavía encantados por su viaje a Tunkas, Hun y Yalam se entusiasman por esa nueva expedición que imaginan tan divertida como la anterior.

La tropa del mercader se pone en marcha. Manik mira a su esposo alejarse, seguido por Jaak' y los gemelos, muy orgullosos de llevar su equipaje a la espalda, con ayuda de una correa frontal. Los soldados de la retaguardia desfilan a su vez. Manik toma a Lilikki de la mano y le susurra al oído:

—¿Quieres venir a trabajar conmigo? Tengo que volver al taller para terminar un pedido importante.

La niña brinca de felicidad; a pesar de su corta edad, le fascina moldear arcilla. La tarea puede entretenerla durante días. Unos cargadores las llevan.

Pilotl sigue el litoral protegido por la barrera de coral. Cual embajador, se encuentra con conocidos en cada parada, siempre chontales, los cuales controlan varios puertos. Los pueblos de la costa que se resisten a su dominio son poco a poco destruidos o abandonados; es difícil frenar la progresión de esos mercaderes guerreros que tienen acceso a reservas en apariencia inagotables de cuchillas de obsidiana.

Pilotl arriba al gran lago al pie de Lamanai. Observa muchas piraguas que navegan en todas direcciones. A primera vista, el lugar le agrada, con sus parcelas elevadas llenas de frutas y verduras. Aquí podrá comprar todos los víveres que necesita.

Escoltado por sus hombres, el mercader se dirige al templo más alto. Dejando a los soldados abajo, trepa las estrechas escaleras hasta el altar que se encuentra en la cumbre. Lanza pequeños trozos de copal dentro de un incensario para agradecer a los dioses por el buen viaje. Después de pronunciar algunas oraciones, entabla conversación con el joven adivino responsable del altar.

—Lamanai es una ciudad muy famosa. Por todos lados se dice que el rey ofreció un increíble regalo a las divinidades… ¡Un lago de azogue! ¿Es cierta esa historia?

El aprendiz le describe gustoso la ofrenda que se enterró en medio del juego de pelota con motivo de la inauguración. Pilotl parece sorprendido.

—¡Qué maravilla! Seguro que el rey es muy poderoso, pues en otras partes escasea el azogue. No sé quién pudo abastecerlo de semejante tesoro.

—¡Pues mi maestro! El hechicero cocodrilo, el primer responsable de los rituales en Lamanai.

—Debe ser un hombre muy astuto. ¡Cómo me gustaría conocerlo! Pero supongo que debe ser difícil… Aunque tal vez le convenga… Tengo algo que proponerle.

—Estoy seguro de que él se alegrará de conocer nuevos mercaderes. Siempre viene aquí antes del cenit. Mañana…

Pilotl se arriesga.

—Es que… tengo poco tiempo. ¿Acaso sabes dónde vive ese hombre excepcional?

El aprendiz se acerca al borde de la terraza y señala al sur, hacia abajo.

—Vive en una de esas casas nuevas, las grandes, a la orilla del río.

Pilotl desliza unos granos de cacao en la palma del adivino.

—Para tus dioses. ¡Que te bendigan!

Con sus hombres, el mercader baja al río Chíil. No necesita buscar mucho: unos niños que juegan en una piragua amarrada le indican la casa del hechicero. Sin esperar invitación, Pilotl entra con sus hombres. Dentro hay tres mujeres inclinadas que muelen granos en un metate; otra se mece en una hamaca con dos niños. El hechicero cocodrilo está sentado al lado del fuego, removiendo el contenido de una olla con una larga cuchara de madera. Pilotl lanza una mirada a sus hombres, quienes van a pararse al lado de cada mujer. Se dirige hacia el hechicero, que se levanta al ver al intruso, al menos dos veces más corpulento que él. El cocodrilo palidece.

—¿Qué quieren?

Pilotl saca su cuchillo y acaricia la hoja por un momento; es nueva… Con gran rapidez sujeta al hombre del chongo y lo hace arrodillarse, la hoja afilada contra su garganta. Un hilo de sangre corre sobre el pecho del hechicero. Las mujeres de la casa están paralizadas por el miedo, con los hombres amenazantes a su alrededor. La de la hamaca aprieta a sus pequeños contra ella; imagina a sus hijos arrojados al lago. Pilotl murmura al oído de su presa:

—Hay algo que quiero saber... Dos cosas que me vas a decir enseguida. ¿De dónde salió el cinabrio para la inauguración y cómo pudiste fabricar azogue? Nada más. Si me lo explicas, todo estará bien. Nos iremos sin destruir nada. Tenemos poco tiempo, ¿entiendes?

El hechicero tiembla; la cuchilla contra su cuello se hace pesada. Alza las manos para rendirse. Pilotl levanta el arma, pero pone el brazo alrededor de la garganta del hombre. Murmura:

—Habla. Para que lo sepas..., no tengo mucha paciencia.

En voz baja, el primer cocodrilo narra los hechos: la visita del hechicero de Kusaamil, su viaje a Ninikil, la producción de azogue. Prudentemente, no menciona al gobernador. El asesino que lo amenaza podría atacar a la más alta autoridad y sería él, el primer cocodrilo, el causante de esa infamia. Si es que sobrevive...

Pilotl lo suelta... El hechicero jaguar... "¡Yo tenía razón desde un principio! —piensa—. Y ese desgraciado se fue hasta Ninikil..." Esto último le parece muy interesante al mercader. Conoce esa ciudad; calcula que podría llegar allá para continuar con su investigación y regresar a Chichén a tiempo para el solsticio. Se relaja.

—Bien. Seguramente sabes contar...

Temblando, el hechicero asiente con la cabeza. Pilotl limpia su cuchillo en su cinturón y mira a su víctima directamente a los ojos: goza al verlos llenos de miedo.

—Entonces, oye... Mis hombres y yo somos nueve. Sería bueno que tuvieras suficientes hamacas y mujeres para todos nosotros.

—¡Pero no hay nueve en esta casa! —chilla el hechicero, muy ansioso.

—Bueno; bastará con lo que hay aquí. No somos caprichosos. Ellas podrán trabajar doble. Y tú también vas a colaborar. No pongas cara de entierro; estaremos aquí una sola noche. ¡Anda, muévete un poco! Tenemos hambre.

Al otro extremo de la península, los gemelos, Jaak' y su gente recorren el litoral, impulsados por la corriente. Los muchachos reman desde temprano. Pasan de largo por un pueblito que recibe el acertado nombre de Koxol, "zancudo", el cual está incrustado en el manglar, donde abundan nubes de mosquitos. Poco después, una gran piragua con nueve remeros se acerca en sentido contrario. El capitán, sentado en la proa, hace un saludo con la mano. Lleva harapos y un viejo sombrero de paja. Jaak' distingue, sin embargo, parte de un pectoral de piel de jaguar bajo la ropa holgada. Los hombres de ambas naves dejan de remar. El capitán de la gran piragua utiliza su remo para juntar las dos embarcaciones y mantenerlas una al lado de la otra; se dirige a Jaak':

—Hay gente que los espera en el pueblo de Tolokjil. Para navegar sin olas ni corrientes hay que tomar el canal Nizuk, un poco más adelante. Entrarán en una laguna, detrás de la isla Sa'amul.* Ahí las aguas son tranquilas. Hay otro canal, estrecho, para salir: Nichupté. Los remeros seguramente lo conocen.

* Cancún.

Luego sigan el litoral hasta el pueblo, un poco más allá por el norte.

Jaak' reconoce la voz, aun cuando el hombre habla más bajo que de costumbre. Adivina que se trata del hechicero que Pilotl odia, pero que Manik ama.

—¿No-no-no qui-quie-quiere ve-venir co-con no-no-nosotros?

—Debo volver al santuario.

Jaak' balbucea un agradecimiento y confirma con una seña que seguirán en la dirección indicada. Los gemelos, distraídos por una tortuga impresionante que saca la cabeza para respirar, no notan nada especial. La gran piragua, movida por remeros fuertes, se aleja hacia altamar y la barrera de coral, rumbo a Kusaamil.

Poco más tarde, Jaak' y los gemelos llegan a Tolokjil, modesto puerto entre dos bellas lagunas protegidas de las olas por bancos de piedra caliza y arena. Sobre el mar turquesa se dibuja una isla a lo lejos. El puerto posee una pirámide y un mercado cuyo techo descansa sobre columnas y cuya pared está completamente pintada: sobre un fondo rojo oscuro se ven nobles ataviados con opulencia bailando en una ceremonia.

Advertido por Tsoltan, el hechicero Tolokjil, viejo amigo de K'ult, organiza la recepción de los viajeros como si se tratara de grandes señores. Se limpia una casa para ellos. La estadía empieza de manera agradable. Jaak' se siente muy a gusto en ese sitio que le recuerda lo que conoció en su juventud: pantanos, manglares, islas, plantas, aves acuáticas y anfibios… La vez que fue en busca de pescados para Pilotl no se atrevió a ir tan lejos hacia el norte. Tolokjil lo hace sentirse bien.

Los muchachos, que imitan a Jaak' en todo, lo siguen cual sombras. Día tras día aprenden a nadar, se familiarizan con pájaros y peces. Prueban todo lo que se les ofrece: almejas, rayas, caimanes, tiburones... Nada los asusta o disgusta.

En sólo quince días, la caravana de Pilotl alcanza Ninikil. Allá, con tantos chontales en la ciudad, el mercader identifica sin gran dificultad al responsable de la fuga de cinabrio. Todos sus conocidos le hablan de esa vieja bruja, elevada al rango de sacerdotisa de Quetzalcóatl, lo que para varios constituye un sacrilegio. Dicen que ella recibe todo el cinabrio que se extrae en las cercanías de Oxwitik. Pilotl tiene muchas ganas de ir a visitarla, a ella y a sus acólitos que pretenden burlarse de los grandes comerciantes.

Un día que el mar está tranquilo, Hun y Yalam se embarcan solos en una piragua: es su primera experiencia de navegación sin capitán, pero bajo la mirada atenta de Jaak', que los sigue en otro barco. Rápidamente toman confianza y se alejan, dejando a Jaak' cerca de la playa. El muchacho agita el brazo para apoyar su iniciativa. Otra mañana, demasiado intrépidos, los gemelos se pierden entre los meandros de la laguna. Por fortuna se acuerdan de sus silbatos; con sed y cansados por el calor, los hacen sonar lo más fuerte que pueden. Los localizan pronto. El incidente estimula a Jaak' a mejorar su adiestramiento: los enseña a orientarse y les entrega una red con pesas y arpones, con la cual aprenden a pescar. Los gemelos acumulan proezas.

La aventura no termina allí. Otro día, los tres navegan en un barco de veinte remeros hasta la isla frente al puerto, una fina franja de arena cubierta de vegetación, donde se rinde culto a la luna y las mujeres, a semejanza de Kusaamil, pero de forma modesta; los mercaderes de largas distancias no se detienen en ese punto. Los muchachos reman como los demás. Una vez en la isla, todos se ponen a pescar langostas. Es fácil: sus antenas, que asoman en la superficie, son tan largas que parecen hierba. Se acercan unos delfines, pero no demasiado; se quedan a una distancia prudente para evitar flechas y arpones. Los viajeros regresan a Tolokjil cuando el sol se hunde en el inframundo. Encuentran el camino gracias a los fuegos encendidos en la cima de los cerros sagrados. Los moradores preparan un festín en la playa. El viejo hechicero regala a cada uno de los gemelos un collar hecho con los dientes de la mandíbula superior de un tiburón, más filosos que los de abajo y, por tanto, de mayor valor. El hechicero propone tatuar a los muchachos; para probar su valentía, ellos aceptan el reto. Jaak' no se opone. Con un aguijón de raya, el hombre incrusta fino polvo de carbón para formar ocelos de jaguar en las pantorrillas de los gemelos, quienes aprietan los dientes, estoicos. Frente a ellos, la gente del puerto baila; muchos están disfrazados de jaguares a fin de que se les quede grabado el espíritu del animal. El viejo tatuador guarda su aguijón y con el pensamiento se comunica con sus colegas de Kusaamil. "Misión cumplida, hermanos."

Cuando Hun, Yalam y su protector vuelven a Chichén después de dos meses de aventuras, se han desarrollado, se han puesto más fuertes. A pesar de los esfuerzos que debieron realizar, o tal vez exactamente a causa de ellos, la estancia en Tolokjil les parece memorable. Las canastas de los esclavos están llenas de pescados salados o secos que atraparon ellos mismos, lo que les da gran satisfacción.

Manik recibe con felicidad a sus hijos, convertidos en hombres. Musculosos, risueños y con la piel bronceada por el sol, orgullosos de sus proezas… No ve sus tatuajes, ocultos por los cordones de las sandalias. Emocionada, Lilikki aturde a sus hermanos con preguntas. En jarras llenas de agua de mar, Jaak' logró traer unas langostas vivas que los gemelos van a ofrecer al rey.

Una vez que los mejores cuentos y preguntas se agotan, Manik muestra a sus hijos una de sus últimas piezas, un plato muy grande. Sobre el borde interior plasmó el linaje Muwan desde el antepasado Maax de Mutal hasta los gemelos y Lilikki. Los muchachos se interesan un rato por la obra. Reconocen algunos signos, como el murciélago y el jaguar. Con alegría, Lilikki pone un dedito sobre el glifo que la representa: un colibrí. Manik siente los espíritus de los ancestros volando encima de sus cabezas inclinadas hacia el plato, creación que ilustra la relación entre todos ellos.

Pilotl reaparece en la ciudad algunos días más tarde, justo antes del solsticio. Varios chontales agitan una bandera de Ek Balam y cabezas de capitanes que, según ellos, intentaron bloquearles el paso a la altura de Muyil, el puerto de Koba. Reunido de inmediato con su consejo, el rey escucha su versión del enfrentamiento. Los mercaderes hablan al unísono; tuvieron que defenderse. En su interior, K'inilkopol intuye que pasó lo contrario: los hombres de Ek Balam fueron atacados. Sin embargo, no puede afirmarlo sin pruebas, ya que no debe ofender a los mercaderes que proveen a Chichén con armas. Conociendo su codicia, hace un intento.

—¿Tomaron algo de valor…, como prisioneros?

A Pilotl le gustaría contestar que no, para evitar contradecir su versión de los hechos; pero es imposible. El rey pronto descubriría la verdad. Gruñendo, admite:

—Sí, tenemos algunos, pero en muy mal estado…

—Tráiganlos.

Los mercaderes se miran entre sí, molestos. Uno afirma:

—Están heridos… Sólo sirven para sacrificios.

—Quiero verlos. Que los vayan a buscar.

Los mercaderes hacen una inclinación. Pilotl hierve de rabia. Él quiso matarlos a todos, pero sus colegas rehusaron renunciar a sus esclavos.

Un chontal regresa con cuatro miserables prisioneros, casi desnudos, los brazos amarrados a la espalda y atados entre sí con collares de cuerda. Cojean; sus llagas sangran. El primero de la fila lleva una cinta ancha en la frente. K'inilkopol ve pintado el emblema de Ek Balam. Apunta un dedo hacia ese hombre.

—¿Quién eres?

El interrogado levanta la cabeza, boquiabierto; tiene la mandíbula rota. Probablemente por un golpe de maza o espada, piensa el rey. El sujeto intenta hablar, pero sólo emite sonidos apenas audibles, incomprensibles. El rey se dirige al siguiente prisionero:

—Tú, el segundo, dime quién eres.

—Estoy bajo las órdenes del *sahal* que se encuentra frente a ti.

—Un *sahal* entre nosotros —se sorprende K'inilkopol—. ¡Un general de Ek Balam! —Deduce que Ek Balam y Koba se aliaron, pues si el general de uno defiende al otro… Continúa—: Descríbeme lo que pasó.

—Estábamos en la desembocadura del río que va a Muyil, en dos piraguas, cada una de veinte hombres. Nos informaron que se acercaban grandes piraguas.

—¿Cómo?

—Con silbatos. Nos pusimos en posición de defensa, dentro del manglar. El *sahal* mandó una canoa para pedir ayuda al puesto de control… pero nadie llegó… a tiempo.

—¿Entonces?

—Las piraguas de los chontales subieron por el río, hasta nuestro territorio. Nos defendimos, pero no éramos suficientes…

Pilotl interviene:

—¡Mentiroso! ¡Nos atacaron en pleno mar!

K'inilkopol mueve la cabeza, como asintiendo. El prisionero acaba de confirmar sus suposiciones.

Los mercaderes le gritan insultos.

—¡Cálmense! —ordena el rey, dirigiéndose a ellos—. Ustedes contribuyen a la riqueza de Chichén, no voy a impedirle que hagan sus negocios. Sin embargo, atacar sin provocación de por medio a nuestros aliados, Ek Balam y Koba…

—¡Pero sí nos provocaron, noble rey! —replica un chontal—. Y lo han hecho desde hace años, en el río de sal, en Puerto Caimán, en la costa…

—¡Pero no estamos en guerra! —exclama el rey, subiendo la voz.

—Sí, pero nuestro admirable monarca prometió declararla para el solsticio —recuerda Pilotl.

—Mercader, no sé en tu país, pero aquí no se le habla así a una encarnación divina. Tú no puedes darme órdenes. Sin embargo, con este último y lamentable suceso…, Ek Balam y Koba querrán compensación o venganza. Hay que prepararse.

Mientras tanto, estos cuatro prisioneros se quedan conmigo. Es el tributo que se debe al rey.

Pilotl está a punto de replicar que los cautivos les pertenecen, pero K'inilkopol levanta una mano y dice:

—La audiencia ha terminado.

Saborea la amargura que percibe en los rostros de los mercaderes, aunque la pequeña victoria tiene un gusto agridulce. Sabe que no cambiará nada: la guerra está próxima a estallar.

Los cráneos y la bandera se exhiben frente al templo de los guerreros, todavía en construcción. Esos trofeos estimulan el odio y nutren el fanatismo. Hablan de salvar el honor de los itzás y sus dioses.

Pilotl se deshace rápidamente de su mercancía; los aliados necesitan granos. Hace que Manik restaure sus banderas con símbolos de Quetzalcóatl, el dios tolteca que invita a la fiesta de sangre en tierra de kupules, kokomes y otros clanes. Saturada con los pedidos de los colegas de su esposo, Manik tiene que pintar varias banderas nuevas. Un hechicero itzá va a bendecirlas todas a su casa, para que los espíritus de los dioses habiten en ellas. Pilotl se regocija; los días de Ek Balam están contados. La fortaleza no lo impresiona, a pesar de sus tres murallas concéntricas, la primera de las cuales está cubierta de un estuco rojo muy liso; creen que es imposible treparlo.

La unión de los mercaderes mantiene la actividad bélica. Todos los hombres y esclavos de la región deben participar. Se construyen altas estructuras de madera mediante las cuales se podrá disparar desde dentro de la fortaleza. Chichén vive el entusiasmo de los preparativos.

Para colmo de felicidad, Pilotl puede además confirmar a sus colegas que el comercio de cinabrio está a salvo. La brecha de Ninikil quedó bloqueada: en adelante, los reyes y la chusma de hechiceros locales deberán acudir a los chontales para obtenerlo. Se lo agradecen calurosamente.

En la mañana del solsticio de la larga noche, los adivinos itzás suben al cerro sagrado de la gran plaza. Los religiosos kokomes, kupules y kochuahes no fueron invitados; se teme que sus profecías no concuerden con las de los itzás, pues muchos de ellos comparten las dudas del rey. Sin embargo, los caciques de esos clanes apoyan la guerra y quieren participar para enriquecerse también. Todos concuerdan en que Ek Balam afecta los negocios de Chichén. La gente se agrupa al pie de la pirámide en espera de los augurios. Después de los rituales, los adivinos anuncian que los dioses están a favor de Chichén. Sus deidades, que tienen nombres con sonidos duros, como Tláloc o Quetzalcóatl, se alían a las potencias celestes locales. Confiando en su capacidad para vencer, los pueblos de Chichén se unen: es tiempo de derrocar la monarquía de Ek Balam y enterrar el orden antiguo. El rey, que no tiene alternativa, asciende a su vez a la cumbre para recibir el mensaje de los dioses; acepta su voluntad. La ceremonia de la guerra da inicio esa misma noche.

Tsoltan, de vuelta en la ciudad desde hace poco, pide ser recibido por la familia Muwan. Le abren las puertas y lo conducen frente a Pilotl. Sorprendida, Manik mira a los dos hombres acercarse a su cuarto. Se adelanta. El hechicero se inclina algo rígido, los labios apretados.

—Noble dama —dice—. Chichén emprende el camino de la guerra esta noche. El rey me pidió comunicarme con ustedes para que conozcan su voluntad.

Ese tono pedante... Para Manik esto tiene visos de traición. El hechicero murmura:

—Él quiere que los gemelos funjan como dioses protectores durante el enfrentamiento.

De repente, Manik siente que su rabia aumenta. Con los dientes apretados, lanza:

—¿Cómo te atreves? Escuché que te oponías a ese conflicto... ¡entre hermanos! ¿Y ahora exiges que yo mande a mis hijos a combatir?

—El rey...

—¿No sería tu título de orador lo que te hizo cambiar de idea?

Pilotl goza del espectáculo: ¡la perra de su esposa se enfrenta al maldito hechicero! Sabe que el declive del hombre ha comenzado. Paciencia... Tsoltan fulmina con la mirada a Manik.

—Las situaciones cambian. Ek Balam representa una amenaza. Los clanes kokomes, kochuahes y kupules se han aliado para la guerra...

—¡Hecha por y para los itzás!

—No sirve de nada que te opongas. Lo quieras o no, va a pasar. Tú y tu familia viven bien gracias a los mercaderes. Hay que colaborar.

—Mis hijos no van a arriesgar la vida para complacer a un rey tan débil que se dobla como un bejuco.

Pilotl estalla en una risa ruidosa, las manos sobre la barriga.

—¡Un rey bejuco... y una fiera!... Tengo que dejarlos; los mercenarios me esperan.

Se da la vuelta, riéndose. Tsoltan se acerca a Manik. Roza su mano.

—Te lo suplico... No está en tus manos decidir si se hará o no. En las mías tampoco. No te enfrentes a la ciudad entera. Estás perjudicando a tu familia... y a ti misma.

Manik retira su mano y cruza los brazos.

—Sólo tienen seis años.

—No correrán peligro; te lo prometo. Se quedarán conmigo... envueltos en una nube de humo impenetrable.

Manik hace una mueca, buscando otro argumento.

—Pero, si tú y los gemelos se van, los jaguares... ¿Quién se ocupará de ellos mientras ustedes aterrorizan a Ek Balam? Yo ya hice mi parte cuando los chicos fueron a iniciarse al mar. Pero ahora no tengo tiempo. ¡Busca a alguien tú solo!

Ahora es Tsoltan quien hace una mueca. Espera que el chamán búho pueda ayudarlo.

—Eso no importa. Debes preparar a los muchachos para la guerra.

Los ojos de Manik lanzan rayos.

—Mis ancestros sólo me dejaron un códice. Tú lo sabes, uno acerca de los gemelos heroicos, como ese que circula. Todavía no lo he leído; sólo soy su madre, después de todo... En cuanto a armas..., tengo mi metate y un viejo cuchillo de cocina.

Tsoltan aprieta la mandíbula. No hay tiempo para discutir sobre el hecho de apoyar o no a K'inilkopol.

—Te mandaré lo necesario —dice, inclinándose.

Cuando se endereza, Manik ya se ha dado la vuelta y le da la espalda. Se aleja. Tsoltan se retira con gran pesar y con dos problemas urgentes por resolver: encontrar atuendos de guerra para los gemelos y guardianes para los jaguares. El rey lo ha puesto en una situación verdaderamente difícil.

Manik entra en su cuarto hirviendo de rabia.

Llevada por la cólera, toma el plato grande que pintó para honrar a la familia Muwan. Lo arroja con todas fuerzas contra la pared. El linaje vuela en pedazos.

29. EL BANQUETE

Mientras se impone la noche más larga del año solar, empieza la ceremonia en la plaza. Toda la población fluye, agrupada en barrios, con sus cargadores de antorchas y sus respectivas banderas. Caminan en torno a la pirámide, en una disonancia de tambores y flautas. Pilotl aparece, seguido por miles de hombres armados, entre los cuales se cuentan los soldados de Quetzalcóatl, temibles mercenarios oriundos del Anáhuac, conocidos por su brutalidad. Ésos no temen a la muerte; la desean para entrar en el paraíso de los guerreros.

En medio de la muchedumbre, el templo parece flotar sobre una nube de incienso. Arriba, en su terraza, los adivinos oran a las potencias de las profundidades que moran en la gruta bajo sus pies. Solicitan sus fuerzas. El poder de la guerra surge del Xibalba.

Los cargadores de los estandartes sagrados hacen su entrada; sus soportes dorsales están colmados de pesados mástiles. Aparecen varios dioses, entre ellos el Quetzalcóatl de los itzás. La multitud grita los nombres de todas las deidades representadas, antiguas y nuevas. Los estandartes son bestias de batalla que se comunican con las fuerzas espirituales y políticas. La gente los alimenta con incienso antes de transportarlos a los límites del territorio para enfrentar al enemigo. Los oficiales los tocan con la punta de sus lanzas: de ellos depende el curso de la guerra. En movimiento alrededor del cerro sagrado, ilustran la fuerza de Chichén.

Millares de hombres armados con flechas, arcos, hondas, dardos, mazas y lanzas circulan en derredor del templo. Llevan las armaduras que heredaron de sus padres, las cuales contienen la esencia de la victoria.

La música es ensordecedora: los grandes tambores tocan al máximo de su potencia mientras los bailarines se mueven entre los guerreros; todos marchan y gritan a un ritmo acelerado para demostrar su ardor.

Los adivinos exhiben los tesoros producto de las últimas batallas: las banderas de las ciudades de Ismal, Xuenkal, Kabah y Oxmal; las literas de los reyes vencidos; los cráneos de los antiguos señores. Esos objetos tienen el mismo valor que los nobles prisioneros; encierran poderes inmensos. El rey, quien porta un cinturón con las cabezas empequeñecidas de sus enemigos, baila alrededor del mástil erguido entre los trofeos. La fuerza de los espíritus lo anima. Desde el Xibalba, sus ancestros reclaman sangre para fertilizar la tierra. Danza, embriagado por tanto poder.

Gracias a las deidades, los humanos triunfan sobre las calamidades que los amenazan en todo momento.

En medio del barullo, los gemelos desfilan, de pie sobre una plataforma; sus cuerpos lucen trajes de jaguar, y sus cabezas, cascos fabricados con el cráneo del mismo animal, las fauces abiertas. Sus ojos brillan entre los colmillos. Bajo las aclamaciones de la muchedumbre blanden grandes lanzas con una mano, y con la otra mantienen el mástil plantado en el centro de la plataforma. El hechicero, satisfecho con las armaduras que pudo encontrar y ajustar a medida, camina delante de ellos, también vestido con una piel entera de jaguar. Lleva un escudo, un estuche con flechas al hombro, un arco y una espada con cuchillas. Aunque no teme a la muerte, tampoco la está invocando.

El jefe designado para la guerra, el señor de los mástiles y los estandartes, hace su aparición en la plaza. Viste ropa bordada con rombos de jade; sube a la terraza de la pirámide, donde se reúne con los adivinos, ahora que están todos unidos: itzás, kochuahes, kupules y ekabes. Juntos realizan varios sacrificios para que los dioses les den protección y ayuda a cambio de regalos: sangre, danzas, incienso y procesiones. Es la fiesta de la vida que surge de la muerte, el germen que brota de la podredumbre. Los guerreros participan en las ofrendas; se hacen cortes en el codo o en el lóbulo. Al derramar su sangre sobre papeles, alimentan el fuego que brilla con la energía de Chichén.

Al fondo de la plaza, de pie sobre la escalera de una pequeña pirámide, Manik observa el delirio. Tuvo que someterse a la voluntad real. Rígida en su papel de madre de los gemelos heroicos, asiste a la ceremonia junto a las esposas de la nobleza. Con los dientes apretados, a lo lejos ve la plataforma del rey y la de sus hijos, que flotan encima de las cabezas, en un bosque de mástiles y lanzas. "¡Pobres niños! —piensa—. Tan emocionados... Si conocieran el final del cuento..." Considerando las últimas peticiones del rey, Manik teme que la leyenda siga haciéndose realidad. ¿Podría el rey exigir el sacrificio de sus hijos... después de la guerra?

En lo más profundo de la noche, las tropas dejan la plaza para emprender una caminata hacia el noreste. El rey marcha al frente, seguido por el señor de los mástiles y los estandartes; por Pilotl, con Jaak' de cargador, y por los soldados de Quetzalcóatl. Tsoltan y los gemelos caminan detrás, con sus trajes de guerra guardados en sus bultos; se los pondrán al llegar a la fortaleza. Las torres de madera fueron desarmadas para transportarlas; se montarán de nuevo para el ataque. El inmenso convoy avanza hasta que el sol alcanza el cenit. En ese momento ordenan una parada, pues la caravana ha llegado a la mitad del camino. Se emprenderá la marcha cuando disminuya la intensidad del calor. Antes del segundo amanecer, los hombres habrán rodeado silenciosamente Ek Balam…

Desde la rama más alta, *x-kau,* el pájaro negro, observa los movimientos con sus ojos amarillos. Chilla por encima de la ciudad dormida. El sonido agudo penetra hasta el alma de Hun, acostado sobre la plataforma. Una columna de hormigas sube por su pierna. Se despierta súbitamente y levanta la cabeza, angustiado y emocionado a la vez. La guerra… ¡Es la mañana del ataque! Sacude a su hermano, que duerme a su lado. Murmura:

—Mira…

Su dedo índice apunta hacia la enorme silueta de la fortaleza que se dibuja sobre el cielo apenas iluminado. El dedo de Hun se mueve hacia el este; en su punta se enciende de repente la gran estrella: Nohoch Eek' lanza su primer rayo, un dardo, para anunciar la llegada del sol. Es la señal.

Exactamente en ese momento resuenan los silbidos de la muerte. Su sonido agudo e insoportable va de un grupo a otro para sembrar el pánico dentro de la fortaleza. Los gemelos se ponen en pie de un brinco. Tsoltan ya se ha puesto su armadura. Saca las de los muchachos para que se vistan a toda velocidad, al tiempo que apuran su atole. Detrás de ellos, a lo lejos, empiezan a ensamblar las altas torres.

Hun y Yalam ven levantarse frente a ellos una muralla de estandartes. Los grandes tambores marcan un ritmo sostenido. Seis esclavos llegan para alzar la plataforma. Tsoltan sube a los muchachos, vestidos de jaguares. Ora a los dioses y enciende unos incensarios fijos en la plataforma y cuyo humo envuelve a los jaguares en una nube mágica. Hun tose un poco, pero intenta mostrarse digno. Yalam le lanza una mirada grave. Los esclavos los llevan a la altura de los hombros.

Por órdenes del hechicero, los gemelos dan la vuelta a la ciudad sitiada, a una distancia prudente. Silban y agitan los estandartes de Quetzalcóatl Kukulkán, como si participaran en otra ceremonia importante.

Los caracoles emiten el llamado al ataque; emprenden la carrera en medio de aullidos. Bandadas de flechas caen sobre la ciudad. Tsoltan resiste a la corriente e inmoviliza la plataforma: los gemelos permanecerán detrás del campo de batalla, tal como lo prometió a Manik.

Los arqueros de Ek Balam responden con abundantes flechazos que detienen el avance de los atacantes. Una saeta se clava en la plataforma, entre los pies de Hun, quien palidece. Tsoltan lo protege con su escudo: la imagen de los ojos furiosos de la madre de los jaguares no lo abandona.

—¡Levanten los escudos sobre su cabeza!

Hun y Yalam ya no sonríen; las flechas caen como lluvia tupida. Sus adargas están llenas de puntas. La guerra les parece aterradora. Sus brazos tiemblan bajo el peso de los escudos.

Cuando dos de sus cargadores se derrumban, la plataforma se tambalea. Yalam tiene tiempo de saltar abajo, pero Hun cae. Los dos se refugian debajo de la plataforma. Tsoltan, quien no estaba preparado para una reacción tan violenta por parte de Ek Balam, rápidamente pide ayuda para proteger a los gemelos. Detrás de la plataforma, transformada en escudo, retroceden hasta llegar a unos árboles. Tsoltan designa nuevos cargadores. Algo inseguros, los gemelos vuelven a subir a su pedestal; sus rodillas tiemblan.

Alrededor de la primera muralla se enfrentan los guerreros de cada ciudad en combates cuerpo a cuerpo. Escondidos detrás de sus escudos, los muchachos, con los oídos llenos de gritos ensordecedores, ven a los heridos arrastrarse hacia atrás, reemplazados por nuevas fuerzas. Truenan las trompetas. Tsoltan, al lado de los gemelos, mira a su espalda.

—¡Las grandes torres están llegando!

Yalam se arriesga a alzar la cabeza por encima de su escudo. Una de las torres pasa muy cerca; la llevan doce esclavos, el decimotercero camina al frente. Hun, agachado, solamente ve sus pies. Emocionado, Yalam se endereza para verlo todo. Exclama:

—¡Vienen torres por todos lados! ¡Hay arqueros escondidos dentro; están arriba! Lanzan flechas a los centinelas apostados al otro lado de la muralla.

Hun se atreve a mirar también. Desde la fortaleza disparan flechas encendidas.

—¡Las torres se van a quemar!

Arriesgando su vida, los esclavos, muy heridos, luchan por apagar las llamas. Las torres siguen avanzando. Los arqueros que se esconden en su interior, los mejores de Chichén, llevan a cabo una matanza en las filas del enemigo.

Yalam protesta cuando Tsoltan pide a los cargadores que retrocedan un poco más, pero el hechicero levanta una mano imperativa.

—Silba para alentar a los guerreros.

Yalam obedece con toda la fuerza de sus pulmones, moviendo su estandarte. Hun se queda parado detrás de su escudo. Los gemelos ven a los soldados de Chichén arrebatar las primeras banderas de Ek Balam. Yalam los incita gritando:

—¡Ah koo! ¡Ah koo! ¡La fortaleza está a punto de caer!

Sigue silbando. Sin embargo, a pesar de su entusiasmo y de la ardua labor de los hombres de Chichén, los de Ek Balam no abandonan tan fácilmente el control de su ciudad. Se alternan ataques y retrocesos.

El sol desciende. Los gemelos empiezan a sentir el cansancio. Yalam casi no tiene voz por haber gritado tanto.

De repente, las tropas de Ek Balam llegan por detrás para sorprender al enemigo. Un grupo se dirige hacia los héroes divinos e intenta alcanzarlos. Aterrorizado, Hun escucha con claridad los insultos proferidos: traidores, demonios... Vuelan lanzas y piedras en todas direcciones. Varias los golpean. Al ver que los guerreros se acercan rápidamente, Tsoltan da la orden de bajar de la plataforma, donde Hun y Yalam están abrazados, el primero tapándose la cara con el escudo de su hermano.

—El hechicero nos defenderá —murmura Yalam a su oído.

Sin atreverse a mirar, Hun escucha que Tsoltan grita los nombres de todos los dioses; no lo ve: tiene la nariz pegada al traje de su hermano. Ora al espíritu del jaguar. Yalam contempla fascinado la batalla. Olvidándose del miedo, lo narra todo:

—Tsoltan da vueltas como si fuera un trompo, con su espada en el aire. ¡Se mueve tan rápido! ¡Si lo vieras! ¡Ah! ¡Cortó una cabeza! ¡Y otra!… ¡Todas las cabezas de la primera fila han caído!

Hun abre un ojo. Guerreros de Chichén llegan corriendo para brindar ayuda. El muchacho nota que el suelo está cubierto de un lodo rojizo; las cabezas son pisoteadas por los hombres en plena lucha. Los de Ek Balam han sido descuartizados. El contraataque fracasa. Los dioses parecen favorecer a los de Chichén, pero éstos aún tienen que pelear duro.

Con su traje empapado, Tsoltan hace que los muchachos suban de nuevo a la plataforma. Se levantan. Hun logra mantenerse de pie, aun cuando se siente muy mal. Desde arriba contempla la misma escena: la terrible mezcla de extremidades y tripas sangrientas que despiden un olor nauseabundo, hasta el punto de que el muchacho debe arrodillarse para vomitar entre dos cargadores. Se levanta veloz, antes de que Tsoltan advierta su malestar. Yalam mira directo al frente, moviendo su estandarte y silbando, pero con menos energía que antes. Señala las torres con el dedo.

—Están cerca de la muralla. Nuestros guerreros la usan como pasarela. ¡Mira cómo saltan detrás del muro!

Hun se alza sobre la punta de los pies.

—Sí, los veo… ¡Los soldados de Ek Balam no logran detenerlos!

—¡Oh! ¡Los nuestros están saltando la segunda muralla!

Desde la plataforma siguen el progreso de las tropas. Yalam, quien parece haber olvidado el contraataque que fue casi fatal, recobra el entusiasmo y grita:

—Ya estamos… en la tercera muralla… ¡Y trepan encima de ella!

Tsoltan ordena detener la plataforma en el edificio de la entrada, un macizo cuadrilátero con cuatro aberturas que forman una cruz. Cada una presenta un arco alto. Hay escalones para subir a cada acceso y llegar al centro del cuadrilátero. Tsoltan se queda abajo. Juzga más prudente permanecer fuera de las murallas; sabe lo que va a pasar y no quiere que los gemelos presencien la masacre.

Con una antorcha en una mano y una espada en la otra, Pilotl aparece en el centro de la cruz. Es una visión aterradora, parado sobre cadáveres, cual diablo salido del Xibalba. El mercader guerrero hace señas a sus hijos para que se acerquen. Sin voz, los gemelos obedecen. Suben al portal, pasando por encima de varios muertos. De súbito, un moribundo agarra el tobillo de Yalam, que grita del susto. Pilotl da un golpe con su espada y corta el brazo del guerrero, que apenas se mueve. Sólo se escuchan las burbujas que salen de su boca. Sus tripas asoman por su vientre abierto. Yalam corre hacia Pilotl y se esconde detrás de él. Hun, con cara de angustia, corre también, esquivando al agonizante de un salto. Pilotl brilla triunfal.

—¡Mis hijos! ¡Vengan a saborear la victoria!

Tsoltan se queda frente al edificio de la entrada, reflexionando mientras ve a Hun y Yalam que se alejan con su padre.

En el centro, los estandartes, los dioses de la ciudad, han sido capturados. Los itzás aniquilan todo lo que se mueve: nobles, mujeres y niños. Pilotl goza de cada instante; mata por doquier con su espada y su cuchillo. Sus hijos lo siguen y lo ven liquidar a los enemigos aterrorizados. Al alboroto de silbatos y tambores se agregan los gritos de agonía. Pilotl azuza a sus hombres:

—Que cada rincón de la fortaleza sea revisado. Derrumben paredes, de ser necesario. ¡Que nadie escape!

Los atacantes descubren túneles subterráneos por donde la gente pudo huir, pero también cuartos secretos en los que se habían refugiado miembros de la élite; ninguno verá el sol levantarse de nuevo. Despojan a los cadáveres de sus joyas. Los esclavos que sobreviven al ataque cambian de dueño. El botín parece bastante bueno.

A la luz de los braseros, los itzás y sus aliados festejan en la plaza central de Ek Balam, mientras algunos entusiastas encuentran en el corazón de la fortaleza otros escondites y víctimas frescas. En su mayoría son torturados y luego sacrificados con fuego y armas.

La ciudad es saqueada, destrozada. El jardín en la terraza de la planta alta está en llamas; el pozo en su centro se ha convertido en un lago de sangre.

Por la mañana, los vencedores se preparan a abandonar el lugar de los hechos. Es de mal augurio quedarse mucho tiempo entre cadáveres, miembros mutilados y órganos sucios.

Con ojo experimentado, Pilotl evalúa el botín. La guerra resulta muy provechosa para los itzás, quienes se hacen con miles de prisioneros, armas y joyas. Entre los muertos de Chichén, el mercader reconoce a su amigo Luque', todavía con su espiral colgando del cuello. Imposible llevar su cuerpo de vuelta a Chichén para enterrarlo: el olor sería insoportable. Pilotl hace que sus esclavos escarben un hoyo fuera de la primera muralla; antes de que bajen el cadáver, toma el collar y se lo pone. Su colega podrá así seguirlo hasta Chichén y reencontrarse con los suyos.

Cuando los itzás emprenden la marcha, con mercenarios y esclavos antiguos y nuevos, los zopilotes rondan el cielo en espera del banquete. Chichén se encuentra a sólo dos días de caminata, pero con tantos cautivos… Habrá que repartir latigazos y, aun así, resignarse a invertir tres días en el traslado.

Tsoltan, de vuelta al lado del rey y los oficiales, nota que el grupo está a la vez feliz e inquieto. Se sienten contentos por la victoria pero preocupados por la muerte de tantos hermanos kupules y por la fuerza creciente de los itzás. K'inilkopol repite que no tenía opción. Confiando en la discreción de su círculo de oficiales, murmura:

—Era imposible evitar esta guerra. Si no la hubiera permitido, los mercaderes itzás la habrían llevado a cabo de todos modos y me habrían derrocado de una vez. —Suspira y continúa—: Chichén ganó, pero los itzás siguen siendo una amenaza, tal vez ahora más que nunca.

Nadie lo contradice. El rey comprende que, lamentablemente, todos están de acuerdo. Agrega:

—Nuestra única oportunidad de redención es permanecer unidos frente a la adversidad. Así podremos controlar la ambición de los itzás.

Los oficiales, que provienen de todos los clanes de la península, juran lealtad absoluta al rey.

Detrás de K'inilkopol y sus capitanes, Hun y Yalam caminan rumbo a casa. Aun cuando la escuela los ha preparado para la guerra —la cual se justifica con el argumento de que es voluntad divina y está motivada por los engaños de Ek Balam—, los gemelos no pueden olvidar los llantos y lamentos de los vencidos. Apartan la vista cuando pasan al lado de un moribundo o un cadáver que reconocen: un obrero, un mercader… La experiencia de la guerra fue muy perturbadora para los dos. Antes eran traviesos y alegres; ahora son adultos serios, marcados por la muerte y los gritos de dolor y terror. Muchos niños han sido torturados, asesinados frente a ellos. Pilotl insistió incluso en que participaran de la carnicería degollando prisioneros.

Hun y Yalam avanzan sin pronunciar una palabra, con la mirada fija. El barullo no sale de sus cabezas. Cuando Tsoltan los alcanza, advierte su estado de ánimo; nota que están muy traumatizados. Se detiene a un costado del camino y les hace señas para que se queden con él. Los guerreros pasan de largo, sin notar la ausencia de los gemelos. Tsoltan trata de explicarles que el enfrentamiento era necesario.

—El más fuerte es el que gana... y manda. Los dioses de Chichén son más poderosos que los de Ek Balam. Kukulkán se alió con nuestras antiguas divinidades.

Con los ojos bien abiertos y los hombros caídos, los gemelos asienten. Tsoltan permanece a su lado el resto del viaje; trata de animarlos antes de llevarlos de vuelta con su madre. Hasta se apresura un poco para dejarlos lo más pronto posible en su casa.

Un caracol resuena frente a la residencia de los Muwan. Muy inquieta, Manik abre las puertas. Sus hijitos se marcharon hace cinco días, y se dice que los combates fueron violentos. De repente los ve. "¡Vivos!" Pálidos, despavoridos, sus cabellos convertidos en greñas inmundas. Abre los brazos y corre a abrazarlos. Los gemelos, que vuelven a ser niños al instante, se aferran a su madre y su olor a flores.

—¡Pobrecitos! ¿Qué les pasó?

Por toda respuesta, Hun empieza a temblar y vomita a sus pies. Manik lo aprieta contra ella, mirando a Yalam; éste no puede hablar, ya no tiene voz. Con la cabeza agachada, murmura:

—Mucha sangre, muertos…

Manik descubre varios moretones en sus cuerpos. Lanza una mirada furibunda al hechicero.

—¡Ojalá te hayan prometido una buena recompensa a cambio de su colaboración!

—No me prometieron nada —dice Tsoltan en voz muy baja. A continuación se acerca y murmura con tono cansado—: No soy parte de ninguna gran familia de Chichén. Nadie me conoce aquí. Si me conceden un lugar, uno bueno, por un milagro… —Mirando a los muchachos, prosigue—: No estoy en posición de negarle nada a K'inilkopol.

—Si te pide arrojar a los chicos al brasero…, lo harías, ¿no?

Tsoltan niega apenas con la cabeza. Parpadea un poco.

—Debo encargarme de los jaguares; el chamán búho seguramente me necesita… para que lo releve de la tarea. Tu esposo debería llegar pronto; trae un importante botín.

La noticia deja a Manik indiferente. Tsoltan se da la vuelta sin que ella intente detenerlo. La matriarca cierra las puertas, jurándose no hablar nunca más con ese hechicero de mal agüero. Trata de olvidarlo y concentrarse en sus pequeños. Llama a Saasil:

—Los chicos necesitan urgentemente una ceremonia de purificación para infundir paz en sus almas desgarradas.

Saasil asiente. Sabía que ese hechicero traería mala suerte.

La población de Chichén celebra con flores y música la llegada de los vencedores; regresan a la ciudad con las manos llenas. Parte del botín se distribuye entre las familias. Cuelgan trofeos sangrientos alrededor de las casas. En la suya, Manik logra limitar la exhibición a los estandartes de Ek Balam, que colorean la muralla. Detrás, Pilotl festeja con los suyos. Se alegra; pudo guardar para sí tres princesas jóvenes que presenta con los demás tesoros.

Al otro extremo de la casa, encerradas en la cocina, las mujeres Muwan festejan el aniversario de la pequeña Lilikki, que cumple tres años. Cantan y se divierten con historias y rimas graciosas.

Tsoltan vaga en medio de la agitación, sin ganas de celebrar. Siente pesadumbre, tal vez a causa del aspecto confundido de los gemelos o de la cólera de Manik... Antes de retornar a su escondite en la rejollada, pasa a saludar al chamán búho. El hombre medita en su celda en la cumbre de la pirámide; también percibe la presencia de espíritus malos. Después de que ambos recitan oraciones, Tsoltan se dispone a alimentar a los jaguares. En el centro del patio hay un caimán que un amable vecino dejó amarrado cerca de la entrada. El hechicero corta los lazos y se dirige a su casa, mientras los jóvenes felinos se acercan curiosos al reptil.

Al borde de la rejollada flota un olor extraño, tenue. Preocupado, Tsoltan desciende lentamente. El olor se vuelve más intenso. Por precaución, el hechicero evita el sendero principal, en el centro, y camina por la orilla. Cerca de la casita espera un momento para tratar de entender lo que ocurre, escondido en un rincón. No se escucha ni se ve nada sospechoso, pero la oscuridad es profunda. El hedor a podredumbre persiste..., como si Kisin, el dios de la muerte, hubiera tomado posesión de la huerta. Le recuerda el campo de batalla.

Al acecho, Tsoltan dormita sin moverse. El alba lo sorprende apoyado en la pared de piedra. El tufo asqueroso sigue siendo fuerte; no era una pesadilla. El hechicero se agacha y avanza despacio para dar la vuelta a la casita, cuchillo en mano. Llega a la parte de atrás de la construcción y mira en su interior: vacía. Camina hacia la fachada; frente a la entrada descubre un gran paquete de dos o tres pies de alto, enrollado en una tela gruesa y amarrado con cuerdas. El hedor proviene de ahí. Tsoltan se asegura de que no haya nadie más en la rejollada; luego se acerca al paquete y corta las cuerdas. Abre la tela. La peste se vuelve insoportable.

Retira la tela; primero ve piernas y brazos, y luego el cadáver entero, atado con sogas, en posición fetal. Cae de lado. Está cubierto de polvo rojo. La carne se secó a causa de un derrame de cinabrio. Las uñas son largas. La cabeza está envuelta en un pañuelo que Tsoltan aparta. Resulta difícil identificar al muerto con la piel curtida y los párpados cosidos. Tsoltan se aleja para respirar; enseguida regresa, queriendo saber de quién se trata. ¿Hombre o mujer? Tal vez mujer: le pareció ver un seno debajo de los brazos cruzados. Trata de jalar las cuerdas para enderezar el cadáver. Mal equilibrada, la momia rueda por la espalda, su cabeza cae hacia atrás. De los párpados fluyen gotas de azogue. La boca se abre y deja ver unos dientes de puntas limadas. Tsoltan comprende. "¡Aklin!"

Las rodillas del hechicero se doblan. Se derrumba a los pies de su aliada. Sintiendo a la vez ira y horror, recita oraciones; luego retrocede para observar a la momia roja. Intenta comprender su historia.

Aklin debió ser asesinada al menos hace un mes, tiempo que toma viajar de Ninikil a Chichén. Su cuerpo fue embalsamado sin demora en el lugar donde la mataron, probablemente en su casa. Ella no salía mucho. Quienes hicieron el trabajo, rápido y mal, querían demostrar que tenían mucho cinabrio. A continuación, el cadáver fue trasladado en barco. Pudieron introducir el azogue en las órbitas ya en Chichén. El significado de los ojos arrancados es claro... Los asesinos buscaban castigar a Aklin por su orgullo excesivo, tal como los gemelos heroicos hicieron con el quetzal de la leyenda. Después debió de ser fácil bajar la momia a la rejollada, mientras todo el mundo combatía en Ek Balam. Tsoltan recuerda las últimas palabras del espía al que mató con dardos envenenados: "Mercader... Espiral..." Supo enseguida que se trataba de los chontales, pero no pensó que podrían atacarlo así, tan hipócritamente.

Tsoltan era consciente de que, si se entrometía en el comercio del cinabrio, provocaría a los chontales, que no soportan la competencia. Sin embargo, al matar a Aklin y dejar su cadáver en la rejollada de los *aluxes,* no lo amenazan sólo a él; también a la monarquía, pues el rey visita el lugar a menudo y fue él quien dio al hechicero su cargo oficial y su residencia en Chichén.

Tsoltan camina entre los árboles frutales; reconsidera la determinación de los itzás que viajaron hasta Ninikil para matar a Aklin y traer su cuerpo de vuelta. Busca quién pudo traicionarlo. Piensa en la espiral. Está convencido de que el primo del rey que lo espiaba no pudo revelar tantos secretos a los itzás antes de morir. Entonces... ¿quién? Muchos rostros chontales pasan por su mente.

Un temor lo asalta de repente, al pensar en sus reservas de cinabrio.

Corre a la parte de atrás de la casa y mete las manos en las grietas del acantilado. Sus piedras rojas todavía están ahí. No descubrieron el escondite. Aliviado, Tsoltan trata de calmarse. Le quedan unas diez canastas. También está la reserva de Kusaamil, cerca de la casa de su padre. Cuando se haya agotado todo eso, habrá que reemplazar a Aklin, la fuente de cinabrio. Si acaso logra mantenerse con vida…

30. EL MEÑIQUE

Tsoltan acude a las ceremonias de victoria principalmente para ver quiénes, entre los mercaderes chontales, lucen la espiral de Quetzalcóatl. Son varios, y Pilotl es uno de ellos. El hechicero escruta la joya de nácar; luego sube la mirada hacia la cara. En lugar de su mueca habitual, Pilotl le dirige una amplia sonrisa, enseñándole todos los dientes. ¡Un tiburón! Tsoltan devuelve el saludo pero con frialdad, pues adivina lo que hay detrás del rostro feroz: la muerte de Aklin.

Al investigar en el mercado se entera de que Pilotl fue a Ninikil poco antes de la guerra, lo que confirma sus dudas. Al menos el enemigo tiene nombre. Tsoltan piensa en envenenarlo, pero pronto desecha la idea: debe actuar con prudencia. Entre él y el mercader guerrero están Manik y los niños. Se ve obligado a reconocer que, por el momento, Pilotl procura algo de protección a los Muwan. Además, aun cuando Pilotl desapareciera, veintenas de otros como él lucharían para ocupar su puesto. La reflexión se impone.

Tsoltan entierra a Aklin cerca de su casa, con todos los honores propios de una gran sacerdotisa. En compañía del chamán búho, recita largas oraciones a fin de ayudar a la difunta en su peligroso viaje a través del inframundo. Planta un árbol de *ts'almuy* sobre su tumba para ahuyentar a los malos espíritus.

Desde entonces adquiere la costumbre de conversar por las noches con la sacerdotisa, a la que nombra protectora de la rejollada y le confía sus temores.

Clarividente, Aklin creía en los espíritus y en la fuerza que confieren a los fieles. Sabía lo que arriesgaba con los chontales, pero no le importaba. Tsoltan piensa que él también corre riesgos pero, a diferencia de Aklin, vive angustiado. Teme por Manik, los gemelos y la hermosa Lilikki. ¿Cómo lograr salvarlos a todos, a la península y su gente? Implora: "Ayúdenme todos. Aklin, ancestros de los antiguos reinos y clanes, sepan que las potencias que nos aquejan son maléficas, voraces. Se apoderan de todo lo que pueden y dejan sólo destrucción".

Tsoltan respira despacio; escucha a los espíritus de la rejollada y a otros que vienen de lejos. Las soluciones brotan, pero todas incluyen dificultades de consecuencias impredecibles. "Yo que siempre pensé que podía desafiar al destino..." El cadáver de Aklin bajo sus pies recuerda al hechicero la precariedad de su situación. ¿Será que el rey también teme por su vida y la de su familia?

Tras festejar la victoria durante días, Chichén recobra la calma. En apariencia, la vida vuelve a la normalidad. Sin embargo, en la realidad, los itzás se imponen un poco más, convencidos de que hicieron triunfar a Chichén, a pesar de que numerosos clanes también contribuyeron a la hazaña. Ebrios de soberbia, los hechiceros itzás ocupan los nuevos templos de la ciudad. Merced al tributo, los vencedores construyen más edificios alrededor de la plaza principal, mientras kochuahes, kupules y otros se repliegan hacia el antiguo centro y la periferia. Claro, a excepción del rey, por el momento.

El saqueo de Ek Balam queda grabado en la memoria como una gran epopeya, aun meses después de los hechos. Para los guerreros, la mayoría de ellos milperos reclutados durante la estación seca, la victoria significó un banquete y alimentos para saborear hasta las próximas cosechas. Los capitanes recibieron además algunos esclavos cada uno. Para los mercaderes, el aniquilamiento de Ek Balam se tradujo en un enriquecimiento notable. Amén de dominar la totalidad de las salinas, los itzás controlan las rutas terrestres y marítimas en todo el norte de la península.

Los escasos reinos que aún ofrecen resistencia son acosados sin cesar por los itzás o sus aliados, hasta que las localidades rebeldes dejen de funcionar, tal como ocurrió en Tsibilchaltun, cerca del litoral norte, ahora casi abandonada. En cuanto a las ciudades que juraron fidelidad a Chichén, deben pagar un considerable tributo de alimentos y artículos variados. Los sometidos del norte aportan pescado seco y conchas labradas, así como bolsos, sandalias y sogas de henequén tejido. Los del oeste deben entregar a los nuevos dueños del territorio objetos de mimbre: esteras, canastas, muebles. En el este, donde producen maderas y algodón, las mujeres tejen sin parar. El sur envía cacao, miel, cera y frutos que provienen de la zona irrigada de Ox bel ha', los Tres Ríos, la cual se extiende hasta Lamanai.

Pilotl pasa mucho tiempo en su puesto de las salinas, totalmente inmerso en la guerra y el comercio: sus negocios nunca han sido tan prósperos. Ya no requiere otro hijo de Manik, aun cuando la pequeña pulga ya ha sido destetada. Tiene otras esposas y retoños por montones. Su posición como jefe de guerra y mercader en Chichén ahora parece asegurada; considera las poblaciones locales sólo como proveedoras de mano de obra, de la que puede usar y abusar. El clan Muwan ha perdido la importancia que tenía. Ya casi no entra en esa casa. En su ausencia, Manik actúa como jefa de familia y se apoya en Jaak' para mantener la relación entre ellos y los itzás.

Pese a vivir rodeada de parientes, Manik se siente sola, consciente de su frágil posición. Desconfía de su esposo, con su ambición y su falta de compasión. En caso de conflicto... ¿quién la protegerá? Desde que el hechicero partió a la guerra con los gemelos, hace once meses solares, no ha vuelto a hablar con él. Sin embargo, con el paso del tiempo, la joven Muwan debe reconocer que Tsoltan tenía razón: la guerra era inevitable. Siempre será una amenaza. Se preparan otros enfrentamientos, como si algunos clanes quisieran conquistar la tierra entera. Hambrientos de riquezas y prestigio, nunca estarán satisfechos con lo que poseen y no les faltarán vecinos para alimentar su codicia.

Manik debe oponerse con frecuencia a los itzás que se imponen en su casa. Con objeto de aminorar los problemas, exige que los gemelos dejen la escuela y vuelvan a vivir con ella. Argumenta que necesita hombres, en vista de que su esposo se ausenta a menudo y su padre ya no está. Sienten lástima por esa pobre mujer desprovista del debido apoyo y le conceden lo que pide. La idea complace a los gemelos. Para ellos, la casa familiar es ahora mucho más acogedora que la escuela, donde imperan los maestros crueles.

Además, están muy a gusto con Jaak', quien hace las veces de hermano mayor y mejora con ello el ambiente en la casa. De día, Manik fantasea con que un gemelo mítico derroca al engreído pájaro real. Le rompe los dientes y le pica los ojos al quetzal que se parece a Pilotl.

Sueños de amor apasionado ocupan sus noches, pero el amante que suaviza su soledad carece de rasgos. Pasa los días corriendo entre la casa y el taller para resguardar el fuerte y producir muchas piezas. Las élites cada vez más numerosas demandan obras de calidad para mostrar su rango. Con el fin de complacerlas, Manik se vio forzada a adaptar su estilo; renunció a pintar delicadas escenas mitológicas y se concentra más bien en grabar espirales que para ella simbolizan el aire o dibujos que le recuerdan el agua: olas ondulantes o geométricas, gotas... Decora las incisiones con coladas oscuras que contrastan con el fondo color crema. Luego barniza las piezas con esmaltes transparentes que dan un acabado brillante. Según el jefe del taller, sus piezas se exportan a toda la península. Le cuenta que Pilotl se jactó de haber intercambiado las obras de Manik en la lejana ciudad de Tula, capital del Anáhuac. La *x-tsíib* mueve la cabeza; ¡él nunca le habría hecho semejante comentario acerca de su producción!

Gracias al poder de Pilotl entre los itzás y al trabajo de Manik, los Muwan viven bastante bien, a pesar de la sequía. Recordando las historias de su padre acerca de las migraciones de la familia desde el reino de Mutal, Manik calcula que las lluvias escasean hace unos cien años solares. Suspira. “¿Se acabará esta desgracia algún día?” Desea con todo su corazón que sus hijos no sufran hambre. Pero ¿si las lluvias no vuelven nunca? Los observa crecer con aprensión.

Los gemelos cumplieron siete años; pronto se volverán hombres. Hun sigue siendo más pequeño que su hermano;

pero, a pesar de la diferencia de tamaño, se parecen mucho. Cuando Manik los mira pasearse acompañados de sus jaguares con correas, es a Tsoltan a quien ve por duplicado. Y cuando sus muchachos y el hechicero caminan juntos con sus animales... ¡crean toda una visión! La gente se inclina frente a esa divina tríada.

Aunque sueña con Tsoltan cada vez con mayor frecuencia, Manik no sabe cómo retomar la relación con él; el hechicero evita su casa para no crear conflictos o rumores... No hay oportunidades para reunirse con él, y los eventos oficiales con los tres jaguares y sus dueños ocurren sólo una o dos veces al año. Pese a ser el orador del templo de Chaak y disfrutar de una posición privilegiada gracias a sus talentos de mago y curandero, Tsoltan ha adoptado un estilo de vida muy discreto. A veces coincide con los gemelos en el templo del búho, donde viven los jaguares; se entera así de la situación en casa de los Muwan. Al haber logrado equilibrar dificultades y éxitos, su vida le parece estimulante, llena de retos.

En virtud de la escasez de cinabrio, lo usa muy poco, pero se las arregla para que las cuatro escaleras de su cerro sagrado luzcan un rojo brillante. Es su manera de enfrentar a los chontales. En raras ocasiones abastece al rey de cinabrio e incluso azogue.

Aun cuando se muestra muy avaro con sus piedras rojas, la reserva del hechicero se agota. Teme que algo similar esté ocurriendo en Kusaamil. Después de un año ya no le queda casi nada. Volver a Ninikil le parece peligroso. Demasiados mercaderes lo conocen ahora, y son ellos quienes dominan la costa hasta Nako'ob. Podría viajar por los ríos del interior, itinerario todavía bajo control de Koba; este reino sigue siendo aliado de

Chichén a pesar de las fricciones. Sin embargo, al considerar la arrogancia de los hechiceros itzás, se le ocurre enviar a alguien más. ¿Pero a quién?

Encontrar un hombre de confianza en Chichén…, en este periodo difícil. Tsoltan ha empezado a dudar de todo el mundo. Cruza por su cabeza la idea de mandar una mujer; algunas caras desfilan por su mente. Ve las sonrisas suaves de las hadas de Tunkas, o el rostro ensordecedor de la maga de Tsibanche'. Sin embargo, no piensa arriesgar la vida de amigas tan preciosas. El guía que le dieron en ese pueblo podría servir para la tarea: un hombre fuerte, acostumbrado a los viajes, al que además nadie conoce en Chichén. Sólo haría falta ir a Tsibanche' para buscarlo.

Tsoltan avisa al chamán búho de su partida.

—¿Y cuándo piensas regresar? —pregunta el viejo sabio.

—Tal vez en dos lunas —calcula Tsoltan.

El chamán no protesta. Ya se ha acostumbrado a ocuparse de los jaguares, lo que le da cierta fama… y regalos para el templo. A Tsoltan le gusta la idea de dejar Chichén por un tiempo, más que nada para encontrarse con una amiga muy dulce. Echa de menos la compañía desde que no habla con Manik.

En Tsibanche' es bien recibido. El guía acepta viajar a Ninikil para conseguir cinabrio. Tsoltan escribe un mensaje para el hechicero cocodrilo de Lamanai; le pide ayuda para el hombre que habrá de pasar por ahí.

Dos días después del equinoccio, el hechicero despide al hombre que parte siguiendo las rutas de agua al interior, a fin de evitar los puestos de control de los itzás. En su cinturón, bajo el vientre, lleva escondidas varias bolsitas de jade.

Tal como el hechicero jaguar se lo aconsejó, el guía baja hacia la bahía de Chakte'naab, para luego remontar el río Chíil hasta Lamanai. El viaje transcurre sin dificultades. Al llegar a la ciudad a la orilla del lago, sube al templo para buscar al hechicero cocodrilo.

Lo encuentra en la terraza de arriba, vestido con su traje ceremonial, con el hocico del reptil a modo de visera. Discute con un grupo de nobles. El guía los escucha un rato, observándolos. Nota la presencia de algunos itzás, sin lograr identificar a los otros. Por suerte, los hombres tienen la buena idea de aclarar: "Nosotros en Mopankah..." y "Nosotros en Muluch Náa..."* El guía ya ha escuchado esos nombres; se trata de ciudades más al sur, fuera de las zonas controladas por Chichén. Decide que es tiempo de presentarse y se adelanta hacia el cocodrilo.

—Respetable chamán, vengo a entregarle un mensaje.

Ofrece un papel enrollado al hechicero, quien lo toma y se aparta un poco para leerlo. El guía sigue:

—Vengo de parte del orador jaguar que oficia en Chichén.

El cocodrilo se sobresalta y devuelve enseguida el rollo de papel al guía, sin mirarlo. Grita:

—¡Ese hechicero jaguar!... ¡Es un ser peligroso que casi provocó mi muerte!

Los hombres que lo rodean piden explicaciones. El cocodrilo habla de traición, trampa, ofensas indecibles que sufrió a causa de ese personaje. Los nobles se acercan al guía para que no se escape. Uno de ellos dice:

—Deberías encarcelar a este sujeto y exigir compensación.

* Xunantunich y Cahal Pech.

—No he cometido ninguna ofensa —protesta el guía—. Sólo vine a traer un mensaje.

El cocodrilo ve con maldad al guía regordete.

—¡Es buena idea la cárcel para este maldito mensajero! ¡Soldados! ¡Soldados! ¡Ayuda!

Silba con toda la rabia acumulada en sus pulmones. El guía, hombre fuerte, intenta huir, pero el grupo logra impedírselo. Llegan soldados corriendo.

Los nobles de Muluch Náa insisten en que el hechicero cocodrilo corte el meñique del prisionero. Dicen que, en su región, es el castigo habitual para los delincuentes. Para el cocodrilo se trata de una pena muy leve, pero la aplica en el momento, sin dudar. Coloca el dedo en un cuenco para ofrecerlo a los dioses.

A pesar de sus protestas, el guía es arrojado al fondo de un hueco oscuro. Una pequeña gruta sin otra salida que una puerta pequeña, que se cierra con rapidez. Lo dejan ahí varios días. Para el prisionero es imposible saber cuántos. Cuando le llevan algo de comida asquerosa, con un cubilete de agua para todo el día, suplica en vano a sus captores que lo suelten.

Solamente logra comprar su libertad ofreciendo dos bolsas de jade a un oficial. Lo llevan a los límites de la ciudad y le prohíben volver a Lamanai. Condena inútil... El hombre huye tan velozmente como puede, con la firme determinación de nunca más pisar esa tierra. Cruza Chau Hiix y Aktun Ha casi sin verlos. Una vez en el puerto, camina hasta una duna de arena donde está plantado un mástil con el escudo del lugar. Hace señas a la primera caravana que pasa cerca con rumbo hacia el sur.

Al cabo de dos meses vuelve a Tsibanche', entero salvo por el meñique. Con algo de rabia y vergüenza, narra al hechicero:

—Cuando logré escapar, quise cumplir con la misión de cualquier modo. En el mercado de Ninikil encontré un poco de cinabrio, pero muy caro. ¡Pedían cuatro medidas de cacao por una sola del mineral! A cambio del jade que me quedaba tomé dos bolsitas; sólo guardé algo, lo mínimo, para poder regresar.

El mensajero entrega las dos bolsitas a Tsoltan, quien le agradece sin entusiasmo.

En su interior, el hechicero maldice al cocodrilo. Piensa en el azogue que fabricaron en Lamanai. Ahora entiende mejor por dónde vino la traición contra Aklin. Si el cocodrilo reveló a los chontales que el cinabrio provenía de Ninikil… Tsoltan está muy enojado consigo mismo. Al revelar su secreto causó el fin de la sacerdotisa. Ese hechicero le pareció ingenuo y débil. Los mercaderes pudieron aterrorizarlo y manipularlo fácilmente. Por fortuna mandó un sustituto; de haber ido él mismo, nunca habría regresado.

Agradece al guía por su honesta labor y, para compensarlo, le ofrece un costal de maíz. El guía gruñe, enseñando su mano con cuatro dedos. Tsoltan agrega una bolsita de cacao. El hombre la toma, carga el costal en su hombro y desaparece sin despedirse. Inquieto, Tsoltan cree que debe volver a Chichén; no debió ausentarse tanto tiempo. ¿Si le arrebataron su puesto en el templo de Chaak? Mientras camina, piensa con amargura en los aliados que se convierten en enemigos. Siente la amenaza chontal estrechando su cerco en torno a él. ¿Existirá una persona que nunca lo traicione?

Lilikki, por sus cuatro años cumplidos, recibe del clan un pequeño metate de piedra con tres patas, y su mano, también de piedra. Saasil le ofrece una muñeca de trapo y un bello par de sandalias con cintas de colores. La niña se maravilla con la belleza del regalo. Manik también está algo sorprendida. Saasil le susurra al oído:

—Las sandalias… se las manda Tsoltan.

Conmovida, Manik menea la cabeza.

—Así que estás viéndolo.

—A veces… pregunta por ti.

Manik se estremece. "Todavía se acuerda de mí." Con el corazón adolorido, aprieta las manos de Saasil para agradecerle por mantener el vínculo, aunque tenue, con el hechicero.

Lilikki se divierte con su metate, imitando a sus tías. Tritura algunos granos que agrega a la masa, muy orgullosa de su contribución. Pero pronto se cansa de estar arrodillada toda la mañana. No le gusta permanecer inmóvil. Salvo cuando pinta o trabaja arcilla, es difícil que se quede quieta largo rato. La niña corre todo el tiempo: detrás de sus hermanos, de animales…

Manik la lleva a menudo al taller, donde la pequeña logra hacerse útil. Con sus dedos finos moldea a la perfección las pequeñas patas en forma de globo para los trípodes. Hasta sabe hacerles una hendidura para evitar que exploten durante la cocción. Manik las pega luego a la base de los trípodes, redondos o cilíndricos. Siempre fiel, Jaak' las acompaña; el jefe del taller ya se acostumbró a él y lo trata como a los demás alfareros.

El cumpleaños de la niña recuerda a Tsoltan que todavía no ha cobrado venganza por el asesinato de Aklin. Los dos acontecimientos tuvieron lugar el mismo día, el año pasado. Aun cuando no ha sido vengada, la *x-chilam* de Ninikil no está enojada con él. Ella entiende; Tsoltan lo sabe. Es que hay tanto que hacer: el templo, los jaguares, los gemelos… Además de apoyar al rey y controlar a los itzás. Juzga más importante dedicarse a honrar los ancestros, los únicos que pueden garantizar su supervivencia, aun con los itzás. Piensa que algún día los espíritus le ofrecerán la posibilidad de vengar a la que no conocía el miedo.

Aunque Tsoltan sabe que los dioses lo apoyan, sin Aklin no hay cinabrio. Al buscar una solución, se acuerda de la reserva escondida en Kusaamil. ¿Quedará algo por allá? Lo mejor será averiguar por sí mismo. Podría ir a visitar a su padre, quien renunció a su cargo de orador hace ya seis años. Desde entonces, K'ult se dedica al cultivo de plantas medicinales. Tsoltan ha vuelto unas cuantas veces a la isla, nunca por mucho tiempo, pero siempre lleva frasquitos de azogue para ofrecerlos a su padre. En cada visita, K'ult le parece más frágil.

Después de breves preparativos, Tsoltan emprende el camino hacia la isla donde nació, sin intentar esconderse o disfrazarse. Por el contrario, hace de su visita un acto oficial. Designa dos fieles aprendices para que lo acompañen. Ellos van a descubrir Kusaamil y su santuario, e incluso podrían participar en los rituales de la luna llena, en calidad de hechiceros invitados.

Al término de un viaje agradable, los tres hombres arriban al puerto principal de Kusaamil y a continuación se dirigen a la ciudad que está cerca. Admiran el amplio santuario dedicado a Ixchel desde el exterior. Por encima de la muralla ven la cumbre de las grandes construcciones, templos y pirámides. Tsoltan anuncia a sus aprendices que debe llegar hasta la casa de su padre, en la punta norte de la isla. Describe la visita como una faena y les propone dormir en casa del *halach wíinik,* el oficial encargado del barrio céntrico de la ciudad. Los jóvenes aceptan con alegría: ninguno tiene ganas de acompañar al jefe y correr a lo largo de un extenso camino hacia una aldeíta para saludar a un viejo confundido. Para ambos es mucho mejor permanecer en el centro, donde hay movimiento. Esperarán al hechicero en la mañana.

31. LA ESCAPADA

Tsoltan se apresura; desea llegar a casa de su padre antes de la noche. Cruza a toda prisa las dos aldeas en el camino. Logra su meta: está oscureciendo cuando alcanza la punta norte. De lejos ve la silueta de la gran ceiba. Una ola de felicidad lo recorre. Se acerca; en la mente tiene la imagen de su padre cuando era joven y fuerte, alrededor de los treinta años.

Entra. Las tres chozas están vacías y limpias, pero no hay nadie en ellas. Los jardines están llenos de verduras, flores y hierbas, listas para la cosecha. Tsoltan llama con voz fuerte en todas direcciones, en vano. Maldice. La fogata de la cocina está apagada hace mucho tiempo, lo que lo inquieta. Nunca pensó encontrar el lugar abandonado. Sin embargo, debió haber considerado esa posibilidad... De repente se acuerda de su padre tal como estaba la última vez que lo vio. Una cuchilla helada lo atraviesa. ¿Y si no hay otro encuentro? Rechaza la idea. Tal vez K'ult se fue a casa de un amigo o al santuario...

Cae la noche. Tsoltan no tiene otra opción que quedarse. Se pone a buscar un pedernal y encuentra uno en su sitio habitual. Las chispas salpican un pequeño montón de musgo. Sale humo. El hechicero agrega ramitas y luego más ramas, con lo que el fuego crece. Enciende una antorcha y se encamina al patio; ahí extrae agua y llena una bolsa con varios vegetales, entre ellos frijoles que no fueron cosechados. Introduce los alimentos en una olla que cuelga encima de las llamas y se sienta a un lado, sobre un banquito. Está feliz de haber vuelto a la casa de su infancia, pero también preocupado por su padre. Desea verlo. La reserva de cinabrio ocupa asimismo su mente; después de todo, es el objetivo del viaje.

La comida se cuece rápidamente. Hambriento, Tsoltan engulle todo, agradeciendo a K'ult y a los dioses su generosidad. Instala su hamaca, siempre dispuesta en el mismo poste, y se duerme frente a las brasas, con la idea de ir al santuario antes de que el sol se levante.

Nubes bordadas de oro flotan sobre el mar. Recorriendo pequeños senderos, Tsoltan llega a T'aantum por el lado este, el menos transitado. Demasiado ansioso por la ausencia de su padre, no va a ver la antigua reserva de cinabrio. Cerca de la muralla encuentra el caracol amarrado a una rama; sopla fuerte en él, con lo que logra que la puerta se abra. Después de identificarse, pide reunirse con la madre de las sacerdotisas. Debe esperar afuera. Se da cuenta de que lo consideran un extranjero. Antes pasaba directamente a ver a la jefa.

Una mujer de cara autoritaria se presenta. Al principio Tsoltan no la reconoce, aun cuando el rostro tiene algo familiar. Sólo cuando ella lo saluda cae en la cuenta: se trata de la antigua asistente, convertida en líder. La diferencia es que su piel ya no luce blanca sino marrón y arenosa. Incapaz de recordar su nombre, el hechicero la llama por su título.

—Muy honorable madre de las sacerdotisas, que los trece niveles del cielo te sean favorables.

—Bienvenido seas a tu casa, hechicero jaguar, hijo de K'ult, nuestro difunto orador.

Tsoltan permanece estoico; sólo sus hombros se abaten un poco. Respira profundamente. Su padre le parecía eterno, pero no lo era.

—¿Cuándo y cómo murió?

—Hace algunos meses, poco después del último equinoccio.

Tsoltan se arrepiente de no haber vuelto antes.

—¿Y por qué no me avisaron?

La dama sonríe con amargura. Se aparta para que el hechicero pueda entrar y cierra la puerta de la muralla. Camina lentamente hacia la plaza de la estela.

—Es que... el honorable hechicero jaguar vive lejos —dice, inclinando un poco la cabeza—. Y no se ha dignado visitar el santuario desde hace años. De cualquier modo, mandamos un mensajero a Chichén, pero le dijeron que estabas en Tsibanche'.

Tsoltan baja la cabeza y cierra los ojos pensando en su padre.

—K'ult falleció mientras dormía —precisa la madre de las sacerdotisas—. Sin sufrir. Los dioses lo cuidaron hasta el final. Le hicimos una bella ceremonia. Fue enterrado al pie de la ceiba, en su patio.

Tsoltan hace un signo de cruz para agradecer a la jefa y a los dioses. Es exactamente lo que su padre quería. La mujer continúa:

—Sus esclavos siguieron ocupándose de la casa, a la espera de tu regreso; pero, como no venía nadie, entraron al servicio del santuario. Si quieres, puedo devolvértelos.

—Sí, me gustaría tenerlos conmigo. ¿Y el jaguar?

—Vive aquí; nuestros hechiceros lo cuidan. Confiamos en que pronto vendrá una hembra para que sea su compañera. Ya tiene casi veinte años; es momento de que nos deje descendencia.

Tsoltan asiente; comprende que puede recuperar a los esclavos, pero no al jaguar. Se arriesga y pregunta:

—¿Las sacerdotisas renunciaron a blanquearse la piel?

La jefa emite un suspiro molesto, mirando a lo lejos.

—Ah... ¡Qué pregunta! No; ya no pueden hacerlo... El problema es que tu padre murió sin explicarnos cómo fabricar su famosa crema de luna. Hasta el último momento se negó a hablar. Decía que ese secreto te pertenecía. Un duro golpe para el santuario. Desde que te fuiste, las pieles blancas se han vuelto una rareza. Sólo recibíamos pequeños frasquitos que K'ult nos ofrecía de vez en cuando... Al parecer, cuando tú lo visitabas en la isla. Desde hace dos años sólo podemos blanquearnos el rostro. Para el resto usamos arcilla, pero ese blanco no luce bien en la piel. La situación se volvió aún más difícil con la muerte de tu padre. Todavía tenemos algunas sacerdotisas de piel clara, pero son tan frágiles... Y, de todos modos, con el tiempo adquirirán un tono color cacao, lo que nos perjudica. Ya se está reduciendo la concurrencia. El santuario atraviesa por un periodo delicado.

Tsoltan percibe la entonación llena de reproches. La dama se inclina hacia él, aprieta sus manos y susurra:

—Si quisieras compartir tu secreto con nosotras..., los dioses te lo agradecerían mucho.

Las manos son suaves, pero los ojos... Tsoltan evalúa el aire duro de su interlocutora. No puede negarse; haría que lo torturaran a muerte para arrancarle el secreto. Intenta ganar tiempo.

—Es una mezcla compleja. Contiene varios ingredientes raros.

—Tu padre mencionó el cinabrio... Los chontales me ofrecieron azogue también, pero a cambio de realizar sus ritos aquí. Por el momento, lo dudo. Tengo miedo de ultrajar a Ixchel con efigies de Quetzalcóatl y Tláloc. Ella siempre ha sido muy generosa con el santuario.

—Sí, es mejor conservar la vocación de T'aantum. En cuanto a la crema de luna, mi padre hacía una parte y yo la otra. Voy a ver lo que dejó en casa.

La mujer asiente con la cabeza. Prefiere negociar con el hechicero antes de obligarlo a hablar. Sin embargo, sabe que está a punto de obtener lo que quiere. "Tú no vas a salir de la isla sin mi autorización, pues todos los marineros de Kusaamil me obedecen." Piensa que debería apostar centinelas en la costa. Sonríe.

—Bien, evalúa la situación y vuelve mañana. Podremos hablar de la supervivencia... del santuario. Mandaré a tus esclavos a casa.

Tsoltan hace una inclinación; la palabra *supervivencia* pesa sobre su alma. Se aleja de T'aantum algo nervioso. Le urge ver lo que pudo haber dejado su padre. No tiene tiempo de llorar su pérdida; tampoco de encargarse de los dos aprendices. ¡Que el *halach wíinik* los ponga a trabajar! Al caminar por la selva hacia la punta norte, trepa de repente un gran tronco y se queda inmóvil sobre una ancha rama para asegurarse de que no lo siguen. Tras un breve momento, un hombre pasa por debajo sin verlo. Tsoltan espera a que se haya retirado y luego, sin hacer ruido, se dirige hacia la rejollada en la que escondió las primeras canastas que trajo de Ninikil. Rápidamente se agacha al borde del desnivel y mira adentro. Cuenta trece canastas, todavía amarradas contra la pared de piedra. Bendice la prudencia de su padre.

Se levanta enseguida, borra sus huellas y retrocede hasta llegar al árbol al que trepó; desde ahí camina hacia la playa. El hombre que lo sigue podrá ubicarlo fácilmente sin advertir que el espiado fue a dar una vuelta.

Frente al inmenso mar del este, Tsoltan reflexiona. No quiere revelar su secreto, pero al mismo tiempo tiene interés en que el santuario siga prosperando. Su padre dedicó su vida a T'aantum. Sin embargo, si fabrica azogue en la isla, lo descubrirán de inmediato y tendrá que explicarlo todo. ¿Qué hacer entonces?... Aguarda a que surja una idea... Deja su alma vagando entre una multitud de detalles que se mueven en el paisaje: olas, nubes, perfumes, matices... Frente a tanta belleza, recobra la calma. De nuevo en paz, deja la playa y se adentra en la selva hasta llegar a casa.

Una vez ahí, encuentra a los cuatro esclavos de pie frente a la entrada. Los reconoce y los saluda, pero no les permite pasar al recinto. Teme que la madre de las sacerdotisas les haya pedido que lo espíen.

—Espérenme aquí. Quiero encontrarme con el espíritu de mi padre en el lugar donde vivió tanto tiempo.

Los esclavos se inclinan con respeto. Dejándolos del otro lado de la albarrada, Tsoltan va a poner las manos en el tronco de la ceiba. Desde el hueco al fondo de las raíces, la efigie de Kukulkán lo mira. Los glifos de los otros dioses todavía son visibles en la corteza del árbol. El hechicero habla con su padre, a quien imagina viajando entre el inframundo y los cielos, en algún lugar dentro de las venas de la ceiba. Después de orar, revisa bien el interior de cada una de las tres chozas. Baja todas las plataformas de mimbre colgadas en lo alto de los techos. Sobre una de ellas encuentra una olla cuya tapa está cubierta de polvo. Es una de esas antiguas cerámicas sin esmalte producidas en la isla hace mucho tiempo. Tsoltan sonríe. ¡Un tesoro familiar! Toca las finas incisiones verticales con la punta de los dedos para despertar la olla y hacer que se muestre generosa. Levanta la tapa áspera. Dentro, descubre precisamente lo que esperaba: ¡uno de esos pequeños frascos que él mismo trajo de Chichén! Lo toma, cierra la olla y vuelve a levantar la plataforma jalando la cuerda.

Afuera, a la luz del día, saca su cuchillo para retirar el sello de la tapa. Su deseo se cumple cuando ve su cara reflejada en el charco de azogue al fondo del frasco. Su doble le devuelve la sonrisa. Podrá producir crema blanqueadora, lo que le permitirá mantenerse con vida. En cuanto a dejar la isla... Tal vez tenga que prometer que regresará, lo que no significa nada. Sin embargo, debe encontrar la manera de sacar sus trece canastas sin que nadie se dé cuenta.

Deposita el frasco, sellado esta vez con cintas, sobre el altar de los ancestros. Esparce polvo encima para que parezca una vieja ofrenda y no llame la atención de posibles espías. Está listo. Hace entrar a los esclavos para que preparen la comida. También les pide que vayan a buscar ciertas plantas, resinas y hule.

El día se acaba. En la oscuridad, el hechicero se duerme, habitado por el espíritu de su padre, para no sentir el vacío que deja su ausencia. Astuto, K'ult le indica una manera de escaparse con todo.

Al alba, Tsoltan sale corriendo hacia la ciudad. Llega a casa del *halach wíinik* antes que el sol abandone el inframundo. Se apresura a despertar a los dos aprendices. Prudente, les pone una mano sobre la boca para que no alerten a nadie. Cuando el primero advierte que por fin volvió el hechicero, quita la mano para murmurar:

—¡Te esperamos todo el día ayer!

Tsoltan les hace señas para que no hablen, se vistan rápido y salgan. Una vez afuera, les explica en voz baja:

—Mi padre, quien fue primer orador del santuario, ha muerto. Tengo un problema..., y ustedes van a ayudarme a resolverlo. Escuchen muy bien mis órdenes; no deben omitir ningún detalle. Saldrán con la primera caravana que navegue hacia Xamanha o Polé. Luego viajarán hacia el norte, hasta Tolokjil. Ahí se encontrarán con el viejo hechicero del pueblo. Infórmenlo de la muerte de K'ult y explíquenle que su hijo lo está esperando en la isla. En su compañía, deberán venir de noche a buscarme a la punta norte, con tres piraguas. Los esperaré en la entrada de la gran bahía. Tan pronto como lleguen, nos iremos, guiados por la luna.

Les entrega sendas bolsitas de jade.

—¡Vamos! ¡A trabajar!

Acostumbrados a obedecer, los dos jóvenes dejan la ciudad y se dirigen al puerto. Tsoltan agradece al *halach wíinik* por su hospitalidad; luego camina hacia el santuario, donde la jefa lo recibe en su cuarto y le ofrece un banco cerca de la entrada. Ella lo observa desafiante mientras él toma asiento.

—Entonces… ¿qué puedes ofrecerme?

Tsoltan opta por el encanto. Con mirada intensa, promete que ayudará a la madre de las sacerdotisas para que pueda continuar la obra de su padre.

—Pienso que pronto estaré en condiciones de preparar la crema de luna que necesitas.

La cara de la mujer se ilumina de satisfacción, pero no es ingenua. En cuanto Tsoltan se despide, llama a un hombre para que lo espíe; si el hechicero fabrica la crema, hay que descubrir cómo lo hace.

De vuelta en casa, Tsoltan saca a los esclavos y les ordena colocarse alrededor de la albarrada, con la consigna de no dejar que nadie se acerque. Se encierra en la cocina y pone cortinas frente a las puertas para que no lo vean preparar los ingredientes. A toda prisa mezcla resinas y hierbas para dejarlas macerar. Agregará el azogue en el último momento, antes de dirigirse al santuario. Falta lo más difícil: lograr eludir a los posibles espías para ir a buscar las canastas de cinabrio. Debe idear una distracción.

Con el crepúsculo, dos hombres salen de la guarida de los jaguares. El primero lleva una larga capa y una máscara que termina en un penacho de águila. El segundo, también con traje ceremonial pero modesto, lo sigue, cargando un cuenco amplio. Mientras caminan hacia la playa este, el hombre del penacho recita conjuros y agita un ramo de plumas.

Después de su partida, Tsoltan realiza un ritual para estimular a los otros dos esclavos, mayores, quienes juraron no trabajar para la jefa del santuario. El hechicero confía en ellos, pues han estado a su servicio desde su infancia. Necesita que se vuelvan invisibles, que sean capaces de correr y ver en la oscuridad. Luego de beber una poción, los tres vuelan como espíritus hacia la rejollada y sus preciosas canastas.

En la playa este, el esclavo del penacho enciende una fogata en la que calienta el contenido del cuenco. Agrega diferentes sustancias y echa una lluvia de chispas sobre la mezcla. Acompañándose del sonido de unas maracas que lleva a la cintura, canta oraciones en lengua chol, antiguo idioma que hablaba su abuela. Con la cabeza levantada hacia el sol nocturno, pide ayuda a la luna.

Mientras tanto, Tsoltan y los esclavos multiplican los viajes entre la rejollada y la bahía de la punta norte, donde esconden las canastas bajo montones de hojas secas.

El fuego sigue ardiendo en la playa este. La ceremonia se prolonga hasta después de lo más profundo de la noche; luego los dos hombres regresan a la casa llevando su cuenco humeante.

En el último viaje a la punta norte, Tsoltan estudia el horizonte marino, pero no hay nadie acercándose. Piensa que es demasiado temprano; tal vez los aprendices están llegando apenas a Tolokjil. El cielo empieza a palidecer. Hay que volver a casa. Tsoltan se alegra: sólo queda una canasta en la rejollada. Planea recuperarla más tarde o, en el peor de los casos, en su próxima visita.

Agotados por sus actividades nocturnas, el dueño y los cuatro esclavos duermen toda la mañana.

Después del cenit, Tsoltan bebe un poco de poción fortificante; se siente muy cansado, pero impulsado por la emergencia. A solas en la primera choza, vierte el azogue a la mezcla, que agita como si intentara hacer espuma de chocolate. Hace girar el utensilio de madera, que termina con un globo perforado, frotando con rapidez el mango entre sus dos palmas. El líquido se transforma en una crema espesa.

Con dos esclavos que transportan el gran cuenco suspendido de una vara, se dirige hacia el santuario. Al pie de la muralla, sopla con fuerza en el caracol. La puerta se abre de inmediato y lo conducen al cuarto de la jefa. Su presencia frente a las casas de las sacerdotisas de Ixchel provoca olas de curiosidad. Tsoltan ordena a los esclavos que aguarden al pie de la escalera y sube a encontrarse con la líder de T'aantum, quien, al parecer, lo esperaba. Se inclina.

—Es un placer volver a verte, honorable madre de las sacerdotisas.

La dama mueve un poco la cabeza.

—Según lo que me contaron, trabajas mucho…

Tsoltan sonríe: ¡a esa mujer no le faltan agallas! Está reconociendo que mandó espías a que siguieran sus pasos.

—Te dije que intentaría ayudarte en lo posible. Los dioses estaban a nuestro favor. Un cuenco de crema de luna te espera abajo. ¿Dónde quieres que lo dejemos?

La madre de las sacerdotisas se levanta y va a mirar afuera. Para creer lo que cuenta el hechicero, tendrá que verlo con sus propios ojos. Baja la escalera y hace que los esclavos abran la olla. Hunde un dedo en la mezcla, lo huele y luego aplica la crema sobre su brazo. Espera. Pide que vuelvan a colocar la tapa. Examina su brazo de cerca y sonríe.

—Esta sensación de quemadura…, como piquetes de aguja… Es la misma preparación que tu padre y tú hacían antes. ¡Que la lleven a la cocina!

Tsoltan señala con un dedo la casa de adobe a la entrada del patio; los esclavos levantan la vara y caminan hasta el lugar indicado. La jefa da fuertes palmadas. En todas las aberturas que rodean la pequeña plaza asoman cabezas.

—Adoradoras de Ixchel, reúnanse en la cocina. Vamos a prepararnos para el próximo festival… En dos días. El tratamiento con crema de luna empieza ahora.

Se oyen murmullos de felicidad. Las jovencitas salen como bandadas de mariposas. Su madre se da vuelta hacia Tsoltan.

—¡Te quedarás con nosotras para festejar a la luna!

¿Es una invitación o una orden? Poco importa. Tsoltan asiente con la cabeza, encantado por haber logrado apaciguar a la fiera.

Regresa a la casa de su padre silbando, en compañía de un esclavo. Mandó al otro a la rejollada para buscar la última canasta de cinabrio. Desea con toda su alma que el hechicero de Tolokjil y sus dos aprendices lleguen esa misma noche para sacarlo de la isla.

Reflejos lunares bailan sobre las olas. Las trece canastas forman una línea a la orilla de la playa, entre altas antorchas que brillan para indicar su posición. Tsoltan se siente nervioso. Tiene que escapar. Dejó la casa de su infancia y se despidió por última vez de su padre.

Escudriña el mar bajo la luna creciente. Los esclavos se untan arcilla que extraen del lado del manglar. Cubiertos de lodo, se acuestan en la arena sin que los piquen los zancudos y terminan por quedarse dormidos mientras Tsoltan vela. Al acecho, camina ansioso con pasos largos por la playa. Las olas se mueven suavemente; la luna pasa por encima de su cabeza. Nadie a la vista. Las antorchas se apagan una a una. Con la última todavía encendida, Tsoltan prende una fogata. Siente el temor crecer. No vendrán a buscarlo esa noche. Los malos pensamientos se acumulan. Tendrá que revelar su secreto, participar en los festivales hasta el final de su vida... Si el santuario envió hombres para espiarlo, ellos se darán cuenta de que su refugio fue abandonado y saldrán a buscarlo.

Sin despertar a los esclavos, transporta las canastas al manglar. Las amarra una con otra mediante las cuerdas que aseguran las tapas; a continuación las hunde en el agua oscura, poco profunda. Hunde el último pedazo de cuerda en el lodo y pone una piedra encima. Tras memorizar bien el lugar, borra sus huellas y despierta a los esclavos.

—Tres de ustedes se quedarán aquí, por si alguien viene... Uno me acompañará a casa. Volveremos con algo de comida.

De repente, a su espalda, se escucha un grito:

—¡Alto!

Los cinco voltean hacia el mar. Una piragua se acerca. A pesar de la penumbra, Tsoltan logra contar nueve remeros, todos armados. El primero grita de nuevo:

—¿Quiénes son? ¿Qué hacen aquí?

Tsoltan ve a los esclavos doblar la espalda antes de que caigan los golpes. Se endereza.

—Vine a orar a la diosa luna con mis hombres, capitán de T'aantum. Toda la noche la hemos honrado. Estará llena mañana; yo participaré en el festival. Íbamos a descansar. —Deseando que los centinelas se marchen rápido, agrega—: Pero, si les interesa, podemos seguir orando un poco más. ¿Quieren unirse a nosotros?

El capitán levanta una mano en señal de paz y para rechazar la amable oferta; debe trabajar. Hacen girar la piragua, que ahora se aleja hacia altamar.

Tsoltan y sus esclavos dejan la playa, donde son demasiado visibles. En el primer recodo, bajo la protección del manglar y cuando están seguros de que nadie puede observarlos, se detienen. Los esclavos parecen aterrorizados. Hirviendo de rabia, el hechicero se felicita por haber escondido las canastas. De otra manera... habría perdido todo. En el silencio del alba, duda. ¿Debe volver a casa o aguardar un poco más?

Un águila pasa cerca, da una vuelta brusca y se clava en el mar. Sus alas baten por encima de las olas. El ave rapaz sale del agua y se eleva con un pescado gordo entre las garras. Tsoltan respira hondo. Es una señal. Hay que luchar. Decide permanecer en el lugar y vuelve a escudriñar el mar con esperanza. Le parece ver puntos que se mueven debajo del horizonte.

—¡Miren! ¿No hay algo por allá?

Los cuatro esclavos murmuran. Confirman que alguien se aproxima. ¡Ojalá que no sean otra vez los soldados! Tsoltan piensa que, si los pescan de nuevo en la playa, tendrán que luchar por su vida.

Ninguno de sus hombres está armado y él sólo tiene un cuchillo.

—¡Busquen palos para defenderse!

Aliviados, los esclavos corren hacia los árboles. Cada uno encuentra una rama gruesa, parecida a una maza. Las piraguas, que en apariencia vienen del norte, se acercan. Son tres..., con cuatro remeros en cada una.

Un leve silbido se desliza sobre el agua. Tsoltan sabe que se trata de un aliado. Contesta imitando el llamado del búho;

acto seguido, enciende una antorcha y la mueve por encima de su cabeza.

Una vez establecido el contacto, planta la antorcha en la arena y empieza a jalar la cuerda con la que ató las canastas. Ordena a los esclavos que las saquen del agua de inmediato.

—¡Llévenlas a la playa! ¡Apresúrense!

El horizonte se aclara y el alba se convierte en amanecer. En poco tiempo, las tres piraguas atracan en la playa. El viejo hechicero de Tolokjil saluda con respeto al hijo de K'ult, hombre al que siempre admiró mucho. Tsoltan lo recibe con entusiasmo y felicita a los dos aprendices. A pesar de la alegría, no tarda en avisar a sus salvadores de que los soldados vigilan la costa. Todos cargan deprisa las canastas y se embarcan.

Las tres piraguas se alejan de la playa y cruzan la bahía hacia el continente. Al llegar a altamar, una flecha se clava de repente en la popa de la tercera piragua. Los prófugos descubren que los centinelas los persiguen y lanzan flechas en su dirección. Sin embargo, gracias al balanceo de las olas, el ataque es impreciso. Por lo demás, nadie tiene armas para rechazarlo.

Los remeros aceleran el ritmo. La isla de Kusaamil se desdibuja a lo lejos. Sin embargo, a causa del cargamento, las piraguas perseguidas son más lentas que la de los soldados.

Los centinelas que deben impedir la huida de Tsoltan logran aproximarse peligrosamente a la última piragua. Uno de los remeros gime de dolor cuando una flecha le atraviesa el brazo. En sus respectivas embarcaciones, los dos hechiceros intercambian miradas, reflejando la rabia de su colega. Un mismo pensamiento los une. El viejo grita primero:

—¡Al ataque!

Los remeros se dan vuelta y comienzan a remar en sentido contrario. Con fuerza. Sus naves se lanzan contra el enemigo. Los hombres de Tolokjil avanzan a pesar de las flechas. Son más numerosos que los centinelas, de los que sólo hay nueve en la piragua. Uno de los esclavos de Tsoltan arroja su bastón contra ellos y logra herir a dos soldados en la cabeza. Los otros esclavos lo imitan. A resultas del ataque, la nave enemiga se tambalea. Los hombres de Tsoltan y Tolokjil están lo suficientemente cerca para aporrear a los centinelas y el barco con sus remos. Los soldados dan golpes con su espada, pero un barco contra tres... Pronto, la piragua de los centinelas se vuelca. Los soldados luchan en las olas. La gente de Tolokjil intenta ahogarlos golpeándolos con los remos. Tsoltan grita:

—¡No los maten! Kusaamil se volvería nuestro enemigo para siempre. No hay muertos entre nosotros. Que estos hombres se aferren a su piragua. Las corrientes terminarán por llevarlos a la costa.

El viejo hechicero lo aprueba.

—¡Rumbo al norte!

Las tres embarcaciones retoman su ruta. Reman hacia el continente, dejando atrás una carcasa a la deriva a la que se aferran los desdichados.

32. APRENDIZAJES

En Chichén, Hun y Yalam han enterrado en el fondo de su memoria los horribles recuerdos de la guerra contra Ek Balam. Siguen participando en los actos oficiales; saben desempeñar su papel en público. Se les invita a las más bellas residencias de kochuahes y kupules. Según las circunstancias, llevan su traje de jaguar o un simple taparrabo y joyas; recitan pasajes de libros sagrados o interpretan escenas que narran las hazañas de los gemelos heroicos. A veces hacen demostraciones de destreza con una pelota de *pok-a-tok* o realizan rutinas acrobáticas.

Su presencia mantiene el ánimo de la población; si bien los dioses castigan a los humanos negándoles la lluvia, les concedieron la victoria en Ek Balam y les mandaron a los gemelos para ayudarlos. La gente vive de esperanzas, aferrándose al mito de los héroes divinos que vencieron a las nefastas potencias del inframundo. Esos dos bellos muchachos bien podrían ser los profetas de los cuales se habla en el génesis. Ellos pondrán fin a sus miserias si logran, con su valentía e inteligencia, ahuyentar a los demonios hacia el Xibalba y encerrarlos allá...

Los gemelos, de rostro tan amigable como el de su madre, se divierten con la atención que reciben, inconscientes de las expectativas que pesan sobre ellos.

Manik y el clan Muwan disfrutan de ese culto que se desarrolla desde que nacieron los gemelos. Sin embargo, las inquietudes de Manik volvieron con fuerza desde que sus hijos tuvieron que tomar parte en la guerra. ¿Acaso los héroes divinos no debieron arrojarse a la hoguera para vencer a los demonios? Toda esa veneración es de mal agüero. Le gustaría que sus preciosos muchachos pasaran inadvertidos, que los trataran igual que a los otros niños. Pero son tiempos difíciles...

Por lo demás, la joven madre no puede quejarse. La respetan como matriarca del clan Muwan y como artista. Pilotl ya no la tiraniza como antes. El mercader encontró otras víctimas: puede abusar tanto como desee de las princesas de Ek Balam. Nadie las defiende. Manik sueña a veces con Tsoltan; sin embargo, lo ve sólo de lejos y no conversa con él. El orador del templo de Chaak se ha vuelto un hechicero famoso de quien buscan favores, pero no Manik. Aparentemente lo ha borrado de su vida.

Una mañana en que las nubes se concentran sin soltar una sola gota, los gemelos se preparan para jugar a la pelota, cual soldados que van a entrenar, sin preocuparse por el clima. Enfrente de la casa ajustan sus accesorios de *pok-a-tok:* protección para las piernas, que ellos llevan a la izquierda, cinturón grueso, protectores para los codos y casco. Emocionados, se dan prisa; competirán con nuevos jugadores que los esperan en el gran terreno, el verdadero, reservado para los adultos. ¡Por fin los tratan como hombres! Se enorgullecen de cumplir ocho años en breve.

Mirando las nubes oscuras, Tsoltan camina muy contento hacia la casa de los Muwan. Los demonios dejaron de perseguirlo. La serie de infortunios parece haber llegado a su fin: la muerte de Aklin, el fracaso del mensajero, la huida de Kusaamil... Por el momento, sólo conoce el éxito. Siendo cuidadoso, la reserva de cinabrio escondida en la rejollada de los *aluxes* podría durar algún tiempo. Los jefes de clanes y los grupos de los alrededores comparten sus ideas acerca de la importancia de valorar las antiguas creencias. El códice que fabricó con su padre fue un paso importante para reunir a los verdaderos hombres. Todos en la región han jurado fidelidad a K'inilkopol y veneran a Hun y Yalam como encarnaciones divinas. Los gemelos míticos logran imponerse frente a Quetzalcóatl.

Sin embargo, Tsoltan considera que, a fin de mantener su estatus, los muchachos deben iniciarse en las prácticas que aseguran la supervivencia de los hombres de maíz. Y es el momento preciso: cuando sean hombres, será demasiado tarde. Se acerca a ellos en compañía de un campesino de aspecto humilde pero de musculatura respetable. Su atuendo es sencillo: taparrabo, alpargatas y sombrero. Los gemelos se levantan para saludarlos. El hechicero presenta a su compañero:

—Éste es mi vecino, Moom. Él va a sembrar su milpa hoy. Según dicen, un aguacero caerá con fuerza dentro de poco.

El milpero viene equipado con su bastón afilado para hacer huecos en el suelo y una calabaza llena de simientes amarrada a la cintura. Mete la mano en el recipiente y saca un puñado de granos.

—¿Saben lo que son?

Los muchachos identifican de inmediato los granos de maíz. Luego reconocen las semillas de frijol y las de calabaza.

—Bien —dice Tsoltan—. Entonces sólo les falta familiarizarse con la técnica...

Hun y Yalam fruncen el ceño y se miran. Tsoltan sigue:

—Gracias a Moom, aprenderán el arte de sembrar una milpa hoy mismo. Moom les fabricó unas herramientas.

Las caras de los gemelos se alargan. Yalam protesta:

—Pero es que hoy nos esperan los jugadores de Oxmal. Competiremos en el terreno grande.

—Hay cosas más importantes que el *pok-a-tok*.

El comentario ofende a los muchachos. El discreto Hun, que ya no puede más, replica:

—El terreno de pelota... ¡es el lugar donde los gemelos salvaron a los hombres! Tú nos lo repites a cada rato.

Tsoltan sonríe.

—Sí, pero las siembras son esenciales para producir el alimento sagrado. Sin el maíz, ¡sólo hay muerte! Y entonces se acaba el juego de pelota, ¿verdad?

Buscando una solución, Hun inclina la cabeza. La levanta de repente, con una chispa en los ojos, y mira a su hermano.

—Tienes toda la razón, honorable orador; la milpa es esencial. Empero, si recuerdo bien, se necesitan algunos días para sembrar toda la superficie, ¿no?

El campesino asiente. Hun triunfa.

—Entonces, ¡iremos mañana! Estaremos en la milpa antes de que se levante el sol y te ayudaremos a terminar el trabajo. Moom, ¿dónde nos encontraremos?

—A la orilla de la rejollada de los *aluxes* —contesta el milpero.

—Voy a esperarlos yo también —dice Tsoltan con algo de impaciencia—. Esa milpa será suya. Comerán el maíz que cosechen. De no ser así, tendrán que buscarse otros alimentos para saciar su hambre.

Muy felices de salvar su partido, los gemelos prometen obedecer y trabajar con ahínco. Tsoltan recobra el ánimo.

—Bien... ¡Váyanse a jugar, pequeños demonios!

Hun se da la vuelta y llama a su hermana:

—Lili, nos vamos. Si quieres venir con nosotros...

La pequeña llega corriendo y gritando a sus espaldas:

—Saasil, me voy al *pok-a-tok* con mis hermanos. Vengo luego.

La dama de compañía le hace señas de despedida desde el umbral. Ya no puede seguir a la niña; las rodillas le duelen sobremanera. Apenas la aguantan. Cojea un poco más cada día. Manik le repite que debe adelgazar, pero Saasil no tiene ganas de ayunar. "¡La vida es tan breve!", piensa.

Hun y Yalam sobresalen en su primer partido en el terreno grande. Los zurdos son un fenómeno: mandan la pelota y la reciben de manera desconcertante, con lo que sorprenden a los demás jugadores. El juego los apasiona, pero prometieron ayudar. Respetuosos, se presentan en el lugar previsto para trabajar en la milpa con Moom. Con su bastón afilado en la mano y su recipiente repleto de semillas a la cintura, aprenden a caminar como se debe para sembrar: clavan el bastón un paso adelante del pie, dejan caer unos granos en el pequeño hueco, casi sin inclinarse, y lo tapan pisando encima. Luego vendrá el deshierbe y las otras tareas.

No es sino unos días después cuando Pilotl descubre que sus hijos están aprendiendo a ser milperos; no valora ese aprendizaje, pero al menos el trabajo le parece benéfico para los muchachos, que así desarrollarán sus músculos. Quizá se volverán remeros competentes que podrán ayudarlo, si no llegan a ser buenos comerciantes. Con el tiempo concluye que solamente los verdaderos chontales suelen comerciar con éxito. No tiene muchas esperanzas de que los gemelos lleguen a serlo algún día; están demasiado apegados a su familia materna. Además, adolecen de varias deficiencias. No se han familiarizado con las rutas comerciales a lo largo de las costas; tampoco han tratado a los mercaderes importantes ni conocen los puertos, redes fluviales, arrecifes, vientos y corrientes, los pasajes de los manglares en época de lluvias… Fueron educados como príncipes y ahora… ¡pretenden transformarlos en campesinos! ¡Pero si son los mercaderes quienes enriquecen a Chichén! "Nunca lograré entender a esta gente; de hecho, ni siquiera deseo intentarlo." Sin embargo, como se ha dicho, Pilotl no se opone al aprendizaje de la milpa, puesto que los gemelos tienen mucha importancia para las poblaciones locales. A falta de una alternativa mejor, siempre podrá aprovecharse de su supuesta divinidad para manipular a esos pobladores tan ingenuos e imponerse en Chichén.

Después del solsticio de la noche corta, el dios Chaak se digna escuchar las súplicas de los humanos. Libera lluvias que mojan la tierra de las milpas, dispersas en la selva. Las primeras en brotar son las calabazas que despliegan sus hojas verdes, bordadas de encaje plateado. A su sombra emergen las puntas del maíz. Falta pelear contra la maleza para que no se ahoguen los cultivos, y contra los parásitos: los insectos hambrientos abundan siempre. Los gemelos deshierban durante la parte más cálida de la estación, bajo la mirada seria de Moon; a él le gustan las milpas bien limpias.

Para su octavo cumpleaños, Hun y Yalam cosechan con orgullo sus primeras mazorcas de maíz tierno. Preparan para ellos atole nuevo e *iis waah*: tortillas blancas, dulces y crujientes.

De solsticios a equinoccios, siempre en movimiento, el sol completa cuatro ciclos alrededor de la tierra. Es un periodo de calma relativa en el que cada quien se ocupa de sus tareas sin perjudicar a los demás.

La vida de los gemelos transcurre entre los terrenos de *pok-a-tok,* la escuela, la milpa, la casa y el templo del búho. Siempre hay alguien que los cuida. Después de los profesores vienen los entrenadores; luego los hechiceros, que los esperan para domar a los jaguares, y hasta el milpero Moom, que perfecciona el aprendizaje de los muchachos. Jaak' se divierte con ellos en la noche, siempre en Chichén.

Pilotl se mueve en un territorio más amplio: se pasea principalmente entre Acalán, las salinas y el Chichén de los itzás. Ya casi no visita la parte vieja de la ciudad, donde se concentran kupules, kokomes y sus aliados. Tsoltan también viaja, pero en la península, a lo largo de rutas poco transitadas por los extranjeros. En cuanto a Manik y Jaak', andan siempre por el mismo camino: el *sakbeh* entre la residencia y el taller. Lilikki vive en el mismo universo, ligada a su madre por un cordón invisible.

Manik se considera dichosa al poder trabajar; algunas de sus primas pasan toda la vida en la misma casa, sin otro horizonte que el techo. Además, le complace la compañía de Jaak', quien aprecia a los Muwan, su nueva familia. Su principal tarea consiste en vigilar a Manik, pero es con los gemelos con quienes pasa más tiempo. Se las arregla para incluir en sus juegos a los niños de la familia, entre ellos los hijos de los esclavos. Cuida con especial esmero a los dos pequeñitos de la esclava kokom propiedad de Pilotl.

A los doce años de edad, los muchachos casi han concluido su aprendizaje. Saben leer, escribir, calcular como nobles y jugar al *pok-a-tok* como atletas. Han sido iniciados en las técnicas de la milpa e ido a la guerra. Pronto podrán formar su propia familia. Deben, no obstante, demostrar su talento como cazadores antes del matrimonio; tarea delicada, puesto que no quedan muchos animales cerca de la ciudad, cada vez más poblada y extensa. Tendrán que alejarse. Empiezan a prepararse. Fabrican con cuidado arcos y flechas que bendice el chamán búho. Ansiosos por ser reconocidos como hombres, se entrenan con esmero.

Llega el día. Justo antes de su partida, Pilotl explica a los gemelos que la caza se parece a la guerra: hay que buscar a la presa para matarla. La referencia trae a la memoria de los muchachos la matanza de Ek Balam. Ambos tragan saliva con dificultad. Su padre ríe deseándoles lo mejor.

Cuando lo ve alejarse, Manik se aproxima y mira a sus hijos. ¡Está tan orgullosa! Es la primera vez que se alejan solos. Con un guía, claro, pero sin nadie más. En ocasiones han acompañado a sus tíos, pero ahora cargan ellos mismos sus alimentos, hamacas y armas. Cada uno con su penacho de ciervo, ya casi son hombres… y se casarán pronto. Suspira al pensar que seguramente Pilotl les impondrá esposas toltecas o chontales. Termina por alzar los hombros. Si son buenas personas…

Fuera de los límites de la ciudad, Yalam camina veloz; tarda en matar a su primer animal. ¡Uno grande! Hun no está tan entusiasmado como su hermano. Nervioso, lo sigue al tiempo que juega con el hilo que tensa el arco, lo que produce un sonido grave. *Trun, trunn…*

—Déjate de juegos —gruñe Yalam.

Hun hace una mueca, pero obedece. Sólo se escucha el canto de la selva. Caminan toda la mañana a través de una vegetación tupida. Cuando el sol llega a su punto más alto, hacen una parada, como por casualidad, a la orilla de un pequeño pozo: una hendidura en el suelo por la que podrían deslizar un cuenco alargado. Yalam se acerca para mirar dentro del hoyo. Sólo ve oscuridad. Deja caer una piedra. A lo lejos se escucha ruido de agua, lo cual confirma que podrán beber. El guía estaba preparado; saca un cuenco de tamaño perfecto. Seguramente conoce el lugar, piensan los gemelos. El hombre cuelga dos hamacas entre tres árboles. Hun y Yalam se sientan en una; beben y comen un poco, en silencio. Pies con cabeza, se acuestan y duermen mientras el sol cruza el cenit.

Hun despierta; ve a su hermano que ajusta el penacho en la cabeza. Se apresura a imitarlo. Los tres se ponen en marcha y avanzan hasta que el sol se hunde detrás de los árboles. El guía los lleva a un pequeño pozo en la superficie, donde, dice, los animales acuden a beber. Es tan chico que sólo uno puede acercarse. No muy convencidos, los jóvenes cazadores se esconden tras los arbustos. La espera se prolonga, larga como una eternidad. Arco en mano, Hun se aburre. Suavemente, con la oreja pegada al hilo, lo jala para producir diferentes sonidos. *Trunn, tran...* Le gustan las variaciones. Sacando un *tsing* agudo a la punta del arco, se gana una mirada severa de Yalam.

—Shhhh...

Irritado, el guía hace señas a Yalam para que lo siga. Hun se queda en el lugar, solo, de mal humor. ¡Qué aburrido es cazar! La gente no puede moverse ni respirar... Roza de nuevo el hilo del arco, murmurando un poema que acompaña con sonidos graves.

De súbito, un ciervo se abre camino frente a él. Un macho fuerte con una cornamenta de varias puntas. Hun se queda inmóvil. "¿Lo habré llamado con mi canto?" El animal se acerca al pozo mirándolo. No parece dispuesto a atacar. Hun piensa en una aparición. ¿Un espíritu? Tal vez el alma del agua o de la selva.

De repente se oye un silbido muy corto. Hun ve la flecha entrar en el pecho del animal. Sale un chorro de sangre. El ciervo brama de dolor y cae de rodillas; se derrumba. Yalam grita de felicidad, saltando por encima de los arbustos tras los cuales se había escondido. Con el arco todavía tendido entre las manos, el guía manifiesta su aprobación. Los dos felicitan a Hun por haber captado la atención del animal. Los tres unen sus voces para agradecer al gran ciervo por habérseles ofrecido.

El animal es transportado entero a la ciudad, donde reciben a los muchachos con alegría. Después de esa primera hazaña, los cazadores, convencidos de que los gemelos traen buena suerte, los invitan a menudo a participar en sus expediciones, lo que permite a Hun y Yalam descubrir las amplias extensiones del territorio.

Poco antes del equinoccio que anuncia el fin de las lluvias, Manik se entretiene preparando los trajes de los gemelos que van a cumplir catorce años. Un mensajero pide ser recibido por la señora de la casa. El hombre que saluda a Manik dice venir de Tunkas. Una vez convencido, por el colgante en forma de pájaro, de que la dama es quien le describieron las hadas, le explica que quiere entregarle un paquete de parte de éstas. Manik se alegra. El hombre se lo da, luego se despide y se marcha. Manik espera a estar sola en su cuarto para abrirlo. Al descubrir el códice decorado con ocelos del cual le hablaron las hadas, empieza a leerlo con avidez.

Luego de pasar rápidamente las oraciones, se interesa en la descripción de los gemelos divinos... ¡Cuánto se parecen a sus hijos! Además, se habla del culto que les rinde K'inilkopol. El documento menciona una alianza para proteger a los gemelos y las creencias ancestrales. Manik entiende mejor las motivaciones de Tsoltan.

Los gemelos se vuelven hombres el día en que cumplen catorce años. Vestidos con capas nuevas y largas, bordadas por su madre y Saasil, se encaminan al palacio real, donde asisten a una ceremonia dirigida por el mismo rey. Después del acto, Pilotl anuncia que el año próximo, en la misma fecha, se casarán. Manik aprieta los dientes; le está arrancando parte de su vida. Se arrepiente de haber tenido sólo tres hijos. Lilikki cumplió once años, y ella, veintinueve. Sus primas ya son abuelas... Se muerde el labio. ¿Y si visitara al hechicero? Sería su última oportunidad. Manik piensa que podría dar a luz a un cuarto hijo cuando los gemelos tuvieran a su primogénito. La idea le parece divertida. Viejos recuerdos afloran: la música en el mar, perfume de selva, excitación, deseo... Advierte hasta qué punto Tsoltan, el único hombre con quien conoció el placer, le hace falta. Al evocar los poemas que él le recitaba se conmueve profundamente. Siente con tanta fuerza la necesidad de amar y ser amada... Apenas se contiene para no salir corriendo hacia la rejollada de los *aluxes*.

Antes de cometer un error, Manik se obliga a visitar al chamán búho para hacerse idea de la situación. Lo encuentra en su alcoba, nervioso. Le ofrece un cuenco con finas incisiones. El chamán le sonríe, quizá por primera vez.

—¡Siempre eres tan dedicada! —Observa los dibujos y añade—: Muy lindos. Manik... ¡Cierva valiente!

—Gracias, honorable chamán, por valorar mi humilde trabajo. —A continuación lanza bolitas de copal dentro del quemador y susurra—: Me gustaría hablar con el hechicero jaguar.

Una chispa brilla en los ojos del viejo chamán.

—¡Después de tantos años! La guerra contra Ek Balam... Eso fue hace un lustro, ¿no?

Manik alza los hombros.

—Se me pasó el enojo... Los gemelos se olvidaron de la guerra. ¿Estará en la rejollada de los *aluxes*?

El chamán retoma su actitud preocupada.

—No, no está, al menos por el momento. Pero, tan pronto como vuelva, mandaré que te avisen.

—¿Tendré que esperar mucho?

—No sé. Vivimos un periodo difícil...

—Sí, las lluvias no son suficientes para regar las milpas.

—Está el problema de las lluvias, pero también el de los hombres. Eso crea gran incertidumbre. La rivalidad crece entre los itzás y nosotros. El rey envejece y su posición se vuelve bastante frágil, cosa que me preocupa. Hasta dudo que uno de sus hijos llegue a ocupar el trono algún día.

—¿Quién tomará el poder, entonces?

—¡Los itzás, por supuesto! Pero tú estarás a salvo gracias a tu marido.

—¿Y los otros..., kupules, kokomes...?

—Cuando escucho a los dioses bajo la eterna ceiba de piedra..., a menudo me mandan visiones de horror. Muchos van a sufrir.

Manik se arrodilla haciendo el signo de cruz.

—Cuéntame lo que ves. Yo también tengo visiones a veces. Una vez visualicé a un rey chontal que bajaba del trono y abandonaba la ciudad...

El chamán le toma las manos, levantando los ojos al cielo.

—¡Valiente mujer! Tal vez estás viendo más allá que yo. ¿Los itzás se irán de nuestra tierra algún día? Se puede soñar... Sin embargo, hoy lo único que distingo son dificultades sin solución. Un viento de terror nos caerá encima. ¡Ojalá que yo esté divagando! Quizá estoy demasiado viejo. Si fuera joven..., como el hechicero jaguar, siempre en movimiento. Él se fue a discutir con los ancianos de las ciudades vecinas. Pero... Cuando sea tiempo de actuar, no sé hacia dónde se dirigirá. Me han dicho que los itzás le ofrecieron el puesto de primer orador del reino.

Manik respira profundamente.

—¿Y lo aceptó?

—No lo creo, pero hay tantos detalles que desconozco. Mis visiones son algo confusas; no logro adivinar claramente el futuro. Oremos, hija mía. ¡Que los dioses nos otorguen su protección!

33. IMPACIENCIA

Pilotl avanza entre las élites de Chichén. Para él y sus semejantes, la caída de Ek Balam fue un regalo de los dioses. Sin embargo, le falta dar unos pasos más para satisfacer su gran ambición: colocar sólo chontales a la cabeza del reino y, ¿por qué no?, a sí mismo en la cumbre.

Una noche reúne discretamente en la casa Muwan a los mercaderes más destacados para discutir su estrategia. La residencia está rodeada por un jardín y una muralla; nadie puede escuchar. La ambivalencia del rey molesta a todos, ya que comparten un mismo sueño. K'inilkopol parece olvidar su mitad chontal. Con su gran capa de consejero real, Pilotl toma la palabra frente al grupo:

—Nosotros, itzás, controlamos casi todo el litoral de la gran península, desde Acalán hasta Ninikil. —Estira un brazo encima de su cabeza y dibuja un medio círculo para ilustrar la amplitud del territorio. Sigue—: Sólo nos resta vencer un obstáculo para que nuestros negocios incluyan todos los productos de esas tierras. —Su mirada vuela de un mercader a otro. Lanza—: Koba.

Un viejo se sobresalta.

—¡Atacar Koba! ¡No es una fortaleza; es peor! Tiene dieciséis barrios, cada uno con sus propias defensas. ¡Es imposible vencerlos a todos!

—No he dicho que nos lancemos directamente contra Koba.

Despliega un mapa de la península en el que se aprecian los lugares importantes; pone el dedo en el centro.

—Hay que atacar aquí… ¡Yaxuna! El principal aliado de Koba, unido a su capital por un camino que destaca la ambición desmedida de los caciques de Koba. Se imaginan cerca de los dioses, pero les faltan medios… Además, ya saben, esa ruta grandiosa debería extenderse hasta Oxmal, pero nunca se terminó.

Un mercader se acerca para mirar el mapa. Afirma:

—En efecto, como bien se sabe, ese gran *sakbeh* debía llegar hasta Oxmal, pero nunca se concluyó porque vencimos a Oxmal antes. Y así se llevó a cabo la alianza de Koba y Oxmal… Y desde entonces esta última ciudad nos paga tributo.

—De haberse terminado el camino, Koba nos habría facilitado amablemente la victoria —se burla otro.

Todos ríen. Cuando vuelve la calma, Pilotl explica:

—Koba ya no tiene tantos aliados. Si vencemos a Yaxuna, tal vez no será necesario atacar Koba. Con sitiarla solamente… podríamos apoderarnos del control del cacao.

Los mercaderes miran a su colega con admiración. Uno pone su mano en el hombro de Pilotl.

—¡Excelente idea! Vamos a repetir la hazaña de Ek Balam. Y más fácilmente, pues Yaxuna se encuentra a sólo una mañana de caminata.

Un viejo mercader se adelanta.

—La situación me parece arriesgada. Por un lado, se trata de una ciudad mediana, que sólo nos entregaría un botín de poca importancia, unos cuantos esclavos...

Pilotl le quita la palabra:

—Yaxuna no es sino un paso para alcanzar Koba. Allí sí nos espera un montón de riquezas. Hay que arriesgarse...

El viejo levanta la mano con impaciencia.

—Déjame terminar. Como decía... Por un lado, Yaxuna no vale la pena y, por el otro, me preocupa la reacción del rey.

Pilotl levanta un puño, acercándose al viejo. Alza la voz:

—¿K'inilkopol? ¡No es mi soberano! Nosotros, los itzás, creamos la riqueza en este reino. Nosotros tomamos las decisiones.

Los otros comerciantes miran a Pilotl con asombro. Un murmullo de desaprobación recorre el grupo. Pilotl retrocede. Uno de los hombres susurra:

—¿Pretendes desobedecer al rey?

El viejo mercader se acerca a Pilotl y le habla de cerca:

—Chichén está poblado por gente fiel al rey. Kupules, kokomes... y, entre ellos, ¡tu propia esposa! Los clanes de aquí son mucho más numerosos que nosotros; podrían rebelarse y expulsarnos.

Pilotl levanta las dos manos abiertas.

—Calma. Para eso también se necesita una buena idea. Tengo algunas... Empezaremos preparando el ataque contra Yaxuna. Después de esa victoria, estaremos en la posición adecuada... para lo que sea. El rey tendrá que escucharnos. Dicen que es como un palito flexible —dice Pilotl, que adora esa imagen inventada por su mujer—: se dobla fácilmente. Así que tenemos dos meses antes del próximo solsticio de la larga noche.

Un amigo del mercader se acerca.

—Tengo confianza en ti. Puedo juntar una tropa de tres mil hombres.

Los otros prometen proporcionar tantos soldados como sea posible. El viejo ya no se atreve a oponerse a los demás. Pilotl triunfa.

—Podemos soñar en grande. Terminaremos por controlar todo el territorio entre Tula y Chichén. ¡Nosotros, itzás, cual *sakbeh* real, uniremos a esas dos grandes capitales!

Las guerras y los intercambios comerciales permiten a la confederación de mercaderes emprender ambiciosos proyectos de construcción. Quieren levantar nuevos edificios al norte de la gran plaza para mostrar la fuerza de Chichén y sus dioses, mientras se sigue erigiendo el conjunto dedicado a los guerreros. Serpientes de piedra sostienen ya el dintel central del templo, con su cola doblada. Tal como se hizo en la pirámide central, se decora el centro de la terraza con la estatua de un jugador de *pok-a-tok*. "Para recibir corazones de los hombres de la península", piensa el chamán búho al observar a los escultores concluir su obra.

Al lado de ese edificio, los arquitectos itzás se proponen construir una amplia zona protegida por un alto techo apoyado en varias columnas, para las procesiones. Piensan en otros edificios, como los que se encuentran en Tula, capital de los toltecas. Quieren hacer un nuevo mercado para aumentar el espacio disponible. ¡Necesitan muchos puestos a fin de nutrir al imperio naciente! Algunos hablan de cubrir el templo en medio de la gran plaza con otro, más grande todavía, siguiendo el modelo del santuario de Chaak que se construyó hace algunos años. Hileras de esclavos fluyen sin parar hacia el centro con grandes cantidades de material: arena, cal, tablas, vigas y piedra molida o en bloques.

Las cosechas empiezan después del equinoccio al final de las lluvias. El sol domina el cielo sin que una sola nube lo oculte. En un día de calor intenso, el chamán búho manda buscar a Manik a su casa. Ella llega corriendo y lo encuentra sentado, las piernas cruzadas sobre su banco de piedra. Habla en voz baja:

—Tsoltan está de vuelta. Ya le hablé de tu solicitud. Le dio gusto. También desea verte. ¿Quieres que te acompañe?

—No, gracias; iré sola.

Nerviosa como cuando era joven, Manik espera hasta la noche para acercarse a la rejollada de los *aluxes*. Se cuida para no alimentar chismes. A veces, los rumores salen de la nada. ¡La gente se inventa cada cuento! Al llegar al borde del desnivel, encuentra fácilmente la escalera de madera y baja por ella. Escucha a un jaguar gruñir. Los sonidos le causan miedo, pero sigue adelante. Cuando está casi a punto de saltar el último peldaño, unas manos le aprietan la cintura. Manik se estremece, pero las reconoce enseguida. Esa fuerza, ese olor de selva... Alguien la levanta en el aire y la deja en el suelo.

—Mi hermosa..., mi encanto... ¡Cuánto he soñado contigo!

Manik reprime el llanto.

—Después de tantos años...

—Fue un castigo duro. Tal vez lo merecía...

—Pensé que sólo habías actuado por orgullo, pero las hadas me mandaron tu códice. Entendí que querías salvar a los gemelos con la ayuda del rey, y al mismo tiempo salvar nuestras tradiciones.

—No supe explicártelo. Tomó mucho tiempo.

—Olvidemos esa triste historia. Me hiciste mucha falta.

Se pega contra el cuerpo de Tsoltan.

—Tenemos tantas cosas de que hablar.

Tsoltan la besa con cariño.

—Y tantas maravillas que disfrutar…

Desata al jaguar, que lo espera al pie de un árbol. Tsoltan y Manik caminan entre las matas de cacao, tomados de la mano y seguidos por el felino. Al fondo, la pequeña casa brilla como una linterna.

—¿Es verdad que quieren nombrarte primer orador de Chichén?

—Unos itzás me informaron de esa posibilidad. Pero no sé lo que se espera de mí a cambio. El futuro me parece incierto. Habría que saber quién reemplazará a K'inilkopol.

—La situación preocupa mucho al chamán búho.

—Por todos lados, los clanes se inquietan. Los itzás no dejan de acaparar riquezas. Y con esos guerreros que siguen llegando… crece su potencia. Si aceptaran mezclarse con los nuestros y adaptarse a nuestras tradiciones, sería perfecto; pero no es el caso…

Manik piensa en Jaak', que a veces reza con ella.

—Algunos chontales reconocen a Chaak como su dios.

—Sí, pero son pocos. De seguir las cosas como están…, los itzás podrían tomar el poder y controlar los clanes de la península.

Manik piensa que la noticia es a la vez buena y mala para ella y su familia. Debe admitir que, en su casa, los extranjeros se imponen. Sólo Jaak' está realmente cerca de los Muwan. Tsoltan sigue:

—La situación puede cambiar en cualquier momento. Debemos estar muy atentos para mantener a los itzás bajo nuestra ley. Pronto hablaré con los caciques de Sak'i. Esa ciudad tiene guerreros temibles.

Manik asiente, aunque se siente confundida. ¿Cómo podría intervenir? Su marido la aterroriza.

La pareja entra en la pequeña casa. Tsoltan aparta la cabellera de la dama para besar su nuca. La boca baja hacia los hombros. Entre besos, murmura:

—Ya basta de palabras; tenemos cosas más importantes que hacer...

—...

Las mejillas se rozan, los labios se acarician, las lenguas se saborean. Manik tiembla de la cabeza a los pies. Tsoltan deja escapar un largo suspiro voluptuoso mientras se tiende en la suave cama de algodón, con la bella dama entre sus brazos.

Después de la reunión con sus aliados, Pilotl está convencido de que los dioses lo apoyan. Los itzás se las ingenian para hacer circular rumores sobre las debilidades de Koba y Yaxuna, y sobre el poder de los adeptos a Quetzalcóatl. La luna completa un ciclo. Pilotl invita a los mercaderes a festejar en su casa, la Muwan, por supuesto. Quiere poner orden en el entusiasmo guerrero de sus amigos y conocer detalladamente cómo se está preparando cada uno. Habla frente al grupo:

—La guerra contra Yaxuna debe estar bien organizada para que sea fatal. Y que no haya réplica. El problema consistirá en transportar después a los hombres hacia Koba tan pronto como sea posible.

Tras discutirlo largamente, todos deciden mandar sólo una parte de los guerreros, los mejores, para atacar a Yaxuna, mientras los demás caminan sin desviaciones hacia Koba con suministros y armas. Pilotl se frota las manos, complacido:

—En cuanto la victoria se proclame, los guerreros correrán por el gran camino blanco para ir a apoyar a los que ya estarán cerca de Koba. El enemigo no tendrá tiempo siquiera de enterarse del ataque a Yaxuna, ya que Chichén la tendrá sitiada.

Una vez concluido el asunto, sirven *báalche'* como si fuera agua y comen mucho, todo preparado por las mujeres en la cocina. Los gemelos brindan por la victoria entre los invitados, mercaderes y guerreros. Prometen participar en la guerra, no solamente en representación de los dioses, sino combatiendo. Los chontales los molestan un poco, por su edad y su virginidad. Los muchachos se defienden; se jactan de que pronto se hundirán en la carne rosada para plantar su semilla. ¡Son hombres, después de todo!

Pilotl mira a sus hijos con satisfacción. Cuanto más crecen, más se parecen a los hombres de maíz. No tienen ningún rasgo chontal. Duda que sean realmente suyos, pero… ¡qué importa! Logró moldearlos para que se comporten como itzás y contribuyan a su propio poder. Poco después de la guerra se casarán. Sus esposas, elegidas entre las princesas de Acalán, son chontales de sangre pura que llegarán pronto a Chichén con sus escoltas familiares. Pilotl aprovechó su último viaje para traer de vuelta a la más joven de sus mujeres chontales, con sus hijos. Vive en la residencia que construyó cerca de la nueva gran plaza. Todo está en su debido lugar. Sólo falta deshacerse del rey y sus incondicionales.

Con el corazón pesado como piedra, Manik escucha a los hombres discutir desde la cocina. Nadie le pregunta lo que piensa. Sin embargo, ella y todas las mujeres de la ciudad deberán moler maíz durante días para alimentar a las gloriosas tropas. Se traga su rabia mientras aprieta las manos en torno al rodillo de piedra. Ketelak y Koba están pobladas por kupules, pueblo hermano, pero poca gente se opondrá a la guerra, pues hacerlo equivaldría a arriesgar la vida: los fanáticos de Quetzalcóatl no toleran la disidencia.

En la noche, Manik no puede dormir. Debe avisar a Tsoltan que la guerra se acerca. ¿Ya habrá partido rumbo a Sak'i? Lo imagina con horror combatiendo con los aliados de Koba y Yaxuna, mientras los gemelos pelean junto a los itzás. ¿Se matarán entre padre e hijos? Debe actuar, pero con Pilotl en casa... no se atreve a escapar por la brecha en la pared. Tiene una idea. En lo más profundo de la noche se levanta con sigilo, cruza el patio y entra en la cocina. Como de costumbre, el cuenco de nixtamal descansa sobre un banco, cubierto por un paño húmedo. Manik esparce la masa en el suelo y deja el cuenco a un lado, con la puerta entreabierta. Vuelve a su cuarto de puntitas.

En la mañana se escuchan gritos. Un perro gime. Manik y otras mujeres llegan corriendo a la cocina. Escoba en mano, hirviendo de rabia, una tía golpea al animal.

—¡Este maldito xoloitzcuintle se comió todo el nixtamal que hicimos! Ya no tenemos nada para el desayuno.

Alertado por el ruido, Pilotl se detiene frente a la cocina. Al ver al perro avergonzado, con la panza hinchada de maíz, entiende la situación. Lanza una mirada suspicaz a Manik, quien ya está vestida. Ella se apresura a recoger el cuenco.

—Voy al mercado a buscar nixtamal. Jaak', ven conmigo, deprisa.

Pilotl no dice nada. Le duele la cabeza después de la fiesta de la víspera; tomaron bastante *báalche'*. Muchos colegas se quedaron a dormir. ¡Y ese perro que les robó el desayuno! Enojado, saca su cuchillo y se acerca al animal. Cuando Manik y Jaak' cierran la puerta a sus espaldas, el perro aúlla. El sonido es breve; la muerte del animal, instantánea.

Manik pide perdón al apacible perro y le agradece su ayuda. Ella y Jaak' corren al mercado; el muchacho entendió enseguida que su ama tenía un plan. En el camino de regreso, la dama Muwal se detiene en el templo del búho. Susurra rápidamente al oído del chamán lo que escuchó la noche anterior. El viejo asiente; transmitirá el mensaje. Manik se da prisa para volver. Cuando ella y Jaak' llegan a la cocina con la masa de maíz, varios hombres los esperan; el hambre los acosa. Las mujeres empiezan de inmediato a hacer tortillas mientras Pilotl gruñe de impaciencia, despedazando al perro comelón.

34. TLÁLOC

Un día antes del solsticio, acompañado por el sonido de una caracola, Pilotl entra en el patio de la residencia Muwan, cual conquistador. Se detiene justo en el centro, rodeado de guardias armados, algunos con estandartes. Para Manik, cada vez se parece más a los fanáticos de Quetzalcóatl, como si el mercader hubiera sido engullido por el guerrero. Una litera transportada por cargadores y con las cortinas cerradas sigue al grupo. Pilotl habla brevemente con Jaak' y luego hace señas a Manik para que se acerque.

—Mujer... Vas a oír la voz de un sabio... Y vas a escuchar con mucha atención.

La toma del brazo y la jala al lado de la litera. Aparta una cortina. Manik se queda boquiabierta; su mente tarda en procesar lo que ve.

El chamán búho está sentado rígidamente, amarrado del torso y la cabeza al respaldo de la silla, la mirada fija; sus extremidades y su boca tiemblan un poco. A pesar de la penumbra, Manik nota que todo su cuerpo está tatuado con escamas o plumas, como si su piel hubiera sido quemada con púas. Acerca su mano para consolarlo, pero Pilotl le impide tocarlo.

—¡Anda, habla, viejo búho!

El chamán pasa su lengua áspera sobre sus labios resecos. Un murmullo sale de su garganta.

—En la gruta… Chaak me habló.

Emite un gemido ronco. Manik piensa que está a punto de fallecer. Le duele el corazón al verlo así, en tan pésimo estado. Pilotl golpea con un palo las costillas del prisionero.

—¡Sigue!

—Chaak pide la ayuda del potente dios Tláloc del Anáhuac. Hay que fabricar incensarios con su efigie…

Abatida, Manik no se mueve. Pilotl la sacude y gruñe:

—¿Lo escuchaste? Tláloc nos espera. Los alfareros ya empezaron a moldear los incensarios. Falta hacer las caras y pintarlas. —Deja caer la cortina y ordena—: Lleven al viejo al taller. —Luego, volteando hacia su mujer, añade—: Tú vienes con nosotros. Te vas a poner a trabajar. Por fin, tu talento de pintora servirá de algo. Tenemos que apresurarnos.

Manik siente que un cambio radical se está operando y que la amenaza a ella y a su familia. La arrogancia de su esposo, la derrota del chamán búho… Una tempestad se cierne sobre la ciudad. Manik recuerda los augurios del chamán. Un viento de terror… Se retuerce las manos. "¿Vamos a perecer todos?" Piensa en salvar al menos a alguien: su hija, que estará más segura con ella que en la casa. De repente afirma:

—Voy, pero sólo si Lilikki nos acompaña. Ella también pinta. Siendo dos, podremos trabajar más rápido.

Pilotl se burla:

—¡*Ch'ik,* la pulga!

Manik grita:

—Lili, recoge tus cosas; vamos al taller.

Siempre lista, la niña llega corriendo con su bolsita de trabajo y la mirada grave. Teme a ese hombre que se dice su padre; en cambio, en su madre confía por completo y la sigue a todas partes. Pilotl levanta el brazo para indicar a sus hombres que se pongan en marcha. Manik sube con rapidez a una litera, con Lilikki entre sus brazos.

En el taller reina un ambiente pesado. El jefe de los alfileres plateados parece hervir de una rabia que intenta controlar. Los alfareros moldean arcilla en silencio. Una gran fogata brilla al fondo del terreno. En las brasas, Manik distingue varias vasijas bicónicas decoradas con puntas semejantes a los troncos de la ceiba. Piensa que no podrá pintarlas hasta el final del día. El jefe le enseña varios incensarios de pasta cruda, todavía húmeda, que requieren su intervención. Gruñe en voz baja:

—Hay que obedecer. Tu Pilotl mató a mi ayudante principal —dice, señalando el almacén con el dedo.

Manik mira en la dirección indicada. Descubre con horror un cuerpo suspendido de una viga: una lanza le atraviesa el cráneo. Reconoce al hombre; es el que fabricó la flauta para Jaak'. La sangre forma un lago a sus pies. Lilikki rodea la cintura de su madre con sus brazos. Manik estira su manta sobre la cabeza de su hija para que no vea la escena. Pilotl se acerca. Con un movimiento brusco empuja al jefe y se detiene frente a Manik.

—¡Basta de conspiraciones! Pónganse a trabajar. —Levanta un gran incensario con el rostro de Tláloc y dice a su esposa—: ¿Ves estos rasgos? Quiero que los reproduzcas en varios ejemplares. Tantos como sea posible. Todos parecidos…

Manik memoriza los ojos grandes, la nariz larga y las orejas que sirven de asas.

Un alfarero trae un cuenco ancho lleno de arcilla mojada y lo pone delante de la estera de Manik. Ella toma a Lilikki del brazo y la lleva a su lugar. En silencio, la jala para que se siente; luego hunde las manos en la arcilla para sacar un buen puñado. La niña la imita enseguida. Manik amasa la pasta y la estira con ayuda de un rodillo; a continuación la alisa con una lámina de madera antes de cortarla en rectángulos y rodelas sobre las cuales graba espirales.

Un sirviente le entrega un incensario para decorar. Manik pide con un gesto que se ponga otro frente a la niña. Al ver que el hombre duda, Pilotl lanza:

—¡Haz lo que te está pidiendo!

Con la espalda encorvada, el sirviente obedece a toda prisa. Lilikki observa a su madre, que pega los rectángulos a los lados del incensario. Manik le pasa porciones de masa a su hija, quien copia cada uno de sus gestos. Debajo de las asas hacen unas formas redondas: los aretes. Las dos se afanan y pronto aparecen las caras: con ojos redondos alucinados, narices rectas que se estiran desde el borde de la vasija, bocas curvadas hacia abajo, de donde salen los dientes superiores. Manik observa esas obras grotescas. ¡Qué feo es Tláloc!

Pilotl cruza los brazos. Le gusta lo que ve.

—Está bien. ¡La pulga trabaja con su madre! Ánimo, chicas, que tenemos prisa.

—¿Por qué? —osa preguntar Manik.

—Porque mañana habrá una magnífica ceremonia... Pero déjate de preguntas. Por una vez, sólo ejecuta las órdenes.

Manik baja la cabeza. Lilikki nunca la levantó; Pilotl le causa demasiado temor. Manik piensa en el chamán, que todavía debe estar atado a la litera cerrada. Le gustaría al menos llevarle agua; sin embargo, con Pilotl cerca, no se atreve siquiera a levantarse de su petate. Discretamente, sin que nadie lo note, corrige unos detalles del incensario del que se ocupa Lilikki.

Mientras ambas trabajan, los guerreros descuelgan el cuerpo del asistente y se lo llevan. Pilotl y algunos de sus hombres duermen la siesta en las hamacas dispuestas en la sombra del almacén.

Los rostros de Tláloc toman forma. ¡El dios de la lluvia de los toltecas! Manik traga saliva con dificultad pensando que su padre debe arder de rabia en el inframundo, pues sólo aceptaba a Chaak en su casa. Le pide perdón, pero no puede desobedecer.

Al caer la noche, hay una veintena de incensarios terminados. Los ponen sobre una pila de leña, en el hueco que sirve de horno. Sentado en su hamaca, Pilotl grita al jefe del taller:

—¿Por qué no enciendes el fuego? Ya te dije que tenemos prisa. Los incensarios deben estar pintados antes de que el sol se levante. Las dos mujeres se quedarán aquí. Las despertaremos cuando las piezas terminen de hornearse.

Manik, que escuchó todo, se lleva a Lilikki hacia un rincón apartado dentro del almacén. Estira el petate de trabajo, que servirá de cama, y empieza a masajear los hombros y las manos de la niña para aliviar su cansancio. Agotada, la pequeña se duerme entre sus brazos.

Al escuchar a los guerreros de juerga, Manik sospecha que están comiendo la carne del pobre asistente asesinado. Todos discuten, pero la voz de su esposo cubre a las demás.

—Después del homenaje a Tláloc, iremos al templo de la plaza central y, de ahí, ¡saldremos para la guerra!

Los hombres gritan de alegría y bailan alrededor del fuego.

En la noche, cuando la hoguera está a punto de apagarse, Manik aprovecha la oscuridad para escabullirse hasta donde se encuentra el chamán. El pobre adivino está rígido, con la cabeza todavía atada al respaldo del asiento. Tiene los ojos cerrados. Al escuchar ruido, levanta los párpados. Manik, contenta de verlo todavía con vida, roza su brazo.

—Xooch'...

—Cierva valiente... —murmura el torturado.

—Me gustaría ayudarte.

—¡Reza! Los espíritus me esperan en la caverna. Tu marido... Los itzás quieren atacar Yaxuna y Koba, para luego apoderarse de Chichén. ¡Huye!

—Pero mi esposo es itzá...

—¡Huye!

Manik toca su mano; está fría. Unos pasos se acercan. El chamán búho salmodia oraciones. Manik se hunde en la vegetación, detrás de la litera. Un guerrero aparta bruscamente la cortina.

—Te escuché hablar. Es inútil que llames a tus demonios. ¡Cierra la boca, vieja lechuza!

El búho canta más fuerte. Manik le agradece mentalmente por su valentía. Aprovecha el ruido para retroceder un poco más. El centinela da un puñetazo en el pecho del chamán, que expulsa aire con un grito de dolor. Se calla. Manik debe esperar un buen rato hasta que el guerrero se marcha y ella puede volver al almacén, aterrorizada por el miedo de que su hija se despierte y la llame.

Inmóvil en la penumbra, la niña espera. Su madre se desliza a su lado poco antes de que el jefe del taller vaya a buscarlas. Los incensarios ya no están tan calientes y pueden ser pintados. Esperan formados frente al lugar de trabajo.

Para avanzar más rápido, Manik diluye cuatro colores intensos: azul, amarillo, rojo y blanco. Ella y Lilikki los aplican con unos cepillos anchos. La niña colorea los fondos y Manik resalta los rasgos. No alcanza siquiera a soltar el pincel cuando Pilotl hace que amarren los incensarios sobre largas tablas.

—¡Se secarán en el camino! El chamán los bendecirá en la caverna. —Se da vuelta hacia su mujer y le ordena—: Tú te regresas a la casa y te encierras ahí. Encárgate de la pulga. Sonríe: yo cuidaré a los gemelos.

Manik se estremece; la frase encierra una amenaza. Pilotl lanza una mirada asesina a los alfareros, a quienes obliga a transportar la carga. Al jefe de los alfileres, que sostiene el extremo de una tabla, le dice:

—Si alguien rompe uno solo, morirá al instante.

Los artesanos mantienen la cabeza gacha. El grupo se pone en marcha hacia Balankanche', con el chamán atado en la litera. La caverna está cerca, a unos dos mil pasos. Todavía bajo el horizonte, el sol extiende su cabellera roja en el fondo del cielo. Manik tiene la certeza de que, una vez terminado el ritual a Tláloc, sacrificarán al búho. La caverna que fue su refugio se volverá su tumba. Teme que los alfareros también sean ofrecidos al dios de la lluvia. Angustiada, ora:

—¡Que sus ancestros los reciban y los guíen!

Ella y Lilikki se quedan solas en el taller. Manik tiene la impresión de que nunca volverá a este lugar en el que trabajó durante años tratando de seguir los pasos de su madre. La orden del chamán resuena en su cabeza: "¡Huye!" No hay nadie alrededor; sus esclavos se fueron el día anterior con la litera. Debe volver a casa lo más pronto posible, aunque sea a pie. Sin embargo, una noble y su hija caminando solas en la penumbra... sería algo muy malo, sobre todo en estos tiempos de incertidumbre. Pero debe prevenir a los gemelos. Al buscar en las cercanías, ve una casita de donde sale humo. Pide permiso para entrar en el patio; una familia comparte su comida alrededor de una fogata. Convence a tres hermanos de acompañarlas hasta el pozo Xtolok, a cambio de su collar. Una mujer de edad le presta una vieja lona de henequén con la que Manik oculta su peinado y joyas.

Gracias a su escolta, madre e hija logran llegar cerca de su residencia sin ningún problema. La parte vieja de la ciudad, con su población de kupules y kokomes, se despierta lentamente. Parece un día cualquiera... Las sirvientas van al pozo. De súbito, los grandes tambores resuenan a todo volumen desde la nueva plaza central. Las sirvientas se miran, sorprendidas. Los tres hermanos que han acompañado a las damas se precipitan hacia la fuente del sonido y dejan que madre e hija terminen solas el recorrido. Manik y Lilikki pronto están a salvo tras la espesa muralla de los Muwan.

En ese preciso momento se cruzan con Jaak', quien se prepara para salir, con su traje de guerrero completo: casco, armadura, lanza... El corazón de Manik da un vuelco. Le desea buena suerte en silencio. "¡Que los dioses te protejan!"

Los itzás de la casa lo siguen. Todos están armados, llevan casco y tienen la cara pintada.

Manik siente que su corazón se detiene al ver a los gemelos entre ellos. También lucen sus trajes de guerrero, de piel de jaguar. Se paran presumidos frente a su madre. Hun la saluda:

—Madre, nos ascendieron al batallón de los jaguares, ¡los que atacan por sorpresa!

Una ola de cólera invade a Manik. Lleva a sus hijos lejos del grupo para sermonearlos.

—Van a arriesgar su vida por los itzás… ¡en contra de sus hermanos kupules!

—Somos itzás, igual que nuestro padre —contesta Yalam, irritado.

—¡No, no son itzás! Están equivocados. Los itzás los están utilizando. Por sus venas corre sangre kupul y… ¡magia! Después de esta guerra, los itzás quieren derrocar al rey legítimo y usurpar el trono de Chichén. A nosotros, kupules, kochuahes y kokomes, nos harán esclavos.

Yalam, enojado, golpea el suelo con su lanza. Sus ojos brillan de furia.

—¡No! Tu rencor contra nuestro padre te ciega. Los itzás siempre te respetaron y respetan nuestra dinastía. Pelearemos por Chichén. ¡Y venceremos!

Manik mira a Hun, su última esperanza. El muchacho duda. Voltea la cabeza hacia Jaak', quien le hace señas de que se apresuren. Con cara entristecida, susurra:

—Debemos irnos. No podemos abandonar a nuestro grupo. ¡Que los dioses las cuiden, madre y Lilikki! Volveremos en unos días.

—Esperen un momento —dice Manik al tiempo que corre hacia el altar de los ancestros.

Toma el pectoral del antepasado Maax de Muwan… ¡La lechuza con dardos! Esa reliquia de los antiguos guerreros de Teotihuacan posee gran poder. Recoge también el collar de sílex. Cuelga el pectoral del cuello de Hun y le pone el collar a Yalam.

—Son las reliquias del astrónomo de Mutal. ¡Su fuerza los amparará!

Los grandes tambores y las trompetas resuenan con insistencia. Los gemelos salen a pasos rápidos para alcanzar al grupo. Manik trata de contener las lágrimas. Le gustaría que el hechicero jaguar los cuidara tal como lo hizo en Ek Balam. Esa vez debió agradecerle en vez de enojarse.

Tan pronto como entra en su cuarto, derrama abundantes lágrimas. Sus hijos tan tiernos… Con sólo catorce años, no pueden juzgar el valor de la gente. Sin saberlo, se han vuelto instrumentos de muerte en manos extranjeras. Kupules que combaten para los itzás contra otros kupules. ¡Desconocen su propio interés! Con gran pesar, Manik imagina todo el camino recorrido por chontales y toltecas desde su llegada a Chichén.

Lilikki, que dibuja en un rincón, se acerca gentilmente a su madre.

—Hice una flor… como las que pintas. ¿Por qué lloras? ¿Los gemelos son tan malos como papá?

Manik mira el pedazo de papel. Admira la delicadeza de la flor de pitahaya y le da un beso a Lilikki. La observa. Una linda niña de once años… que podría volverse itzá también. En dos o tres años la darán en matrimonio a un mercader extranjero para el cual deberá parir guerreros. Manik aprieta los dientes; ella ha sido asimismo un instrumento en manos de los itzás. Les entregó a los gemelos, que incrementaron su poder. Lilikki debe escapar de esa maldición. En su cabeza resuena el "¡Huye!" del chamán búho.

Elabora un plan de fuga. Calcula que los guerreros estarán ocupados al menos tres días, tal vez el doble si también atacan Koba. Tendría tiempo suficiente para esconder a Lilikki en un lugar seguro. Pero… ¿dónde? Piensa en las hadas de Tunkas. Esboza una solución. Aprieta su silbato de pájaro para convencerse de que tiene razón. Simula una tos fuerte y llama a Saasil.

Cierra la puerta detrás de su anciana dama de compañía y le murmura al oído:

—Saasil, me iré con Lilikki. Sucesos temibles se avecinan. Quiero que mi hija esté en un sitio protegido mientras tanto. Vas a ayudarme. Dirás que la niña y yo pescamos un resfriado porque trabajamos toda la noche de ayer. Llevarás infusiones calientes para el catarro a mi cuarto, como si estuviéramos aquí. Volveré en tres días.

La dama se deja caer en un banquito.

—¿Y adónde irán?

—A casa de unas amigas... Volveré a abrir la brecha en la pared del fondo. No quiero que nadie se entere de nuestra ausencia. Casi no llevaremos nada.

—Al menos... ¿agua y tortillas? ¿Escolta, esclavos y cargadores?

Manik niega con la cabeza. Saasil se angustia.

—Pero las serpientes atacan de noche. ¡Incluso los jaguares!

—Esperaré al alba, hasta que se hayan ido los guerreros. Cargaré con un cuchillo. Lili también.

—Pero..., a tu regreso, ¿cómo explicarás la ausencia de la pequeña?

Manik reflexiona un momento.

—No lo sé. Dependiendo de la situación..., inventaré algo. Tal vez un rapto. Quedaron pocas guardias en la casa... Y con esta guerra, todo es posible.

Se pone a toser fuerte a fin de que la oigan desde la cocina. Hace señas a Lilikki para que haga lo mismo. La niña intenta imitar a su madre, pero el clamor que proviene de la plaza central cubre su tenue voz. Manik se agacha para hablar al oído de Saasil:

—Tengo otra cosa que pedirte. Mañana, después de nuestra partida, ve a la rejollada de los *aluxes*.

Saasil hace una mueca y se frota las rodillas. A los cuarenta y cuatro años ha perdido la fuerza de su juventud. Y caminar mil o dos mil pasos… es mucho pedir. Manik comprende.

—Pueden cargarte en una silla. Deseo con toda mi alma que consigas hablar con el hechicero jaguar. Dile que el chamán búho fue sacrificado. Y que los gemelos partieron a la guerra contra Yaxuna junto a los itzás, quienes también quieren conquistar Koba y, a su regreso, imponer su reino en Chichén. Saasil, nuestra vida depende del éxito de tu misión. Por favor, encuéntralo. Corremos mucho peligro.

La pobre dama hace un signo de cruz y pide ayuda a las potencias divinas. Tras dirigir una inquieta mirada a su ama, se encamina a la cocina a fin de preparar infusiones para las dos "enfermas".

Tosiendo, Manik va a orar frente al altar de los ancestros. Intenta escuchar sus voces, pero sólo percibe un largo gemido. En el inframundo, los espíritus están preocupados.

—Ancestros amados, protejan por favor a los gemelos que van a combatir. También piensen en mí y en Lilikki, que viajaremos solas.

Manik toma el anillo con la equis de jade, símbolo del cosmos, y se lo pone en el dedo para que sus antepasados puedan seguirla.

35. YAXUNA

La ceremonia para pedir el apoyo de los dioses es intensa. En su calidad de miembros del batallón de los jaguares, los gemelos se pasean entre los otros grupos. Los hombres los tocan como si fueran amuletos divinos. Todos cantan himnos bélicos y bailan con energía alrededor de la plaza central. Los estandartes giran entre nubes de incienso que suben a los cielos. Encabezando a los temibles guerreros de Quetzalcóatl, Pilotl clama que Tláloc apoye a Chichén.

Una visión se ha apoderado de él y le da fuerza sobrenatural: en torno a la gran ceiba de piedra al fondo de la caverna de Balankanche', los incensarios de Tláloc echan un humo espeso que rodea la cumbre del árbol. El alma del viejo búho se mezcla con esas nubes; es el último regalo ofrecido a las deidades, las de aquí y las de allá, reunidas en un mismo espacio sagrado.

La fiebre del combate se enseñorea de la muchedumbre en la plaza. Extrañamente, el rey no participa en el ritual. Se murmura que está rezando en otra parte. Para los jefes itzás, la noticia cae como bofetada. Aunque están enfurecidos, no tienen tiempo de ir a buscarlo para que cumpla con su deber. Designan a uno de sus hijos para que lo represente. Ordenan al señor de los mástiles y los estandartes, cubierto de jade conforme a la tradición, que dirija la ceremonia.

El hombre exhibe su estandarte, el cual está decorado con un disco solar con largas puntas a su alrededor y un rey sentado en un trono de jaguar en el centro, armado con dardos y lanzas, símbolos bélicos en la antigua ciudad imperial de Teotihuacan. Los flecos inferiores provienen de los grandes reinos del sur. A Chichén le gusta adoptar todo lo relacionado con la victoria. El Quetzalcóatl de los itzás se confunde con el Kukulkán de kochuahes, kupules y kokomes, la serpiente emplumada transformada en símbolo de la alianza entre varios grupos.

La ceremonia culmina, según lo exigen los toltecas, con el sacrificio de varios prisioneros cuyos corazones se queman con incienso en el altar.

Los guerreros aprovechan la larga noche del solsticio para llenarse de la oscura energía de las profundidades. Poco antes del alba, el señor de los mástiles y los estandartes da la señal de salida. Grita:

—Nadie debe escapar de Yaxuna… ¡Que todos perezcan!

Las tropas se alejan a pasos rápidos, a la luz de las antorchas.

Dejando a Saasil con su misión, Manik y Lilikki se escapan. Caminan todo el día por senderos aislados, tal vez demasiado… Al final de la jornada están agotadas, perdidas en la selva. Manik hace sonar su silbato de vez en cuando, pero ningún pájaro contesta. "¿Será que todos los habitantes de la región se fueron a la guerra?" Las pistas disminuyen y sólo llegan a los matorrales, lo que las obliga a volver sobre sus pasos. El sol está ya muy inclinado, pero ellas no tienen ni una hamaca donde acostarse.

Con ayuda de su afilado cuchillo, Manik corta ramas con las cuales intenta hacer algo parecido a una cama entre troncos caídos. Cuando termina, la oscuridad es total; madre e hija se acuestan como pueden mientras el mundo de la noche despierta. Lilikki se pega contra su madre; dormitan la una contra la otra.

Comienza el ataque cuando el sol emprende su ascenso. Mientras cruza los trece niveles celestes, el señor de la luz es testigo de una masacre. En el caos de los combates, varios nobles de Chichén mueren tras recibir flechazos en la espalda: los itzás comienzan la depuración. Esos muertos no hacen falta. Avanzan rápido. Los defensores de Yaxuna están abrumados por los atacantes. Sus estandartes son capturados; sus dioses se rinden. Yaxuna es saqueada como lo fue Ek Balam. El número de prisioneros resulta, sin embargo, decepcionante, como si parte de la población hubiera huido antes de la llegada de los guerreros.

Manik despierta, presa de un sentimiento de angustia. Sólo sus ojos se mueven. Los pájaros cantan, pero no los escucha. Algo frío se desliza a lo largo de su pierna. Levanta un poco la cabeza y descubre una enorme serpiente de cascabel que se arrastra hacia su cara. Ahoga un grito y aprieta la mano de Lili. Sin voltear a mirarla, supone que la niña lo ha visto todo. Manik no se atreve a moverse para sacar su cuchillo. Lili levanta el suyo. Con un movimiento veloz, da un golpe preciso: hunde la punta del arma en la mandíbula del animal. La serpiente salta, intentando escapar, pero se clava en el cuchillo que la niña levanta hasta perforar el cráneo. Manik a su vez empuña su cuchillo y decapita a la bestia de un tirón. Madre e hija se abrazan, temblando, mientras la serpiente descabezada se retuerce a sus pies.

Lili deja escapar una risa nerviosa.

—Dormí con mi cuchillo. Estuve apretándolo toda la noche, como mis hermanos cuando combaten.

—¡Me salvaste la vida, mi amor!

Algo calmada, Manik percibe numerosos cantos de pájaros. Toma enseguida su silbato y emite con fuerza el llamado del faisán del bosque. Un canto le contesta. Vuelve a llamar y le responden del mismo modo. Manik recoge el cuerpo de la serpiente y se lo pone sobre los hombros, a manera de chal. Ensarta la cabeza en una ramita, pensando que las hadas sabrán qué hacer con ese trofeo. Madre e hija caminan en la dirección del canto cuando aparece un campesino en un recodo del sendero. Un pobre hombre apoyado en un bastón. Sólo tiene un taparrabo, un sombrero desgastado, un arco y flechas. Lleva una sola joya: un silbato colgado del cuello. Sus ojos se agrandan al reparar en el tamaño de la serpiente.

—¡Oh! Amables damas… Tuvieron buena caza. Corrieron con más suerte que yo… No atrapé nada. Vuelvo a casa con las manos vacías.

Manik sonríe.

—Estamos muy felices de encontrar por fin a alguien. Te ofrezco este animal si me llevas con las hadas de Tunkas. —Pensando en sus amigas, agrega—: Pero quiero conservar la cabeza y el cascabel.

La cara del campesino se ilumina.

—Por menos que esto llegarán a donde quieran antes del cenit.

Corta la cola de la serpiente y se la da a Manik; luego levanta el pesado animal. Los tres emprenden la caminata a lo largo del sendero. Después de unos cuantos pasos, el camino se amplía. El sonido de un pájaro los hace levantar la cabeza, pero siguen andando. El ruido se repite, imperativo. El campesino ríe.

—¡Qué apuro tiene ése! ¿Conocen alguna águila azor?

Manik lo mira sin entender y sacude la cabeza.

—Tiene una cresta negra, bien bonita. Es una linda ave —afirma el campesino antes de silbar.

El águila contesta enseguida. Manik empieza a comprender lo que está pasando y emite a su vez el canto del faisán. Obtiene la misma respuesta.

—No está lejos. Si quieren, podemos esperarla —dice el campesino acercándose a la sombra de un árbol, donde se juntan dos senderos.

Lilikki también lanza un llamado.

—¿Tienes tu silbato? —se sorprende Manik.

—Siempre lo guardo en mi bolsillo desde que las hadas me lo regalaron.

El águila se escucha muy cerca.

—¡Aquí está! —exclama el campesino estirando el cuello hacia el camino a sus espaldas.

A lo lejos, un hombre aparece entre las ramas. Luce una capa corta y un gran pectoral. Por su andar ligero, Manik descubre que estaba en lo cierto. ¡Ja!... ¡El águila azor! De pronto surgen unas sombras al lado del viajero y se adelantan. El campesino suelta un grito de terror. Se aplasta contra el tronco del árbol y empuña su bastón.

—¡Jaguares!

Se escucha una orden. Los tres animales, madre y cachorros, se detienen y se sientan, mirando atrás. Tsoltan levanta su sombrero para saludar a las damas de manera ostentosa.

—¡Ay, queridas pintoras!… ¡Estaba buscándolas! Me hicieron correr. Cuando me crucé con Saasil ayer en el templo del búho, lloraba de angustia. Le prometí que las encontraría. ¡Y las salvaría!

—¡Pero ella no sabía por dónde iríamos!

—Lo adiviné…

El campesino se despega un poco del tronco.

—Puedo guiar a las damas, tal como me lo pidieron, ¡pero no con estos animales al lado!

—Conozco el camino; no te preocupes —contesta Tsoltan—. Puedes ir a casa, valiente hombre. —Mira el cuerpo de la serpiente que cuelga de los hombros del tipo y exclama—: ¡Qué caza tan impresionante!

—Fui yo quien lo mató —afirma Lilikki, muy orgullosa.

El hechicero la felicita, apenas sorprendido por la determinación de la muchacha. El campesino se aleja tan rápido como puede, apoyado en su bastón, con la mano en la espalda para asegurarse de que los jaguares no lo ataquen. Manik lo despide con la mano.

—¡Gracias por ayudarnos!

El hombre desaparece, tragado por la vegetación. Tsoltan indica el camino que conduce al oeste.

—Es por allá. Estamos cerca.

Retoman el paso. Los dos jaguares jóvenes juegan entre ellos, bajo la mirada de su madre, que no tolera excesos. Tsoltan habla sin apartar la mirada del camino.

—Creo que debemos volver a Chichén lo más pronto posible.

—Sí, yo quiero recuperar a los gemelos, pero antes debo ir a casa de las hadas —dice, mirando a Lilikki con el rabillo del ojo, para que Tsoltan entienda cuál es la meta del viaje.

Él asiente y sigue andando a buen paso.

—Sí, es buena idea... ir a Tunkas. La situación es verdaderamente confusa. Visité varios pueblos alrededor de Sak'i, con éxito; sin embargo, al llegar ayer a Chichén, no hallé al chamán búho en su templo. Debíamos encontrarnos ahí. No dijo adónde iba, lo que era raro. Los tres jaguares morían de hambre. Por eso los traje conmigo. Si no había nadie para cuidarlos en el templo... Luego, ¡Saasil me contó que el búho está muerto! ¿Qué es esa historia? No entiendo...

—Vi al chamán hace dos noches... ¡El pobre...!

—En el taller, un alfarero tenía una lanza clavada en medio de la frente —explica Lilikki.

Tsoltan lanza una mirada inquieta a las dos mujeres.

La niña se queja de que le duelen las piernas. El hechicero le hace señas para que trepe a su espalda; la sostiene con las manos entrecruzadas. Lilikki pone los brazos alrededor de su cuello y apoya la cabeza en el hombro musculoso. Encantada, cierra los ojos.

En voz baja, Manik narra su noche en el taller; habla del chamán torturado por Pilotl, quien se preparaba para invadir Yaxuna, y seguramente Koba, con las tropas de Chichén. Tsoltan parece muy preocupado.

—Los itzás viven en conquista perpetua. Cuando se meten en un territorio... tienen que agarrarlo todo, ¡e incluso desaparecer al rey!

—Sí, supe que K'inilkopol no asistió a la ceremonia de la guerra. Nadie sabe dónde está.

—No puedo creerlo. ¿El rey, ausente mientras los itzás atacan la ciudad vecina?

—¿Piensas que los itzás fueron capaces de eliminarlo?

—Posiblemente, lo que sería una tragedia... para todos nosotros. Chichén perdería a su protector y hasta su incipiente dinastía, con todos esos príncipes que se fueron a la guerra...

Manik no logra imaginar Chichén sin su monarquía. Conoce a algunos dignatarios e hijos de dignatarios, todos fieles al rey, y los cree incapaces de una traición.

—¡Ojalá que nos equivoquemos! K'inilkopol debe permanecer en el trono.

—Hay que prepararse para cualquier situación. Si los herederos perecen, los itzás podrían tomar el poder e imponernos a sus dioses, Tláloc y Quetzalcóatl, entre otros. Estaríamos entonces gobernados por mercaderes sanguinarios en vez de reyes divinos. Y tendríamos que pagarles tributo hasta morir de hambre.

—¿Qué será de nosotros?

—No sé. Por mi parte, no pienso aceptar la dominación itzá. Gracias a la red de fieles que se creó alrededor del códice, contamos con una gran fuerza. Habrá que avisar a todos en el momento oportuno.

Manik camina desalentada. ¿Cómo van a considerar los itzás a sus hijos? Intenta tranquilizarse diciéndose que, por el momento, ellos luchan del lado itzá. Los dos avanzan sin hablar. Lilikki duerme con la cabeza sobre el hombro de ese señor tan gentil que le gustaría que fuera su padre. Manik hace sonar su silbato de vez en cuando.

Las hadas reciben a los visitantes con alegría. Ávidas de noticias, están muy preocupadas debido a lo poco que saben por la gente de Tunkas. Sin entrar en detalles, Manik explica que vino a dejarles a su hija para que esté en un lugar seguro.

—En Chichén, la situación es preocupante. Quiero evitar que mi linaje esté incluido en alguna negociación que no me convenga.

—Corres peligro tú también. Deberías quedarte con nosotras —dice el hada de las flores.

—¡No puedo abandonar a mis gemelos!

Las tres mujeres guardan silencio. Entienden. En apariencia felices, van a instalarse con Lilikki en el último piso, en la cumbre de la ceiba, y dejan a los amantes el cuarto cercano al agua.

Manik y Tsoltan acuerdan ir temprano a Chichén a la mañana siguiente. Prudente, Tsoltan manda un mensajero al pueblo vecino de Tunkas para pedir guardias. Tras asegurarle que podrá volver con al menos diez campesinos antes de su partida, el emisario se despide. El hechicero va a ocuparse de los jaguares, que están muy a gusto dentro de su gran jaula.

Cuando al fin se encuentran solos los dos, Manik trata de olvidar las dificultades. Con tono risueño, pregunta:

—Si los jaguares disponen de un espacio aquí, es porque vienes a menudo, ¿no?

Tsoltan tarda un momento en contestar.

—Es un lugar discreto, hay senderos con poca gente…

Manik asiente, divertida. Adivina que hay al menos otra razón que no se menciona, tal vez incluso tres…

Mientras la luna atraviesa el cielo, Manik y Tsoltan se aman con fervor sobre una cama de pétalos. Se devoran con bocas ávidas. Las incertidumbres que los rodean acentúan lo precioso de esos momentos exquisitos. Casi no duermen, saboreándose en un encanto inagotable.

Los guerreros festejan su victoria sobre Yaxuna durante toda la noche. Al alba, ebrios de sangre, salen a perseguir a los supervivientes. En la ciudad vencida, los itzás emprenden los rituales de desacralización: rompen ídolos, derrumban techos abovedados, profanan entierros. Cubren la terraza principal con marga blanca, una tierra estéril. Encima esparcen pedazos de la cerámica del enemigo.

Los habitantes de Yaxuna que lograron escapar corren hacia Koba por el camino grande; levantan muros para impedir el avance de los itzás.

Inútiles, esas pobres defensas caen una tras otra. Pilotl se imagina llenando sus piraguas de esclavos para llevarlos hasta Tula, donde los toltecas los necesitan para erigir deslumbrantes maravillas en su capital.

En la mañana, tal como lo prometió, el mensajero espera cerca de la casa de las hadas con un grupo de hombres de Tunkas. Tsoltan les pide que actúen como guardaespaldas; les ofrece comida, techo y compensación durante los días que pasarán cuidándolos a él y a su compañera. El mensajero inclina la cabeza antes de contestar:

—El cacique del pueblo nos leyó tu códice sobre los héroes divinos. Sabemos que el rey es su protector. Los gemelos mismos vinieron aquí una vez. Su madre es la mujer que está contigo. Todos estamos de acuerdo en ayudarte.

Tsoltan les agradece el favor. Regresa a la casa para dar de comer a los jaguares. Pone el collar a la hembra, que trae de vuelta consigo, mientras los dos jóvenes se quedan en la jaula. Gruñen y tratan de escapar al ver que su madre se aleja.

Manik y Tsoltan se despiden discretamente de las hadas, que juegan con Lilikki cerca del cenote. La dama Muwan murmura a sus amigas:

—Pronto, once días después del solsticio, será el aniversario de Lili. ¡Cumplirá doce años!

Saca el anillo con la equis de jade y se quita sus preciosos aretes.

—Por favor, ¿pueden regalarle estas joyas de mi parte? El anillo es muy antiguo. ¡Mi tatarabuelo, Maax de Mutal, lo ofreció a su esposa hace más de cien años! Y los aretes eran de mi madre.

Las hadas derraman algunas lágrimas al despedir a sus amigos, a quienes inundan de consejos. Con los pies al borde del acantilado, Lilikki mira el agua que brilla abajo. Después de unas noches difíciles, le gusta la idea de quedarse un tiempo con las hadas. Grita a Manik y Tsoltan:

—Me haré cargo de los jaguares. Vuelvan a buscarme... los dos..., pero no mañana...

Se lanza al vacío, muy orgullosa de repetir la hazaña de sus hermanos. Vuela entre cielo y agua. Un grito de alegría brota de su garganta y un rayo de espuma marca su entrada en el cenote. Las hadas aplauden su proeza. Manik se traga sus lágrimas; se consuela pensando que, hasta su regreso, Lilikki podrá entretener a sus amigas mientras ellas hacen feliz a la niña...

Con el corazón pesado, atraviesa el cerco de enredaderas. Tsoltan, que lo cierra detrás de ellos, la ve secarse las mejillas.

—¡Anímate, bella *x-tsíib*! Pronto volveremos a buscarla.

Los hombres del pueblo que los esperaban afuera se ponen en marcha.

Manik y Tsoltan se miran. De mutuo acuerdo, toman sus silbatos. El faisán del bosque se une al águila azor para lanzar un adiós que vuela por encima de los árboles.

36. KOBA

Escoltados por los hombres de Tunkas, Manik y Tsoltan tratan de adivinar de qué lado soplarán los vientos. ¿A favor de los itzás, que podrían llegar a dominar Yaxuna, Koba y Chichén? O, por el contrario, ¿a favor de Koba, que podría resistir el asalto, y de K'inilkopol, que volvería a afirmar su soberanía? Calculan que los guerreros que se fueron a combatir no regresarán a Chichén antes de uno o dos días, lo que les da tiempo para reunir a los jefes de guerra en barrios, pueblos y provincias, y para buscar al chamán, a quien desean sepultar de manera digna. A pesar de la gravedad de la situación, los dos confían en que de un momento a otro se resuelva el misterio del rey. Conteniendo la inquietud en el fondo de su cabeza, Manik se emociona al tener al bello Tsoltan para ella sola. Su corazón late de amor después de una noche ardiente. Lo toma del brazo para caminar.

—Tal vez… como K'inilkopol no aprobaba la guerra, simplemente se fue a descansar en casa de una mujer discreta. Sé que puede parecerte inverosímil, pero, te lo aseguro, es posible…

Tsoltan sonríe mirando a lo lejos.

—Linda orquídea… Sabes tantas cosas. ¿Crees que el rey está… con una amante? —Se pone sombrío—. No se puede soñar tanto. K'inilkopol desapareció de verdad. ¿Has pensado qué harás si los itzás se apoderan de Chichén?

—No sé… Ya no tengo fe en la protección que podría brindarme Pilotl. Me gustaría escaparme contigo y los niños para escondernos en un sitio seguro.

—Pero… ¿dónde? No había un refugio antes… y ahora menos. Los itzás controlan tantas ciudades. Hasta Koba, quizá… Quién sabe. Están por toda la costa, y por el Usumacintla también. Además, huir… sería admitir la derrota. Todavía tengo confianza en los espíritus de los ancestros. ¿Tú no?

—Me hablan… pero tengo la impresión de que se lamentan.

—¡Hay que darles ánimos! Nosotros perdimos la fe en ellos, por eso se debilitaron. Durante mucho tiempo admiré la fuerza de los itzás, pensando que se integrarían a nuestros clanes. Me equivoqué. Toleran nuestros ídolos, a veces incluso oran a Chaak, pero por lo general ocurre lo contrario. Tenemos que regresar a las verdaderas creencias, a los dioses que hicieron la grandeza de nuestros pueblos.

Manik no tiene una idea muy clara de la situación; todo le parece demasiado complicado. Para ella, lo importante es que los niños sobrevivan. Fuera de eso…

Los amantes deciden entrar en Chichén por rutas diferentes. De cualquier modo, no se dirigen al mismo lugar. Manik volverá a su casa, en el viejo barrio del sur, para aguardar el regreso de los gemelos y tranquilizar a la pobre Saasil, que debe estar muy preocupada. Tsoltan quiere ir primero al templo del búho, donde podrá dejar su jaguar. Luego necesita discutir con varios amigos la estrategia que aplicarán para recibir a los guerreros. Promete pasar a casa de los Muwan con las últimas noticias. Manik sueña con caricias… Una noche sin Tsoltan le parece insoportable. Jala su brazo para murmurarle algo al oído, a fin de que los guardias no la escuchen.

—¿Y por qué no pasamos la noche juntos? Fue tan placentero ayer. Podrías entrar a mi cuarto por la parte de atrás.

—Tal vez… Ya veremos. También está la rejollada de los *aluxes,* un jardín de delicias…

Se separan lanzándose miradas apasionadas, su único escudo contra las amenazas que los rodean. Manik se va sólo con dos hombres; los otros siguen a Tsoltan. La señora pide a sus guardias que la esperen bajo el árbol cerca de su casa.

Entra en su habitación por el hueco de la pared trasera que Saasil no logró cerrar por completo. Al verla, la vieja mujer abraza a su ama. Manik solamente explica que Lilikki está en un lugar seguro, mientras arregla de nuevo la pared. Saasil murmura:

—Dicen que los itzás vencieron en Yaxuna, pero que hubo muchos muertos. Entre ellos se cuentan varios príncipes. Ojalá que los gemelos…

Manik sacude la cabeza; se niega a pensar lo peor. "¡Los itzás necesitan a los gemelos divinos!" Se lava y se cambia antes de dar una vuelta por la casa; tose un poco para que todos sepan que está curándose de la gripa, pero que Lilikki se quedará en cama unos días más. Va a buscar a los dos guardias que instaló frente a la entrada principal y les prohíbe hablar con la gente de la casa. Realmente necesita su protección, pero nadie debe enterarse de dónde vienen. El escondite de Lilikki debe permanecer secreto.

Los guerreros itzás hacen el recorrido a Koba en dos días. Rodean la ciudad con ayuda de los soldados recién llegados de Chichén. El asedio empieza enseguida, sin que Koba reaccione. La ciudad no responde a los silbatos de la muerte ni a los flechazos. Unos guerreros entran por detrás de las primeras fortificaciones, sin encontrar resistencia. Peor aún, cuando las caracolas y las trompetas anuncian el ataque, nadie se interpone.

Muy pronto los atacantes se dan cuenta de que los habitantes huyeron antes de la llegada de las tropas, llevando consigo alimentos y riquezas. Pilotl se encoleriza.

—Alguien escapó de Yaxuna... O hubo un traidor... La gente fue advertida.

Los maldice a todos, él que tanto quería aniquilar esa ciudad de idólatras.

Debe renunciar al tesoro que esperaba arrancar de Koba. Tendrá que conformarse con lo poco que se tomó en Yaxuna. Hirviendo de rabia, manda quemar los techos de los templos para que se vean los penachos de humo desde Chichén. "¡Koba está ardiendo!" La paja se consume; sin embargo, es imposible destruirlo todo, pues la ciudad es muy amplia. Los itzás saquean lo que pueden, pero quedan pocos alimentos dentro de las casas y almacenes: tendrán que caminar hasta Chichén con el estómago vacío. Pilotl imagina con odio a los fugitivos volviendo a Koba para reconstruir su ciudad. Decide dejar los restos a los guerreros. Piensa en el rey, que no asistió a la ceremonia ni a la guerra. Algunos interpretaron su ausencia como una mala señal, pero Pilotl no. Sonríe. De vuelta en Chichén, sus sueños podrían hacerse realidad... Con sus hombres detrás de él, grita con todas sus fuerzas: "¡Viva Quetzalcóatl!"

Después de pasar el día en Chichén, el hechicero jaguar se presenta en la casa de los Muwan. El sol está a punto de entrar en el Xibalba. Deja a sus hombres afuera, con los dos guardianes de Manik. La dueña de la casa corre para encontrarse con él; el tiempo le pareció muy largo. En el patio, Tsoltan le habla:

—Sin guerreros, la ciudad se ve muy vacía. El chamán búho no está por ningún lado, ni vivo ni muerto.

—¿Y K'inilkopol?

—Tampoco aparece. Busqué en los palacios, revisé cada rincón. Sus mujeres están muy preocupadas; no logran explicarse el misterio. Viejos kochuahes hablan de brujería. Otros piensan que se fue a combatir a Yaxuna, mientras los mensajeros que regresan de allá suponen que está en Chichén o en Koba. La familia real mandó investigadores a toda la provincia. Otro grupo partió a Yaxuna para asegurarse de que K'inilkopol no está entre los muertos. Sus mujeres creen que es imposible, pero nadie las escucha. Temo que no volveremos a verlo con vida... Eso me llena de tristeza. Con el tiempo, K'inilkopol y yo nos hicimos amigos, a pesar de las diferencias. Me parecía que concedía demasiada libertad a los chontales, a los toltecas y a sus fieles, pero ahora que no está...

—¿Pudiste hablar con los aliados?

—Varios kochuahes están listos para levantarse en armas contra los itzás si descubren que ellos desaparecieron a K'inilkopol. También logré dialogar con amigos kupules, los que no se fueron a la guerra. Todos nos apoyarán en caso de conflicto con los itzás.

Nerviosa, Manik aprieta los brazos contra el pecho. La advertencia del chamán búho resuena en su cabeza.

—¿Será verdad lo que dicen…, que varios príncipes perecieron durante la batalla?

—También lo escuché; pero, hasta que regresen los guerreros…, no podemos saberlo con certeza. Los mensajeros que vuelven de Yaxuna narran que los combates fueron feroces; sin embargo, no olvides que tus hijos están con Pilotl.

Ensimismada, Manik mueve un poco la cabeza, no muy convencida.

Desafiando todas las convenciones, invita al hechicero a comer con la familia: se sentirá más segura con él y los guardias a su lado. Aun cuando la consideran muy atrevida, nadie protesta, en especial porque Tsoltan anima la noche con cuentos fabulosos.

Los hombres de Tunkas se instalan en el patio principal para dormir, siempre con la prohibición de hablar con los Muwan. El hechicero se despide. Manik lo acompaña a la puerta. Con un gesto de la mano le indica cómo llegar por la parte de atrás de la casa.

—Te esperaré allá.

Una vez cerradas las grandes puertas, entra en su cuarto. Pide a Saasil que se vaya a dormir a otro lado. Su dama se retira sin hacer comentarios, algo ofendida. Al quedarse sola, Manik jala las ramas con dificultad, pero en silencio. El hechicero aparece cual sombra detrás de la pared con huecos. Los dos se afanan apartando los obstáculos.

Después del amor lleno de suavidad y suspiros contenidos, Tsoltan se desvanece en la noche.

Refugiado en el templo del búho, el hechicero habla con el espíritu del chamán hasta que sale el sol; no puede creer que su amigo haya muerto. Lo ve en su guarida, aconsejándole que sea prudente. Así pues, en compañía de su jaguar, Tsoltan se presenta por la mañana en casa de los Muwan. Propone a la matriarca ir a la gruta de Balankanche' para orar por el regreso de sus hijos. Aun cuando no tiene derecho a entrar en la gruta, a Manik le gusta la idea de buscar al chamán con el pretexto de un peregrinaje. Enseguida Saasil manda preparar tamales y pide literas.

—El sitio está a sólo tres mil pasos de aquí —nota Tsoltan.

Manik hace una mueca: el trayecto de ida y vuelta a Tunkas fue agobiante, no durmió mucho la noche anterior y tiene un pretexto oficial.

—Todavía no me he curado de la gripa —dice, tosiendo un poco—; me quedaron secuelas. Y quiero volver rápido, por si los gemelos…

Tsoltan, que prefiere caminar, rechaza su litera. Pregunta a los muchachos Muwan que no pudieron ir a la guerra si tienen armas para prestarle, en vista de que sus guardias sólo cuentan con palos. La petición entusiasma a los jóvenes, que sacan lanzas, arcos y flechas almacenados en la parte itzá de la casa.

Los hombres de Tunkas aprecian la calidad de las armas. Tsoltan felicita a los muchachos por su iniciativa. Los mayores solicitan permiso para acompañarlos.

—Sería un honor para nosotros unirnos a la escolta del hechicero más famoso del reino.

—Sólo si están armados como mis hombres —contesta Tsoltan.

Los jóvenes corren por su atuendo de guerra. Puesto que no les autorizaron participar en los combates debido a su edad, esa pequeña expedición será su compensación.

Las sirvientas llevan la comida y Saasil proporciona a Manik lo necesario para el peregrinaje: velas, antorchas e incienso. El sol ha cruzado el cenit cuando el grupo al fin se pone en marcha. Saasil, que cojea sobre sus viejas piernas, los despide; luego cierra las puertas y se va a dormir a su cuarto, o sea, al de Manik. La escapadita de su ama y su gripa fingida la dejaron agotada: una noche de inquietud y a la espera, otras dos en la cocina, además de haber tenido que preparar tortillas para diez bocas más… ¡sin saber quién era esa gente!

Tsoltan y su jaguar caminan a la cabeza del grupo por el amplio *sakbeh* que lleva en línea recta a Balankanche'. No se cruzan con muchos peregrinos, aparte de unos guerreros que regresan del campo de batalla. En su mayoría están sucios, con heridas leves y muchas cabelleras colgando del cinturón. Algunos llevan collares extravagantes o pesados bultos. El hechicero los saluda. Varios contestan:

—¡Ya ganamos!

—¡Al hoyo, los impíos!

Tsoltan los alienta levantando el brazo. Sigue adelante.

De repente, poco después de pasar frente al altar que marca la mitad del camino, los peregrinos ven una tropa de guerreros que se acerca. Son unos cuarenta fanáticos de Quetzalcóatl, con varios señores delante. Al reparar en los peregrinos, el oficial principal extiende los brazos para detener al grupo. Levantándose rápidamente de su silla, Manik busca en vano a sus hijos entre los hombres, aún lejanos. Le urge preguntar por noticias suyas, pero no puede hablar. La ausencia de Pilotl y la mala cara de esos señores, que le recuerdan a su esposo, la paralizan. El terror que describió el chamán se yergue frente a ella.

El primer oficial se adelanta unos pasos.

—Pero si aquí tenemos... ¡al hechicero de Kusaamil! De quien hablábamos esta misma mañana. ¡Nosotros combatíamos mientras él cuidaba a las damas!

Tsoltan percibe la agresividad. Su jaguar también la siente; gruñe, pero Tsoltan sujeta con firmeza la correa y le ordena en voz baja que se siente. Se dirige al jefe.

—Felicito al noble guerrero por su victoria —dice, antes de agregar, con voz fuerte—: Los felicito a todos. ¡Viva Chichén!

Los guerreros contestan lanzando gritos guturales; los jefes asienten. Tsoltan aprovecha el momento para acariciar el cuello de su animal y desatarle rápidamente la correa, un viejo truco. El primero de los señores se adelanta un poco más. Manik lo reconoce: ¡es el padrino de Yalam! Ya no puede permanecer callada.

—¿Sabe dónde están mis hijos, los gemelos?

El hombre suspira largamente antes de dignarse contestar.

—Dama, tu esposo, mi compañero de armas desde hace años..., lamento anunciártelo pero... fue herido.

Manik imagina lo peor de inmediato. Sus hijos... Asustada, se lleva las manos al corazón, que late dolorosamente. El jefe de guerra prosigue:

—Pilotl estaba a punto de dejar Koba cuando un kochuah enloquecido le gritó injurias y lo hirió con su lanza en medio del pecho. ¡Un aliado convertido en traidor! Mis hombres le dispararon sus flechas enseguida, pero ya era demasiado tarde. Pilotl cayó y perdió mucha sangre. Los kochuahes pagarán por este crimen. Cuando me fui, mi compañero todavía respiraba. Los gemelos caminaban a un lado de su litera.

Manik logra fingir algo de tristeza, pero en realidad se alegra: ¡sus hijos están vivos! Y Pilotl tal vez no.

—Que sus ancestros lo reciban y lo guíen al cruzar los infiernos.

—Pero aún no está muerto, dama. Y, si su alma emprende el camino, Pilotl no irá al inframundo, sino al paraíso de los guerreros, ¡directo a los cielos!

Manik se inclina.

—Benditos sean los dioses por su gran generosidad.

El jefe de guerra contempla su espada un momento.

—Sin embargo, no todos tendrán ese honor. El rey K'inilkopol no ha podido probarse en el combate. Fue cruelmente asesinado antes.

La noticia deja a los guerreros asombrados. Un rumor circula: "¿El rey está muerto?" Tsoltan barrunta la traición y exclama:

—¿Cómo puede mi señor afirmar que el rey ha sido asesinado? ¡Nadie sabe dónde se encuentra!

El guerrero levanta su espada hacia Tsoltan y grita:

—¡Porque eres tú quien lo mató, asesino!

—Mientes —grita Tsoltan—. ¡K'inilkopol es mi amigo! Si estás seguro de que fue asesinado, ¡es porque tú lo mataste! ¿Qué le hiciste, escoria?

El jefe itzá ladra:

—Mi gente descubrió al rey muerto; su cuerpo estaba extendido, cubierto de cinabrio ¡y amarrado al fondo de la rejollada de los *aluxes*!

Tsoltan se defiende.

—¿Cómo pudiste encontrarlo en Chichén, si estabas en Yaxuna?

El señor ni siquiera se molesta en contestar; sigue con su ataque:

—Eres tú quien vive en esa rejollada, ¿no? ¡Tú eres el hechicero del cinabrio!

Tsoltan se da vuelta hacia los hombres de Tunkas y en un susurro les pide que pongan flechas en sus arcos. El señor itzá alza un dedo acusador hacia el hechicero.

—¡Deténganlo! A él y a esta mujer que traiciona a mi compañero. ¡Estos adúlteros están conspirando para tomar el poder en Chichén! Pilotl me lo contó todo.

Los guerreros itzás se mueven como un solo hombre. Manik mira hacia atrás. Los jóvenes Muwan tiemblan de temor, a diferencia de Tsoltan. Éste da un paso adelante, apuntando hacia el jefe itzá con su índice.

—¡Mata!

El jaguar da un gran brinco. Aterriza cual rayo sobre el hombre, que pierde el equilibrio y cae de espaldas en el suelo. Grita. Sus acompañantes no tienen tiempo de actuar antes de que el animal hunda los colmillos en el cráneo de su víctima, sacudiéndolo. Tsoltan lanza una orden a sus guardias:

—¡Disparen!

Una lluvia de flechas cae sobre los itzás, desapercibidos para el ataque.

Tsoltan toma la mano de Manik y la lleva corriendo entre los árboles.

Herido por dos flechas, el jaguar también escapa y desaparece en el matorral.

Los itzás de adelante están heridos, pero no los de atrás. Pasada la sorpresa, reaccionan con fuerza. El contraataque resulta violento. En unos pasos, los guerreros alcanzan a los guardias. Con golpes de espada descuartizan a los hombres de Tunkas y a los adolescentes Muwan, que sólo eran un grupo de campesinos. Con el obstáculo aniquilado, se lanzan detrás del asesino del rey y de esa sinvergüenza que mancha el honor de su glorioso marido.

37. EL CENOTE IXKIL

Tsoltan y Manik llevan algo de ventaja. Corren entre espinosos arbustos, tratando de aprovechar los troncos para evitar las flechas que silban en sus oídos. Sus perseguidores se acercan. Manik desespera.

—¡No lograremos escapar!

Jadeando, Tsoltan murmura:

—Tal vez sí… ¿Sabes nadar?

Con cara de terror, Manik dice que no. Tsoltan se inclina hacia delante para correr bajo la copa de unos árboles bajos, esperando que no los vean los itzás. Aunque no tienen muchas hojas, los arbustos son tupidos. Tsoltan se detiene bruscamente. A sus pies se abre un gigantesco hueco: un cenote profundo como el pozo sagrado de Chichén y casi tan ancho. Manik se queda tiesa. Después de tantos años su esposo logró, aun muerto, precipitarla al fondo de un pozo. Sin embargo, no tiene miedo; Tsoltan aprieta su mano.

—No grites. Cierra la boca.

La sujeta por la cintura y salta. Los amantes caen al vacío. Tsoltan mueve su brazo libre para que ambos queden en posición vertical. Manik ya ha experimentado esa sensación en sus pesadillas. Piensa en el salto de su hija en la casa de las hadas.

El impacto contra el agua es violento. Se hunden. Tsoltan emerge primero, acostumbrado desde la infancia a esos brincos bárbaros. Jala a Manik hacia arriba. Ella traga agua, asfixiándose. Tsoltan pone suavemente un dedo sobre su boca.

—Shhhh... Calma. No opongas resistencia; voy a arrastrarte hasta la orilla.

Inmóvil por el miedo, Manik se deja llevar hacia el acantilado, tratando solamente de mantener la cara fuera del agua. Con los labios apretados, intenta no toser. Chispas de cristal brillan en la superficie del cenote. Tsoltan pasa por detrás de una cortina de raíces y enredaderas, que ofrecen una sombra fresca. A lo lejos, por encima de sus cabezas, hay una amplia cornisa de piedra que parece un techo. Presenta dos perforaciones: los ojos azules del cielo. Alrededor de esa punta, las raíces trenzadas de una enorme rama descienden hasta el agua, donde se hunden formando una tupida mampara. Los dos fugitivos recobran el aliento, con el agua hasta el cuello y los pies sobre piedras cubiertas de musgo. Tsoltan murmura al oído de Manik:

—Quizá, con suerte, no nos escucharon.

Unas voces resuenan en lo alto. De repente aparecen unas caras en los huecos de la cornisa. Manik y Tsoltan se hunden el mayor tiempo posible. Cuando ya no pueden más, emergen lentamente. Las caras ya no están. Escuchan silbatos imperativos. Tsoltan supone que los guerreros fueron a perseguirlos a la selva, pero que otros se quedaron cerca del cenote. Dan vueltas alrededor del precipicio, buscando un sendero que no existe. Las paredes son tan rectas como las de un tubo de barro cocido. Dudan. Esos cenotes… ¡son las puertas del inframundo! Lanzarse ahí es penetrar en la guarida de los demonios. Y, si uno sobrevive, es muy difícil salir. Los itzás no están acostumbrados a los cenotes; ninguno se arriesga, pues no saben si los traidores están ahí.

Arrojan al agua pequeñas piedras con horquillas y rocas en diferentes puntos. Las más chicas son las más dolorosas. Los amantes se quedan estoicos detrás de la cortina de raíces. La cornisa, treinta pasos arriba, les salva la vida al impedir que los aplasten las piedras grandes.

Los itzás esperan. Si los desgraciados están en el fondo, tendrán que subir en algún momento. Y, si huyeron por la selva, los guerreros van a atraparlos.

Tsoltan descubre a su espalda una rama medio podrida, incrustada en la piedra. En su superficie crecen unos hongos muy blancos, que parecen manos extendidas hacia la luz. Arranca algunos y se los da a Manik.

—Come —dice, antes de tragar uno.

—Voy a alucinar —murmura Manik.

—No; las setas ostra son inofensivas.

La oscuridad se impone de repente. Cinco días después del solsticio, las noches todavía son largas. Apenas se mueven los fugitivos para no hacer ruido, aun cuando el silencio reina en el exterior. Manik tiembla en el agua fresca del cenote.

—Si hubiera un pasaje… podríamos salir por la gruta de Balankanche' —susurra.

Tsoltan le besa suavemente la frente, lo que no borra sus inquietudes.

—Si los itzás están vigilando el cenote…, ¿significa que mataron a todos los guardias…, los de Tunkas y los Muwan?

Tsoltan suspira. Manik siente que las lágrimas bajan por su mejilla y se mezclan con el agua dulce. Todos esos jóvenes que los acompañaron… Su familia acaba de perder de golpe varios muchachos prometedores. Sin que pueda impedirlo, sus dientes castañetean. Tsoltan la rodea con sus brazos para calentarla.

—Creo que los itzás se instalaron cerca. Huele a humo de fogata. Deben estar esperando que salgamos.

—También percibo algo… como los tamales que Saasil mandó preparar.

—O los corazones de Tunkas… o hígado de jaguar —dice el hechicero, pensando en el animal al que tanto quiere.

Manik mira hacia arriba. En la oscuridad, el acantilado parece aún más imponente.

—¿Crees que podremos salir de aquí?

—Sí; se puede trepar. El problema es mantenernos con vida al llegar arriba.

—¿Nadie vendrá a ayudarnos?

—Los itzás fomentaron el odio para que nos consideren demonios. Si, como dices, el chamán búho está… fuera de oficio, y si el rey fue asesinado… El señor itzá ha hecho creer a la gente que yo cubrí el cuerpo del monarca con cinabrio. Eso es imposible, pues ya casi se acabaron mis reservas. También temo que la historia de los príncipes muertos en combate sea verídica. Los itzás tal vez se aprovecharon de la multitud para matarlos.

—Entonces, nadie vendrá…

Tsoltan sacude la cabeza.

—Lo dudo. Lo bueno es que el compañero de armas de Pilotl tiene el cráneo destrozado y Pilotl mismo está agonizando.

—¡Ojalá que no sobreviva!

—Quizá algún guerrero kochuah tuvo oportunidad de descubrir la perfidia de los itzás. Pudo haber visto a Pilotl apuntar a los príncipes por la espalda y lo desafió. Fue muy valiente. ¡Que Pilotl alcance a su compañero… en el Xibalba! Por mí, ¡que todos los itzás vayan allá!

—La muerte de esos dos debilitará el movimiento de los fanáticos. Ellos eran de los más importantes.

—Sí, pero hay muchos chontales que pueden reemplazarlos. Por eso tenemos que salir de aquí pronto. Necesitamos reunir a los jefes que prometieron tomar las armas contra los itzás.

La idea le parece compleja a Manik, que desea sobre todo salvar a sus hijos. Aguarda, somnolienta, entre pesadillas y escalofríos, con la cabeza apoyada en el hombro de Tsoltan.

En lo más profundo de la noche, él la despierta y le susurra al oído:

—Vamos a subir sin hacer ruido. He trepado esos acantilados varias veces. Hay que aferrarse a las raíces, con los pies sobre las piedras. Cuidado con las rocas sueltas que podrían desprenderse.

Se agarra a un bejuco grueso y se impulsa fuera del agua, con el cuerpo pegado a la pared. Tiende una mano a Manik, que se mueve con lentitud, frenada por su vestido empapado. La Muwan piensa en la mujer que carga las pesadas jarras en su casa. Le gustaría tener los brazos tan fuertes como los suyos. Tsoltan la ayuda. Logra subir. A medio camino, cuando pueden descansar un poco sobre una sólida piedra saliente, Tsoltan emite un gruñido sordo. Arriba, un animal contesta de la misma manera. El hechicero sonríe. Su jaguar sobrevivió al ataque ¡y lo está esperando! Gruñe más fuerte.

De repente, un hombre profiere un grito de alarma a todo pulmón. Las piedras rodean el agua. Estallan ruidos de batalla y golpes. Se escuchan ronquidos salvajes. Un hombre se derrumba dando alaridos. Desde el fondo del cenote se escuchan gemidos entre chorros de agua.

—¡Ahora, rápido! —dice Tsoltan, sujetando un grupo de raíces.

Los guerreros gritan que han visto un jaguar. Se oyen muchos pies que corren. Tsoltan supone que van tras el animal.

Él y Manik suben, sin preocuparse ya por el ruido; lo importante es la rapidez. Más liviana, Manik se cuelga de las enredaderas y trepa por la cabellera de finas raíces de la enorme rama, las mismas que los escondieron desde que saltaron al agua. Cuando por fin alcanza el borde del precipicio, la Muwan jadea. Encuentra la fuerza para llegar hasta la superficie aferrándose a una rama tan grande que sus brazos no logran abarcarla. Una vez arriba, se deja caer entre las raíces que afloran. Sus manos rozan la tierra firme con gusto. Tsoltan la alcanza.

—Al parecer ya no hay nadie —murmura Manik y se lleva un dedo a los labios.

Tsoltan acerca su cara y niega con la cabeza. Señala hacia la selva y susurra:

—Balankanche' está cerca. Vamos a escondernos ahí.

Encorvado, el hechicero avanza a lo largo del borde. Manik lo sigue como si fuera su sombra. Tropieza con algo blando y pasa la mano para tocarlo: son piernas. Un hombre pide ayuda. Tsoltan regresa enseguida y corta la garganta del herido. Unos guerreros llegan corriendo en su dirección. Tsoltan toma a Manik de la mano.

—¡Rápido, hay que huir!

Se aleja del cenote para internarse en el matorral. Manik, que intenta seguirlo, ve al jaguar alcanzar a su amo. Detrás del animal corren guerreros con antorchas. Los fugitivos se apresuran. Tsoltan manda a su felino en otra dirección, con el propósito de crear confusión. Él y Manik aprovechan la oscuridad para escapar. Cruzan un camino blanco, el *sakbeh* que lleva directo a la gruta, pero no lo toman: serían demasiado visibles.

Un espacio abierto se dibuja frente a ellos. En su centro hay una pirámide con un templo encima. Iluminada por fogatas, su fachada labrada sobrepasa en arte las más bellas construcciones de Chichén, pero Manik apenas tiene tiempo para admirarla. Ella y Tsoltan la rodean de lejos; luego pasan por detrás de una segunda pirámide y de una tercera, más chica. Manik ve el lugar por primera vez, ya que las mujeres no son admitidas en los alrededores de la famosa gruta.

Tsoltan le indica que se agache entre las raíces de un gran cedro.

—Shhhhh…

El jaguar aparece a su lado y se acerca a su amo jadeando. Tsoltan le acaricia la cabeza. Con un movimiento brusco, saca una punta de flecha incrustada en su pelaje. El animal, agradecido, lame su herida.

Enfrente, en un declive, un guardia duerme en una hamaca colgada delante de una oscura entrada. Es imposible pasar sin despertarlo. Tsoltan hace señas a su jaguar; planta un pie firme adelante, indicando la hamaca. El felino brinca sobre el guardia, que grita aterrorizado. El hechicero llama a su jaguar para que el hombre pueda escapar y perderse en la noche. Ya no hay obstáculos. Tsoltan acaricia el cuello del animal y desata su collar.

—Vete. Que los dioses te cuiden, sol nocturno. Quizá nos volveremos a ver…

De nuevo adelanta un pie, esta vez apuntando a la selva. El jaguar le lame la mano en vez de obedecer. Tsoltan da una fuerte palmada en el trasero del animal, que sale corriendo. Una vez esfumado el felino, el hechicero camina aprisa hacia la gruta, jalando a Manik. Escuchan unos pasos que se acercan. Los fugitivos corren y pasan por debajo de la hamaca. Se adentran en la oscuridad, deseando que el jaguar pueda distraer de nuevo al enemigo. Manik mira atrás para grabar en su memoria los colores del cielo: nubes rosadas y lilas flotan en el azul infinito, todavía con una estrella. ¿Nohoch Eek'? Pide a los astros que la regresen pronto al aire libre; acto seguido, voltea la cabeza y se interna en las tinieblas.

El sol se encuentra a medio camino hacia el cenit cuando los gemelos entran en Chichén con la litera de su padre. El herido no sobrevivió al viaje. Su cadáver empieza a apestar; hay que enterrarlo de inmediato. Un grupo de mercaderes acude a reunirse con ellos. Explican a los muchachos que el compañero de armas de Pilotl fue atacado y muerto por el jaguar del hechicero de Kusaamil. Yalam grita:

—¿Qué?… ¿Mi padrino murió? ¡Es una traición! ¡Alta traición! ¿El hechicero se habrá unido al enemigo?

Un amigo de Pilotl narra también que el hechicero aprovechó la ausencia de los guerreros para acabar con el rey. Los gemelos están aturdidos. El hombre añade:

—Y, para colmo..., ¡Manik de Muwan huyó con él! Deberán castigarla muy severamente...

La rabia de Yalam explota en injurias contra el malhechor, hipócrita...

—¿Cómo es que nuestra madre pudo asociarse con ese abominable seductor?... ¿La habrá raptado?

Hun está perplejo. Son muchas noticias y demasiadas desapariciones extrañas: el rey, el hechicero, su madre... Piensa en todos los príncipes que fueron ultimados en combate... ¿Y el rey también? Se siente rodeado de espíritus nefastos. Se aleja un poco para hablar con su hermano:

—Tal vez son estos comerciantes quienes nos engañan. Antes de desconfiar de nuestra madre..., quiero saber qué piensan los Muwan de todo esto. —Da unos pasos hacia los mercaderes y dice—: Estimados señores, estamos muy entristecidos por tantas calamidades; pero, por el momento, lo importante es enterrar a nuestro padre con todos los honores que merece.

Los comerciantes hacen una inclinación. Todos están de acuerdo en sepultar a Pilotl en la base del templo de los guerreros que se está construyendo, donde ya se encuentra su compañero de armas. La ceremonia se realizará esa misma noche. Hun da por terminado el encuentro:

—Tenemos que cumplir nuestro deber. Vamos a casa a preparar el cuerpo.

Manik y Tsoltan se hunden en la gruta con la esperanza de que nadie los esté persiguiendo. Manik sueña: quizá puedan dar con un pasaje que los lleve sin ser notados a una ciudad aliada... Hay tantas historias acerca de caminos secretos... A lo lejos brilla una pequeña luz que los atrae. Descienden lentamente por unos escalones irregulares tallados en la piedra hasta llegar a una lámpara suspendida en una punta de piedra. Al fondo de un cuenco de barro hay cera, y en ella se consume una mecha. Al lado, Manik descubre varias antorchas. Toma una que logra encender con la flama. Enseguida se ilumina la gruta. Tsoltan recita una oración de agradecimiento al chamán búho.

—Precavido hombre de las tinieblas, ¡gracias a ti tenemos luz!

Con las antorchas de reserva, los fugitivos se adentran en las profundidades. Los escalones están resbalosos y húmedos. De cada lado, las paredes de piedra están tapizadas de cristales blancos. En ciertos lugares, las raíces perforaron la roca en busca de agua.

Tsoltan levanta su antorcha sin detenerse.

—Mira esa cabeza enorme, allá arriba —dice.

Manik observa la piedra grande.

—Distingo unos ojos redondos y... ¿un pico y colmillos?

—El chamán creía que era un búho; yo... veo un jaguar.

Manik percibe movimiento en lo alto de los domos de piedra. Murciélagos, sí, pero también fantasmas. ¿Aluxes? Las siluetas se mueven entre la luz y la sombra.

Siguen bajando por el sendero que serpentea en medio del amplio túnel. Se detienen frente a una pared, con un hueco debajo.

—Hay que pasar por ahí —declara Tsoltan.

Rodeada por la penumbra, Manik se inquieta debido a la estrechez de la entrada...

—No tenemos nada para beber o comer.

—Hay una laguna en la gruta y las piedras exudan humedad. El agua virgen la sacan de ahí, acuérdate. Hay que darnos prisa; estaremos más seguros. Los itzás no se atreverán a cruzar del otro lado.

Se agacha. A gatas, desaparece en el túnel. Manik no tiene opción. Debe seguirlo.

38. BALANKANCHE'

Después de superar el obstáculo, hay que subir una pendiente escarpada. Arriba, el techo se levanta de nuevo para dar paso a un amplio corredor. Sobre el suelo algo inclinado se ve un sendero delimitado por piedritas blancas. Tsoltan avanza con la antorcha en alto, seguido por su sombra, que serpentea pegada a la piedra. A pesar de la amplitud del lugar, hace calor y escasea el aire. Manik respira con dificultad; tiene la frente húmeda.

El silencio y la inmovilidad total la impresionan. ¿Será eso el principio del inframundo?

Más adelante, a su derecha, hay una hilera de columnas de piedra que van del techo al suelo, como gigantescos chorros de cera. Tsoltan mueve su antorcha para que ella pueda admirarlo todo. En el suelo, grandes jarras esperan a que caigan gotas de agua virgen de las puntas de las piedras. Manik se pregunta si la presencia de una mujer no contaminará el agua.

—El chamán me dijo que a veces se necesitan hasta cien años para que se forme una sola gota. Verlas desprenderse es un privilegio —murmura Tsoltan.

Manik cuenta cinco jarras, la cifra del nivel más bajo del infierno, donde mora la muerte. En un rincón yacen minúsculos metates con su mano, todos de piedra, acomodados en arcos. Manik se emociona pensando que seguramente fue el chamán búho quien los puso ahí, para recordar a los dioses que deben alimentar a los humanos. A un lado, Tsoltan sube una ladera y enciende nuevas antorchas. Manik se apresura a alcanzarlo. Lo que ve la asusta.

Un enorme pilar se yergue entre suelo y techo. El tronco de piedra se levanta como para alzar el domo, su base cubierta por un vasto cono de grava.

—Es Wakah Chan, la Vía Láctea, la ceiba que sale del inframundo como la que habita en los cielos —dice Tsoltan con respeto—. Hunde sus raíces en el mundo de los espíritus.

Manik está asombrada; murmura muy conmovida:

—El chamán búho me habló de esta maravilla. ¡La ceiba eterna! Nunca imaginé que ese árbol pudiera ser tan grande. La verdad es que pensaba que sólo existía en la mente del chamán.

Se acercan al enorme monumento. Vasijas e incensarios están dispuestos alrededor, en la grava.

—Son los que pinté con Lili —dice Manik—. El chamán debía bendecirlos antes de la guerra.

Un sendero rodea la base del árbol. La dama Muwan lo sigue, orando, con la esperanza de que sea perdonada la presencia de la que quizá es la primera mujer que camina por ese lugar sagrado, más extraño de lo que Manik jamás soñó. ¡La famosa guarida del búho!

Percibe algo semejante a un gemido, como si el árbol estuviera llorando. Manik se aproxima al cono de gravilla. En la penumbra distingue una forma..., humana tal vez. Susurra, con el dedo índice apuntando hacia delante:

—Tsoltan...

El hechicero acude a pasos largos. Él también distingue algo. Planta su antorcha en un incensario y trepa sobre el montón de piedras.

—¡Xooch'!... ¡Es el chamán! Ven a ayudarme.

Manik trata de acercarse lo más posible; las piedras ruedan bajo sus pies. El hechicero corta las cuerdas que atan el cuerpo a la piedra. Entre los dos bajan al chamán y lo recuestan en el sendero. Toda su piel tiene marcas de quemaduras. Manik pone la mano sobre el pecho del herido.

—Su corazón late todavía. Sus labios están tan secos que parecen de madera. Tráele agua.

Tsoltan toma una de las cinco jarras. Vierte unas gotas en la boca inerte y luego moja el cuerpo. El chamán tirita. Mueve la mano y la deja caer encima de la de Manik, quien se sobresalta. Habla en voz muy baja:

—¡Cierva valiente! Te dije que huyeras —dice en un suspiro, y agrega—: Tengo tanta sed.

Tsoltan toma la jarra y desciende para llenarla del otro lado, donde se encuentra la laguna. Manik levanta la cabeza del chamán para que pueda tragar. Cuando ha bebido un poco, dice:

—Los itzás quieren aniquilar a la familia real y dominar Chichén. —Cierra los ojos y continúa—: Después de controlar Koba, quieren sacrificar a los prisioneros y enseguida a los gemelos.

Manik se lleva una mano a la boca para ahogar un grito de susto.

—¿Por qué matarlos?

—Porque su muerte aumentará su valor. Se volverán héroes míticos. Ese doble sacrificio sería una manera de santificar a Chichén.

Perciben ruidos provenientes de la entrada de la caverna. Manik mira a Tsoltan.

—¿Alguien nos siguió?

—Voy a ver. Quédate aquí —dice, sacando su cuchillo del estuche.

Empuña una antorcha y camina hasta la pendiente abrupta que lleva al estrecho pasaje. Percibe sonidos y un fino rayo de luz que vienen del otro lado. Aleja la antorcha del hueco para ocultar su luminosidad y se acerca por el costado, con el cuchillo en alto, listo para atacar al primero que salga del túnel. Los ruidos continúan, pero nadie se acerca. El hechicero se agacha.

Primero, sólo ve piedras; luego, manos que las apilan y vierten estuco fresco. Sus ojos se agrandan, horrorizados, y, sin pensarlo, grita:

—¿Qué están haciendo? ¡Asquerosos infieles! ¡Sacrilegio! Están destrozando la caverna de la ceiba eterna.

Escucha risas. Al otro lado del pasaje, por una pequeña abertura, se alcanza a distinguir un rostro, un guerrero itzá que parece divertirse.

—¡El hechicero de Kusaamil emparedado en la gruta del inframundo! Es tan bonito… No sé por qué no lo pensamos antes. Fue fácil seguirlos. Lo siento; te vas a perder la ceremonia de la victoria. Terminará con una partida divina de *pok-a-tok*… ¡Qué lástima! Buen viaje al país de tus ancestros. Disfruta con tu mujer, si es que todavía quiere juguetear…

La risa rebota contra las paredes mientras unos esclavos terminan de tapar el hueco. Tsoltan grita:

—¡Malditos sean para siempre!

Siente que sus rodillas se doblan y cae postrado frente al acceso sellado. La antorcha rueda por el suelo; parece a punto de apagarse. "Se muere como mi alma", piensa Tsoltan. En lugar de haber dado la vuelta a la ciudad y sus alrededores para llamar a los hombres de maíz a rebelarse, cayó en una trampa. ¡Como un idiota! Recupera su antorcha y regresa, a pasos muy pesados, de hombre vencido.

Se arrodilla cerca de Manik; con ojos vacíos, susurra:

—El pasaje ha sido cerrado. Somos prisioneros en la caverna.

El corazón de Manik se detiene por un instante. Se lleva la mano al pecho y baja la cabeza para ocultar su desesperación. Las lágrimas fluyen; la madre Muwan llora en silencio por sus hijos, que serán sacrificados. Su peor pesadilla se vuelve realidad. Su único consuelo es haber dejado a Lilikki en un lugar seguro. ¡Pobre Saasil, se quedará sola! El llanto cae sobre su mano y la del chamán. Con la mano en la boca, éste dice:

—Bebo tu hiel, cierva valiente.

La voz es tan débil que Manik debe acercarse para oírla.

—Si quieres luchar contra el destino, todavía puedes hacerlo...

Tsoltan y Manik observan el rostro del viejo búho para tratar de entender sus palabras. El chamán murmura:

—Caminen hasta el final de la laguna..., después giren a la derecha. Al fondo tengo un altar. Encima de éste hay un pequeño hueco. Con el cenit, la serpiente de luz alumbra a los ídolos. Son dos; tal vez puedan salir por ahí. —Calla, agotado por tantas palabras. De repente se sobresalta y dice—: La muerte me está llamando. Los espíritus se apoderan de mí. Déjenme solo con ellos.

Tsoltan pone la mano en la frente del moribundo.

—Xooch', mi hermano... Adiós.

Manik besa la mano reseca, bañándola con más lágrimas. Tsoltan la jala.

—Chamán búho, ¡buen viaje! Los tuyos te esperan.

Las caracolas anuncian la salida de la procesión con un estridente sonido. Al frente de un grupo impresionante integrado por músicos, portadores de antorchas y estandartes, portadoras de flores, guerreros, esposas, parientes y niños, la camilla de Pilotl sale de la residencia Muwan. Todos caminan cantando, bajo el sol que se acerca al inframundo. El cortejo marcha hacia el nuevo centro y cruza la plaza principal. Se ha cavado un hueco en la base del edificio que se construye en honor de los guerreros. El cuerpo de Pilotl estará al lado de su compañero de armas. Lo bajan, rodeado de sus accesorios: espada, lanzas, cuchillos, *atlatl* con dardos, escudo, penacho, jade, cinabrio, cuentas de oro, collares, incensarios, copal, alimentos, *báalche'*. El mercader luce todavía la espiral de nácar, símbolo de Quetzalcóatl. Yalam pone un cuenco sobre la cara rígida antes de que se cierre el hueco.

Mientras la familia sepulta al gran hombre que fue Pilotl, los principales guerreros itzás se reúnen en la sala del consejo. Los herederos del rey que sobrevivieron a la matanza de Yaxuna se presentan para reclamar sus derechos. Quieren saber dónde están K'inilkopol y sus hijos. El tono sube con rapidez, surgen acusaciones e injurias. Los nobles son empujados a puñetazos. Se desenfundan los cuchillos. Los últimos príncipes kochuahes son eliminados dentro del mismo Popol Náah.

Una vez concluido el entierro, el cortejo fúnebre integrado por los Muwan y los itzás se dispersa. En pequeños grupos recorren la gran plaza. Varios pasan frente a la casa del consejo, donde se amontona la gente. Bajo el cielo que se funde en tonos rosados y amarillos hay mucha agitación. En los escalones que llevan a la sala del consejo hay peleas y gritos.

Los nobles de las antiguas familias se oponen a los jefes itzás, quienes responden con las armas.

La muchedumbre, compuesta principalmente por kokomes y kupules, no se atreve a intervenir. En su mayoría están desprovistos de armas, mientras que los itzás, aunque menos numerosos, tienen cuchillos y lanzas.

Encima de los cadáveres, como los grandes reyes de antaño sobre pedestales hechos de prisioneros, los itzás se proclaman maestros de Chichén. Designan un adolescente kupul para que represente a las viejas familias de la ciudad. El pobre muchacho tiembla; las lágrimas mojan sus mejillas cuando se abre camino entre los cuerpos ensangrentados de sus parientes. Los itzás le ponen una bandera de Kukulkán, la serpiente emplumada, en la mano derecha, y la de Quetzalcóatl, representado por una espiral de puntas, en la izquierda. Un oficial se detiene a su lado y le dicta unas palabras. Con voz tenue, el joven proclama que Chichén ahora será gobernada por un consejo de sabios conformado por mercaderes, jefes de guerra y patriarcas.

—El dios protector de Chichén será Kukulkán Quetzalcóatl, cuyo poder asegurará nuestra fuerza.

Entre la multitud, las reacciones son diversas. Algunos piden la presencia del rey, otros gritan su aprobación. Un capitán de Ekab, aliado de los itzás, sube a hablar de la valentía de los guerreros que murieron en los combates. Anuncia que el cuerpo de K'inilkopol ha sido hallado y que su asesino, el hechicero de Kusaamil, yace emparedado dentro de la caverna de Balankanche'.

—Si quieren convencerse del crimen del hechicero, pueden ir a la rejollada de los *aluxes* para ver el cadáver real, que todavía se encuentra en el mismo estado en que el villano lo dejó. Enterraremos al soberano como se debe mañana por la noche. Justo antes se celebrará una partida de *pok-a-tok* junto al templo de Kukulkán. Los vencidos de Yaxuna se enfrentarán a los vencedores de Chichén. El juego será presidido por los gemelos divinos en persona.

Al margen de la multitud, Hun y Yalam intercambian miradas de sorpresa; retroceden un poco hacia la sombra. En cambio, muchos de los presentes están complacidos por lo que acaban de oír: el asesino ha recibido su castigo y al día siguiente habrá un juego y una gran ceremonia...

La gente aplaude al capitán, quien señala con la mano al grupo de los Muwan; luego, con el dedo, a los gemelos. Guerreros itzás caminan aprisa en esa dirección. Hun y Yalam son rodeados de inmediato y llevados a la casa del consejo entre aclamaciones: "¡Vivan los gemelos heroicos!"

Escondida entre las mujeres chontales, que expresan a gritos su aprobación, Saasil llora en silencio. Su mundo se derrumba. Si el hechicero ha sido emparedado, Manik debe estar con él. Además, los gemelos son prisioneros. Supone que la casa de los Muwan pasará a manos de los vencedores. Sólo queda Lilikki. ¡Cómo le gustaría saber dónde se encuentra!

El capitán de Ekab ordena a la muchedumbre que se disperse.

—No será tolerada ninguna manifestación, aparte de la prevista por el consejo. Todos los que se opongan al nuevo orden o desobedezcan, serán eliminados en el momento.

A Tsoltan le urge escapar. Toma todas las antorchas, nuevas y usadas. Se acerca a la laguna. El agua, perfectamente inmóvil y transparente, centellea bajo el fuego; tiene cerca de dos pies de profundidad. Nadan pequeños animales, tan claros que ni se ven; sólo se distingue su sombra moviéndose en el fondo. Tsoltan sujeta todas las antorchas con un solo brazo y con la mano libre pesca algo; enseña sus presas a Manik.

—Puedes comerlos... Son camarones de la oscuridad. El búho me dijo que también había peces, pero no veo ninguno.

Manik logra sonreír. De un solo bocado engulle los crujientes crustáceos.

Los dos avanzan en el agua a lo largo de la pared. Al final, la laguna desemboca en un sendero estrecho, que siguen. Deben caminar con las rodillas flexionadas, pues el techo es muy bajo, aunque más adelante empieza a alzarse un poco. Distinguen algunas urnas acomodadas alrededor de una piedra plana: el altar del chamán, con sus ídolos. Manik se estremece cuando reconoce sus obras de principiante. Al ver trozos de carbón a un lado, busca en la parte de arriba.

—No veo ningún hueco. ¿Se equivocaría el chamán?

—Tal vez es de noche...

Manik se deja caer en el suelo, confundida. ¿Cuánto tiempo ha pasado desde que huyeron? El salto, la espera en el agua, el ascenso del acantilado, la persecución... De pronto se siente totalmente agotada. A Tsoltan todavía le quedan fuerzas para moverse.

—Regresaré a la laguna para arrancar algunas raíces. Con eso podremos encender una fogata. Temo que las últimas antorchas se apaguen pronto. Te dejo una.

Postrada y perdida en sus pensamientos, Manik no contesta. El hambre la saca de sus reflexiones. Revisa el interior de las urnas, con la idea de encontrar algo para comer. Hay costras de copal endurecidas y viejos huesos de maíz, desgranados y a medio quemar; muele estos últimos a golpes de piedra.

Tsoltan vuelve con un manojo de raíces. Intenta quemarlas con los pedazos de carbón. Tragan lo poco que Manik pudo preparar. Al masticar, la Muwan siente que come arena. De repente percibe un cambio a su alrededor. Levanta la cabeza.

—¡Mira! —dice señalando a lo alto.

En la bóveda se dibuja una forma clara y sinuosa. ¡La serpiente de luz!… ¡El cielo!

Manik se anima. Vuelve la esperanza.

—Hay que ampliar la abertura —nota Tsoltan.

Manik toma los ídolos para guardarlos en un hueco de la pared. Trepa por los hombros del hechicero, que sube al altar. "¡Que los dioses nos perdonen!" Estirándose, Manik logra alcanzar los bordes del hueco. Sacude las piedras con ahínco para detectar las que no están muy incrustadas. Logra mover un bloque pesado. Cuando la piedra se desprende, caen varias otras. Manik pierde el equilibrio y los dos prisioneros se vienen abajo en medio de un estruendo de piedras. Se miran a través de una nube de polvo. Están algo aturdidos, arañados y golpeados, pero vivos. Hay una abertura encima de sus cabezas. Están rodeados de piedras que pueden amontonar.

Sin decir palabra, se ponen a trabajar al instante.

Al ser la más liviana, Manik sale primero. Observa a su alrededor: sólo hay árboles, hojas y pájaros. No ve ningún humano. Respira profundamente el aire que le hacía falta abajo. Empujada por Tsoltan, emerge del hueco. Pronto localiza una rama fuerte que cruza encima en la hendidura. Con el cuchillo que le lanza el hechicero, corta bejucos que amarra a la rama. Tsoltan sale también.

Intenta ubicarse, pero le es difícil entre tanto follaje. Lanza un gruñido, deseando que su jaguar lo escuche. El sol que se levanta se encuentra a su izquierda. El jaguar no contesta; sólo se oye un llamado de caracola a lo lejos, en la dirección opuesta.

—Eso viene de Chichén —dice Tsoltan, señalando el oeste.

Manik hace una mueca.

—Seguramente es el comienzo del partido de *pok-a-tok*... Ya sabemos cómo terminará: con las cabezas de Yaxuna ensartadas en el *tzompantli*.

—Su famosa pared de cráneos...

—Y Hun y Yalam ofrecidos a las llamas —agrega Manik con un sollozo—. Pero los itzás no ganarán tan fácilmente. Voy a pelear. No pienso regalarles a mis gemelos.

—Nuestros gemelos —corrige Tsoltan.

Manik le toca el hombro con cariño, muy emocionada.

—Sí... Hay que salvarlos. Pero ¿cómo? Somos sólo dos. Los itzás controlan todo el territorio y tienen aliados. Tú mismo lo dijiste.

—Vamos a encontrar una solución. Los itzás no son invencibles. Yo también quiero mucho a los gemelos, a Chichén y a nuestros ancestros. Si los kochuahes, kupules y kokomes se levantaron en armas, tal como lo planeamos, tal vez tengamos suerte.

Se escucha música; tambores y trompetas se acercan. Aun cuando Manik y Tsoltan no distinguen nada, oyen claramente que un grupo camina por los alrededores. Prudentes, se esconden detrás de un tronco ancho. La gente pasa cerca; cuando se aleja, Tsoltan murmura:

—Ésos seguramente vienen del camino entre Chichén y Balankanche'. Una procesión se dirige a la caverna.

—¿Los itzás festejan nuestra agonía?

—Importa poco. Hay que liberar a los muchachos.

Una tropa con estandartes de Kukulkán Quetzalcóatl se aproxima a la entrada de Balankanche'. Dos prisioneros avanzan en el centro: uno grande y otro pequeño. Todos descienden y se adentran en las profundidades. A la luz de las antorchas, un oficial itzá muestra una pared de estuco fresco a los gemelos.

—El maldito asesino está emparedado ahí con su loca madre, que no es digna de ser la viuda de un ilustre guerrero. ¡Pilotl debió haberla mandado al inframundo mucho antes! Bueno, pero ahora... ¡las potencias del inframundo se nutren de sus cuerpos! Ustedes pintarán en la pared un mensaje de despedida. Con la fecha de hoy, para que los suyos sepan cómo acaban los traidores.

Les entrega pinceles y tinta. El oficial ríe.

—Ése será su último trabajo. Esta noche, para celebrar el entierro del rey y nuestras victorias, tendrán el máximo honor de presidir un partido de *pok-a-tok* y luego servir de alimento a los dioses. Honrarán a Kukulkán Quetzalcóatl y a Tláloc.

¡Apresúrense! Terminen pronto ese garabato para que salgamos del hueco.

Los gemelos no se miran siquiera. Sin que los soldados se den cuenta y aprovechando que nadie sabe leer, escriben un mensaje de amor para despedirse de su madre. Rematan con dos glifos: una cabeza de *waay* y una mano con un pincel para la *x-tsíib.*

39. JUNTOS

Los gemelos esperan al fondo de un cuarto oscuro frente a la plaza central, la cual está en proceso de remodelación. Sentados en el suelo, pueden admirar la amplia terraza; su piso, cubierto por una capa fresca de estuco, refleja la luz rosada del atardecer. A su derecha se despliega el edificio en construcción que están ornando con una serie de altas columnas. En las primeras, ya terminadas, unos pintores dibujan personajes. Entre los gloriosos guerreros reconocen a Pilotl y a su compañero de armas.

Hun estalla en una risa sarcástica.

—¡Ah! Seguramente nos pintarán ahí también..., como dioses jaguares.

Yalam se aclara la garganta.

—Me sentía tan orgulloso —dice con voz apagada—. Ya me veía como un oficial; yo, ¡primer *sahal* del rey!

—O uno de sus consejeros —confiesa Hun—. Nos engañaron. K'inilkopol y los hombres de su clan no corrieron con mejor suerte. Todas esas banderas que agitaban frente a nosotros en Yaxuna sirvieron para ocultar la matanza de los herederos...

—Debimos haberlo entendido en Koba, cuando el príncipe se abalanzó contra Pilotl queriendo clavarle su lanza en el pecho mientras nuestro supuesto padre repetía: "¡Viva Quetzalcóatl!"

—Sí, sobre todo porque el príncipe gritó al mismo tiempo: "¡Para vengar a mis hermanos!" Pensé que se había vuelto loco; era tan ilógico... Pero después todo resultó aún más incomprensible... Los itzás que acusan a nuestra madre de adulterio, ¡y a Tsoltan de asesinato! ¡Es demasiado! —Hun suspira.

—Pilotl ha muerto; el hechicero jaguar y nuestra madre fueron emparedados vivos. Por todos lados los llaman asesinos, adúlteros... ¿Puedes imaginar algo peor? Y ni siquiera sabemos qué pasó con Lili. Tal vez ya la compró un mercader chontal...

Hun se muerde el labio de ira y dice:

—Es posible... A menos que hayan conseguido esconderla en algún lugar. Saasil dijo que se había marchado con Manik y que no volvió. ¡Es increíble hasta qué punto fuimos ciegos... y estúpidos! Creer en las bellas palabras de los itzás. Nos hicieron desfilar, combatir...

—En lugar de enterrar a Pilotl, debimos huir.

—¿Y abandonar a Lili?

Un silencio pesado reina en el cuarto. Ahora es Yalam quien suspira.

—¡Pobre abuelo! —exclama—. Debe estar retorciéndose en el inframundo. Asben desconfiaba de los mercaderes extranjeros...

—Pero no lo suficiente: casó a su hija con uno.

—¿Recuerdas que, antes de que saliéramos para Yaxuna, nuestra madre nos dijo que no teníamos sangre itzá?

—Varias veces pensé que Pilotl no era nuestro padre; se comportaba más bien como un patrón. Y no nos parecemos a él en nada. ¿Quién sabe? Ahora que Manik ya no está..., el misterio nunca se resolverá. —Hun hace una mueca; luego agrega, deprimido—: En el inframundo, quizá...

—Dentro de poco, entonces... No seremos los únicos en bajar a los infiernos. Viste, igual que yo, que los últimos nobles de las familias kupules y kokomes de la ciudad fueron encarcelados.

—Sí; los que no perecieron en Yaxuna o en la sala del consejo... Van a juntarnos con ellos y con los rehenes de Ek Balam y de las otras ciudades. ¡Los dioses disfrutarán de un gran banquete!

Los hermanos meditan sobre su precaria situación. Hun susurra:

—¿Y Jaak'?... ¿Qué será de él?

—Jaak' es chontal. Está en su casa..., la que fue nuestra. Él y su gente pueden ocupar todo el espacio. Seguro que mataron o expulsaron a los últimos Muwan que había ahí.

A Hun no le gusta el comentario.

—Jaak' no es tan cruel como Pilotl —aclara—. Siempre ha sido bueno con nosotros.

Yalam baja la cabeza; pasea su mano sobre los granos de arena en el piso. Sus lágrimas corren sin que intente detenerlas.

Manik, apoyada en una tosca muleta y vestida como pordiosera, camina lastimosamente con una pierna de madera (en realidad, ésta se halla sobrepuesta; su pierna sana está flexionada y amarrada bajo la falda sucia). Pasa frente a la casa de los Muwan.

Las estatuas de los gemelos han desaparecido. Por las puertas abiertas ve que no hay guardias ni, al parecer, moradores. Se asoma al interior. El patio central está desierto. No hay un solo sonido, aparte del llanto de un bebé. Manik había pensado entrar por la parte de atrás de su cuarto, pero los gritos estridentes la incitan a darse prisa para socorrer al pequeño. Confía en que, con su disfraz de mendiga —que incluye un turbante mugriento—, nadie la reconocerá.

La casa ha sido vaciada: de sus habitantes, sus provisiones, sus muebles y herramientas. No queda nada en el altar de los ancestros. Incluso las cortinas de las puertas desaparecieron. Atraída por los sollozos, Manik entra en la cocina. Una bebé yace en el suelo, sobre sus excrementos, con los labios resecos; tiene escasos seis meses. Manik encuentra agua en una taza y se la da. La limpia lo mejor que puede y la envuelve en el único pedazo de tela del que dispone: su turbante. Aprieta a la niña en sus brazos para sosegarla. Tras registrar cada rincón, encuentra algunos granos de maíz cocido en un pedazo de olla rota en el suelo. Con su mano libre los recoge para alimentar a la bebé, que termina por calmarse.

Manik espera a Tsoltan con impaciencia. Le urge saber lo que ocurrió con los gemelos.

Escucha unos gemidos apagados que vienen del patio. Se acerca con prudencia a la puerta. Ve a una mujer vieja que camina con la espalda encorvada, apoyada en un bastón, sollozando. Manik duda pero le habla.

—¿Quién eres?

La mujer levanta la cabeza y observa la entrada de la cocina, entrecerrando los ojos. De repente, su cara se ilumina. Saasil se echa a los pies de su ama, llorando a cántaros.

—¡Pensé que nunca volvería a verte! —En medio de su llanto, se da cuenta de que toca una madera; se horroriza—. ¿Qué pasó con tu pierna?

Manik se levanta la falda para que Saasil vea la artimaña.

—Sólo es un disfraz. Mira, me alivia mucho verte, pero no hay tiempo para lamentos ni explicaciones. Quiero salvar a mis hijos. Por favor, encárgate de esta niña.

Saasil se seca las mejillas y toma a la bebé, suspirando.

—Hay criaturas abandonadas por todos lados. Con tantos padres muertos… Es siniestro.

Manik se quita el silbato que lleva al cuello y se lo da.

—Camina hasta Tunkas silbando de vez en cuando. Sigue el canto de los pájaros y llegarás a la casa de las hadas. Lili está con ellas; márchate enseguida. Lo lamento mucho, pero no tengo nada más para ayudarte, ni un grano de jade o de cacao.

Saasil se dirige al fondo de la cocina, de donde toma una mazorca de maíz desgranada. La rompe y pone un pedacito entre las minúsculas manos de la niña para que lo chupe en silencio. Envuelve a la pequeña con su rebozo, que se amarra en los hombros.

—Me las arreglaré… sin jade ni cacao. Conozco muchas plantas de la selva. No te preocupes por mí; voy a llegar con tus amigas. Mi bastón es fuerte.

Abraza a su ama con fuerza; ésta le devuelve el cariño.

—Dale un beso a Lili de mi parte. Dile que la quiero mucho.

Saasil abandona la residencia donde vivió durante varios ciclos. Manik la ve partir. Aguarda un poco más por si llega alguien, pero nadie aparece. Se dice a sí misma que debe tratar de encontrar algún arma olvidada en la casa. Una cuchilla, un cuchillo… Sin embargo, antes de que logre salir de la cocina, una silueta se recorta entre las grandes puertas. Manik retrocede. Se estremece al reconocer la insignia de los oficiales itzás. Se esconde con dificultad debido a la pierna falsa. Pisa con ella un fragmento de olla en el suelo. ¡Crac! El hombre se aproxima; porta casco, joyas y una lanza. Mira dentro de la cocina y descubre a la mendiga. De repente, Manik reconoce la cara de Jaak', aunque no sabe si debe temerle o confiar en él. Jaak' se inclina y, acercándose, murmura:

—E-estoy mu-u-u-uy fe-feliz de-de ve-verte en-entre no-nosotros a-a pe-pesar de-de los ru-u-mores. E-estoy mu-uy a-ape-penado po-por lo-lo que-que le-les pa-pasa a-a los tu-tuyos… y lo-os o-otros. Pi-Pilotl ha-ha mu-muerto. Yo-o no-no sa-sabía na-na-nada de-del co-complot a-antes de-de sa-salir pa-pa-para Ya-Ya-Yaxuna… Si-si no, te-te ha-habría pe-pre-preve-venido.

Manik siente que su corazón se derrite de afecto por ese guerrero que no muestra agresividad, pero sí mucha valentía.

—Tenemos poco tiempo. Lilikki se encuentra en Tunkas, con las hadas. Los jaguares también. Para llegar necesitas un silbato de pájaro. Si pudieras visitarla algún día…, dado que yo…

—Sí-sí, vo-voy a-a-a ve-verla. E-esta-aba preocu-cupado po-por ella.

Tsoltan entra en el patio desierto de los Muwan, también disfrazado de mendigo desaseado y tuerto. A través de la puerta de la cocina ve a un oficial itzá frente a Manik. Saca su cuchillo y se acerca por el costado. Manik observa una sombra que se dibuja detrás de su fiel Jaak'. Empuña una escoba y da un gran golpe al lado de la puerta. Jaak' se sobresalta y se da vuelta, la lanza apuntada hacia delante. La matriarca, angustiada, gruñe:

—¿Quién está ahí?

Un hombre sale de la sombra, con un cuchillo sobre su cabeza. Manik lo reconoce: ¡es Tsoltan! Se calma.

—¡Tú!... ¿con un oficial itzá? —pregunta el hechicero algo irritado, frotándose el muslo.

Manik le hace señas para que entre rápido. Tsoltan se mete a la cocina, mientras Jaak' se queda cerca de la puerta.

—Es Jaak', un amigo muy querido —explica Manik—. Me ayudó en varias ocasiones.

Los dos hombres se miran y bajan las armas.

—No-no-no pu-pueden que-que-quedarse a-aquí —advierte Jaak'.

Manik levanta su escoba cual lanza.

—No pienso abandonar a Hun y Yalam; no dejaré que los maten para que se consolide la grandeza de los itzás.

—No-no-no se-se pu-pu-puede ha-hacer na-na-nada po-por e-ellos. So-son pri-prisioneros. E-espe-peran su-su fi-fin.

Manik ahoga un sollozo.

—¡Sólo tienen catorce años!

—La-la pa-plaza e-está lle-llena de-de ssso-solda-ados. I-imposi-sible huir. A-antes de-de que el so-ol e-entre en e-el i-infra-amu-mundo, va-van a-a ser sa-sacrificados e-en el ju-juego de pe-pelota.

La noticia deja a Manik incrédula. Eso no pasaba en su sueño.

—¿Qué?... ¿No van a arrojarlos a la hoguera sagrada?

Jaak' levanta una mano.

—No-no. Los i-itzás no-no qui-quieren ri-rituales a-antiguos. Qui-quieren a los ge-gemelos pe-pero e-en u-un ri-ritual to-to-tolteca. E-en el tzom-tzompa-pantli... E-es e-el nu-nuevo o-orden.

Tsoltan da vueltas, reflexionando.

—¡Los gemelos deben sobrevivir! —dice enfurecido—. Encarnan la fuerza de nuestros dioses. Me gustaría tanto engañar a los itzás, que se creen tan superiores. No soporto la idea de que tomen el control de Chichén. Tampoco acepto el destino que se pretende imponer a mis jaguares... —Duda un momento y agrega, prudente—: Son mis discípulos.

Jaak' mueve un poco la cabeza. Desde hace mucho da por hecho que el hechicero es el padre de los gemelos. Guarda silencio. Examina a los dos mendigos.

—Qui-qui-quizá... po-po-podemos ha-hacer a-a-algo. Te-tengo u-una i-i-idea, pe-pero ha-hay que-que a-ac..., actuar ra-ra-rápido.

Todo se decide en unas cuantas frases; los tres se ponen de acuerdo. Todavía con su disfraz de pordiosero, Tsoltan se encamina a la rejollada de los *aluxes*.

Los gemelos son trasladados al pequeño templo frente al juego de pelota, donde los amarran a un altar de piedra. En una esquina arde una pequeña fogata. Un guardia los vigila desde las escaleras exteriores. Hun cierra los ojos. Se disculpa con su madre por no haber sabido defenderla. Debió haber desconfiado de Pilotl, quien nunca le agradó. Y adivinar lo que preparaba. Hubo varias señales: los mercenarios, siempre más numerosos; los pueblos, sometidos uno tras otro. Y todos esos habitantes de la península a los que trataban como esclavos... El muchacho suspira largamente para expulsar la amargura que se acumula en su espíritu.

Yalam gruñe:

—Quisiera cortarles la cabeza a todos esos itzás. ¡Hipócritas!

—Shhhh...

Un oficial sube por la escalera y arroja un paquete al suelo. Con rostro inexpresivo, ordena al guardia:

—De-de-desátalos. —Voltea a ver los prisioneros y dice—: Po-po-pónganse su-sus a-armadu-duras. Ha-han si-sido a-autorizados a-a decir e-el ú-último a-adi…, adiós a-a sssus a-ancestros.

Yalam se levanta furioso.

—¿Y para qué, Jaak'? ¿Quieres pavonearte con tus divinos prisioneros por la ciudad? ¿Te van a nombrar *sahal* del nuevo rey itzá?

El guardia lo empuja. El oficial aclara:

—¡E-es u-un pri-privi-vilegio! Po-pónganse su-sus a-armamaduras e-en ensegui-guida. Y-y ne-negro e-en sssu ca-cara. ¡I-inme-media-ta-tame-mente!

Al ver los ojos agitados de Jaak', Hun comprende que algo extraño está pasando. ¿Acaso quiere facilitarles la huida? Se pone su piel de jaguar. Cuando Yalam se queja, le susurra:

—¡Date prisa!

Hun ayuda a su hermano a entrar en su armadura. Con los dedos frota las piedras al lado del fuego para oscurecerse las mejillas y la barbilla. Embadurna también la cara de Yalam; acto seguido, los dos gemelos se ponen sus cascos.

Bajo la custodia de Jaak' bajan del templo, seguidos por el guardia. En un extremo del terreno los esperan soldados con literas, una para cada jaguar. Jaak' guía al grupo hasta la residencia de los Muwan. Ahí, los muchachos se paran en medio del patio vacío. Jaak' les señala el antiguo cuarto de Pilotl.

—Va-van a-a o-orar a su-sus a-ancestros a-adentro, pe-pero no-no ti-tienen mu-mucho ti-tiempo.

Yalam está a punto de protestar porque el altar debería hallarse al final del patio, pero Hun lo toma del brazo y lo jala. Los dos entran en el cuarto de Pilotl. Una puerta de mimbre trenzado se cierra a sus espaldas.

Afuera, en el patio, escuchan oraciones. Sale incienso por los intersticios de la puerta. Jaak' camina nervioso en el patio. El guardia se queda muy tieso al lado de las literas. Los vecinos empiezan a reunirse en la entrada: quieren hablar con los gemelos, a quienes vieron pasar. Jaak' manda al guardia para dispersarlos, pero los curiosos rezongan; se ve obligado a ir él mismo.

—No-no pu-pueden a-acercarse. Si-si qui-quieren da-ar o- ofrendas a-a lo-los ge-gemelos, yo voy a-a to-tomarlas. Que-quédense a-a los la-lados, no-no i-impidan el pa-paso.

Nadie se atreve a reír del oficial tartamudo. Con miedo en los ojos, la gente obedece. Jaak' recoge las ofrendas y vuelve al patio; silba.

—¡Va-vamos! Ha-hay que-que i-irnos.

Los dos jaguares salen y cierran la puerta. Entre los colmillos de los cascos, sus caras ennegrecidas parecen manchadas de lágrimas. ¿O sudor? Se sientan en las literas sin decir palabra. El grupo en el exterior les aplaude. La pequeña procesión no se detiene: sigue hacia la plaza central y luego hacia el juego de pelota.

Los prisioneros vuelven a subir al templo. Los espectadores los esperan y les piden favores divinos a gritos. Ninguno de los jaguares contesta.

La asistencia, compuesta principalmente por chontales, toltecas y sus aliados, crece a medida que el sol se acerca al horizonte. Las trompetas cantan. Los dos equipos hacen su entrada en el terreno. Se oyen gritos: "¡Viva Chichén!" Los oficiales capturados en Yaxuna llevan disfraces decorativos, de mala calidad, que casi no ofrecen protección. En cambio, los jugadores itzás ostentan radiantes cinturones y protectores de cuero sólido y buenos cascos con plumas.

El partido da inicio. Los itzás lanzan la pelota de hule de un lado a otro. Los prisioneros apenas pueden mantenerse en pie; empero, por el honor de su ciudad hacen grandes esfuerzos. Desprotegidos, deben tocar y lanzar la pelota con los muslos, los hombros o la cadera. La bola es muy dura; golpea los músculos y desgarra la piel. Los jugadores de Chichén los hacen tropezar, les pegan. Rápidamente logran pasar la pelota a través del anillo de piedra, encima de la pared. Los espectadores gritan de entusiasmo.

Por cada punto que marca Chichén, un jugador del equipo contrario es decapitado al son de los silbatos de la muerte. Y otro prisionero es enviado a reemplazarlo.

En el templo que está encima del juego, los dos jaguares miran el partido sin ninguna reacción. Se quedan juntos, los ojos dilatados por el *peyotl* y los hongos que Tsoltan pudo recolectar cuando estuvo en la rejollada, entre los curiosos, para dar un último adiós a su amigo el rey.

Tomando el papel de Yalam, el más corpulento de los gemelos, Tsoltan repara su error: no haber podido prever la traición y la victoria de los itzás en Chichén. Se marcha, orgulloso de dejar a sus dos hijos para que continúen su linaje. Lleva consigo el secreto del azogue. La madre de las sacerdotisas en Kusaamil ya no podrá blanquear la piel de las santas que viven bajo sus órdenes; sin embargo, éstas vivirán más tiempo. También lo complace el hecho de que, si los itzás descubren un día la abertura de la caverna de Balankanche', nunca encontrarán los cuerpos y temerán a su fantasma durante muchos ciclos.

Manik, cobijada por la armadura de Hun, ya está entre los espíritus. Imagina a Lilikki convertida en hada, con sus aretes y su anillo de jade, entre sus aliadas de Tunkas, en la gran ceiba. Lili también tiene a sus hermanos. La dama Muwan revive como en sueños el abrazo apasionado que pudo dar a cada uno, justo antes de beber con Tsoltan la pócima somnífera que éste preparó. "Para no sentir dolor", dijo. Está feliz de dejar en la tierra a sus tres hijos y de ir a encontrarse con su madre.

Numerosos sacrificios se llevan a cabo en la plaza. Dos verdugos y sus asistentes trabajan con diligencia. El equipo de Yaxuna queda totalmente diezmado. Los jugadores de Chichén triunfan en un delirio de silbatos que suenan con buen ritmo, secundados por grandes tambores. Perforan las cabezas para exponerlas en el *tzompantli*.

El primer orador señala con un gesto a los gemelos: es momento de honrar a los dioses. Los jaguares se arrodillan. Cuando se quitan los cascos, uno de los verdugos se asombra: aun cuando la cabellera de uno de ellos ha sido cortada a toda prisa como la de un hombre…, ¡se trata de una mujer! El otro verdugo se da cuenta también. La muchedumbre grita su impaciencia por ver escurrir la sangre divina. De un vistazo, los ejecutores entienden que deben ignorar el caso. Si les mandan un jaguar hembra… ¡que así sea! Las pesadas cuchillas caen sobre los cuellos. La sangre brota como serpientes de los cuerpos. Un gran clamor recibe el sacrificio de los gemelos heroicos. Las cabezas son ensartadas en el *tzompantli,* anónimas entre las demás.

En medio de la embriaguez triunfal, nadie advierte que una de las cabezas pertenecía a una mujer; los prudentes verdugos nunca dirán nada al respecto.

Parado en el templo frente al terreno, Jaak' trata de no llorar. Aún debe sacar a los muchachos de la residencia Muwan; los dos están profundamente dormidos. ¿Cómo hacerlo discretamente? ¿Los pondrá en grandes jarras o, mejor, en canastas sostenidas por vigas? También debe decidir lo que les contará algún día. ¿La verdad?

Viajando de noche, Jaak' lleva a los gemelos adormecidos a su lugar preferido, Tolokjil, frente a Isla Mujeres, donde el viejo hechicero que los conoce podrá protegerlos. Cuando Hun y Yalam despiertan, ya están a medio camino.

Una noche, poco después de su llegada, Jaak' y los muchachos están acostados en la arena de la playa, admirando el paso de Wakah Chan, la Vía Láctea. Jaak' revela su secreto. Los gemelos se enteran de que su madre y el hechicero nunca salieron de Balankanche' en su forma humana. En el fondo de la caverna se transformaron en *waay;* así se aparecieron en el cuarto de Pilotl y durmieron a los hermanos para que las espadas de los itzás no los mataran.

—Po-por la no-noche, yo de-des-desprendí su-us ca-cabezas de-del tzo-tzoompantli. Y los *waay* la-las vo-vol-volvieron a pe-pegar a-a su-sus cu-cuerpos. Lo-os i-itzás to-to-todavía cre-creen que-que u-uste…, ustedes e-están mu-muertos.

Sorprendidos, Hun y Yalam se llevan las manos al cuello. No notan nada. Se miran uno al otro, con gran curiosidad. ¿Y si… los *waay* se equivocaron de cabeza? Al parecer no fue así; Jaak' habla con tono muy seguro. De mutuo acuerdo, los gemelos deciden creerle. ¡La magia puede ser tan poderosa! Ambos hacen varias preguntas, pero Jaak' no las contesta.

—No-no voy a-a de-decir na-nada m-más. Nu-nu-nunca. Lo-los e-espíritus me-me lo pro-prohíben.

Con la ayuda de los pescadores del pueblo, Jaak' se esfuerza para hacer de los gemelos unos marinos respetables. No se arrepiente de haber abandonado la vida de oficial itzá que Pilotl le había impuesto. Tampoco echa de menos a ese hombre violento. Su mujer kokom, que vino con sus dos hijos para unirse con él en Tolokjil, todavía menos.

En medio de su barco, Hun mira las crestas de espuma que se forman y se desintegran de inmediato. Levanta la cabeza hacia su hermano, quien pesca o al menos intenta hacerlo.

—Capturé uno… No: ¡dos! —grita Yalam jalando su red.

Hun se burla al ver dos pequeños peces enredados en la malla.

—Dos tontos que cayeron en la trampa…, como tú y yo en manos de los itzás.

Yalam aprieta los puños.

—¡Los itzás!… No soporto verlos. Por suerte casi no vienen por aquí.

—Sí… Pero algún día tendremos que vengar la muerte de nuestra madre y de Tsoltan. Los itzás, entonces, se tragarán su orgullo. Chaak no tolerará que se instalen indefinidamente en nuestras tierras.

—Me alivia saber que no tengo sangre itzá.

Hun asiente.

—Manik nos dijo que estamos hechos de "sangre kupul y magia".

Un silencio envuelve a los hermanos. El barco baila suavemente sobre las olas. Ambos piensan en su madre y la recuerdan enseñándoles los animales del códice que ella misma hizo, sus pinturas, sus bordados... Escuchan sus canciones de cuna. Casi se ponen celosos de los ancestros que gozan ya de su presencia. Frente a ellos, una gaviota se clava en el agua, agarra un pez y se eleva veloz. Yalam se rasca la cabeza.

—Según tú, ¿qué quería decir? Solía decir que nacimos gracias a la diosa luna. ¿Crees que somos divinos?

—No lo sé —admite Hun—. La luna... tal vez pudo ayudar... Pero eso no explica nada sobre nuestro padre. Soñé que el hechicero jaguar intervino de alguna forma. Nos parecemos a él un poco, ¿no?

Yalam asiente, pensativo. Deben reconocer que Tsoltan les enseñó a domar jaguares. Los hermanos consideran la posibilidad de tener un padre hechicero, lo que eso significa para su futuro. Repiten lo que les contó el chamán de Tolokjil: el hechicero jaguar y su padre eran ventrílocuos. A través de ellos hablaban ídolos y monumentos. Él prometió enseñarles ese arte. Los gemelos ya se imaginan hechiceros. Les falta aprender a transformarse en *waay*... ¿Acaso los espíritus de Manik y Tsoltan les transmitirán ese poder? También deberán adquirir conocimientos acerca de las plantas medicinales. Las hadas podrían ayudarles con eso, una razón más para convencer a Jaak' de que los lleve a Tunkas para encontrarse con Lilikki y sus jaguares.

Hun levanta las palmas y la cara hacia el cielo. Contempla los trece niveles sobre su cabeza.

—Ancestros amados, los que conocen los cielos y los infiernos, apóyennos para que podamos perfeccionar nuestra formación.

Baja las manos. En el fondo de la barca, los pequeños tarpones dan saltos. ¡Peces que ni siquiera son comestibles! Hun oye la risa de su madre.

—Sí, mejor la magia que la pesca —dice—. Porque… con el tamaño de los peces que atrapas…

Irritado, Yalam lanza su red con todas sus fuerzas.

—En lugar de parlotear y criticar… podrías dirigir un cardumen de meros gordos hacia la red, poderoso hechicero…

Hun devuelve los dos peces al agua.

MAPAS

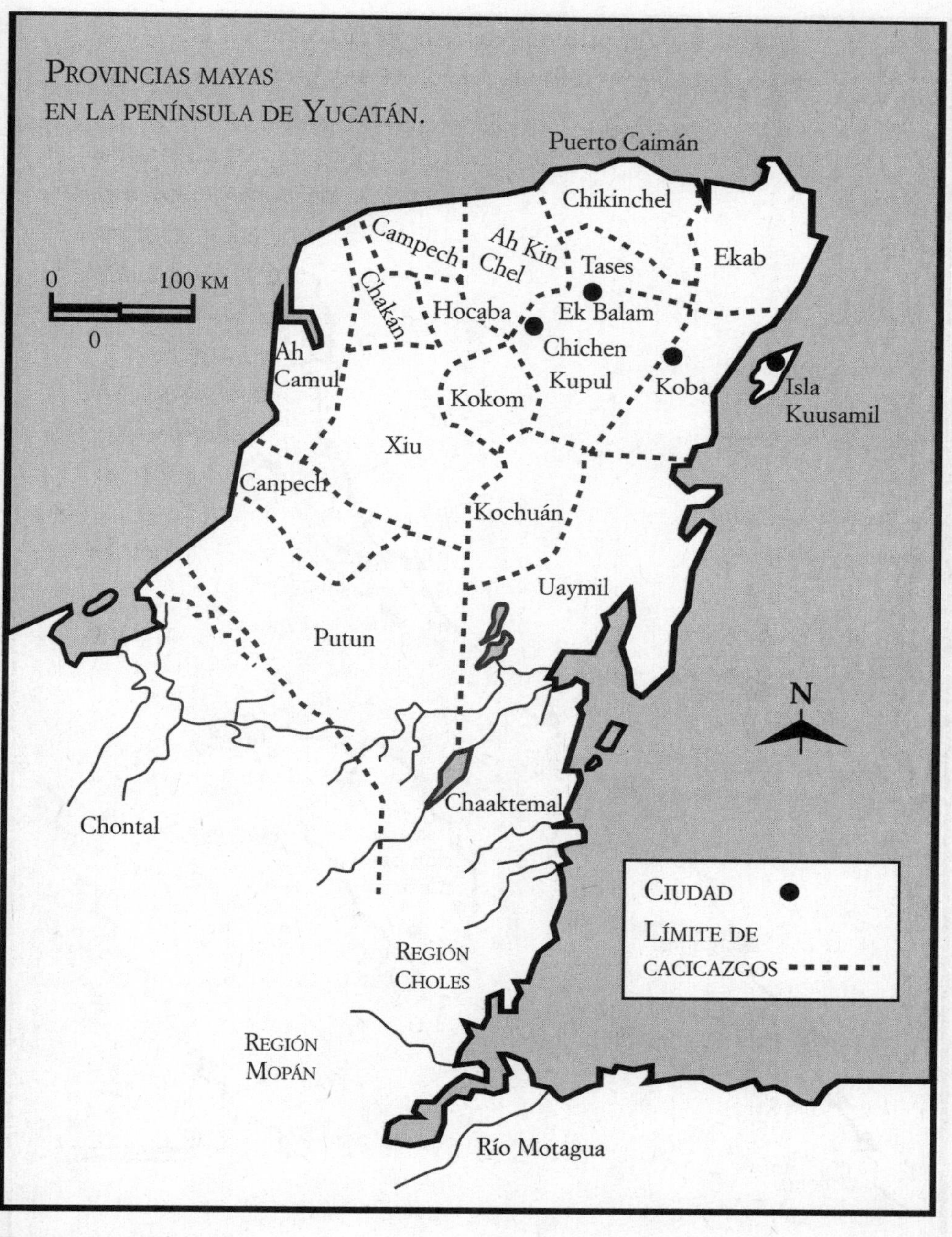

Fuentes: Roys, Ralph, 1957.
Patch, R., 1979.

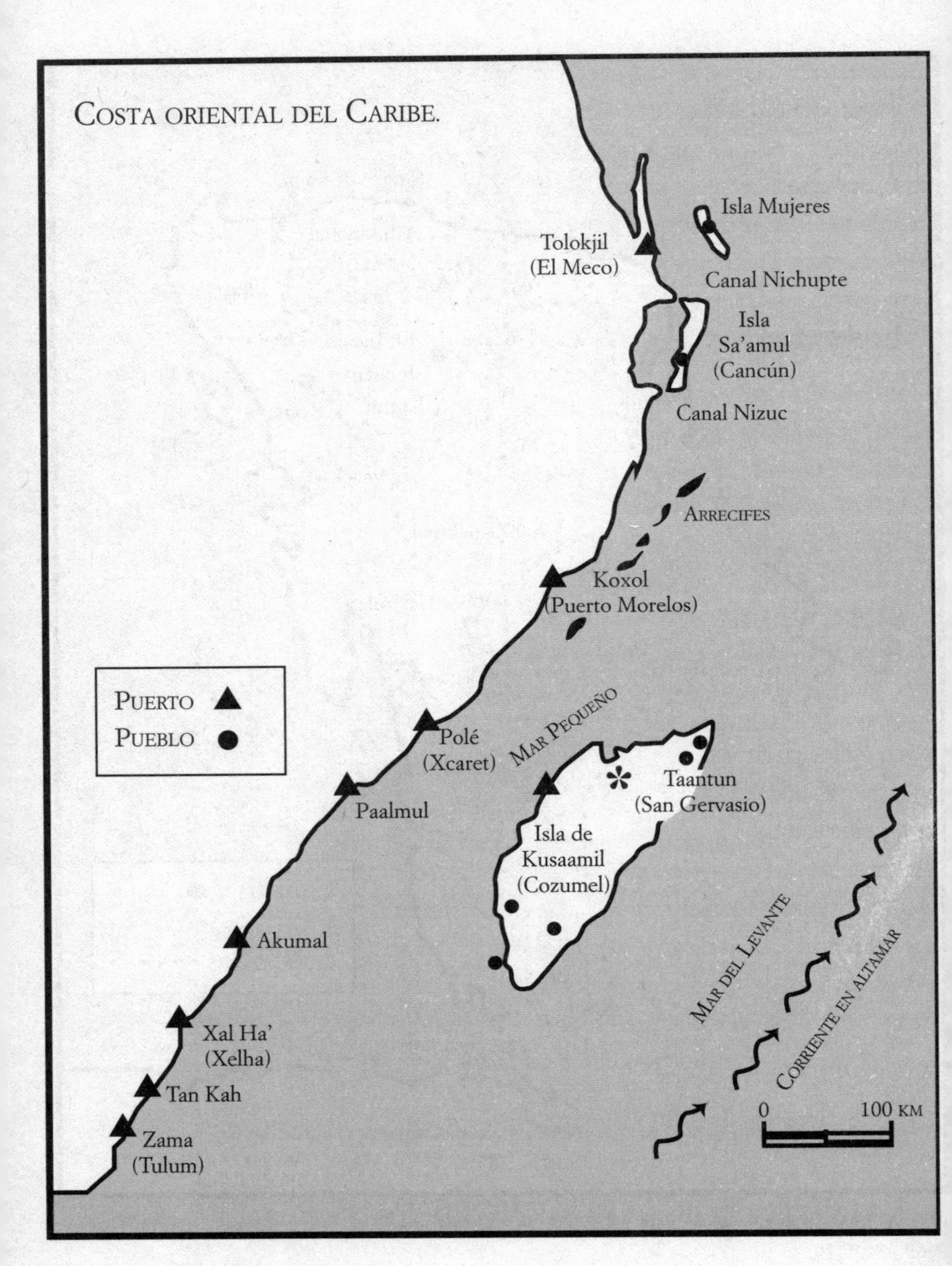

Fuente: Connor, Hudith, 1983.

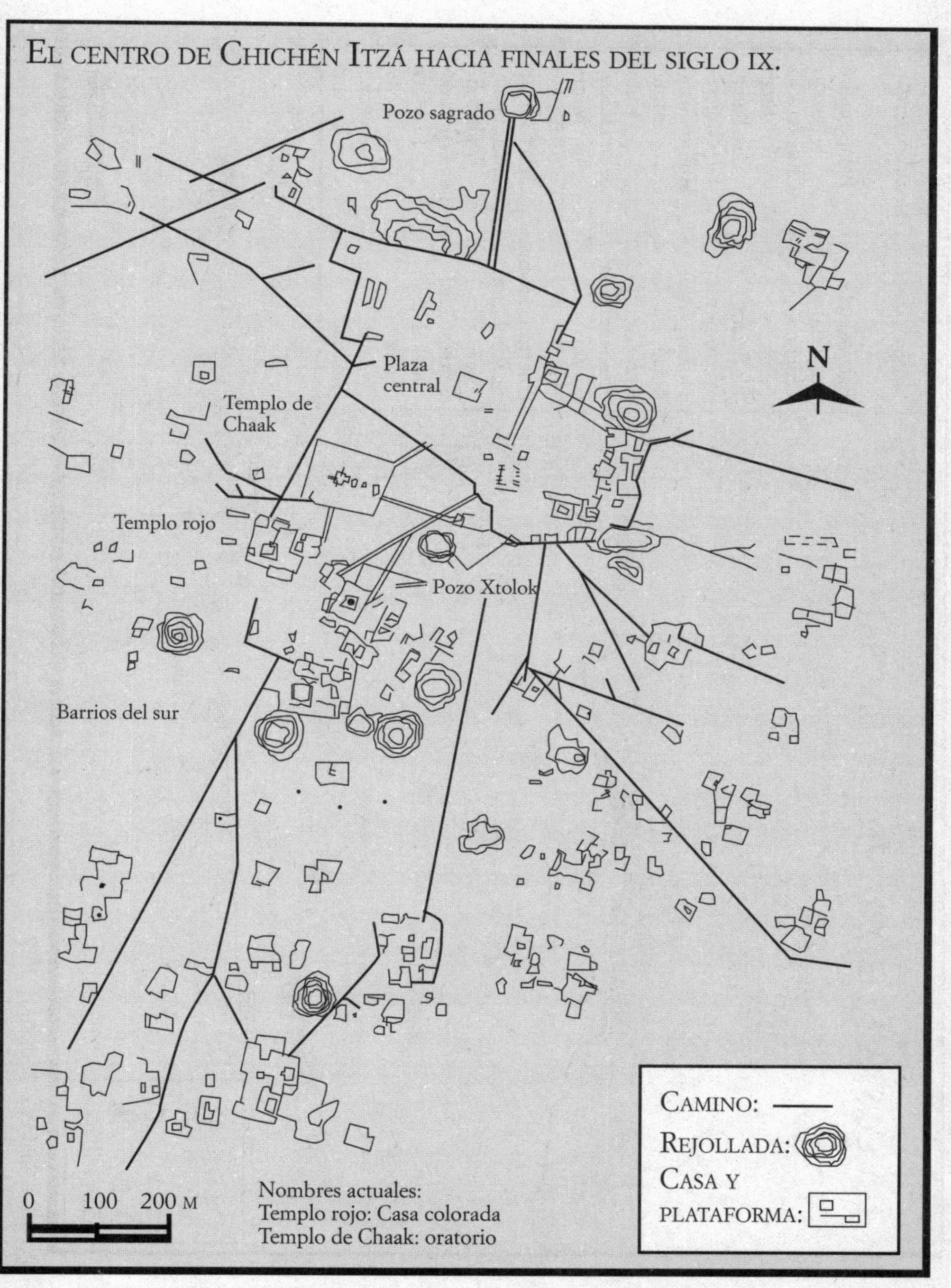

Fuentes: INAH, Proyecto Chichén Itzá, 2002; Kowalsi, J.F., 2011; Schele, L. Mathews, 1989, fig. 6.1

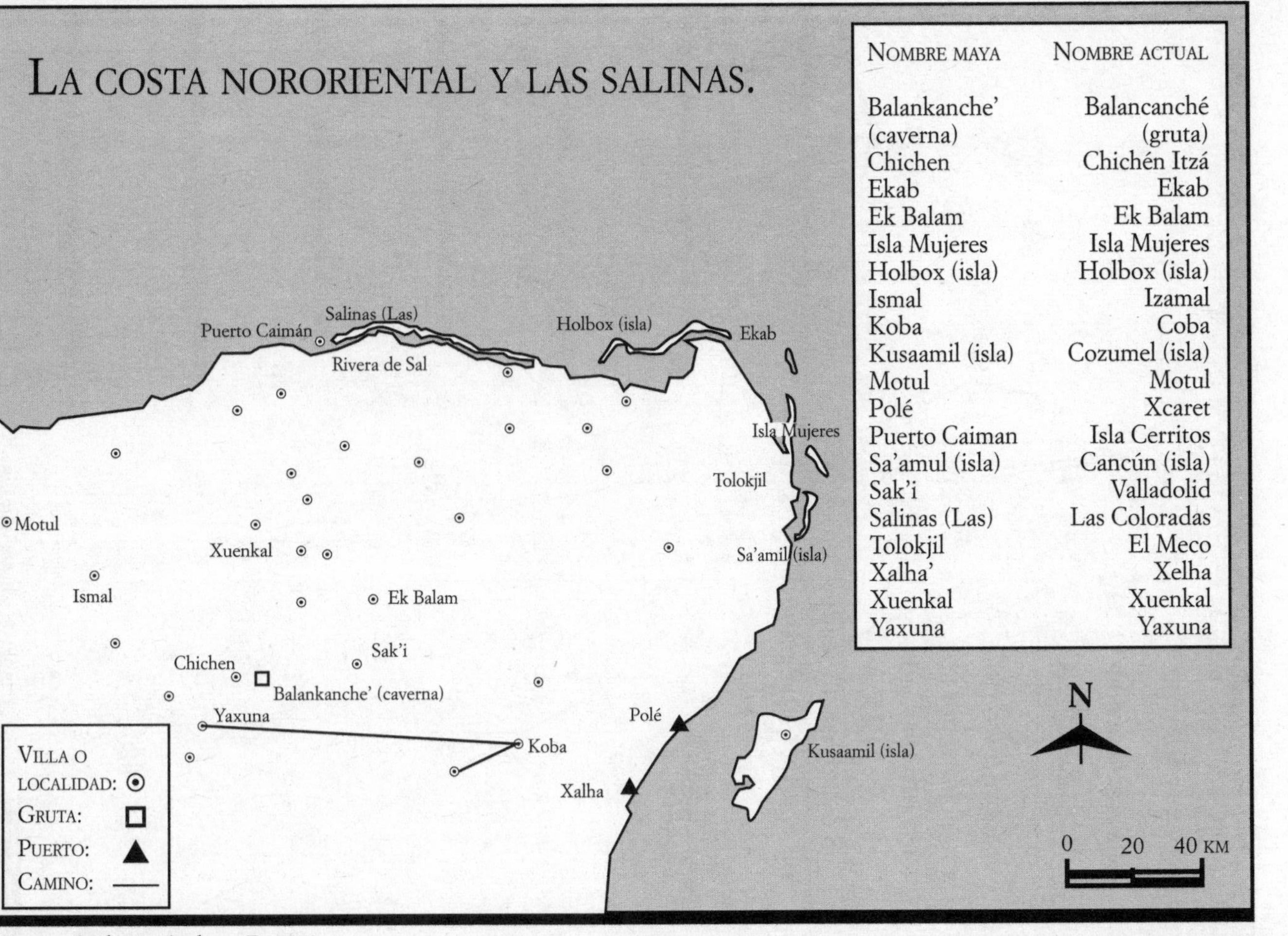

Fuente: Andrews, Anthony P., 2002.

GLOSARIO

ah koo: expresión empleada para alentar; podría traducirse como "¡Ánimo!"

alcotán: hiedra *(Cissampelos pareira)* cuya raíz contiene curare.

alux: ser fantástico de la selva, de tamaño pequeño, que hace travesuras.

amay: voz que significa "flauta" en lengua chontal (véase Kathryn C. Keller y Plácido Luciano G. (eds.), *Diccionario chontal de Tabasco,* Summer Institute of Linguistics, Tucson, 1997).

atlatl: instrumento que se ata al brazo para lanzar dardos.

atole: bebida de maíz tierno que se sirve caliente.

báalche': bebida ligeramente alcohólica que se prepara con la corteza del árbol epónimo en maya, el *Lonchocarpus violaceus.*

Bakab (plural: Bakabo'ob): cada uno de los dioses que sostienen el universo. Son cuatro, uno en cada esquina.

Chamán Eek': estrella del norte, el mago que hace girar todas las estrellas.

ch'ik: pulga.

ha'ab: año o calendario solar, vago, de duración variable.

halach wíinik: "hombre verdadero", dignatario, gobernante, jefe local.

hetsmek: ceremonia que marca el crecimiento del niño, antes de que cumpla un año.

jeets óolal: frase que significa: "Que tu alma esté tranquila o serena".

kal numya: catástrofe.

kiwi: semillas de achiote.

kopo: árbol, *Ficus cotinifolia.*

Iis waah: tortilla blanca, dulce y crujiente hecha de maíz nuevo.

Nohoch Eek': Venus, la gran estrella con fases matutinas o vespertinas.

píib: horno cavado en la tierra.

pok-a-tok: juego de pelota autóctono que se practicó en toda Mesoamérica.

Popol Náah: casa del consejo para las reuniones administrativas o políticas.

sáabukan: bolsa, por lo general de henequén, que se cuelga del hombro.

sahal: título dado a un oficial subalterno del rey.

sakbeh: camino blanco, de arcilla compacta.

ts'almuy: árbol, llamado anona *(Annona sqamosa).*

tsolk'in: calendario sagrado de 260 días.

tzompantli: palabra náhuatl que significa "muro de cráneos".

waay: espíritu o fantasma que suele ser el doble espiritual de alguien.

Wakah Chan: gran árbol celeste o Vía Láctea; es representada a veces por una cruz.

x-chilam: profeta.

x-kau: zanate, *Quiscalus mexicanus.*

xoloitzcuintle: perro de poco pelo que según las leyendas acompaña a los muertos.
xt'ojka' xnuuk: lechuza marrón; significa: "la mujer que golpea en su metate".
x-tsíib: pintora-escritora.
ya'axche': ceiba, árbol sagrado por el que transitan los espíritus, *Ceiba pentandra.*
yuum: señor divino o semidivino, maestro, dueño. Casi siempre hombre.

INFORMACIÓN, INSPIRACIÓN Y UN COMENTARIO

Referencias bibliográficas y electrónicas

Aldana, Gerardo, "The Maya Calendar Correlation Problem", en *Calendar and Years II: Astronomy and Time in the Ancient and Medieval World,* Oxbow Books, 2010, pp. 127-179.

Ambrosino, James N., Traci Arden y Travis W. Stanton, "The History of Warfare at Yaxuná", en *Ancient Mesoamerican Warfare,* AltaMira Press, 2003, cap. 7, pp. 109-123. Disponible en <https://www.academia.edu/7207172/The_History_of_Warfare_at_Yaxuná>. Fecha de consulta: 20 de enero de 2018.

Amrhein, Laura, *An Iconographic and Historical Analisis of Terminal Classic Maya Phallic Imagery,* FAMSI, 2003. Disponible en <www.famsi.org/reports/20001/20001Amrhein01.pdf>. Fecha de consulta: 2 de septiembre de 2013.

Andrés, Christopher R., *Building Negotiation: Architecture and Sociopolitical Transformation at Chau Hiix, Lamanai and Altun Ha, Belize,* tesis de doctorado (PhD), Indiana University, Estados Unidos, mayo de 2005.

Andrews, Anthony P., "El comercio marítimo de los mayas del Posclásico", *Arqueología Mexicana,* vol. VI, núm. 33, septiembre-octubre de 1998, pp. 16-23.

Braswell, Geoffrey E., *Northern Yucatán Obsidian Finds-Mérida and Chichén Itzá,* FAMSI, 2002. Disponible en <www.famsi.org/reports/95004/95004Braswell01.pdf>. Fecha de consulta: 19 de mayo de 2014.

Cobos, Rafael, "Chichén Itzá: nuevas perspectivas sobre el patrón de asentamiento de una comunidad maya", ponencia presentada en el Tercer Encuentro de Investigadores, 31 de octubre, Instituto de Cultura Puertorriqueña, versión corregida por el autor el 15 de diciembre de 1997. Disponible en <www.famsi.org/reports/96025es/cobos1.pdf>. Fecha de consulta: 27 de enero de 2013.

Fox, John W., *Maya Postclassic State Formation: Segmentary Lineage Migration in Advancing Frontiers,* Cambridge University Press, 1987.

Freidel, David, "War and Statecraft in the Northern Maya Lowlands", en *Twin Tollans, Chichén Itzá, Tula, and the Epiclassic Mesoamerican World, Dumbarton Oaks Pre-columbian Symposia and Colloquia,* Washington, 2011 (1ª ed., 2007), pp. 273-297.

González de la Mata, Rocío, "Agua, agricultura y mitos: el caso de tres rejolladas de Chichén Itzá", en *XIX Simposio de Investigaciones Arqueológicas en Guatemala, 2005,* J. P. Laporte, B. Arroyo y M. Mejía (eds.), Museo Nacional de Arqueología y Etnología, Guatemala, 2006. Disponible en <www.asociaciontikal.com/pdf/28-Rocio.05-Digital.pdf>. Fecha de consulta: 5 de mayo de 2013.

Helmke, Christophe, y Dorie Reents-Budet, "A Terminal Classic Molded-carved Ceramic Type of the Eastern Maya

Lowlands", *Research Reports in Belizean Archaeology,* vol. 5, 2008, pp. 37-49. Copyright © 2008, Institute of Archaeology, NICH, Belice.

Howie, Linda, *Ceramic Change and the Maya Collapse. A Study of Pottery Technology, Manufacture and Consumption at Lamanai, Belice,* Hadrian Books, Oxford, Inglaterra, 2012.

Kepecs, Susan, "Chichén Itzá, Tula, and the Epiclassic/Early Postclassic Mesoamerican World System", en *Twin Tollans, Chichén Itzá, Tula, and the Epiclassic Mesoamerican World, Dumbarton Oaks Pre-columbian Symposia and Colloquia,* Washington, 2011 (1ª ed., 2007), pp. 95-111.

Lowe, Lynneth S., "Los ornamentos de ámbar en el área maya: arqueología y etnohistoria", en *Estudios de Cultura Maya,* vol. XXV, 2004. Disponible en <www.iifilologicas.unam.mx/estculmaya>. Fecha de consulta: noviembre de 2016.

Manahan, T. Kam, y Traci Ardren, "Transformación en el tiempo: definiendo el sitio de Xuenkal, Yucatán, durante el periodo Clásico Terminal", *Estudios de Cultura Maya,* vol. XXXV, enero de 2010. Disponible en <www.iifilologicas.unam.mx/estculmaya/uploads/volumenes/xxxv/manahan.pdf>. Fecha de consulta: 26 de enero de 2013.

Mckillop, Heather, *The Ancient Maya. New Perspectives,* W. W. Norton & Company, Nueva York/Londres, 2006.

Melgar, Emiliano, y Chloé Andrieu, "El intercambio de jade en las Tierras Bajas mayas, una perspectiva tecnológica", en *XIX Simposio de Investigaciones Arqueológicas en Guatemala, 2015,* Instituto Nacional de Antropología e Historia, Asociación Tikal, México, 2016, t. II, pp. 1065-1076. Disponible en <https://inah.academia.edu/EMILIANOMELGAR>. Fecha de consulta: 21 de septiembre de 2016.

Newman, Sarah, *Sharks in the Jungle: Real and Imagined Sea Monster of the Maya,* Antiquity Publications, 2016, pp. 1522-1536.

Ortega Canto, Judith Elena, *Género, generaciones y transacciones: reproducción y sexualidad en mayas de Yucatán,* El Colegio de Michoacán, Zamora, Michoacán, 2010.

Pendergast, David, "Ancient Maya Mercury", *Science,* vol. 217, núm. 4559, 6 de agosto de 1982, pp. 533-535.

Pérez de Heredia Puente, Eduardo J., *Ceramic Contexts and Chronology at Chichen Itza, Yucatan, Mexico,* tesis de doctorado (PhD), La Trobe University, Bundoora, Victoria, Australia, enero de 2010.

Prager, Christian, "Enanismo y gibosidad: las personas afectadas y su identidad en la sociedad maya del tiempo prehispánico", en *La organización social entre los mayas. Memoria de la Tercera Mesa Redonda de Palenque,* Instituto Nacional de Antropología e Historia/Universidad Autónoma de Yucatán, México, 2002, t. II (bajo la dirección de Vera Tiesler Blox, Rafael Cobos y Merle Greene Roberston), pp. 35-67.

Rogers, Bruce, *Grutas de Balancanché,* hoja informativa de AMCS (Association for Mexican Cave Studies Activities), mayo de 2004, núm. 27, pp. 79-83.

Schele, Linda, David Freidel y Joy Parker, *Maya Cosmos: Three Thousand Years on the Shaman's Path,* Nueva York, 1993.

Scholes, V. France, y Ralph L. Roys, en colaboración con Eleanor Adams y Robert S. Chamberlain, *The Maya Chontal Indians of Akalan-Tixchel: A Contribution to the History and Ethnography of the Yucatan Peninsula,* The University of Connecticut Libraries, 1968 (reimpreso en 2011). Disponible en <https://archive.org/details/ mayachontalindia00scho>. Fecha de consulta: 23 de noviembre de 2015.

Smith, James Gregory, *The Chichen Itza-Ek Balam Transect Project: an Intersite Perspective on the Political Organization of the Ancient Maya,* tesis de doctorado (PhD), University of Pittsburg, 2000. Disponible en <www.anthropology.pitt.edu/node/600>. Consultado el 13 de febrero de 2015.

Stanton, Travis W., y Tomás Gallareta Negrón, "Warfare, Ceramic Economy, and the Itza. A Reconsideration of the Itza Polity in Ancient Yucatan", *Ancient Mesoamerica,* vol. 12, Cambridge University, 2001, pp. 229-245.

Taube, Karl, "The Iconography of Toltec Period Chichen Itza", en *Hidden among the Hills. Maya Archaeology of the Northwest Yucatan Peninsula,* Hanns J. Prem (ed.), Verlag von Flemming, Mockmühl, 1994, pp. 212-246.

Museos

El Gran Museo del Mundo Maya, Mérida, Yucatán.

Museo Maya de Cancún.

Museo Regional de Antropología de Yucatán (Palacio Cantón), Mérida, Yucatán, exposición sobre la arquitectura maya en la sierra Puuk, abril de 2015.

Comentario

Existen pocos estudios acerca del uso de mercurio entre los antiguos mayas y toltecas. Se sabe, gracias a investigaciones arqueológicas, que el mercurio estaba relacionado con los dioses, y en particular con Quetzalcoátl, hasta en Teotihuacán. Sin embargo, el hecho de usarlo para blanquear la piel es un invento mío que no tiene fundamentos históricos. Me inspiraron esas cremas a base de mercurio que se venden hoy por el planeta para blanquear las pieles. Si se usa hoy, se puede deducir que ninguna época tiene el monopolio de la ignorancia.

AGRADECIMIENTOS

Toda mi gratitud para el cantautor Rogelio Canché Canché, alias Roch Sibalum, quien me inició con paciencia en el idioma maya y me ayudó a crear nombres en su idioma materno. Gracias también a la profesora Concepción Escalona Hernández, de la Universidad del Caribe, que me llevó a descubrir el sitio de El Meco y me presentó a la licenciada Mónica López Portillo Guzmán, responsable de la restauración de los murales mayas en el norte de la costa del Caribe, en Quintana Roo, y que fue una fuente de inspiración. También estoy en deuda con Filemón, Wilbert y Pancho, de Pisté, por los esfuerzos que desplegaron para hacerme descubrir las ruinas escondidas de Halakal, antigua localidad cercana a Chichén.

Asimismo, gracias a los valientes que leyeron, criticaron o apreciaron diferentes versiones del manuscrito: Nicole Carette, Félix y Virginie Eva Dufresne-Lemire, Hélène Girard, Christine Lajeunesse, Judith Ortega Canto y Antonio Castillo Gutiérrez, todos muy queridos.

NOTAS

Introducción

1. Para el 21 de septiembre de 890 se utilizó el convertidor de la página <http://geneom.free.fr/gomol/CalendFr.html#ancdeb>. Fecha de consulta: 27 de febrero de 2015. Las fechas pueden variar según el método de conversión empleado.

2. En su libro *L'Indien malcommode,* el autor Thomas King dice: "Últimamente, los indios han pasado al rango de primeras naciones en Canadá y autóctonos americanos en Estados Unidos, pero el hecho es que nunca hubo un nombre exacto, dado que en un principio no había una colectividad como tal". Esta observación se aplica muy bien a los mayas.

Véase Thomas King, *L'Indien malcommode. Un portrait inattendu des Autochtones d'Amérique du Nord,* Boréal, Quebec, 2012, pp. 12-13. Traducción de la autora.

3. T'aantum, el santuario de Kusaamil

3. En Mesoamérica, el siglo cuenta 52 años, o sea, el tiempo que la luna y el sol tardan en volver a su posición inicial. En este caso, según Manik, hace nueve siglos o cerca de quinientos años solares la gente de Teotihuacan se instaló en Mutal (Tikal). Los teotihuacanos llegaron en 378; véase Simon Martin, "Une grande puissance à l'ouest: Teotihuacan et les Mayas", en *Les Mayas: Art et civilisation,* bajo la dirección de Nikolai Grube, Könemann, Colonia, 2000, pp. 99-111.

4. Luna llena

4. Este poema proviene de un manuscrito llamado "Cantos de Dzibalché" (Tsibanche', según la ortografía aceptada en 1984), el cual fue escrito en parte alrededor del siglo XV y copiado en 1742. Véase Munro S. Edmondon, "The Songs of Dzibalché: A Literary Commentary", *Tlalocan,* vol. 9, 1982, pp. 1-36. Disponible en <http://www.journals.unam.mx/ojs/index.php/tlalocan/article/view/38151/34687>. Fecha de consulta: 27 de junio 2014.

También existe una versión con música e imágenes: "Songs of Dzitbalché, Part I, Ancient Mayan Poetry", en *U J'Analteil J'Ok'ut J'Uuchben Winco'ob (El libro de bailes de los antiguos),* escrito por Aj Bam, traducido y leído por John Curl. Disponible en <http://www.youtube.com/watch?v=rp2u9rG0nZs>. Fecha de consulta: 29 de mayo de 2014.

Los otros poemas y oraciones citados en el texto provienen de la misma fuente.

5. Resistencia

5. Bucut: *Cassia grandis,* leguminosa cuya raíz tiene efecto cicatrizante.

6. Piel de alabastro

6. *Cedrela odorata L;* véase <https://www.academia.edu/1861273/Fichas_Ecológicas_arboles_maderables_de_Quintana Roo>. Fecha de consulta: 9 de diciembre de 2016.

El árbol fue recomendado por don Leonardo Cach, hombre de amplios conocimientos.

8. Fin de lunación

7. *Cyanocorax yucatanicus,* pájaro azul de pecho negro, común en Yucatán. Ber Van Perlo, *Birds of Mexico and Central America,* Princeton University Press, 2006, lámina 71.

10. Escasez

8. *Swietenia macrophylla;* véase *Plan maestro, 2005-2010, Parque Nacional Río Dulce,* p. 7.

12. Búsqueda

9. Zapote, nombre náhuatl; *ya',* en maya. También conocido como chicozapote *(Manilkara zapote);* produce el chicle.

10. Gran ave, tinamú mayor *(Tinamus major).* Véase Ber Van Perlo, *Birds of Mexico and Central America,* Princeton University Press, 2006, lámina 25.

21. La sombra

11. Ruiseñor. Véase <https://www.youtube.com/watch?v=0cE-bXoXSWPY&list=PLIz1dHoOHAKmABcF1S5kdaXOqh-jId2P3t&index=6>. Para el nombre en maya, <https://www.youtube.com/watch?v=He3BHO6Lbfs>. Fecha de consulta de ambos videos: 17 de abril de 2017.

22. El solsticio de la larga noche

12. El vestido descrito es parecido al de una noble, el cual puede admirarse en el Museo Maya de Cancún (fecha de visita: 19 de enero de 2016).

13. *Diccionario chontal de Tabasco,* Kathryn C. Keller y Plácido Luciano G. (eds.), Summer Institute of Linguistics, Tucson, 1997, p. 153. Véase <https://www.sil.org/resources/archives/10973>. Luque': pescar con anzuelo.

25. Los jaguares

14. *Xt'ojka' xnuuk* es el nombre maya de la lechuza marrón *(Glaucidium brasilianum),* que en México se llama tecolote bajeño; la expresión significa: "La mujer que golpea con su metate", como una vieja que llama desde el inframundo.

26. Lilikki

15. La niña nació el 1 de enero de 893, fecha convertida gracias al sitio <https://maya.nmai.si.edu/calendar/maya-calendar-converter>. Fecha de consulta: 10 de diciembre de 2016.

El hechizo de Chichén Itzá de Lucie Dufresne
se terminó de imprimir en el mes de mayo de 2022
en los talleres de Diversidad Gráfica S.A. de C.V.
Privada de Av. 11 #1 Col. El Vergel, Iztapalapa,
C.P. 09880, Ciudad de México.